文化现代主义

—— 平面化技术社会与新文学形态

Cultural Modernism

Technological Society of Horizontalization & New Patterns
of Literature

易晓明 著

人民出版社

国家社科基金后期资助项目
出版说明

后期资助项目是国家社科基金项目主要类别之一，旨在鼓励广大人文社会科学工作者潜心治学，扎实研究，多出优秀成果，进一步发挥国家社科基金在繁荣发展哲学社会科学中的示范引导作用。后期资助项目主要资助已基本完成且尚未出版的人文社会科学基础研究的优秀学术成果，以资助学术专著为主，也资助少量学术价值较高的资料汇编和学术含量较高的工具书。为扩大后期资助项目的学术影响，促进成果转化，全国哲学社会科学规划办公室按照"统一设计、统一标识、统一版式、形成系列"的总体要求，组织出版国家社科基金后期资助项目成果。

全国哲学社会科学规划办公室

2014 年 7 月

序

　　易晓明教授邀我为她的力作《文化现代主义》作序令我感慨万千。我和晓明认识是二十多年前的事了,1997年她到北京大学英语系跟我做了一年的访问学者,我们既是师生,又成为了很好的朋友。她学习非常努力且求知欲极强,当时就给我留下了深刻的印象。之后她在首都师范大学从事教学和研究,并多次赴英、美、加及欧洲名校访学,得到包括国际知名教授Hillis Miller等学者的指点。虽因各自忙于自己的教学和科研使我们不能经常联系,只有在某些研讨会上和参加她的博士生答辩时碰面,但她在比较文学和世界文学方面的丰硕科研成果和日益上升的影响总是令我欣喜。在她身上我看到了认真、求实、克服艰辛,在学术大海中不断求索的中国中年一代的外国文学学者,他们是我国的外国文学研究与世界接轨的生力军。

　　不同于目前学界很多急于求成、匆忙发表的著作,《文化现代主义》是易晓明教授花费了十几年做出来的成果,其执着和辛苦可以想象。这部著作所探讨的西方的现代主义文学和文化现象是一个国际学界至今没有得到充分研讨并且意见纷乱的课题。在我国,大部分外国文学师生和读者对现代主义的认识也很表面和肤浅。拿英国为例,一说起英国的现代主义我们就会满足于自己知道弗吉尼娅·伍尔夫和乔伊斯,以及他们创作的反传统线性叙事的意识流小说。这样的认识明显只停留在对现代主义那突出的形式创新上,而且二战后崛起的后现代多元文化和文学批评潮流又很快地遮掩了现代主义文学的风采,夺走了人们对它昙花一现的兴趣。然而国际和国内仍有不多的学者不肯放弃这个尚未充分研讨的议题,易晓明教授和她的著作《文化现代主义》就是这些少数努力中非常突出的一例。

　　首先,《文化现代主义》提出了一个很新的观念,它指出迄今为止大多数环绕现代主义文学的研究仍旧把现代主义文学置于西方传统的现实主义社会批评范畴,而无视或忽略了19世纪末至20世纪初西方工业体制社会以及技术和媒介社会的形成对文学与文化的巨大影响,这些社会的巨变才是文化现代主义产生的决定性因素。因此,为了更全面、深入地认识现代主义文学与文化的成因和它的积极意义,以及它与后现代多元文化批评的紧密联系,易晓明教授的这部专著突破了一直以来将现代主义研究局限于人文意识形态批评的藩篱,把媒介学、技术哲学、知识社会学等引入了研究视野,克服了批评界只注重对现代主义文学形式研讨的偏颇,有说服力地将现代主义界定为反叛现实主义和浪漫主义的文学范式,是一种基于电力和电子媒介技术的审美文化的开端。因此,我们应该对这部专著跨学科研究的广度,视角的独特,内容的厚重给予高度的肯定,希望在它打开了研究"文化现代主义"的这扇新大门后,将会带来对此议题的热烈回应和进一步的讨论。

虽然总体上来看,国际和国内对现代主义的进一步讨论不像后现代文化和文学批评那么热闹,但它却始终没有停止。比如在易晓明教授这部著作之外,我们还可举一例。2017 年牛津大学出版社出版了密歇根大学马克思主义学者沃尔特·科恩(Walter Cohen)教授的《欧洲文学史》,这是一部视角很特殊的文学史。科恩教授指出现代主义是一个非常难界定的文学和文化潮流,书中第 14 章"犹太性与现代主义"从犹太性切入探讨了这个议题。他注意到现代主义的法德两位主将普鲁斯特和卡夫卡是犹太人,而英国的重要现代主义作家乔伊斯的小说《尤利西斯》写的是犹太人布鲁姆的一天生活。由此,科恩教授讨论了被边缘化的犹太人与现代主义的关联。这种切入点与易晓明教授以技术和审美入手谈现代主义似乎是完全两码事,但他们却构成了对现代主义文学和文化现象的多元、多视角探讨,说明了不同于现实主义、浪漫主义等文学流派,现代主义迄今为止离统一的定义和理解尚相距甚远。这也进一步证明了易晓明教授的研究具备独树一帜的创新性。

其实,柯恩教授指出的现代主义的犹太性并非完全独创,他从犹太民族的边缘性和世界性入手探讨了现代主义与后现代多元认知的密切关联,触及了从现代主义开始至后现代的多元文化运动,让我们看到了现代主义在它的审美碎片化的形式革新的背后是与后现代如出一辙的反逻各斯中心,反一元二分的哲学和意识形态的革命,它因此是轰轰烈烈的后现代多元文化运动的先驱和前奏。苏珊·韩德尔曼教授(Susan Handelman)1986 年发表的专著《杀死摩西的人:现代文学理论中出现的拉比解读影响》(*The Slayers of Moses: The Emergence of Rabbinic Interpretation in the Modern Literary Theory*. Albany: SUNY Press)可以作为阐释科恩教授可能因篇幅所限没有深入探讨的现代主义的犹太性这一看法的补充。她在书中详细对比了希腊哲学中关于认知、阐释和解读的逻各斯本体论观念与犹太教士把语言和上帝/绝对真理并置的"米德拉西"(the Midrash)式读经的多元随意性,并且最终指出从现代主义到后现代的多元文化运动实质上是西方认识论向希伯来认知传统的转换。同科恩教授一样,韩德尔曼教授也注意到了这个过程中出现的伟大科学家、哲学家、思想家和作家几乎全部是犹太人,而且弗洛伊德和德里达明确地挑战希腊哲学的逻各斯一元论,称之为一个"白色的谎言",必须打倒。

从上面的简介,我们看到了这两位学者都不约而同地注意到了现代和后现代文学和文化运动中的犹太人,只不过一个从犹太人处境的边缘化,即无中心入手,而另一个则挖掘了犹太性的核心是多元认知。而有趣的是,他们的研究实际上又在易晓明教授的这部著作中得到了全新角度的呼应。《文化现代主义》另辟蹊径,从社会结构因工业体制、高科技和电子媒介的产生而发生了巨大变化入手,来揭示"平面化社会"中阶级意识弱化及文学和文化转向审美的多元化追求这一现实。因此,这部著作在某种意义上仍旧隐性地讨论和呼应了现代主义文化和文学反一元的多元化性质。

长江后浪推前浪,易晓明教授这部著作提出了很多创见,对现代主义研究做出了突出贡献,期待会带来热烈的响应和研讨。

北京大学外国语学院　刘意青
写于 2020 春节难忘的战冠状肺炎疫情期间

目　　录

导论 未完成的现代主义理论体系：
基于知识形态的探源

现代主义的概念在不同领域被使用且含义存在差异。在政治学、社会学等领域，它有时作为一个现代价值观的代名词，有时指与现代化对应的新的历史阶段。而在文学艺术领域，现代主义指兴起于 19 世纪末、流行于 20 世纪上半叶的文学艺术思潮。克里斯多夫·查莱克说："现代主义一直是一个复杂与复合的术语，不仅被匹配于历史时期，而且还相关于审美，甚至广义地，成为当代艺术的参照系。这个概念的困境，部分归咎于现代主义居于现代性之中，从历史角度与认识角度上，它都不稳定地联系于宏大的现代性概念。"①

现代主义文学艺术内部流派众多、门类交织、纷纭复杂。关于现代主义的起止时间就存在两种划分，一种认为终结于 20 世纪 30 年代，如 Malcolm Bradbury 与 James McFarlane 主编的《现代主义》持这种观点。本文采用后一种，即下限定在 60 年代末 70 年代初，以 1972 年 7 月 15 日下午 3 点多美国密苏里州圣路易斯的现代建筑普鲁伊特·艾戈的爆破为标志。《现代主义的临界点》一书将爆破事件表述为"现代主义的死亡"。② 与此相应，日本的柄谷行人在研究西方现代建筑与城市设计的《作为隐喻的建筑》的"序言"中，也提出了"后现代主义概念首先产生自建筑界"。③

现代主义文学艺术的外部关系同样复杂。首先，它与现代化、现代性、现代社会等大概念之间具有非稳定关系；其次，它与之前的现实主义、之后的后现代主义之间也存在纠结关系。现实主义与现代主义的关系曾是学界争辩的热门话题，最著名的是卢卡奇与布洛赫、布莱希特关于表现主义的论争。而随着"后现代主义"一词的出现，现代主义又陷入与后现代主义理不清的关系当中，权威表述是，"现代主义要么是后现代主义所反对

---

① Krzysztof Ziarek, *The Avant-Garde and the End of Art*, Fllzofski Vestnik, Volume XXXV, Number 2, 2014, p. 67.

② [美]查尔斯·詹克斯：《现代主义的临界点》，丁宁等译，北京大学出版社 2011 年版，第 25 页。

③ [日]柄谷行人：《作为隐喻的建筑》，应杰译，中央编译出版社 2017 年版，"英文版序言"第 1 页。

的,并因而界定为自己的对立面,要么是后现代主义永久保存的原型并从中演化而来"①。

技术具有与现代主义文学艺术的隐形联系,并给其带来新的实践维度,它兴起于工业成品、艺术设计、城市空间、光电产品相连的创意旨趣,促使艺术与技术合流的文化主导社会的格局出现。技术、艺术、文化、社会在20世纪构成新的混合形态,包豪斯技术艺术学校可算是一个范例。"沃尔特·格罗皮乌斯创立了'未来大教堂'的包豪斯学校,他在1923年用标准的纲领宣布——'艺术与技术:一种新的结合'——社会可以通过文化实现转型。"②这种转型,即技术与艺术合流,并成为社会的新方向。由于现代主义文学艺术被确定为艺术自律的精英文化,因而它与技术的关系在研究中没有得到足够重视。

现代主义的各种口号、宣言及其先锋派实践,都以艺术形式的变革为宗旨,艺术自律意味着内部形式成为首要关切。这加剧了现代主义文学(艺术)研究中的失衡,即相对忽略其广泛而复杂的非稳定外部关系,包括与媒介在内的技术及技术环境的关系,对外部关系的关注聚焦于社会历史总体。

首先,学界以风靡二百年的现实主义文学理论对比邻的现代主义文学进行认知。卢卡奇提出"作为一切艺术标准的现实主义",③以现实主义社会历史批评所具有的总体认识论哲学根基的普遍性,取消了现代主义的特殊性。外部批评使现代主义的内部艺术形式被划分出来,并仅仅当作艺术手法来看待。

其次,"审美现代性"理论,本包括美学上的否定美学、救赎美学、艺术本体论的美学理论与创作上的现代主义思潮两个部分。但人们自然地将"审美现代性"的美学理论等同于现代主义文学理论体系。"审美现代性"美学理论,侧重于从文学艺术本体看其社会功用,主要是一种批判美学,它关注审美与社会的关系,对现代主义的媒介环境及其塑造力不够重视,这样遗失了现代主义的艺术感知及其形成等首要问题。而且,美学理论与创作领域的移植或对接,本身也体现了现代主义理论体系自身存在的缺失。

无论现代性框架,还是文学史的框架,对审美的现代主义都有外部性,因为审美感知与审美形式是现代主义自身的元问题,而审美与社会的关系、

---

① *Encyclopedia of Postmodernism*, ed. by Victor E. Taylor and Charles E. Winquist, Routledge: London and New York, 2001, p. 251.

② [美]查尔斯·詹克斯:《现代主义的临界点》,丁宁等译,北京大学出版社2011年版,第54—55页。

③ 张西平:《卢卡奇》,湖南教育出版社1999年版,第153页。

与现实主义等的关系则是次生问题，或者说居于外围的问题。这从"现代主义者就像 16 世纪的新教徒一样，寻求一种激进的审美纯粹主义"①与"现代主义关注的是一种特定的艺术语言——形式向度——自律和表达，而后现代主义则聚焦语义方面"②等这些说法就可以看出来。然而，外部研究与内部研究的分割，使首要问题一直处于薄弱研究状态。一个重要原因是文学研究的人文知识本身，无法融通现代主义的外部关系与内部关系。面对新的电媒语境中的现代主义，文学研究固守传统的人文知识结构，忽略了 20 世纪新的技术与媒介领域的知识。而美学理论看似能担负这一弥合，但论及现代主义的法兰克福学派的美学理论，主要作为一种社会美学，依然具有哲学的根基，属于人文知识范畴。

现代主义文学艺术是技术社会的产物，它的审美塑造力不是来自哲学，而是来自技术环境，特别是电媒环境，这是现代主义研究中被忽略的。现代主义被后现代主义取代与 20 世纪 70 年代计算机开始能模拟非线性的生长系统，相应出现差异中的褶子等后现代思维有关。而现代主义思潮的出现，则与电力媒介及其环境所带来新的时空感的神话思维有关。新媒介视角是弥合现代主义内部研究与外部研究分割与失衡的有效途径。然而，它在现代主义研究中始终缺位，即使在 20 世纪末随着文化研究与理论研究热而出现现代主义研究复兴——国际美学学会前主席阿莱斯·艾尔雅维茨引波德莱尔在《最后一瞥之恋》中所描述一个女孩于街角拐弯消失前的最后一瞬间与他目光相遇的这种恋情，来隐喻现代主义消失时，引起人们莫大的重视③——而新一轮研究热潮中，依然没有出现媒介理论与技术论视角。

现代主义的临界位置决定了媒介与技术视角对它进行认识的不可或缺。媒介学最关注临界与转换，而相对于浪漫主义、现实主义与后现代主义，只有现代主义处于媒介转换——印刷媒介向电力媒介转换的特殊位置。因此，对处于稳定的印刷媒介后期的浪漫主义、现实主义，对接续现代主义而同处于电媒阶段的后现代主义，媒介视角远没有对现代主义来得重要。对现代主义审美感知等元问题，媒介的感知偏向比哲学、历史等人文知识更具阐释性。

---

① ［美］查尔斯·詹克斯：《现代主义的临界点》，丁宁等译，北京大学出版社 2011 年版，第50 页。
② ［美］查尔斯·詹克斯：《现代主义的临界点》，丁宁等译，北京大学出版社 2011 年版，第105 页。
③ 易晓明：《20 世纪国际化的先锋运动与美学革命——阿莱斯·艾尔雅维茨访谈》，《外国美学》2017 年第 26 期，第 195—207 页。

电媒技术感知催生与塑造了现代主义文学艺术的感官审美变革。麦克卢汉的电子媒介理论具有感性美学倾向,不同于法兰克福学派媒介理论的媒介批判立场,它作为研究感官延伸的媒介美学,契合于感官审美的现代主义。从媒介视角,能够揭示现代主义研究在知识形态上的守旧,而新的技术社会知识的缺位,导致理论体系存在缺失与局限。

一、现代主义被寄寓于现实主义总体批评理论

现实主义的社会历史批评以认识论哲学为本体。哲学追求将世界描绘为一个总体的本体,因为只有上升到本体论,才能避免具体经验局限,实现把握世界统一性的哲学目标。总体认识论哲学体系,始于近代黑格尔的真正完整的实在只有总体的学说。G.卢卡奇说:"黑格尔把这个观点凝练成《精神现象学》'序言'中的这样一句名言'真理是整体'。"①马克思将总体论推进到实践,形成以实践统一主客体的辩证唯物主义认识论。卢卡奇将他所理解的马克思主义总体观,结合到现实主义文学,提出了"文学的存在和本质、产生和影响只有放在整个体系的总的历史关系中才能得到理解和解释。文学的起源和发展是社会总的历史过程的一个部分"②的文学的社会历史总体批评。他继承了马克思主义的现实主义文论观,成为公认的现实主义文论的代表。韦勒克就说过:"在马克思主义者中,G.卢卡奇提出了最严整的现实主义理论。他以马克思主义的意见,即文学是'现实的反映'为依据,认为,如果文学充分地反映了社会发展中的矛盾,也就是在实践中,如果作品显示出一种对社会关系和它对未来发展趋向的深刻洞察,它就是一面最真实的镜子。"③现实主义文论体系的内核是总体论、阶级论与社会反映论。卢卡奇确定"具体的总体是真正的现实范畴",④认为"只有在这种把社会生活中的孤立事实作为历史发展的环节并把它们归结为一个总体的情况下,对事实的认识才能成为对现实的认识"。⑤由此,现实就等同于总体,现实的具体内容被规定为了"阶级"与"历史"。这在于,历史的改变需实践介入现实,而实践又不可能是个人活动或内心道德评判,只有阶级实

---

① [匈]卢卡奇:《历史与阶级意识》,杜章智译,商务印书馆1995年版,"译序"第4页。
② 《卢卡契文学论文集》(一),中国社科院外文所外国文学研究资料丛刊编辑委员会编,1980年,第273—274页。
③ [美]韦勒克:《批评的诸种概念》,丁泓等译,四川文艺出版社1988年版,第239页。
④ [匈]卢卡奇:《历史与阶级意识》,杜章智等译,商务印书馆1995年版,第56页。
⑤ [匈]卢卡奇:《历史与阶级意识》,杜章智等译,重庆出版社1989年版,第58页。

践才能介入历史进程,因而推进历史发展的阶级与被阶级推动的历史成为社会现实的内核,简单概括就是阶级与历史的发展方向。

客观地说,基于总体认识论哲学的现实主义社会历史批评,对文学具有深刻而广泛的适宜性,尤其对于 19 世纪这个阶级意识被意识到的时期。卢卡奇说:"随着资本主义的出现,随着等级制的废除,随着纯粹的经济划分的社会的建立,阶级意识也就进入一个可能被意识到的时期。"①19 世纪文学也普遍具有阶级与阶级斗争话题,社会场域与文学场域阶级话语高度重合,两种话语可实现转换。比如围绕历史发展的先进阶级与落后阶级、历史的进步与落后等社会观点,在现实主义理论中对应为"进步论""真实论""典型论""本质论"等批评话语。"典型"是阶级的典型代表,符合未来历史方向则符合社会"本质",而与阶级价值无关的日常生活则为非本质存在。文学所反映的"真实",必须包括阶级与历史方向,相应又产生了重大题材与非重大题材之分的题材论。正是由于社会话语与文学话语的相通,现实主义作家经常被写进政治家的著作,充当其理论的释例。现实主义文论将经济生产与政治关系引入文学批评形成总体论,立足于普遍性。巴巴拉·W.塔奇曼在《实践历史》中描述道:"在越来越多的特殊性中,人们得出普遍性的结论;在金光闪闪的圣杯面前,我们都在寻找历史的一般法则。"②他认为历史研究领域对历史普遍法则的寻求,丢失历史事件本身。同样,文学领域确立社会历史批评为一般法则来统一认识文学,则失去了各个时期文学的特殊性。卢卡奇甚至指出:"对马克思主义来说,归根到底就没有什么独立的文学、政治经济学,历史科学等等,而只有一门唯一的、统一的——历史的和辩证的——关于社会(作为总体)发展的科学。"③他依据马克思的"一切学科都是历史学科"的观点,将社会总体论结合到了文学领域。

总体认识论哲学获得了对其他学科的权威地位。卢卡奇说:"在上几个世纪里,认识论、逻辑学、方法论一直统治着人们的哲学思维,而且就是在今天,这种统治也远远未被其他理论的统治所超越。"④同样,以总体认识论为根基的现实主义社会历史批评,也获得了权威的批评地位。

然而,社会历史批评并非对所有文学与文学的所有方面都充分适宜。其一,它对五花八门的文学形式,难以深入阐释;其二,它对于非阶级社会的

①　[匈]卢卡奇:《历史与阶级意识》,杜章智等译,重庆出版社 1989 年版,第 115 页。
②　[美]巴巴拉·W.塔奇曼:《实践历史》,孟庆亮译,新星出版社 2007 年版,第 55 页。
③　[匈]卢卡奇:《历史与阶级意识》,杜章智等译,重庆出版社 1989 年版,第 77 页。
④　[匈]卢卡奇:《关于社会存在的本体论》(上卷),白锡堃等译,重庆出版社 1994 年版,第 4 页。

文学或阶级斗争特征不充分时期的文学,显出不充分适宜。前阶级社会的希腊口传神话是一个例子。马克思的《〈政治经济学批判〉导论》中关于希腊艺术魅力的著名论断,即"一个成人不能再变成儿童,否则就变得稚气了"。① 它揭示了希腊艺术的永久魅力出自人类童年时期,而不是阶级关系。社会历史批评对阶级社会之前或之初的神话为基础的希腊艺术,显出不充分适宜。

产生于技术社会的现代主义,是以非理性抵制阶级意识甚至是社会理性,总体论社会历史批评也显出不充分适宜。卢卡奇陷入机械总体论,强调只有理性的文学才是文学,否定非理性的现代主义。从社会历史批评考察审美形式为本体的现代主义,存在隔膜。因为现代主义的生长语境是技术组织社会,它的历史总体的关系被技术组织破坏了。H.A.别尔嘉耶夫是这样说的:"技术破坏了精神与历史实体的结合,这个结合曾被认为是永恒的秩序。"②埃吕尔也认为,"技术使政治完全失去了效用",并指出 20 世纪是技术决定一切的时代,"政治只能够决定技术上可行东西。一切决策都是由技术发展的必然性决定的"③。可见,突出阶级等政治性的社会历史批评,对技术语境中生长的审美现代主义的审美本体及繁多形式的针对性大为降低。

社会历史批评对现代主义文学的社会批判性而言,依然是一种强有力的批评话语,因为社会批判为现实主义与现代主义所共有。然而,现代主义与现实主义的分裂体现在,两者的批判存在直接批判与象征否定的差异,现代主义通过形式中介实现否定。第一,两种文学形态极具不同;第二,两种文学所生长的社会形态极具不同;第三,两者的媒介环境完全不同;第四,前者强调认识、后者强调审美,而认识论与审美已属两个不同的知识领域。依从总体的文学发展论,强调现代主义是现实主义的发展,就掩盖了这些分裂与差异,无法充分阐释现代主义。所以,社会历史批评对 19 世纪阶级社会中的现实主义文学具有巨大效应,而对于现代主义则不然。卢卡奇理论针对现实主义的成功与针对现代主义的完全失势,也说明现代主义与现实主义是属性不同的两种文学。

20 世纪技术组织的西方社会,所具有的流动性与所形成的市场主导,

---

① 《马克思恩格斯选集》中文版第二卷,人民出版社 1972 年版,第 114 页。
② [俄]H.A.别尔嘉耶夫:《人和机器——技术的社会学和形而上学问题》,张百春译,《世界哲学》2002 年第 6 期,第 49 页。
③ Jacques Ellul, *What I Believe*, Trans. by G.W.Bromiley, Grand Rapids, MI: William B.Eerdmans, 1989, p. 135.

以及技术律令与技术自主运行等,促使社会的不断分化,固化的阶级被不断分层,社会统一的固化阶级被打破。如埃吕尔所说,"一个完全相互依存的技术社会将是一个没有等级或阶级的社会";①因为"技术原则是民主原则,技术时代是民主和社会化时代"。② 技术改变了社会形态,也重塑了文学艺术,20世纪现代主义以审美性、心理性、形式性、神话性,对立于现实主义的阶级性、典型性、社会性与历史必然性等,两种文学存在裂变。

然而,沿用现实主义批评,往往将两种文学的社会语境同视为资本主义社会,两种文学都被看作对资本主义社会的批判,这是总体论立场的必然结果。然而,事实上,新分化出来的学科领域都在强调两个时期本质上的不同。社会学领域已有吉登斯将西方20世纪与19世纪界分为工业社会与资本主义社会。媒介学领域有麦克卢汉将20世纪视为电力媒介新阶段,而19世纪属于印刷媒介阶段。知识社会学领域,则有G.科维奇将20世纪称为人工社会,19世纪为自由—民主社会。在文学艺术创作领域,一开始就有了现代主义与现实主义两种文学界分。然而对现代主义的研究,却沿用现实主义的社会历史总体批评,立足于两种文学对资本主义社会批判的共同性,这就取消了现代主义作为新型文学的特殊性。必须承认,20世纪技术社会与19世纪阶级社会具有本质的不同,主导知识形态也有了巨大的改变。不仅哲学自身在演变,而且新产生的无意识心理学、媒介学、符号学与各种社会学理论,是阐释20世纪的更强有力的知识。依然采取宏大的社会历史的批评,以内容与形式的二元关系中的内容为主导的尺度,来衡量审美形式本体的现代主义,所展现出来的只能是跛足的现代主义。

二、现代主义研究寄寓于其他理论之描述

在现代主义兴起之初,其倡导者主要是作家、艺术家群体,如马拉美、埃兹拉·庞德、T.S.艾略特等。学术界的肯定,来自20世纪30年代的新批评,还有美国以埃德蒙·威尔逊为代表的年轻教授们,他们阐释与称赞现代主义诗歌的形式革新。然而,这类学院式研究,往往集中于对流派及作家作品的梳理与研究,美国弗吉尼亚大学的迈克尔·莱文森(M.Levenson)是其中的一个代表。他有一系列现代主义研究专著,最综合的是《现代主义的

---

① [美]兰登·温纳:《自主性技术》,杨海燕译,北京大学出版社2014年版,第159页。
② [俄]H.A.别尔嘉耶夫:《人和机器——技术的社会学和形而上学问题》,张百春译,《世界哲学》2002年第6期,第50页。

谱系》。学院式成果基本遵从自亚里士多德《诗学》所确立的人物、情节、叙述等文学知识范型,以资料与史实为基础,无关乎理论体系的建构。

随着 20 世纪末西方文化研究与理论研究渗透到现代主义研究,现代主义研究的文学内部框架被突破。然而,又出现了现代主义研究寄寓于理论霸权之下的情形。所谓理论霸权,指理论分离于文学,带着其自身立场与阐释目标,先入为主地介入文学,文学只被当作示例。女性主义批评、后殖民批评、族裔批评等文化研究,都带着文化研究固有的政治视角切入现代主义,客观上揭示出现代主义诸多维度。然而,它们缺乏整体概括现代主义的理论目标,谈不上有建构现代主义理论体系的意图。就如同精神分析学派的哈姆莱特的恋母情结说,与其说是在全面概括哈姆莱特形象,不如说是用哈姆莱特对自己的精神分析理论做释例。

客观地说,社会学领域的阿多诺、本雅明、马尔库塞的"审美现代性"理论阐释,对现代主义贡献了不少有影响的理论观点,不过它们偏向审美与现代性、与社会救赎的关系。特别应指出的是,他们依据现代性框架,将自现代性以来的 18 世纪、19 世纪与 20 世纪的文学都视为现代性的对应物,并不严格以现代主义文学艺术为专门对象。可见,"审美现代性"理论,貌似可充任现代主义文学(艺术)理论体系,实际显然无法全部担负起现代主义的理论体系。当然,现代主义理论体系的建构,本身并非社会学家们的任务。应该承认,社会学理论领域论及了现代主义文学艺术,而现代主义文学研究,则显得封闭在文学知识范围,或寄寓于亚里士多德以来的文学知识范型,或因袭现实主义的社会历史批评理论,并没有广泛吸取社会学话题成果。一个典型的例子是,波德莱尔的"现代性"定义,即"现代性是短暂的、易逝的、偶然的,它是艺术的一半,艺术的另一半是永恒和不变",①在社会学领域被广为引用,而在现代主义文学研究领域却少有参引。然而,单从传统的文学知识,显然已无法完成新型的现代主义文学(艺术)的理论体系建构。

现代主义没有产生与现实主义理论家卢卡奇相当的理论大家。综而观之,涉猎现代主义较多的文论家当推弗·詹姆逊。他对现代主义认知的出发点,基本上依然是总体论。"詹姆逊的著名格言是'永远要历史化!'"②他的《马克思主义与形式》一书,有论卢卡奇的专节,有些思想显示与卢卡

---

① [法]波德莱尔:《1846 年的沙龙——波德莱尔美学论文选》,郭宏安译,广西师大出版社 2002 年版,第 424 页。

② [美]弗·詹姆逊:《詹姆逊文集第 5 卷·论现代主义文学》,王逢振译,中国人民大学出版社 2010 年版,"前言"第 7 页。

奇相似。例如,卢卡奇认定,作家只要他在写作,就在谈政治,就属于一定的党派。《后现代主义百科全书》也这样评价詹姆逊,"他断言说每个文本'最终的分析'都是政治的。"①该书还指明,"政治无意识是 F.詹姆逊所采用的一个概念,用来表示遭到压制、被隐没的阶级斗争现实的特征",并指出"这一概念是典型的'元叙述'或总体论思路。"②

《政治无意识》与《马克思主义与形式》都体现了詹姆逊对总体认识论立场进行的开放与调和。如 Satya p.Moanty 所评述的,"对于詹姆逊,叙述作为一个调停的、中间概念的优势在于,它提供了一种批评的综合性,而没有将文本或历史削减到理想化的虚构"③。这指的是詹姆逊通过叙述调和,使现实主义的理想化非直接化。"面对决定性的历史矛盾,文本的政治无意识必须在叙述的形式中,寻求某种理想的解决。"④这与过去的理想被作为单一的政治理想、社会理想,或形式上的理想人物等视野有了不同。然而,理想性在调和中被坚持了下来,理想性的根基未变。而现代主义的偶然与瞬间的感官经验与无意识心理,已经不预设理想。

詹姆逊被认为发展了马克思主义。"在《无意识:作为象征行为的叙事》中,詹姆逊发展了一种肯定历史,或大写历史的马克思主义诠释模式"⑤。他试图将无意识与政治关联,将叙述的历史、心理的历史、政治的历史、真实的历史予以关联,显然是为历史总体寻求新的出路。就像本雅明感悟到了现代主义对历史的意象化,詹姆逊也注意到了象征作为非历史化的形式,对历史所形成抵制,但他的理论视线仍是历史的。只有麦克卢汉从技术角度,看到的是电媒速度对历史的瓦解,"信息形成新的空间,每个地方与每个时代都成了这里与现在。历史已经被新媒介废除"⑥。詹姆逊进行了历史与无意识心理学等的调和,但他没有考虑新的技术社会形态与技术媒介对历史的冲击,依然沿着总体论思路,不可能建构现代主义理论体系,

---

① *Encyclopedia of Postmodernism*, Victor E.Taylor and Charles E.Winquist eds., Routledge, 2001, p.298.

② *Encyclopedia of Postmodernism*, Victor E.Taylor and Charles E.Winquist eds., Routledge, 2001, p.298.

③ Satya p. Moanty, Literary *Theory and the Claims of History: Postmodernism, Objectivity, Multicultural Politics*, Cornell Univ.Press, 1997, p.102.

④ Satya p. Moanty, Literary *Theory and the Claims of History: Postmodernism, Objectivity, Multicultural Politics*, Cornell Univ.Press, 1997, p.104.

⑤ *Encyclopedia of Postmodernism*, Victor E.Taylor and Charles E.Winquist eds., Routledge, 2001, p.298.

⑥ Marshall McLuhan. *Media Research: Technology, Art, Communication*, edited with commentary, Michel A.Moo.Australia:G & B Arts, 1997, p.127.

事实上他也没有建构现代主义理论体系的诉求。

三、对社会转型及新兴知识领域的忽略

对现代主义认知的不足,根本还在于对西方进入技术社会的认识的不足。吉登斯以"工业主义"与"资本主义"界分 20 世纪与 19 世纪,强调"现代的社会制度在某些方面是独一无二的,其在形式上异于所有类型的传统秩序"。① 而文学研究领域坚持文学的发展观,没有对 19 世纪与 20 世纪社会语境进行区分,而是强调它们同为资本主义社会,两种文学同为批判资本主义社会的文学,承认的只是两者艺术形式的差异而已。

依据马克思的生产方式决定了社会生活、政治生活与精神生活的总体特征,对现代主义的认识,首先需重视 20 世纪进入技术组织化的社会,其社会环境中的技术环境是不能忽略的。现代主义兴起于电力应用于生产的 19 世纪末期,现代主义艺术感知与电媒技术感知同根同源,且同形同构,相互交合。② 对于艺术家而言,新的电媒环境直接作用于人的感官,已上升为艺术的第一环境,而社会环境退居为第二环境。

20 世纪西方技术社会与传统社会分裂是史无前例的。技术阶段与科学阶段的界分也是一个参照。李约瑟在《文明的滴定》一书中指明,现代科学是从文艺复兴时期伽利略开始发展起来的,而 20 世纪才真正进入技术时代。③ 文艺复兴时期科学还是作为科学观念出现的,20 世纪技术社会新阶段的主导知识也变为了技术,这一点传统学科并不敏感,只在知识社会学领域有所探讨。

接替涂尔干席位的法国索邦大学教授、社会学家 G.科维奇(Georges Gurvitch)的《知识的社会学框架》一书,对西方各个社会阶段的主导知识进行了详尽的分析,阐明七种知识范型——哲学知识、对外部世界感知的知识、科学知识、技术知识、政治知识、他者与我们的知识、共同感觉知识形态等,在各个阶段影响力不同,并依据知识影响力将社会进行分期。

他认为,只有古代希腊与文艺复兴时期,哲学知识影响力才排在首位。尽管文艺复兴时期教育从神学分离,拉升了科学知识影响力的排位,但科学依然次于哲学的影响力。直到被命名为"民主—自由的社会"的 19 世纪,

---

① [英]安东尼·吉登斯:《现代性的后果》,田禾译,译林出版社 2002 年版,第 3 页。
② 参见易晓明:《艺术感知与技术感知的交合》,《文艺理论研究》2015 年第 1 期。
③ 参见[英]李约瑟:《文明的滴定》,张卜天译,商务印书馆 2016 年版,第 5 页。

科学知识才在认知系统中上升到第一位，"在这个时期我们看到了哲学知识的明显衰落"。① 科维奇将 20 世纪界定为人工社会，区分于 19 世纪"民主—自由社会阶段"。与此对应，19 世纪排第一位的是科学，而 20 世纪排首位的是技术，他认为"技术或经济的范型在这种结构类型与总体社会中扮演了决定性的角色"，②而 20 世纪哲学则进一步下跌，排到了第四位。

科维奇在书中进行了古代、文艺复兴、17 世纪、18 世纪、19 世纪、20 世纪的知识形态与阶段对应的分期阐释；而埃吕尔则从技术对 18 世纪、19 世纪、20 世纪进行了技术阶段区分，他说："18 世纪技术是本地化的、有限的，是文明中的一部分，而非全部内容"；③"19 世纪进入机器时代，意味着技术入侵式的非本地化"；而"在 20 世纪中叶，世间万物都适用的机器模式变得黯然失色了"④，这是因为"20 世纪技术发明的特征表现为庞大的规模、复杂的相互联系以及涉及全系统的互相依存"⑤。埃吕尔以 20 世纪的技术系统化时代区分于 19 世纪机器时代。

从文学知识形态看，自亚里士多德《诗学》以来，文学一直被与哲学、历史关联在一起。20 世纪的 N.弗莱、德里达等都重述了亚氏的文学的一旁是哲学，另一旁是历史的观点。然而，20 世纪技术社会生长的现代主义文学艺术参照哲学，即使参照 20 世纪存在主义、直觉主义哲学与尼采的非理性哲学，都难以完成全部理解。主要原因是哲学离 20 世纪技术社会组织框架的位置较远，离得更近的知识领域是媒介学、社会学、无意识心理学等。现代主义研究不同程度引入了心理学、人类学、社会学，却唯独丝毫没有引入与技术最靠近的媒介学。作为审美感知的现代主义文学艺术，媒介对感知的塑造问题就被忽略，这从根本上影响了对现代主义元问题的进入，也形成了现代主义研究的瓶颈。

附带提一下，科维奇在该书列出"中央化国家集体主义的认知体系"专章，探讨苏联与 1949 年以后中国社会的知识体系，指出其社会结构中占第一位的是，不同于西方任何阶段的政治知识与哲学知识的结合，具体是与马克思主义哲学的结合，这也为我们提供了一个认知视角。

---

① Georges Gurvitch, *The Social Frameworks of Knowledge*, trans from the French by Margaret A. Thompson and Kenneth A.Thompson, Oxford Basil Blackwell, 1971, p. 189.

② Georges Gurvitch, *The Social Frameworks of Knowledge*, trans from the French by Margaret A. Thompson and Kenneth A.Thompson, Oxford Basil Blackwell, 1971, p. 187.

③ Jacques Ellul, *The Technological Society*, trans. John Wilkinson, New York: Alfred A. Knopf, 1964, pp. 64-79.

④ ［美］兰登·温纳：《自主性技术》，杨海燕译，北京大学出版社 2014 年版，第 166 页。

⑤ ［美］兰登·温纳：《自主性技术》，杨海燕译，北京大学出版社 2014 年版，第 172 页。

18 世纪、19 世纪确立了认识论哲学的权威地位。而 20 世纪弗洛伊德发现理性认识论躯体上的阿喀琉斯之踵，即它不能覆盖无意识，进而创建了无意识心理学。它被引入以解释现代主义的无意识心理，但 20 世纪非理性流行的终极根源来自技术的非理性，可以说，包括弗洛伊德学说，其实也是技术非理性语境的产物。

科维奇立足 20 世纪新型知识，对哲学与科学的霸主地位发难，声称"知识的社会学必须放弃科学与哲学的偏见，即认为所有知识依赖于哲学与科学知识。它们其实是相对地最分离于社会框架的知识类型"。① 他认为，20 世纪发生了知识上的一次革命，哲学与科学离技术社会组织框架的位置变远了，因此轮换到离技术社会框架近的那些具体知识作为主导知识，它们颠覆了普适性的哲学与科学观念对知识的统辖与包办。科维奇对这一变化做了这样的概括，"在古希腊，哲学知识与对外部世界感知的知识居于首位，渗透到所有其他知识类型——如同科学知识渗透在一个竞争性的资本主义系统中。而在组织化与导向性的资本主义的深处所潜存的，实际上是主导并浸淫到其他所有知识类型的技术知识与政治知识"②。

19 世纪占主导的政治话语、科学话语已经描述不了 20 世纪遵循技术律令的技术社会。温纳说："技术是这样的结构，它们运作的条件要求对其环境进行重建。"③技术对环境的重建，通过技术互渗，变成相互依存的组织的社会，它比之前社会更复杂。人会调节自身以适应技术，如埃吕尔概括的，"我们人类的技术必然导致人类行为的调整"。④ 而人的感知与现代主义艺术的感知，正是对电子媒介技术环境的调节适应的结果。受技术自行运行的影响，艺术与文化获得了技术的重塑，意义的生成模式不再首先来自距离技术社会结构更远的哲学，而是来自离社会技术组织框架更近的知识领域，这便改变了历史与哲学对文学艺术意义生成的主导。阿多诺看到了意义与历史的关系变化，他说："不是现存从历史取得意义，而是历史从现存取得意义。"⑤新的意义生成模式，应合了科维奇所说的，技术社会轮到离社会结构更近的具体知识发挥作用了。

---

① Georges Gurvitch, *The Social Frameworks of Knowledge*, trans from the French by Margaret A. Thompson and Kenneth A.Thompson, Oxford Basil Blackwell, 1971, p. 13.
② Georges Gurvitch, *The Social Frameworks of Knowledge*, trans from the French by Margaret A. Thompson and Kenneth A.Thompson, Oxford Basil Blackwell, 1971, p. 23.
③ ［美］兰登·温纳：《自主性技术》，杨海燕译，北京大学出版社 2014 年版，第 86 页。
④ Jacques Ellul, *The Technological Society*, trans. John Wilkinson, New York: Alfred A. Knopf, 1964, p. 235.
⑤ 杨小滨：《否定的美学》，上海三联书店 1999 年版，第 140 页。

科维奇指出,"知识社会学必须放弃最广泛范围的偏见,即认识价值必定拥有一种普世的有效性。一种判断的有效性永远不是普世的,因为它附着于一种适当的参照框架,常常对应于社会框架"①。他的这一说法,就显得颇具价值。现代主义最大的价值是审美感知价值,对它的认识,单靠哲学是不够的,需要引入具体的技术知识。

詹姆逊也看到了认识论的局限,认为存在主义现象学覆盖面更大,他说:"旧认识论哲学倾向于突出知识,将其他意识模式统统贬到感情、魔力及非理性的层次,而现象学固有的倾向却是将他它们联合为'存在(海德格尔)的知觉(梅洛·庞蒂)'这一更大的统一体。"②而"随着认识论作用的降低,理性与非理性、认识模式与情感模式间的区别似乎不再像以前那么泾渭分明。"③他追究二元对立思维削减的原因是认识论作用的降低,而没有再深入认识论哲学衰落的根源。哲学在观念社会被作为根源来看待,而在技术社会,多少显示出哲学也只是一种观念现象,技术才是 20 世纪非理性兴起与理性的认识论哲学衰落的真正根源。

技术带来知识扩容,兴起了一些知识领域,同时迫使一些旧的知识观念失效与退场。雷吉斯·德布雷说:"一个特定媒介域的消亡导致了它培育和庇护的社会意识形态的衰退,使这些意识形态从一个有组织的活体力量衰变为幸存或垂死的形式。"④历史上各种观念衰亡不断发生。"伟大的边疆历史学家弗雷德里克·杰克逊·特纳说过,历史的路径上'布满'曾经众所周知并得到公认但却被后来的一代丢弃不用的真理之'残骸'。"⑤文学的人文知识框架有过几千年的权威,具有不可否认的真理性,但对 20 世纪技术社会的新文学文化,则显示出局限。那些接近技术社会组织框架的新兴学科更具有阐释性,现代主义研究需要新知识视角。别尔嘉耶夫说:"机器不仅有重大的社会意义,而且还有重大的宇宙学意义,它非常尖锐地提出了人在社会和宇宙中的命运问题。……令人惊奇的是至今还没有建立技术

①　Georges Gurvitch, *The Social Frameworks of Knowledge*, trans from the French by Margaret A. Thompson and Kenneth A.Thompson, Oxford Basil Blackwell, 1971, p. 13.

②　[美]弗·詹姆逊:《语言的牢笼》,钱佼汝、李自修等译,百花洲文艺出版社 2010 年版,第41 页。

③　[美]弗·詹姆逊:《语言的牢笼》,钱佼汝、李自修等译,百花洲文艺出版社 2010 年版,第40—41 页。

④　陈卫星:《传播与媒介域:另一种历史阐释》,雷古斯·德布雷:《普通媒介学教程》,陈卫星译,第 20—21 页。

⑤　[美]巴巴拉·W.塔奇曼:《实践历史》,孟庆亮译,新星出版社 2007 年版,第 55—56 页。

和机器的哲学。"①技术与机器哲学的难产,还有媒介学未被引入现代主义研究,这些或许存在传统人文知识占据人们知识视野的阻碍。

四、现代主义理论的缺失维度——媒介美学

现代主义带来文学艺术大规模的审美转型在历史上还是第一次。传统美学还依附于哲学,注重关系,因而也属于上层建筑范围,如伊格尔顿所说,上层建筑不只是"一定形式的法律和政治,一定种类的国家……它还包括'特定形式的社会意识'(政治的、宗教的、伦理的、美学的,等等)"。② 只是在上层建筑之内,美学比政治更处于非核心的边缘位置,意识形态色彩淡一些。而现代主义发生了审美转向,它明确抵制意识形态,作家们追求"零度写作"(罗兰·巴特)、追求感官审美与心理无意识,完全不关乎意识形态企图。如果说现代主义文学遵从什么观念的话,那就是反社会观念价值,转向审美本身。芬克斯坦说过:"从 19 世纪'先进'艺术向 20 世纪艺术过渡的决定性转折就是,艺术同现实生活和人的某种类似的脐带被割断了。画家或雕刻家创造了一个'他自己的世界',由某种随意的色彩系统、线条韵律、他所使用的质材质地、或空间的划分和容积的安排等所构成。"③现代主义个人感知对现实主义社会理性文化形成颠覆。意识与无意识,理性与非理性,可知与不可知,确定与不确定并存,且后者居于主导。意识形态联系于哲学,对抵制意识形态等观念价值、转向形式本体的现代主义,哲学已不能成为最有效的阐释途径了。涂尔干也说过,"我们的时代,早已不再是以哲学为唯一科学的时代了,它已经分解成了许许多多的专业学科。"④包括哲学与哲学根基的社会美学,对专业技术时代生长的现代主义,虽然还具有阐释性,但显然出现了它们的阐释达不到的区域。技术自主的社会,人不再是中心,甚至"某些技术创新本质上是'非人化的',它们侵害了人的本质"⑤。现代主义文学艺术带有技术及其主导社会的非人格化特征,因而具有非人化与反人道主义倾向。20 世纪技术社会人文知识明显衰落,新的专业学科

① [俄]H.A.别尔嘉耶夫:《人和机器——技术的社会学和形而上学问题》,张百春译,《世界哲学》2002 年第 6 期,第 48 页。
② [英]特里·伊格尔顿:《马克思主义与文学批评》,文宝译,人民文学出版社 1986 年版,第9 页。
③ [美]锡德尼·芬克斯坦:《艺术中的现实主义》,赵澧译,上海文艺出版社 1985 年版,第177 页。
④ [法]埃米尔·涂尔干:《社会分工论》,渠东译,三联书店 2009 年版,"导言"第 2 页。
⑤ [美]兰登·温纳:《自主性技术》,杨海燕译,北京大学出版社 2014 年版,第 181 页。

勃兴，现代主义研究需要新的非观念化、非价值论的知识，而与技术相关的媒介学具有极大的应和性。

媒介学是一个综合性的交叉学科，既涉及物质技术，又涉及感知范型，还关乎审美。美学一开始是哲学的分支，但越到后来，人们越发现审美与认识论哲学不是同一知识范畴。朱光潜指出："美感就是发现客观方面某些事物、性质和形状适合主观方面意识形态，可以交融在一起而成为一个完整形象的那种快感。"①美感的"发现"，与社会反映论的"反映"，是两个不同知识领域的范畴。② 卢卡奇在《审美特性》中对审美的非社会化，做了哲学之外的考察，强调审美更接近人类学。王杰在《寻找乌托邦——现代美学的危机与重建》中对审美的人类学属性也有专节综述。③ 现代主义无意识审美，因其主观性，也被认为接近心理学。李泽厚强调过，"心理学（具体科学）不等于哲学认识论，把心理学与认识论等同混淆起来，正是目前哲学理论与文艺理论中许多谬误的起因之一。"④这应该也是现代主义认知中的问题。

最贴近现代主义审美形式的知识已不是哲学，更不是总体认识论哲学。对于电媒环境的现代主义的感官审美而言，最贴近它的知识是关于感官延伸的媒介美学理论。现代主义所处的印刷媒介向电力媒介转换的临界位置，是其审美转向的根基，所有现代主义文学艺术全都转向审美就是证明。法国媒介理论家德布雷说："媒介学者是研究运动和转变的专家"，⑤"不稳定总是会引起媒介学者更多的关注。"⑥现代主义的先锋派就是不稳定转换期的必然现象。麦克卢汉敏锐创建的电子媒介的感官延伸学说，契合于同语境的现代主义审美。他立意于电媒技术与电媒环境的感官性，揭示电媒环境的艺术化，技术感知成为塑造艺术感知的力量，反过来，现代主义艺术感知也成为他的电媒技术感官性理论的启示。麦克卢汉的传记作家马尔切索说麦克卢汉"将美学带入传播研究"。⑦ 他的理论是一种不同于社会美学

---

① 朱光潜：《论美是客观与主观的统一》，《朱光潜美学文集》第 3 卷，上海文艺出版社 1983 年版，第 71 页。
② 劳承万：《审美中介论》，上海文艺出版社 1986 年版，第 36 页。
③ 王杰：《寻找乌托邦——现代美学的危机与重建》，人民文学出版社 2016 年版，第 123—193 页。
④ 李泽厚：《美学论集》，上海文艺出版社 1982 年版，第 560 页。
⑤ ［法］雷吉斯·德布雷：《普通媒介学教程》，陈卫星等译，清华大学出版社 2014 年版，第 51 页。
⑥ ［法］雷吉斯·德布雷：《普通媒介学教程》，陈卫星等译，清华大学出版社 2014 年版，第 53 页。
⑦ ［美］丹尼尔·切特罗姆：《传播媒介与美国人的思想：从莫尔斯到麦克卢汉》，曹静生等译，中国广电出版社 1991 年版，第 177 页。

的媒介美学,涉及文学的物质性层面。美学的基础意义就在于揭示人们怎样感受世界、体验所看到、感觉到与欣赏到的。麦克卢汉的阐释深入到感官审美与技术物质的关系。他将自己的学说称为美学分析法,即"我一直想搞一种传播方面的实验……提出一些把各专门领域联系起来的建议,这个方法可以叫作多领域共同特征的美学分析法"①。他对艺术的认识与现代主义艺术家类同,他说:"艺术作品的意义不是传递带或包装袋的意义,而是探针的意义,即'它传播感知而不是传递什么珍贵的内容'。"②探针指向新的意义生成模式。这与庞德的艺术家作为"天线"、与伍尔夫的"隧道挖掘法"颇为类似。电媒对人的感官延伸,是现代主义感官艺术兴盛的基础。威廉·库恩斯在《麦克卢汉资料汇编:语录》中收录有这样的句子:"我们向麦克卢汉学什么呢? ——感知,感知,感知。"③技术、媒介环境、审美感知的联通,塑造了现代主义文学艺术的新感知,也兴起了麦克卢汉的感官媒介理论。麦克卢汉研究专家何道宽指出:"质言之,技术、媒介、环境、文化是近义词,甚至是等值词,这是媒介环境学有别于一切其他传播学派的最重要的理念。"④媒介即艺术环境,媒介即审美,因为它成为新的诗学想象的来源。

　　然而,对现代主义文学的认知,却缺少了媒介视角。这有客观的原因,那就是媒介知识从未被纳入文学知识或文学批评中来。M.H.艾布拉姆斯的《镜与灯》提出"作家、作品、读者、世界"的文学四要素,划定了文学知识的边界,被尊为规范。近代以来的学科分割格局,也使新型媒介学科与文学分割而且互不相干。

　　哲学、历史等人文知识主导现代主义研究,导致了强化现代主义文学的社会批判偏向,而没有对审美形态及其形成原因等基础问题进行探源。麦克卢汉的媒介美学理论则可以扭转这个格局。

　　麦克卢汉依据媒介划分历史阶段的知识体系,奠定了现实主义文学与现代主义的分离的基础,它们分别处于印刷媒介阶段与电子媒介阶段,这从根本上解决了依从文学发展观,将现代主义与现实主义放在同一语境的传统定位。

---

① [加]埃里克·麦克卢汉等编:《麦克卢汉精粹》,何道宽译,南京大学出版社 2000 年版,第116 页。

② [加]斯蒂芬妮·麦克卢汉等编:《麦克卢汉如是说:理解我》,何道宽译,中国人民大学出版社 2007 年版,第 64 页。

③ [加]埃里克·麦克卢汉等编:《麦克卢汉精粹》,何道宽译,南京大学出版社 2000 年版,第406 页。

④ 何道宽:《媒介环境学:边缘到庙堂》,《新闻与传播研究》2015 年第 3 期,第 118 页。

媒介与美学关系的建立是麦克卢汉媒介理论与现代主义审美相通的基点。切特罗姆说:"在麦克卢汉思想中,审美范畴被置于首要地位。"①他的理论是从研究马拉美、艾略特、刘易斯、乔伊斯等产生,确立了现代主义艺术感知与电媒技术感知的同构。他不仅有《媒介与艺术形式》为题的论文,而且还说过,"每一种传播媒介都是一种独特的艺术形式",②并反复表示,他的媒介研究基本是"应用乔伊斯"。③ 从媒介视角,可以揭示出现代主义的文学形式与电媒属性的相通,为后者所塑造。乔伊斯的意识流,T.S.艾略特的逆时间的时空穿越,马拉美象征主义诗歌中的并置,卡夫卡小说象征的寓言性等与电媒的即时性与虚拟性有根基性联系。现代主义的神话方法与新型象征也为电子媒介所勃兴,声音同时发生的空间偏向,也为电媒的空间偏向属性所塑造。意识流的方法,更是电力带来大量产品、丰富的物资、影像等信息环境中,人所形成的对信息稀释的新感知范式。

新媒介是现代主义审美变革的前提与基础。媒介不只是工具,现代主义的媒介形式审美就并不止于形式的技术意义,也就是不停留于技巧或叙述本身,媒介美学同样赋予它们社会意义。媒介是技术与文化的互动结构的场域,媒介审美凸显的是人与物、人与时空、人与历史、物与时空、物与历史的多重文化关系,媒介就不只是技术问题,也是文化问题。

第一,各种媒介都有固有的媒介偏向。尼尔·波兹曼说:"每一种工具里都嵌入了意识形态偏向,也就是它以一种方式而不以另一种方式建构世界的倾向。"④德布雷也说:"不同的媒介塑造不同的意识形态,每一个媒介域有一个相应的意识形态。"⑤电媒的意识形态倾向,是一种反意识形态性,电媒放大了感官比,扩大了文学艺术的感官审美,降低了观念价值,形成了与现实主义观念价值不同的个体感官审美模式,瓦解了感觉与思想的集体性。因而它不再是观念价值的文学,而是审美文学。

第二,现实主义的社会审美也有媒介的形式性,而现代主义的媒介化形

---

① [美]丹尼尔·切特罗姆:《传播媒介与美国人的思想:从莫尔斯到麦克卢汉》,曹静生等译,中国广电出版社1991年版,第186页。

② [加]埃里克·麦克卢汉等编:《麦克卢汉精粹》,何道宽译,南京大学出版社2000年版,第95页。

③ Donald Theall & John Theall, " Marshall McLuhan and James Joyce: beyond Media", *Canada Journal of Communication*, Vol.14, No.4, 1989, p.86.

④ [美]尼尔·波兹曼:《技术垄断:文化向技术投向》,何道宽译,北京大学出版社2009年版,第7页。

⑤ 陈卫星:《传播与媒介域:另一种历史阐释》,雷吉斯·德布雷:《普通媒介学教程》,陈卫星等译,清华大学出版社2014年版,第25页。

式的审美也有它的社会性。就像齐美尔等从现代性碎片构想总体性意义一样,现代主义文学碎片化感官审美,最终在作品整体上完成社会意义建构,实现否定式的社会批判。它的感官审美、形式审美,不同于现实主义直接的社会理性批判,文学的社会意义不再捆绑于社会理性,不停留于思想观念价值,因而现代主义稀释了认识论。因为电媒信息的马赛克,瓦解了统一的社会理性认识的历史时空。但这并不等于它完全不包含认识。麦克卢汉认为媒介环境是包含社会环境的,他提出媒介感知环境、媒介符号环境、单一或多重媒介环境和社会环境等媒介环境四因素,文学联系于环境,也必然联系于指向其中的社会环境。艺术家的感知同样是在"感知—符号—社会文化"的结构中,形成具有社会性价值的社会文化符号。

第三,德布雷认为,有两种历史,人与人关系的历史,包括阶级斗争,还有人与物的历史,而媒介研究的是人与物互动的历史,或者说人与物的关系的历史。电媒对历史的瓦解,主要指向对线性历史性叙述的瓦解,它同时扩大与凸显了人与物关系。这样,媒介视角扩大了对历史的认识范围。"在真实时间通过图像、声音的模拟所形成的事件的工业化制作,修改了我们同过去和未来的关系。"①人与物的关系,通过电媒的虚拟,也使现代主义文学中过去与未来的时间等被改变,阶级视角、集体意识被改变,它转而关注技术组织社会与物统治下个体的生存境遇,这是新的社会意义建构模式。技术与物的统治所形成"他者引导"(大卫·里斯曼《孤独的人群》)的社会,个体很难建构完整的理性自我。乔伊斯《尤利西斯》中的布鲁姆,卡夫卡《变形记》中的萨姆沙,加缪的《局外人》中的莫尔索,都被表现为难以形成理性行动的人,这体现的是他者引导社会的特质,本身就是社会批判。

媒介学揭示了媒介超出技术工具的文化意义,意义生产方式是媒介与人互动。麦克卢汉认为,没有一种媒介具有孤立的意义,任何一种媒介只有在与人的相互作用中,才能实现自己的意义与存在。印刷媒介与人的活动结合,产生了大量的宣传活动与思想性的文学。电媒所兴起的现代主义,呈现为感官的审美文学,思想寓于感官性中而显得碎片化,媒介不像认识论给予对错的判断,所以,现代主义不再直接致力于理性社会批判的文学,而更是一种开放交流的文学。

现实主义作为印刷媒介的文学,着力于思想性建构,呈现为"思想美学",现代主义作为电子媒介的文学,偏向感官审美形式,呈现为"感官美

---

① [法]雷吉斯·德布雷:《普通媒介学教程》,陈卫星等译,清华大学出版社 2014 年版,第82 页。

学"。后者加大了感官比率。麦克卢汉说："技术的影响不是发生在意见和观念层面上，而是坚定不移、不可抗拒地改变人的感觉比率和感知模式。"①所以，针对现代主义，直接谈作家作品的社会批判意义，显然是简单化的方式。其对社会的否定，是审美与感知形式中介的个人内在体验。20世纪西方社会体制变了，媒介环境变了，人的感知也变了，文学对世界的表达也变了。依据麦克卢汉所说的，新媒介带来新尺度，那么，新媒介对主体感知世界的方式构成了颠覆性。他说："所谓媒介即讯息不过是说，任何媒介对个人和社会的任何影响，都是由于新的尺度产生的；我的任何一种延伸（或曰任何一种新的技术），都要在我们的事务中引进一种新的尺度。"②媒介与审美是问题的两个方面，媒介、技术、审美、文化在技术社会混合，现代主义研究需要引入新的媒介知识。在媒介新尺度下，现代主义审美能得到恰当的理解。而对现代主义来说，文化现代主义的定位，可以包含现代主义与现代性的联系、与技术、与媒介的关系，因此，它能够突破过去的审美现代主义定位的局狭，而还原出一个全面的具有广泛外部联系的现代主义。

五、知识形态之外的理论滞后的原因

现代主义理论体系未完成状态，其所存在的缺失有知识缺位的原因，还有理论形态自身通常存在滞后的原因，尤其对技术引发的社会变革，知识的稳定性会导致理论总结的严重滞后。典型例子有18世纪的"工业革命"与20世纪的"科学革命"。

C.韦尔奇（Claude Emerson Welch）在《政治现代化》中对西方两次技术革命这样总结："在18世纪后期几乎无人提到当时开始于英国的'工业革命'，技术、大众产品、工厂为中心的生活，诸如此类的冲击是慢慢被意识到的，直到1884年阿诺德·汤因比的《工业革命》出版，这个用语才流行开来。一场同样深远的革命——'现代化革命'，现在作用于全球的所有地方，可以说也有着同样伟大的后果。"③"工业革命"这一概括，一般认为出自历史学家汤因比。有著作揭示它最早是由汤因比的同名叔父提出来的，④而

---

① [加]马歇尔·麦克卢汉：《理解媒介》，何道宽译，商务印书馆2009年版，第46页。

② [加]马歇尔·麦克卢汉：《理解媒介》，何道宽译，商务印书馆2009年版，第33页。

③ Claude Emerson Welch, *Political Modernization: A Reader in Comparative Political Change*, Wadsworth Pub.Co., 1967, p.1.

④ J.R.Mc Neill, "President's Address: Toynbee as Environmental Historian", *Environmental History* 19(July 2014), pp.434-453.

《工业革命》一书使小汤因比获得冠名权。韦尔奇提到作用于全球的"现代化革命",是他对20世纪技术革命的提法。这本政治著作论述的是20世纪新政治体系,以"现代化革命"命名20世纪国际政治变革。只是对20世纪技术革命,韦尔奇的"现代化革命"与C.P.斯诺的"科学革命"的提法都没有获得流行。

C.P.斯诺的《两种文化》(*The Two Cultures*)一文,将18世纪与20世纪两次技术革命,区分为"工业革命"与"科学革命",强调两者的联系与区分,即"工业革命大约从18世纪中期到20世纪初期,指的是渐渐使用机器,男人与女人为工厂雇佣,农村人口变成主要在工厂制作东西的人口。而在第一种变化之外,生长出另一种变化,与第一种密切相关,但是更深、更快、更科学,这个变化就是将真正的科学应用到工业"①。他进一步指出:"我相信电子的、原子能的、自动化的工业社会,是在主要方面不同于任何之前已过去的社会,将更多改变这个世界。它是这种转换,在我的观点看来,题写以科学革命的名称。"②斯诺针对技术社会提出了"变化率"的概念,即"在所有人类历史中,这个世纪(指20世纪)之前,社会变化率(Rate of social change)都是很慢的,如此之慢,以致它在一个人的一生中不被注意到地过去。现在不是这样,变化率已增加到如此多,以致我们的想象跟不上"③。变化率成为20世纪的尺度。他的科学文化与文学文化"两种文化",引发了与独尊精英文学文化F.R.利维斯的文化之争。

文学理论家与文化理论家诺斯洛普·弗莱(Northrop Frye)在1967年论现代社会的《现代百年》中,描述工业革命阶段社会经济结构与旧政治结构分离的观点,颇有启发性,却很少被人注意到。他说:"现代世界开始于工业革命,工业革命在政治结构的身边又建立了一种经济结构,它实际上成了一种对立的社会形式。工业往往采取一种与国家形式迥然有别的组织形式,于是我们在自由竞争时期,就有了一种前所未有的生活在两种社会秩序之下的强烈感觉。"④这对于我们认识20世纪技术社会中文学艺术与社会的分离提供了参照。虽然弗莱没提及,但依照前一种分离,仿照弗莱的这一说法,20世纪文学艺术走向自律,也可视为经济结构与政治结构分离后,再次发生文学艺术与政治、经济的分离。这种分离,形成的是艺术与社会的平

---

① C.P.Snow, *The Two Cultures*, *And A Second Book*, Cambridge At the University Press, 1964, p.29.

② C.P.Snow, *The Two Cultures*, *And A Second Book*, Cambridge At the University Press, 1964, p.30.

③ C.P.Snow, *The Two Cultures*, *And A Second Book*, Cambridge At the University Press, 1964, pp.42-43.

④ [加]诺斯洛普·弗莱:《现代百年》,盛宁译,辽宁教育出版社1998年版,第60页。

行关系，改变了过去的所属关系。

技术引发的 18 世纪工业革命与 20 世纪技术革命，都具有空前的革命性，每次时间长达几十年甚至上百年才完成，因而理论总结都很晚才出现。18 世纪技术与生产领域的革命，广为接受的"工业革命"的概括，直到 19 世纪中期（1844 年）才被提出来。著名历史学家费尔南·布罗代尔在《资本主义论丛》一书中甚至认为，对 18 世纪英国的工业产业领域的社会巨变，以"工业革命"来界定不合适，因为"革命通常是一种快速的运动"，而"工业革命是典型的慢速运动，初期几乎不被人注意"。①

技术社会演变初期的不被注意以及演变时间长，加上文化与知识的稳定性带来的认知局限，都是理论滞后的客观原因。19 世纪末开启的 20 世纪技术社会，社会学领域也是在 20 世纪中后期，才出现逐渐获得流行的"后工业社会""晚期资本主义"等诸总结。电应用到生产是在 19 世纪后期，研究电媒的麦克卢汉媒介理论产生于 20 世纪中后期。所以现代主义理论媒介视角滞后也成为可以理解的事情。

麦克卢汉认为电媒时代知识形态是漩涡式的，打破主题式的分类知识类型，因此现代主义需要媒介美学理论与哲学、心理学、社会学、人类学、技术论、文学批评等一道，才能形成全面认识，而尤其应该注意到作为技术自主社会中的文学，媒介理论与技术知识对于认识现代主义的重要性，它是技术与新媒介环境中产生的新的文学文化，单一的文学知识，或权威的哲学知识，都不足以阐释现代主义。缺乏媒介理论即相关技术理论视角的现代主义理论体系是不完整的。本著作将现代主义研究推进到电子媒介环境与系统化的技术环境进行全面探讨，当然，还包括有历史维度、认识维度、制度维度，审美维度等多个方面，现代主义具有急剧变革的先锋姿态，并开创出新的审美形态，成为一个复杂的新文化现象。媒介、技术、社会组织变革与文学艺术变革是一体化的，因而一种新文学就代表了一种新文化，或者说是新文化的核心。从新的技术社会路径来研究这一新的文学文化的内核与外部关系，无疑是研究现代主义的有效途径。

---

① ［法］费尔南·布罗代尔：《资本主义论丛》，顾良等译，中央编译出版社 1997 年版，第 114 页。

第一章 现代主义的研究现状

现代主义文学可上溯到 19 世纪中期的波德莱尔,一般指 19 世纪末兴起而在 20 世纪前半叶繁荣的文学艺术思潮,包括象征主义、印象主义、意象派、漩涡主义、未来主义、达达主义、超现实主义、意识流、表现主义等,延续到五六十年代的存在主义、新小说、荒诞派戏剧、黑色幽默与 70 年代拉美魔幻现实主义。它包括同时发生在音乐、舞蹈、绘画、建筑、雕刻、电影等各个领域的变革。现代主义产生了众多流派和大师,绘画领域的毕加索、达利(Salvador Dali)等,音乐领域的瓦格纳(Wilhelm Richard Wagner)与勋伯格(Arnold Schoenberg)为代表;舞蹈领域的斯特拉文斯基(Igor Fedorovitch Stravinsky)、尼金斯基(Vatslav Nijinsky)与马辛(Léonide Massine)的现代芭蕾舞蹈,且与 T.S.艾略特形成理念互动;电影领域则有爱森斯坦这样的理论大师等。现代主义是自发的、国际化的文学艺术思潮。

现代主义也是实践运动,具有强大的实践维度,其一体现为实体的建筑与城市设计,同时还有综合各类艺术的新媒介、新电影的兴起;麦克卢汉提出了将文学艺术与新媒介交叉观照的新媒介理论,同时他本人也到各种媒体做节目,推进了综合性的艺术理念。超现实主义既有文学艺术创作,还有咖啡馆里的超现实主义,以调查问卷等多种形式,延伸到实际生活层面。除此之外,现代主义文学艺术还包含了实践性的因素,物质性的因素成为其中的一种存在。杜尚的工业成品的拼贴艺术,更是放大了物质性。现代主义专家莱文森(Machael Levenson)2011 年发表的《现代主义》第一章标题为“现代主义的景观”,[1]“景观”的描述,本身体现了现代主义的具有物质基础的立体性。L.威尔森(Leigh Wilson)的“现代主义复杂的文化网”[2]中的网状形态的提法,同样表明了现代主义扩大了原来的文学艺术的边界。

最早察觉急剧社会转型与文化转型的,还是作家、艺术家与批评家,他们的触须敏锐地触碰了新的变化。代表性的言论有伍尔夫在《小说中的人物》(*Character in Fiction*,1924)(这篇论文单独重印时改名为《贝内特先生与布朗太太》(*Mr Bennett and Mrs Brown*))中首次说到现代人类特性变化

---

[1] Machael Levenson,*Modernism*,New Heven and London:Yale University Press,2011.

[2] Leigh Wilson,*Modernism*,Continuum,2007,p. 9.

的准确时间,"1910 年 12 月,或者说,大约在那个时候,人类的特性发生
了改变";"所有的人类关系转换了——主人与仆人的关系,丈夫与妻子
的关系,父母与孩子的关系。当人类关系发生改变的同时,在宗教、行为、
政治与文学等方面也都发生了改变";"请让我用一个简单的例子来说
明,你在生活中可以看到某个厨师的性格变化。维多利亚时代的厨师像
个海中怪兽一样生活在深渊里,可怕且安静,朦胧且神秘;乔治时代的厨
师则像灿烂的阳光和新鲜的空气;在客厅进进出出,一会儿借阅《每日先
驱报》,一会儿征求别人对帽子的意见。关于人类变化的力量,你还想知
道更多的例子吗?"①又如 T.S.艾略特在《伊丽莎白时代四位剧作家》一文,
谈到伊丽莎白时代的戏剧与 20 世纪初期戏剧的不同,也指向当代文学与当
时政治的转型期特征的关系。他说:"当代文学,和当代政治相似,由于时
刻都在为求生存而挣扎,因此给人一混乱、模糊的印象;但现在该是时候
了,我们必须检视一下那些根本的原则。"②乔伊斯与艾略特都发明了很多
新的表现方法,在此之前有象征主义诗人马拉美、魏尔伦、兰波在诗歌领域
的突破。

　　利·威尔森则从读者感受,谈及现代主义文学的转型。他强调现代主
义背离了读者期待,"当我们面对到现代主义的作品,T.S.艾略特的《荒原》,
詹姆斯·乔伊斯的《尤利西斯》,巴勃罗·毕加索的一幅画或让·科克托的
一部电影,我们可能会感到无聊或不耐烦,或者怀疑艺术家是在开一个让我
们付出代价的玩笑。我们可能还会像很多 20 世纪早期的读者与评论者一
样怀疑,我们正在读的或正在看的,终究是缺乏天才与技巧的作品";"如果
看这些作品带给我们的是与我们期待从艺术中得到的相反——不是愉快而
是痛苦,不是满意而是苦恼,或甚至是冒犯,为什么要看这些作品呢?——
乔伊斯、艾略特、毕加索——都被尊称为 20 世纪文化的'伟大的'艺术家、
巨匠,这两者如何匹配呢?"③

　　现代主义文学艺术的变革远不止是由创作方法变革带来的,它本身是
现代化过程的产物,是现代性塑造的。自然,未进入工业化而不具备现代性
特质的历史社会语境下,难以形成对现代主义的深刻认识。过去中国由于
没有对工业体制与技术化社会的体验,对现代主义的认识存在隔膜。而改

①　Virginia Woolf,"Character in Fiction",in *Collected Essays*,Volume Ⅲ,Andrew McNeillie ed.,
　　New York:Harcourt Brace,1988,pp.421-422.
②　[英]T.S.艾略特:《艾略特文学论文集》,李赋宁译注,百花文艺出版社 1994 年版,第
　　79 页。
③　Leigh Wilson,*Modernism*,Continuum,2007,introduction,pp.1-2.

革开放经历了 40 年高速现代化的发展，中国已初步进入工业化社会形态，我们也获得了对现代性的切身体验，再反观现代主义问题，则容易对过去已有认识局限形成突破。

技术全面提升，西方完成技术专业对社会的组织与系统管理，促使社会进入工业体制化社会，是发生在 20 世纪初期。文学艺术从体制化社会分离出来而并行于社会，形成与社会的分离、对应、交织、对抗的关系，改变了之前文学被包括在社会政治结构之中的从属格局，因而出现了吞噬旧范型的全新文学范型。可以看出，现代主义文学艺术的演化，彻底不同于过文学艺术的演化而来自政治革命或政权更迭，它是技术带来的社会的演化，推动了文学的演化。现代主义完全是技术化的体制社会到来的产物。技术的效率目标与管理形式，颠覆了传统社会的王权或阶级的目标及其所积累的文化观念与文学范型。

由此，现代主义是对前所未有的技术社会转型的激烈反应，对它的理解，就不可局限在文学内部传统以及传统的文学与社会的关系模式。老的社会政治格局之中的文学定位，无法适应现代主义，过去的文学知识，也不能成为认识现代主义的途径，甚至恰恰成为理解现代主义的瓶颈，因为新的社会形态是全新的，且要比过去的社会复杂得多。其一是新型工业体制的社会关系，不再是过去的阶级关系为主导；其二是对传统的文学认知，不包含技术与电力媒介等非观念化的知识领域，以前的文学缺乏强大的技术环境；其三是过去的文学属于观念文化，而现代主义文学恰恰抵制观念价值，转向了形式审美文化，这种转向有着技术的基础。

人们看到了现代主义审美转型，看到了形式审美特征，因而将现代主义定位为审美的现代主义，从艺术自律的范畴予以阐释，这一认知框架，缩小了现代主义的范围，局限在审美是远远不够的。因为作为一种新型审美文学，现代主义同时也是新的制度文化现象与技术文化现象，以及新的电力技术环境的产物。过去对现代主义艺术自律的阐释，切断了它与社会广泛联系的一面，而只强调现代主义与社会的对抗，切割了其广泛的外部联系的根基，这对现代主义的认知，形成了严重的阻滞，使现代主义研究远远落后于现代主义本身。

从已有的现代主义研究倾向及国内外的各研究阶段，可以看出，对现代主义的认知从因袭现实主义标准，到走向文学内部，甚至缩小到形式，再到走向理论内部，一直存在局限，这与对现代主义的定位，没有找到合适的标准与知识坐标系，视域不够广阔是有关系的。

一、国外现代主义文学研究综述

（一）现实主义文学的社会理性尺度的裁定

现代主义具有全面的创新性，其语言的晦涩，表意的含混等，使其一开始不被接受。批评界对现代主义的否定，当时主要有这样几类观点。

第一类观点持守文学的完整性，认为现代主义出自个人感受与体验而不能达到作品整体上的和谐一致。乔伊斯被视为一个典型。

第二类观点持守文学的恒久性，认为现代主义流派昙花一现，缺乏永恒价值。这些批评特别针对达达主义、漩涡派、印象主义，甚至也包括超现实主义、未来主义等。

第三类观点认为，现代主义缺乏政治性与社会理性，是单纯技巧革新的审美个人主义文学。

这几类批评的立足点，依照的还是文学的社会理性标准。然而，现代主义属于非理性主导的文学，理性知识范型将社会理性文学视为唯一"正常"的情形，非社会理性则被视为"反常"。这种单一标准，使理性文学日益形成僵硬划一的套路或模式化的同时，也将梦幻、新奇、差异、灵动等真正想象性的东西切割出去。这源于二元对立思路，齐格蒙特·鲍曼（Zygmunt Bauman）描述二元对立认识论思维是一种切割对立面的思维，它切割了存在与生活中的很大部分内容，形成"非理性是理性产业的废弃物。混乱是秩序在生产中积聚而成的废弃物。异乡人所具有的令人可怕的不一致性，是那个已经被明确分割成称作'我们'的这一块和标定为'他们'的另一块的世界所丢弃的垃圾。矛盾性是符号清晰性生产中的有毒副产品"。① 现代主义表现出无意识的混杂、矛盾、非理性，正是找回与放大了被社会理性标准切割的部分，对于现代主义，理性尺度并不适宜。这正是现代主义一经出现，就作为一种失范的思潮而遭受很大质疑的原因。

关于现代主义的论争发生在卢卡奇（Ceorg Lukacs）与恩斯特·布洛赫（Ernst Bloch）、布莱希特、阿多诺之间，先后论战所显示的问题的核心，集中在文学的社会历史的整体性与非整体性上。现实主义理论内核是"总体"的历史发展观。卢卡奇认为："客体的可知性随着我们对客体在其所属总体中的作用的掌握而逐渐增加。这就是为什么只有辩证的总体观能够使我

---

① ［英］齐格蒙特·鲍曼：《现代性与矛盾性》，邵迎生译，商务印书馆 2003 年版，第 151 页。

们把现实理解为社会过程的原因。"①社会过程整体,在卢卡奇看来,只是在资本主义社会才被建立起来。封建社会的人的关系主要还是处于自然关系的无组织状态,而"资产阶级社会实现了使社会社会化的过程。……人成了本来意义上的社会存在物。社会对人说来变成了名副其实的现实";"因此,只有在资本主义下,在资产阶级社会中,才能认识到社会是现实。"②这便确立了认知的强烈的社会现实指向。现实主义批评的社会总体是社会现实与历史发展的结合,从而文学被锁定在社会历史背景的坐标系中。这种总体论也就是辩证法,即"辩证法不管讨论什么主题,始终是围绕着同一个问题转,即认识历史过程的总体。"③而对于抛开社会历史,转向个体心理从而呈现非理性倾向的现代主义,卢卡奇认为它只会造成"现实的稀薄"与"人格的分裂",进而认定它是错误的。他在 1957 年发表《当代现代主义的意义》《现代主义的意识形态》等重要论文,高扬现实主义旗帜,称颂 20 世纪的萧伯纳、德莱塞遵循与发展了巴尔扎克和托尔斯泰的"批判现实主义",否定现代主义。而赞同表现主义的布洛赫、布莱希特等,则认为现代主义是一种不同于现实主义的文学,它们是两种文学,需分别对待。

这种论战的立场在一些社会主义国家演化到了意识形态的对抗。一些苏联的批评家对现代主义采取接近卢卡奇的立场,而且将问题进一步政治化。比如,A.C.米亚斯尼科夫在《论现代派的哲学基础》一文中,首先设定"先进的俄罗斯的学术传统"为标杆,"揭示出现代派的哲学、美学和创作观点是站不住脚的";④继而从哲学上,以唯物主义为标杆,将一切新的艺术流派,归纳为一个"共同的东西:都趋向于主观唯心主义"。⑤ 同时从历史观出发,称"现代派的导师和现代派自己在思维上的反历史主义上是一致的";⑥还从文学真实观上,指出现代派"掉入下意识的、感觉模糊的世界和现实主义作家似乎无法理解的心灵的秘密状态,这首先是不真实的"。⑦ 这种评价

① [匈]卢卡奇:《历史与阶级意识》,杜卓智等译,商务印书馆 1999 年版,第 62 页。
② [匈]卢卡奇:《历史与阶级意识》,杜卓智等译,商务印书馆 1999 年版,第 70 页。
③ [匈]卢卡奇:《历史与阶级意识》,杜卓智等译,商务印书馆 1999 年版,第 85 页。
④ [苏]Ⅱ.B.扎通斯基等:《论现代派文学》,杨宗建等译,湖南人民出版社 1986 年版,第 60 页。
⑤ [苏]Ⅱ.B.扎通斯基等:《论现代派文学》,杨宗建等译,湖南人民出版社 1986 年版,第 64 页。
⑥ [苏]Ⅱ.B.扎通斯基等:《论现代派文学》,杨宗建等译,湖南人民出版社 1986 年版,第 73 页。
⑦ [苏]Ⅱ.B.扎通斯基等:《论现代派文学》,杨宗建等译,湖南人民出版社 1986 年版,第 79 页。

体现了"我对他错"的意识形态立场。M.A.亚洪托娃的《反对在评价方法上的形式主义》一文,甚至将现代主义研究与苏联的政治任务联系起来,将现代主义批评政治化。她说:"现代主义是反映意识形态、哲学和美学原则的艺术,它同我们的世界观和政治任务是敌对的,在同它进行不可调和的斗争时,我们没有权利把现代派同它所特有的、只与艺术形式有关的表现手法的综合体混为一谈,特别是因为这些手法不仅只为现代派利用。"①这种批评将本国的政治视为正确,将传统定为"规范",视现代主义为不合理的、反常的、病态的思潮。在这种框架下,现代主义不只是错误的,甚至成为反动的,在意识形态不断被强化的国际政治斗争中,它在一些国家就成为禁区。

(二) 形式研究囿于文学内部的局限

西方最早对现代主义进行鼓与呼的,是作家、艺术家群体。马拉美等象征主义诗人所表达的诗歌语言的观点,庞德的意象论,艾略特的"非个人化"理论,乔伊斯的神话方法,伍尔夫的《现代小说》的倡导等。更早的还有先驱诗人波德莱尔的"现代性一半是永恒,另一半是暂时性"的现代性观点,以及他的"通感论"。研究领域对现代主义的肯定比创作界来得晚一些。美国的爱德蒙·威尔逊(Edmund Wilson)研究象征主义诗歌的《阿克瑟尔城堡》,代表着年轻的一批学者对现代主义的正面导读的形成。而 I.A.理查兹为代表的"新批评"对诗歌的悖论、双关的张力的解读,也使现代主义获得了全新的认识。20 世纪 60 年代,卢卡奇与布莱希特的论争,引发不少学者发表论点,如美国的特里林(Lionel Trilling)教授的《论现代文学中的现代因素》,认为现代主义的非理性会威胁到社会秩序。而哈利·列文(Harry Levin)发表的《什么是现代主义》,则认为现代主义与启蒙主义的理性、进步观念一脉相承。但 60 年代以后,基本不再有争议,现代主义获得了普遍接受,且对其形式变革的描述与研究成为这个阶段的主流偏向,因而现代主义研究主要体现为文学内部研究。一是对流派的梳理与研究,比如关于象征主义、未来主义、超现实主义、表现主义都有诸多专著;二是作家作品研究,数量较多;三是对现代主义的综括,或对现代主义的某个话题的研究。在此不一一列举著述。

现代主义艺术变革中的形式,已成了形式的内容,置换了形式作为内容载体的二分法,这一转变的基础是现代主义转向了关注语言,不再重点关注

---

① [苏]Ⅱ.B.扎通斯基等:《论现代派文学》,杨宗建等译,湖南人民出版社 1986 年版,第 329—330 页。

社会,视语言本身即内容,语言不只是工具。弗·詹姆逊指出:"语言仍然处于本质上是现代主义的'美术体系'的核心。"①现代主义语言打破了句法等非连贯性而建立了语言与包括语言在内的形式的抽象性。伍尔夫在《贝内特先生与勃朗太太》中指出,文法被破坏了,句法烟消云散了,乔伊斯的猥亵与艾略特的晦涩,都是蓄意谋划,要从根本上摧毁文学世界的根基与规范。她认为相比莎士比亚、弥尔顿的规范语言,他们将力气花在说出真理的方式上,并对比之前的文学说:"如果想起当年的语言,和自由的鹰的飞翔的高度,再看看今天那只同样的捕获了、脱毛了、声音沙哑的鹰吧。"②伍尔夫从实验语言中看到了现代主义先驱作家们的艰难,但她坚信这是未来的方向。现代主义的抽象体现在象征、隐喻与反讽中,个体心理以形式的具象与抽象来表现。现代主义的象征表意与之前的理性思想表现不同,它摒弃宏大题材与伟大风格,而转向混杂、拼贴与蒙太奇等文类颠倒与时空错位的创新形式。詹姆逊将现代主义的创新提升到"创新的概念是现代主义的意识形态的基本标志"③的高度。学院派对现代主义流派的爬梳与个体作家研究的成果不少,但对形式的研究,主要停留在对叙述形式等所进行的描述,因为形式还是被置于文学的内容与形式的知识框架中,因而对形式的描述性的研究比较普遍。

　　20世纪后期随着后现代主义理论的出现,理论家们对语言、无意识与欲望等问题的研究不时关联到现代主义。比如茱莉亚·克里斯蒂娃(Julia Kristea)在《语言中的欲望》中分析了马拉美诗歌与乔伊斯小说的语言。德里达对乔伊斯作品有很多涉及。《德里达与乔伊斯》的论文集中的《〈尤利西斯〉留声机:乔伊斯中的听、说 Yes》一文,从女性人物的"yes",揭示语言的踪迹、时空切割以及与殖民地臣民的心理。④ 而吉尔·德勒兹也有专门分析普鲁斯特的《追忆逝水年华》的符号论著作。只是理论家们在阐释自己的理论,往往是以现代主义作品作为例证,并不以现代主义作品本身为目标。21世纪初,出现了理论视角与"文化研究"视角的现代主义研究新潮流。对现代主义的研究扩展到了媒介等视角,但侧重关注的是电影、摄影等

---

① [美]弗·詹姆逊:《论现代主义文学》,《詹姆逊文集》第5卷,苏仲乐译,中国人民大学出版社2010年版,第23页。

② 李乃坤编选:《伍尔夫精粹》,河北教育出版社1990年版,第361页。

③ [美]弗·詹姆逊:《论现代主义文学》,苏仲乐译,中国人民大学出版社2010年版,第45页。

④ *Derrida and Joyce: Texts and Contexts*, Andrew J.Mitchell and Sam Slote eds., State University of New York Press, 2013, pp.41–86.

新媒介品种在现代主义思潮中的存在。具体来说，就是注意到了现代主义的多媒介现象及其与文学的关系，但没有上升到从新媒介环境来作为现代主义艺术感知根基的理论高度。这种多媒介研究，从根本上说是类型研究，例如，Julian Murphet 的《多媒介现代主义》①就是一个例子。

（三）"文化研究"与理论视域的局限

21世纪以来的十多年，现代主义被纳入理论研究与"文化研究"视野之中。21世纪初现代主义在西方理论界被再度发现，各种理论研究都延伸并关联到现代主义。比如关联全球化的视角，或关联到现代性的话题。比如悖论性与自反性的现代性话题，有罗伯特·斯各尔斯（Robert Scholes）的《现代主义的悖反》一书，它以现代主义批评中的高与低，现代艺术中的旧与新，现代主义蒙太奇中的诗性与修辞、坚硬与柔和，还有乔伊斯与其他等上述四个部分对现代主义的悖论性矛盾空间予以探讨，②这就是与现代性相关的话题。

沃克·奥威兹（Walk Owitz）的《世界主义的风格：超越民族的现代主义》，则以全球化审视现代主义，指出"在20世纪一开始，现代主义作家就寻求全球化，来量度各种思考与情感的经验。特别是在帝国主义、爱国主义与世界大战的语境中，康拉德、伍尔夫与乔伊斯对文化世界主义的解释工程作出了他们最有意义的贡献"③。文化世界主义的提法，包含现代主义作家对一些政治性内核概念的新的全球化文化性的阐释，体现出不同于以前的政治性。比如帝国主义的概念，詹姆逊的《现代主义与帝国主义》一文，论及了帝国主义概念的现代主义文化转化与形式转化。④

现代主义如何作为理论家们的理论灵感之源也获得了关注。斯蒂芬·罗斯（Stephen Ross）说自己编的论文集《现代主义与理论》，是"聚焦于证明理论与现代主义之间的联系"，并指出"这些论文表明，今天的很多概念，主要与吉尔·德勒兹、费利克斯·瓜塔里、雅克·德里达、亨利·列斐伏尔、吉奥乔·阿甘本相联系的那些理论概念，很多都是直接从与D.H.劳伦斯、乔治·巴塔耶（Georges Bataille）、安德鲁·布利顿、弗吉尼亚·伍尔夫、瓦尔

---

① Julian Murphet, *Multimedia Modrnism*, Cambridge University Press, 2009.

② Robert Scholes: *Paradox of Modernism*, Yale University Press, 2006.

③ Walk Owitz, Rebecal L, *Cosmopolitan Style: Modernism Beyond the Nation*, Columbia University Press, 2006, p. 5.

④ [美]弗·詹姆逊:《论现代主义文学》，苏仲乐等译，中国人民大学出版社2010年版，第225—247页。

特·本雅明的直接遭遇之中产生出来的案例"。① 这无疑显示出现代主义
作为各种理论的矿脉资源被开掘出来。日常生活批判理论大师列斐伏尔，
最开始也是研究超现实主义的，他的《现代世界的日常生活批判》以大量引
述意识流作家乔伊斯的《尤利西斯》作为开篇。而德勒兹、瓜塔里的理论也
被认为受到普鲁斯特与 D.H.劳伦斯的非二元对立的原始主义与无意识的
影响。② 后现代主义研究也将伍尔夫视为后现代主义作家，如帕梅拉·考
菲(Pamela Caughie)的"伍尔夫的后结构主义与后现代研究"一文提出，后
现代与后结构主义理论，改变了我们对伍尔夫的阅读。③

　　21 世纪初的现代主义研究不仅寻求全球化视野，还致力于揭示与寻求
现代主义各种文学经验在各国的差异，出现了复数的现代主义的提法。斯
蒂芬·罗斯指出："新的现代主义研究的来临，对于 20 世纪文学与文化的
学者，已经是一种非常及时的裨益与恩惠的东西，人们都会一致同意单数的
现代主义已经让位给对现代主义无数的相异其趣的理解的复数形式，因为
从地理的、一时的与材料的局限来论述什么是作为现代主义这种旧的研究，
已经断然地被瓦解，学者们现在以新材料、新地区性与新的问题，来重新认
识所有的文化产品，而不只是庞德、艾略特、伍尔夫、劳伦斯、乔伊斯等等被
纳入经典范式的说明之中的研究。这种积极的转变已经将现代主义开启为
一个更为综合性的凝视……一切新角度背后，是现代主义作为对多重现代
性的一个差异性回应的更新的展望。现代主义因此被新的现代主义的研究
重铸为发生在不同的时间、不同的地方与不同的形式的一种文化形态。"④
珀格·格里芬(Poger Griffin)也有"法语中的现代主义"的提法，他从语种的
角度，辨析不同语种在使用现代主义一词的差异，认为正是各种语言中的现
代主义的差异，构成了"现代主义研究的迷宫"。⑤ 而《世界主义的风格：超
越现代主义民族》一书的作者则指出："特别是在帝国主义、爱国主义与世
界大战的语境中，康拉德、伍尔夫与乔伊斯对文化世界主义的解析工程做出
了他们最有意义的贡献。"⑥民族主义与世界主义的视角同时出现在现代主
义的研究之中，它们本身是一对问题。

---

① *Modernism and Theory*, Stephen Ross ed., Routledge, 2009, p. 19.

② *Modernism and Theory*, Stephen Ross ed., Routledge, 2009, p. 20.

③ *Poststructuralist and Postmodernist Approaches to Virginia Woolf*, in *The Palgrave Guide to Woolf Studies*, Anna Snaith ed., New York：Palgrave, 2006.

④ *Modernism and Theory*, Stephen Ross ed., Routledge, 2009, p. 1.

⑤ Roger Griffin, *Modernism and Fascism*, Palgrave Macmillan, 2007, p. 43.

⑥ Walk Owitz, Rebeccal L, *Cosmopolitan Style*：*Modernism Beyond the Nation*, Columbia University Press, 2006, p. 5.

　　而最热闹的现代主义的"文化研究",从性别、创伤、后殖民、种族等"文化研究"自身的角度钻探现代主义的熔浆。"文化研究"的政治视角,使抵制意识形态而追求审美的现代主义的政治话题被挖掘出来,但应该说,政治对于现代主义只是相对边缘的话题。

　　倡导"文学印象主义"(Impressionism)而被庞德描绘为"英国印象派主义作家的牧者"①的福特(Ford Maddox Ford)政治性立场也被挖掘出来。布鲁斯伯里集团历来被认为是推崇审美的团体,而"文化研究"视角则发掘其审美变革的政治意义。威尔森指出:"对于布鲁斯伯里集团,审美是占首位的,改变审美经验是最有力地改变社会与政治的方式,是实际带来'文明'的方式。"②这是对非政治化的审美问题的新的政治认识。梯德威尔(Joanne Campbell Tidwell)在《伍尔夫日记中的政治与审美》一书中指出:"人与人的关系变了,整个社会也变了。其后果是有关社会和人类关系的写作的老方法不灵了。作家必须变革写作,这表明政治已经作用于文学了。审美也因政治的改变而调整自身。伍尔夫曾表达过,小说的目的不是政治,但此处她已经证明写作是不能分离于政治问题的。"③文化研究政治视角在现代主义研究中掀起的这一浪潮,无疑扩大了现代主义文学的研究视野,突破了将其局限于文学形式变革,而且产生了颇丰的成果。

　　比如在性别研究的"文化研究"视角下,就有人模仿莱文森的《现代主义的谱系》的标题,据此宣称现代主义应该有性别谱系。萨拉·科勒(Sarah Cole)的《现代主义、男性友谊与第一次世界大战》,就将男性性别关系与现代性联系在一起,"现代性的创伤——战争、暴力,历史自身——轮流成为这种创伤的象征。"④女性作家与男性作家的政治态度存在激进与保守之分,也使性别的现代主义研究浮出水面。男性作家被认为更具保守倾向,如波德莱尔有反对进步的言论,T.S.艾略特与埃兹拉·庞德都有反对民主的言论,艾略特自称政治上的保皇党,宗教上的英国天主教徒,文学上的古典主义者。温德姆·刘易斯、T.E.休谟(T.E.Hulme)则都有反大众文化的言论。相对于男性作家的保守的政治立场,伍尔夫与格特鲁德·斯泰因等女性作家,则被认为政治立场更显激进。比如伍尔夫投身到女性投票权活动

---

① Pound,"Ford Madox Hueffer",*New Freewoman* I (Dec.,15,1913),p.251.

② Leigh Wilson,*Modernism*,Continuum,2007,introduction,p.98.

③ Joanne Campbell Tidwell:*Politics and Aesthetics in the Diary of Virginia Woolf*,Routledge,2008, p.73.

④ Sarah Cole, *Modernism*,*Male Friendship*,*and the First World War*,Cambridge Univ.Press,2003, p.1.

等,她也被尊为女权主义的领袖。

　　殖民与后殖民理论的文化研究视角,也进入到现代主义研究而形成广泛成果,如《现代主义与殖民主义》①《现代主义与后殖民主义》②。"文化研究"复燃了现代主义形式研究在 20 世纪末逐渐熄灭的火焰。其政治视角使现代主义与现代社会的交合面被放大开来,从而在既有的对现代主义形式研究路径之外,又开启了政治的研究视野。法西斯政治也归属到现代主义名下,诗人庞德是法西斯主义者,而未来主义的两位诗人马里内蒂与马雅可夫斯基,前者转向了法西斯主义,后者转向了共产主义。英文著作《现代主义与法西斯主义》也在 2007 年出版。齐格蒙特·鲍曼也曾讨论大屠杀与现代性的关系,并认为大屠杀是一种现代性追求。

　　然而,理论与"文化研究"视角下的现代主义研究,突破了现代主义文学的内部边界,具有了广泛的文化视域的同时,也存在从它们自身立场出发,将现代主义附属于理论本位的立场问题,那就是"文化研究"立足于弱势群体与边缘群体的政治立场,带有自身的诸如女性主义、少数族裔、后殖民等文化研究范式,据此指向现代主义的政治研究。它并不以现代主义的叙述、形式与审美等本体问题为研究目标,不以对现代主义的整体理论建构为目标,针对的不是现代主义的主导面,而是相对边缘性的方面。文化研究的自带立场,使现代主义再一次回到被作为观念文学文化看待,恰恰忽略了现代主义的审美变革的物质与技术维度等更为重要的问题。必须承认它推进了对现代主义多维度的认识,但是,所有这些理论研究,都是从已有的理论范式出发,对应到现代主义,而非立意于以现代主义整体理论体系的建构为目标。

（四）现代主义研究与现代性理论话语的分割

　　现代化、现代性、现代主义、现代性话语等概念彼此关联,现代主义的"审美现代性"的理论定位,立足于强调现代主义与现代性的对抗,忽略了现代主义与现代性的联系。阿多诺提出的艺术自律,指向现代主义以摆脱社会意识形态,摆脱机械社会及其程序化管理,形成艺术与机器社会的对抗。但这多少被误会为现代主义走向文学艺术内部,从而切割了现代主义与现代性语境、与技术环境、媒介环境联系的一面,这样导致现代主义研究

---

① *Modernism and Colonialism*, Richard Begam and Michael Valdez Moses eds., Duke University Press, 2007.

② Peter Childs, *Modernism and the Post-Colonial*, Continuum, 2007.

视域狭窄,甚至只剩下了形式变革的问题。现代主义反抗现代性,反抗现代工业体制社会,但同时它与技术社会具有内在联系的一面,无论如何艺术不可能自律到脱离环境的程度。现代主义正是技术社会终结了观念社会,失去了整体的超越性的社会理想之后,而产生的反观念的审美文学。应该说只是它与社会的联系的方面与联系方式都有了新的改变,也就是它不联系于政治,不密切反映社会现实,所形成的是与分离的社会的抽象象征的寓言式表达关系,这与其技术环境与电力媒介的技术感知对现代主义感知的塑造有很大关系,这一关乎现代主义审美的最重要的维度,但完全遭到了忽略。

　　而对现代主义的社会批判,也是笼统归为批判社会的异化,没有具体关联到现代性。实际上现代主义否定现代性,与社会学领域的现代性话语反思与批判现代性,是相通的,都属于"审美现代性"。然而,现代主义研究停留在文学的社会批判,多少还是一种阶级斗争的意识形态话语,没有引入现代性批判理论作为参照。典型的例子是,最早关于"现代性"的定义来自诗人波德莱尔。他在《现代生活的画家》这篇著名文章中提出,"现代性是短暂的、易逝的、偶然的,它是艺术的一半,艺术的另一半是永恒和不变"①。波德莱尔本人是现代主义的先驱诗人,他的这句名言出自对属艺术领域的法国画家居伊的评论,谈论的是现代性问题,这说明现代主义与现代性相连。然而,波德莱尔的这句名言,却基本没有在现代主义文学研究中被引用过;相反,在社会学领域的现代性论题中被大量引用。现代主义审美文化是作为技术社会观念文化失效的弥补或替位,它上升为技术社会的文化表意体系,具有文化功能与文化价值。审美文化取代观念文化,体现了现代主义的文化使命,它既反抗技术社会,也是技术社会的产物,它与技术社会所兴起的个体化维度、大众化维度、都市化维度、民主化维度、技术环境维度都存在对应。概而言之,现代主义是工业体制社会的新文化形态,折射了现代社会经济的现代性、政治的现代性与技术的现代性。葛兰西指出"文化是最具决定性的战场"。弗莱也认为文化是大于政治、经济的疆场。鲍曼在《作为实践的文化》中认为,没有文化,社会是不可能的。过去说有什么文化,就有什么社会,而现在常说,有什么制度就有什么文化。工业技术化社会滋生了现代性与现代主义,它们是同根同源的文化。社会学领域时常引入现代主义作家作品进行理论阐释,而现代主义文学研究,则很少引入现代性话语来深化对现代主义的认识,因而出现了这种不对称的局面,那就是现代主

---

① ［法］波德莱尔:《1846 年的沙龙——波德莱尔美学论文选》,郭宏安译,广西师范大学出版社 2002 年版,第 424 页。

义是极为广泛的,而现代主义研究却相对狭窄,现代主义研究远远落后于现代主义,这与对之的整体定位存在问题有关。

雷蒙德·威廉斯(Raymond Henry Williams)说:"现代主义和现代性成了垂死的对手,而不是亲兄弟。"①然而,现代性话语与现代主义都与现代性对抗,但现代主义不同于现代性话语,它同时还存在与现代主义联系的一面,它本身是现代性的产物,这个方面被忽略,技术社会、媒介环境对现代主义内在性塑造的一面就被忽略。现代主义研究,无疑需要关注它的外部联系与土壤,它与现代性、现代化、现代性话语的复杂关系联系,它与现代性形成既叉合对应又共生对抗的复杂关系。然而,在学术领域它们实际上被分割,分割为社会学领域的现代性,历史概念上的现代化和审美上的现代主义,现代主义的视域主要被划定在文学艺术内部。

这与现代性时段更早、更长,范围大于现代主义有关。比如道格拉斯·凯尔纳(Douglas Kellner)等认为,现代性始于 17 世纪,他说:"社会文化上的现代性,指紧随中世纪或封建主义历史的新阶段。从 17 世纪的笛卡尔到 18 世纪的启蒙运动,皆尊奉理性为社会进步的泉源,真理及自我的依归。美学上的现代性(审美现代性)则指 20 世纪初,现代主义的前卫运动及波希米亚式的次文化,对抗工业主义及理性主义非人化的一面,希冀从原创性的艺术实践中,再寻真我,重建文化。"②安东尼·吉登斯(Anthony Giddens)也说:"现代性是 17 世纪以来在封建欧洲所建立,而在 20 世纪日益成为具有世界历史影响的行为、制度和模式。"③还有观点认为,现代性"是对社会与政治思想的一个主导框架,不仅针对西方,而且是针对世界范围的"④。现代性话语与作为历史框架与历史现象的现代性存在同步性,但兴盛于 20 世纪。而现代主义是 19 世纪末 20 世纪初兴起的"激进的审美,技巧的实验,空间与节奏胜过编年史形式,意识的自我反应,对人类作为中心主体的怀疑态度以及对现实不确定性的探询"⑤。"现代主义常常被看作是对后期现代性与现代化的一种审美与文化上的反应。"⑥因此,范围小、时间晚的现代主义,不被联系到现代性话语中,也是存在客观原因的。

---

① [英]雷蒙德·威廉斯:《现代主义的政治——反对新国教派》,阎嘉译,商务印书馆 2002 年版,第 9 页。

② Steven Best and Douglas Kellner, *Postmodern Theory: Critical Interrogations*, Macmillan, 1991, p. 2.

③ [英]安东尼·吉登斯:《现代性与自我认同》,赵旭东等译,三联书店 1998 年版,第 16 页。

④ Gurminder K. Bhambra, *Rethinking Modernity*, Palgrave Macmillan, 2007, p. 1.

⑤ Peter Childs, *Modernism*, Routledge, 2008, p. 19.

⑥ Peter Childs, *Modernism*, Routledge, 2008, p. 18.

社会学本身是解释文化的。丹尼斯·史密斯（Dennis Smith）在《齐格蒙特·鲍曼——后现代性的预言家》中指出："社会学的基本目标之一，也是社会学的任务，是解释文化的性质，说明选择所扮演的角色。"①而现代主义同样是技术社会的文化形态，具有其文化表征。现代主义文学研究，却很少对照现代性与参照现代性话语，而存在将现代主义过于单纯地文学化的问题。法国学者伊夫·瓦岱（Yves Vadé）曾这样强调其"文学现代性研究中心"的使命，应坚持"明确和分析美学现代性与历史现代性之间的关系，也就是说一些具有自己特有的表现形式的作品与我们生活的时代所特有的历史状态之间的关系"。② 这便是要求打破现代主义与现代性话语、现代性的区隔，将其共同视为现代社会中的文化现象。本课题的文化现代性正是致力于拓宽与还原现代主义的认知的知识框架。

应该承认，现代性话语理论取得的成果远远领先于现代主义文学研究，它产生了阿多诺、齐美尔（George Simmel）、本雅明、吉登斯、鲍曼等一系列大家。吸取现代性话语，有助于对现代社会与现代主义的文化性的理解。例如现代主义文学所批判的异化问题，《启蒙辩证法》指出过，"人类为其权利的膨胀付出了他们在行使权力过程中不断异化的代价。"③本雅明的"历史天使""机械复制时代的抒情诗人"等阐释，都表达了对现代社会异化的深刻洞见。阿多诺与本雅明的现代性研究，都关联了现代主义，前者提出了"艺术自律"，后者提出了"震惊"概念。同属马克思主义批评家的雷蒙德·威廉斯也写过《现代主义是什么时候？》的论文。社会学家与艺术家对现代性的感受与体认是相通的。现代主义文学研究需要引入现代性批判话语作为参照系。

二、现代主义与现实主义连体：中国的滞后状态

中国研究西方现代主义的历史，在盛宁的论文集《现代主义·现代派·现代话语——对现代主义的再审视》的开篇，有清晰的梳理。20世纪30年代外国文学学者们开始了现代主义文学译介，如赵萝蕤1936年译出了《荒原》。而抗日战争爆发后的救亡图存，使现代主义话题被搁置，直到

① ［英］丹尼斯·史密斯：《齐格蒙特·鲍曼——后现代性的预言家》，萧韶译，江苏人民出版社、汉译大众精品文库·新世纪2002年版，第22页。
② ［法］伊夫·瓦岱：《文学与现代性》，田庆生译，北京大学出版社2007年版，第3页。
③ ［德］马克斯·霍克海姆、西奥多·阿多诺：《启蒙辩证法》，渠敬东等译，上海人民出版社2006年版，第6页。

60 年代它才重新进入学术领域,但被作为帝国主义没落文学,当作批判对象。① "文革"期间,现代主义成为禁区,80 年代解禁后才重新得到研究。然而 90 年代后期在中国的后现代主义研究与文化研究热,形成了对现代主义的遮蔽。学术界的追新,使得一些领域没有得到深入研究,就被新潮替代了。实际上,有时出现的情况是,大家都对新潮对象说着多少有些雷同的时髦话语,看似热闹,其实学术上能够沉淀下来的东西并不多。

应该承认,外国文学界在 20 世纪 80 年代、90 年代对现代主义的研究有了巨大的推进,出现了一些奠基性的成果。萧乾、袁可嘉等为代表的老辈学者的翻译、力荐做出了巨大贡献。在研究方面,柳鸣九的存在主义,叶廷芳的表现主义,吕同六的未来主义,黄晋凯的荒诞派戏剧,林一安的魔幻现实主义的译介与研究都引起了极大关注。黄梅对 20 世纪初英国文学的研究,李文俊的福克纳研究,瞿世镜的伍尔夫研究,郭宏安的波德莱尔研究,刘象愚对英国与爱尔兰的现代主义的专门研究,都兴起了热潮。后续的一批中青年学者继续跟进,如董洪川的艾略特研究,李维屏的意识流研究,肖明翰的福克纳研究,曾艳兵的卡夫卡研究,刘洪涛的劳伦斯研究,等等。当下也有一些年轻的学者加入现代主义研究事业中来,比如,难度非常大的乔伊斯,就有戴从容、刘燕与吕国庆等进行译介与研究等等,不再如数细数。

国内对现代主义的流派研究与作家作品研究成果较多,理论方面没有出现理论专著。这或许与国内学科划分上,文学理论与外国文学分属文艺学与比较文学两个学科有关。文艺学偏向研究文学理论基本问题,或研究大的理论家,而对现代主义文学思潮介入不多。理论方面新时期代表性的成果有钱中文的论文集《现实主义和现代主义》,其中包含有阐释现实主义与现代主义两种创作方法的论文。后来周宪的《审美现代性》《文化现代性与审美问题》等,都偏向现代性问题,如"审美现代性的三个矛盾命题"等,与现代主义文学没有太多关联。张德明的《西方文学与现代性的展开》,通过各种理论视角,将现代性与西方文学关联,如从主体性角度分类研究书信体小说、旅行文学、成长小说等,文学范围也不限于现代主义,侧重的不是现代主义范围的文学。华裔美国学者童明的《现代性赋格:19 世纪欧洲文学名著启示录》,涉及现代主义先驱作家波德莱尔,主要以 19 世纪作家是其主要研究对象,以音乐的赋格曲的多声部阐释这些作家作品的多向度特征。2011 年盛宁出版的论文集《现代主义·现代派·现代话语——对现代主义

---

① 盛宁:《现代主义·现代派·现代话语——对现代主义的再审视》,北京大学出版社 2011 年版,第 12—13 页。

的再审视》,在解读这些相关概念的同时,梳理了现代主义在中国的研究历史,但它也不是专著。

国内的《外国文学史》教材非常多,且都有总体的社会反映论的红线贯穿,普遍将现代主义加入原有教材体例,列为一章,潜存统一的现实主义批评标准,强调的是文学的社会批判性。多数教材采用列宁的资本主义进入帝国主义阶段的提法,注重的是现代主义产生的社会政治土壤,显然,还是停留在一种政治与意识形态的视角与立场,将资本主义作为一种对立面进行批判,而没有具体考察 20 世纪西方社会经济结构、技术结构、管理结构的新的体制化以及新的电媒环境等对文学的塑造,也没有关注现代性对现代人的改变。这并非学者们追求意识形态化,而是因为沿袭二元认识论的哲学思路所致。就像詹姆逊在《论现代主义文学》的"导言"中提到列维-施特劳斯的人类学观点来看这种对立立场时所说的,"二元对立可以被看作是意识形态本身的原始形式。"①潜在的总体论立场,使现代主义及其所产生的技术社会形态的特性被忽略,将文学径直纳入社会批判话语之中。而在20 世纪技术社会中,批判话语已经衰落。亨利·列斐伏尔在《日常生活批判》第三卷的"引言"中指出:"批判性思维趋向消失,或者批判性思维至少被边缘化了。"②那么,对于不以社会批判为首要任务而转向审美的现代主义,再一味强调其批判性,失去的不只是其审美形态,而且导致现代主义研究的空洞化。对现代主义形成不了配得上其全面变革的有效阐释。

20 世纪西方工业体制社会,以技术为主导,而技术被认为是中性的,技术本身是非意识形态的,这是现代主义非意识形态化而告别观念文学,兴起审美文学的根本原因。国内教材将现代主义作为尾随在现实主义巨大篇幅之后的一章,同样纳入文学的社会反映论体系,放在二元认识论的尺度下,与现实主义文学一样,强调现代主义文学的社会理性批判,承认的只是形式的差异。对现代主义产生的原因,则依旧从政治与经济角度,列出两次世界大战、经济危机等历史大事件。其实,它们并非现代主义产生的直接原因。客观地说,世界大战、经济危机发生之时,现代主义少说已经有 20 多年历史。忽视社会结构的转型与技术组织社会的形态,因袭以前的政治经济主导社会的理路,势必导致出现这样缺乏学理性的牵强解释。科维奇以"中

---

①　[美]弗·詹姆逊:《论现代主义文学》,《詹姆逊文集》第 5 卷,苏仲乐等译,中国人民大学出版社 2010 年版,第 5 页。

②　[法]亨利·列斐伏尔:《日常生活批判》,叶齐茂等译,社会科学文献出版社 2018 年版,第576 页。

央化国家集体主义的认知体系"为专章,探讨了苏联与 1949 年以后中国社会形态的知识形态认知体系,指出占据第一位的知识是政治知识与哲学知识的结合。潜存的认识论哲学视角与文学政治化视角,对于审美的现代主义文学就似乎只能停留在这种宽泛的原因,这种很远、很隔膜的"外部批评"了。

现代主义作家抵制意识形态,认为它对文学有害,他们认为人的主观感觉与内心体验更为可信。如荒诞派剧作家认为,"一切意识形态,都是从一种间接的、次要的、歪曲的、错误的认识论中产生的"。① 意识形态属于社会理性,理性是明确、单义、简括的,而现代主义具有非理性的模糊、隐晦、多义;现实主义围绕阶级斗争、政治理念、社会矛盾、理想目标叙事,民族、国家、历史、社会等宏大概念,在现代主义文学中都被转化为心理化形式。前者要求同质性,而后者追求差异性。因此,不只是原有的观念价值思路,甚至历史的方法,都难以阐释现代主义文学。麦克卢汉说过,电力媒介的速度瓦解了完整的时间段,也瓦解了历史的完整,历史成为人心理中的点滴与碎片,少有完整的历史叙事。

20 世纪 90 年代以来的现代主义研究,"整体论"与"决定论"的知识框架并未实质性地改变,以之作为现实主义发展的连续性思路依然在教材中占据主导。线性发展论的总体观,不会特殊看待现代主义,这势必形成对创新的现代主义的贬抑。发展论从宏观上是永远正确的,但就反叛现实主义的现代主义来看,因袭宏大话语,将现代主义保持在文学发展论的框架下,遵从现实主义原则,以不变应万变,而缺乏了针对性,学术研究则成为傍靠宏大话语的套话。宏大理论的重复沿用,也使学术问题变为非学术化的、对宏大真理论题的无须论证的套用。《文学现代性》一书的"后记"写道:"西方现代主义文学与传统文学是否存在绝对对立关系? 如果是这样,那么西方现代主义作家不就成了大闹天宫的孙悟空吗? 即便是孙悟空,也逃不过如来佛祖的掌心。因此,西方现代主义文学尽管与传统文学有一定的差异,甚至在某些方面还是比较大的差异,但从整个人类精神史的范围看,它也只不过是人类精神史的一个有机组成部分。"②依据宏大发展论得出的结论便是,无论什么文学,终归是相同的文学。面对现代主义与现实主义文学之间存在断裂的陈述,就有学术权威反驳说:"现代主义也是抽刀断水水更流啊。"发展观的宏大言词本身的真理性无可置疑,但学术需要具体性与针对

---

① 黄晋凯主编:《荒诞派戏剧》,中国人民大学出版社 1996 年版,第 57 页。
② 胡鹏林:《文学现代性》,中国社会科学出版社 2007 年版。

性,不可依赖比喻性的修辞,也不能仰仗一个宏大哲学命题进行套用,其后果是宏大哲学命题以其强大霸权,掩盖了具体学术问题,这种不对称便会形成对学术的压制。

现代主义在其发生之初,被视为先锋派艺术;而今天回过头看,它已成为新的文学传统,无疑也成为各个研究领域的资源库,值得不断探访与深入研究。西方世纪之交的现代主义研究形成繁荣局面,国内同一时期的现代主义研究显得冷清。这也与中国自身现代化建设的速度与丰富的现代性体验不相称,改革开放40多年高速的工业化进程,初显工业体制社会转型后的价值观转变与心态症候,使我们对西方现代主义抵制工业制度的反叛情绪与精神气质,有了感同身受,这为重新认识与客观理解现代主义提供了契机。重新阐释现代主义,成为新的历史条件下的迫切任务,同时也是百年现代主义在世界范围内留存下来的问题。

从已有研究可以看出,国内外各个阶段的现代主义研究,一直存在这样或那样的局限,而始终没有完成对现代主义的全面认识。

三、本书的思路与方法

马克思认为社会存在决定社会意识,有什么样的社会经济结构,就有什么样的政治文化形态。著名历史学家埃里克·霍布斯鲍姆(Eric Hobsbawm)在考察英国工业革命与现代化过程的著作中指出:"人们发现,资本主义并非一场临时灾难,相反是能促成某些改善的一个恒久制度。人们的斗争目标也发生了改变。"①20世纪被看成一个新的历史分界点,形成了民主社会、大众社会、个体社会等各种表述,但所有被描绘的形态,无疑都有技术及技术的跨国化形成的影响。技术的国际化,带来新的民族-国家主权平等关系的国际政治格局。可以说,所有社会维度与政治维度都受到了关注,唯独作为20世纪社会基础与前提的技术,一直被忽略与低估了。

技术文化是物质发展到一定阶段所形成的,电力被广泛应用到工业,形成由技术组织的工业社会,是20世纪与之前社会形成分裂的基础,而现代主义作为文学文化,也是技术环境的产物。迈克尔·贝尔(Michael Bell)在《现代主义形而上学》一文中说:"科学思想的变化,其真正的影响始于19

① [英]埃里克·霍布斯鲍姆:《工业与帝国:英国的现代化历程》,梅俊杰译,中央编译出版社2016年版,第8页。

世纪的最后 20 年,在这些年里,人们对现实主义形式产生了极大不满,整个艺术领域里,小说也卷入了激进的现代主义行动。"①电力媒介环境对艺术产生审美塑造,是现代主义审美转向的根源,这并未受到关注,较多关注的依然是审美的社会批判性,这是现代主义研究中所存在的一个缺陷,而对于审美的现代主义是一个关键性问题。

　　审美不属于、也不适宜观念文化价值,不是认识论知识范围内的问题。审美作为现代主义的第一问题,而研究恰恰忽略了审美的塑造力根植于电力媒介的艺术化的技术环境。媒介理论家麦克卢汉的媒介是人的感官延伸的媒介美学,是认知转向感官审美的现代主义文学的新的知识路径。

　　现代主义是工业制度化社会的生成物,还是媒介环境、技术环境的生成物,当然也是现代性的对应物,但其审美形式直接对应的是媒介环境。这是现代主义作为新型的文学文化狂飙启幕的根基所在。所以,审美现代主义的定位就显得局狭,本书的文化现代主义的定位,将现代主义的认知框架有了扩大,现代主义生长的技术社会本身是一个比之前的社会复杂得多的社会,现代主义文学艺术也是比之前的文学复杂得多的文学,对它的研究迫切需要一个足够大的认知框架。

　　本书对现代主义的研究,注重审美的现代主义的技术维度与媒介维度及其各种社会维度。西方社会从 19 世纪后期开始的急速发展,离不开电力对工业生产的应用,电媒的强大与极速,带来技术的发展并形成主导,改变了社会的政治形态、经济形态、社会形态与文化形态,其对空间的生产、对人的感知的塑造,颠覆性地改变了文学艺术范式。过去文学研究的历史方法,难以有效主导空间化的现代主义。因而,在不排斥历史视角的同时,采取社会学的方法,就是卡尔·曼海姆(Karl Mannheim)提到的"从社会事务中认识"问题的方法,还采取媒介学等技术性的知识视角等,给予现代主义以新的文学文化定位,并进行综合的跨学科研究,是本书的宗旨。

　　新媒介的塑造力,使一切都被赋予了传媒特性,艺术的感官化,形成互相越界,塑造了文学艺术的感官化审美。现代主义不再是社会的传声筒或主流意识形态的载体,而是包含精神与物质,甚至偏向物质感官的新文化,其新属性突破了文学自身的边界。同时,技术生产丰富的物质,使文化从观念文化形态,向 20 世纪物质文化、技术文化、审美文化形态转变,这是现代主义研究需要辨明的新语境。技术无意识,瓦解了几千年等级观念文化传

　　① [美]迈克尔·贝尔:《现代主义形而上学》,见迈克尔·莱文森编:《现代主义》,辽宁教育　　　出版社 2002 年版,第 14 页。

统,现代主义终结了理性化的或意识形态化的文学文化。本书将现代主义定位为"文化现代主义",注重现代主义与技术、媒介、市场、经济以及空间生产的对应关系,突破了现代主义纯粹封闭在文学艺术的知识范型,对其广泛外部联系予以应有的重视。文化现代主义是在原来定位基础上的扩大,文化包含文学艺术,也包含审美,将文学升级为文学文化,将审美现代主义升级为审美的文化现代主义,扩大对现代主义的跨学科认知,还其本身所拥有的丰富性与复杂性。

第二章 "文化现代主义"的界定

对于现代主义文学,过去一直倾向从文学史纵向与文学内部进行认知,这或许是因为它们追求表现艺术自身、反对任何功利目的艺术自律,对研究思路形成的影响。事实上现代主义与外部的横向联系,远远超出文学的纵向联系。它是新的社会建制、技术组织社会以及新电媒环境,还有现代性新阶段共同塑造的新文学,同时也是一种新文化。

一、作为新文学文化的现代主义

新的技术社会是现代主义的土壤,现代主义潜存有技术社会的内在性。文学艺术折射了技术化与物质化社会的社会转型与文化转型——从传统的阶级社会转向民主社会,从观念文化转向与技术文化、物质文化相连的审美文化。

过去文学一直是作为观念文化的一部分,新的现代主义具有技术文化、媒介文化与物质文化的根基。它与技术社会体制、与电力媒介环境协同,表现出反观念文化的审美倾向。麦克卢汉发现了现代主义与电力媒介技术感知的同形同构,这本身说明新媒介塑造了一种新文化,新媒介语境中的文学,是新媒介文化的一部分,也是一种新文学。麦克卢汉研究专家何道宽指出,"质言之,技术、媒介、环境、文化是近义词,甚至是等值词"。① 现代主义改写了文学与观念文化的协同关系,它承载的不是观念价值,而是技术基础塑造的审美价值。现代性也是对一种新文化的称谓,现代主义被称为审美现代性,说明它本身是现代性的产物,而现代性是技术与工业大发展带来的全新的政治经济制度及一套话语体系,伴随着持续进步,发展的时间观念。现代主义被涵盖于其中而又有所分离。现代主义与20世纪被强化的现代性存在对应,因而它有别于现代性前边阶段所产生的启蒙文学与现实主义文学,形成了对18世纪、19世纪现实主义文学的反叛。

然而,现代主义过去一直是作为文学艺术的发展来看待,没有真正从新文化的角度予以审视。就现代主义的文化视角而言,在各类研究中所能找

---

① 何道宽:《媒介环境学:边缘到庙堂》,《新闻与传播研究》2015年第3期。

到的,只是一些将现代主义与文化相关联的只言片语。如巴尔狄克(Chris Baldick)提到了现代主义运动为新文化秩序的开始,他说:"20世纪初一些西方现代主义小说家们自觉地投身到一种新文化秩序"①的建构之中,然而,这只是偶尔一句的提法,因为书的内容侧重的1910—1940年间的社会运动,具体是罢工与改革运动等,所谓新文化秩序的内核指向的是具体的政治运动。

20世纪末理论研究与"文化研究"介入现代主义,有著作偶尔也提到现代主义文学文化。如A.卡尔(Alissa G.Karl)的《现代主义与市场》一书中有"现代主义的文学文化"这样一个节标题,②行文中也再次出现这一提法。然而,该书具体侧重谈市场,并非文化。弗雷德里克·卡尔(Frederick R. Carl)的《现代与现代主义》一书中的"新事物的出现总是有其自己的目的"③这样的表达,也可以说隐约带有从新事物看待文学艺术的引向。而批评家诺曼·坎顿(Norman Cantor)的《20世纪文化:从现代主义到解构主义》,提出"现代主义的模式"④,其中最后一句提到了现代主义带来"文化的变化",即"现代主义喜好反历史主义,因为真理不是演化与进步的,而是某种需要分析的东西。它关注微观世界而不是宏观世界,因而,关注个体而不是社会;它参与自我指涉,生产关于艺术自身的艺术,生产自我包含而不是再现外部的文本。它倾向于对立于维多利亚时期的和谐的脱节、分裂与不谐和。……它常常是并无愧于是精英主义的,例如,现代主义艺术强调复杂性与难度,也强调在对机器时代的回应中文化的变化"⑤。詹姆逊将现代主义定位为晚期资本主义社会的文化逻辑,涉及文化维度,他说:"现代主义是一个特定的历史阶段,它是一个完整的、全面的文化逻辑体系。"⑥这是对现代主义宏观的理论定位,但此处的现代主义不是指的文学艺术,而是指的社会阶段。而哈维(David Harvey)的《后现代的状况——对文化变迁之

---

① Chris Baldick, *1910 - 1940: The Modern Movement*, Foreign Language Teaching & Research Press, Oxford University Press, 2007, p. 8.

② Alissa G. Karl, *Modernism and the Marketplace: Literary Culture and Consumer Capitalism in Rhys, Woolf, Stein, and Nella Larsen*, Routledge, 2009, p. 2.

③ [美]弗雷德里克·卡尔:《现代与现代主义》,陈永国等译,中国人民大学出版社2004年版,第35页。

④ Norman Cantor, *Twentieth Century Culture, Modernism to Deconstruction*, London: Peter Lang, 1988, p. 35.

⑤ Peter Childs, *Modernism*, Second edition, Routledge, 2008, pp. 20-21.

⑥ [美]弗·詹明信:《晚期资本主义的文化逻辑》,张旭东编,张清侨等译,三联书店1997年版,第277页。

缘起的探究》一书中,也出现有"时空压缩和作为一种文化力量崛起的现代主义"①的提法,论述指向的是时空压缩问题,而非论述现代主义。

与上述文化或是隐性出现或只是擦边球不同,有一本现代主义专著的副标题直接出现了文化字眼,那就是 Tim Armstrong 于 2005 年在 polity 出版的《现代主义:一个文化的历史》,该书 2014 年被翻译成中文。本书反对将现代主义定位在作为现代性的对抗,认为要从现代性以来的新事物看现代主义。所以,本书立足于具体的新事物如何进入到现代主义作家作品中,比如,现代主义作家作品如何呈现身体、优生学,在政治方面如何涉及无政府主义、法西斯主义,甚至联系到了社会信贷理论等新经济因素。它还具体以作家们笔下的盲人形象,探讨现代性与感官经济以及视觉性的关系。文学中的科学新现象,则列举了庞德作品如何运用电荷、能量流等知识,还有现代主义文学所表现的能量、场与辐射,"漩涡主义"一词则被联系到亥姆霍兹流体动力学中的"漩涡"进行辨析。可见,该书重在对现代主义作家作品中涉及的现代性阶段所产生的新事物的罗列,副标题"一个文化的历史",重在历史新现象,而非文化。它看似文化切入,其实依然是历史切入,因为它侧重的是作为新的现代性阶段的新的事物,即新的历史现象。

可以看出,从文化定位的现代主义理论研究是缺位的,本书从理论上将现代主义定位为 20 世纪新的文学文化,强调它为新的技术环境、电媒环境、物质环境所塑造,以及与各种社会维度对应,从而全面揭示出现代主义的混合形态。

扩大到文化视角,现代主义文学所具有的外部与内部的复杂关系才能得到全面观照,其产生的电媒环境、物质环境、技术环境、商业环境,还有新的社会维度的各种对应才能被揭示出来。审美现代主义的定位,使研究偏向形式,现代主义好像是无根的现代主义。依据文化历史学家雅各布·布克哈特(Jacob Burckhardt)的文化定义,"文化与物质和精神的需求紧密相关。按照我们的理解,它包含了所有促进物质发展的因素,所有为了表达人们精神和道德生活而自发产生的东西,所有社会交际,所有技术发明,以及艺术、文学和科学"②。19 世纪末电力技术在生产上的应用迅猛发展,成为 20 世纪新的技术文化、物质文化、媒介文化、大众文化与世俗化形成的基础。现代主义一方面是反世俗的精英文化,同时其所有的形式创新,既体现

① [美]戴维·哈维:《后现代的状况——对文化变迁之缘起的探究》,阎嘉译,商务印书馆 2015 年版,第 324 页。
② [瑞士]雅各布·布克哈特:《世界历史沉思录》,金寿福译,北京大学出版社 2007 年版,第 25 页。

了现代性的属性,也有电媒技术对感官延伸的直接塑造,因而与大众文化共有媒介塑形性,显示出同样的新物质根基,这是使它告别观念文化范式,成为新的审美文化,这样的视角在现代主义研究中是缺位的。

依据过去的学科类别,封闭在文学学科范围,单纯从文学的知识与理路,将现代主义文学视为精英文学,必然陷入局部化。锁定为审美的现代主义,也容易陷入对其形式的描述。现代主义不是空中楼阁,它具有广泛的技术社会与技术环境的根基。扩大到文化的视域,才能看到它与现代性、与技术组织社会的联系而又对抗的复杂关系,技术与电媒环境,是现代主义形式变革的塑造力与推动力,其变革的先锋性来自技术组织社会的驱使,这些决定了现代主义是技术社会生长的一种新型文学文化,具体而言,它兴起了技术社会的新的文学艺术制式。

"文化现代主义"的提出,基于这个社会阶段的物质基础——技术。科学在 18 世纪、19 世纪影响了文学观念,而技术在 20 世纪再次改变了文学的面貌,后者是被忽略的。我们头脑里的文学与文化已经有了习用的人文范型,很难从技术角度介入去认知。哈维(David Harvey)说:"出现于第一次世界大战之前的现代主义更多的是对新的生产条件(机器、工厂、都市化)、流通(新的运输和交通系统)与消费(大众市场、广告和大众时尚的崛起)的一种反应,而不是制造这些变化的开拓者。"[1]可见,技术社会是现代主义兴起的环境,也是现代主义产生的动能。

首先,技术成为 20 世纪社会组织手段,技术自主性促进了专业化社会的形成,导致社会组织形态与社会价值尺度的改变,艺术也走上专门化道路,形成所谓"艺术自律",文学艺术分离于机械化的社会组织形式与理性化的社会管理,也分离于意识形态观念社会,技术为根基的社会与观念为根基的社会,文化的面貌发生改观;其次,电媒作为新媒介,兴起新的感官延伸,塑造新的审美感知,使现代主义以反叛传统的面孔出现。

电媒的声像传导具有美的本质属性,这种感官审美,不仅影响了文学艺术,甚至成为一切领域的塑造力量。20 世纪后期出现了政治、体育、娱乐与审美等的融合,精英文学与影像大众文化的融合,技术社会的一切文化活动,包括商品与消费,都打上了电力传媒的特性,以电媒为基础的广泛的新文化得以形成。商品因视觉设计,也被视为泛义上的"艺术产品",日常生活也被审美化,城市设计兴起,这些都可以说是技术与物质、与艺术混合的

---

[1] [美]戴维·哈维:《后现代的状况——对文化变迁之缘起的探究》,阎嘉译,商务印书馆 2015 年版,第 35 页。

景观化。现代主义无疑是新的技术社会复合文化的一部分。因而突破文学知识框架，从全新的技术与媒介环境的新文化模式审视现代主义，才能全面地理解现代主义的审美勃兴。

二、"文化现代主义"的界定

本书的"文化现代主义"概念，内涵与外延都很丰富，它既能表现现代主义与现代性、现代化、现代性话语之间的宏大联系，所形成的新的文化模式，又能同时体现现代主义自身的文学艺术的品质与属性，成为审美转型的新的文学艺术。

文化现代主义的文化冠名，立意于现代主义的两层文化意义与六个文化维度。

文化现代主义两层文化意义，指的是现代主义被赋予的文化意义。第一层文化意义指向现代主义作为新审美，承担了技术社会观念文化衰落后的救赎功能，第二层文化意义则强调它作为技术社会的文化转向。

现代主义具有技术社会的文化功能与审美救赎功能，我们将"文化现代主义"的提法与尤尔根·哈贝马斯（Jürgen Habermas）的"文化现代性"联系起来，可看到两者的相似性，哈贝马斯的"文化现代性"，指向现代性社会的文化救赎问题。在总结韦伯观点时他做了如下阐释，"马克斯·韦伯（Max Weber）将科学、道德和艺术的分化，看成是西方文化理性主义的特点"①。宗教与形而上学，在现代社会被分离的三种自主的领域，即科学、道德与艺术所替代了。可见，艺术与道德、科学都承担了宗教与形而上学的功能。在同一著述中，哈贝马斯提到丹尼尔·贝尔（Daniel Bell）的分离观点时，则提到艺术与科学、道德的第二次分离，他说："在他（贝尔）的一本颇有意义的书中（注释说明是《资本主义文化矛盾》），贝尔提出了这样的论点：西方发达社会中的危机现象的根源可以归结于文化与社会、文化现代派与经济行政体系的要求之间的断裂。"哈贝马斯的"文化现代性"，包含科学、道德、艺术取代宗教与形而上学，以及艺术与科学、道德的第二次分离。科学受到质疑，道德遭到遗忘，当科学不能承担现代社会的文化组织，随之历史、理性、道德、逻辑等都不能承担文化组织原则的时候，唯有艺术审美可充当文化的组织原则，因而承担了现代社会的文化功能，成为救赎力量。C.德里斯科尔（Catherine Driscoll）在《现代主义的文化研究》中也引用哈贝马斯

---

① 汪民安等主编：《现代性基本读本》上，河南大学出版社2005年版，第113页。

的《现代性——未完成的工程》中的"文化现代性"的提法,并指明其内核为"宗教与形而上学被三个自主的领域替代了,它们是科学、道德与艺术"。① 可见,艺术具有对抗现代性、拯救现代性社会的文化功能,它属于文化现代性的一部分。本书提出"文化现代主义",在宏观视域上,强调现代主义超越技术社会及对抗现代性,具有技术社会失去传统文化价值观念后的以审美补位文化的独特精神功用。现代主义审美代表美感文学文化,在20世纪被推到救赎位置,承担了技术社会失去宗教与形而上学,继而又失去科学、道德的文化权威后的社会的精神救赎功能。"文化现代主义"揭示的是现代主义之于技术社会的超越性的文化价值。

"文化现代主义"第二层次文化意义在于,现代主义代表文化转向。文化是对现代主义文学艺术视域的扩大,就如同"文本"替代"作品","权力"替代"政治"的概念,文本大于而包含作品,权力大于而包含政治,文化现代主义也大于而包含单纯文学艺术,表现为一种新的文学文化,代表包括文学艺术在内的文化转向。我们不妨采取弗莱的平行说法,即工业革命以后,西方社会很长一段时间都存在经济结构与政治结构并存的局面,而且是一种对立关系。② 现代主义作为新文学文化,与社会的政治结构,也与社会的经济结构形成分离的并行,同样也构成对立关系。

自律的现代主义不是包含在机械社会中,它分离于技术社会,但分离依然是一种联系,并不等于文学艺术与社会的完全脱离,而是处于与社会对应的位置,它独立出来并与政治、经济形成平行结构,并对社会进行寓言性的表达。正是这种分离构成超越,赋予其文化与审美救赎的价值。现代主义审美,过去强调其"审美自律",走向单纯的审美定位,而文化现代主义,强调现代主义作为审美文化,纠正了单纯将现代主义视为艺术自律而走入审美象牙塔的偏颇。阿多诺(Theodor Wiesengrund Adorno)在《美学理论》中论述现代主义的自律,其实,它更多指向专业化社会,加大了文学艺术与社会分离的程度,改变了社会对文学的包含,也摆脱了文学为社会服务的政治性或意识形态捆绑。从文学内部来看,这种摆脱或分离,则体现为文学对教化观念,特别是道德教化的分离。波德莱尔不仅视道德不高于艺术,甚至将之从艺术中排斥出去,文学艺术摒弃道德,转向审美,审美因此也就征服了伦理,现代主义文学艺术实现了超越伦理的审美文化转向,而失去伦理的框架后进行补位的是物质形式,也就是现代主义抛弃了文学的道德传统,而转

① Catherine Driscoll, *Modernist Cultural Studies*, University Press of Florida, 2010, p.166.
② [加]诺斯洛普·弗莱:《现代百年》,盛宁译,辽宁教育出版社1998年版,第60页。

向了对技术社会丰富的物质形态的感官表现与景观化表现,这使得审美的文化现代主义,不再是一种观念文学文化,而成为新的技术物质支撑的美感文学文化中的主导。德里斯科尔(Catherine Driscoll)的《现代主义的文化研究》一书,分别在第 7 章与第 8 章两次提到,现代主义是现代性中的"文化转向"①,虽然没有对此有任何具体阐释,但他提出了现代主义代表文化转向,现代主义文学艺术具有文化性。本书认为现代主义的技术物质化根基取代伦理道德根基,赋予其新文化属性。"文化现代主义"承载有文化转向。过去只谈现代主义的审美,全面的定位应该是审美的文化现代主义。

从与技术社会的内部关系看,现代主义具有与新型社会相联系的六大文化维度,这种全新的文化属性,能够支撑起其作为新文化模式,折射了这个时期对整个世界认识的根本性改变。

"文化现代主义"具体包含以下与技术社会对应的六个新的文化维度。

第一个维度,是现代主义文学艺术的技术塑造维度。技术对现代主义的技术性(艺术性)的塑造,主要是对现代主义艺术形式的塑造,这一点一直是被忽略的。

文艺复兴时期西方第一次明显受到技术的推进。印刷术引起人文主义思想的普及;火药引发的战争改变了权力在世界范围的分配;而指南针则引起航海、商业、贸易、经济的发展,改变了世界的视线。而 18 世纪启蒙时代,科学置换了等级制的王权,成为现代社会的权威与大众的信仰,意义建构转型。《启蒙辩证法》中提到,"在通往现代科学的道路上,人们放弃了任何对意义的探求。他们用公式替代概念,用规则和概念替代原因和动机。原因只被当作衡量科学批判的最后一个哲学概念"②。20 世纪进入技术社会,技术呈几何级增长,则进一步失去了对意义的关切。现代主义执着于对"存在"与"意义"的追问,正是现代主义对技术社会的意义困境问题的回应。

对于勃发的非理性的技术,人文知识领域的学者们执守自身,多从价值论予以批判,恰恰忽略了技术对人、对文化所具有的塑造力。别尔嘉耶夫指出:"技术赋予人对大地的全球感""技术具有极大的创造力"。③ 技术成为

① Catherine Driscoll, *Modernist Cultural Studies*, University Press of Florida, 2010, pp.188-189.
② [德]马克斯·霍克海姆、西奥多·阿多诺:《启蒙辩证法》,渠敬东等译,上海人民出版社 2006 年版,第 3 页。
③ [俄]H.A.别尔嘉耶夫:《人和机器——技术的社会学和形而上学问题》,张百春译,《世界哲学》2002 年第 6 期。

20世纪西方社会的组织力量,其自主运行的逻辑,形成了技术高度组织化的社会,改写了所有社会关系,也创造了个体,重构了世界。这种新格局的前提是20世纪科学带来的范式革命——相对论与量子力学理论,改变了牛顿的机械力学理论所形成的思维模式,而沃纳·海森堡(Werner Karl Heisenberg)的测不准定律是量子理论的核心。

海森堡认识到了社会革命与科学革命的密切关联。他说:"在科学领域,我们最终关心的是'真理'与'虚假'的问题,而在社会中或多或少更关心的是欲求。这可能有异议,但必须承认,社会领域的'真理'与'虚假',可以被'可能'与'不可能'置换。……历史可能性因此成为正确性的客观标准,如同实验是科学中的客观标准一样。"[1]这种思路是非决定论的。保罗·戴维斯(Paul Davies)为《物理学与科学》写的序言中总结说:"海森堡的思想,不仅揭示了思维的改变,也揭示了可能的正确性的未完成状态,必然会存在更深层的看不见的功能的可变性,作用于系统并赋予一种明显的非决定与不可预见性。"[2]海森堡还将科学技术对哲学、政治、文学、艺术的影响写成多篇论文。他在《现代艺术与科学中的抽象化趋势》一文中指出:"当今艺术比过去的艺术更加抽象,甚至从生活中脱离出来,正好使得它与现代自然科学和技术相连,后者同样地变得极为抽象了。"[3]他还说:"在艺术中,我们致力于呈现对于地球上所有人都是共同的生命基础,这种对统一性和会聚性的追求必然导向抽象,这在艺术与科学中均无不同。"[4]新的艺术受到了新的科学思维,特别是技术思维的影响。一项技术的发明者不知道其发明在实际应用中的潜在意义,而新技术经常会出现意想不到的多目的的情形。这便打破了知识建构中原因与结果的单一关系的因果律,不确定与无法预知在技术领域的情形很普遍。典型的例子是海森堡在《物理学与哲学》中对原子弹的产生作为科学家们的非故意结果的分析。而20世纪技术思维取代科学思维,技术漂迁的"非故意"特征,导致"行动后果的不确定与难以控制的性质,对于所有技术规则而言,都是一个主要难题。如果你不了解从一项创新中能涌现出来的全部后果,那么,技术合理性的观

---

[1] Werner Heisenberg, "Changes of Thought Pattern the Progress of Science", in His *Across The frontiers*, trans. Peter Heath, New York: Harper & Row, 1974, p. 158.

[2] Paul Davies, "Introduction", in W. Heisenberg, *physics and philosophy*, New York: Harper & Row, 2000, XI.

[3] Werner Heisenberg, "The Tendency to Abstraction in Modern Art and Science", in His *Across the Frontiers*, trans. Peter Heath, New York: Harper & Row, 1974, p. 142.

[4] Werner Heisenberg, "The Tendency to Abstraction in Modern Art and Science", in His *Across the Frontiers*, trans. Peter Heath, New York: Harper & Row, 1974, p. 152.

念——手段适应于目的——就变得完全成问题了。手段产生的结果,远远超出我们有限的意图对他们的要求。它们达成的结果既非预期的,也非被选择的。"①技术所达到的广度与高度,使技术思维颠覆了因果思维与序列思维,它呈现出比线性思维更为复杂的无序状况。科学思维与实证主义都受到了技术环境的削弱。雅克·埃吕尔(Jacques Ellul)在《技术社会》中指出:"技术进步倾向于按照几何级数而非算术级数的方式进行。"②技术思维颠覆了过去占主导的认识范型与知识范型。兰登·温纳说:"自主性技术成了自然科学、人文学、新闻学甚至于技术专业自身的一个跨学科的重要假设。"③

这完全是因为"新的工具化给出了新的知觉"。④ 伊德认为,"现代科学与所有古代科学的明显区别体现在工具上",⑤"现代科学包含一种自身在工具设备的感觉上的可感知性的新模式"。⑥ 应该说伽利略的望远镜与哥伦布的航海科学已奠定了新工具带来的新模式,但 20 世纪进入技术时代,大量光电技术形成系统技术环境,技术的具身关系才真正构成人—技术领域中的一种生存形式。尤其是"成像技术"的出现,"作为联系全球通信系统和社会变化的文化力量的'具身者'(embodier),它们具有极其重要的意义","这些技术既具有'再造'能力,也具有'制造'的能力。"⑦

可见,20 纪新工具与新的技术系统打造出了一种新文化。首先,20 世纪高技术环境是人工环境与即速连接环境,其时间、空间与事件呈现,都不同于古代。社会现实都是被技术中介的,由技术构成或被技术转化,因而"我们的生存是由技术构造的"。⑧ 这带来的是技术控制自然的总体化,取代了前现代将自然带入文化的、自然的所有方面都受到重视的总体化。这样形成技术攻击贬低自然的技术—人的文化形态,人性价值也遭遇贬值。汉斯·约纳斯指出:"目光短浅,为了满足(人的)假定需求,随时准备牺牲

---

① [美]兰登·温纳:《自主性技术》,杨海燕译,北京大学出版社 2014 年版,第 82 页。
② Jacques Ellul, *The Technological Society*, trans. John Wilkinson, New York: Alfred A. Knopf, 1964, p. 90.
③ [美]兰登·温纳:《自主性技术》,杨海燕译,北京大学出版社 2014 年版,第 13 页。
④ [美]唐·伊德:《技术与生活世界》,韩连庆译,北京大学出版社 2012 年版,第 60 页。
⑤ [美]唐·伊德:《技术与生活世界》,韩连庆译,北京大学出版社 2012 年版,第 124 页。
⑥ [美]唐·伊德:《技术与生活世界》,韩连庆译,北京大学出版社 2012 年版,第 194 页。
⑦ [美]唐·伊德:《技术与生活世界》,韩连庆译,北京大学出版社 2012 年版,第 198 页。
⑧ [美]唐·伊德:《技术与生活世界》,韩连庆译,北京大学出版社 2012 年版,"导言"第 1 页。

自然的其余部分。"①其次,技术延伸与塑造了空间感知,线性历史叙事衰落。成像技术的去远性,形成信息堆积的马赛克,呈现为复合文化,单一的地方文化与民族文化受到冲击,这是现代主义国际思潮的基础。最后,从审美看,"成像技术有'再生'或'产生图像'的能力","图像是真实的,有自己的呈现,并不必然属于'再现',而是一种独特的呈现。"②因此审美从模仿转向创造。与此对应,现代主义文学也追求创造性。受到技术的含混性的影响,现代主义也追求表意的模糊性。技术的一因多果的不确定性,也影响了叙述的开放性结尾等新形式的出现,是新技术的特质,促成了现代主义与现实主义文学形式的对立。

"文化现代主义"的第二个新维度是电力媒介及其环境维度。应该承认,技术并不直接对接于文学,然而,技术中的电媒环境,则作为艺术家感知的环境,对文学有直接的塑造。

这是因为"传媒与工具和机器不同,工具与机器是我们用来提升劳动效率的器具,而技术的传媒却是一种我们用来生产人工世界的装置,它开启了我们的新的经验和实践的方式,而没有这个装置,这个世界对我们来说不可通达。"③广播、电视、电影、计算机都是新媒介,连通世界。

电媒的影响力,不止于连通世界。在波兹曼看来,"媒介就是认识论","任何认识论都是某个媒介发展阶段的认识论"。④

法国媒介学家德布雷强调互动,认为媒介是连接、触发与转变的不断运作,是媒—介的互动呼应。他同时强调传播与媒介,以物质为基础,是另一种历史,不同于人与人关系的历史。

而德勒兹在《关键概念》中,则强调媒介是将各种要素"安排、组织、装配在一起的"创生过程。⑤ 电媒介的引发、触动、转换、整合、组织,能形成框定作用,框定出新的技术文化形态,这种文化形态带有感官性。这是因为成像技术等技术的具身关系,它们的直观与表象是一致的,改变了印刷文本的表象与直观文字的不同构现象,后者需要引入诠释学解读。电媒则兴起了一种感官文化。

---

① Has Jonas, "Responsibility Today: The Ethics of an Endangered Future", *Social Research* 43 (Spring 1976):84.

② [美]唐·伊德:《技术与生活世界》,韩连庆译,北京大学出版社 2012 年版,第 172 页。

③ [德]西皮尔·克莱默尔:《传媒计算机实在性》,孙和平译,中国社会科学出版社 2008 年版,第 7—8 页。

④ [美]尼尔·波兹曼:《娱乐至死》,章艳译,广西师范大学出版社 2004 年版,第 30 页。

⑤ [法]吉尔·德勒兹:《关键概念》,田延译,重庆大学出版社 2018 年版,第 91 页。

就电媒与感官延伸的关系,论述最多的是麦克卢汉。

麦克卢汉新媒介理论产生在 20 世纪中期,它晚于现代主义,这影响了媒介视角进入现代主义研究视域。尽管麦克卢汉媒介理论来自现代主义文学艺术的启示,现代主义也是电力电讯新媒介环境的生长物,但两者的关系却并没有在现代主义研究中受到关注。

麦克卢汉定义媒介为人的感官延伸,而电子媒介的速度使人的感官获得了极大延伸,感官主导的审美成为一种普遍发生的形式,在日常生活、在工业产品与城市设计中,当然也在文学艺术感知中有所体现。麦克卢汉说:"机器使自然转化成一种人为的艺术形式"①;"机器把自然变成了艺术品。"②而现代主义文学艺术中的感官性,实现了感官越界与应合的通感效应。这是因为电媒环境的声像已经使之直接成为艺术化环境起到了对感官的强化作用。电媒环境使自然与文化的界限消解,事物经过电光电讯被转变成了人工化产品。人造卫星使地球成为被观看的艺术,被麦克卢汉表述为"当给地球罩上人造环境时,地球就变成一种艺术形式"。③ 电力还将过去整合进当下,线性历史被信息马赛克取代,文学叙述的历时性也被自由联想的空间性取代。"技术破坏了精神与历史实体的结合,这个结合曾被认为是永恒的秩序。技术时代确实给很多东西带来了死亡。"④这意味着文学中的历史整体的衰退。麦克卢汉指出,"电讯时代作为秩序总体化的客体的相关联的关系而受到欢迎,这种秩序总体是对整个传统的基本的、纲领性的终结。……传统的总体已经变成甚至更是一种虚假的整体"⑤。电媒环境使过去的社会历史整体成为虚假整体,因为碎片化瓦解了过去的有机体整体模式,如果说技术社会有什么新的整体的话,那或许是本身呈现碎片化的整体日常生活被推向了前台。

电媒速度带来巨量信息且为形象化信息,促使 20 世纪意象勃兴。意象包括技术生产的丰富物质产品所包含的意象。意象之父,意味着意象的重复性生产,带来一切商品的象征化,以致政治与历史也被象征化。当然意象

---

① [加]马歇尔·麦克卢汉:《理解媒介》,商务印书馆 2009 年版,"作者第二版序"第 27 页。

② [加]斯蒂芬妮·麦克卢汉等编:《麦克卢汉如是说:理解我》,中国人民大学出版社 2007 年版,"序言"第 7 页。

③ [加]斯蒂芬妮·麦克卢汉等编:《麦克卢汉如是说:理解我》,中国人民大学出版社 2007 年版,第 141 页。

④ [俄]H.A.别尔嘉耶夫:《人和机器——技术的社会学和形而上学问题》,张百春译,《世界哲学》2002 年第 6 期。

⑤ John Fekete, *The Critical Twilight: Explorations in the Ideology of Anglo-American Literary Theory From Eliot to Mcluhan*, Routledge & Kegan Paul, 1977, p. 145.

更体现在现代主义文学艺术中,不仅象征主义作为现代主义第一个流派出现,而且象征存在于现代主义所有流派中。象征的普遍化与电媒环境有直接的关系。在麦克卢汉看来,电媒环境构成一种游牧环境,现代人已经是新型的游牧者,现实世界不过是他所能看到和感到的一种事物而已。电媒塑造想象力,电媒环境成为一种刺激想象的语境,想象与象征有了自发发生的语境,甚至自动成像出现。这便容易理解前期象征主义诗人兰波为什么会被称为"通灵人",其实就是他的诗歌能在现实、想象、虚拟、象征的界面频繁、自如穿梭,意象不断转化,而具有了灵动。19世纪强调现实与历史作为文学内容,社会生活的阶级化与集体共同感是现实主义的主体,它所形成的是哲学美学与社会美学。而电力媒介兴起的共同感更多与经验美学相连,现代主义已经转向了个体体验,感官体验是经验美学广泛生成的基础。

"文化现代主义"的第三个维度是审美维度。电媒的塑造力已超过了观念文化对艺术的塑造力,技术感知同构并塑造了艺术审美感知,特别是电媒使意象直接与符号连接而无须对应实物,这使意象审美随处可以发生,完全不同于现实主义的以现实或实际原型为参照。新媒介环境下,审美脱离对应物而由想象与创造主导,因此导致了审美勃兴。

现代主义的审美转向也成为时代特征,海德格尔(Martin Heidegger)在《世界图像的时代》这篇文章中,明确将艺术转向审美或进入审美阶段,列为现代世界的五种现象中的第三个现象。[①] 艺术转向审美被视为20世纪时代特征,它包含的是艺术审美对新的时代目的的诉求,而并不是以与旧的现实主义对立为自己的诉求。如果我们再从1991年英国社会学家迈克·费瑟斯通(Mike Featherstone)的《消费文化与后现代主义》一书第五章提出的"日常生活审美化"的理论,回溯到20世纪初现代主义的审美兴起,就可认识到现代主义文学艺术的审美转向,是作为20世纪审美社会化的审美文化的一个起点,它是民主社会的文学艺术的新形式,审美后来被演化为大众审美与日常生活审美。

审美勃兴与现代化的关系哈维已有论及,他说:"现代主义是对于由现代化的一个特殊过程所造成的现代性一种不安的、摇摆不定的状况在美学上的回应。"[②]

审美形式受电力媒介塑造,则成为麦克卢汉的话题领域。影像与声乐

---

① 《世界图像的时代》一文,见《海德格尔选集》(下),孙周兴选编,上海三联书店1996年版,第885—886页。

② [美]大卫·哈维:《后现代的状况——对文化变迁之缘起的探究》,阎嘉译,商务印书馆2015年版,第133页。

产品的直观形象,具有感官化与直觉化的特征,使美成为新媒介的一种属性,即传输的形象都是美的,传输美的形象的电媒因此就自带美,一切被电媒传播的事物都具有审美特征,这是审美勃兴的媒介基础。麦克卢汉指出卫星照射下的世界变成了一个被看的舞台,就是说电媒使整个地球成为被看的舞台,成为艺术环境。

苏珊·桑塔格(Susan Sontag)《论摄影》所述,一切现象在镜头面前获得了平等性,镜头具有客观性。镜头提供了将一切对象平等摄入的条件,使物质世界成为文学中与人平等的表现对象。当然,如何使用镜头则是具有主观性的。电媒音像传播的扩大,对物质的感官体验扩大,经验的、非理想性的东西进入文学艺术中来,包括身体、性等,促使文学脱离道德,这并非艺术家个人倾向所致,而是媒介的强大塑形力的结果。因为镜头的客观化使用塑造了对象的客观化的平等,过去所谓重大题材论已经失去价值。电媒兴起了感官表象化审美,现实与理想等二元深度也被消解,超现实主义、新小说等流派都认为世界是一个平面。文学背离了社会理想美,未来主义的"速度"之美,超现实主义的"超现实"梦幻,新小说的"痉挛美",荒诞派与存在主义的"荒诞"等,都是文学审美分离于社会观念的新表征。

从上面可以看出,现代主义审美兴起是有广泛的社会物质基础为根基的。现代主义的审美转型,也与实践在现代社会大规模扩大而成为社会的主导有极大关系。物质的技术创造,产生丰富的产品,包含有美的意象。现代主义文学艺术的审美不是孤立的,它与工业设计、商品设计等包含的审美,是共同的潮流,表象化与感官化的审美,形成了表象的垄断,为电媒环境所兴起。文学也不再是一个超越于物质之上的理想王国,它接受物质的美的意象。作家不可能是纯粹的创造者,而是协同历史语境的文化生产者或制作者,现代主义已经受到技术、物质、媒介等的直接塑造。技术社会改变了文学过去纯粹的上层建筑的属性,使之成为"穿越经济基础和上层建筑的整个界面"①的存在。文学被纳入到了特里·伊格尔顿(Terry Eagleton)所说的"文化生产"的视野。

媒介理论家马克·波斯特尔(Mark Poster)则将电媒时代文学艺术,也归纳到整个信息化生产。他说:"我之所以将'信息方式'与'生产方式'相提并论,是因为我看到了文化问题正日益成为我们社会的中心问题";"意

---

① 马海良:《伊格尔顿的文化生产论》,《思想文综》,饶芃子主编,中国社会科学出版社2000年版,第85、97页。

义的建构已经无须再考虑什么真实的对应物了。"①这就是说媒介是一种特殊的生产,即信息生产方式。在这个过程中,产品是如何生产出来的不重要,关键注重作为形象、作为符号的传送。以传播的方式,传达感知模式与符号,来生产各种文化范型。这也强化出文学艺术作为交流艺术而非教化艺术的新效应。

现代主义是媒介文化审美的一部分,新的审美脱离对应物,以感官、象征与符号化,构成新型审美,这种审美也联系于抽象化。卡尔·曼海姆(Karl Mannheim)认为,艺术的抽象化与大众民主社会形态相连,"在用于交流的符号的抽象性的增加与文化的民主性之间,有着密切的相互联系"②。其实,艺术的抽象更直接联系的是电媒对感官审美的勃兴。当电媒环境形成表象垄断,物品成为物品图像,构成外表性形式,环境就已成为艺术化环境。由于表面审美与感官审美随处可以发生,艺术家就要以抽象化来制造反环境以追求真正的艺术,因而抽象化本身,其实并不完全是民主社会的形式,而更是媒介环境的反环境的艺术化手段促使它成为的一种形式,与民主社会性质无关。

在电媒的物质基础上兴起的审美是非常广泛的,而且这种变革的影响是非常深远的。电媒对人的感官延伸的后果是,"以从未经历过的方式,一个人身体的在场对于行动的发生来说不是必需的,随事件的每种控制、表达、思考和制造,都可以经由长长的连线组成的远距离通路而发生。因此,延伸的副产品是一种远离性。"③技术对感官的延伸体现在现代主义的时空塑造,也体现为想象的非现实性远离。

意识流是现代主义文学的艺术手法,也是一种新的感知范型。它与媒介领域的感官延伸,与信息的马赛克,与电影的蒙太奇,与绘画领域的拼贴画,与电脑技术领域的超级链接,与社会学领域的跨文化,以及政治领域的多元对话等,都存在相通性,说明它们存在一个共同的塑造力,那就是电力媒介连接建立的时空建构。乔伊斯的创作方法,曾被 T.S.艾略特在发表于1922 年论乔伊斯的《尤利西斯、秩序与神话》④的著名论文中命名为"神话的方法",他预见神话方法将成为创作的流行方法。然而,"神话"一词,作为传统的概念,被导向古老神话。实际上,电媒的神话性指向时空穿越。电

---

① [美]马克·波斯特尔、金惠敏:《无物之间——关于后结构主义与电子媒介通讯的访谈——对话》,《思想文综》,饶芃子主编,中国社会科学出版社 2000 年版,第 267、269 页。

② [德]卡尔·曼海姆:《文化社会学》,艾彦等译,辽宁教育出版社 2003 年版,第 202 页。

③ [美]兰登·温纳:《自主性技术》,杨海燕译,北京大学出版社 2014 年版,第 154 页。

④ T.S.Eliot, "Ulysses, Order, and Myth", *The Dial* 75 (November) 1923.

媒的神话性与现代主义神话方法是同构的。意识流则可以说是对电媒信息量的稀释处理方式,是电讯感知转化出来的新的表达范型。电的速度的同步发生,启示了文学的并置、拼贴,碎片化叙事等。可以看出,现代主义的审美,是社会发展到一定阶段的技术所支撑的,它属于这个阶段审美形态的一个代表,因而现代主义的审美,不是孤立的、纯粹的审美,它具有广泛的联系,与同一时期的物质审美具有相通性,因而审美现代主义,也是审美的文化现代主义。

"文化现代主义"的第四个维度,是与"现代性"的联系维度。

现代性"是对现代社会与政治思想的一个主导框架,不仅发生在西方,而是伴随技术制度的扩大而发生在世界范围内"①。社会学家吉登斯说:"现代性是 17 世纪以来在封建欧洲所建立,而在 20 世纪日益成为具有世界历史影响的行为、制度和模式。"②现代性作为新的社会框架,框定了新的文化形态。20 世纪随工业体制制度的确立,现代性的对立面现代主义兴起,它以"激进的审美,技巧的实验,空间与节奏胜过编年史形式,意识的自我反应,对人类作为中心主体的怀疑态度以及对现实不确定性的探询"③的姿态出现。作为对后期发达现代性的"一种审美与文化上的反应"④,现代主义超出了纯文学的边界,它是现代性滋生的、联系于现代性而又对抗现代性的新文化。

阿多诺等强调现代主义的艺术自律,使对现代主义文学的认识导向了文学内部形式,而恰恰忽略了现代主义与现代性的联系。波德莱尔在评画家居伊的《现代生活的画家》中,提出了著名的现代性定义,即"现代性是短暂的、易逝的、偶然的,它是艺术的一半,艺术的另一半是永恒和不变"⑤。这一定义为社会学领域的现代性论题所引用,而几乎未被文学研究领域关注,这与文学的知识框架无法将波德莱尔的论题纳入其内有关。可见对现代主义的认识,必须提升与扩大认知它的知识框架,才可突破在纯粹的文学知识范围认知现代主义所形成的各种局限。

现代主义定位在"审美现代性",强调其反现代性,虽然立场上的对抗是主导面,但它在现代性的框架之内,为现代性所兴起,与之有联系的一面,

① Gurminder K.Bhambra, *Rethinking Modernity*,Palgrave Macmillan,2007,p. 1.
② [英]安东尼·吉登斯:《现代性与自我认同》,赵旭东等译,三联书店 1998 年版,第 16 页。
③ Peter Childs,*Modernism*, Routledge,2008,p. 19.
④ Peter Childs,*Modernism*, Routledge,2008,p. 18.
⑤ [法]波德莱尔:《1846 年的沙龙——波德莱尔美学论文选》,郭宏安译,广西师范大学出版社 2002 年版,第 424 页。

联系才是现代主义产生的根源。现代性对进步的追逐,破坏了人所依赖的稳定性,社会的专业化,使信仰被专业追求取代,宗教成为专业学说,社会丧失了精神向度。技术生产出社会的流动性,改变了人的体验与价值尺度。在科学的名义下,技术专家与政府联手形成现代合理的隐在性压迫,使个体陷入孤独与消极的受动性。因而文学中出现不同于之前的文学塑造的英雄或个人奋斗者形象,他们的受动状态,让人感到有残缺,不健全,甚至有点怪异,应付不了生活。现代人"生活在根本上是不完善的,并且如我们所知,是不能忍受的,它不断力图以新的形式来重造生活秩序"的状态下。①现代主义表现的人的处境就是现代性得到制度强化的 20 世纪的异化状态。

20 世纪工业体制化社会,技术发展到统治地位并形成潜在的技术专制,对人形成压抑。资本对人的统治方式扩大了,技术对时间空间的管理到了无以复加的程度,还有消费带来的闲暇生活也增加了,这些都强化了现代人的受动性。现代主义文学中的形象,基本都具有受动性与消极性。个体的软弱,就如卡夫卡的《变形记》中的格里高利·萨姆沙。这是因为技术带来大规模的实践活动,不具有相同性,而且技术没有人文关怀,以技术为尺度使社会失去了精神性,走向世俗化。还有技术的发展与应用,不断带来的社会分化,世界变成了一盘散沙。失去集体的个体,独自面对变化的、不可掌控的外部世界,他人他异性,使个体产生对外界的疏离,退避到内心,处于软弱状态。再有,技术社会实用理性取代了人本理性,人与社会都处于非人性的异化状态,这使得文学的理想性下降,转而表现人的异化与社会的荒诞。现代主义文学流派众多,但在人物形象上都具有相似的定位,其实就是20 世纪这个制度现代性阶段所规范出来的人与世界。

脱离 20 世纪技术社会的现代性特征,就无法理解现代主义。对现代性的分离与反抗是现代主义的立场,同等重要的是,它也存在与现代性的对应性,这种对应是现代主义的表征。由于过去现代主义定位于审美自律,只强调与现代性的对抗,而走向形式审美,切断了与社会广泛的对应性,因而对现代主义表征研究空缺,往往以异化笼统而言之。除了异化,就说不出什么其他的东西,只好转向形式的描绘,这使现代主义的研究视域极为狭小。现代主义有现代性为土壤,这就是现代主义为什么并不局限于西方的原因,因为现代性日益扩大到全球范围,所以现代主义思潮也延伸到东方,当然现代性的侧重面在西方与在东方是有所不同的。

---

① ［德］卡尔·雅斯贝斯:《时代的精神状况》,王德峰译,上海世纪出版集团 2005 年版,第 35 页。

　　"文化现代主义"的第五重维度,体现为现代主义文学艺术与电影、哲学、心理学、人类学等其他领域的呼应。文学与文学之外知识领域的关系在20世纪发生了新一轮的改变。文学的政治、历史权威已经过时,而新兴知识领域对现代主义形成了更大的影响。

　　现代主义与尼采的"价值重估"、柏格森的直觉心理学、弗洛伊德的精神分析学,也与海德格尔的存在主义,还有现象学等都具有一致的内在精神,同时又与语言本体论的结构主义、与人类学等关系密切。它成为协同与反映20世纪知识领域的新文化的一个部分。弗雷德里克·R.卡尔指出:"无论是作为意识现象的量子理论,还是弗雷泽的人类学,抑或无意识理论,现代主义者们都以迅雷不及掩耳的速度,将其化入艺术形式,如空间观念、非洲的假面舞会、色彩组合和事件概念等。"[1]现代主义与各学科领域新型学说具有网状性的互联,事实上,它们具有共同的根基,那就是技术主导的工业体制的社会与电子媒介环境的语境,是它们生长的共同土壤,它们之间更多是呼应、互证关系。

　　最显著的例子是,20世纪初的尼采热和麦克斯·施蒂纳(Max Stirner)热,与现代主义形成呼应。当时英国的《自我主义者》等先锋刊物,宣传尼采的自我哲学,同一时期文学上相应出现了倡导自我个体的漩涡主义,温德姆·刘易斯是其中的代表。施蒂纳的《自我及其所有物》,论证自我首位与自私的合理,在20世纪初期,引发了最强烈的关注。1900—1929年该书被译成各种西方语言,一共出版了49版[2],其中两次被译成法语,1907年被译成英语。

　　同一时期,心理学领域也兴起同类有影响的著作,当时定居巴黎的匈牙利心理医生马克斯·诺岛(Max Nordau),其反对新文明的《传统是我们的文明》(*Conventional lies of Civilization*)难以置信地印了73版。[3] 而其另一部著作《蜕化》(1895,*degeneration*),1913年出的英文版,攻击当代哲学与现代主义为艺术衰退与歇斯底里,将波德莱尔、王尔德、易卜生、尼采等都视为"极端自我主义者"(Ego Maniacs),并断言"当前的歇斯底里将不会持续"。[4] 现代主义以个体感知为本位,以个人心理为表现领域,体现出这一

---

① 〔美〕弗雷德里克·R.卡尔:《现代与现代主义》,陈永国等译,中国人民大学出版社2004年版,第114页。

② Michael H.Levenson, A Genealogy of Modernism: *A Study of English Literary Doctrine 1908-1922*, Cambridge University Press, 1984, pp.66-67.

③ *Modernism: A Sourcebook*, Steven Matthews ed., Palgrave Macmillan, 2008, p.145.

④ *Modernism: A Sourcebook*, Steven Matthews ed., Palgrave Macmillan, 2008, p.146.

新的历史阶段的个体自我化的倾向。

"文化现代主义"的第六重维度,是现代主义的反文化性。现代主义反叛传统,像未来主义表现出极端的反文化性,它被批评为"反文化"的先锋派。然而,我们要意识到,反文化本身也是一种文化,是以异质形态出现而一时不被接受的新文化。由于未来主义的反文化口号以及文化破坏性,当时让人难以意识到反文化本身也是一种文化。赫伯特·马尔库塞(Herbert Marcuse)说:"艺术中的反艺术的爆发已经表现在许多普通的形式中。句法的消灭,词和句的碎裂,普通语言的爆炸性使用……但是,这个畸形就是形式,反艺术仍然是艺术。"①那么,未来主义等现代主义先锋派表现出强烈的反文化,也说明它依然是一种文化,是一种新文化。弗兰科·费拉罗蒂(Franco Ferrarotti)说过,"从一开始我们就必须面对一个不可思议的悖论:也许没有什么比各种反文化运动更具有文化倾向。"②现代主义是在激烈的反文化中树立起新文化的大旗。未来主义立足机器的反人文主义,它赞美机器、赞美电光速度、赞美战争,不仅对立于人文主义文化传统,而且追求表现非人文化的技术文化品质,极端地要摧毁人类的所有传统。当然,它极端地对立于所有传统文化,兴起巨大浪潮的同时,其极端又使之难以具有持续性,不具有生命力,因为文化本身有传承性。与机器、技术直接对接的审美,代表的是现代新审美的一个局部,是现代主义审美转向中的一个分支。无疑它显示出审美摆脱社会关系的自主性。马尔库塞说:"由于具有美学形式,艺术对于既定社会关系大都是自主的。"③审美的自主、艺术形式的自主,带来文学的文化内核的改变以及文化功能的改变,这种改变不是政治革命,但艺术中潜在包含了一场革命,那就是"文学并不因为它为工人阶级或为'革命'而写,便是革命的,文学只有从它本身来说,作为已经变为形式的内容,才能在深远意义上被称为革命的。艺术的政治潜能仅在于它的美学方面"④。也就是说,审美在这种意义上成为政治,那就是艺术革命乃艺术自身的革命,通过艺术革命干预社会,而不再是直接表现为政治革命的文学。

这是非政治革命的革命力量,是审美的革命,马尔库塞概括审美的革命力量为"新感性"。感觉与感性相连,感觉被技术强化为感官性,也被艺术

---

① [美]马尔库塞等:《现代美学析疑》,绿原译,文化艺术出版社 1987 年版,第 63 页。

② Franco Ferrarotti, *Social Theory for Old and New Modernities*, *Essays on Society and Culture*, *1976-2005*, E.Doyle McCarthy ed., Lexington Books, 2007, p.27.

③ [美]马尔库塞等:《现代美学析疑》,绿原译,文化艺术出版社 1987 年版,第 1 页。

④ [美]马尔库塞等:《现代美学析疑》,绿原译,文化艺术出版社 1987 年版,第 2 页。

呈现为感官性,感性与审美的联系超出了与理性社会的联系。马尔库塞说:"'审美'一词具有双重的含义,既'与感觉有关',又'与艺术有关',因此可以用来表达自由环境中的生产——创造过程的性质。技术既具有艺术特征,就可以把主观感受力变成客观的形式,变为现实。"①这揭示了艺术与感觉、艺术与技术、技术与形式,感觉、技术与现实等多种交合的关系。麦克卢汉从媒介视角也揭示了技术与感官的联系。麦克卢汉注重的是技术的感官延伸的审美属性,那么马尔库塞阐释的是建立在感觉与形式上的"新感性"对于社会的变革性。在麦克卢汉那里,审美与媒介、与感官相连,而在马尔库塞这里,审美则被提升到实践与社会变革。前者是媒介美学,后者是批判美学,它通过审美进入人的内在性,而通往艺术的解放、人的解放,社会的解放。个人的自由与幸福,成为艺术革命的目标,也是社会获得解放的途径。可见,新的审美艺术成为了革命力量,未来主义的审美是一种新形态的审美,这种审美也是一种革命力量,同样通往解放的道路,是一种新文化。

　　本书中"文化现代主义"的提出,就是基于现代主义上述两层文化意义与六个文化维度提出的,它们支撑了现代主义作为一种新型的文学文化,或者说作为一种新的技术社会的文化模式。这是对现代主义认知定位的拓展,打破了将现代主义定位在文学艺术形式,或者以审美现代性局限在审美的框架。从新文学文化或新文化模式的角度,才能全面而深入地揭示出现代主义广泛的外部联系及其对应所形成的内部特征。

---

① ［美］马尔库塞等:《现代美学析疑》,绿原译,文化艺术出版社 1987 年版,第 48 页。

第三章　平面化社会的形成及其结构

现代主义与工业体制社会具有互表关系,在现代主义文学中可看到技术社会的特征,而在技术社会中也可找到现代主义的表征。在这个意义上,现代主义是作为承载工业体制社会特征的文化形态出现的。

彼得·恰尔兹(Peter Childs)指出:"总体说来,现代主义可以被看作是文学家、艺术家们对以下特征的回应,即工业化、都市社会、战争、技术发展、大众化与新的哲学观念。"①这些特征是连为一体的。就都市化来说,恰尔兹给出了具体的数据,"1900年,在地球上有11个城市拥有100万以上的人口,伦敦与纽约超过了500万,而巴黎有300万居民,而柏林有200万"②。斯蒂文·马修斯(Steven Matthews)的《现代主义》一书,对西方都市化进程有相似的表述:"在1800年,欧洲与美国一起,只有17个欧洲城市容纳超过10万人,到1890年,达到103个城市。19世纪早期,伦敦是欧洲最大的城市,到19世纪末,巴黎、维也纳与柏林与之一起成为几百万人口的城市。欧洲与美国急剧地变得很少依赖乡村经济,其后果是,所有的主要工业国家当时正经历一个新的现象:一个明显无根的都市劳动阶层变成人口的大多数。"③进入20世纪,大都市依然在快速发展,威廉斯则说:"20世纪早期大都市的各种条件关系,在很多方面已经强化,并大大地扩展了。在最简单的意义上,大都市的聚集,各个城市继续发展为巨大的集合城市,依然在成倍性的增长。"④都市发展是与工业化连在一起的,而工业化又是技术带来的。新的技术导致市场的扩大,殖民地的争夺,又引发世界大战,而世界大战又推动技术的竞争。工业化的生产,需要专业化,从而形成专业化社会与大众社会。所有这些带给同一语境的文学艺术巨大的影响。现代主义是对社会转型的文化反应,也是社会转型的一部分。

---

① Peter Childs, *Modernism*, Routledge, 2008, p. 21.

② Peter Childs, *Modernism*, Routledge, 2008, p. 22.

③ Steven Matthews, *Modernism*, London: Arnold, 2004, p. 33.

④ [英]雷蒙德·威廉斯:《现代主义的政治——反对新国教派》,阎嘉译,商务印书馆2002年版,第54页。

一、平面化社会的形成

19 世纪后几十年是极为重要的社会转折时期,被著名历史学家埃里克·霍布斯鲍姆的《工业与帝国》一书,称之为"第二次"工业革命,是一个工业化的新阶段。"工业化新阶段中有两个主要的成长型行业,那就是电气和化工行业",而且"实业家、技术人员、专业科学家、科学机构间建立日益密切的不断联系。"①社会日渐进入技术专家、官僚、管理者协同的核心管理层的社会结构。科学管理"既成为一项纲领,也成为一种现实。故此,及至 1900 年,现代大规模工业的基础已经奠定。"②到 20 世纪 90 年代,泰勒(F.W.Taylor)发明科学管理生产体系,被称为泰勒制,它以人体与机器结合的流水线作业,确保机器使用的最大效率。由于最初在亨利·福特的汽车工厂应用,又被称为福特制的生产管理模式。20 世纪初,泰勒制被推演到所有生产领域以及其他非生产性的社会领域,演化为社会管理模式,福特模式成为工业体制化管理型社会的标志。19 世纪末 20 世纪初,技术快速发展与广泛应用,新的工业规模化生产形成,依托于结构化的工业体制,西方进入全面的工业化体制化社会,进入大型的工业自动化的规模生产阶段,因而奠定了 20 世纪作为一个新的历史阶段。

20 世纪科学被技术抢了风头,技术带来专业生产与管理的工业体制社会,技术文化具有反观念的本质,这使观念典章文化及其价值体系失去了它曾有的效用,人文理性与人文价值消退了。从技术体制上确立了启蒙理想,又悖论性地使启蒙思想作为理想而终结。这应了这句名言,"一种伟大的制度是其创建者的坟墓",即"大多数组织之所以要建立,似乎是为了让其创建者的思想无痛苦地死亡"③。20 世纪主体性失落,表现为极端的技术理性取代人本理性。文艺复兴确立了包括莎士比亚的人文理性与培根(Francis Bacon)的"知识就是力量"的科技理性,两者汇合为强大的理性崇尚。弗朗西斯·培根确立了实验科学,他的《新亚特兰岛》(*The New Atlantis*)是一部机器乌托邦作品,表达了对科学发明与专业化的信念。18 世纪启蒙时代,科学与民主成为两大口号。19 世纪进入科学时代,20 世纪

---

① [英]埃里克·霍布斯鲍姆:《工业与帝国》,梅俊杰译,中央编译出版社 2016 年版,第 172 页。

② [英]埃里克·霍布斯鲍姆:《工业与帝国》,梅俊杰译,中央编译出版社 2016 年版,第 174 页。

③ Albert Cuerand, *Literature and Society*, Boston, 1935, p.286.

进入了技术时代。工业体制社会形成，自由、平等、人权等启蒙理想以制度形式固定下来。20世纪看似实现了启蒙理想——人的自由、平等，却又悖论性地体现为启蒙理想的终结点。启蒙理想达到了最高点的同时进入终结点，因为被体制固定的东西，就已经消解了目标与理想的价值与意义。

工业化建制的强制性，表面上使个体获得了相对大的自由，但技术理性的制度化形式，以其严密的专业与学科系统，全面管制自然、社会。这在韦伯看来，现代社会严密得像铁笼一样，人自身就遭到技术体制的强制性压迫。《启蒙辩证法》指出："随着支配自然的力量一步步地增长，制度支配人的权力也在同步增长。这种荒谬的处境，彻底揭示出理性社会中的合理性已经不合时宜。"①这一洞察表明技术理性成为统治力量，它终结的是之前的政治理性，技术制度导致主体性的膨胀与失落，客观上对人文主义与启蒙理想的正面品质形成背离。

严密的专业管理不再有社会理想的空间，终结了社会总体观念理想。作为信仰的上帝死了之后，很快出现了"人死了"的延续。技术体制终结的不只是人文主义与启蒙主义理性，也终结了19世纪作为社会总体性的历史理性，甚至任何新的社会总体观念产生的位置都不复存在，以前的观念统治社会中观念价值被视为虚幻。

由于严密的技术科层管理，韦伯将专业技术化的科层社会称为合理化社会。福柯认为这一社会中的系统话语的权力不同于"政府"（government）与"统治"（governance），而将之称为"政府性"（governmentality），也就是权力形式由集中变为分散，权力体现在社会机构的"技术化"中，体现在微观结构的日常生活中，体现在个体的自我控制中。② 技术引发的社会分化造成权力的分散形式，权力不集中在政治领域，它结构性地分布到技术领域，达到了与大众社会相匹配的社会控制状态。20世纪技术社会，相对于传统等级的宝塔形式社会，具有非等级、非深度的技术化、市场化的平面延伸性，其开放性、流动性与权力分散的结构性分布形成匹配，因而政治上又因普选权制而称为民主社会。现代大都市的成型，人口数量激增，教育得到普及，普选权制实行，新型的适合大众消费的产品占据市场，它又具有了大众社会的形态。

---

① ［德］马克斯·霍克海姆、西奥多·阿多诺：《启蒙辩证法》，渠敬东等译，上海人民出版社2006年版，第31页。

② *Key Contemporary Social Theorists*, Anthony Elliott and Larry Ray eds., Blackwell Publishing Ltd., 2003, p. 124.

二、社会结构的形成——以英国社会为例

平面化社会形态的根基来自技术生产的规模化,这可从最早发生工业革命的英国来看。1780 年英国开启第一次工业革命,而 1850 年,特别是 1870 年到 1895 年,英国进入所谓第二次工业革命。威尔森指出:"19 世纪末,英国已经是一个绝大多数人口都居住在都市的国家(1901 年达到 78%),在那里技术已经开始塑造大多数人的生活。"①亨利·贝林的《现代英格兰:1885—1995》中的具体数据显示,在 19—20 世纪之交英国社会发生了急剧转型。该书指出:"1885 年形成了一个研究现代英国的不逊色于其他时间的好的起点。"②19 世纪最后 15 年,英国社会法律的理性化进程是急速的,快速告别了统治达 48 年的维多利亚时期所强化的等级社会轨道,从贵族化的等级社会向劳工为主体的大众社会变迁。这些年不断有新的法案与政策出台,皇家工业与贸易委员会成立;依据 1884 年的改革法案与 1885 年的席位分配法案,男性获得了政治投票权。当然,之前有 1875 年废止主人与仆人的法案,后来才出现使用合同的法律。19 世纪后期连续出台法案,标志着体制的建制过程启动。男性获得了选举权,英国被划分为人数大致相同的数个选区,选区体制是工业化体制的配套制。平等以法律与政治制度的形式被固定下来。选举将大众带入社会的政治中心领域,这是平面化社会实现的重要步骤。19 世纪末期技术工人的机会在加强,地位快速提高,弥合了"受尊敬的"人与手工劳动者之间的鸿沟,淡化了英国社会的等级分野。原因在于,英国贸易急剧发展,经济增长,对工人的需求旺盛,煤炭工业、钢铁工业、机械工业的工人人数大幅增长。伦敦在 19 世纪最后 25 年城市规模扩大了一倍,而像曼彻斯特、伯明翰、谢菲尔德、与丽兹等工业城市甚至以更快的速度增长。加上殖民地的开拓,技术劳工的需求大增,使得庞大的产业工人队伍形成。劳威尔(John Lovell)指出,"行业联合会员人数从 19 世纪 70 年代早期,在英国,也在欧洲,获得了增长。在英国 1874 年会员超过 100 万,随后的几年有所下降,1889—1891 年间则双倍增长"③。贝林提供的英国的煤矿工人数量的变化显示,从 1851 年的 216000 人上升到

---

① Leigh Wilson, *Modernism*, Continuum, 2007, p. 43.

② Henry Pelling, *Modern Britain*, *1985-1955*, W.W.Norton & Company INC., 1966, p. 1.

③ John Lovell: "British Trade Unions 1875-1993" in L.A.Clarkson ed., *British Trade Union and Labour History*, London: Macmillan, 1990, pp. 71-136.

1881 年的 382000 人。① 产业工人队伍造就了庞大的中产阶级，成为平面社会的中坚力量，瓦解了贵族、平民的二元社会结构，改变了英国社会的构成，也改变了社会形态。20 世纪初，英国煤矿领域、铁路工业，棉花产业等的工人相继罢工。在 1911 年继运输工人罢工后，1912 年发生了由煤矿工人为最低工资而发动的最大规模的总罢工。这些罢工运动，依赖于行业分工、协会、工会等现代工业社会的组织形式。这些组织形式与斗争形式，本身都是现代体制的产物，它们加速了维多利亚时代的"主人与仆人"的传统社会关系的崩溃。平等意识的普及，引发了妇女投票权、养老金、救济金等一系列法规在抗议后出台，完成了工业体制的各种配套体制。1800 年选举还是身份的象征，是极少数人的特权。19 世纪 80 年代男性获得普选权，1919 年部分女性（年满 30 岁）获得普选权，所有成年女性获得普选权则在 1929 年。英国 1870 年开始建立国家教育体系，1891 年普及免费教育到 12 岁。初级教育的普及，带来高等教育需求的扩大，牛津与剑桥等老牌贵族大学不够用，英国开始兴建大学。1880 年维多利亚大学在曼彻斯特成立，1893 年威尔士大学创立，1900 年伯明翰大学建成。女性在 20 世纪初开始进入大学。② 义务教育的普及，是继选举权将大众拉向社会中心之后，又一个将大众拉向社会中心的领域。选举权、教育权逐渐走向全民化，免费的图书馆、美术馆，加强了大众的文化教育。社会的中心领域实现了分权，也使所有阶层的人被拉到同一平面上。在行为方式上，虽然仍然存在对"受教育阶级"的区分，沿袭维多利亚时期的风雅的贵族传统，但工人内部有了越来越多的技师或技术工人，他们开始阅读一些小报的专栏文章，对政治感兴趣，上升为技术层，成为整个工人阶级的导引，也成为大众社会取代贵族趣味的新向导。越来越壮大的中产阶级，建立起其自身的非正式的、比较不昂贵的趣味，中产阶级日益定下英国社会的主调。有技术与有文化的人，推动了生产的发展，使社会制度的重心从政治关系变成生产关系，出身等级被技术等级代替。壮大的中产阶级崛起，工业生产的程序化与可复制性扩大了生产，带来丰富的物资商品。现代通讯带来信息共享的平等，大众社会日益形成。

　　新的社会形态由庞大的中产阶级支撑，社会消费出现了大众消费的新局面。1885 年，自行车的采用，成为大众社会到来的标志性产品。③ "缝纫机在 19 世纪 90 年代售价为 4 英镑，而且首开分期付款的先例。自行车几

---

① Henry Pelling, *Modern Britain*, *1885–1955*, W.W.Norton & Company, INC., 1966, p. 2.

② Henry Pelling, *Modern Britain*, *1885–1955*, W.W.Norton & Company, INC., 1966, pp. 1–36.

③ See Henry Pelling, *Modern Britain*, *1885–1955*, W. W. Norton & Company, INC., 1966, pp. 1–36.

乎立即进入大众视野"①。自行车在工业化的流水作业下,可以无限量地生产以满足市场的广阔需求。它不仅替代了少数贵族享用的马车,而且它与同时出现的有轨电车,一起打破了马车时代的阶级社会结构。马车生产受限,物质产品有限,只能让少数人享用,等级社会形态获得体现。而电力技术的应用,生产出大多数人都能买得起的自行车,使之成为大家可同时消费的运输工具。国内与殖民地的工业生产,对技术工人的需求巨大,促使英国社会中产阶级日益壮大。资产阶级与产业工人之间的距离也在抗议浪潮中缩小,工人开始有了最低工资与权利保障。女性获得同等的选举权与受教育的权利。过去被排斥在政治与教育等核心权利之外的大众,共享核心权利。技术生产带来大量大众可消费得起的商品,市场确立的"等价"原则,被延伸到社会领域,平等在多重制度中被固定下来,社会进入平权的平面化社会形态。威尔森说:"英国是第一个工业化的国家,这依次改变了社会的整个组织与构成。从人口统计到饮食,从建筑到政治权力,从时间概念到心理概念。"②这些都全方位地促进社会进入民主化、大众化、都市化的新型社会阶段。

三、管理系统化的全面铺开

19世纪末20世纪初,在技术基础上社会出现经济角色的专门化、经济活动单元化,生产、消费与市场的系统化与规模化发展。市场寻求商品、劳动力与金钱的扩大,越来越多的人从过去的家庭公司、小工厂与地方市场,进入大公司、联合企业与大规模市场,20世纪新的跨国的国际托拉斯形成,已经出现国际化市场,这本是20世纪工业体制化的社会产物,资本主义生产出了超越国家边界的社会空间。这是全球化的开始,而全球化的概念后来才出现。社会出现了很多新的职位,其中一部分是公共类型的,也就是社会管理加强,应合于社会生产的扩大。埃尔森塔特(S.N.Elsenstadt)分析现代化进程产生的类型,"一种是代表的或公共的类型,在其中分配的原则是通过选民的各种类型的'代表'的公开商议而建立的。政治代表、志愿者协会与行业组织是这类机制的最重要的样本。第二种是各种非个人的市场系统,诸如劳动力市场或专用于金钱与商品的市场。第三种类型是官僚政治

---

① [英]埃里克·霍布斯鲍姆:《工业与帝国》,梅俊杰译,中央编译出版社2016年版,第160页。

② Leigh Wilson, *Modernism*, Continuum, 2007, p. 56.

的类型,以'专家'管制,或以其某些专门知识为主要资格的人的管制,以一般的管理或更具体的职业或技术知识为特征。这些专家依次在某种程度上被政治的、经济的或商业的权力持有者所监管"。① 应该说,扩大的市场系统,形成了广泛的阶层群体。而专业细分与专家类型的存在,导致精英群体与精英化方向出现。比如 20 世纪初就出现了如伦敦的"布鲁斯伯里"这样的知识分子精英集团或沙龙,它体现了社会职业领域的细分:其中有哲学家、经济学家、社会学家、艺术家、传记作家、批评家、艺术设计与艺术活动的组织者,还有伍尔夫这样的小说家。可以看出,20 世纪初期社会的专业系统化在精英团体的构成中得到体现。

专业系统与行业组织的社会管理,对平面技术社会的形成具有推动作用。专业系统的精英化,替代了统治阶级与被统治阶级的固定关系,它的变革比阶级间的权力更替或政权更迭的社会变革意义更为深远。以前社会是阶级结构,政治居于社会的中心,社会靠政治统治维持。而 20 世纪的工业体制化社会,经济取代了政治成为社会中心,社会的专业化组织形式,使不同等级融合到同一个市场平面上,瓦解了传统的阶级等级关系。威廉斯说:"我们很难想象出 20 世纪初期大都市富有成效的杂交的方式;大批生产是'平民的',技术扫除了退化的封建残余";"城市现代性的两个'阶层'在这里以我们无法想象的方式富有活力地融合在一起"。② 技术的专业化生产带来丰富的物质,所有人都可购买,原来资产阶级和无产阶级之间对立的阶级关系开始有所改变,他们慢慢成为生产利益密切相关的同一条船上的伙伴。

新的经济带来新职业岗位,呈现出众多的行业,新的组织形式、团体、协会与行业群落增加,出现了大量公共的或民间的机构与团体,这些非归属化的职位与组织,削弱了过去自然经济阶段归属化的隶属关系,打破了固化的社会结构。埃尔森塔特(S.N.Elsenstadt)指出:"现代社会组织发展的最一般特征,是归属的与直接的分配与管制的持续减弱,非归属与不直接的分配的各种机制得到发展。"③而教育法案的出台,义务教育使识字的人迅速增多,人们比较容易通过教育或培训的渠道,改变自己的职业与阶层身份,从而形成了职位的开放性与社会的流动性,技术与专业的扩大带来社会分化,

---

① S.N.Elsenstadt, *Modernization*:*Protest and Change*, Prentice-Hall Inc., Englewood Cliffs, N.J. 1966,p.9.

② [英]雷蒙德·威廉斯:《现代主义的政治——反对新国教派》,阎嘉译,商务印书馆 2002 年版,第 25—26 页。

③ S.N.Elsenstadt, *Modernization*:*Protest and Change*, Prentice-Hall Inc., Englewood Cliffs, N.J. 1966,p.9.

阶级逐渐被瓦解。管理衍生出内部分层,权力的区分始终是存在的,但层级权力已不同于前现代的统治与被统治的二元固化的阶级关系。齐格蒙特·鲍曼1982年的《阶级的记忆》一书,说阶级与记忆联系在一起,这说明阶级社会成为一桩往事。

市场对平面化社会的到来,发挥了同等的影响力。货币是平等交换的强大中介,产品、劳动力、符号等全部成为可交换的商品。齐美尔指出:"货币使一切形形色色的东西得到平衡,通过价格多少的差别来表示事物之间的一切质的区别。货币是不带任何色彩的,是中立的,所以,货币便以一切价值的公分母自居,成了最严厉的调解者。……事物都以相同的比重在滚滚向前的货币洪流中漂流,全都处于同一个水平,仅仅是一个个的大小不同。"①工业体制社会,技术生产扩大了市场,形成了国际市场,而市场交换是平等原则,市场甚至发挥了比政治更大的作用。因为市场交换的平等原则,被扩大为社会的平等意识,市场本身是平面化的力量。

社会的生产领域形成了社会所依托的工业体系,与其匹配的子系统也相应发展起来,从交通、通讯、军事、教育、卫生、体育等领域,继而扩展到生活世界,体制建制无所不在。交通与通信技术的新发明,飞机、电报等使产品形成的市场,打破了民族国家的边界,欧洲甚至整个西方资本主义世界走向一体化,带来新的国际政治与文化形态。威廉斯指出:"19世纪晚期,是文化媒介中所曾见过的各种最大变化的时刻。摄影、电影,收音机,电视,复制和记录,全都在这个被认定的现代主义时期取得了自己决定性的进展。"②就文化领域而言,媒介的电讯化,如无线电、广播、留声机、唱片等,催生出大众心理与大众文化,充任现代社会的黏合剂。大众文化靠电子技术产品支撑,不再是阅读文化,主要是听觉与视觉文化,所以,大众文化是技术产品兴起的。威廉斯道出了技术如何兴起了大众文化,也道出了大都市的超地方与超国家的意义。"19世纪下半叶,和20世纪上半叶的大都市,变成了一个全新的文化维度。……它是新的社会关系、经济关系和文化关系开始形成的场所,超出了城市和国家较老的意义。"③大都市及其大众文化也是对传统等级文化瓦解的平面化力量。

---

① 〔德〕齐美尔:《桥与门——齐美尔随笔集》,涯鸿等译,三联书店1991年版,第265—266页。
② 〔英〕雷蒙德·威廉斯:《现代主义的政治——反对新国教派》,阎嘉译,商务印书馆2002年版,第50页。
③ 〔英〕雷蒙德·威廉斯:《现代主义的政治——反对新国教派》,阎嘉译,商务印书馆2002年版,第65页。

　　平面化社会有专业化体制与管理系统化等制度的支撑,有大众文化、都市文化等文化支撑,在政治领域、教育领域,也获得相应的制度支撑。例如选举权制度,义务教育的普及,免费图书馆、博物馆,都是文化普及的制度。而大学的广泛兴建,高等教育一定程度得到普及。这些保障制度,使英国完善成为新的公民权、教育权配套的社会。随着技术与市场的不断扩大,阶级界限、城乡界限、生产流通领域与非生产性领域的界限被打破。哈贝马斯将现代社会区分为系统与非系统两大部分,系统部分包括经济组织与管理组织,非系统部分包括教育、文化和家庭生活等。现代化过程的初期两大系统是分离的,而进入 20 世纪工业体制社会,生产、管理的系统化,延伸到非系统的文化生活领域,整个社会形态及其价值尺度发生改变。文化、教育、精神领域都演变为专业,而精神信仰在专业体系中被专业化。现代人在各种现代制度中获及平等权利,技术社会是一个没有固化阶级的平面化社会。

第四章 技术塑形的平面化社会的延伸性与文学国际化

在 20 世纪技术社会传统的信仰、道德及观念化的典章文化衰落,这一前所未有的社会转型,任何单一向度的概括都难以概括全面。比如都市社会的概括就难以涵盖民主社会维度,技术社会的概括也难以涵盖大众社会的维度。因而过去有一个将政治、经济、文化等都能囊括其内的相对综合的新概念被发明出来,那就是"现代性",虽然它不只是一个针对 20 世纪的概念,但"现代性"对现代社会而言,它唯独不能囊括文学艺术,因而就又兴起一个相关的补充概念,即"审美现代性"。由于现代性表意宽泛,没有明确的边界与具体界定,本书对 20 世纪技术组织的社会提出"平面化社会"来概括,以形象性的修辞语言实现包括文学艺术在内的全覆盖。

一、"平面化社会"的界定

"平面化"概念已经被多个领域使用。文学批评领域,有弗·詹姆逊对后现代作品无深度特征的"平面化"的提法,他借用阿多诺论新音乐的术语"混成模仿"(pastiche)①,以"平面化"指向后现代作品拼贴组合而丧失主体性与个性的无深度特征。它是对后现代文学艺术作品的无深度表征的一个表达。在政治学领域,有劳伦斯·弗雷德曼(Lawrence M.Friedman)1999年题名为《平面化社会》(*Horizontal Society*)一书,"Horizontal"一词,其本义是水平面的,翻译为中文就是"平面化"的意思。笔者 2012 年年初在美国Fordham 大学图书馆发现这本政治著作的题名与我这本书的平面化社会的构思相同。通读全书后发现,此书聚焦于 20 世纪个体社会中政治领域的名人身份,强调它不同于阶级社会的垂直的阶级身份与政治身份,也就是新的政治身份被归属在名人文化(celebrity culture)之下,政治名人也要靠吸引粉丝扩大影响,从而 20 世纪呈现为政治人物的名人身份政治,区别于过去政治人物居于社会权力的顶层,靠固化层级就自然具有威权与影响力的政

---

① [美]弗·詹明信:《晚期资本主义的文化逻辑》,张旭东编,张清侨等译,三联书店 1997 年版,第 59 页。

治格局。垂直的等级社会靠政治威权，而在技术社会，政治名流、宗教巨鳄，都要靠游说来扩大粉丝，即自己的支持者，以名人效应来加强政治或宗教的影响力。[1] 弗雷德曼将 20 世纪宗教与政治名人扩大影响力的方式所体现的社会形态，界定为政治的平面社会。他还将 19 世纪的阶级斗争的横向联合视为平面社会的早期阶段，他说："马克思认为，阶级的团结一致的概念，假定在工人之间横向联合。在孤立的村子中的农民，没有处在一个阶级之中的成员感。这个连接的进程在 19 世纪末与 20 世纪初加速了。"[2] 显然，它聚焦的是政治视野的名人文化取代政治威权，而且其平面化社会的表达涵盖了 19 世纪的阶级社会，注重的是工人阶级内部的横向联合。可见，弗雷曼德的平面化社会侧重的是横向性。

　　本书提出技术为根基的平面化社会，强调物质、技术、艺术、文化的混合社会形态，精神与价值理念不再是组织社会的根基，技术与物质成为社会的基础，带有潜在塑造力、统治性并占主导地位，构成了一种新的社会秩序与社会形态。由于技术与技术物品的横向扩张的延伸性，即技术的空间卷入性形态，需各种配套，也需扩大应用，技术大规模运行于社会生产、管理与交换，整个社会围绕技术进行社会安排。技术统治的社会以延伸形态取代了精神与观念统治的宝塔形的等级社会。这是雅克·埃吕尔在《技术社会》所说的"技术已成为自主的，它经塑造了一个技术无孔不入的世界，这个世界遵从技术自身的规律，并已抛弃了所有的传统"。[3] 不仅是抛弃，还表现出与传统社会的敌对，因为社会组织的根基被改变了，强大的技术延伸性，带来社会的延伸性，它们共同形成了社会的"平面化"。

　　从政治视角概括传统社会足以具有概括力。而关于 20 世纪则出现有技术社会、民主社会、个体社会、大众社会、市场社会、商业社会、都市社会、物质社会、消费社会、晚期资本主义社会等各种不同的表达。很显然是因为任何一种表达，都不足以概括社会的所有方面。民主社会是政治维度，大众社会是社会维度，市场社会是经济维度，商业社会与消费社会是生产与消费维度。但这些概括有着一个共同特性，都表达了 20 世纪社会的非等级化，反映了这个社会的延伸性。民主社会、大众社会、市场社会，其延伸性的基

①　Lawrence M.Friedman, *Horizontal Society*, New Heven and London: Yale University Press, 1999, pp. 117, 241.

②　Lawrence M.Friedman *Horizontal Society*, New Heven and London: Yale University Press, 1999, p. 9.

③　Jacques Ellul, *The Technological Society*, tran.John Wilkinson, New York: Alfred A.Knopf, 1964, p. 14.

础来自技术与技术物品的基础,它的大众消费的市场性要求,塑造了技术社会的平面化特质,因而,平面化社会本质上是平面化技术社会与平面化市场社会。

技术、专业系统以及新的电力媒介,这三者成为20世纪文化的三大塑造力量。就像我们无法选取社会的一个维度,来全面概括20世纪社会形态,我们也无法排他性地使用三大力量的任何一种,来全面概括20世纪的社会形态。而"平面化"作为修辞性的形象表达,能够对应20世纪技术社会的延伸本质,表达技术的漂迁与扩大应用本质以及社会的、平等的民主形态,呈现工业社会废黜神圣精神的大众形态,还可表现电子媒介的传输的空间延伸与电媒对人的感官延伸,当然还有商业的跨国托拉斯等经济、市场的国际化等。20世纪技术的延伸性塑造了技术社会的平面化。

二、技术塑造的平面化社会及其延伸本质

所谓技术,20世纪是指电力技术。19世纪末电力应用到生产,形成巨大的工业发展动能,改变了第一次工业革命的原始状态,而被称为第二次工业革命。工业与科技大规模结合,迅速实现技术的系统化,使社会进入专业化发展轨道。在原有煤炭业、纺织业等传统工业产业基础上,19世纪末发展出化工行业、自动化机电行业、金融业等新的领域,加大了社会的专业系统化程度。到20世纪初,专业系统组织的社会形成,社会的工业化建制形成,其缩影或标志,是美国福特公司的泰勒制(Taylorism)被推广到生产之外的所有社会领域。美国的弗雷德里克·泰勒(Frederick Taylor)发明并在亨利·福特的汽车工厂实施的将机器、人力与时间段分配的高效流水作业形式,因1911年他的《科学管理原则》(*The Principles of Scientific Management*)一书出版,这一体制被进一步推广到包括人文、教育,甚至家庭与慈善机构等的非生产领域,成为"科学管理"的范式,统管全社会,实现了社会全面的工业体制化管理,西方进入专业化管理社会——工业体制的建制形成。剑桥大学1917年创办第一个英语系,是文学领域的专业化的开始。1919年韦伯的《以学术为业》,描述了"学术达到了空前专业化阶段",大学变成了"大型的资本主义式的大学企业"。他批评对教授能力的评估所采取的"听课者的多寡,对能力高下做统计数字的检验"的数据方式。① 这体现了泰勒制效能体系、量化管理在20世纪初变成了西方世界的通则,包括学术的所

① [德]马克斯·韦伯:《学术与政治》,冯克利译,三联书店2010年版,第20、22、23页。

有领域都追求产出最大化。从此高效管理型的工业体制社会，取代了传统观念统治的社会。

（一）技术扩大应用的延伸性

科技史界认为，科学和技术结合仅仅在 19 世纪后期才到来，而这种结合的大多数成果产生于 20 世纪。[①] 科学一开始以认知方式或世界观来获得影响力，19 世纪末，技术成为实际的操控手段与组织社会的工具，技术的平等性与互助协同性以及其扩大应用的延伸本质，成为 20 世纪平面化社会的基础。兰登·温纳（Langdon Winner）在《自主性技术》指出："在一个日益相互依存的技术社会或技术世界体系中，所有部分都同等程度地需要彼此。这被视为现代社会关系的特征"，而"一个完全相互依存的技术社会将是一个没有等级或阶级的社会"[②]。技术自主运行，被应用是技术的本质，它无关乎谁使用。技术自身的配套需求带来范围的延扩，它导致产品市场的扩大，国际化市场伴随技术而生。温纳提到《技术社会》的作者埃吕尔的看法，"技术社会并不是通过一个单一理性计划而达成，也不是凭借任何核心力量对生活加以系统组织而形成的；相反，它是完全离散的行动所产生的结果"[③]。技术的延伸，应合于这种离散，塑造了平行的专业系统的平面社会形态。这种延伸与离散也涉及国家领域，"技术结构的手臂延伸到了国家领域，不是由于某种自私的谋划，而是由于必须要满足庞大的新技术系统的要求。"[④]

技术的标准化与专业化管理，是精神世俗化的强大力量，它颠覆了观念社会所建构的信仰、道德以及根植于它的全部文化传统，传统的形而上学价值体系也一同失去了效力，精神领域遭遇平面化。尼采所说的最高精神价值被贬黜，宗教与政治在内的高级精神领域，都演变为专业内部的事情，它们不再具有绝对的统治色彩与普世影响力。"在英美方面，在威廉·詹姆斯（William James）的实用主义，在伯特兰·罗素的数理逻辑里，在维特根斯坦将哲学事业限制在语言使用的分析方面，我们均可以见到理想主义的灭亡。"[⑤]

[①] T.K. Derry and Trevor I. Williams, *A Short History of Technology*, London: Oxford University Press, 1970, pp. 702-703.

[②] ［美］兰登·温纳：《自主性技术》，杨海燕译，北京大学出版社 2014 年版，第 158—159 页。

[③] ［美］兰登·温纳：《自主性技术》，杨海燕译，北京大学出版社 2014 年版，第 106 页。

[④] ［美］兰登·温纳：《自主性技术》，杨海燕译，北京大学出版社 2014 年版，第 141 页。

[⑤] ［美］迈克尔·贝尔：《现代主义形而上学》，参见迈克尔·莱文森：《现代主义》，田智译，辽宁教育出版社 2002 年版，第 24 页。

文学与哲学也不再具有社会良知或大众向导的威力，一定程度上变成了各自专业内部的事情。德里斯科尔（Catherine Driscoll）说："哈贝马斯看到了审美的专业化（如在超现实主义中），同时看到了哲学或理论的专业化（如在福柯中）。"①技术使生产方面获得巨大的效能，技术系统化，管理指标化，效率与科技成为新的上帝。它对文学艺术形成的影响是，文学艺术转向审美而呈现出反人文主义的倾向。迈克尔·贝尔说："维多利亚时代人试图把人文主义的价值建立在科学上，如伦理与批评，这一点延续到20世纪，但是现代主义岁月则开始颠倒这种关系。"②

技术的普及带来的是一场兵不血刃的革命，社会制度的置换没有经历政治革命的流血或暴动。电的巨大动能使技术获得了自主运行，无关乎阶级斗争与社会等级。技术生产的产品使人们转向使物质产品与利益的追逐，个人权力与个人自由被放大，毁灭了人与人的集体关系，颠覆了阶级社会及其配套的观念文化价值体系。机器需求人的功能，人的功能部分被夸大性地需要，而人性部分遭遇贬值。社会尺度被简化为专业技术的尺度，人因此失去了中心地位。这种瓦解力根植于技术扩大了社会实践。"现代社会的实践威力已经从自身中脱离出来，而且在景观中建立起一个独立帝国……这个强大的实践继续缺乏其凝聚性。"③社会没有了精神信仰，没有了统一的价值，在重新发现"人"的文艺复兴的"人的时代"过去几百年后，人又在技术这一新"上帝"的权威下，再次失去主导地位。不仅社会成为了一盘散沙，而且人自身的完整性也丧失了，人也成为非完整人性的人。

20世纪无论社会结构、思想价值、社会意识，还是文学艺术，各方面的知识体系都在技术组织的社会中更新了范式。各个领域对20世纪产生了不同提法：有垄断资本主义与帝国主义，也有后工业社会、专业社会、技术社会、民主社会、自由社会、个体社会、大众社会、理性社会、物质社会、都市化社会等等。这么多种概括无疑说明社会的多维度，难用一个概念概括。卡尔·雅斯贝斯（Karl Theodor Jaspers）就说过，"这个世界的非精神化以及它之服从于先进技术的统治这一点，尚不足以概括我们这一世纪的全新特点和那些一旦完成，就将使我们的世纪同以往的世纪截然区别的变化。"④

---

① Catherine Driscoll, *Modernist Cultural Studies*, The University Press of Florida, 2010, p. 167.
② ［美］迈克尔·贝尔：《现代主义形而上学》，参见迈克尔·莱文森：《现代主义》，田智译，辽宁教育出版社2002年版，第17页。
③ ［法］居伊·德波：《景观社会》，张新木译，南京大学出版社2017年版，第10页。
④ ［德］卡尔·雅斯贝斯：《时代的精神状态》，王德峰译，上海译文出版社2005年版，第16页。

这个多维度社会,本书用"平面化社会"予以图式性概括,原因是图式是非定性的,具有的修辞性,涵盖面广泛,可调和各个方面甚至悖论,而不陷入排斥性。以往的表述所构成的排斥性也很明显。例如,说它是民主社会,也有托克维尔提出,民主是多数人的暴政;说它是个体社会,有勒庞的《乌合之众》认为,20世纪进入了群体社会;说它是理性发达的技术理性社会,又有弗洛伊德揭示为充满无意识的社会。平面化技术社会的图式描绘,既具有涵盖性,又对应技术社会的延伸性,还规避了二元认识范型所有的对抗性。

技术上升为社会的组织形式与管理形式,卷入一切关系,塑造了20世纪社会的平面化。别尔嘉耶夫说:"技术原则是民主原则,技术时代是民主和社会化时代。"[1]技术不仅塑造了国内政治的民主,而且在国际关系上,20世纪民族-国家平等的国际政治新格局,取代了19世纪帝国—殖民体系;在社会关系上体现出市场主导的民主形态,专业化规约与量化指标管理的非精神化,使社会世俗化,神圣精神被贬黜,社会丧失了以彼岸与未来世界为追求的信仰与精神的深度。还有电力电讯等电子媒介兴起媒介景观以及对人的感官的塑造,同时大众影像产品兴起娱乐性。即使被划为精英文学的现代主义,也接受了技术环境的塑造,电媒景观的表面化,塑造了现代主义的感官表象。20世纪社会文化形态的巨大改变,不只是生产形式的、社会结构的,而是全方位的。

(二) 平面化社会延伸的平等性

技术的延伸性,带来各个领域的开放性,促使社会非等级的平面化。

首先,电力电讯应用于生产,快速扩大了生产规模,造就大量技术工人的需求,教育必须扩大,而教育平等对阶级特权形成冲击,技术职位流动也打破了阶级固化,可见,技术是巨大的平等力量,兴起庞大的中产阶级作为社会主体。

其次,技术带来丰富的商品,促使交易公平的市场原则形成,成为社会平等的根基。齐美尔论及货币的平等性,也适宜市场的平等性,他说:"货币具有一种特别的能力,它能把最高的和最低的价值都同等地化约为一种价值形式并因此而把它们都置于同一水平之上……"[2]货币作为交换中介

---

① [俄]H.A.别尔嘉耶夫:《人和机器——技术的社会学和形而上学问题》,张百春译,《世界哲学》2002年第6期,第50页。

② [德]齐美尔:《货币哲学》,陈戎女等译,华夏出版社2002年版,第185页。

物,无关交换者身份尊卑,将交换双方置于同一水平上。在技术带来的商品发达的物质社会与商业社会,商业交换的等价性与等值性,使货币与市场都成为平等力量,它甚至被扩大为社会公平原则,促使平等的民主理念被固化下来。哈贝马斯认为,体制、管理者与大众从技术获利的一致性,使技术统治在现代社会的合法化是"从下",即"从社会劳动的根基上"获得的,而不是"从上",通过一个阶级对另一个阶级的统治获得的。① 市场利益与共的属性,使技术统治的社会较之以前从上而建立的阶级统治的社会更具稳定性。

政治投票权与受教育权的普及,是公民获得平等的核心权利。从政治看,据托克维尔说,最早是罗亚·科拉尔在一次演讲中首提民主社会,对"民主社会"予以三重概括,其一是法律面前的平等;其二则是社会结构的"夷平",社会不再有庞大的占统治地位的贵族阶级与平民阶级的等级结构;其三是原子化的个人组织成的"大社会"。② 所谓"大社会",就是个体组成的民主社会。如果说在 18 世纪民主社会形态还是一种观念理想的话,到 20 世纪,社会结构"夷平"固化社会等级,民主成为实践形态。

20 世纪西方进入原子化个人组成的大社会,即个体社会。技术的脱域消解人为地方所固定,个体直接成为社会的流动单位,形成国家之下直接是个体的社会结构。个体以职业身份获得自由变换工作的权力。《个体在艺术中诞生》指出:"任何社会都是由个体构成的。……然而,现代社会则由新型个体构成。"③个体指具有独立选择权的个体。个体社会并不等于没有社会斗争,只是没有了固化的阶级,等级被瓦解,集体斗争的目标与形式相应发生了改变。20 世纪初西方的协会、工会等行业组织出现,游行与罢工等和平抗议代替了 19 世纪的劳工骚乱或捣毁机器的暴力反抗。以英国为例,"全国铁路工人工会"成立于 1913 年,多数行业都在 20 年代成立了工会组织,行业斗争适应于民主社会体制系统。而到 20 世纪中后期,个体分化程度加深,工会的集体形式与行业式的游行抗议的势力与规模都遭到弱化。鲍曼说:"把社会中的成员转变为个体是现代社会的特征。然而,这一转变并不像上帝的创造那样是一种一劳永逸的行为,而是周而复始的重复

---

① ［德］哈贝马斯:《作为"意识形态"的技术与科学》,李黎等译,学林出版社 2002 年版,"序"第 4 页。
② 《托克维尔:民主的政治科学》编委会编:《思想与社会》,上海三联书店 2006 年版,第 167 页。
③ ［法］茨维坦·托多洛夫等:《个体在艺术中诞生》,鲁京明译,中国人民大学出版社 2007 年版,第 95 页。

活动,现代社会的存在无时不在进行着'分化'活动,个体的活动也日复一日地重新塑造和审察个体的相互盘结所构成的被称为'社会'的网络。任何一方都不会长期地固定不变,因而'分化'的持续改变,不断呈现出崭新的形态。"①个体化的过程就是分化的过程,而这个过程一直没有停止,分化使得对团体的依赖大大降低,工会等后来被边缘化。对个体本身而言,不停止的分化,加剧了个体与外界的不稳定性,个体的反抗转弱,甚至仅仅是出现在个体心理层面,反抗失去了具体外部指向。高度组织化的技术社会的同质化,造成社会失去了辩证反抗的空间。与此相应,现代主义文学退避个体内心而成为心理化的文学。

20世纪电力技术带来交通便捷,技术与市场连接,冲击了民族国家边界。库珀在《现代主义与市场社会的文化》中指出:"市场形势已经变成——不管一个人是否喜欢它——历史的引擎,忘记了阶级斗争,忘记了选票箱,忘记了代表的政府,市场现在是历史进程的驱动轴。"②市场成为社会主导,它超越了经济的范围,使资本脱离政治,生活也被改变。库珀说:"我们中许多人认为,市场是一种组织经济生活的简单方式,但它事实上已经完全转换了我们生存的基本形式。"③

技术与市场具有追逐利润的本质。H.Z.尼贝格(H.Z.Nieberg)说:"科学和技术本质上与道德无关。"④逐利的技术应用成为打破民族国家边界的非政治化力量。技术越发达,社会越开放,技术领域必然寻求跨国联合。工业主义模式与可复制的技术,日渐实现了国际化趋同。现代化本身就是在国际化框架中发生的。海森堡在《物理学与哲学》一书中指出:"自然科学与技术科学相结合所导致的巨大成功,使得此类兴盛发达的民族、国家或社会,占据了牢固的优势地位。作为一个自然的结果,甚至那些传统上并不倾向于自然科学与技术科学的民族,也不得不开始从事此类活动。通讯和交通的现代方式,最终完成了技术文明的这一扩张过程。"⑤技术是一股新兴的无法完全被政治版图限制的力量,也是突破国家边界的国际化力量。而国际化则是平面延伸的形态。

---

① ［英］齐格蒙特·鲍曼:《个体化社会》,薛祥涛译,上海三联书店2002年版,第43—44页。

② John Xiros Cooper, *Modernism and the Culture of Market Society*, Cambridge University Press, 2004, p. 11.

③ John Xiros Cooper, *Modernism and the Culture of Market Society*, Cambridge University Press, 2004, p. 11.

④ H.Z.Nieberg, *In the Name of Science*, Chicago: Quadrangle, 1966, p. V.

⑤ Werner Heisenberg, *Physics and Philoosophy*, New York: Harper & Row, 1958, p. 189.

　　平面化也体现为社会精神目标消失。技术快速更新,一切发生得快,消失得也快,清除了社会的历史特征。人在市场中签署短期聘用合同,短暂契约获得价值,大大降低了社会对忠诚与信仰的要求。人们在物质商品的现实层面获得满足,无须追求现实界面以外的遥远的远大理想,新兴的时尚成为人们追赶的新目标。过去备受推崇的共同理想与精神信仰失去了光环,人的精神空间被强制性压缩。电子媒介的虚拟场景能带给人极大的暂时性满足,电媒产生的信息与影像形成产业,满足人们的想象。以英国为例,"无线电和电影院在 1918 年后一举走红";"20 世纪 30 年代末人们大量购买的收音机已经无处不在";而电视"首先于 1936 年在英国开播"。① 广告业在两次世界大战之间成熟,之后报业崛起。影像营造的梦幻文化、广告文化、商业文化,形成新文化合力,满足人们的文化需求。电媒的虚拟世界满足人们的理想化,也导致了理想与信仰的贬值。如詹姆逊所总结的,"在以往任何文明中的重大的形而上学关注,存在和生命含义的基本问题,从来没有显得这么极为模糊和不切题旨。"②这也就是商品物质形成了人的精神的满足,在精神领域呈现出平面化特征。

三、平面化社会中文学的延伸特质

　　现代主义文学也是平面延伸社会的对应物,它的延伸性,体现为国际化与审美化。国际化也是技术与市场的延伸特质带来的;同时,思想领域与文学艺术领域也兴起了国际化潮流。无论尼采的个体哲学、弗洛伊德的精神分析,还是亨利·柏格森(Henri Bergson)的生命理论,都在 19、20 世纪之交,以各种语言版本获得翻译与热销,席卷西方世界。尼采的思想传至法国是在 19 世纪 90 年代,在英国风行于 20 世纪初。叔本华的意志论哲学对法国颓废主义诗歌产生了影响。柏格森被称为英—法哲学家(Anglo-French philosopher)③,他 1911 年在伦敦讲学的著作同时以法文、英文发表出来,其直觉理论与绵延时间观,影响了爱尔兰与英国文学中的意识流创作。

　　现代主义一经产生就显示为国际化运动,它本身也是国际化的产物。它交织于上述的思想潮流,对各种思想的接纳,体现为思想、艺术的快速国

---

① [英]弗埃里克·霍布斯鲍姆:《工业与帝国:英国的现代化历程》,梅俊杰译,中央编译出版社 2016 年版,第 218、219、220 页。

② [美]弗·詹姆逊:《马克思主义与形式》,李自修译,百花洲文艺出版社 1997 年版,第 8 页。

③ Leigh Wilson, *Modernism*, Continuum, 2007, p. 33.

际传播的结果。

（一）现代主义的国际化

技术与市场、生产与消费的国际延扩,也可视为早期的全球化。《现代主义与市场》一书将现代主义纳入文化消费,它与技术、市场、消费相连,承载着现代性的脱域特征。[1] 脱域意味着去地方性,进入国际化与全球化。别尔嘉耶夫指出:"旧文化只能控制很小的空间和为数不多的群众。过去最完善的文化都是如此。……这是文化的贵族原则,质的选择原则。但是旧文化在庞大的量面前无能为力。技术控制着大量的空间的大量的群众。在技术统治的时代,一切都成为世界性的。"[2] 现代主义一出现就是国际化运动,所有流派都产生国际化效应。

意大利未来主义发起人、诗人与编辑 F. T. 马里内蒂(Filippo. T. Marinneitti)的第一份未来主义的宣言,发表在 1909 年 2 月 20 日法国的《费加罗报》上。1910—1914 年他多次到伦敦演讲,举办巡回的画展,在欧洲不断发表新宣言。罗杰·弗莱(Roger Fry)作为布鲁斯伯里的外围成员,1910 年与 1912 年分别两次在伦敦举办欧洲大陆的印象主义画展,将欧洲的印象主义介绍到英国。象征主义兴起于法国,其影响遍布欧美,甚至影响到亚洲的日本与中国。第一次世界大战期间达达由聚集在中立国瑞士的各国文人艺术家发起,后来有德国的达达,法国的达达,西班牙的达达,东欧各国都有达达的分支。法国超现实主义流派以达达为前身,与苏联的国际无产阶级运动也有密切联系。意识流流行于法英美,最后也延伸到东方国家。表现主义盛行于德国、奥地利与北欧,后来在美国也产生了表现主义戏剧家。总体观之,伦敦与巴黎是现代主义时期艺术家们聚集的中心,后续有纽约承接。如果说,19 世纪的哈代等还是"威塞克斯"地方特色作家,20 世纪初期飞机等民用交通工具大发展,作家、艺术家移居或旅居国外变得普遍,如乔伊斯居住巴黎,后来居住苏黎世,还在当时属于奥地利后来属于意大利的底里雅斯特居住过 6 年。美国作家斯泰因(Gertrude Stein)从 1903 年起居住巴黎,据《现代主义》一书记载,她在巴黎组织"星期六傍晚"沙龙,菲茨杰拉德兄弟(F.Scott Fitzgerald,Zelda Fitzgerald)是常客,毕加索也是最早的参加

---

[1]　Alissa G. Karl, *Modernism and the Marketplace:Literary Culture and Consumer Capitalism in Rhys,Woolf,Stein,and Nella Larsen*, Routledge,2009,p. 18.

[2]　[俄]H.A.别尔嘉耶夫:《人和机器——技术的社会学和形而上学问题》,《世界哲学》2002 年第 6 期,第 50 页。

者,他还为斯泰因画有画像。① 海明威(Ernest Hemingway)1920 年到巴黎住过几年,与斯泰因过从甚密,"你们都是迷惘的一代"就是斯泰因针对海明威与菲兹杰拉德等作家所说的名言,并被引为海明威作品中的题词。贝克特从爱尔兰来到巴黎,并在巴黎成名。亨利·詹姆斯 1876 年移居伦敦。庞德在 1920 年来到巴黎,之后去了意大利。庞德 1909 年抵达伦敦并兴起了漩涡派。而 H.D(Hilda Doolittle)1911 年、T.S.艾略特 1914 年来到伦敦,后者在伦敦期间主编有文学评论季刊《标准》(*The Criterion*,1922—1939),后来加入英国国籍。继伦敦、巴黎之后,纽约才成为现代艺术的中心。达达运动中的法国画家杜尚(Marcel Duchamp)1915 年移居美国纽约,1917 年他提交题名为《泉》的男性尿壶的绘画参加纽约画展,引起轰动。1920 年他提交复制的蒙娜丽莎,画上胡子,题名为 L.H.O.O.Q(1919),给法国的一个画展,展出获得了巨大反响。D.H.劳伦斯则旅居过德国、意大利。现代主义理论家 T.E.休谟(T.E.Hulme)短暂旅居过法国。现代主义所有流派都是超越国界的流派。

广泛的移居与旅居,使个体与国家的政治性关系,在现代主义文学中转变为个体的民族身份等关系而成为文化问题。文化身份是 20 世纪出现的新的国际化话题,本身也是国际化的产物。

现代民族国家是政治话题,在某种意义上,国家主义成为取代宗教后的新信仰,如刘易斯(Pericles Lewis)所说,"老的上帝死了,但许多知识分子和大众运动在民族国家中发现了一个新的上帝。"② 本尼迪克特·安德森(Benedict Anderson)认为:"民族-国家被设想为一个在历史中稳定地向下(或向上)运动的坚实的共同体。"③ 宗主国的民族-国家主权体系悖论性地增强与消解民族国家意识。一方面现代性环境引发国家间的竞赛,强化民族意识;另一方面技术的去国界扩张,又引导全球化的世界融合。19 世纪殖民帝国秩序下,宗主国与殖民地国家存在冲突,客观上刺激了民族意识与技术竞争,引发世界大战,最终导致老的政治秩序被 20 世纪的民族-国家主权平等秩序取代。过去作为政治问题的民族国家问题,在现代主义中转化为文化矛盾与文化冲突,体现为国际化中的观念冲突与身份问题。前者在约瑟夫·康拉德、E.M.福斯特等宗主国国家的作家那里,后者在移民到宗主国的曼斯菲尔德等殖民地移民作家那里都有所表现。

---

① Steven Mattews,*Modernism*,London:Arnold,2004,p.47.

② Pericles Lewis,*Modernism*,*Nationalism*,*And The Novel*,Cambridge University Press,2007,p.5.

③ [美]本尼迪克特·安德森:《想象的共同体》,吴叡人译,上海世纪出版集团 2011 年版,第24 页。

康拉德的《在西方的眼线下》与福斯特的《印度之行》，都体现了西方与东方宗主国与殖民地国家关系中的价值观冲突。他的"《黑暗的心》被认为已经成为'殖民话语矛盾性'的最著名的样本之一"。① 康拉德以不开化与原始的非洲中心腹地来确证英国的文明、白人种族的高贵与帝国的优越，反复提到马洛与库尔兹捍卫包含"自由""效率""诚实的情感"以及"人道、体面、公正"等英国观念与对英国以及"英国风格"的标榜。英国的伯克、霍布斯、密尔父子以来的自由主义思想家倡导个体人权的现代自由主义，也成为英国标准，殖民地种族被剥夺的权力与人权标准存在冲突。现代个人自由、民主观念与殖民意识存在不可调和的冲突。康拉德小说提供了双重视角，如刘易斯指出，"马洛不安地占据着参与和旁观英国意识形态的双重位置"，而"对于康拉德的政治见解进行批评的学者，也发展出对他的世界观的两种对立的观点——'有机的民族主义者'与'自由的个体主义者'"②。双重性是20世纪初期民族主义在文学中的新表现如刘易斯所说，"为了替应该所是的种族说话，艺术家必须挑战实际所是的种族。"③民族主义、自由主义、国际主义、平等意识等在现代主义文学中出现纠结，现代主义也被安东尼·史密斯（Anthony D. Smith）视为解释民族主义的四种范式之一。④

在现代主义文学中，民族国家的政治形态削弱，往往被转化为个体的心理、历史、语言、习俗甚至文化价值的体验，因而"不同的现代作家对帝国有不同的回应的方式"⑤。如乔伊斯的《青年艺术家画像》中的斯蒂芬·代达勒斯认为种族与上帝一样，唯有它与上帝不是被造的，他希望通过全新的艺术创造，转换出新的种族意识。约翰·米勒（Andrew John Miller）在《现代主义与主权危机》中分析了叶芝、艾略特与伍尔夫后指出："在叶芝那里，这种困扰导致了他的'爱尔兰性'的想象视像；在艾略特，则导致了他的'英国性'与'美国性'的想象视像；在伍尔夫则导致产生出没有家长式的、超越国籍的全部在一起的共同体的想象视像。"⑥

殖民意识与审美普世价值在现代主义文学中出现冲突。在杰德·埃斯

---

① Pericles Lewis, *Modernism, Nationalism, and the Novel*, Cambridge University Press, 2007, p. 116.

② Pericles Lewis, *Modernism, Nationalism, and the Novel*, Cambridge University Press, 2007, p. 105.

③ Pericles Lewis, *Modernism, Nationalism, and the Novel*, Cambridge University Press, 2007, p. 45.

④ ［英］安东尼·史密斯：《民族主义：理论·意识形态·历史》，叶江译，上海世纪出版集团2011年版，第4页。

⑤ *Modernism and Colonialism*, Richard Begam & Michael Valdez Moses eds., Duke University Press, 2007, p. 6.

⑥ Andrew John Miller, *Modernism and the Crisis of Sovereignty*, Routledge, 2008, p. 1.

蒂(Jed Esty)看来,伍尔夫表现了对帝国主义与父权制的怀疑,因审美立场,她被研究者视为处于帝国主义的意识形态之外。① 伍尔夫不仅不歌颂战争中的爱国主义,反而对帝国主义战争进行质疑,表现出审美对民族立场的调和与反叛,审美意识高于民族主义。审美是超越民族意识的世界主义的一部分。

而在多数来自非宗主国的现代主义作家的作品中,民族问题则被转换为了身份问题。大都市是各种国籍的人聚居、交往、冲突、融合的地方,潜藏着民族国家之间全球等级的再生产。广义地说,现代主义作为大都市文学,本身暗含有民族身份问题,如凯瑟琳·曼斯菲尔德(Katherine Mansfield)作品中人物内心对大英帝国与原居住国新西兰的两种体验。有的暗示都市的无根,蕴含着对国家集体性的消解、对民族性话题的游离,如斯泰因(Gertrude Stein)眼里的"迷惘的一代",实质上是在民族主义淡化后,找不到战争意义的年轻人的颓废情态的表达。战争的意义过去总是与保卫国家或光荣民族相联系,然而,在新的自由主义、国际主义、普世主义为眼界的国际化现代主义作家笔下,民族意识、政治殖民则被审美、身份、语言等予以了淡化与转化。

(二) 机器、技术、电子媒介同质化是审美国际化的基础

19 世纪末电应用于生产后技术新发明大规模出现,推动社会巨变,电媒也激发了审美与艺术的勃兴。

现代主义文学艺术获得了转向审美的解放。它的非理性特征、主观体验与审美形式,根基在技术的非理性。审美包含有自由。马尔库塞在《反革命与造反》中写道:"马克思把解放的美学、美,看成是自由的一种'形式'",并认为"美的方面是自由的一个至关重要的方面,而且,美的方面,将废除那种侵犯性、严酷性、暴戾性,并且由于这种废除,它将成为一个自由社会的本质特性"②。审美的现代主义文学艺术的兴起与技术社会所给予个体自由是相关的。自由属于解放的话题。马尔库塞说:"美的事物属于爱与死等原始本能的领域";"美学天地就是自由的需要和机能赖之以求解放的生活天地。"③现代主义文学艺术,其对本能的强调更靠近生活,其形式更

---

① Jed Esty,"Virginia Woolf's Colony and the Adolescence of Modernist Aesthetics",*Modernism and Colonialism*,Richard Begam & Michael Valdez Moses eds.,Duke University Press,2007,p. 71.

② 《西方学者论〈1844 年经济学—哲学手稿〉》,复旦大学出版社 1983 年版,第 152、153 页。

③ [美]马尔库塞等:《现代美学析疑》,文化艺术出版社 1987 年版,第 50、54 页。

靠近抽象,它的创新性、混合性,具有艺术变革的解放特质。

　　机器与技术启示与成就了未来主义的审美,超现实主义则将文学从理性拓宽到梦境与超现实,还有实物,文学的人文主义内容被降低,机器等范围,成为新审美之一。彼得·恰尔兹(Peter Childs)说:"几乎每一个现代主义艺术家都感到了需要呈现机器作用所带来的社会变化以及人性正变得更像机器一样的事实。"①机器对社会与人的影响,实质在于机器背后的科学与技术,已经渗透到社会各种制度之中,形成了社会的标准化,从而重塑了人。标准化时间作为尺度,使社会变成合理化的理性社会(韦伯),变成压抑人与人性的"忧虑结构"(弗莱),也变成机器与媒介的空间化现实。20世纪人性异化源自技术自主、效率原则与市场的去人文化。技术是非理性的,市场的本质是逐利的,社会的效率原则及新兴的工商精神,摧毁了传统的人文精神。在现代主义作家看来,技术理性控制人的身心结构,因而社会理性有了贬义性。现代人成为理性的"经济人",变成只被度量其物质与指标进项的人,人的可被计算的功能被凸显,现代人可能只在悼念活动中,人与市场价值无关的人性价值才会被想起。这就意味着,人性的价值在人活着的时候已被技术社会的指标考核执行了死刑,而告别人世之时,被处死的人性才在生死之间的悼念中得到短暂恢复。自然成了被科技武装的主体的征服对象,自然人性被技术社会绞杀。现代主义不再追求对美好人性的描写,而是描写她在这个世界的受伤,"美就是被征服了的自然用来识别自身的伤口"的。② 这是技术社会的本质导致的新的美的形态。

　　机器与技术也成为文学表现对象与审美对象。未来主义侧重表现机器与技术的速度之美,以对如挖掘机、起重机、汽车、摩托车等机器与速度之美的直接讴歌,否定了文化的历史与传统。马里内蒂(Filippo Tommaso Marinetti)1909年发表的《未来主义的创立与宣言》宣称,"世界的宏伟被丰富了一种新的美——速度之美。一辆赛车的外壳上装饰着粗大的管子,像恶狠狠地张嘴哈气的蛇……一辆汽车吼叫着,就像踏在机关枪上奔跑,它们比戴翼的萨色雷斯的胜利女神塑像更美。"③旋涡主义的命名包含了未来主义的速度意象。这些看似背离了艺术与文化的目的,然而,实际包含了电与电动机器对审美的塑造。未来主义者选择机器作为新的审美载体,以巨大的摧

① Peter Childs, *Modernism*, Routledge, 2008, p. 122.
② [德]马克斯·霍克海姆、西奥多·阿多诺:《启蒙辩证法》,渠敬东等译,上海人民出版社2006年版,第234页。
③ Cinzia Sartini Blum, *The Other Modernism*, in *F.T.Marinetti's Futurist Fiction of Power*, The California University Press, 1996, p. 168.

毁性新奇震撼一时,并不为大众所接受。著名现代主义专家迈克尔·莱文森的《现代主义》一书描述如下:"马里内蒂早在一系列宣言里的第一个宣言里,他就对艺术本身发起了猛烈的进攻,'让我们勇敢地开始在文学里创作丑,让我们消灭所有地方的一本正经。走开,不要摆出了不起的神父的样子来听我讲话! 每一天都有必要向艺术的圣坛吐唾沫!'"①这种极端的反传统文化,是机器环境启示的结果。对于一直被诟病的未来主义,从电媒速度等新媒介维度,可以获得对其审美立意对传统艺术文化的破坏性的内在逻辑的认识。

　　电子媒介环境是远超机器审美的塑造力。法兰克福学派考量技术与文化关系,主要持技术批判立场。而媒介理论大师麦克卢汉则发现了电力媒介的艺术塑造力,它塑造了新型现代主义艺术,甚至可以说它兴起了现代主义的审美。媒介技术的非意识形态性,对现代主义文学抵制意识形态是有影响的。电媒的即时性、延伸性,也造成现代主义感官审美的勃兴。麦克卢汉的著名论断是,"技术是我们身体和官能的延伸"。② 电力媒介带来人的感官延伸,带来感觉模式的变化,促使感官艺术全面复兴。电力自动整合、自动生成意象,而意象被技术领域再生产,艺术也存在模仿技术的直观意象。麦克卢汉认为卫星之下,地球变成了一个人工舞台,电媒使地球上的一切进入到被看之中,电媒环境就是一个舞台,有了艺术性。

　　自动控制的电子世界,整合不同媒介,整合历史与现在的不同时空,过去与现在难以界分,历史的影响力被降低。麦克卢汉揭示说:"我们生活在一个信息加快流动的时代,很容易接触到过去,我们实际上就不存在过去。一切都是现在。"③就信息看,电的即时性还使结果与原因同时出现,造就同时发生,影响了文学叙事。麦克卢汉说:"在电子时代,当信息从所有的方位与任何距离同时流动,以一种具体的创新感知遥远的一般的结果,就变得很正常了。原因与结果对于人的知晓变得是同时的,立即赋予意识一种更多神话的维度。因为神话是一种感知模式,是在同一时间陈述原因和结果的一种感知模式。"④而信息马赛克,兴起了拼贴与并置的空间方式。"西方

---

① ［美］迈克尔·莱文森编:《现代主义》,田智译,辽宁教育出版社 2002 年版,第 44 页。

② ［加］斯蒂芬妮·麦克卢汉等编:《麦克卢汉如是说:理解我》,中国人民大学出版社 2006 年版,第 39 页。

③ ［加］斯蒂芬妮·麦克卢汉等编:《麦克卢汉如是说:理解我》,中国人民大学出版社 2006 年版,第 98 页。

④ Marshall McLuhan. *Media Research: Technology, Art, Communication*, edited with commentary, Michel A. Moo. Australia: G & B Arts, 1997, p. 20.

人在 19 世纪住在视觉空间里,他认为它是作为正常的、自然的、理性的空间。随着同时发生的即时信息的世界环境的到来,西方人从视觉转换到了声觉空间,因为声觉空间是一个这样的范围,即它的中心无处不在,它的边界是没有边界,这样的空间是由地球所有方向同时到来的电子信息创造出来的。"①马赛克通过缝隙转换形成信息效应。现代主义作家们浑然不知地受到了电媒环境的塑造,以神话模式取代线性叙事。电媒塑造了现代主义文学的任意连接,即自由联想的意识流,复兴了神话表达。叶·莫·梅列金斯基指出,"神话犹如音乐,是'摧毁时间的机器'(列维-施特劳斯)"②。非线性时间性的同时发生,在伍尔夫在《现代小说》中被揭示为,"把一个普普通通的人物在普普通通的一天中的内心活动考察一下吧。心灵接纳了成千上万的印象——琐屑的、奇异的、倏忽即逝的或者用锋利的钢刀深刻地铭刻在心头的印象,它们来自四面八方,就像不计其数的原子在不停地簇射。当这些原子坠落下来,构成了星期一或星期二的生活"。③ 这是对过量的电媒信息难以承接的心理体验最形象的描绘。

技术与艺术一体化形成的技术化艺术——电影,成为 20 世纪最具代表性的形式,也是新的艺术标杆。马里奥·维尔多内(Marrio Verdone)认为现代主义所有流派都受到了电影的影响,"未来主义文学,受未来主义影响的文学,或与未来主义并驾齐驱的文学,有一个同样值得注意的特征,那就是追求形象化的渴望,它所力主的视觉动势,它的电影化的倾向"④。他具体地指明,"运动和剪接已成为 20 世纪初几乎所有先锋派艺术流派的真正动力。"⑤表面看来,文学是在模仿电影,本质上却是在模仿技术感官。这与说模仿荷马就是模仿自然是同一个道理。彼得·恰尔兹(Peter Childs)说:"到 1920 年底,电影开始从小说中同时吸取主题与技巧,再反过来给欧美的艺术与文学带来巨大的冲击。许多现代主义作家受电影影响,就像受艺术影响一样多。更多的作家采用电影的风格,特别是伍尔夫、乔伊斯、贝克特、劳瑞(Lowry)与康拉德。"⑥

迈克尔·莱文森(Michael Levenson)在说明电影对现代主义作家的影

① Marshall McLuhan. *Media Research*: *Technology*, *Art*, *Communication*, edited with commentary, Michel A. Moo. Australia: G & B Arts, 1997, p. 100.
② [俄]叶·莫·梅列金斯基:《神话的诗学》,商务印书馆 2009 年版,第 84 页。
③ 李乃坤编选:《伍尔夫精粹》,河北教育出版社 1999 年版,第 338 页。
④ [意]马里奥·维尔多内:《未来主义》,黄文捷译,四川人民出版社 2000 年版,第 69 页。
⑤ [意]马里奥·维尔多内:《未来主义》,黄文捷译,四川人民出版社 2000 年版,第 63 页。
⑥ Peter Childs, *Modernism*, Routledge, 2008, pp. 127–128.

响时,曾引证过伍尔夫1926年的论电影的一篇随笔,其中提到《凯利盖里博士的内阁》中的一个"蝌蚪形状"的阴影。"一瞬间,似乎体现了精神病人神经的某种令人震惊的、有病的想象;一瞬间,似乎思想被比语词更有效地以形状传输出来。巨大的蝌蚪似乎害怕它自己,但又不是陈述'我害怕'。"①伍尔夫写出了对电影视像震惊效果的感受,她觉得电影以形状胜过了语言表达。电影对文学的影响,可以归到电力产品与电媒环境对文学感知产生的影响,特别对文学叙述产生了明显的影响,现代主义体现为空间叙事。哈罗德·伊尼斯在《传播的偏向》中指出:"传播媒介可以分为两大类,有利于空间延伸的媒介和有利于时间延伸的媒介。"②19世纪现实主义处于视觉空间属性的印刷媒介阶段,具有时间偏向,印刷的视觉空间是有序排列,叙事具有逻辑性与中心论的目标性;而20世纪现代主义处于电力电讯媒介环境,具有空间偏向,电媒声觉得同时性、非中心化与非连续性,使现代主义叙事具有散点或碎片特征。

　　20世纪之于19世纪的社会巨变,以前现代与现代两个概念来区分。现代主义也完全不同于19世纪现实主义,成为审美感知的文学。如麦克卢汉所说,现代主义艺术家"(他们)发现艺术的功能是向人传授如何感知外部环境"。③外部环境主要指新媒介环境,而非政治性的社会环境。追求美已不负载那么多的社会意义,正是去掉外在社会目标,现代主义文学不再为有用与功用,才能转向艺术自身。弗莱在《批评的解剖》中,提出文学作为语词系统,而语词具有"外向或离心"与"内向或向心"两个维度。尽管"任何阅读过程中,这两种理解方式都是同时发生的"。④ 阅读会同时向"离心"与"向心"两个方向移动,但现实主义文学偏向摆脱词语,意在其所指之事物,即指向作品之外的社会意义等的"离心";而现代主义文学则偏向指向语词,意在语言文字本身的审美性的"向心"。弗莱还专门提到"象征主义弥补了极端自然主义的不足之处,即强调含义的字面层次,并把文学视为一种向心的语言模式"⑤。文字层面涉及艺术的快感、美感,而现代主义是游戏语言的文学,视语言为文学本体。"在内向意义也即自成一体的文字

---

① *The Cambridge Company to Modernism*, Michael Levenson ed., Cambridge University Press, 1999, p. 219.

② [加]哈罗德·伊尼斯:《传播的偏向》,何道宽译,中国人民大学出版社2003年版,第53页。

③ [加]斯蒂芬妮·麦克卢汉等编:《麦克卢汉如是说:理解我》,何道宽译,中国人民大学出版社2006年版,第64页。

④ [加]诺斯洛普·弗莱:《批评的解剖》,陈慧等译,百花文艺出版社2006年版,第57页。

⑤ [加]诺斯洛普·弗莱:《批评的解剖》,陈慧等译,百花文艺出版社2006年版,第63页。

格局中,人们才产生涉及快感、美感等情趣的反应。对一种超脱的格局进行遐想沉思,这显然便是我们美感和伴随它产生的快感的主要源泉。"①现代主义审美与机器、技术、电媒的塑造的关系,一直被忽略。

① ［加］诺斯洛普·弗莱:《批评的解剖》,陈慧等译,百花文艺出版社 2006 年版,第 58 页。

第五章 工业体制塑形的平面化社会的
价值尺度与心态体验

20世纪技术社会,不仅带来社会的轻型,而且带来社会的价值尺度与人的心态的转型,这在文学艺术中也有所体现。阿多诺说:"真正的现代艺术与其说是不得不设法对付发达的工业社会,还不如说是不得不从标新立异的立场出发承认发达的工业社会。"①现代主义是对工业化体制社会转型的激越回应。工业化建制导致社会进入平面化社会,带来包括价值尺度、心态体验、历史观念等全方位的范式转换。

一、社会整体价值尺度的转换

哲学人类学家马克斯·舍勒(Max Scheler)强调生活世界的现代性问题不能仅从社会的经济结构来把握,还必须通过人的心理体验结构来把握,他说:"它不仅是一种事物、环境、制度的转化或一种根本观念和艺术形态的转化,而几乎是所有规范准则的转化——这是一种人自身的转化,一种发生在其身体、内驱、灵魂和精神中内在结构的本质性转化。"②舍勒认为"心态(体验结构)的现代转型比历史的社会政治经济制度的转型更为根本"③。心态作为价值秩序的主体方面,一旦体验结构转型,世界的客观的价值秩序必然产生根本性的变动,因此它是一种深层的评判标准,与价值评判尺度的改变密切相关。舍勒将现代社会的总体心态体验归纳为:实用价值取代了生命价值,工商精神取代了神学-形而上学的精神气质。现代主义体现了技术化的现代社会,追求效率,时间成为现代社会的尺度,带来了人的心态改变,因此有必要专门考察现代社会在价值尺度与心态体验等方面的转换。

在此回应一下盛宁在《现代主义·现代派·现代话语》中的观点,他说西方一些现代主义的权威著作,从没有出现舍勒的名字,认为舍勒与现代主

---

① [德]阿多诺:《美学理论》,王柯平译,四川人民出版社2001年版,第59—60页。
② [德]M.舍勒:《资本主义的未来》,刘小枫编,罗悌伦等译,三联书店2003年版,第207页。
③ [德]M.舍勒:《价值的颠覆》(全集卷三),Bern,1972年,第349页,引自《资本主义的未来》"中译本导言",刘小枫编,罗悌伦等译,三联书店2003年版,第6—7页。

义毫无干系,而有的现代主义研究却硬是要扯到舍勒。① 应该指出的,如果立足现代主义文学范围,那么,舍勒与现代主义文学确实没有直接关系。他作为德语世界的学者,肯定不像尼采,成为影响现代主义的哲学源头。过去将现代主义定位在以艺术自律对抗现代性,也就是将现代主义艺术内部化,甚至内部化到形式这一个方面。现代主义远远不是如此狭窄,它与现代性、社会体制、媒介环境甚至世界大战与殖民政治体系都有广泛的联系,它有审美自律的诉求,但同时也有外部语境对它的塑造。只要注意到现代主义既对抗现代性,同时也与现代性对应,那么舍勒对现代性的思考,就像韦伯、桑巴特、齐美尔等对现代性的思考一样,同样可以作为现代主义的研究参照。他建构的现代性话语理论对现代性与现代社会的批判,与现代主义对现代社会的否定具有一致性。卡尔·曼海姆在《走向精神社会学:一个引论》一文中就将舍勒与马克斯·韦伯(Max Weber)、阿尔弗雷德·韦伯(Alfred Weber)、恩斯特·特勒尔奇(Ernst Troeltsch)与维尔纳·桑巴特(Werner Sombart)相提并论,称他们为“一些德国的真正的社会学家”。② 只是韦伯、桑巴特对资本主义的批判早已进入到现代主义研究的视域。舍勒与他们一样,也论述了资本主义精神,他写有《资本主义的未来》,只是他作为基督教思想家与哲学人类学的奠基人,他的著作带有德国宗教哲学的精神视角,关注的是现代社会精神气质的转变。曼海姆在《知识阶层:它过去和现在的角色》一文中说,舍勒是“从宗教哲学和历史哲学转到社会学的方向上,以最激进的方式毫不留情地重新评价他的时代”。③ 这样一个视角是通常的文学研究所不大关注的。加上舍勒学说范围极其广泛,包括哲学、社会理论、伦理学、神学、心理学、教育学、思想史等众多领域,因而在现代性、现代主义文学等研究领域,对他的引述都不多。舍勒确实没有直接论及现代主义,但现代社会却涉及精神气质这一话题,这是与现代主义相关的领域。过去我们对现代主义阐释的路径太窄,仅将世界大战、经济危机等局部事件作为其产生的原因,没有从整个时代转换的文化层面把握,就自然完全忽略了舍勒的宗教视角看时代精神转型的现代性问题的分析,而且这也是学科分割的一种现状。而现代主义是时代思潮,是社会文化转型的一部分,舍勒时代精神气质的学说,自然是现代主义研究坐标中一个重要的知识维度。过去主要受学科边界与知识分割的限制,将现代主义归为文学内部研究,而未

① 盛宁:《现代主义·现代派·现代话语》,北京大学出版社2011年版,第6—7页。
② [德]卡尔·曼海姆:《文化社会学论集》,艾彦等译,辽宁教育出版社2003年版,第20页。
③ [德]卡尔·曼海姆:《文化社会学论集》,艾彦等译,辽宁教育出版社2003年版,第121页。

关注舍勒。

在现代性这一问题上，舍勒缺乏齐美尔、韦伯等社会学家的影响度，还存在舍勒自身的原因。一是他的著作发表被延误。舍勒于 1928 年英年早逝，生前有大量未刊著作，但 1933 年纳粹上台后著作遭禁，后来其第三任妻子编辑《舍勒全集》进度缓慢，1968 年其妻去世后再由他人接替整理出版全集的工作。二是社会学是在工业主义发展早期从德国哲学中分离产生的。在 20 世纪工业体制社会，哲学衰落而社会学全面兴起。相对于韦伯、桑巴特等偏向新兴社会学，舍勒偏守宗教哲学与历史哲学领域，后转向文化哲学，写有《哲学人类学》，这些相对远离具体时代问题。舍勒始终持有德国宗教或哲学中的精神性视角，具有对宗教问题的浓厚德国式特征，德国人的"精神"概念带有宗教起源。再有，舍勒的语言艰涩，为翻译者所畏难，也影响了其在非德语世界的传播。他的著作种类广泛，在《舍勒选集》中译本"导论"中，刘小枫将舍勒著作分为七大类型，并认为其"资本主义精神论"与"哲学人类学"两类著作，涉及对现代人的实存转变的现代性问题的思考。他指出："与韦伯、特洛尔奇的着眼点不同，而与西美尔（齐美尔）的着眼点相近，舍勒瞄准的是资本主义精神气质及其体验结构，审理现代资本主义精神的形成以及对现代价值观的影响。"①

舍勒以自己的角度卷入对现代社会的讨论，他的《世界观理论、社会学和世界观的确立》，是针对韦伯的《以学术为业》而写；而《资产者》《资产者与宗教力量》则是参与讨论桑巴特的资本主义理论。《资本主义的未来》有关现代性的阐释，关注的是与"精神"相联系的现代精神气质与心理体验。在现代性研究中，对舍勒言论的参引，远不及德国的其他社会学家，然而，舍勒对现代社会精神气质的概括，是非常值得参照的一个对现代社会时代精神的认知维度，应该说，它不像政治、经济等那样居于中心话题的位置，刘小枫提到舍勒现代性的视角是"社会实存"的转变，舍勒的视域与概念，非政治，非经济，还非哲学，非文化，没有很大通约性，强调的正是不同于政治、经济这些认识视角的一种体验结构。

舍勒认为资本主义世界的现代性不能仅从社会的政治-经济结构来把握，也必须通过分析人的体验结构来把握，②他定位现代为一场"总体转变"。工业化建制是人类历史上深刻的社会变革，不只是社会变革，知识事务的转变，也不只是文化变革，艺术范型的转变，而是制度转换带来整个社

---

① 刘小枫编：《舍勒选集》，编者导论，上海三联书店 1999 年版，第 22 页。
② 刘小枫编：《舍勒选集》，编者导论，上海三联书店 1999 年版，第 22 页。

会的全面转换。舍勒强调,"它不仅是在其实际存在中的转化,而且是一种在其判断标准中发生的转化"。① 总体转变意味着社会结构与人的心态结构的双重重大转变。舍勒说:"世界不再是真实的、有机的'家园',而是冷静计算的对象和工作进取对象;世界不再是爱和冥想的对象,而是计算和工作的对象。"②这种新型关系中,人的内涵已经被社会所改变,形成的不只是社会价值观的"断裂",还有心态体验的改变,其实就是人本身也被改变了。舍勒聚焦的现代社会转型的价值尺度与心态体验,与现代主义文学艺术的转型所表现人的心理,有相通性。舍勒强调时代的精神气质为总体形而上学精神失落,工商精神兴起。这正是逼迫现代主义文学艺术转向审美的一个重要原因。

社会学家吉登斯(Anthony Giddens)从制度看 20 世纪社会的断裂,"现代社会制度在某些方面是独一无二的,其在形式上异于所有类型的传统秩序"③。相异在于其一是现代性时代到来的绝对速度;其二是社会巨变覆盖全球范围;其三是现代制度的固有特性。"现代性以前所未有的方式,把我们抛离了所有类型的社会秩序的轨道,从而形成了新的生活形态。"④

社会学家涂尔干则认为 20 世纪初期是社会的一个"失范"时期,传统规范失效,意义缺席,新的文化观念纷呈,个体被无数的价值观包围,人们对旧的价值失去兴趣,对新的价值混乱缺乏认同,社会出现意义真空,迷惘情绪蔓延开来。涂尔干的"失范",源自文化结构和社会结构的功能的失调所造成的文化目标的缺席与手段的失衡,人们无法在具体行动中使两种不同目标和手段协调。失范在 20 世纪初期遍布西方社会的各个领域,表现为一种普遍的焦虑情绪。失范对现代主义文学艺术,也是一个恰当表述,它与制度转换引发主导价值观匮乏,集体通约的丧失有关,个体"自我"变得异常活跃,追求对各种欲望、体验、感受的内在性的个人化风格的艺术表达,各种流派不断涌现,先锋实验风行。现代主义体现了现代失范概念的双面意义的另一面,那就是失范引起的所谓危机,偏向新机遇,不是传统意义上的危机。现代主义体现了新机遇的勃发。这就如列斐伏尔所说,"这种危机与经典意义上的'危机'再也不能同日而语了,我们必须习惯这

---

① [德]M. 舍勒著,刘小枫编:《资本主义的未来》,罗悌伦等译,三联书店 2003 年版,第207 页。

② [德]M.舍勒:《死与永生》,见《伦理学与认识论》(全集卷十),Bonn,1986 年,第28—29页;引自刘小枫:《现代性社会理论绪论》,上海三联书店 1998 年版,第 20 页。

③ [英]安东尼·吉登斯:《现代性的后果》,田禾译,译林出版社 2002 年版,第 3 页。

④ [英]安东尼·吉登斯:《现代性的后果》,田禾译,译林出版社 2002 年版,第 4 页。

种对危机的看法,我们需要用持续创新来应对这种内外威胁。"①所以,失范与危机同时发生,而它们在变化发展的现代性语境中,成为"社会的健康状态"。②

舍勒把握的是总体转型的心态体验,提出新兴的主导精神是工商精神,应该注意,工商精神不再与政治、文化、艺术有关,而是一种实用价值,这是迫使现代主义文学艺术与社会的结构、社会的主导精神发生分离,走向艺术自律的根本原因与逻辑所在。应该看到,艺术走向自律,而与这种主导精神分离,本身也是一种联系,这种联系就是使其分离。

(一) 工业化建制与专业化科层管理

20世纪工业化体制社会,不同于之前的资本主义社会。吉登斯指出:资本主义与工业主义是现代性制度的两个不同的"组织类型",两者之间有联系,但不是臣属关系。依据马克思的资本主义的出现先于工业主义的观点,吉登斯强调:"资本主义指的是一个商品生产的体系,它以对资本的私人占有和无产者的雇佣劳动之间的关系为中心,这种关系构成了阶级体系的主轴线";而"工业主义的主要特征,则是在商品生产过程中对物质世界的非生命资源的利用,这种利用体现了生产过程中机械化的关键作用"。③工业化建制社会晚于资本主义,它在20世纪初以传统社会中无法想象的方式,把地方性和全球性因素连接起来,所实现的扩张性与影响力,远远超出了资本主义的生产关系。20世纪生活的急剧变化,源自工业主义或工业化建制中复杂的劳动分工、工业开发、效率管理以及体系化生产。工业体制社会的管理是一种体系化的效率管理,不仅体现在生产领域,还以专业化形态推广到教育、文化等所有非生产领域。

20世纪初,剑桥大学创办第一个英语系,体现了技术专业化深入到了人文学科领域。1919年韦伯的《以学术为业》一文,揭示了大学教育被实施技术化的指标管理。韦伯在文中强调"学术达到了空前专业化阶段",大学变成了"大型的资本主义式的大学企业",对教授能力评估的数据方式,以"听课者的多寡,可以对能力高下做统计数字的检验"。④ 指标管理在20世

① [法]亨利·列斐伏尔:《日常生活批判》第三卷,叶齐茂等译,社会科学文献出版社2018年版,第576页。
② [法]亨利·列斐伏尔:《日常生活批判》第三卷,叶齐茂等译,社会科学文献出版社2018年版,第576页。
③ [英]安东尼·吉登斯:《现代性的后果》,田禾译,译林出版社2002年版,第49页。
④ [德]马克斯·韦伯:《学术与政治》,冯克利译,三联书店2010年版,第20、22、23页。

纪初成为社会通则,社会为技术理性控制,有别于之前的自由资本主义阶段相对无政府主义状态的自由发展时期。

当然,工业主义与资本主义之间存在一致性联系,资本主义是强化与推动工业化体制的巨大动力。伊曼纽尔·沃勒斯坦(Immanuel Wallerstein)说:"从一开始,资本主义就是一种世界性经济而非民族国家的内部经济……资本决不会让民族国家的边界来限定自己的扩张欲望。"①劳动力的商品化,包括抽象劳动力,即技术设计等,成为资本主义与工业主义之间的重要连接,是使社会快速进入工业化的关键。资本主义企业的技术创新,推进了工业体制社会的到来。

反过来工业化建制也强化了资本主义,它的扩张的覆盖率与效率,远远超出了(早期)资本主义。它以严密性造就出一种超出权力、超出意识形态的技术或经济体制秩序。20世纪技术与生产的发达,使经济结构取代了政治结构的地位,社会实施专业的系统化与科层化,对时间的管理,追求效能与产出的最大化。它只注重人的功用,马尔库塞将之称为"单向度的社会",认为"与它的各个先行者相比,它的确是一个'新社会'"②。

工业体制社会导向实用主义,人处在量化标准下,遭遇物化的命运,人性遭到贬值,人在理性化的工业秩序中沦为工具,社会呈现非人化。不可否认,工业化体制带来了西方经济的全面、快速增长,世界进入新的文明时期。然而,技术指标与现代货币也是冷漠的象征物。齐美尔以现代生活中货币的非人格性与所谓无色性,透视现代社会的本质,指出现代的"货币经济如今已经产生了难以计数的联盟,它们要么只要求员工在经济上出力,要么就是单纯就货币利润进行操作","货币就像一层绝缘层那样滑入客观的联盟整体与主观的人格整体之间"。③ 货币隔膜了人与人的关系,人的情感、修养、内涵等人性因素失去考核价值,工业化建制以其技术理性框定了人的精神导向走向技术性的非人。

现代社会的工商精神与技术人的兴起,引发现代主义文学艺术的回应。约翰·拉塞尔(John Russell)将现代艺术的变革,称作是"秘密的革命",认为这场运动"没有明确的日期、没有明确的地点、没有明确的名称可以用来对此作证,但是当时已经产生了一种普遍的意识,即一种叫现代意识的东

---

① Immanuel Wallerstein, "The Rise and Future Demise of the World Capitalist World System: Concepts for Comparative Analysis", See *The Capitalist World Economy*, England: Cambridge University Press, 1979, p. 19.

② [美]马尔库塞:《单向度的人》,刘继译,上海译文出版社2008年版,第17页。

③ [德]西美尔:《时尚的哲学》,费勇等译,文化艺术出版社2001年版,第96页。

西,这种现代意识是理解现代生活的关键"。① 现代意识就是一种心态,而现代主义文学艺术正是对工业化社会兴起的时代主导的工商精神的分离,对制度的分离,对专业化的回应,走向审美追求。可以看到,《鲁滨逊漂流记》《欧也妮·葛朗台》等现实主义小说的兴起与繁荣,对应于自由资本主义时期,而意识流与表现主义等心理化与抽象化文学,则对应于工业体制社会,成为马尔库塞说的发达工业社会或詹姆逊所说的晚期资本主义社会文化的一部分。

(二) 技术理性与制度理性的专制本质

工业化社会呈现出一派自由、民主的景象,然而潜在具有深层的专制特征。这种专制来自工业化制度与技术系统管理的极权控制。"专制主义"通常用来表述前现代国家的特性。然而,极权也包含在现代工业化体制之中,只是这种极权不再是个人权力而已。它就是技术制度的强制性,表现为有序与无所不包的体系网络。封建皇权被现代社会瓦解,似乎民主社会没有专制,实际上专制存在于体制的合力中。政治学家阿历克西·德·托克维尔(Alexis de Tocqueville)最早认识到民主社会的专制,认为它一旦出现,这种高明的专制比封建专制更专制。这是因为"在过去的时代,从未有过一个君主专制强大得能够直接管理所有臣民,让他们毫无差别地遵守划一的制度的每一个细节,由于知识的不足、治理方法的欠缺,特别是身份不平等带来的自然障碍,使得君主无法实施如此庞大的计划"。② 工业体制时代是制度与技术双重强制时代,制度、技术、效益实现了联合作用。

工业体制社会阶段实现了启蒙运动所倡导的民主理想,绝对王者的权力被颠覆了,个体的基本权力被授予,个体生命受到尊重,然而,与此同时,现代体制的合力,却更加没有遗漏地迫使所有个体将权力上交,无人能控制的工业体制社会结构,个体在现代社会的整体结构中无能为力。这也是卡夫卡的《城堡》中所描述的情形。K试图努力去接触和进入城堡,但从电话里传来的只是一些模糊的嗡嗡声,它似乎永远存在于云雾中。这是管理体制与个体关系的一种象征,个体无法接近庞大、冷漠的社会体制。卡夫卡的《审判》描绘了法律体制对一个无辜的人的莫名其妙的强制执行。海勒(Jo-

---

① [美]约翰·拉塞尔:《现代艺术的意义》,常宁生等译,中国人民大学出版社 2005 年版,第 101 页。

② 《托克维尔:民主的政治科学》编委会编:《思想与社会》,上海三联书店 2006 年版,第 201 页。

seph Heller)的《第二十二条军规》则表达了军事机构的强权下,官兵们在貌似公允的军规统治下的被愚弄,个体生命的存在与消亡任由军事机构的名册判定,即使名册违背实情也只能维持。如丹尼卡医生明明活着,但被军方错误地记录到麦克瓦特撞毁失事飞机的死亡名单中,就被当作死亡对待,排除在一切活动之外。而尤索林的帐篷里的马德已经死了,由于没有他的死亡记录,原因是他没有正式报到的记录,也就因此一直被当作活人。所有部门都只分管它那部分职责,执行者无权改变规则或之前的记录。因此,当事人找不到说理的人,也没有人能澄清事实,这就是现代体制的运行规则。体制的严密性体现在繁复的社会程序,而有时规则本身就是悖谬的,出自不同系统的规则互相抵牾。个体生命被交付给这种貌似客观、公允的规章与机构,一切责任推给规则承担。高度组织化的技术社会的这种内在专制与冷漠,比前现代社会更加隐蔽。

越来越细的专业分工,使现代人受制于同一专业领域的重复劳动,受制于冷酷无情的纪律与管理约束,人的全面发展的人性要求受到割裂。工业体制社会只需功能化的人,只用人的功能,现代人沦为现代工业机器上的零部件或者说螺丝钉。海德格尔认为,"所有事物都是功能性的。这正是怪诞可怕之所在,所有事物都具有了功能,这种功能作用越来越强烈地驱策着所有的事物,迫使其获得更为强大的功能。……我们所有关系都已经变成了纯粹技术性的关系"(《〈明镜周刊〉访谈》)。人与物一起功能化的世界中,人也被物化了。

社会的制度理性取代了共同信仰。工业生产的雇佣签约形式,打破了传统社会中的社会群属关系,一方面现代个体实现了经济独立,另一方面个体性的增长失散了群体关系。技术带来大规模的社会实践,没有了统一性,社会整体意义与共同理想瓦解,社会成为一盘散沙。尼采的"上帝死了"的表述,不止于对上帝信仰的崩塌,还在于一切产生集体信仰与共同信念的可能性不复存在。由于思想不再被统一在某种信念下,人们对待事物的认识就出现多重与多元的观点,社会失去中心,思想也失去中心。

工业体制社会中制度上升为管理标准与理性价值,它以时间量化与技术指标尺度规训大众。科技思维与商品经济导致对物质利益、对身体欲望满足的合法化与合理化推崇。高贵的、有精神追求的人,降格为自然生命的动物,心灵丰满的、全面的人变为只看实用功能的技术人,人格消失在实用主义与物质主义的经验量化中。因此,人的存在意义就成为不断被追问的问题,因而"我是谁"的问题被提出来。舍勒说:"在历史上没有任何一个时代像当前这样,人对于自身如此地困惑不解。"①

现代主义正是文学艺术领域对传统形而上学品质或实质性人本精神的解体或消散的模糊而激越的反应:困惑,呼应,质疑? 批判? 各种情感混杂。它表现了从传统的"存在本身唯精神"的理念,被抛入到"唯欲望"与"利益"的物化原则之中的现代人的种种不适。精神被放逐的体验,在 T.S.艾略特的《荒原》、在乔伊斯的《尤利西斯》中都有深刻表现。20 世纪文学成为一种对存在的追问形式。

二、技术与制度理性对人文理性的消解

(一)主体与客体关系的演变

所谓理性,就是人的主体性。西方的主体性,建立在人与自然分离的基础上,人以自己为主体,对待自然与世界。古希腊处于人类寻求确立主体性的时期,主体与客体的关系,还处于主体观察自然的时期,主体与客体还处于连体的状态,自然的力量大于主体。古希腊人以理性尺度观察自然、社会和人生,创造了灿烂的古代文化,理性成就了希腊文化的辉煌。希腊人较早脱离宗教迷信走向对自然的关注,在各个领域都取得了成就。

到接受希伯来精神的中世纪,人与上帝的关系被强调,人追求超越尘世,希望同一于神,主体性为神性淹没。然而,人的主体性也并未完全消失,而是潜存于对神的信仰之中,如奥古斯丁的"我信仰所以我说"所呈现的。主体通过对上帝的渴慕,转向内在化指涉,即个体的存在感通过上帝来中介,主体在对上帝的内心体验中,获得存在的意义。因此,中世纪的主体是被神中介的主体,依然不是独立的主体。

文艺复兴时期,哥白尼的太阳中心说提供了与神学相反的科学世界观,人开始摆脱神学信仰而追求独立思考,形成理性高扬的主体性。蒙田的怀疑论被认为是人重获理性或主体性的标志。这个时代虽处于信仰时代的延续,但文学与思想领域已兴起了对理性的崇尚,如彼特拉克的《秘密》,假托人文主义者的"我"与上帝对话,讨论俗世的幸福与信仰的幸福。彼特拉克被称为人文主义之父。

17 世纪的哲学家莱恩·笛卡尔的主体性哲学,建立了主体与神性、与科学相通的主体哲学框架。笛卡尔虽没有否定上帝,但其哲学却致力于让

---

① [德]M.舍勒:《人在宇宙中的地位》,李伯杰译,贵州人民出版社 1990 年版,第 2 页。

信仰服从理性。他从理性、从主体看待整个秩序，但不颠覆信仰，而让信仰、科学与主体关联，形成平衡。主体被确立在自然秩序之中、上帝映照之下。笛卡尔是一种先验-综合的主体论体系，确立主体性是其基本宗旨。

18 世纪随着启蒙理性在实践上的推进，科学被进一步推崇而反对宗教，哲学去神学先验论。笛卡尔神学、科学、理性结合的综合主体框架中，神或宗教的先验性就被排挤出去，演化为弃绝神，只推崇科学的主体，最终从三者的结合演化为主体与客体的二元结构。一切与科学无关的先验性、形而上学与宗教信仰，都被予以清除，甚至被当做迷信批判。主客体二元关系中的主体，成为无中介的主体，依仗科学发起对自然的强势进攻，对外部客体采取绝对征服的姿态，僵硬而没有弹性。世界除了对人有使用价值以外，别无其他价值。科学取代神占据了新神的位置，历史进入失去神性的阶段。

19 世纪二元主体论在科学主义、主体哲学与资产阶级野心的合力下得到强化，经济借助科技力量快速发展，助推主体性的膨胀。人的主观能动性与科学技术信念紧密结合。"人们对于利用技术革新，有潜力实现以科学的知识掌握自然界，具有越来越大的信心：自然知识为人类进步提供了一大把关键性的钥匙。"①这就是说，借力科学而形成的主观能动性，强化了人的主体意识，使人不满足于主体只反映客体，而将主体拔高到可构造与建立客体的地位。因而人类活动由过去的在自然秩序之中，或在先验的认知引领下，激进地跃升为人可以向自然界立法，对自然发号施令，主体意志君临一切。

20 世纪技术快速发展，导致借力科学的主体，悖论性的同时又被强大的科学技术及其规则尺度所客体化，这使得主体在主客体界限不分明的状态中反而失落了。这便是主体强烈的利益索取极端化，并借助科技，所带来的主体性危机。可以看出，主体性因技术而极端理性化，人相信自己可以为所欲为。而技术理性又使原来的人本理性受到压抑，让人在感觉上成为失去人本理性的非人，这就是 20 世纪主体性的境地：作为人的主体性走向了失落。

（二）技术社会兴起反理性思潮

西方经过几百年的主体性演变，在 20 世纪实现了理性的制度化，而理性被技术制度化确立，技术理性与制度理性形成对人性的压抑。人类的自由，某种程度上是必须通过限定与否定人自身的一部分才能获得。然而，社

---

① ［英］P.M.哈尔曼：《科学革命》，之也译，上海译文出版社 2003 年版，第 2 页。

会进步体现为科技发展,人完全借助科技来扩大自己的力量,狂妄地视自己为自然之外的统治自然的主体,完全不将自己看作自然的一部分。自然不再作为养育人的依存对象,而只被视为征服对象。最后人自身也被纳入科技体系、被纳入机器效率的管理中,被套用以机器效率最大化使用模式而当作物与工具看待,这个过程也是科学技术对人实施客体化的过程,这样,主体的人也就成为客体,极端主体成为空洞,或者说其自身坍塌了下来。

科学在20世纪越来越被等同于实用技术,科学管理走向实用技术的效率准则,社会形成一整套标准化管理,从生产、流通、经营,到管理,从生产领域扩展到服务业与非生产性的文化事业,技术原则全面覆盖。丹尼尔·贝尔曾描述过理性思潮代替神学统治的过程:"在过去的一百年里,宗教的力量减弱了。在人类意识的黎明时期,宗教是人的宇宙观的主要棱镜,几乎是人解释世界的唯一手段。这样,宗教作为思想和机构,就包含了传统社会中人生的全部。然而,在现代社会,那种生活的空间大大缩小了。宗教发现它的主要依托——天启,已被理性主义破坏,而宗教信仰的核心'被除去了神话色彩',变成了历史。"①否定宗教信仰,独尊科学,而科技自身没有目的,且日益与人分离,不能完全为人类所控制,反过来形成对人的主导,使人屈从于科技而忽略人自身。科技原则忽略人性价值,人只剩下与技术生产相关的功能被重视,即人可计算价值的部分。20世纪的思想家发现,利用科学技术所强化的主体性,将人自身纳入技术理性的铁笼,造成人本主体性消失。哈贝马斯指出,"科学和技术是渗透到整个社会当中的工具理性的主要来源"②。工具理性使人类的主体性被抽空,人沦落到被动与受控的地位。最后,追求主体自由的现代人像围着自己转的影子一样,处于空虚状态。在物质追逐中,早期个体主义的正面性,日益变成享乐主义与利己主义。技术市场主导的跨国企业、行业垄断、资本垄断、资源与财富的垄断与不均等的话语权,经济企业内部的科层结构等,潜在地破坏市场平等,使貌似平等的工业体制社会隐藏着非公开化的巨大的不平等。对此美国哲学家弗来德·R.多尔迈(Fred.R.Dorman)甚至认为新一轮的等级制形成:"工业化和合作企业对小型企业的取代,恢复了社会等级制度,鼓励了经济特权,损害了生存机会的平等,淡化了乌托邦式的前景。同时,政府和企业的逐渐融合,导致了用不断增长的对公众舆论的有效控制来取得社会的一致。"③

---

① [美]丹尼尔·贝尔:《资本主义文化矛盾》,赵一凡等译,三联书店1992年版,第219页。
② 汪民安等主编:《现代性基本读本》(上),河南大学出版社2005年版,第127页。
③ [美]弗莱德·R.多尔迈:《主体性的黄昏》,万俊人等译,上海人民出版社1992年版,第14页。

工具理性、制度理性与技术理性，使人自己被占有，技术社会的主体被客体化，失去了它曾有的进步性。

20世纪哲学家们对主体性的批判成为主导，发展到了多尔迈所说的，"对主体性的批评预定了对近代人类中心论的正式控诉的程度"。① 近代以来主体性一路高歌地膨胀起来，被20世纪哲学家描述为"虚幻"与"谎言"，曾是西方社会的理论旗帜的主体性，不再是理论的路标。

尼采的非理性哲学对此有深刻揭示，他认定世界的本质是权力意志，一种非理性精神，推崇悲剧中的酒神精神，贬低阿波罗所代表的日神精神，即理性精神，以虚无主义颠覆了理性的至高无上的地位。他认为等级、本质，都不是中心论或决定论的，过去的二元对立的决定论，演变成为差异的哲学。

尼采哲学反对辩证法，他的超人概念，被看作是针对辩证人而提出的。他认为意志想要的是对差异的肯定，对快乐的肯定，快乐成为人的目标。这表述在《善恶的彼岸》中，即知道自己与众不同而获得快乐，沉浸在差异的享受之中。这不同于辩证法建立在否定基础上的螺旋式上升。尼采的哲学是肯定、快乐哲学。其矛盾视域从主体与客体、人与自然、人与外部世界的二元矛盾，转向个体的痛苦的复生，矛盾在更高的快乐中得以解决，如《悲剧的诞生》中所论的最高的和解。创造力与本能作为肯定力量出现，有了高于一切的和解，也是悲剧的和解，高于一切的和解便是肯定。"那高于一切展开、解决与抑制矛盾的便是价值重估。这是查拉图斯特拉与狄奥尼索斯之间的共同点。"②狄奥尼索斯被认为肯定一切存在的东西，包括苦难。尼采用掷骰子肯定多样性瞬间，通过肯定偶然，同时也肯定了表象，肯定各种联系。快乐在于差异，也在于人体本身，在于美，在于力量，在于对身体的赏玩，在于性，所以，思想的目标领域发生了改变，文学艺术的表现领域，也被大大拓宽，颠覆了道德与伦理的善的观念统治。

弗洛伊德的精神分析，拒绝将公认的一切当作真理接受，人类的创造力被认为来自性本能。它从根本上撼动了人类理性的核心地位，对主体性的认识论产生了毁灭性的打击。

以索绪尔（Ferdinand de Saussure）为代表的结构主义，是反主体性哲学思潮中的另一支力量。它的反抗建立在语言的体系本体上，以语言结构本

---

① ［美］弗莱德·R.多尔迈：《主体性的黄昏》，万俊人等译，上海人民出版社1992年版，第28页。

② ［法］吉尔·德勒兹：《尼采与哲学》，周颖等译，河南大学出版社2016年版，第35页。

体否定了人的主体性。其主要观点为语言是"一种表达观念的符号系统",①语言是一个独立的体系,说话的主体并非控制着语言,"我"只是语言体系的一部分,不是我在说语言,而是语言在说我。这种观点被广泛应用到人类学、文学等人文学科,各个领域以自身的系统符号结构,来建构学科的客观性。

路易·阿尔都塞(Louis Pierre Althusser)被称为结构主义马克思主义的代表,他认为主体性与自我中心的人道主义,纯粹只是特定阶级建构的意识形态产物。

以胡塞尔(Edmund Gustav Albrecht Husserl)为代表的现象学,则从认识论本身批判认识论,它抵制人的先入为主的观念,要对之悬置,回到现象,使认识变得更为纯粹,或者说要纯化认识。海德格尔在现象学的基础上进一步建构了反认识论、反本体论的存在主义哲学,强调人与世界的相遇,反对将世界只作为人的征服对象,恢复人与世界的非对象化关系。

20世纪哲学、心理学、语言学领域的各种新学说,都在与主体的关系上表述了20世纪知识领域的总体转变,而对应的现代主义则以形象表现了这种转变,人的被动性正是主体性失落或者被客体化的反映。

(三) 技术社会的进步走向幻象

现代性的一大观念就是进步。然而20世纪,人们转向对进步的反思并提出质疑。进步的正面认知,在约翰·斯坦利(John Stanley)对启蒙时期孔多塞的总结中可以看到:"对进步观念的最好的总结可能莫过于现代进步观念的始作俑者孔多塞在其《人类精神进步史表纲要》总结段落的表述。在这本著作中,孔多塞将所有六个概念全盘托出,使其融为一个18世纪的新观念(虽然并非都源于孔多塞),一个标志着以后时代特征的观念:(1)进步发生于一切领域;(2)伸展于未来;(3)反对不可避免的毁灭以及与此相伴的悲观主义;(4)提出文明是可以无限完善的;(5)拥有一种线性历史观;(6)把未来看作是具有某些可计算的不可避免的模式。"②进步价值观在18世纪逐步发展成为一套崇尚科学技术的价值体系。它借助并体现为技术进步与物质进步,上升为一种指向未来的发展观,成为不可避免的新的宿命论,即"历史决定论"。科学技术因与进步相连,具有朝向幸福未

---

① [瑞士]费尔迪南·德·索绪尔:《普通语言学教程》,高名凯译,商务印书馆2001年版,第37页。
② [法]乔治·索雷尔:《进步的幻象》,吕文江译,上海人民出版社2003年版,"英译本导言"第19—20页。

来的乌托邦理想性质的目标指向,成为一种新信仰。

　　进步观与历史决定论相连,获得了必然规律的权威地位。尽管这种进步观在18世纪就遭到帕斯卡尔这样神学信仰立场的人的反对,但是反进步论的声音很微弱。特别是19世纪,强大的现代性协同历史决定论,使进步论成为社会发展模式与现代社会的总体法则。它进而影响到人类心智的理性主义,相应的逻辑推理思维与教育体系也被建立起来,即认为循此可认识真理,达到幸福。托马斯·L.汉金斯(Thomas L.Hankins)在《科学与启蒙运动》中写道:"启蒙运动在很大程度上是由作为完美智力的理性向作为自然规律的理性的转换造成的。"①这意味着,柏拉图时代追求智性的传统,到启蒙运动时期转变为规律。人类从古代以自然人性或与其相关的道德来组织社会,转到现代以科学技术来组织与管理社会,因而人类变得远离自然,甚至与自然敌对。科学、技术不仅作为信仰,甚至被等同于幸福本身。一切不在此范畴的知识域,被斥之愚昧与落后。正如西方学者所描绘的,"在技术发展与自由、进步、福祉的近代自由话语之间存在着一目了然的关系,这些话语背后的实质,我们可以称之为'技术的保证',即技术保证将这个世界变得更好。"②

　　人类开始感觉自己是救世主,不需要依靠上帝。杰弗里·哈特曼(Geoffrey H.Hartman)给我们一个象征性的启示,即"技术是现代化和审美化的神学"。③ 人们相信机器将带给人类理性、文明的秩序,健康、舒适的生活与美好、光明的未来。乔治·索雷尔(Georges Eugène Sorel)说:"进步是摆脱偏见、满怀自信、信任未来的头脑的装饰品,这种头脑创造一种担保一切拥有富裕生活的人过得幸福的哲学。"④

　　然而,到20世纪进步思想陷入危机。马克思曾提到过机器存在的矛盾性,他在《在〈人民报〉创刊纪念会上的演说》一文中说:"一方面产生了以往人类历史上任何一个时代都无法想象的工业和科学的力量,而另一方面却显露出衰颓的征象,这种衰颓远远超过了罗马帝国末期那一切载诸史册的可怕情景。在我们这个时代,每一种事物好像都包含有自己的反面。我们看到,机器具有减少人类劳动和使劳动更有成效的神奇力量,然而却引起了

　　①　[美]托马斯·L.汉金斯:《科学与启蒙运动》,任定成等译,复旦大学出版社2001年版,第7页。

　　②　Tony Schirato and Jen Webb, *Understanding Globalization*, London:Sage,2003,p.48.

　　③　[美]杰弗里·哈特曼:《荒野的批评》,张德兴译,天津人民出版社2008年版,第97页。

　　④　[法]乔治·索雷尔:《进步的幻象》,吕文江译,上海人民出版社2003年版,第100页。

饥饿和过度的疲劳。技术的胜利似乎是以道德的败坏为代价换来的。"①马克思将颓废归因于工业和科学。米切尔·兰德曼(Michael Landmann)认为卢梭更早的时候就看到了现代社会的颓废性,他说:"卢梭早已把进步叫做倒退","狂飙突进运动和尼采把日益增加的理性文化看作是对人的本质的逐渐损害。"兰德曼本人表示,从象征到概念、从魔术到技术、从原始的母系氏族制的法律和信仰到父系原则的变化,所有这些成就都真正成了衰落道路上的各个驿站。② 此外,奥·斯宾格勒的《西方的没落》也表达了技术可以被看作是进步,也可以被看作是衰落的观点。

20世纪思想家们认为进步只是纯粹技术进步,脱离历史与未来的进步已经蜕变为一种幻象。原因在于,第一,科学技术所带给人类的进步,就人的心理来说,导致一种消极心态,也就是上面提到的索雷尔著作中的"无为主义",那就是既然进步必定使得变化"无可避免",为什么还要行动。第二,技术高速发展,新的立刻变旧,而新的与先前的旧的之间并没有质的区分,导致一种没有真正整体历史的"历史的终结"。第三是进步的内涵,随着20世纪技术加速,失去了过去理解进步中包含的方向感,不再指向幸福的目标,即乌托邦的前景,因为技术带来新的快速替换旧的,已无关乎方向性,只是进步的循环,甚至技术内部的循环,单一的技术在革新中奔跑。

吉登斯说:"有些被认为是将使我们的生活更加确定和可预测的影响,如科学和技术的进步,却经常带来完全相反的结果。"③现代技术社会滋生精神上的颓废,进步映衬的是人类颓废的悖反情形。政治学家托克维尔最早认识到文明的进程并不带来人类心灵的进步与完善,只是转换出一种新的类型。他说:"在我看来,不能断言说,人在文明化的过程中变得更好了,应当说,人在文明化的过程中同时获得了他从前所不具备的善和恶,他变成了另一种人。"④

在工业体制社会,技术成为进步的自动力量,技术力量超出行政权力之上。然而,技术的极权主义形式,技术的非理性,技术的非人性,使之不能真正等同于社会进步。马尔库塞说:"在这一社会中,生产装备趋向于变成极权性的,它不仅决定着社会需要的职业、技能和态度,而且还决定着个人的

---

① 《马克思恩格斯全集》第12卷,人民出版社1965年版,第3页。
② [德]M.兰德曼:《哲学人类学》,阎嘉译,贵州人民出版社2006年版,第127页。
③ [英]安东尼·吉登斯:《失控的世界》,周红云译,江西人民出版社2001年版,第3页。
④ 《托克维尔:民主的政治科学》编委会编:《思想与社会》,上海三联书店2006年版,第208页。

需要和愿望。"①谁控制了技术,谁就控制了世界。技术颠覆了几千年人们顶礼膜拜的统治者的荣光,在以纯粹客观标准如考核、听证会、市场等的强势出场之下,"统治者不再随意决定命运"。② 技术冲击了权力,也冲淡了既往的观念意识形态,带来了全新的技术生活方式。这种改变不同于历史上历次统治阶级或王朝更替所经历的轰轰烈烈的政治风暴,它只是"无声地"改变世界,一种积聚式的,甚至不受它们所为之服务的目的的制约。技术使一切重新布局,政治的合理性以技术合理性的面貌出现。"对现存制度来说,技术成了社会控制和社会团结的新的、更有效的、更令人愉快的形式。"③技术社会看似民主,实际上是更严密控制的社会,更缺乏革命的因素,人自身只能技术化地存在。如韦伯的经典性表述,"专家没有灵魂,纵欲者没有肝肠,这种一切皆无情趣的现象,意味着文明已经达到了一种前所未有的水平"。④

　　进步信念的幻灭,在尼采、海德格尔等人的哲学、结构主义语言学、弗洛伊德的无意识心理学里,协同出一种新的颓废精神。技术控制了所有人,掐住了所有人的脖子。

三、整体历史观的瓦解与虚无主义的兴起

　　虚无主义概念被认为是俄国人提出来的。"'虚无主义'在尼采时代的欧洲是一个相对崭新的概念。它是由俄国的一代作家创造的,其中包括伊凡·谢尔盖维奇·屠格涅夫,他在小说《父与子》中用这个词指那些拒绝父母保守价值观的叛逆的年轻一代。"⑤虚无主义被认为是 20 世纪的潮流,它虚无主义的形成,来自科技在现代社会上升到君临一切的权威地位,它塑造了一种理性的、逻辑的认知观,将人们的信念与文化纳入技术的轨道。

(一) 历史虚无主义的兴起

　　尼采在《强力意志》"序言"里,曾预言虚无主义的兴起,他说:"我要叙

① [德]马尔库塞:《单向度的人》,刘继译,上海译文出版社 2008 年版,"导言"第 6 页。
② [加]安德鲁·芬伯格:《可选择的现代性》,陆俊等译,中国社科出版社 2003 年版,第 31 页。
③ [美]马尔库塞:《单向度的人》,刘继译,上海译文出版社 2008 年版,"导言"第 6 页。
④ [德]马克斯·韦伯:《新教伦理与资本主义精神》,彭强等译,陕西师范大学出版社 2002 年版,第 166—167 页。
⑤ [美]罗伯特·C.所罗门等:《尼采到底说了什么》,新华出版社 2012 年版,第 16 页。

述的是往后两个世纪的历史,我要描述的是行将到来的唯一者,即虚无主义的兴起。无数征兆已预示了这种未来,无处不在预言这种命运。"①虚无,就是一切都不再有意义,也就是非精神化。在传统社会,文化处于感知与智识、信仰与道德等离经济领域较远的精神价值的位置上。而工业化体制社会,一切转化为交换价值,文化也不能幸免。尼采对"什么是虚无主义"的问题,在他的笔记中给出的回答是:"最高价值的自行废黜。"海德格尔在《尼采的话"上帝死了"》一文中,自问最高价值废黜之后,什么成为新的价值呢? 他说"存在成了价值"。他继续追问与答问:"存在之情形如何? 存在无情形可言。"②尼采与海德格尔都看到丧失信仰的最高价值后,一切都进入交换价值。马歇尔·伯曼(Marshall Berman)说:"任何能够想象出来的人类行为方式,只要经济上成为可能,就成为道德上可允许的,成为'有价值的';只要付钱,任何事情都行得通。这就是现代虚无主义的全部含义。"③詹尼·瓦蒂莫(Glanni Vattimo)说:"在现代性中,存在一直被贬为'交换价值',事实上,虚无主义本身就是'存在向交换价值的转化'。"④所有价值形成平等互换关系,不再有最高价值。瓦蒂莫推断,"尼采宣布上帝死了之后,人们可以合法地说,所有价值的'真实本质'都是'交换价值',而且它进入了这样一种价值的流通中。"⑤一切都在等价交换原则下被市场贴上价格标签,生活变得彻底非神圣化与非精神化。虚无主义是经济与文化的复合滋生体,是理性的结果,也是理性的坟墓。

理性、真理的概念依赖于西方的形而上学思想基础,而技术的非理性瓦解了所有形而上学体系,因而真理意义模式变得无所依附,信仰被转变为价值,而价值转换为交换价值。尼采、海德格尔等人揭示了虚无主义与差异的关系。他们认为上帝一旦死了,就失去了理性思想的基础,思想多元,真理与谬误、本质与现象、理性与非理性的绝对界限不明晰,世界只是差异的世界,并无绝对真理,而差异只是不同的解释而已。

虚无主义意味着历史与历史性经验的贬值。海德格尔说:"虚无主义

---

① [德]尼采:《权力意志——重估一切价值的尝试》,张念东等译,中央编译出版社 2000 年版,第 232 页。
② 孙周兴选编:《海德格尔选集》(下),上海三联书店 1996 年版,第 776、810、811 页。
③ [美]马歇尔·伯曼:《一切坚固的东西都烟消云散了》,徐大建等译,商务印书馆 2003 年版,第 143 页。
④ [意]詹尼·瓦蒂莫:《现代性的终结》,李建盛译,商务印书馆 2013 年版,英译者"导论"第 16—17 页。
⑤ [意]詹尼·瓦蒂莫:《现代性的终结》,李建盛译,商务印书馆 2013 年版,英译者"导论"第 16—17 页。

的本质归属于历史。"①从古希腊的世界水成论、数字构成论等哲学观念,到黑格尔建构的同一性哲学体系,再到马克思主义的历史唯物主义,"总体论"观念占据主导地位;而20世纪虚无主义对总体历史予以否定,与技术的无目的性有关,也与电子媒介表现出的去历史化有关。瓦蒂莫的《现代性的终结》的"导论"部分,谈到麦克卢汉提出电媒带来非历史化的改变,他说:"当代历史已不单纯是历史编年学所说的那些与我们最切近的年代的历史。更严格地说,它是这样一种历史,由于新的传播手段(特别是电视)的运用,所有事物都倾向于展示在当代性和同时性的层面,因而导致了经验的去历史化。"②电子媒介的巨量信息,使过去以不在场的碎片化或印象化的踪迹形式出现,完整的历史没有了地位,真理被分解和消解。本雅明在《启示》中这样描述"历史天使":"天使希望待在那里,把死者唤醒,并使得被损毁的东西成为完整的。但是,从天国里刮来了一阵风暴;风暴狂暴地刮到了天使的翅膀上,使得他不能够再收拢翅膀,只能不停地飞。这风暴是不可阻挡地推着他进入了将来,也就是他的背脊所面对的将来,而在它面前的垃圾,则一直被卷向了天空。这个风暴我们称之为进步。"③虚无主义不仅瓦解历史,还攻击所有理性,包括哲学与艺术中的理性,理性贬值后流行感性的影像艺术。现代主义文学中出现象征化,转向感性化,神秘主义与虚无主义取代了历史进程的信念与图景。

还有大众传媒勃兴大众文化,艺术表现真理被瓦解,开始向其他领域、向文化的多元性敞开边界,因而,艺术负载真理的本质属性被削弱,它甚至与一些包括商品在内的泛艺术化的"艺术产品"混合到一起,与生活的总体审美化混合,原创性与真实性、真理性的艺术也因此被弱化,永恒性不再被关注,而暂时性、短暂性与必死性受到承认,有很多自杀的先锋艺术出现,都是艺术的虚无主义的表现。

(二) 历史整体与语境整体:两种文学

现实主义与现代主义对待历史的不同态度,形成不同的总体化——总体的历史化与总体的语境化。现实主义是历史化的,现代主义是反历史的语境化的,也可以说,两者体现出纵向与横向的不同的"整体观"。

现实主义文论中的"整体性",指文学反映生活的整体,从历史整体反

---

① 孙周兴选编:《海德格尔选集》(下),上海三联书店1996年版,第817页。
② [意]詹尼·瓦蒂莫:《现代性的终结》"导言",李建盛译,商务印书馆2013年版,第63页。
③ Walter Benjamin, *Illuminations*, trans. Harry Zohn, New York: Fontana, 1979, p. 260.

映生活。历史总体观中的阶级论应用到对现实主义文学作品的阐释,总体论成为现实主义文学批评的准绳,直接影响了现实主义文学的主体风格,无论在批判现实主义作家的创作意识中,还是在批评家的批评观念中都成为一个重要尺度,几乎成了"一只看不见的手",始终在对现实主义文学的建构与批评发挥作用。

现实主义作家作为创作主体,对认识社会、认识客观世界有绝对自信,相信社会与未来都是能够被他们认识与预见的,作家因此成为被世人所瞩目的预言家,处于社会的中心。巴尔扎克说自己要当法国社会的书记。在阶级关系处于社会关系中心的时代,卢卡奇通过将阶级身份与历史进程对应,明确了无产阶级作为先进阶级,代表社会进程的方向。他认为无产阶级是阶级的历史发展和现实实践的产物,它是现实与理想的结合,因而无产阶级的阶级意识自然便达到了对社会历史总体的认识高度。文学被要求表现整体,表现历史方向,表现无产阶级的斗争。这种思维模式发展到社会主义现实主义,以高尔基的《母亲》为代表,新的工人革命家鲍威尔的形象,无产阶级母亲的成长,都与人类历史发展的方向进程结合起来。而像狄更斯这样的资产阶级作家在小说中没有指明这一方向,被认为他停留在对被压迫的社会下层人物寄予深厚的人道主义同情,但缺乏历史方向的预示。

然而,作为社会发展的所谓客观的历史进程方向只有一个,代表其方向的阶级也只有一个,这样就容易造成作家反映社会时受制于这种规定性,导致同一时代的作家们的创作视域渐趋雷同,也使现实主义文学的创作形成相同表征,具有确定性与清晰性,因为历史走向的规定性使主体与客体间、主体与主体间都具有了相通相知的基础,即在一个具体的历史背景下,对方在"我"的心目中都是可以依据规定性来把握的。具体到作品中,这种明确的社会历史规定性,使所有对象都成为可以把握的。现实主义小说人物多带有阶级色彩,事件的描绘是清晰的,对环境与人物外貌都有十分精确的描绘。如狄更斯《艰难时世》中葛雷梗的外貌特征,莫泊桑《羊脂球》中羊脂球的外形,果戈理《死魂灵》对梭巴开维支的外形及其与周围房屋、家具的相似性的表现。同一阶级的人有着共同的思想范式,内心活动透明而可把握,所不同的只在于个性的差异。显然现实主义强调"个性","个性"被要求与"共性"统一,实现结合,成为体现历史进程与阶级意义的"典型"。这种严密的套路,被指陷入了机械决定论。

现代主义文学转向个体主观感受,强调偶然性,外部世界溶解在人物的感知中。现代主义表现出对外界不可知,自身也不为外界所知。他者作为客体被"我"经验,也作为相对独立的主体被经验。反过来,这些他者作为主体经验这个世界,同时也在经验"我",就像"我"经验他人一样。现代主义作品视点游移、模糊,具有隐晦性。高度物化的社会,作为主体的人无能为力,受到控制。因此,现实主义小说中大写的充满主体性、带有英雄主义色彩的人物形象,变成现代主义作品中的被动性人物形象,作家的自我感觉也完全不同。如果说浪漫主义时期的雪莱有"诗人是未被承认的立法者"的宣言,现实主义作家则有巴尔扎克宣称要当法国社会的书记,卡夫卡在短篇小说《乡村婚事》的感叹是,"巴尔扎克的手杖上刻着,他能摧毁一切障碍,而我的手杖上刻着,一切障碍都能摧毁我"。现代主义作家成为社会边缘人、对抗社会常规观念的波希米亚。弗莱说:"从波德莱尔及他的追随者开始,这种对立成了一种生活方式,通常称之为波希米亚……更确切地说,它指的是艺术家在想象和经验的层面上对严禁的或不予首肯的生活方式进行探索。"①现代主义作家处在常规生活之外,有明显的另类于社会规则的思想与感悟。波德莱尔认为现代男性美是撒旦之美;魏尔伦、兰波等纠结于同性恋关系,后者自称为撒旦;卡夫卡属于应付不了生活的人;还有庞德这样的法西斯主义者。

现实主义作家居于社会中心,站在社会前列,自认为引领未来的方向;而现代主义作家同其他人、其他事物一样,成为效率社会被时间丈量的对象,作家与其他人一样都被客体化,失去了信心满满的主体意志。放弃历史与社会作为文学的本体的现代主义转向形式,成为内在化与形式化的艺术。以文学艺术自身的艺术性作为本体,现代主义作家不追求成为社会的预言家,而醉心于传达对世界的新奇体验。他们通过直觉来观照世界。个体的"无意识"等心理体验取代了现实主义文学中的客观现实、历史进程视域。个体的主观感知、生活的偶然性与他者的陌生性、个体的孤独感等,成就的是现代主义的消极面相。社会不能在每个人身上在场,个体带着自己的内在性而成为自身的影子。"我"只能从解释的视角来关注"你"的经验,从自己的意义图式去"概化他者"(generalized other)。② 他人总是异己与陌生的,人与人之间无以实现真正沟通。

20世纪既是专业社会,也是个体社会,人既作为个体,又作为专业类化存在物而存在,这不同于阶级社会中压迫者与被压迫者两个阶级类型。在海德格尔的存在主义哲学看来,这种现代的类化存在,人被抽象为整体。抽

① [加]诺斯洛普·弗莱:《现代百年》,盛宁译,辽宁教育出版社1998年版,第52页。
② Schutz, *The Phenomenology of Social World*,参见渠敬东:《现代社会中的人性与教育——以涂尔干社会理论为视角》,上海三联书店2006年版,第99页。

象的人,不是他自己,不是一些人,不是一切人的总数,人成为抽象的常数。在《时间概念》中海德格尔对作为常数与常人的人有这样的描绘:"在日常状态中,没有人是他自己。他是什么以及他如何是——这都是无人:没有人,但又是所有的人相互在一起。所有的人都不是他自己。这种'无人'——日常状态中的我们是靠此'无人'生活的——就是常人。"①现代社会的个体被抽空了具体性,成为大众的分子。抽象性与寓言性成为现代主义文学表征,将现实主义热得发烫的"个性"驱赶得无影无踪。现实主义以个性与阶级共性结合的"典型",被一种不具体的、抽象化的寓意形象取代。

现实主义的"整体性"是纵向历史的整体,具有历史整体的视角,人或事件都是历史进程中的一个具体的点。而现代主义则是表现严密技术体制结构与商业化的结构整体,机械重复的理性生活消解人的个性与人性,所有的人都被物化而对处境无能为力。20世纪的西方社会,以与体制、与商业世界之间的横向结构整体,替换了现实主义纵向历史整体,社会物化的异化成为置换阶级斗争的新的表现内容。人物成为无反抗行为的消极反抗者,如波德莱尔笔下的"浪荡子"、加缪笔下的局外人。由詹姆逊对现实主义、现代主义、后现代主义与资本主义对应不同社会阶段的概括,可看出社会的特殊阶级属性,他指出:"市场资本主义产生现实主义,垄断资本主义产生现代主义,而多国资本主义则产生了后现代主义。"②跨国垄断的技术组织的严密操控,形成的是社会内部横向的总体性,不同于现实主义历史的纵向总体视野。

---

① 孙周兴选编:《海德格尔选集》(上),上海三联书店1996年版,第14页。

② [美]弗·詹明信:《晚期资本主义的文化逻辑》,张旭东编,张清侨等译,三联书店1997年版,第52页。

第六章 媒介塑形的平面化社会的知识范型与艺术制式

平面化技术社会为电媒所覆盖,电力、电讯、电子媒介影响了生产,影响了传播,塑造了个体感知,也塑造了民主社会形态,如哈罗德·伊尼斯(Hareld Innis)所说:"一种新媒介的长处,将导致一种新文明的产生。"①20世纪文明形态、文化形态与文学形态都产生了相应的演变。

一、电力技术与新媒介文化

20世纪建立在电力基础上的技术社会,毫不夸张地说,终结了旧的文明形态,社会的观念统治被技术统治所取代。

(一) 技术社会终结了观念价值的统治

前现代社会是靠等级观念或宗教信仰组织的观念文化主导的社会,20世纪是专业系统化的技术管理社会。技术社会造成了形而上学的衰落与整体观念价值学说的衰落。德里斯科尔(Catherine Driscoll)认为,到19世纪,"上帝"对社会价值的严密统治已出现松动,表现为:"阿诺德之类的批评家所面对的是,如果上帝不直接决定像美与真这样的价值,那么这些价值就会变得繁多与被语境化地界定。"②这句话的意思是,上帝不再管所有价值了,那么价值的繁多就带来不断地阐释。尼采说的一切"价值重估"与海德格尔认为的"现代性依赖于'文化'作为一套相对的'价值'"③就成为现实。没有阶级等级的民主社会,也是没有最高价值,呈现为平面技术社会。

20世纪技术社会之前是观念文化主导的社会形态,技术只作为生产过程中的个别发明而存在,没有形成技术的系统化,更没达到人全面浸淫于技术生活并念念为之所系的程度。而且,西方在古希腊、中世纪阶段都具有重视哲学、神学而轻视技术的传统。埃吕尔(Jacques Ellul)的观点是,"从4世

---

① [加]哈罗德·伊尼斯:《传播的偏向》,何道宽译,中国人民大学出版社2003年版,第26页。

② Catherine Driscoll, *Modernist Cultural Studies*, The University Press of Florida, 2010, p. 191.

③ Catherine Driscoll, *Modernist Cultural Studies*, The University Press of Florida, 2010, p. 170.

纪至 14 世纪的千年之间,技术几乎完全没有进步,而且古人所了解的技术也多有失传。基督教反世俗,因而也反技术。随着罗马的衰落,他们放弃了那个文明的实践运作,开始了一种以'技术几乎完全不存在'为特征的文明"①。温纳附和了埃吕尔的看法,他强调:"由雅典和斯巴达所代表的古希腊,以及由教会和封建制度所代表的欧洲基督教文明,两者建立在那些至少并不十分鼓励技术创新的关于社会生活、个人美德和公众行为的观念的基础之上。事实上可以说,当新技术的到来打破了延续这些文明的要素的平衡之时,这些文明最终也衰落了。"②从古希腊崇尚哲学,追求美德与正义,到中世纪教会文化,再到文艺复兴的人文主义,18 世纪启蒙理性社会,以及 19 世纪对社会的历史必然性的推崇,可以看出观念文化对社会的主导,各个时期置换的只是核心观念,各种主导思想交替成为核心价值观念,但观念形态文化模式本身没变。无论西方与东方,封建社会都经历了较长的历史时期,也是观念统治社会的典型阶段。西方有基督教的精神统治,而中国则有一整套的封建观念的绝对威权,到了可置人于死地的地步。自有阶级社会以来,统治力量都是将自己与"天"(神)关联,西方的君权神授,中国的"天子"的提法,都是在追求神圣化,也是在赋予权力一种最高价值。19 世纪,科学取代信仰成为权威,科学依然还具有观念属性,对科学的信仰也是一种观念。而且观念社会一直是阶级斗争激烈的社会,意识形态化特征明显,比如资产阶级以新的自由、平等观念对抗封建等级与特权观念等,观念价值爆发激烈冲突。

工业体制社会并非完全没有观念,只是没有占统治地位的主导性的总体观念。专业系统组购并实施指标体系管理,各个领域的技术分工导致专家主义盛行,专家主义与专业系统组织取代了观念的社会主导,观念价值衰落,启蒙理想观念的那种光环已不再。而观念社会形态也并非全然没有体制,但那些时代的体制达不到技术高度组织化的严密程度,很大部分依赖于观念的统治力量。比如封建社会,它有制度达不到的天高皇帝远的地方,这个时期无论中西方,都有绿林好汉与江湖大盗。然而封建观念则成为统治,中国的封建礼教或西方的基督教在各自的封建社会的影响力都无比巨大。比如,即使上梁山当了叛贼的宋江,封建忠君思想观念却始终凝驻心头,崇拜封建、崇拜王权成了他身上永远的烙印。

---

① Jacques Ellul, *The Technological Society*, trans. John Wilkiness, New York: Alfred A. Knopf, 1964, p. 34.

② [美]兰登·温纳:《自主性技术》,杨海燕译,北京大学出版社 2014 年版,第 103 页。

19 世纪末电力的生产应用,带来迅猛的技术发展,推动社会进入技术组织社会的阶段,而电媒是技术发展的基础,它具有强大的塑造力,对于人的感官、对于环境、对于艺术,所兴起的媒介审美,取代并颠覆了文学艺术的观念价值的首要地位。如果从媒介看,观念价值体系是书写文字与印刷媒介阶段所建立起来的,而电媒的形象与声像传输形式,对观念形态有很大的削弱,导致技术社会观念文化衰落。

(二) 电媒的空间感知终结了文学的意识形态性

电媒的空间偏向,兴起了空间关联的感知,哲学领域的形而上学受到冲击。20 世纪兴起的关注存在与现象的存在主义哲学,不是决定论,而是具有更大的存在关联域,包括与自然、与物质、与生命的关联。在百度百科上,存在哲学的定义是:"存在是不以人的意志为转移的存在,包括物质的存在和意识的存在,包括实体、属性、关系的存在。"依据能被感知到的都是存在的说法,现代主义包含有一种存在主义哲学。

而就电媒感知而言,现代主义的艺术感知直接受电媒感官延伸的空间偏向塑造,空间被放大,时间被压缩,空间与时间的平衡被打破。电媒的塑造力体现在艺术感知与形式塑造上。极速电媒带来的信息爆满,人们的接受出现信息稀释,也就是浅表性的"视而见之"并迅速转换的感知模式。这种感官感知模式瓦解了深度理性,使文学的意识形态性受到冲击。感官象征与意识流兴起,瓦解了社会理性的文学。弗洛伊德(Sigmund Freud)的无意识理论,成为工业社会对精神、观念的最佳诠释,即本能、欲望、肉体成为本质,倡导理性的文学艺术已经基本失去了市场。

技术大规模应用,分化社会阶级,促使个体社会到来。而伊尼斯从传播角度指出,"机器工业用于传播,使西方社会裂变为原子性的个体"[①]。没有了等级秩序的集体,没有了整体理想目标的社会,个体获得了较大的自由。伯曼(Marshall Berman)甚至认为,"有史以来第一次,所有的人都是在一个单一的存在水平上面对自己并且彼此面对"[②]。但另一方面,自由需要个体对自由选择承担后果,这引发了普遍的焦虑心态。个体因此形成心理退避,他人不是集体的伙伴,而是个人心理体验中的他者,形成他异性。受动、消极的个体是现代主义文学的主流形象。现代主义文学没有了中心化的观

---

① [加]哈罗德·伊尼斯:《传播的偏向》,何道宽译,中国人民大学出版社 2003 年版,第64 页。

② [美]马歇尔·伯曼:《一切坚固的东西都烟消云散了》,徐大建等译,商务印书馆 2003 年版,第 148 页。

念,"在某种意义上,艺术家是环境相遇的创造者"①,它完全有别于之前的具有社会核心观念的观念主导的文学。

从古希腊罗马到中世纪,再到文艺复兴,抑或是浪漫主义对古典主义的反驳,现实主义对浪漫主义的反动,始终体现出文学对某种(新)价值观念的持守,形成了文学服务于观念目标的定位。确切地说,过去的文学本身就是社会观念的一部分,具有突出的意识形态性。比如,文艺复兴时期的文学成为资产阶级反对神权统治、倡导人性的最强音;17世纪古典主义文学成为君主制下,文学服务于王权的范本;18世纪启蒙文学为资产阶级的政治图景——理性社会摇旗呐喊;而19世纪浪漫主义文学讴歌民族解放与民族独立;批判现实主义文学则形成对资本主义社会现实的直接批判。到20世纪技术社会的现代主义文学,艺术与社会分离,走上艺术自律的审美化道路,不再有主导的核心社会理念。技术社会也没有了艺术需要去服务的社会观念,文学艺术与社会发生分离,社会观念价值对文学的影响大大降低,而电媒环境与技术感知对现代主义感官审美塑造更突出,现代主义文学成为审美文学。

这体现了阿多诺《美学理论》中所说的"自律性,即艺术日益独立于社会的特性,乃是资产阶级自由意识的一种功能,它继而有赖于一定的社会结构。"②现代主义自律性艺术的出现,是对接于专业化的社会结构与新媒介感官环境的。

走上独立的艺术道路,就已经站到了社会对立面,它不服从于社会的理念,而是以自身的审美形成社会批判。

　　　　艺术之所以是社会的,不仅仅是因为它的生产方式体现了其生产过程中各种力量和关系的辩证法,也不仅仅因为它的素材内容取自社会;确切地说,艺术的社会性主要因为它站在社会的对立面。但是,这种具有对立性的艺术只有在它成为自律性的东西时才会出现。通过凝结成一个自为的实体,而不是服从现存的社会规范并由此显示其"社会效用",艺术凭藉其存在本身对社会展开批判。③

观念社会形态中的文学,往往是某种观念的翻版。20世纪技术社会终

---

① *The Interior Landscape*; *The Literary Criticism of Marshall Mcluhan 1943-1962*, selected, compiled, and edited by Eugene McNamara, New York Toronto: McGraw Hill Book Company, 1969, p. 182.

② 〔德〕阿多诺:《美学理论》,王柯平译,四川人民出版社1998年版,第385页。

③ 〔德〕阿多诺:《美学理论》,王柯平译,四川人民出版社1998年版,第386页。

结了观念化文学,电子媒介塑造了文学的审美感知,强化了文学的无意识,现代主义文学转向以审美为最高目标,终结了文学的意识形态性。莱文森说:"现代主义已经不相信艺术的道德目的,已经从道德解放出来成为它自己;在将它从社会目的放逐出来中,已经将它送进了艺术反社会、反道德的适宜的流亡中。"①其实,不只是道德,还包括政治、总体的社会历史、主流的意识形态以及各种社会观念,都不再在现代主义文学中占据位置。温德姆·刘易斯等作家追求清除文学中的历史,即"我们已经清除了历史,我们不是生活于历史中的今天。"②摆脱社会观念束缚的现代主义,获得了审美解放。

审美将物引入文学,作为独立表现对象,结束了文学艺术的形而上学价值主导,这是艺术进入成熟阶段的一个重要表现。过去,物只是作为支持观念表现的关联部分才被带进文学,没有独立价值。而在现代主义文学中,物成为感知对象,在新小说中,物具有独立的意义。象征主义中也有大量物象。物与技术的关系,物与人的关系,物与物的关系,形成互动。现代主义,表现出文学目标的非社会化。作为走向艺术自律的现代主义,它成为否定与叛逆的运动,既是改变外部事物的艺术,同时也是不可能改变外部事物的纯粹表达,也就是说,它改变的是艺术本身,而不能改变社会,审美即使被视为可以改变社会,那也是非直接的。

正因如此,现代主义文学中就没有了直接反抗的形式,反抗成为寓言式的象征或心理的体验。严密的工业体制社会已经没有了辩证反抗的空间,也没有了政治反抗的可能,克里斯蒂娃将现代主义的心理反抗界定为文化反抗。现代主义对社会形成否定,也是走的审美途径的否定。

现代主义文学发生巨大改变,还表现为将过去理性文学排斥的东西,纳入文学表现中来,文学表现范围扩大。未来主义文学拥抱与欢呼机器,赞美光与电的速度;超现实主义倾向工业成品的造型美;新小说倾向物的表现;意识流的无意识与自由联想等,都体现了现代主义对文学的社会理性与人文传统的突破,机器与技术被艺术家作为题材提炼出来。伍尔夫的小说《幕间》中,留声机作为发声者,成为小说中的主角,对它的直接描写多达40多次,提出了"机器是魔鬼呢,还是带来了混乱"③的思考。伍尔夫对技术是批判的,就像卡夫卡对技术统治的社会组织具有批判性一样,他们的批判出

---

① M.H.Levenson, *A Genealogy of Modernism: A Study of English Literary Doctrine 1908–1922*, Cambridge University Press, 1984, p. 56.
② Wyndham Lewis, "A later arm than barbarity", *Outlook*, XXXIII (September, 5., 1914), p. 299.
③ [英]伍尔夫:《幕间》,谷启楠译,人民文学出版社 2005 年版,第 163 页。

自人文立场。然而,在艺术形式与感知方面,他们事实上接受了电媒、电影的技术媒介的空间感知的塑造。这样我们就能理解庞德所说的,现代主义所有流派都是从未来主义出来的。这意味着,电媒技术对现代主义审美感知具有普遍的影响。

然而,人文与哲学角度对机器社会的批判更受重视。刘易斯·芒福德(Lewis Mumford)在《艺术与技术》中指出:"人性贬值,人的内在生活变得贫困了。机器组织与自动化已经取代了人的中心位置,将人贬低为仅是他创造的机器的影子。"①人被机器取代,即"人变成这个机器世界的流放者,或者更糟,他已经成为被取代的人"。② 这种被取代,主要指精神性的人、个性化的人,人的丰满人性被贬低。机械复制的技术拷贝与批量传播取消了个性,机器与技术环境作为非个性化的环境出现,机器原则控制了社会。人反而需要模仿机器,而且还被其测量,人失去了作为尺度的价值。这样,人文主义成为技术世界的弃物,人的个性与人性内涵也成为实用型技术社会的敌对物。现代主义对技术环境的接受,以及感知所受的影响,反倒受到忽略,这是因为媒介环境就像空气一样,作为环境,很容易被人忽略。麦克卢汉则说:"媒介效果是新的环境,就像水对于一条鱼是不可感知的,它对大多数人是下意识的。"③兰斯·斯特拉特(Lance Strate)也说:"媒介环境是作为一种不可见的环境,"④只有艺术家们才会敏锐感知并有意制造反环境(anti-enviroment)使之成为可感环境,即制造环境的可感性来将之呈现出来。在麦克卢汉看来,"艺术家往往是充分意识到环境意义的人,所以有人说艺术家是人类的'触须'"⑤,这指的是庞德的言论。艺术家创造反环境是"作为一种感知与调整的途径。"⑥反环境往往引入旧环境,形成一种"后视镜",同时使新环境得以呈现。现代主义的抽象化,就是制造反环境。

电力技术感知与现代主义艺术感知同根同源,且同形同构。电的即时性速度,同步化信息,技术的漂迁性,因果的同时性,都改写了线性因果关系,转向了同时发生的空间感知。文学中"瞬间性"获得呈现,宏大叙事基

---

① Lewis Mumford, *Art and Technics*, Columbia University Press, 2000, p. 5.

② Lewis Mumford, *Art and Technics*, Columbia University Press, 2000, p. 9.

③ John Fekete, *The Critical Twilight: Explorations in the Ideology of Anglo-American Literary Theory From Eliot to McLuhan*, Routledge & Kegan Paul, 1977, p. 178.

④ Lance Strate, *Echoes and Reflecton*, Hampton Press, 2006, p. 101.

⑤ [加]斯蒂芬妮·麦克卢汉等编:《麦克卢汉如是说:理解我》,何道宽译,中国人民大学出版社 2006 年版,第 34 页。

⑥ John Fekete, *The Critical Twilight: Explorations in the Ideology of Anglo-American Literary Theory From Eliot to McLuhan*, Routledge & Kegan Paul, 1977, p. 178.

本退场,无意识的心理对应的是技术社会的流动性与信息的流动性。美的范围从精神永恒扩大到物质、身体,包括性与欲。从媒介看,这些与电的整合和包含性以及信息的马赛克所兴起的关联感知与空间关联偏向有关。在先天道德心理结构上的先验性审美、神性的美、道德性审美与社会性的审美之外,20世纪兴起了新的强大的技术媒介审美。在艺术家们看来,无意识是没有遭受强大的社会道德理性渗透的、唯一可以呈现人的自然本质的领域,它客观上是技术本质属性的凸显。

伍尔夫的《现代小说》,要求现代作家们远离传统范式,走得越远越好,反映的就是观念文学已经终结。20世纪以社会政治图景为主导的总体社会形态已经终结。曾是社会预言家的作家们,已从社会中心的位置被排挤到工业机械化社会的边缘。艺术家的处境,在波德莱尔笔下的"游荡者"与卡夫卡笔下的"饥饿艺术家"身上有所折射,艺术处于商业社会中一个非商业化的、与金钱较远的专业领域,它分立于社会而难以纳入整个社会系统。所谓艺术自律,也有被迫分离的因素,并非完全是艺术家们的自觉选择。

文学转向审美,文学的观念范式被打破,激发了艺术家创造新范式的巨大热情。被工业体制社会边缘化的现代主义艺术家们,以追逐个人主观表达的激进先锋姿态,在艺术自律的舞台上,自导自演,标榜各自的艺术主张,建构独立的艺术表意功能。因而现代主义表现为各个流派轮番上演逐新的曲目,甚至为炫示独创性,各艺术流派都只历经短暂繁荣,可以说是在诞生中毁灭,即在成为新的同时又已成为旧的,是一种自杀式求新。然而,客观上,现代主义不停歇地逐新,是吻合现代性的不停歇地发展与进步的,它与技术社会转型的历史语境是分不开的,因而现代主义运动具有不可重复性。

二、新的电媒偏向带来文学知识的演变

媒介偏向包括"每一种媒介体现为一套感官特征"①,还体现为"每一种媒介独特的物质特征和符号特征"。② 电力技术一经产生,就形成对环境的自主性重建,导致"以前带有私人的与社会价值的环境,全部被新的环境所吞没"。③ 媒介重建环境带来极强的塑造力,它促使一种新型文化的兴起,带来知识范型的改变。

---

① [美]林文刚编:《媒介环境学》,何道宽译,北京大学出版社2007年版,第27页。
② [美]林文刚编:《媒介环境学》,何道宽译,北京大学出版社2007年版,第30—31页。
③ Marshall McLuhan. *Media Research*: *Technology*, *Art*, *Communication*, edited with commentary, Michel A.Moo.Australia:G & B Arts,1997,p.87.

（一）电媒兴起新媒介特质的文化知识范型

毋庸置疑,20 世纪进入技术社会的最大动能,来自电在生产领域的广泛运用,这带来了西方社会的巨大改变。而电媒环境以及电话、电影、电视等新产品,也带来了文化形态与文学知识形态的演变。

过去媒介主要被视为一种传播载体或负载内容的传播手段,强大的电子媒介出现后,媒介的社会控制力与文化塑造力显示出来。历史与媒介学者哈罗德·伊尼斯(Harold Adams Innis)在《传播的偏向》中说:"一种新媒介的长处,将导致一种新文明的产生。"①他探讨了印刷媒介与电子媒介带来不同的社会形态。由于需要识字及一定知识作为接触印刷媒介的门槛,印刷媒介形成的是阶级社会,因为"复杂的文字成为特殊阶级的特权,倾向于支持贵族,它有利于知识垄断和等级制度的形成"②;而"广播电台使西方文明史进入一个新阶段",③广播是声觉的,没有识字的要求,能够最大范围地卷入听众,电子媒介兴起对应于民主社会。

伊尼斯在此已涉及媒介的"政治偏向"(Political Bias)问题,只是他没有使用"政治偏向"的概念,是尼尔·波兹曼(Neil Postman)使用了媒介的"政治偏向"一词,他说:"由于信息的可访问性与速度,不同的技术具有不同的政治偏向。"④而克里斯琴·尼斯特洛姆(Christine L.Nystrom)则归纳了媒介的更多偏向,如媒介的时空和感知偏向、思想和感情偏向、社会偏向以及形而上的偏向和认识论偏向等。⑤随着电力技术的升级,"技术进步倾向于按照几何级数而非算术级数的方式进行"⑥得到体现,媒介偏向对社会的控制与对文化的塑造也被关注与认识。例如,美国的林文刚教授说:"传播技术促成的各种心理或感觉的、社会的、纯粹的、政治的、文化的结果,往往和传播技术固有的偏向有关系。"⑦

---

① ［加］哈罗德·伊尼斯:《传播的偏向》,何道宽译,中国人民大学出版社 2003 年版,第 28 页。

② ［加］哈罗德·伊尼斯:《传播的偏向》,何道宽译,中国人民大学出版社 2003 年版,第 2 页。

③ ［加］哈罗德·伊尼斯:《传播的偏向》,何道宽译,中国人民大学出版社 2003 年版,第 48 页。

④ Neil Postman, *Teaching as a Conserving Activity*, New York, Delacorte:1979, p.29.

⑤ ［美］林文刚编:《媒介环境学》,何道宽译,北京大学出版社 2007 年版,第 31 页。

⑥ Jacque Ellul, *Technological Society*, trans. John Wilkinson, New York: Alfred A. Knopf, 1964, p.90.

⑦ ［美］林文刚编:《媒介环境学》,何道宽译,北京大学出版社 2007 年版,第 31 页。

我们都知道新媒介理论的创始人是麦克卢汉(Marshall McLuhan)，而美国媒介理论家马克·波斯特尔(Mark Poster)将电媒提升为信息方式，并将信息方式视为特殊的生产方式，与文化生产关联起来。他说："我之所以将'信息方式'与'生产方式'相提并论，是因为我看到了文化问题正日益成为我们社会的中心问题。"①信息方式，也是电媒所兴起的文化生产方式，它兴起了"意义的建构已经无须再考虑什么真实的对应物"②的新型文化。居伊·德波(Guy Debord)则将电媒与文化产业联系起来，他认为第二次世界大战后，"文化产业逐渐成为资本主义社会'经济发展的主导力量'"③。而当文化产业占据越来越大的比重，其产业特征反过来影响到资本生产的总体特征，从而导致整个资本生产的外观上都像文化生产了。这指的是电媒所主导的文化产业反过来影响到一般生产对外观化的追求。

将文化生产联系到文学生产的，则有特里·伊格尔顿(Terry Eagleton)，他说："文学的确应当重新置于一般文化生产的领域；但是，这种文化生产的每一种样式都需要它自己的符号学，因此，也就不会混同于那些普泛的'文化'话语。"④文化的生产性与文学的生产性在电媒技术条件下被大大强化与凸显出来。电媒上升为信息生产方式，促成了20世纪文化的信息化与外观化，生产出无须对应于实物的意象化与符号化的文化。

因此，对技术社会文学的知识形态认知，必须追踪到"媒介偏向"的根基。麦克卢汉是"将媒介研究放入学术地图中"⑤的人。他在为伊尼斯的《传播的偏向》所写"序言"中指出，"一旦确定了文化中占支配地位的技术，伊尼斯就可以断定，这一技术是整个文化结构的动因和塑造力量"⑥。电子媒介偏向是20世纪文学知识演变的结构动因。

如上所述，电媒作为信息生产，带来文学定位的变化，电媒的连接整合则带来文学知识范型的改变。

媒介乃建立关联。印刷媒介具有时间偏向，建立的是时序关联，而电媒

① [美]马克·波斯特尔、金惠敏：《无物之间——关于后结构主义与电子媒介通讯的访谈——对话》，《思想文综》，饶芃子主编，中国社会科学出版社2000年版，第267页。
② [美]马克·波斯特尔、金惠敏：《无物之间——关于后结构主义与电子媒介通讯的访谈——对话》，《思想文综》，饶芃子主编，中国社会科学出版社2000年版，第269页。
③ [法]居伊·德波：《景观社会》，王昭风译，南京大学出版社2006年版，第89页。
④ Terry Eagleton, *Criticism and Ideology*, London: Verso Editions, 1976, p. 166.
⑤ *The Legacy of McLuhan*, Lance Strate and Edward Wachtel eds., NJ: Hampton Press, INC, 2005, Introduction p. 1.
⑥ [加]哈罗德·伊尼斯：《传播的偏向》，何道宽译，中国人民大学出版社2003年版，麦克卢汉"序言"第5页。

具有空间偏向,建立的是空间关联。电媒成为 20 世纪技术社会新型文化的结构动因体现为,其一,媒介是感官的延伸,"延伸的副产品是一种远离性"①,而电媒同时又施行对远离个体的聚合性关联。其二,电媒强化了人对语言、场景以及对外部世界的感知,兴起了象征为内核的表象审美。其三,电媒的空间延伸,改变了感知方式,兴起了关联思维;它也形成了信息的马赛克,使越界与跨界成为流行形态。其四,电网联结的技术生态性,兴起的象征、审美与空间关联思维的新感知,完全根植于客观的电媒技术环境,不是主体认知或主观认识上的理念,与以前的观念文化形成了本质的区别。正由于有技术为基础,象征、审美与空间关联才广泛存在于日常生活、文学艺术、商品生产等几乎所有领域,呈现为技术塑形的新型文化,也带来了知识范型的改变。

既然"媒介就是将两个以上的端点联结起来,简单地说,媒介即联结",②那么,顺着媒介联结的关系端,就可简单地揭示出空间联结的电媒生产了什么,以及它如何改变了知识范型。

从单纯的时空看,空间偏向的电媒生产了聚合式空间,整个世界聚合成为了地球村,地球成为通过卫星被控制与被观看的一体化的空间。聚合就是空间联结,电媒实现了全球各个地方的联结;反过来,全球化空间也凸显了电媒的介质功能与意义。

从文化空间看,电媒生产了全球范围的巨量受众。它并非真正将人聚到一起,而是让世界各地民众通过电媒共同观看媒介事件与影像节目,这是旧媒介无法实现的。印刷书籍只能在本民族语言范围内被阅读,戏剧只为剧院内的观众所观看。电媒兴起的影像与电子音乐可跨越国界,到全世界重复播放,产生了同一时间跨语言、跨民族的巨大受众群体。受众本是西方工业化以后特定媒介供应方式的产物,阅读公众作为受众随印刷媒介而出现。只是进入影院形式的电媒阶段,才真正出现"第一个社会科学意义上的受众概念"③。受众被生产出来的同时,新型的受众关系与知识范型也被生产出来,那就是媒介生产者—文本—受众的关系范型。文本被扩大为一个非常大的概念,不仅电媒传送的节目可称为文本,它包括一切公众视线中的事件与现象。印刷时代的作品也被纳入到"文本"的范围。然而,"文本"及媒介生产者-文本-受众的新式范型,却是电媒阶段兴起的概念与范型。

---

① [美]兰登·温纳:《自主性技术》,杨海燕译,北京大学出版社 2014 年版,第 154 页。
② 金惠敏:《媒介的后果》,人民出版社 2005 年版,第 89 页。
③ [英]丹尼斯·麦奎尔:《受众分析》,刘燕南等译,中国人民大学出版社 2006 年版,第 4 页。

它们对印刷时代树立的作者-作品-读者的范型，形成了覆盖，也产生了新的引导。

20 世纪现代主义文学作品虽然依旧为印刷制品，但由于出自电媒环境，明显受到了电媒的塑造。以文本为中心的媒介生产者-文本-受众之间，受众的地位被抬高，兴起了互动关系，也产生了积极受众以及积极受众论的学说。它使传统的作者-作品-读者中的作者主导、读者接受的格局有所改变。电媒语境中的现代主义文学相应出现了作家在作品中为读者预留空间，邀请读者自主参与文本意义建构。因而，20 世纪的"作者式文本"取代了过去的"读者式文本"。美国理论家约翰·费斯克（John Fiske）对此解释说："'读者式文本'吸引的是一个本质上消极的、接受式的、被规训的读者……而'作者式文本'凸显了文本本身的'被建构性'，邀请读者参与意义建构。"①印刷时代占主导的"读者式文本"，注重的是教育功能；而电媒时代占主导的"作者式文本"，注重的是交流功能，文本解读成为一件创造性的工作。麦克卢汉惊异于这种现象，他说："令精英震惊的是，受众日益深刻地卷入了创造行为。"②

"作者式文本"现象，表面看是受电媒的双向互动及其带来的大众文化共享模式的影响，而其背后则存在电媒属性的塑造，具体是电的卷入性以及电的回路特征。斯特拉特（Lance Strate）总结了电的 12 个特征，"反馈"是其中之一。它指"电本质上是非直线的"，"它允许反馈环路"。③ 这应该是来自麦克卢汉的思想，他说过："我们从轮子的时代跳入了电路的时代，这是一个回环式电路，它把信息反馈给使用者，使用者参与到这个回环式电路。"④从媒介看，电的回环塑造了电媒信息发送与获取反馈模式。它延伸到大众文化文本，则体现为受众与制作者之间连接于文本现场的反馈互动；而延伸到文学，则体现为现代主义文学中作者隐身，读者被邀自主建构文本意义的新型关系。读者参与文本意义建构与电媒受众卷入互动之间，具有同构关系。

电媒的即时性，使空间关联随处发生，象征在关联中勃兴。首先，象征

① ［美］约翰·费斯克：《理解大众文化》，王小珏等译，中央编译出版社 2001 年版，第 127 页。
② ［加］斯蒂芬妮·麦克卢汉等编：《麦克卢汉如是说：理解我》，何道宽译，中国人民大学出版社 2006 年版，第 22 页。
③ ［美］兰斯·斯特拉特：《麦克卢汉与媒介生态学》，胡菊兰译，河南大学出版社 2016 年版，第 125 页。
④ ［加］斯蒂芬妮·麦克卢汉等编：《麦克卢汉如是说：理解我》，何道宽译，中国人民大学出版社 2006 年版，第 94 页。

也是建立两个事物的连接，与电媒的空间关联具有同样的联结结构。其次，象征包含具象，应合于电媒的声像与物象的外观特质，电媒的直观形象具有象征的可塑性，声像与物象的感官体验非常容易附着于生发象征，所以，象征为电媒的空间联结所兴起，甚至成为电媒的伴生现象。20世纪，不仅文学艺术，甚至技术产品、都市设计等都生产与包含象征。象征是意象化与符号化的新型文化的基础，也是电媒使一切文化化的途径。

现代主义文学象征，主要为直觉语言营造。象征主义的直觉语言不同于理性逻辑语言，它不追求说明事物或表达思想，而是通过语言将思想转变为感觉。对应言之的话，印刷时代的现实主义文学，则可以说是将感觉通过理性语言转化为思想。电讯技术的即时性，使事物同时发生，这使得非逻辑的、任意并置的表达方式流行。界面关联延扩到语言，造成相反语词的硬性连接。象征主义诗人兰波发明的"直陈法"，表现在《灵光集》中大量悖论性词语的并置，形成语言的反环境，因而引发对语言本身的跳跃、裂变、冲击力的关注，形成超出日常熟悉语言的新鲜感。兰波热衷于语言本身的美，无意于表意，因而出现现代主义受这种语言的无逻辑状态引领。运用词语并置，创造出无联系的联系、无关联的关联，类似于计算机的"超级链接"。麦克卢汉指出，"自从17世纪，语言已经成为强化说明与说服功能的事物，直到一般读者对诗人感兴趣，为所关心的语词的不当使用与排列所困扰和苦恼才有所改变"[1]。这就是19世纪末象征主义诗人追求语言错置，语词被从日常惯用搭配中独立出来，摆脱对对象的描述，构造语言的自我指涉，终结了17世纪以来的理性语言阶段。显然，这种新的语言扩大了感知。萨克（Sacks，O）指出："语言模仿扩大了感知范围，一个人的身体与感觉都是再现现实的方式，它是人类独特的能力，其重要性并不低于语言。"[2]语言直接联系于感知，也直接联系于认知。由于语言与思维左右人的认知，20世纪也就开启了新的感官与象征模式的文化。如麦克卢汉所言："在过去30年里，艺术和科学领域里的传统学科都从线性逻辑关系模式转变为外形特征模式。"[3]象征兼有外形文化与心理内在化的双重构造，在20世纪获

①　*The Interior Landscape*: *The Literay Criticism of Marshall McLuhan 1943 - 1962*, selected, compiled and edited by Eugene McNamara, New York, Toronto: McGrow-Mill Book Company, 1969, p. 100.

②　Sacks, O, *The Man who mistook his wife for a hat and other clinical tales*, New York: Random House, 1995, p. 240.

③　［加］斯蒂芬妮·麦克卢汉等编：《麦克卢汉如是说：理解我》，何道宽译，中国人民大学出版社2006年版，第3页。

得流行。

　　值得关注的是,电媒语境中的象征不只为文学艺术所生产,依附于语言,也为电媒技术及其环境所生产,附着于产品与环境。唐纳德(Merlin Donald)在《现代心灵的起源》中则认为,"内部再现的仿效的模仿威力,一个整体的非语词与非概念类型的威力,已经成为认知的主导模式可能已经有了一百万年或更久"①。技术环境的象征就是非语词的象征,它与文学语言创造的象征和电媒技术创造的象征,同样包含意象,甚至形成交合。技术意象与文学意象互通的基础,首先在于电媒环境本身已经被转换为了艺术环境。麦克卢汉说:"机器使自然转化成一种人为的艺术形式。"②事物经过电光电讯的技术塑造,已变成了人工化产品,电媒环境消解了自然与文化、现实与艺术、人与工具的界限。"我们自身变成我们所观察的东西……我们塑造了工具,此后工具又塑造了我们"③。环境被转换为人工环境,也被转换为了艺术环境。其次,媒介是感官的延伸,电媒具有极速的空间延伸关联,而从诗经的"赋比兴"就可知晓文学具有象征关联本质。赋比兴的关联,形成对现实的超越,对理想的想象延伸,电媒与文学具有相同的关联性。电媒呈现感官直觉形象,而形象总是美的,因而可以说电媒的拟像自带艺术性,与文学艺术的形象性相通。最后,电媒环境的艺术性,还来自麦克卢汉所指出的,卫星置于地球之外,地球成了一个被观看的舞台的被看,被看使电媒时代兴起审美的自觉,也形成了一种审美动能。上述这些方面所涉及的其实是艺术与审美的边界问题。电媒环境下艺术与审美的边界变得更加模糊,或者说,艺术与审美失去了边界。

　　电媒技术所生产的象征与电媒语境中的文学所生产的象征,都不像传统的象征具有固定搭配意义。电媒的偶然感官关联,增强了象征任意搭配及其表意的无固定意指,电媒的流动性塑造了电媒语境中象征的能指漂浮特性。比如象征主义诗歌中的大量用典或典故改写;超现实主义对技术成品的拼贴与组合,例如画家杜尚利用工业成品制作拼贴艺术都属于象征意象不断衍生,具有宽泛的意义建构。这意味着技术与艺术所生产的象征都可作为原象征,再被技术、也可再被艺术进行重复再生产,意义不断延扩。正是技术与艺术的双重场域,使象征被强化为电媒时代的主导语言,上升为

---

①　Merlin Donald, *Origins of the Modern Mind:Three Stages in the evolution of Culture and Cognition*, Cambridge,MA:Harvard University Press,1991.

②　[加]麦克卢汉:《理解媒介》,何道宽译,商务印书馆2009年版,第27页。

③　路易斯·H.拉潘姆:"麻省理工学院版序·永恒的现在",[加]麦克卢汉:《理解媒介》,何道宽译,商务印书馆2009年版,第17页。

最常见的意义生成模式。

电媒还生产出 20 世纪媒介景观,这是电媒的同质化与电媒的流动性双重作用的结果。一是所有艺术受到电媒偏向塑造而形成一定的同质性,二是电媒的流动性形成动态混合的媒介景观综合。"媒介景观"的概念出自阿尔君·阿帕杜莱(Arjun Appadurai),他从全球的流动性视角中提出了五种文化景观。他认为各种媒介与形式互联的大杂烩所形成的艺术媒介景观,"都倾向于以影像为中心、以叙事为基础来描绘现实"①。直观影像容易激发审美快感,快感与愉悦获居媒介景观的首位,不同于印刷媒介时期文学的认识与教育功能居于首位。因而影像感强的艺术,受众卷入量大,电子音乐等电媒艺术在美感、快感方面远超文学,这是因为电声演唱具有音乐声觉美感及其想象力。此外,还有视觉美感以及现场受众互动的身体景观交融的场景,而文学中只有仪式才有景观感。在音乐媒介景观中,各种艺术的媒介介质质料独自呈现,听觉、视觉、身体场景,还有口头、印刷与电子媒介的声、像、字的复合,形成感官、叙事、现实、想象、快感等的互联,凸显想象性与互动体验的现场感。媒介景观也可视为艺术越界的新的混搭形式。电影作为电媒时代新兴的综合艺术,它已使印刷媒介时代具有霸主地位的文学退居边缘。

此外,电媒感知带来文学的各类主导观念的改变。

麦克卢汉认为,口头媒介兴起整体感知模式,印刷媒介兴起线性的时间感知模式,而电媒则兴起生态性的关联感知模式。

电媒以其空间偏向逆转印刷媒介,改变了时间偏向的印刷媒介时期形成的一些文学知识。虽然人们经常在 20 世纪现代主义与后现代主义之间列出各项差别,认为前者是精英主义,后者是反精英主义等。但在艺术形式上后现代主义的拼贴等都是从达达主义与超现实主义来的,同为电媒环境所塑造。

斯特拉特总结了电的"有机性"(Organic)、"无线性"(Nonlinear)、"两级性"(Polar)、"流动性"(Fluid)、"非物质化"(Dematerialization)、"信息"(Information)、"速度"(Speed)、"反馈"(Feedback)、"去中心化"(Decentralization)、"网络化"(Network)、"参与性"(Participatory)、"沉浸感"(Immersive)等 12 种属性。② 细察便能够发现各项属性都关联于电媒的延伸性、包

---

① [美]阿尔君·阿帕杜莱:《消散的现代性:全球化的文化维度》,刘冉译,上海三联书店 2012 年版,第 48 页。

② [美]兰斯·斯特拉特:《麦克卢汉与媒介生态学》,胡菊兰译,河南大学出版社 2016 年版,第 120—128 页。

含性、卷入性,协同电媒生态环境,滋长出电媒生态文化。如斯特拉特所概括的,"电子媒介环境已经上升成为一种新型的互联文化,以及一种新型生态时代"①。

电媒生态性,也就是有机环境,终结了决定论等知识观念。就像卡尔·波普尔(Karl Popper)的著作《历史决定论的贫困》(*The Poverty of historicism*)②的题名,以自然科学否定决定论一样,麦克卢汉从媒介看总体论的终结,他指出:"电讯时代作为秩序总体化的客体的相关联的关系而受到欢迎,这种秩序总体是对整个传统的基本的、纲领性的终结。……传统的总体已经变成甚至更是一种虚假的整体。"③所谓传统的总体,有 19 世纪的强大的社会历史决定论;还有之前德国康德(Immanuel Kant)的"头上的星空与心中的道德定律"所强调的道德形而上学的整体观,文学被置于与道德、与包括灵魂、世界和上帝的理性的整体关系之中;此外,也有埃德蒙·伯克(Edmund Burke)18 世纪提出的"有机体"(organism),这已与自然相连并在英国占据重要位置的整体观。这些总体观以理性为基础观念,以某种理性原则而将经验世界视为总体。然而 20 世纪电的网络连接,形成电媒生态有机环境,产生了"媒介生态学"(Media Ecology)的提法。它根植于技术,终结了那些理性原则所建构的观念总体,带来文学的知识范型的改变。

首先,电媒的生态有机总体,改变了对文学的上层建筑的定位。过去文学的意识形态功能突出,因而文学被定位为上层建筑。电媒使文学生产性关联于技术的经济基础,形成上下的贯穿。依据伊格尔顿的文学艺术内部的"文学生产方式"等于"文学经济基础"的视角,已有学者关注到文学生产"穿越经济基础和上层建筑的整个界面"。④ 电媒技术强化了这种贯穿,文学被协同进文化生产,新的文学不再是可充分说明历史决定论的案例,也不再停留在辩证的两面关联模式,它调和了技术传播的媒介偏向,联系于电媒的有机生态性,呈现为经济基础与上层建筑贯穿的技术文化形态,打破了文学的意识形态等的上层建筑定位。单纯从上层建筑难以概括文学生产。

---

① [美]兰斯·斯特拉特:《麦克卢汉与媒介生态学》,胡菊兰译,河南大学出版社 2016 年版,第 2 页。
② [英]卡尔·波普尔:《历史决定论的贫困》,杜汝楫等译,上海人民出版社 2010 年版。
③ John Fekete, *The Critical Twilight: Explorations in the Ideology of Anglo-American Literary Theory From Eliot to Mcluhan*, Routledge & Kegan Paul, 1977, p. 145.
④ 马海良:《伊格尔顿的文化生产论》,饶芃子主编:《思想文综》,中国社会科学出版社 2000 年版,第 85 页。

电媒影像所兴起的想象甚至幻象,使文学的模仿论定位被改变。过去一直强调文学的模仿,轻视想象,这与哲学轻视想象是相一致的。日本学者认为康德提升了想象,他说:"以往的哲学都轻视想象力,认为它是知觉的模拟再现或随意的空想。但康德把它作为不可或缺的东西提了出来。"①然而康德却给予想象力一种内在理性制约原则,即道德指向,这使得善成了美的优先基础。然而,电媒的任意感官关联呈现无边的想象,冲击了康德式的道德定律的想象规定性,可以说,电媒解放了想象,文学也从一种道德形而上学转向创造论的知识范型。

麦克卢汉提取爱伦坡小说中的"漩涡"意象描述电媒的卷入性,后者打破了印刷媒介时代确立的各种分类。

首先,电媒的卷入性,使主题分类的知识模式失效。针对现实主义所通行的归纳中心思想的主题方法,在20世纪现代主义与后现代主义文学作品中无法被运用。

其次,电媒的卷入性,形成信息马赛克,导致知识越界与知识领域的互联,打破了知识的分隔。阿帕杜莱有这样的说法:"如今我们以多种方式使用着意义、话语和文本这三个词,这一事实足以说明我们不仅进入了文体模糊的时代,更进入了'后模糊化'的处境。"②文本、话语、意义等概念意义宽泛,各个知识领域共享。此外,研究领域兴起了跨学科研究,并代表研究的新方向。跨学科研究,还包括美国的少数族裔研究、性别研究、后殖民研究等"文化研究",也包括与政治、心理、文化、社会广泛关联的媒介研究,它是另一种"文化研究"。而文学研究领域,新兴的文化研究排挤了传统文学研究的地位,这无疑也是知识形态的演变。

再次,电媒的卷入性,冲击了艺术种类的划分。20世纪艺术勃兴、文化勃兴与审美勃兴,都为电媒所兴起,审美成为传媒、艺术、文化的共同属性。首先,电媒环境无所不在,而电影、电视等电媒产品,使感官传达无所不及,感性美被兴起。其次,电媒传播的直观声像,具有美感属性,正如德波提到景观时所总结的:"它发出的唯一信息是'呈现的东西都是好的,好的东西才呈现出来'。"③电媒传播美的形象,兴起了审美文化。再者,电媒密结的现代大都市,具有兼物理、技术与艺术于一体的环境,以光、音、色、像的直感,形成都市体验与日常生活审美化。现代主义审美感知离不开电媒集结

---

① ［日］柄谷行人:《民族与美学》,薛羽译,西北大学出版社2016年版,"序言"第24页。

② ［美］阿尔君·阿帕杜莱:《消散的现代性:全球化的文化维度》,刘冉译,上海三联书店2012年版,第67页。

③ ［法］居伊·德波:《景观社会》,王昭凤译,南京大学出版社2006年版,第23页。

的大都市环境,因此它被称为都市文学。所有这些促使 20 世纪以现代主义文学艺术为标杆,理论界所称的"审美转向"的到来。对这一转向,也有"图像转向""视觉文化转向"等不同提法,它们共同强调的是感官视像性。形式与外观审美同时存在于 20 世纪文学艺术、流行文化、工业设计与日常生活以及物质丰沛与商业发达的都市景观之中,也被称为审美泛化。

文学转向艺术自律,审美改变了之前形而上学主导的观念价值文学,美从真、善、美一体化的伦理美、社会美中分离出来,以感官美、瞬间美等纯粹审美形态凸显,这带来文学知识范型的改变。审美转向以新的技术及其所带来的物质为基础,电媒环境与丰沛的物质环境已经上升为文学艺术的第一环境,而社会环境退居为第二环境,因为电媒环境作用于人的感官,比社会环境作用于人的思想更直接。还有物由质料和形式组成,物的丰富,带来形式的凸显。这些都导致文学艺术的审美价值上升与观念价值下降,文学的意识形态功能衰落,审美知识被提升与扩大。电媒自动化、智能化调动提升了想象力。电媒制作追求美甚至精美的影像,而精美的影像或片段随复制而增殖,虽然一方面艺术的机械复制造成艺术灵韵的消退,但另一方面它又形成量的激增,其艺术设计与造型,都落在形式上,因而文学的社会思想内容主导让位给形式审美主导。

电媒的流动性与综合性,产生了艺术媒介景观。艺术媒介景观作为集体景观,兴起了新的艺术的"审美介入"模式,区分于传统的静观审美理念。国际美学学会前主席阿诺德·贝林特(Arnold Berleant)提出"审美介入"的概念,并认为这种强烈的欣赏性投入,其感官直觉与图像、音乐的展开结合在一起。艺术景观的审美介入所具有的集体性与公共性,与媒介的特性有关。刘易斯指出,"媒介领域又是媒介和公共领域的混合物,是传播和社会参与的宏观与微观过程的交汇"[1]。电媒事件中的个人体验也融合有公共性,这对艺术真理问题带来了一种扩大化理解。意大利理论家瓦蒂莫(Gianni Vattimo)以阐释学的视点总结艺术真理的经验性,他说:"艺术真理的经验就是这样一种经验,我们的经验,我们对作品的经验,都从属于语言本身及语言延续的传统所体现的集体意识的视域。"[2]他看到的是语言作为真理经验的集体性,而艺术媒介景观,则使语言扩大为传统连续性与公共领域的场景与事件,就像语言一样,其公共性所包含的真理,源自集体意识。

---

① 　[澳]杰夫·刘易斯:《文化研究基础理论》,郭镇之等译,清华大学出版社 2013 年版,第 6 页。
② 　[意]詹尼·瓦蒂莫:《现代性的终结》,李建盛译,商务印书馆 2013 年版,第 184 页。

它们同样靠修辞不断地与重新地编织集体经验、诠释真理。这种新兴"审美介入"的集体模式,淡化了形而上学的真理观,强化了修辞与诠释的艺术真理观。

德波说:"景观不是影像的聚集,而是以影像为中介的人们之间的社会关系。"①艺术媒介景观强化了艺术的社会关系维度。如果说19世纪批判现实主义文学凸显的是"诗可以观""诗可以怨"的文学的社会认识与社会批判功能,电子时代的艺术景观凸显的则是"诗可以群"的聚众功能。它卷入大众,同时作为动态的艺术编码,涵括集体意识。因为审美介入模式中的个人快感,包含有共同体变迁与共同情感变迁的集体意识,真理包含在对集体传统与对真理的修辞化诠释。鲍勃·迪伦(Bob Dylan)的音乐景观是集听觉、视觉、个人体验、身体景观、传统、集体意识、共同体变迁、快感、想象、真理的象征诠释、媒介公众文化于一体的典范。2016年诺贝尔文学奖首度授予音乐人迪伦,这是电媒艺术综合对文学艺术边界的改写。电子音乐带上了集体意识的深度和参与性所具有的内涵,包含并胜出于单一视觉媒介的阅读文学。文学艺术原有的分类的知识形态,被综合媒介景观所打破。

最后,就文学的内部形式看,现代主义文学内部形式都有电媒偏向的依托。电媒延伸空间,抑制了时间偏向的印刷媒介所具有的逻辑叙事与理性批判。如果说19世纪长篇小说具有优越的分析性与批判性,电媒的空间偏向以感官印象消解了时间叙事的沉思反省的深度,使文学转向形式审美,而新的艺术形式,都可以看出与电媒偏向的内在相通,甚至有直接的对应性。现代主义文学中的空间的"并置"与时间的"瞬间",都是电媒速度所塑造的。

并置在马拉美(Stéphane Mallarmé)与乔伊斯(James Joyce)那里有着不同的运用。麦克卢汉在《乔伊斯、马拉美与报纸》一文中说:"马拉美视这个并置的非个性化技巧为革命的与民主的,也在这种意义上,使每一个读者成为艺术家。"②"瞬间"则从乔伊斯的"显灵"或"顿悟",T.S.艾略特(T.S. Eliot)的"无时间的瞬间",伍尔夫的"存在的瞬间"等得到体现。并置、瞬间使现代主义打破了整体历史感,而詹姆逊(Fredric Jameson)则看到历史感衰落背后的媒介原因,他说:"媒体的资讯功能可能是帮助我们遗忘,是我

---

① [法]居伊·德波:《景观社会》,王昭凤译,南京大学出版社2006年版,第20页。
② *The Interior Landscape:The Literary Criticism of Marshall McLuhan 1943 – 1962*, selected, compiled, and edited by Eugene McNamara, New York Toronto:McGraw Hill Book Company, 1969, p. 16.

们历史遗忘症的中介和机制。"①

　　T.S.艾略特以"神话的方法"命名乔伊斯的意识流创作方法,这是以旧术语表述了新的电媒感知。电的发出与到达同步,实现时空跨越,它的即时性造成的信息爆满,很容易形成连接。再有口头媒介与印刷媒介的内容,可以被电子媒介再媒介化,一切被"当下"化,形成时空压缩下的信息同框。麦克卢汉表达为:"我们生活在一个信息加快流动的时代,很容易接触到过去,所以实际不存在过去。一切都是现在。"②

　　正是电媒的空间特性,促使了神话方法的出现,或者说电媒本身就是神话方法。麦克卢汉说:"当信息从所有方位与任何距离同时流动,……原因与结果对于人类知晓而言也变成是同时的。"③神话感知是想象模式,极速的电媒技术感知模式可以说是对它的实现,"因为神话是在同一时间内陈述原因与结果的一种感知模式",而"当人被信息压倒,他就诉诸神话。神话是包含性的、省时间的,并且是快的"④。

　　神话的方法,就是美国的林文刚教授所说的"电子传播技术引进的一种认识世界和感知世界的全新方式"。⑤ 保罗·莱文森(Paul Levinson)的《数字麦克卢汉》提出了"现代电子神话"⑥的概念,是为印证。麦克卢汉的媒介定律认为电子媒介使印刷媒介过时,把口头媒介推到显赫地位,"神话的方法"也是电子媒介使口头媒介复兴的表现。

　　心理学家威廉·詹姆斯(William James)命名了意识流,强调心理像河流一样不间断。其实,意识流具有日常所见所闻的触发界面,场景与心理频繁转换,形成感官流动、场景流动、信息流动,以及意识、无意识的交集,这才是对意识流的完整表述。乔伊斯与伍尔夫的意识流小说,写主人公的都市游荡,深层结构则是电媒的分散与非中心化所兴起的弥散感知,这种感知与电的非集中化有关。麦克卢汉说:"电光和电能在心理和社会影响上具有

---

① [美]弗·詹明信:《晚期资本主义的文化逻辑——詹明信批评理论文选》,张旭东编,三联书店1997年版,第419页。

② [加]斯蒂芬妮·麦克卢汉等编:《麦克卢汉如是说:理解我》,何道宽译,中国人民大学出版社2006年版,"译序"第9页。

③ Marshall McLuhan. *Media Research*: *Technology*, *Art*, *Communication*, edited with commentary, Michel A. Moo. Australia: G & B Arts, 1997, p. 20.

④ Marshall McLuhan. *Media Research*: *Technology*, *Art*, *Communication*, edited with commentary, Michel A. Moo. Australia: G & B Arts, 1997, p. 20.

⑤ [美]林文刚编:《媒介环境学》,何道宽译,北京大学出版社2007年版,第35页。

⑥ [美]保罗·莱文森:《数字麦克卢汉》,何道宽译,社会科学文献出版社2001年版,"译者序"第20页。

深刻的非集中化和分离的作用。"①电媒环境密集的信息量诱发自由联想,对事物一掠而过或浮光掠影的印象,正是电媒环境的信息太多而出现的稀释现象,它体现为人为视觉与听觉等感官因牵引而分散了思想,形成碎片化。这也是电媒影像化、视觉化总被与理性深度消解联系在一起的原因。电媒速度兴起了无意识或潜意识。麦克卢汉有这样的表述,"在电气时代,……我们正在经历潜意识上升到意识里的生活。当一切同步也就是在光速条件下,一般沉入潜意识的东西就上升到意识里。……潜意识上升到意识的时间,刚好与电报、电话、广播、电视等电子媒介出现的时间吻合。在电速的条件下,你不可能再把任何东西打入潜意识"②。

电媒带来文学知识的演变。当然,知识的演变往往是由多种因素促成的。然而,不可否认,电媒作为环境、感知方式与信息方式,影响是不容忽略的。

(二) 现代主义艺术感知与技术感知交合

现代主义兴起于 19 世纪后期,正是麦克卢汉所说的"电力(electric)时代在 19 世纪晚期开始扎根"③的那一时期。对于电力,麦克卢汉没有采取工业产业的视角,而是独辟蹊径地将之视为一种新媒介,并研究电力技术所形成的媒介环境的影响力。在其《媒介研究:技术、艺术与传播》中,麦克卢汉指出:"任何新技术,当被结合于物质呈现,任何人类的功能的延伸或扩大,倾向于创造一个新环境。"④电力技术如同以前的任何技术一样,是人的感官的延伸,也是人的神经系统的延伸,它进入了从技术上模拟意识的阶段。麦克卢汉解释说,"当代电气化产品中最重要的变化是,电气技术使我们的中枢神经系统延伸"⑤,而"中枢神经系统的电力技术延伸,是前所未有的"⑥。神经系统的延伸,体现在它形成了一个自动控制的社会,即

---

① [加]哈罗德·伊尼斯:《传播的偏向》,何道宽译,中国人民大学出版社 2003 年版,"序言"第 5 页。

② [加]斯蒂芬妮·麦克卢汉等编:《麦克卢汉如是说:理解我》,何道译,中国人民大学出版社 2006 年版,第 201 页。

③ [加]麦克卢汉:《理解媒介》,何道宽译,商务印书馆 2009 年版,第 307 页。

④ Marshall McLuhan. *Media Research*: *Technology*, *Art*, *Communication*, edited with commentary, Michel A. Moo. Australia: G & B Arts, 1997, p. 110.

⑤ [加]麦克卢汉:《致约翰·巴瑟特》,莫利纳罗等编:《麦克卢汉书简》,中国人民大学出版社 2005 年版,第 338 页。

⑥ [加]麦克卢汉:《致小约翰·斯奈德》,莫利纳罗等编:《麦克卢汉书简》,中国人民大学出版社 2005 年版,第 334 页。

一个大的"自动构形"（automorphic）的空间。"在这个空间中，每个人、每个物体都构造自己的世界"①。这样，电媒环境变成了人工环境，同时也是艺术化的环境。麦克卢汉从感性看待技术，认定"技术的影响不是发生在意见和观念的层面上，而是坚定不移，不可抗拒地改变人的感觉比率和感知模式"②。现代主义与电力环境同时兴起，电力媒介促使了现代主义的感知转向，表现出感官性与自动构形的自觉。因而现代主义的艺术感知与它所生长的艺术化的技术环境的感知便成了同一个话题。新的现代主义的文学转向，在麦克卢汉看来，首要的是转向技术媒介环境，因而"在某种意义上，艺术家是环境相遇的创造者"③。麦克卢汉揭示电力媒介，不同于之前的印刷媒介与口头媒介，从而确立了三阶段论的媒介史框架。他论及《古登堡星汉》的目标是"尝试评估前文字时代、印刷时代和后印刷时代"。④ 而文学与三阶段媒介环境相对应，因而，麦克卢汉媒介理论也就为文学提供了媒介视角之下的文学史框架，其媒介三阶段理论的重心是在电力媒介，因此，麦克卢汉理论也被称为新媒介理论。它具体研究各种电媒介质的产品，如电话、电视等延伸人的感官及所形成的声觉空间环境及其具有的特征，因而其感性视角使电力技术的感知模式呈现为麦克卢汉的理论目标，它关联于电力环境中现代主义的艺术感知。麦克卢汉认为，"艺术品的意义不是传送带或包装袋的意义，而是探针的意义"；也就是说，"它传授感知而不是传递什么珍贵的内容"⑤。可见，感知是现代主义文学的问题，也是新的电力环境的问题，还是麦克卢汉媒介理论研究中的问题。现代主义的艺术感知与电力媒介环境技术感知、与麦克卢汉的媒介理论之间存在交合关系。然而，迄今为止，现代主义的艺术感知问题尚未得到充分的研究。

首先，电媒创造了新环境，使环境艺术化，影响了文学艺术的形式。

媒介信息形成的环境，是积极的过程与行动，而不是被动的。电力环境的整合性与包含性，电力产品的快速翻新，每一个产品的出现，都造就出它

① ［加］麦克卢汉：《致爱德华·S.摩尔根》，莫利纳罗等编：《麦克卢汉书简》，中国人民大学出版社 2005 年版，第 255 页。

② ［加］麦克卢汉：《理解媒介》，何道宽译，商务印书馆 2009 年版，第 46 页。

③ *The Interior Landscape: The Literary Criticism of Marshall McLuhan 1943 - 1962*, selected, compiled and edited by Eugene McNamara, New York & Toronto: McGraw Hill Book Company, 1969, p. 182.

④ ［加］麦克卢汉：《致温德姆·刘易斯》，莫利纳罗等编：《麦克卢汉书简》，中国人民大学出版社 2005 年版，第 287 页。

⑤ ［加］斯蒂芬妮·麦克卢汉等编：《麦克卢汉如是说：理解我》，何道宽译，中国人民大学出版社 2006 年版，第 64 页。

的使用环境,形成对环境的升级版整合。在《理解媒介》的首篇文章《媒介即是信息》中,麦克卢汉开门见山地指明:"所谓媒介即是信息,只不过是说,任何媒介对个人和社会的任何影响,都是由于新的尺度产生的;我们的任何一种延伸(或曰任何一种新的技术),都要在我们的事务中引进一种新的尺度。"①麦克卢汉认为电力媒介环境,"作用于神经系统和我们的感知生活,完全改变我们的感知生活"②。电力技术上升为尺度与标准,延伸了人的感官,创造了新的环境,同时也改变了社会组织形式与结构,还带来了与之伴随的由技术主导的现代价值体系。麦克卢汉理论侧重于对技术的感性认识,揭示出电力媒介环境对人的大脑的延伸,对新的感知模式与价值体系的生成,这是在以前的任何哲学、科学、心理学等学科中都找不到的观点,也是麦克卢汉媒介理论的爆炸效应之所在。在电力媒介的塑造下,现代人不是自然环境中的自然人,也不只是社会环境中的社会人,它表现出被技术延伸了各种功能的技术人、感官人与信息人的特性。这是电力自动控制的世界使环境与人被深度卷入、被整合到电力自动控制的整体之中的缘故。麦克卢汉说:"自动化的实质是整体化的、非集中制的、有深度的。"③电力技术产生一种迫使人需要它、高度依赖它的威力,它是人体与感官的延伸,可以说人的功能在技术的延伸中被化入到技术的功能中,也就是人被深度卷入,被整合进技术环境,或者说,人被积极整合的电媒介环境所重新塑造。

　　其次,电媒对感官的放大,与现代主义文学的感官审美同构。

　　媒介延伸与放大了人的感官,而感官的延伸与放大,本来也属于艺术想象领域的事情。麦克卢汉看到了电媒技术的感官性与文学艺术的感官性的同质性。19世纪末电力时代到来,而生长于这一环境中的现代主义文学艺术的新的感知,在麦克卢汉的新媒介理论中被大量引证。现代主义的艺术感知成为麦克卢汉新媒介理论的重要的相关性领域,两者存在相交的关系。

　　麦克卢汉的新媒介感知理论来自现代主义文学艺术感知的启示,并构成了其媒介理论的文学根源。他是一位英语文学教授。西方学者认为,他首先是一个艺术家,"当我们来到电力时代,通过认识到他既不是哲学领域的某种'结构现象学家',也不是意识形态中的'左、中、右',也不仅仅是流行文化中的'媒介领袖',我们才开始能够理解麦克卢汉与他的'贡献'。麦

---

① [加]麦克卢汉:《理解媒介》,何道宽译,商务印书馆2009年版,第33页。
② [加]斯蒂芬妮·麦克卢汉等编:《麦克卢汉如是说:理解我》,何道宽译,中国人民大学出版社2006年版,第62页。
③ [加]麦克卢汉:《理解媒介》,何道宽译,商务印书馆2009年版,第33页。

克卢汉首先是一个超越了科学家与人文学家一类的分类的,不致力于概念,而致力于使感知锐利化的艺术家"①。这在于"麦克卢汉主要不按照人类中的社会关系考虑传播,而是按照人类与事物的关系、在事物自身中的关系来考虑"。②

现代主义文学,从麦克卢汉自己的表白看,是其理论的首要来源。他说:"我的这些东西都是从 19 世纪后期的画家那里学来的;我一切关于媒介的谈话都是从他们那里学来的。实际上,你们会看到,在理解一切媒介时,画家和诗人都能够给我们很大的教益,19 世纪后期的乔伊斯、艾略特、庞德等都是我们的良师益友。他们研究外在的技术环境时,始终研究我们的感知。"③意大利学者 2012 年出版的《马歇尔·麦克卢汉的马赛克》(Marshall McLuhan's Mosaic)一书,以"探索媒介研究的文学起源"为副标题,该书的作家部分设四章,分析了福特、乔伊斯、庞德、刘易斯等现代主义作家对麦克卢汉的影响,分析了刘易斯等的提法,直接启示了麦克卢汉的地球村的概念的提出。④ 我们可以通过麦克卢汉的技术感官延伸论,反观现代主义文学所具有的媒介环境感知的特质。

现代主义与 19 世纪末的电力环境同步出现,电力环境是现代主义生长的土壤与感知环境,因此,现代主义的感知环境,与麦克卢汉理论中的技术环境感知,成为同一个话题,感官延伸与感官审美奇妙地组合为一个共同领域。电力媒介环境塑造了现代主义文学的感官性,也孕育了麦克卢汉的技术感性的媒介理论,只是一个在前,一个在后,现代主义作为在先的感官艺术,成为麦克卢汉新媒介理论的文学根源。同时还可以说,现代主义感官文学不只是作为根源,它直接进入到麦克卢汉媒介理论研究的一部分,因为现代主义的艺术感官性重合于电力技术的感官性,只是前者是艺术的路径,后者是媒介的路径。现代主义艺术的感官性,以包括语言、色彩、音符、动作等种种形式凸显出来;麦克卢汉理论则侧重于电力技术对身体与感官的延伸与放大,两者都在追求对电力媒介环境的感官触须的把握。可见,生长于电力环境中现代主义文学艺术,与麦克卢汉的新媒介理论同根同源,都指向感

① Barrington Nevitt,"Via Media with Marshall McLuhan", in *The Man and His Message*, George Sanderson and Frank Macdonald eds.,Fulcrum,Inc.,1989,p. 150.

② John Fekete,*The Critical Twilight:Explorations in the Ideology of Anglo-American Literary Theory from Eliot to McLuhan*,Routledge & Kegan Paul,1977,p. 138.

③ 斯蒂芬妮·麦克卢汉等编:《麦克卢汉如是说:理解我》,何道宽译,中国人民大学出版社 2006 年版,第 66 页。

④ Elena Lamberti,*Marshall McLuhan's Mosaic*,University of Toronto Press,2012.

知问题。麦克卢汉宣称:"我在象征派诗歌和艺术领域受过长期的训练,早就熟悉艺术、诗歌和语言中普遍存在的感知生活。"①因此,如上文提到的,西方学者说麦克卢汉首先是个艺术家,这是千真万确的。文学艺术的感官性与技术感官领域之所以获得重合,来自于电力技术的感官延伸所形成的人与物的"自动构形"导致的环境自身的艺术化,电力技术本身的感性构建能力,使电力人工环境已经成为艺术环境;反过来,艺术环境给艺术家提供启示,也被艺术家再次塑造,从而电力技术与现代主义艺术在感官领域出现了融合。麦克卢汉认识到技术感性与技术环境的艺术化,关于地球,他指出:"由于地球卫星和信息环境的作用,它正在成为一件艺术品。"②麦克卢汉具体引入巴厘人将环境视为艺术,来论述电力环境与艺术的同一,即"对他们而言,艺术就是与环境本身打交道,仿佛环境就是艺术"。③ 电力环境本身已经艺术化。麦克卢汉说:"在电子技术贴近生活、无处不在的时代里,我们才能够梦想把整个人类环境作为一件艺术品。"④电力技术环境的艺术化,不仅来自环境的自动化、感官延伸,还来自现代人对电力环境的感知态度。因为作为人的感官延伸的电力技术,塑造了现代人以艺术的态度对待外部事物、对待自身的方式。从大的说,人造卫星照射下的地球,不再是自然的环境,一切都在被看之中;从小的说,影像的世界更直接塑造了人的被看的感觉。追求形象设计的造型师的出现,与电视、录像等使人能够看见自己的活动有关。可以看出,电光切割的环境,电讯连接的环境,电子显示的环境,都已经是人工环境,同时也上升为可供艺术进一步加工的初级艺术环境,因而才会兴起超现实主义画家杜尚直接给工业产品题名的现代绘画形式,工业成品甚至也直接成为艺术品,环境的艺术化是 20 世纪大众文化与流行艺术勃兴的原因。

应该注意的是,现代主义文学艺术与麦克卢汉的理论在感知问题上,虽然都指向感官体验,但是,现代主义的兴起比麦克卢汉的新媒介理论的出现,早了半个世纪还多,方可成为新媒介理论的一个根源。这是因为艺术往往是超前的,而理论则往往是滞后的。现代主义与电媒环境之所以同步发

---

① [加]麦克卢汉:《致马尔科姆·马格里奇》,莫利纳罗等编:《麦克卢汉书简》,中国人民大学出版社 2005 年版,第 583 页。

② [加]斯蒂芬妮·麦克卢汉等编:《麦克卢汉如是说:理解我》,何道宽译,中国人民大学出版社 2006 年版,第 63 页。

③ [加]斯蒂芬妮·麦克卢汉等编:《麦克卢汉如是说:理解我》,何道宽译,中国人民大学出版社 2006 年版,第 63 页。

④ [加]斯蒂芬妮·麦克卢汉等编:《麦克卢汉如是说:理解我》,何道宽译,中国人民大学出版社 2006 年版,第 63 页。

生,在于麦克卢汉所说艺术家"往往是充分意识到环境意义的人,所以有人说艺术家是人类的'触须'"。①"有人"指的是庞德,麦克卢汉在《理解媒介》的作者第二版"序"中提道,"庞德将艺术家称为'人类的触须'"②。如媒介生态学家斯特拉特所指出的,"媒介环境是一个不可见的环境"③,只有敏感的艺术家,才能在电力时代到来之初就感受到新环境。麦克卢汉的表述是:"媒介效果是新的环境,就像水对于一条鱼是不可感知的,它对大多数人是下意识的。"④正因为环境不可见或不能被自觉地感知,艺术家的使命就是要呈现这种不可见,使之为大众感知,因此,他们往往需要用反环境来呈现。

现代主义与新媒介理论之间具有双向效应:一方面从现代主义的艺术感知,可以深化对麦克卢汉的"媒介是人的感官延伸"这一核心理论的理解,它是理解麦克卢汉的技术感知理论的平台,有助于消除理论理解的抽象性障碍。事实上,脱离生长于电力媒介环境的现代主义,很难想象麦克卢汉能发明出新媒介理论,因为是现代主义画家、作家的艺术感知使麦克卢汉获得了理论灵感,提出新媒介理论,并借助其艺术感知来进行阐发。反过来,通过麦克卢汉的新媒介理论,则可以更恰切地认识现代主义的转型。由于媒介环境的概念之前没有得到系统阐释,对现代主义已有的研究,主要沿袭印刷时代的内容与形式的理性分割思路,也就是按照现实主义文学分割为社会内容与艺术形式的思路研究。而这种分割,并不适合以传递感知为首要目标的现代主义,因而因袭现实主义的研究思路,可以说成为现代主义研究的方法论的瓶颈,遏制了对现代主义转型的感知问题及其所有新表征的揭示,因为感知是整合性的,内容与形式已经不可分割。而且现代主义首先感知的是电力环境即大都市,它又被称为都市文学。现实主义研究思路注重的是对社会形态的理性分析与历史发展的逻辑叙事,主要关注社会环境,而没有考虑媒介环境因素。沿袭传统的研究思路,造成对现代主义研究的媒介环境视角的长期缺位。而麦克卢汉揭示媒介环境对感官的塑造,为认识现代主义提供了新的媒介研究视角,成为现代主义已有的社会研究视角、形式研究视角与文化研究视角之外的一个极其重要的补充。

---

① [加]斯蒂芬妮·麦克卢汉等编:《麦克卢汉如是说:理解我》,何道宽译,中国人民大学出版社 2006 年版,第 34 页。

② [加]麦克卢汉:《理解媒介》,何道宽译,商务印书馆 2009 年版,第 30 页。

③ Lance Strate: *Echoes and Reflections*, NJ: Hampton Press, 2006, p. 101.

④ Marshall McLuhan and Harley Parker, *Counterblast*, New York: Harcourt Brace & World, 1969, p. 22.

　　现代主义联系于电力媒介环境,也联系于电力媒介主导的工业化社会环境,它与电力形成的工业社会秩序关系同样密切。然而,这层关系常常也只有通过电力媒介环境,才可以得到更透彻的理解。如工业体制社会中技术尺度上升与政治尺度下降,带来现代主义文学艺术与政治密切程度的降低,而与技术媒介环境的关系增强。电力技术对生产形成新的组织方式,继而扩大到一种新的社会组织形式。同样,只有从电力媒介环境才能充分理解现代主义为何是“都市文学”。电力造就了大都市,造就了人工化的技术环境,它的艺术化成为现代主义艺术的首要感知对象。大都市显然是技术化艺术环境最集中且都市意象丛生的地方,欧洲的各大都市才成为吸引世界各地艺术家在 20 世纪初云集的场所。

　　客观地说,现代主义直接对应的是媒介环境。同为技术视角,从技术带来社会生产组织形式与社会结构的改变去观照技术社会,仍属于社会视角;而从电力技术及媒介环境带来人的感官延伸与人工环境的艺术化,则属于媒介视角。从社会视角看待技术社会形态,也是现代主义的一个维度,卡夫卡表现社会异化,就是例子。然而早期现代主义流派,如象征主义、未来主义、超现实主义等的社会相关性并不显著,反而更带有媒介环境或新的人工环境塑造的艺术形式的启示具有的创造性。全面地看,现代主义各流派是在社会环境与媒介环境两者的联系中,确立了自身的特质与诉求。总体上,它从程序化的现代技术生产中分离出来,强化出自身与媒介环境的联系,走上了协同技术感性的艺术审美道路,形式审美上升成为现代主义的显要维度。

　　媒介三个阶段的媒介史框架,揭示出所对应的不同文学文化特征。因此,认识现代主义,必须参照电力媒介环境,同时在与之前的媒介环境及其文学特征的比较中,才能透彻把握。麦克卢汉的几部著作中都有关于媒介三阶段框架及其对应的文学文化的阐释。《古登堡星汉》一书是这样描述的,“它的主要目的是研究字母文化的印刷阶段,然而,印刷阶段已经在当今遭遇了电子世界新的有机的、生态的模式”①。电子媒介世界作为后文字时代,相当不同于相互依赖的前文字时代,即口头媒介时代。在《麦克卢汉如是说》中,麦克卢汉提到口头媒介、印刷媒介与电力媒介三阶段的更替,认为印刷术把口耳相传的教育一扫而光,而口耳相传的口头媒介阶段主要是希腊-罗马世界。而“今天,印刷术的君王统治结束了,新媒介的寡头政

---

　　① Marshall McLuhan, *The Gutenberg Galaxy*, Routledge & Regan Paul, 1962, pp. 45-46.

治篡夺了印刷术长达 500 年的君王统治",①所谓新媒介的寡头政治,就是指电力媒介。三个媒介时期所具有的不同感知模式为:前文字的民族只能够用耳朵来感知印刷时代母语资源的气象万千的万花筒的这种宏伟景象,印刷文字传授线性排列分析,习惯教人把一切运动分解为静态的片段,电子时代是快速而灵活的新媒介,让人产生幻觉。②《理解媒介》则论及口头媒介时代是听觉感官的时代,游徙不定、采猎为生的部落生活塑造了听觉的整体、直观把握对象的模式。印刷媒介时代,书面媒介主导视觉,人的感知成线性状结构,理性与逻辑分析成为主导感知结构。电力媒介时代,信息爆炸,现代人又成为原始游牧人一样的信息采集者,重新回到全面感官的部落化时期,回到直观把握对象的声觉空间感知形态,不过电气产品制造的只是更高技术层次的声觉空间。印刷文字是口头传统的终结,使人的整体感官进入割裂状态,而电力时代又是印刷时代的终结,重新回到声音的整体感官模式。电力具有的整合性使环境具有包含性特征,不同于印刷时代的分割与分析模式。当然并不是说以前的形式全然不存在了,而是主导的感官形式导致感官模式发生根本的改变的同时,过去的媒介形式,还作为新媒介的内容存在,过去的媒介环境则作为新媒介的反环境出现,它们仍处于联系之中。这是因为"没有一种媒介具有孤立的意义和存在,任何一种媒介只有在与其他媒介的相互作用中,才能实现自己的意义与存在。"③在论文集《媒介研究:技术、艺术与传播》中,麦克卢汉这样描述媒介三阶段的关系:"西方人曾经历了语言文字提供的新的感知模式,追求分离与专业化的只是传统的范型,而今天,在电子时代,又颠覆了这种模式,发现了一种新的着迷于人类的前文字文化的模式。"④就文学来看,媒介三阶段对应不同类型的文学,口头媒介最典型的文学形式是神话,具有全面感官性;而印刷时代是只用眼睛阅读的时期,麦克卢汉将之称为视觉时代,典型的文学形式应该是18 世纪兴起,19 世纪达到高潮的现实主义小说,呈现为理性的目标化叙述模式;而电力媒介时代,广播、电话、电唱机、电影、电视等,形成的是声觉-触觉空间,电的即时性瓦解线性历史叙述,声音的同时发生影响了现代

---

①　[加]斯蒂芬妮·麦克卢汉等编:《麦克卢汉如是说:理解我》,何道宽译,中国人民大学出版社 2006 年版,第 3 页。

②　[加]斯蒂芬妮·麦克卢汉等编:《麦克卢汉如是说:理解我》,何道宽译,中国人民大学出版社 2006 年版,第 2 页。

③　[加]麦克卢汉:《理解媒介》,何道宽译,商务印书馆 2009 年版,第 56 页。

④　Marshall McLuhan. *Media Research*:*Technology*,*Art*,*Communication*, edited with commentary, Michel A. Moo. Australia:G & B Arts,1997,p.21.

主义又回到口头媒介的声觉空间,追求全面的感官性,因为"即时性提供了同时发生的技术形式"。① 同时性使历史线性被切割为空间,使印刷时代的理性文学追求清晰的逻辑,转而进入与口头时代的神话特征对应的现代主义阶段。媒介视角揭示出了现代主义文学对现实主义文学的集体反叛,原因在于两者分属不同的媒介环境。

现代主义对现实主义的叛逆与裂变的基础在于,现实主义是印刷媒介环境中的文学形态,而现代主义则是电力媒介环境中的文学形态。印刷时代是理性的、分割的,具有中心与边缘,形成了现实主义文学清晰的感知叙述模式。而电力环境打破了印刷视觉文化中事物的序列性,它是非集中的、非分割的,整合导致没有中心与边缘,塑造了现代主义内容形式融合的包含性的文学模式。两者的不同并不是艺术家们主观上一致的反叛努力所致,而是来自不同媒介及媒介环境的客观塑造力,电力媒介环境重新回归口头媒介的感官性,现代主义也相应表现出神话性,如莱文森的《现代主义》等,将神话性归纳为现代主义的一大特征。信息泛滥来自老媒介作为新媒介界面的内容出现,麦克卢汉描述为"电子速度,……使文字阶段的东西、半文字阶段的东西和后文字阶段的东西混杂在一起。失去根基,信息泛滥,无穷无尽的新信息模式的泛滥,是各种程度的精神病最常见的原因。"②现代主义文学创造出相应的接近精神症的形式,那就是表现无意识的意识流,是电力环境促使意识流方法的出现。新媒介环境将过去整合进来,形成一个信息整体场;意识流同样意在将环境、思绪、回忆、心里的感觉与各种现实事物整合为一体,各种界面的迅即连接转换,如同回到了神话的时空穿越,也可以说借鉴了电影的剪辑跳跃,还可以说很像电脑的"超级链接",它不需要任何逻辑。这种移动视角,而且是快速移动的视角,瓦解了印刷媒介时期的固定视角。麦克卢汉认为固定视角是理性化、秩序化的,是视觉印刷媒介塑造出来的,而电力媒介时代与口头媒介时代都是移动视角,两者的不同在于,口头媒介环境信息传播太慢,尚不能形成固定视角,而电力媒介信息传送太快,无以驻留,瓦解了印刷时代稳定的、中心与边缘的固定视点,主题分割也不复存在。在电力媒介界面上,过去很容易被接触到,实际上过去或历史变得不存在了。麦克卢汉说:"一切都是现在,现在很丰富很复杂。"③

由于"信息形成了新空间,每个地方与各个时代都成为这里与现在。

---

①　Glenn Willmot, *McLuhan or Modernism in Reverse*, University of Toronto Press, 1996, p.132.

②　[加]麦克卢汉:《理解媒介》,何道宽译,商务印书馆 2009 年版,第 44 页。

③　[加]斯蒂芬妮·麦克卢汉等编:《麦克卢汉如是说:理解我》,何道宽译,中国人民大学出版社 2006 年版,第 114 页。

历史已经被新媒介废除。"①电讯媒介时代回归神话性,显示出反历史的特征,而反历史也是现代主义的特征,是现代主义与现实主义的对立性之一。只有印刷时代的文学是主题分割与线性历史模式的。原始社会信息速度太慢而不能积累什么历史视角,而电讯媒介时代因为速度太快,同样也打破了单一历史叙述,因此,现实主义的社会历史批评,应该说,就像不适合口头媒介阶段的神话一样,也不适合电力时代的现代主义文学。电力环境的多视点注重的是相互联系,如麦克卢汉表述的,"我们正在构建一切历史文化的历史时期的相互联系,而不只是培养单一的观点"②。"自动控制的世界"使过去变成了现在,空间变成了统一的信息流动空间,它塑造的是20世纪非理性与碎片化叙述。麦克卢汉说过:"对传统的西方人来说,电力世界的人似乎变成了非理性的。"③可见,电力技术是现代主义的非理性特征的基础,是20世纪西方进入非理性时代背后的原因。弗洛伊德对无意识心理进行了诊断,麦克卢汉则揭示出电力技术是20世纪西方非理性思潮的原因。需要特别指出的是,并不是先有弗洛伊德理论,然后才流行非理性思潮,而是电力技术的信息流动速度引发了非理性,后有弗洛伊德的理论的产生,弗洛伊德的学说发表始于1900年,是电力时代到来之后。理论界常常将弗洛伊德看成非理性的本源,实际上他只是最早从心理学研究无意识而应合于非理性电力时代的人,也就是说电力的非理性时代成就了弗洛伊德学说。弗洛伊德从释放心理压抑医治神经症,而麦克卢汉从媒介领域,指出了20世纪电力技术的非理性是时代神经症人格的病因,如上文所引"无穷无尽的新信息模式的泛滥,是各种程度的精神病最常见的原因。"④

电力环境的信息泛滥,使印刷时代的固定视点与边界被各种潜在链接所打破,它们可连接出任意的拼图,世界不再呈现为线性逻辑的世界,而呈现为马赛克形态。麦克卢汉说:"电力技术使马赛克世界卷土重来,这是一个内爆、平衡和静态的世界。"⑤马赛克信息社会,使过往一切知识、历史等在同一界面上被重新处理。现代主义文学也具有马赛克特征,各种风格与流派并存,文学杂糅过去的、记忆的、现在的无穷多的内容,事实上,要表现

---

① Marshall McLuhan. *Media Research*: *Technology*, *Art*, *Communication*, edited with commentary, Michel A.Moo.Australia:G & B Arts,1997,p.127.
② [加]斯蒂芬妮·麦克卢汉等编:《麦克卢汉如是说:理解我》,何道宽译,中国人民大学出版社2006年版,第17页。
③ [加]麦克卢汉:《理解媒介》,何道宽译,商务印书馆2009年版,第42页。
④ [加]麦克卢汉:《理解媒介》,何道宽译,商务印书馆2009年版,第44页。
⑤ [加]麦克卢汉:《理解媒介》,何道宽译,商务印书馆2009年版,第362页。

完整的世界已经成为不可能,因而才有碎片化的跳跃叙述,它取代了现实主义的单一整体性的叙事逻辑。

因为艺术具有整体把握生活的诉求。面对信息的马赛克,现代主义艺术家们以直觉去建立事物之间的连接,在整合中感悟世界,传递感知。象征主义采取象征手段,追求直觉中的世界,而表现主义采取寓言的方式,呈现感官意境的幽深。超现实主义采取照搬无意识梦境或呈现工业成品的组合,意识流则呈现无意识心理,关联内部世界与外部世界。总体上看,现代主义文学不再追求固定视角的意义呈现,转向表现外部事物心理映现。新的电力媒介界面上,没有了前后与高低、中心与边缘,一切都变成了电媒环境界面处理的信息数据。麦克卢汉认识到,"一旦序列让位于同步,人就进入了外形和结构的世界",[1]而对外形与结构的追求,便兴起了感官性,兴起了形式。麦克卢汉甚至认为,"印象派把光线画在画布上"。[2] 电力技术的"自动构形"与信息马赛克,为空间与外形塑造提供了无穷多的可创新性,兴起了传达感知的"创造"美学与形式美学。它体现了技术求新与电力媒介环境速变的本质,创造新的技术产品与创造新的艺术感知成为同一个事情,艺术感知为艺术家与设计家共有,"创造"也成为技术与文学共有的审美追求。

现代主义感知突破了印刷时代建立在理性之上的二元对立思维。麦克卢汉认为,感知也是模仿,但应该注意到,它已经不是如实模仿,不以单一整体化的"社会"作为模仿对象,也不以"自然"作为模仿对象,也不同于古典主义以技艺作为模仿对象,它包含对前述所有模仿的模仿。它是象征性的模仿,因为并不存在恒定静态的对象与恒定的视角去建立模仿,它所模仿的自然,是电力媒介环境中的人工环境。而作为人工环境:既是自然,也是文化;既是环境,也是艺术。因为现代主义形式与外部电力环境之间具有某种同一,作为模仿对象的技术环境感知与艺术感知具有交融性,同时又有内在与外在的并列关系,因此,现代主义不是单纯地反映环境,也不是单纯地模仿环境,它追求创造性地、变异与抽象地对待环境中的事物,追求对外部世界的象征性表达。麦克卢汉认为,电力世界形成了外部环境与人的内心类似体的关系,他说:"既然内在性是外在性的类似体,艺术的一个主要功能

---

① ［加］麦克卢汉:《理解媒介》,何道宽译,商务印书馆 2009 年版,第 39 页。

② Marshall McLuhan, Hartley Parker, *Through the Vanishing Point: Space in Poetry and Painting*, Harper & Row, 1968, p. 24.

就是造出可感知性与对诚服于新经验的无名心理维度的审察。"①心理的世界作为技术环境世界的相似体,现代主义建立的是对相似体的象征表达,因而象征这一修辞手法,上升成为现代主义的主要语法。

现代主义艺术告别现实主义对意义的寻求,转向对事物特别是事物外形的呈现,转向象征性表达,与技术对感官性的延伸所兴起的感官审美有关。审美超越了现实主义的"社会批判"的话语模式。在现实主义中替代神与宗教信仰而作为新权威的民族、国家、历史的话题,在生长于电力媒介环境的现代主义文学中迅速衰落,固定的历史视点被技术瓦解的同时,历史甚至遭遇反面化,乔伊斯的《尤利西斯》中斯蒂芬·戴达路斯如此表达说:"历史,是我正努力从中醒过来的一场噩梦。"②

可见,技术感知与艺术感知存在同源关系,都包含对电力环境的反应,两者虽分属不同领域,却具有交合关系,可以互为阐释。现代主义文学具有电子媒介所塑造的文化特性。

（三）电媒兴起新的审美制式

媒介三阶段论的知识框架,为现代主义作为新媒介环境的新的审美制式提供了理论基础。电媒"关联"指的空间关联,空间关联的偶然性带来现代主义完全背离现实主义文学时间关联中的逻辑性。所以"关联"之于现代主义,如同"典型"之于现实主义。现实主义通过"典型化",塑造了一个理想化的社会典型,围绕社会话语组织叙事。而现代主义产生于技术社会,超现实主义、新小说流派都认为世界是一个平面,它们的叙事追求消解二元深度,注重文学对外部世界的呈现。文学艺术在电媒介环境的即时性、同步性的关联感知中,兴起新的文学审美制式。

对于艺术家技术环境上升到比社会环境更直接的位置,物质、事物在光电之下获得了人工化与艺术性,艺术家们的艺术感知被倏然调动起来。外部世界不只是社会关系,更直观的物象,在感知中显得更为重要,因此现代主义开先河的流派是象征主义。这从根本上已经涉及雅克·朗西埃(Jacques Rancièrg)所说的"艺术的审美体制"。③ 现代主义相对之前的文学可以说是

---

① Marshall McLuhan, Hartley Parker, *Through the Vanishing Point: Space in Poetry and Painting*, Harper & Row, 1968, p. 28.

② ［爱尔兰］詹姆斯·乔伊斯:《尤利西斯》,萧乾、文洁若译,译林出版社 2005 年版,第 84 页。

③ ［法］雅克·朗西埃:《美感论——艺术审美体制的美感场景》,赵子龙译,商务印书馆 2016 年版。

艺术制式的改变。电媒环境兴起新的艺术审美体制（制式），它具有偶然关联、任意关联以及促成艺术越界的形态，电媒的空间偏向则是它的根基。

现代主义表现为艺术家自己的精神与外部（物质）世界的相遇，精神与物质的相遇所建立的是一种感知关系。短暂感官相遇是偶然的，感知的范围被扩大到包括物质、无意识的所有范围，打破了文学的社会反映论模式。回顾西方文学各个阶段，文艺复兴与古典主义时期，文学注重表现自然人性本身，模仿古希腊文学对人性的表现，如荷马的《伊利亚特》的"阿喀琉斯的愤怒是我的主题"。莎士比亚以像吝啬、嫉妒、忧郁、激情、野心、慷慨等人性的方方面面作为戏剧表现题材，17世纪莫里哀的《伪君子》《悭吝人》，围绕"伪善"与"吝啬"的人性话题展开。而在古希腊罗马与文艺复兴之间的中世纪基督教文学，其表现范围指向对神的赞美与超验世界。18世纪随着启蒙运动建构资本主义理性社会，文学的社会性得到空前提升，现实主义文学兴起社会理性主导的文学话语。而新的技术感知以偶然感官关联，背离了人性中心与社会理性中心的艺术体制。

这种新的审美制式转向外观感知与心理感知，它发生在文学艺术的各个领域，表现为方方面面。

电媒环境中的感知，强调艺术家主观精神与外部事物的瞬间相遇，外部事物被技术环境、语言、心理、人物感官所媒介化，不再被看作纯客观化存在，社会也不被当作客观、历史的必然来看待。事物被浸染个人体验。毕加索的自画像所表现的痛苦与恐惧，是主体的人对技术世界冷漠与战争恐怖的真切精神感受。艺术感受表现的形式上升到比表现内容更重要的地位，或者说，艺术形式本身，在感知艺术中已经成为内容。就现代主义绘画而言，色彩成就了马蒂斯为代表的野兽派，线条成就了毕加索为代表的立体主义，光与影造就了莫奈为代表的印象派。

偶然性被强化到以可能性设想关联起来就成为一部小说的程度，伍尔夫的《墙上的斑点》，具体为对墙上的斑点进行几次假设而联结成篇。感官与无意识兴起了关联，内心的关联，直觉关联，感官关联无处不在。普鲁斯特的《追忆逝水年华》中的小马德兰娜点心的味觉记忆，启动整部作品的叙述。感官视像，在艾略特的《荒原》中，形成诗歌意象，其听觉关联随处可见。它联系于《金枝》的声音作为视像出现，西方学者指出："弗雷泽的《金枝》提供了一个声音的储藏库。"①象征主义诗歌存在意象关联，超现实主义

---

① Mare Manganare, *Myth, Rhetoric, and the Voice of Authority: A Critical of Frazer, Eliot, Frye, and Campbell*, Yale University Press, 1992, p. 68.

画家萨尔瓦多·达利(Salvador Dali)的《记忆的永恒》中钟表的毛巾式折叠,在钟表与毛巾两种没有任何相似性的物品间建立意象关联。马塞尔·杜尚(Marcel Duchamp)从工业产品中提炼关联意象,形成拼贴艺术,艺术依靠偶然性获得了解放,形成创造性艺术体制,告别了模仿性艺术体制。

20世纪作为技术产品与艺术产品的摄影与电影,反过来影响了文学艺术。西方学者提到文学受电影的影响,就像受艺术的影响一样多。"电影被看作是一种原型性的现代主义媒介"[1],其原型性体现在三个方面,首先,电影的蒙太奇影响了所有现代主义的叙述;其次,电影镜头摄入的客观化,影响了作者不介入,让人物心理自动呈现的客观化风格;再次,电影镜头的移动摄入,建立事物的表象关联,影响了现代主义文学的关联叙事,意识流的"自由联想"也获得了蒙太奇的称谓。现代主义最先在绘画领域兴起,这与照相机的发明有关,它逼着绘画不能再走逼真模仿的老路,转向对光、色彩与线条等的变形,产生了注重光感的印象主义、色彩夸张的野兽派以及线条变形的立体主义等先锋画派。这种变形继而影响到文学中的变形。

福特(F.Madox Ford)为代表的印象主义,注重表现光影的视觉性形象,未来主义对机器与电速的描绘,都得力于新的媒介环境的塑造。象征主义的象征,表达某种看不见的东西,艺术家追求不可见比可见更重要,在可见物与不可见之间建立联系,认为其中包含意蕴与美。关联是对不可见本质的一种呈现,它是新的艺术制式的核心。

麦克卢汉声称他的媒介理论是从现代主义文学艺术家那里获得的灵感,他本人是英语文学教授,从现代主义艺术获得感悟以后,直奔媒介研究,提出了地球村、热媒介、冷媒介、媒介即信息等诸多开创性的概念,成为媒介学科的创始人。然而,走上媒介路途的他,并没有再从媒介回头反哺现代主义研究。

麦克卢汉强调电媒技术塑造感知,也强调科学观念对文学艺术的影响。他的《柯勒律治作为艺术家》一文,认为牛顿的理论曾启示艺术家。他说:"牛顿的光学,在这个世界的形式、质地与感知和知识的学科之间,建立了一个内部与外部世界的一致关系,自这个时代,它们作用于每一个诗人与画家的实践。"[2]

---

① Leigh Wilson, *Modernism*, Continuum, 2007, p. 12.
② *The Interior Landscape: The Literary Criticism of Marshall McLuhan 1943–1962*, selected, compiled, and edited by Eugene McNamara, New York and Toronto: McGraw Hill Book Company, 1969, p. 118.

他肯定"牛顿帮助改变了艺术家所使用的环境与物质",①这使人想到20世纪爱因斯坦的相对论,也被学者认为影响了现代主义。爱因斯坦认为一切都只是相对的,即使一个大的整体,也只是不可见的整体中的一小部分。威尔森(Leigh Wilson)指出,"爱因斯坦的相对论作用于现代主义,他本人也是一个现代主义者"②。相对论确实助推了关联思维的生成。

现代主义文学除感官关联、象征关联、无意识心理关联、蒙太奇叙述关联之外,还有并置的关联形式。报纸排版的栏目并置,启示过乔伊斯与马拉美创作的并置手法,从而兴起时间被压缩的空间化叙述,其中时间就离散为碎片化了。艾略特将感觉的碎片化表述为"感觉的非连续性"。吉登斯对自我状态与非连续性叙事有过类似的概括,即"每个时刻均切断了先前经验与后续经验之间的联系,从而使连续性'叙事'无法形成。"③而非连续性叙事与无意识关联,与电媒技术的无意识、时间与速度的无意识、人的感官的无意识等相协同,成为现代主义的形式。这些形式来自技术,特别是电媒的空间偏向等的塑造。无意识是技术社会的属性,它主导了艺术与文化,使艺术审美的制式发生了改变。现代主义将文学从观念统辖下解放出来,直接吸收技术元素、物质元素,吸取新媒介界面上的所有信息元素,当然也吸收各种哲学、心理学成果,但媒介环境偏向对审美的塑造可谓最具直接性,它导致艺术制式的颠覆,使理性文学转化为非理性文学。

文学艺术的彼此越界,是技术环境中关联感知的体现。对艺术越界问题的关注,在19世纪后半期就开始成为热点话题。朱迪思·瑞安(Judith Ryan)在论里尔克诗歌的专著中提道:"19世纪后半期关于姊妹艺术的讨论很快就成了中心话题,第一次讨论热潮由约翰·罗斯金(John Ruskin)引发,第二次热潮由沃尔特·佩特(Walter Pater)掀起。"④

现代主义文学中的越界最先出现在象征主义先驱波德莱尔的《应和》诗中,也被称为通感。该诗从大自然香味的嗅觉,转化为儿童肌肤的触觉,再到草地的视觉等感官跳跃转换,其影响根源并不在绘画,也不在电影,它们充其量只是影响环节,最终的根源来自电媒环境对人的感官的延伸与加

---

① *The Interior Landscape*:*The Literary Criticism of Marshall McLuhan 1943-1962*,Selected,compiled,and edited by Eugene McNamara,New York Toronto:McGraw Hill Book Company,1969,p.119.

② Leigh Wilson,*Modernism*, Continuum,2007,p.61.

③ [英]安东尼·吉登斯:《现代性与自我认同》,赵旭东等译,三联书店1998年版,第50页。

④ [美]朱迪思·瑞安:《里尔克:现代主义与诗歌传统》,谢江南等译,世纪出版集团2011年版,第68页。

强。波德莱尔时期已经开始有类似电灯的煤气灯,巴黎扩建改建形成大都市,汽灯下的巴黎城市景观,对天才诗人波德莱尔象征主义的感官审美具启示与塑造作用。可见,通感也有技术环境的承载。詹姆斯·莫理逊(James Morrison)在《马歇尔·麦克卢汉:现代两面神》中指出:"在麦克卢汉对媒介影响的理解里有一个核心的成分,这就是通感(synesthesia)的机制,感官之间自由互动。"①麦克卢汉本人也说过:"每一次遭遇我们存在的任何碎片化的延伸,就会立即产生我们感官的转换。"②可见艺术越界建立在感官转化上,而感官转化是电媒的属性及其环境所兴起的。

此外,电媒带来信息激增。麦克卢汉指出:"马赛克是一个间歇的世界,在其中最大能量通过缝隙转换,这是'信息'效应。"③文学家们将姊妹艺术的感知融入本领域,创造出越界新感知,与麦克卢汉将感官转换称为"通感的机制"是相通的。他的通感思想是,"大脑把一种感知转换为另一种感知的正常机制,就是通感的机制"④。电媒信息的马赛克的"缝隙转换",既包括信息间的对接,也体现为感官体验的互换。

文学与艺术越界更是普遍。现代主义文学家吸取艺术启示与手法的例子很多。

波德莱尔写诗之前是写画评的,写有大量论德拉克洛瓦以及安格尔等画家的画论文章,波德莱尔早已认识到,画家也将音阶引入到了绘画中。这无疑促成了波德莱尔的"通感"理论与诗歌中的实践的形成。意象派诗人庞德早期也投身于视觉文化,其绘画基础成就了他的意象理论。有学者指出,庞德对"文学现代主义,悖论性地,是一种视觉文化"的这一定义作出了决定性的贡献。⑤ 莱文森教授也说过:"当庞德尝试建立他自己诗歌中形式的价值的时候,他依赖的不是语言的特征,而是线条与色彩的绘画品质。"⑥象征主义诗人里尔克,作为罗丹的秘书受到了雕塑的影响,他主要是一位艺

---

① [美]林文刚主编:《媒介环境学》,何道宽译,北京大学出版社2007年版,第133页。

② Marshall McLuhan, *Media Research: Technology, Art, Communication*, edited with commentary, Michel A.Moo.Australia:G & B Arts,1997,p.73.

③ Marshall McLuhan, *Media Research: Technology, Art, Communication*, edited with commentary, Michel A.Moo.Australia:G & B Arts,1997,p.73.

④ [美]林文刚编:《媒介环境学》,何道宽译,北京大学出版社2007年版,第133页。

⑤ Rebecca Beasley, *Ezra Pound and the Visual Culture of Modernism*, Cambridge University Press, 2007,p.4.

⑥ Maichael H.Levenson, *A Genealogy of Modernism: A Study of English Lierary Doctrine 1908 - 1922*, Cambridge University Press,1984,p.131.

术评论家,但他也创作了一些与"想象的图画"对应的诗。① 而漩涡派的代表温德姆·刘易斯既是诗人,又是画家。伍尔夫 1912 年参观了罗杰·弗莱在伦敦举办的欧洲大陆印象派画展,她的创作可看到绘画的影响。她在 1925 年的日记里写有"我们是在绘画的统治之下"②的句子。各类艺术中,除绘画外,舞蹈对现代主义诗歌也产生了令人惊异的影响。T.S.艾略特的著名的"非个人化理论"源自 20 世纪初,他看到了俄国现代芭蕾的著名男舞蹈家在欧洲演出所表现的非个性化的象征风格。艾略特仰慕的俄国现代芭蕾舞的两位领头男性明星是尼金斯基(Vaslav Nijinsky)与马辛(Leonide Massine)。在 1910—1911 年,艾略特非常仰慕地去巴黎拜望过他们,也在 1919—1924 年,在伦敦多次看望他们。特里·A.米斯特(Terri A.Mester)认为尼金斯基更多影响到艾略特早期的作品,马辛更多影响其后期作品。从文类来说,尼金斯基更多影响的是艾略特的诗歌,马辛影响的是艾略特的理论。他说:"尼金斯基对艾略特的诗歌是一个潜在的灵感,就像马辛是在他的许多审美沉思背后的催化剂。"③在 1924 年的《伊丽莎白时代四位剧作家》一文中,艾略特将俄国现代芭蕾的"非个性化"关联,采用为文学表现原则。④ 当然,艾略特并不是现代主义作家中关注现代舞蹈并获得诗歌创作启示的第一人。米斯特认为法国象征主义诗人马拉美是第一个论及舞蹈的,随后还有瓦莱里。马拉美最为推崇的舞者是洛伊·富勒(Loie Fuller),她出生在美国,其舞蹈流行于欧洲,她的舞蹈具有融舞蹈、舞台杂耍与杂戏于一体的形式,而且以裙舞为特质,大摆裙造型使富勒在舞蹈中"将自己变成超现实主义的花朵、鸟、蝴蝶、云彩与火焰",从中马拉美"发现芭蕾是比诗歌或比音乐都更典范的象征主义的艺术"。⑤ 他认为"在美的舞蹈家中,没有一个如洛伊·富勒,她将自己的个性淹没在一种抽象的表现中,并认为是'艺术的陶醉'与'工业化的成就'"。⑥ 马拉美诗歌提炼的也正是富勒舞

---

① [美]朱迪思·瑞安:《里尔克:现代主义与诗歌传统》,谢江南等译,世纪出版集团 2011 年版,第 68 页。

② Virginia Woolf,"Pictures",in *the Essays of Virginia Woolf:1925–1928*,Andrew McNeillie ed.,London:Hogarth Press,1994,pp.243–247.

③ Terri A.Mester,*Movement and Modernism:Yeats,Eliot,Lawrence,Williams,and Early Twentieth-Century Dance*,The University of Arkansas Press,1997,p.67.

④ [英]托·斯·艾略特:《艾略特文学论文集》,李赋宁译注,百花文艺出版社 1994 年版,第 83—84 页。

⑤ Terri A.Mester,*Movement and Modernism:Yeats,Eliot,Lawrence,Williams,and Early Twentieth-Century Dance*,The University of Arkansas Press,1997,p.15.

⑥ Terri A.Mester,*Movement and Modernism:Yeats,Eliot,Lawrence,Williams,and Early Twentieth-Century Dance*,The University of Arkansas Press,1997,p.16.

蹈的非个性化象征风格,这应合了他的诗歌的象征需要。音乐与舞蹈拥有离模仿远一点,或不那么具体的自由,它们为文学,也为其他艺术提供了非模仿性抽象模式。"似乎所有艺术从根基上与音乐剧相比都是次等的"①,这表明电媒感官感知环境中,更具直观形式的绘画、舞蹈、音乐已经有优于文学的表现力,特别是音乐,其声觉应合于电媒的声觉感知,因而得到勃兴。

麦克卢汉在《济慈的颂歌的审美类型》一文中提到音乐的赋格曲形式对现代主义文学叙述非整体化的启示。② 赋格曲中的音乐对位是一种并置,并置本身就能生成意义,而不依赖于整篇文本所说明的一个总体意义。音乐影响到现代主义诗歌语词,意义在语词组接的缝隙中生成,建构自身的环境,即一种被包围的氛围,一种气场,感染观众。它并不指向观念、话语、或社会。法国象征主义诗歌受音乐的影响,注重语词,追求语词的音乐性,形成了现代主义对语言的改造,文学语言的说明与说理的理性语言,被马拉美等象征主义诗人对语词的错置所终结。马拉美曾是瓦格纳的狂热追随者,瓦格纳的音乐象征作为印迹留存在他的象征主义诗歌中。《象征主义艺术》一书指出:"瓦格纳的歌剧可以一次又一次被发现是处于象征主义艺术之中的,而艺术家与作家之间的任何冲突的解决的倾向,表现为通过对音乐价值的诉求来解决。"③在瓦格纳的歌剧里,马拉美要提取的仍然是"非个人化",即追求抽象性。马拉美关于瓦格纳的论文强调未来戏剧的"非个人化",这被认为源自瓦格纳论贝多芬的论文中的观点。④ 对于马拉美诗歌的音乐追求,瓦莱里是这样评价的:"马拉美毕生的问题,毕生的探索及其细致地研究着的课题,是还诗歌以现代伟大音乐作品从它那里夺走的东西。"⑤艾略特的《J.阿尔弗雷德·普鲁弗洛克情歌》被认为利用了爵士乐与电影形式的交互渗透。在小说领域,伍尔夫的《波浪》也被认为是一部音乐小说。可见,现代绘画、舞蹈、音乐在文学中都有越界。

另一个层面,现代主义文学艺术的越界,还表现为艺术团体或艺术沙龙内部的各类艺术家相互影响。现代主义各个艺术流派彼此分离而又吸取转

---

① Peter Nicholls, *Modernisms：A Literary Guide*, Palgrave Macmillan, 2009, p. 49.

② *The Interior Landscape：The Literary Criticism of Marshall McLuhan 1943-1962*, selected, compiled, and edited by Eugene McNamara, New York Toronto：McGraw Hill Book Company, 1969, p. 100.

③ Edward Lucie-Smith, *Symbolist Art*, London：Thames and Hudson, 1972, p. 61.

④ Peter Nicholls, *Modernisms：A Literary Guide*, Palgrave Macmillan, 2009, pp. 50-51.

⑤ ［法］瓦莱里:《象征主义的存在》,金丝燕译,《外国文学评论》1989 年第 1 期,第 106 页。

承,体现为意象派是漩涡主义的前身,而漩涡主义以罗杰·弗莱宣传的印象
主义绘画为敌对,转而吸取未来主义、表现主义与立体主义,而超现实主义
则被视为是达达的后继者。流派内部有各类艺术人士,比如温德姆·刘易
斯1913年离开布鲁斯伯里(The Bloomsbury Group)集团的罗杰·弗莱
(Roger Fry)的印象主义后,与庞德等一起建立漩涡派(Vorticism),其成员
除诗人外,还有雕刻家雅各布·爱泼斯坦(Jacob Epstein)、画家爱德华·沃
兹沃斯(Edward Wadsworth)、大卫·邦伯格(David Bomberg)。刘易斯
(Wyndham Lewis)本人也画画,写诗,还创作戏剧与小说。在沙龙方面,比
如马拉美的"星期二沙龙",有诗人魏尔伦、兰波、音乐家德彪西、雕刻家罗
丹夫妇,也是常客。美国作家斯泰因到巴黎不久,就建立了"星期六傍晚沙
龙",有毕加索这样的大画家光顾。斯泰因作品也被发现有绘画的影响,被
学者指出其作品"关注形式与色彩,感兴趣于分析形状之间的并置,而不带
任何讨论地直接呈现视觉形象,斯泰因写作中的这些技巧与毕加索在那个
时期的卷入有关"。① 艺术的越界在现代主义时期成为一种风尚。

电影艺术,也被称为触觉艺术,作为新媒介艺术,也是一种工业技术产
品,它最广泛地影响了艺术的越界。它是联通各门艺术的综合性艺术,电影
的蒙太奇被公认影响了所有现代主义的文学流派。电影对文学感知与文学
叙述的改变也起到了重要作用。兰斯·斯特拉特强调说:"感知也被我们
的技术改变,技术以一定的方式在训练我们的感觉。"②电影是一种艺术感
知,也是一种技术的感知,两者融合。与技术的"超直接"的关联,还有电影
的剪辑,切断与组接已不是线性发展,而是跳跃叙述。任何一点点踪迹化联
系,视觉的、听觉的、场景的或无意识的都可以构成非时间线索的超级链接。
超链接是技术的用语,也适合于电影的剪辑,也可以放到意识流叙述。新感
知是技术带来的,它使关联变得无穷的多样。

关联与越界,涉及两种艺术媒介的杂交,能制造新奇,形成新感知,唤醒
读者对现实的体验。如爱德华·史密斯(Edward Lucie-Smith)所指出的,
"艺术的越界体现在,综合是一个特别重要的象征主义的概念:它涉及一种
努力,即将在现实的世界中找到的因素,或甚至从其他艺术作品中借来的因
素,进行结合,产生出一种分离的、不同的、当然是自足的现实"③。关联与
越界都在建构与体验新现实,都是电媒对环境、文化的塑造。被塑造的艺术

---

① Steven Matthews, *Modernism*, London: Arnold, 2004, p. 47.

② Lance Strare, *Echoes and Reflections*, Cresskill, NJ: Hampton Press, 2006, p. 90.

③ Edward Lucie-Smith, *Symbolist Art*, London: Thames and Hudson, 1972, p. 55.

如电讯媒介的整合力一样,具有包含性,各种艺术在越界中创造出叠映与暗含的美感效应。麦克卢汉说:"感官感知之间的相互作用,创造了一种丰盈,在那里即使一个范型的一种因素被省略了,不过它也被暗含在其中。"①艺术越界提供艺术的升华。麦克卢汉谈到,"两种媒介的杂交或交汇时刻,是发现真理和给人启示的时刻,由此而产生新的媒介的相似性,使我们停留在两种媒介的边界上。这使我们从自恋和麻木状态中惊醒过来。媒介交汇的时刻,是我们从平常的恍惚和麻木状态中获得自由解放的时刻"②。

　　关联与越界不只是艺术手法,还是透视角度,也是现代主义艺术家对待世界的态度,还是技术环境中的感知方式与思维方式,因而它成为技术社会新的艺术制式。鲍曼说:"非理性是理性产业的废弃物。混乱是秩序之生产中积聚而成的废弃物。矛盾性是符号清晰性生产中的有毒副产品。"③现代主义通过"关联"的手法,将曾被理性所废弃的非理性、被秩序所摒弃的混乱、被清晰所排斥的矛盾混乱都收容到文学中来,使文学从理性主导回复到全面的生活,成为全面的艺术。现代主义形成对外部一切现象的关联,也形成对心理学、人类学、哲学的关联。当然,电媒作为技术与媒介的新阶段是技术社会现代主义作为新的艺术制式的根基。

---

①　Marshall McLuhan. *Media Research*: *Technology*, *Art*, *Communication*, edited with commentary, Michel A.Moo.Australia: G & B Arts,1997,p.43.

②　[加]麦克卢汉:《理解媒介》,何道宽译,商务印书馆 2000 年版,第 91 页。

③　[英]齐格蒙特·鲍曼:《现代性与矛盾性》,邵迎生译,商务印书馆 2003 年版,第 151 页。

第七章　平面化社会各维度对文学的赋形

平面化社会以制度确立,以技术为组织形式,形成专业化的社会生产、丰富的生活物资及广大的市场。平面化社会具有多向度,获得了多种称谓,意味着它有多重文化属性,《现代性与物欲的释放》一文有如下罗列,"现代性社会涵盖方方面面,如理性化、世俗化、异质化、同质化、多样化、民主化、中心化、商品化、大众社会、工业社会、个人主义、客观主义、警世主义、化约主义等"①。其实,个人主义、世俗化、同质化、化约主义等属于表征,而工业体制、商品、市场等则为社会形态的基础,它们是前提条件,是真正的赋形力量。

一、个体社会维度与退避心理

简明地说,工业体制化社会导致传统崩塌。马克思《共产党宣言》的一句名言是"一切坚固的东西都烟消云散了",指过去稳固的社会结构与社会关系及其观念体系都随着工业社会的到来遭到瓦解。伯曼(Marshall Berman)以此为题撰写了分析现代性的专著《一切坚固的东西都烟消云散了》。尼采提出全面的"价值重估",认为整体的精神信仰消失了,甚至产生新的共同精神理想的位置都不复存在,社会进入个体强化到了"超人"主导的阶段。弗洛伊德的无意识本能学说、柏格森的直觉理论,都从个体体验审视人与世界的关系。

然而新社会形态的基本维度,对文化具有塑造力量,而文化又对文学艺术赋形。个体社会形成了个体主义与自由主义思想潮流,在 19 世纪与 20 世纪之交兴起的尼采热与麦克斯·施蒂纳热(Max Stirner),成为个体主义潮流的标志。自我主义者施蒂纳发表于 1844 年的《自我及其所有物》②在19 世纪末重新被重视,在 20 世纪头 30 年风靡整个西方世界。当时欧洲许多杂志与刊物都载文讨论尼采与施蒂纳的自我与个体的观点,倡导个体在所有事物或者世界的中心地位。

---

① 陈乐之:《现代性与物欲的释放》,《中国社会科学报》2009 年 11 月 3 日。
② Max Stirner, *The Ego and His Own*, trans Steven T.Byington, New York; R.Tucker, 1907.

《自我及其所有物》在发表的 1844 年就引起热烈的讨论,被认为是无政府主义的著作。由于欧洲接着发生了 1848 年革命,激烈的革命环境使人们的关注点改变,这本书也就淡出了人们的视线。直到 1898 年,德国一位诗人研究长达十年之久后,发表了关于施蒂纳的批评著作,使它再度引发关注。施蒂纳著作重新火爆,声名大起,甚至一度成为 20 世纪初西方思潮的标杆,在于它应合于个体时代的到来。

这本著作当时被翻译成意大利语、俄语,两次被翻译成法语,在 1907 年被译成英语,1900—1929 年它一共出版了 49 版。① 除了出版的火爆外,1913 年 6 月,英国也出现了介绍与鼓吹施蒂纳思想的现象,致力于宣传个体主义的刊物——半月刊《新自由妇女》(The New Freewoman),随后改名为《新自由人》(The New Freeman)。在庞德主导刊物后,1914 年 1 月,刊物再次更名为赤裸裸的《自我主义者》(Egoist),一批现代主义作家的早期作品,如乔伊斯的《青年艺术家的画像》、刘易斯的 Tarr,还包括庞德本人的诗歌与 T.S.艾略特的批评文章,都首刊在这个刊物上。同一时期作为先锋刊物的《新时代》(New Age),也在 1907 年发表了很多尼采的东西。《新时代》的激进色彩,被认为“可以算得上审视 1910—1912 年知识分子态度的一个资源,不仅因为它刊发有这个时期的许多高级知识分子的号召性作品,还因为它是福特的《英语评论》(English Review)的后继者”。② 施蒂纳的思想与尼采的思想有相通的方面,这些刊物共同推出他们的思想,推动了 20 世纪初“自我”个体主义的潮流。

《自我及其所有物》即便在 20 世纪初,依然显得很激进。它确立个体性作为人的社会存在的唯一价值,将个体的独特抬高到君临一切的地位。这个观点由于与个体社会的现实原则一致,获得广泛流行。书中指出:“我是独特的,因而,我的要求也是独特的。我的行为,简言之,关于我的一切是独特的,只因为这个独特的我。我可以为我自己占有一切,因为我使我自己工作,并发展我自己,只因为我是独特的。我不发展人类,不是作为人类,只是作为我,我发展——我自己。”③“人类”成为“独特的我”的对立面,甚至被看成是“鬼影”。书中指出:“人类,你看到,不是一个人,而是一个虚

① Michael H. Levenson, *A Genealogy of Modernism: A Study of English Literary Doctrine 1908-1922*, Cambridge University Press, 1984, pp. 66-67.

② Paul Peppis, *Literature, Politicals, and the Engliah Avant-Garde Nation and Empire, 1901-1918*, Cambridge University Press, 2000, p. 54.

③ Max Stirner, *The Ego and His Own*, trans Steven T. Byington, New York: R. Tucker, 1907, pp. 482-483.

构,一个鬼影。"①这样否定的是共同人性,个人高居社会之上。施蒂纳将人性与基督教一起进行颠覆,他说:"人性的宗教只是基督教宗教的最后变形。"②

　　19世纪末心理学与艺术交合,匈牙利心理医生马克斯·诺岛(Max Nordau)的《传统是我们的文明》(*Conventional lies of Civilization*)受到哲学、心理学、医学与文学界的追捧,在当时也很有影响。这本书难以置信地印了73版③。诺岛于1880年定居巴黎,依据病理学批评当代哲学与艺术中的心理混乱倾向。1895年他出版的《蜕化》(*Degeneration*,1913年出英文版)一书,进一步批评当代哲学与文学艺术的衰退与歇斯底里。波德莱尔、王尔德、易卜生、尼采都被他视为"极端自我主义者"(Ego Maniacs)。作者还断言"当前的歇斯底里将不会持续"。④ 这主要是将19世纪中叶以来出现的唯美主义、象征主义等走向艺术自律,日益脱离社会的个人风格的作家风格视为自我主义的歇斯底里。实际上它们是伴随工业主义与民主社会而兴起的反道德艺术。埃米尔·涂尔干(Émile Durkheim)在《社会分工论》中有如下分析,"工业活动有自身存在的理由,它们可以适应许多需要,但这些活动却不是道德上的需要。艺术更是如此,它彻彻底底地杜绝了与义务相关的所有事物,使自己变成了一个自由国度"⑤。工业主义最不需要的是道德,道德衰落成为必然,艺术相应也出现反道德倾向事实上,并不像诺岛所断言的自我性的所谓"歇斯底里"的艺术"将不会持续",而是相反,20世纪现代主义全面爆发。

　　现实中的个人主义的自我主义,走向"使一切德行的种子枯死"⑥的利己主义;生活被物质主义和享乐主义所占据。利己主义与物质享乐的个体定位,突出自身心理欲望的状态,成为现代主义文学的表现领域,如乔伊斯《尤利西斯》中的莫莉的欲望。显然,诺岛作为一位心理学家,他基于道德视角的常态心理对艺术的过度审美追求与过度的内心化予以否定,视之为歇斯底里。这与涂尔干的理性认识有一致性,那就是"不管对于社会还是个人,审美力的过度发展在道德看来却是一种严重的病兆"。⑦

---

① Max Stirner,*The Ego and His Own*,trans Steven T.Byington,New York:R.Tucker,1907,p.101.
② Max Stirner,*The Ego and His Own*,trans Steven T.Byington,New York:R.Tucker,1907,p.101.
③ *Modernism:A Sourcebook*,Steven Matthews ed.,Palgrave Macmillan,2008,p.145.
④ *Modernism:A Sourcebook*,Steven Matthews ed,Palgrave Macmillan,2008,p.146.
⑤ [法]埃米尔·涂尔干:《社会分工论》,渠东译,三联书店2000年版,第15页。
⑥ 《托克维尔:民主的政治科学》编委会编:《思想与社会》,上海三联书店2006年版。
⑦ [法]埃米尔·涂尔干:《社会分工论》,渠东译,三联书店2000年版,第16页。

工业化使道德衰落,兴起民主。工业体制意味着规约、程序、系统化、体制化管理模式延伸到社会的所有领域,所有角色都归到社会管理的同一个平面,同在一条船上,服从于符合效率的规约。奥地利经济学家熊彼特指出,生产过程所涉及的人们,"指挥的和被指挥的",都服从同样一些规则,谁也不在任何实在的意义上支配生产。① 这些就是制度性管理扩大的社会民主,技术与市场都是民主化的力量。市场弱化权力,人人都可介入,而利益在市场中获得一致性,它主导公平交易,为民主社会提供了基础。

工业化使人口集中到大城市,家族经营方式被瓦解。城市人群不是集体关系,大都市的人们行色匆匆,不存在隶属关系,是松散的大众群体。大众是技术社会的伴生物,指同时代处于某一特定状态中的人,承受相同压力而具有相同的倾向。其内核是个体被技术、被社会结构同质化为相似心理的人。海德格尔表述为平均的人或人的常数,谁也不是大众,大众似乎无形,但对个体有着引导性。卡尔·亚斯贝斯说(Karl Jaspers):"大众是无实存的生命,是无信仰的迷信。它可以踏平一切。它不愿意容忍独立与卓越,而是倾向于迫使人们成为像蚂蚁一样的自动机。"②大众引导个体的随波逐流,追求模式化的时尚,使个体失去个性。因而在大众社会,个性或另类化个体成为稀缺,被文学视为同质社会的异类与反抗力量。如《局外人》所描写的主人公莫尔索,正是以对社会的冷漠,也就是没有被社会同质化,而成为反荒诞的英雄,他以自己的"内在化",分别于社会。

个体自由伴生出个体与规约及体制的矛盾、个体与他者的他异性矛盾,还有个体自身欲望及内心的不安、焦虑等消极心态。这些很难构成直接的外部冲突,在文学中往往作为个体的心理体验存在。如伊夫·瓦岱所说:"现代性摆脱了传统文化强加给人们的信条和集体信仰,这种断裂可以引起人们的困境、失落、不安或迷失感。但我们不应忘记,它也是自由的保证。"③自由需要承担责任,这些都是自由的代价,因为"成为权力上的个体意味着没有任何他人为自己的苦难负责"。④ 在技术社会个体处于不断分化中,充满分裂,就有了各种消极心理。

诺贝特·埃利亚斯(Norbert Elias)揭示了个体性与心理呈现的关系,即

---

① J.A.Joseph Alois Schumpeter, *Theory of Economic Development*, Cambridge, Mass: Harvard University Press, 1934, p. 21.

② [德]卡尔·亚斯贝斯:《时代的精神状态》,王德峰译,上海译文出版社2005年版,第10页。

③ [法]伊夫·瓦岱:《文学与现代性》,田庆生译,北京大学出版社2001年版,第30页。

④ [英]齐格蒙特·鲍曼:《个体化社会》,薛祥涛译,上海三联书店2002年版,第128页。

"我们称之为'个体性'的东西,首先是这个人的心理功能的一种特性,是他在与他人和他物的关系中驾驭自身的形态性质,'个体性'这个说法,表达的是一个人的心理驾驭的形态性质赖以区别于其他人的一种特殊方式和特别程度"。① 个体必然与心理特性相连,个体要承担高度组织的社会体系对个人的潜在压迫。技术社会的个体与外界没有集体性的联系,而且个体都追求施蒂纳分析的极端自我,因而都退避到自己的内心壁障之深处,表现出在异化世界的内在心理软弱。个体是技术社会生产的,而且个体化程度随着技术社会的发展而发展,20 世纪中后期个体"分化"加剧,如鲍曼所分析的,个体的不稳定也加剧。他指出:"把社会中的成员转变为个体是现代社会的特征。然而,这一转变并不像上帝的创造那样是一种一劳永逸的行为,而是周而复始的重复活动,现代社会的存在无时不在进行着'分化'活动,个体的活动也日复一日地重新塑造和审察个体的相互盘结所构成的被称为'社会'的网络。任何一方都不会长期地固定不变,因而'分化'的持续改变,不断呈现出崭新的形态。"②分化来自外界的不稳定,个体自身的不稳定。世界发展越快,分化越加剧,个体焦虑加深。20 世纪移居大都市的个体,普遍受到非连续性与多元性的影响,对立、分裂便大。技术社会一切都不确定,技术飞速发展,未来无法掌控,人没有了可依赖的中心。亚斯贝斯认为,现代专业管理组成的社会是一架机器,"人的生活已经变得依赖这架机器了,但这架机器也同时因其完善、因其瘫痪而行将毁灭人类"③。机器社会需要的只是人的功能,人的青春与壮年一过,就成为技术社会的弃物,个体的幸福感是下降的。涂尔干的《自杀:社会学研究》探讨了现代社会自杀数量上升的根源。他的《社会分工论》中则以自杀数量的增长说明人类幸福在不断减少。个体的生存状态如卡夫卡的《地洞》主人公所表现的,总在担心未来有什么灾难。现代主义是表现个体的内心深处攀缘的心理文学。弗兰克·费拉罗蒂(Franco Ferrarotti)将这种情形描述为"反对权力的斗争与作为撤退到内心的流行文化并行",认为"对外部世界的拒绝是为了获得平静与神圣"。④ 诗人 W.H.奥登将这个时代称为"焦虑的时代",焦虑成为个体社会个体的宿命,因为个体自身的分化,难以形成自我的连续性与

① [德]诺贝特·埃利亚斯:《个体的社会》,翟三江等译,译林出版社 2003 年版,第 69 页。
② [德]齐格蒙特·鲍曼:《个体化社会》,薛祥涛译,上海三联书店 2002 年版,第 43—44 页。
③ [德]卡尔·雅斯贝斯:《时代的精神状况》,王德峰译,上海世纪出版集团 2005 年版,第 27 页。
④ Franco Ferrarotti, *Social Theory For Old and New Modernities*, E.Doyle MeCarthy ed., Lexington Books,2007,p. 32.

统一性。

个人主义自 17 世纪洛克的《政府论》提出政治权利上个人自然权利优先;还有发表阐释个人主义的《利维坦》而被称为"近代个人主义创始人、个人主义之父"的霍布斯 ①所主张的财产个人拥有权与政治权开始,到亚当·斯密从经济学强调经济活动中的个人主义,个人利益被视为一切经济活动的前提,再到 18 世纪法国启蒙主义,经历了对全面个人权力的确认,个人主义与自由主义成为孪生兄弟。孟德斯鸠(Baron de Montesquieu)说:"自由是做法律许可的一切事情的权力。"②到 19 世纪,个体自由衍生出利己主义的个人主义,走向个人私利高于一切,自由社会付出了沉重代价。马克思在谈到法国大革命时说:"政治革命把市民生活分成几个组成部分,但对这些组成部分本身并没有实行革命和进行批判。它把市民社会,也就是把需要、劳动、私人利益和私人权利看作自己存在的基础,看作不需要进一步加以阐述的当然前提,所以也就看作自己的自然基础",进而"公民就成了自私人的奴仆;人作为社会存在物所处的领域还要低于他作为私人个体所处的领域"。③ 这就是法国大革命对个体自由的确立。市民社会对个体的尊重,已包含对利己主义的尊重,利己主义成为合理的利己主义,人堕落为首先考虑自己现实利益的人,传统的高贵的人为利己的人所取代。青年黑格尔派代表施蒂纳 1844 年的《自我及其所有物》,预示了绝对个人至上将流行。

20 世纪强大的技术潮流,使个体依赖技术超过了人对彼此的依赖,绝对个体意义上的个人,陷入孤独的同时,又喜欢孤独的自由,不愿承受亲密关系的束缚,所以,他人往往只作为个体内在化的体验对象而存在。齐美尔在《论个体与社会形式》中说:"每个个体都可以将他者当作一个尺度来衡量自身的不相容性和自己那个世界的个体性。"④20 世纪外界的压迫不同于过去的经济或政治的压迫,通常表现为一种隐性的外在性对内在性的胁迫就范。虽然在经济形式上个体看似获得短期雇佣带来的跳槽的自主性,其实个体总体上必须服从社会的外在性。加缪《局外人》的主人公莫尔索,

---

① Alan Ryan,"Hobbes and Individualism", in G. A. J. Rogers & Alan Ryan ed., *Perspective on Thomas Hobbes*, Oxford, Clarendon Press,1988, p. 81.

② [法]孟德斯鸠:《论法的精神》(上册),张雁生译,商务印书馆 1978 年版,第 154 页。

③ Marx:*Early Political Writtings*,见阿尔布莱希特·韦尔默:《后形而上学现代性》,应奇等译,上海译文出版社 2007 年版,第 57 页。

④ Georg Simmel, *On Individuality and Social Forms*, Donald N. Levine ed., Chicago:University of Chicago Press,1971.

就感到他人与外部社会的存在与己无关,却又感到异己的外部力量逼迫他违背自己"内在的真实"的压迫,迫使内在性就范于社会的外在性。莫尔索从内在心理体味法庭的荒诞、他人的荒诞、世界的荒诞,一直执拗于自己"内在的真实",以生疏、冷漠与不能沟通的麻木,分别于社会,不接受社会,他因此被称为反荒诞的英雄。主人公分裂的、内在化的自我,显出精神沮丧与内心软弱、麻木,这是技术化程度越来越高,个体不断被分化,个体自我建构不起统一的理性图式,更没有根据社会需求采取理性行动的能力的体现。他的守灵、杀人等都没有多少理性成分。这种不同于传统英雄形象的非对抗性反抗社会的非英雄化的英雄,诠释的是 20 世纪严密的技术体制社会中软弱个体的新反抗形态。

现代主义文学表现内心怯懦的人,与民主社会的内在专制有关。最早深刻认识到现代民主社会潜藏弊端并阐释民主的潜在专制性的,是 18 世纪法国的贡斯当与托克维尔。托克维尔是第一个阐述自由与民主两种理念可能发生冲突的思想家。① 他认识到民主社会有可能成为民主与专制同时降临的社会,民主社会伴生专制,甚至是一种更深层的极权专制。他说:"一旦民主时代出现专制,那将是前所未有的可怕的专制。在过去的时代,从未有过一个君主专制强大得能够直接管理所有的臣民,让他们毫无差别地遵守划一的制度的每一个细节,由于知识的不足、治理方法的欠缺,特别是身份不平等带来的自然障碍,使君主无法实施如此庞大的计划。强大的中央集权国家和原子化的个人的出现使这一切成为可能。"②如果换一种表达的话,托克维尔的民主的暴政的视角,也可以说,本质上与鲍曼所说的"这种现代性曾经富含着极权主义倾向"③的现代性视角是同一个东西。现代性以简单、机械的技术理性清除各种多样性,清除与之无关的非理性。这样也就能理解 20 世纪发生的法西斯的种族迫害。20 世纪技术管理的官阶体制对个体形成压迫,这种压迫感,也是民主社会的压迫。朗西埃在《民主之恨》中的说法是"从胜利的民主到罪恶的民主"。④ 民主社会缺乏共同信仰,个体不仅无法把握外部的世界,甚至也无法把握自己,焦虑与内在心理软弱成为主导心态。卡夫卡本人就是软弱个体的典型,他说:"作家总是要

---

① 李强:《自由主义》,吉林出版集团 2007 年版,第 73 页。

② 《托克维尔:民主的政治科学》编委会编:《思想与社会》,上海三联书店 2006 年版,第201 页。

③ [英]齐格蒙特·鲍曼:《个体化社会》,范祥涛译,上海三联书店 2002 年版,第 122 页。

④ Jacques Ranciere, *La Haine de la Democratie*, Paris, La Fabrique, 2005.转引自雷吉斯·德布雷:《普通媒介学教程》,陈卫星译,清华大学出版社 2014 年版,"译者序"第 26 页。

比社会上的普通人小得多,弱得多。因此,他对人世间生活的艰辛比其他人感受的更深切、更强烈。……他不是巨人,而只是生活在这一个牢笼里一只或多或少色彩斑斓的鸟。"①他体现有民主社会科层压制与强大父权以及民族压迫等多重阴影,他塑造的内在软弱形象是20世纪个体的写照。T.S.艾略特《J.阿尔弗雷德·普鲁弗洛克的情歌》中的普鲁弗洛克,作为一个中年男人,想要去向女人求爱,又很怯懦、顾虑重重,在黄昏时的街道徘徊,反复问自己"我敢吗?我敢吗?"也是内在性怯懦的生动写照。

现代主义文学一方面有消极的人物形象,另一方面其作家艺术又积极追求艺术个性,坚持艺术的感性、美与自由。文学的社会认识被审美分化了地盘,社会美转向个人体验美学风格。由于审美个人主义是一种最为自由的关系,因而艺术家的个人生活方式,也被看为理想的生活方式。波德莱尔对艺术家式的花花公子与浪荡子的推崇,并称为最后的英雄,本身包含了诗人、艺术家对自由与美、对艺术天才的崇拜。王尔德的唯美作品《道林格雷画像》中亨利勋爵有这样的说法:"美是天才的一种形式""美有它神圣的统治权"。② 审美生存在20世纪成为个体确立自身的方式,是个体化社会所带来的。

现代主义艺术中的个人主义是艺术自我主义,与利己无关。艺术家的自我艺术追求,导致过度主观审美,形成反道德、反社会的艺术,因而现代主义常被与无政府主义联系在一起。在施蒂纳的自我主义旗帜之下,庞德、刘易斯的漩涡主义刊物《疾风》(Blast,也译为《阵风》),强调以制造个体为目的,与"人民""阶级"等无关。1914年7月的首刊,庞德的《自我主义者》一文写道:"漩涡主义运动","是一场个体的,为个体的,保护个体的运动。"③艺术中的个体主义确立艺术的主观性原则,将艺术建立在个人审美体验之上,解放了艺术对外部社会现实与社会理性的依附。现代主义审美转向的根基来自艺术中自我的确立。

现代主义艺术的抽象风格,与个体的艺术追求有关,也与技术有关,还被社会学家揭示出与民主社会有着对应性。曼海姆说,"在用于交流的符号的抽象性的增加与文化的民主性之间,有着密切的相互联系","民主社

①　林和生:《地狱里的温柔》,四川人民出版社1997年版,第259页。

②　赵澧、徐京安主编:《唯美主义》,中国人民大学出版社1988年版,第314、315页。

③　Ezra Pound,"Edward Wadsworth, Vorticist, An Authorised Appreciation", *Egoist*,(August 15, 1914),p. 306.

会比贵族社会更有可能发现事物之间的'抽象'关系"。① 现代主义文学的艺术风格与20世纪的个体社会、民主社会维度有着密切的关联。

二、物质社会维度与感官审美

19世纪末因电力应用于生产而有第二次工业革命之称,之后工业化程度大大提升,社会的物质水平大为提升。

对社会建构的技术与物质化构想,始自文艺复兴后期的培根。在前现代的精神信仰与观念统治的社会中,物质往往带有低等印记,被视为精神的反面。而培根在乌托邦著作《新大西岛》中构想了一个技术社会形态,在17世纪预言了技术的力量。后来社会的发展印证了培根的设想,实现了"通过有目的的应用知识,就可以推进社会的物质福利"②的目标。

随着科技的发展,思想领域日渐为达尔文的物种进化论与马克思的历史唯物主义主导,进一步排挤了神学的地位。技术与物质带来世界从精神性到物质性的演变,约翰·卡洛尔(John Carroll)在《西方文化的衰落》中讲述了达尔文与马克思作为唯物论代表人物的一致立场,马克思曾给达尔文寄去一册《资本论》的第二卷,题词称自己是一名"真正的仰慕者",并评价说"达尔文学说的文化后果——他有意识地将宗教和荣誉变成与时代不相关的东西,人们不必看重它们,而应继续开明地追求舒适,又无意识地将死亡变成万物的本源,死亡主宰一切。马克思学说的文化后果——他有意识地把自私自利和经济放在统治地位,文化不过是掩饰中产阶级低劣动机的一件斗篷;又无意识地宣告文化的神祇背叛了我们,动员我们把这些神祇统统废除干净"。③ 虽然语词有些偏激,但卡洛尔看到达尔文以物种的起源与死亡,取代了神学的永生观念;而马克思的经济理论将经济视为社会首要动力与目的,两位思想家都推动了物质第一性社会的到来。如果说达尔文的理论使竞争合理化,颠覆了荣誉的存在方式;马克思的理论强调经济动力,使社会理论与物质生产、日常生活交汇,物质成为社会主导视域。卡洛尔指出:"1848年的《共产党宣言》是一部重要著作,革命的手册,社会主义的没

---

① [德]卡尔·曼海姆:《文化社会学论集》,艾彦等译,辽宁教育出版社2003年版,第202、203页。
② [澳]汉伯里·布朗:《科学的智慧——它与文化和宗教的关联》,李醒民译,辽宁教育出版社1998年版,第27页。
③ [美]约翰·卡洛尔:《西方文化的衰落》,叶安宁译,新星出版社2007年版,第199页。

有神性的圣经。"①因为马克思确立了唯物主义的世界观与科学进步的理论。

当然,对物质社会推动比思想更有效的是科学技术本身。19 世纪的科学家威廉·汤姆孙(William Thomson,后来称为开耳芬勋爵)在向英国科学促进会所做的主席演说中说:"科学的财富倾向于按照复利规律积累。"②科学技术造成物质快速积累,满足物质与消费的快速增长,社会进入物质福利的技术社会。

研究人口的美国社会学家大卫·理斯曼在《孤独的人群》一书中认为,文艺复兴到启蒙与工业革命,还包括 19 世纪的政治革命,为西方的第一次革命,而第二次革命则从 20 世纪初开始,即"在最发达国家,尤其在美国,这次革命正让位于另一种形式的革命——即由生产时代向消费时代过渡而发生的全社会范围的变革"。③ 那就是由生产转向消费的革命。理斯曼将中世纪之前称为传统导向型社会;自文艺复兴到 19 世纪,处于内在导向型社会;而 20 世纪初期,进入他者导向型社会。所谓他者导向型社会,就是个体为外界技术与物质商品所引导的社会。

20 世纪技术带来物质的丰富,进入消费型、物质型社会,人们开始有了闲暇,娱乐消费进入普通人的生活。D.H.劳伦斯讲述矿工父亲,每天下班的第一站是去小酒店喝酒,他也是在舞会上认识上层家庭出身的妻子,这是以洛丁汉煤矿生产带给矿工闲暇与消费为前提的。20 世纪 20 年代英国大学对女生开放,也是教育被纳入生产与消费体系的结果,客观上消解了高等教育的贵族特权。在物质消费中,物质产品形成广阔的市场,市场是一种平等的力量,被服务不再是特权阶层的专享,服务与被服务的固定的阶级分野,被购买与交换的市场平等意识取代。劳工阶级、中产阶级同样可以花钱购买服务,在工作之余也有休闲,而有产阶级也同样必须工作,不再存在专门的有闲贵族阶级。商业社会的开放性,不仅瓦解了阶级壁垒,甚至瓦解了国家的壁垒。美国在 19—20 世纪之交,有 2000 多万外国移民涌入纽约等大都市,市场国际化形成。

培根的乌托邦作品《新大西岛》预示的科学追求将带来人类绝对统治范围的扩大,已成事实。经济力量使政治统治权力缩减地盘,权力不再以统治阶级的结构出现。物质社会形成自足性,人们可在"科层"专业体制追求

① ［美］约翰·卡洛尔:《西方文化的衰落》,叶安宁译,新星出版社 2007 年版,第 183 页。
② ［澳］汉伯里·布朗:《科学的智慧——它与文化和宗教的关联》,李醒民译,辽宁教育出版社 1998 年版,第 33 页。
③ ［美］大卫·理斯曼:《孤独的人群》,王昆、朱虹译,南京大学出版社 2002 年版,第 6 页。

职场内的层级升迁。前现代社会阶级的不可超越,人的超越性被导向社会外部的精神性。封建社会普遍强调道德修养的无穷提升,如中国的"成圣"的超越性追求,西方盛行苦修苦练以进入天国的宗教超越。高至"成圣"或上帝这样的神圣目标,低致使自己符合贵族趣味的追求,在20世纪都被物质社会内部兴起的中产阶级的标准所替换。人们的理想与幸福被设定在社会现实内部,所有人都追求职场中的晋升机会,在物质世界获得满足,精神不再作为高于物质的目标界面。

　　如果说19世纪财富还被看作是资本家剥削工人的血汗而带有罪恶性的话,20世纪金钱则成为成功与能力的标志,这是物质社会兴起与物质相连的价值观的体现,财富成为人的合理的欲望目标。20世纪作为自由社会,个人自由首先指向物质财富欲望的满足,它带来心理与文化的改变。如托克维尔所揭示的,"和贵族相比,现代个人的心灵已经发生了极为重要的变化",那就是"民主社会的人在趣味上有某种惊人的一致:爱好物质福利。可以说,对物质福利的热爱是民主社会普遍的激情"①。"在这种社会中,金钱的重要性与日俱增,和它相比,智慧和美德在人们眼中几乎没有什么价值。……托克维尔认为,正是民主的'社会状态'——身份平等自然驱使人们趋向功利"②。世袭贵族制度,贵族生来既富且贵,物质福利唾手可得,世袭的身份与财富的优越,使贵族对财富反而持轻视态度,他们不将"物质享乐"视为生活的目标,注重追求荣誉、知识、精神修养,贵族高雅趣味得以形成,伴生艺术的贵族赞助制度与艺术的高雅标准。20世纪技术社会,身份形成开放性,阶级身份被打破,但任何一个社会都存在着分层。20世纪民主社会的区分标准不再是阶级、荣誉,而是物质占有的财富额度,对物质的占有数量与私人享乐,成为技术社会区分的标准。这不同于贵族崇尚的荣誉的价值观,甚至恰恰相反。托克维尔在《论美国的民主》中指出,财富成为民主社会的唯一区分标准。他说:"当所有传统的等级、特权、荣誉、高贵、德行、才识都不再是社会显赫的标志与人们追求的目标以后,财富则取而代之,成为社会的主宰";"当依附于古老事务的威望消失后,人们不再被、也很少被通过出身、地位、职业加以区别;除了金钱以外,几乎没有任何东西能对人们做出明确区分或者能够使某些人比一般人更突出。建立在财

---

① 《托克维尔:民主的政治科学》编委会编:《思想与社会》,上海三联书店2006年版,第209页。

② 《托克维尔:民主的政治科学》编委会编:《思想与社会》,上海三联书店2006年版,第209—210页。

富上的区分随着其他区分的消失而更显重要。"①物质社会,财富占有成为
社会区分的尺度,物质就不只是物质本身,对它的占有包含人的能力与价
值,承载有身份与符号功能。物质欲望被合法化、合理化且优先考虑。人的
幸福考量包含有物质,"幸福指数"有量化性。现代人在丰富的物质世界,
获得即时满足,获得审美满足与精神满足。

　　20 世纪的物质社会,知识形态上也颠覆了精神高于物质的二元对立知
识形态,物质不再是被精神性的艺术排斥的低等领域。工业社会的物质产
品本身也包含精神,包含象征。过去哲学所许诺的未来幸福,宗教所描画的
来世永恒,便失去了吸引力。文学的精神性与理想性有所下降,现代主义文
学中人物的日常性与平庸性取代了传统文学中的英雄主义与理想主义。电
媒影像的虚拟性,到处呈现美女与性爱广告,某种程度上给人带来虚拟的满
足,也替代了情爱的理想性。现代主义文学离传统的爱情理想越来越远,情
欲的表达翻转了维多利亚时期稳定的婚姻模式与传统的美好情爱,撒旦式
的现代美离奇性地成为艺术的表现领域。

　　技术产品已经使物质社会潜在地成为一个审美社会。彼得·尼科尔斯
(Peter Nicholls)指出:"一个社会按照闲暇来界定自身,因此它就是一个在
其中生活变得日渐审美化的社会,艺术则提供对建立在模仿仪式上'私人'
生活的集体表现。"② 20 世纪物质商品丰富使社会具有了视觉审美属性。
它还使大众有了闲暇,闲暇与审美具有联系。工业成品或商品在消费语境
中,被放大了实用功能之外的象征功能,因而物成为丰富联想的源头,成为
象征文化的构成部分。

　　物对审美的改变不可低估,物质强化与丰富了视觉感官,甚至改变了人
们的感知方式与文学表达的方式,改写了美的建构途径与内涵。弗雷德里
克·R.卡尔(Frederick R.Karl)认为:"艺术、艺术家、诗歌以及相关的现代主
义,所关心的不是本质,而是感官所面对的变化着的物质世界。艺术重新安
排我们对事物的感知,而不是强调固有的属性。"③传统的艺术指向本质论、
理式论,指向形而上学审美或社会审美,而物质社会丰富的成品物,奠定了
感官审美、表象审美的主观经验审美。美也变得五花八门,非传统形而上学
美学论所能框定。

---

① 《托克维尔:民主的政治科学》编委会编:《思想与社会》,上海三联书店 2006 年版,第
　　41 页。

② Peter Nicholls, *Modernisms:A Literary Guide*,Palgrave Macmillan,2009,p.275.

③ [美]弗雷德里克·R.卡尔:《现代与现代主义》,陈永国等译,中国人民大学出版社 2004
　　年版,第 4 页。

对于现代主义来说,它对文学的最大改变是将过去被排斥的物纳入到文学。亚里士多德曾预示过美将从精神理想向物下降,并包括物。马尔库塞对此阐发说:"就古代经济中生产力低下的发展来看,哲学中从没有出现这样的情况,即认为物质实践可以达到这样的程度,以致它本身就包含着实现幸福的时间与空间。"①前现代社会生产力低下,由于物的简陋,也由于观念社会文学的观念与精神特质,还由于文学的理想性,文学排斥物。具体是指物在文学中没有独立的位置与意义,它进入文学往往只是附属于对观念的说明与表现而存在。20世纪技术物质商品本身包含有设计与创造,呈现独立的物的观照。在电媒环境中,一切物都自然地成为感官的感知对象,具有独立的美的意义。现代主义利用物建立联想性,外形审美、创造、精神,甚至包含幸福都与物联系起来。超现实主义带来了现成物品的拼贴艺术,提供了现成的视觉形象或实用艺术,也从中生发出抽象艺术。艺术从观念化表达,从形而上学的美学形态,转向带有技术感性的形式。这是发达的物质景观社会垄断了表象的一个必然发展。

现代审美构形有着技术物的很大影响,物为现代主义的造型、形式提供了基础。语言、质材、色彩都是物,是确立艺术自律的基础,物质社会为转向审美自律提供了根基。像野兽派追求色彩,是对物的追求,文学追求语言新奇,语言也是物。由于物由质料与形式构成,物的丰富也扩大了形式。现代主义的抽象,本身包含对物的具象的变形、放大,塑造出新的形式。具象的物,支撑了艺术家个体的生存美学与主观体验,物不只是作为环境,作为表现对象,而被纳入到主观体验与审美交流之中,呈现为个人风格。实物的可视性,提升了文学艺术的感官性,上升为现代社会审美的载体,也是建立现代主义抽象艺术的基础。现代主义艺术审美意在交流,而不同于观念化艺术的意在教化,与物质被纳入艺术感知领域,带来审美的改变与文化的改变有关,物质产品本身包含审美结构与文化符号。从根本上说,现代主义作为一种新型文学,其最根本的改变,是让精神性与观念化的文学,转变为纳入物的文学,因而社会理性下降,感官审美上升。

工业社会的技术物,受到了现代主义各个流派的关注,工业制品与工业机器被置于艺术表现领域。首先是未来主义,歌颂电力、赛车、吼叫的汽车的速度之美,贬低胜利女神的雕像之美;超现实主义的工业产品拼贴,更有杜尚的实物便壶的名作《泉》。新小说则强调物的独立,打破万物归一的单一真理,认为艺术不是载体,不依靠它之前的任何真理,抵制文学的人道主

───────────────

① ［美］马尔库塞:《审美之维》,李小兵译,三联书店1992年版,第8页。

义,反对文学的精神性,追求平面化,将物作为与人分离的世界。罗伯-格里耶倡导打破赋予世界意义,"世界既不是有意义的,又不是荒诞的,它存在着,如此而已",因而"我们必须制造出一个更实体、更直观的世界以代替现有这种充满心理的、社会的和功能意义的世界。让物件和姿态首先以它们的存在去发生作用"。① 技术社会的商品被生产出来,又受到人的顶礼膜拜,本身是人与物的一种异化关系。荒诞派戏剧《椅子》,以满舞台的椅子表现物对人的空间挤压,象征性表现物对人的压迫。而物象在象征主义、意识流文学中,都成为重要的艺术构成,比如艾略特的"客观对应物",普鲁斯特的"玛德莱娜点心"等,物都作为艺术的想象因素,意象意境开拓出物与人之间新的内在互动模式,引出了召唤性。凡·高的农鞋,召唤出天、地、人、神的世界维度。物的关联性成为意义的生成模式。

在现代主义文学中,物、物性、物质性、物形、物的意象,具有独立性与自身的功能。本雅明解读波德莱尔,他的《拱廊街》解读工业产品,都显示物的重要。物的施事性侧重的是物有兴起记忆的功能,琐碎物品有联想价值。在《追忆逝水年华》,以小玛德莱娜蛋糕引发回忆而体现。过去的物主要是作为风景或作为环境才可进入文学作品中来。现代主义文学扩大到工业成品物与各种机器物。

工业物品的物象成为重要的领域。技术物品与电子媒介环境对人的感官与感知方式具有塑造作用。电子媒介物对日常生活形成技术殖民,还对主体产生支配力,造成受动的个体形象出现。物变得非常重要,不仅进入艺术家的视野,也进入到理论领域,"物转向"的批评理论的代表人物白瑞德指出:主体的感受,产生于间性之中,产生于作用和被作用的功能之中,人类和非人类物质都是通过"内在互动"行使施事能力。② 物的意义生成与感官审美生成,是现代主义的意义生成途径,也是认知现代主义审美的途径。物的成品的象征与艺术的象征,都是象征,现代主义的艺术象征,获得了物的形式的启示。形式美学,很大程度上有物的形式的贡献。

技术小物件得到鲍德里亚关注,他强调技术小物件的象征性与幻象制造。象征在口头媒介阶段,是通常的形式,在印刷时代理性逻辑占据主导,象征有所减少,而到电力媒介的有机生态环境,象征再次兴起。鲍德里亚认为,象征是一种可以在社会中治愈分裂的行为与过程,包括计算机与机器人

---

① 柳鸣九编:《新小说派研究》,中国社会科学出版社 1986 年版,第 59 页。

② Karen Barad, "Posthumanist Performativity: Toward an Understanding of How Matter Comes to Matter", *Material, Feminisms*, Stacy Alaimo and Susan Hekman ed., Bloomington: Indiana UP. 2008, p. 135.

等技术物(technological object)的象征。技术物作为物的新样式,引导世界,也引导文学想象,左右了主体经验。本雅明曾说过,在现代城市中,"技术使人类的感觉中枢开始经受一种复杂的训练"。① 本雅明所说的问题,也是媒介理论家麦克卢汉论述电子媒介对人的感官塑造的问题。而鲍德里亚揭示物对人的影响的路径是,人类主体所缺失的任何东西都会被投注到物上。②因此,物不与实用联系,而作为欲求的象征或身份的象征。无实用性的物涉及想象,包含幻想,暗示着想象中的东西,寓含未来。小物件中可以有个人想象,也可以有象征性的超真实,附加功能性的梦想。物被揭示出深刻的社会关系、审美关系与文化关系。

特别是物作为商品,已经充斥了这个世界,增加了视觉对象,兴起视觉的商品世界。电媒对外表形成垄断表现,商品与景观,都注重外表性,因而共同形成了感官表象的审美。物品成为物品图像,物品图像也增加了视觉性与景观化。商品与景观中设置的意象,成为诱惑,关联于人的欲望,因而这种物质、表象、景观与欲望组成混合体,形成一种交织的、复杂的带有审美性,也带有精神性的物象领域,作用于人,物象对现代主义文学艺术存在着不可忽略的影响。消费时代,物与欲望、需求混合,与形式、象征交织,在意识流,在象征主义都有体现。物对人的压迫,在荒诞派戏剧也有表现。而形式都以物为实体物的丰富为现代主义形式美学提供了基础。现代主义文学艺术追求让"物"的"现实性"作为"想象物"呈现的可能性,塑造了想象。它使物敞开,使物不恋于人,而是与物相遇,呈现物质与记忆的关系,也呈现物的物性,还有物的表征背后的抽象。物总是作为"形式"与"质料"的合成而存在着。而物质与形式联结,构成了想象力,兴起现代主义的非写实风格。

电力媒介及其对物的虚拟呈现,具有审美属性,它直接促使了审美时代的到来,一切被媒介的图像,都是美的。这是审美文学兴起的一个根基性力量。

三、碎片化社会维度与意象融合

20世纪技术分工,社会行业越来越多,社会处于不断分化中,加上大规模的实践活动之间,没有凝聚的东西,形成一盘散沙,还有技术社会缺乏精

---

① Walter Benjamin, *The Arcades Project*, trans. Howard Eiland and Kevin McLaughlin, Cambridge MA and London:Harvard University Press, p. 171.

② Jean Baudrillard, *The System of Objects*, trans James Benedicct, London and New York, Verso, p. 82.

神信仰,没有中心,因而 20 世纪技术平面化社会具有碎片化特性。文学中出现"一切四散了"的经典表达,学术领域出现"碎片化,是我们时代的精神境遇"①的总结。周宪在《文化现代性与审美问题》一书中指出,"现代性最严重的后果就是人的碎片化的生存,碎片化生存是现代人最真切的命运。……所谓碎片化,就是指一切社会内容——包括个体、世界、知识、道德等等——都成了碎片,碎片就是社会生活本身"②。可见,碎片化是技术社会的一个重要维度。鲍曼指出:"现代性将碎片化作为自己最大的成就,加以炫耀。碎片化是其力量的主要源泉。"③信仰的瓦解,历史整体的瓦解,自然完整性的瓦解,人性完整性的瓦解,是现代性带来的共有结果。

　　关于碎片化,19 世纪马克思的《共产党宣言》有过一种表达,那就是"生产的不断变革,一切社会状况的不停地动荡,永远的不安定和变动,这就是资产阶级时代不同于过去一切时代的地方。一切固定的古老关系以及与之相适应的素被遵从的观念和见解都被消除了,一切新形成的关系等不到固定下来就陈旧了。一切等级的和固定的东西都烟消云散了,一切神圣的东西都被亵渎了"。④ 烟消云散是较为接近碎片化的表述。而 20 世纪鲍曼所说"劳动力的雇佣变成了短期行为,被剥夺了稳定的前景,因而变得支离破碎"中的"支离破碎"就完全是碎片化的表达。20 世纪技术发展,加快了个体分化与社会碎片化的程度。短期雇佣取代了长期雇佣,频繁变换工作,既是碎片化形式,也是碎片化力量。"在这种情况下,几乎没有可能使相互忠诚和相互信任得以生根……雇佣场所感觉就像野营地,人们只是造访借宿几个夜晚"⑤。社会与人都丧失了稳定感,物质与时尚成为社会与个体追求的目标,而一直处于变化中的它们无法提供终极性支撑。技术的无意识、时间的无意识,日常生活无意识等使现代社会的碎片化加深,碎片化问题成为 20 世纪哲学、社会学、心理学、文学的共同关注。从历史角度看到的是历史必然性整体被瓦解;从哲学角度看到的是上帝死了,共同信仰崩塌后的虚无主义流行;从社会学角度则看到技术飞速发展,从此不再有稳定的驻足;从管理角度看到的是现代社会对时间的分割,人的整体被分割;从心

①　Sara Haslam, *Fragmenting Modernism: Ford Madox Ford, the Novel and the Great War*, Manchester University Press, 2002, p. 2.

②　周宪:《文化现代性与审美问题》,中国人民大学出版社 2005 年版,第 18 页。

③　[英]齐格蒙特·鲍曼:《现代性与矛盾性》,邵迎生译,商务印书馆 2003 年版,第 19 页。

④　中共中央马克思恩格斯列宁斯大林著作编译局编译:《马克思恩格斯选集》,人民出版社 1995 年版。

⑤　[英]齐格蒙特·鲍曼:《个体化社会》,薛祥涛译,上海三联书店 2002 年版,第 13 页。

理学角度更可看到个体无意识的心理碎片化。现代主义文学呈现的是日常生活的琐屑,超现实的梦幻,象征的零散与找不到意义的荒诞,它们往往具有碎片化的形式。

碎片化形式与技术的塑造有关。技术兴起了独立与放大的日常生活领域,而日常生活是碎片化的。技术的漂迁性,增大了不确定性与偶然性。电子媒介兴起听觉感知,兴起了虚拟空间,其表面性与表演性,使理性变得支离破碎。信息的马赛克也是碎片的,人际间的偶遇也是碎片化的,瞬间性与偶遇性,本身也是碎片化的。而新的契约关系,以及相应的用户至上的关系也都是短暂关系。此外,媒体信息在本质上具有外观化特征,导致难以把握。人在技术社会的纷繁信息中,心理也处于碎片化状态。社会与人都被碎片化了,20 世纪没有什么是稳固的,碎片化成为了技术社会的表征。

技术的自动化模式,带给主体愉悦的同时,也不可避免地被类比于人类主体,使人的主体性地位潜在改变。在实际层面,技术带来延伸,使环境改变与时空连接,使现实发生改观;而在想象层面,拟像使虚拟世界与真实世界的边界模糊,或者在虚拟系统内部产生完全不基于现实世界的拟像艺术。

碎片化引起了思想家们的关注,他们各有自己的视角与场域,相同的是他们的认知路径,都聚焦在碎片中的意象。鲍曼以《碎片化生活》为题,指出"世界呈现为一个碎片和插曲所组合而成的样子,其中的意象不停地追逐着意象,又不停地替换着前一个意象,而在下一个瞬间这个意象又替换了它本身。"①他强调意象快速更替,据此我们可联想到鲍曼所说的流动的现代性。而之前的本雅明、齐美尔则试图在意象碎片中,寻找历史意义与社会整体意义。

本雅明通过都市建筑的瓦砾等遗迹碎片,提炼历史物件的碎片意象,用以承载过去与现在的联系,寻求踪迹中的整体历史。他是第一个建立建筑碎片与意象联系的理论家。阿多诺在《本雅明的〈单行街〉》中,认为本雅明确信"现代性应受谴责的总体正在衰退,不管是来自本身力量的作用,还是来自外部突现的力量"。② 在《菱镜》论文集的《本雅明画像》一篇中,阿多诺又提到本雅明"他视自己的任务,不是重构资本主义社会的总体性,而是将它所盲视的东西、自然界与四散的因素置于显微镜下审视"。③ 本雅明以碎片与"辩证意象"结合,确立历史踪迹。他认为意象只在一个时间点上是

① Zigmunt Bauman, *Life in Fragments*, Oxford: Blackwell, 1995, p. 266.
② [英]戴维·弗里斯比:《现代性的碎片》,卢晖临等译,商务印书馆 2003 年版,第 257 页。
③ Theodor W. Adorno, *Primsms*, Cambridge, Massachusetts, The MIT Press, 1986, p. 236.

辩证的,而只有辩证意象才真正是历史的,以此建构现代性社会与史前史的关联。他说:"建筑是隐而不见的神话的最重要迹象,"而"19世纪最重要的建筑是拱廊街"。① 据此他萌生著述"拱廊街计划"的构想。在本雅明这里,碎片指向物质碎片。巴黎古建筑的瓦砾碎片与时间点上的"瞬间"结合生成意象,生成历史联系,这是本雅明确立意义的重要基石。他以这种启示的瞬间对抗现代社会的遗忘症。阿多诺在写给本雅明的信中说:"一切物化都是一种忘却。"②本雅明以提炼都市意象,而且是"辩证意象",恢复精神性,对抗非历史化与反历史化的遗忘。《论波德莱尔的几个主题》是他的"拱廊街计划"中的重要篇目,也是他生前发表出来的"拱廊街计划"写作规划中的唯一成果。本雅明从社会边缘人的角度,采集都市中的碎片作为历史瓦解、信仰坍塌的四散状态的一种应对,在物质碎片中抵制历史遭遇技术带来的虚无。对物质碎片的重视,也表现在他喜欢翻腾一些"历史垃圾",如收藏品,并从中寻找踪迹,确立意义。有人也将本雅明本人称为拾荒者。他写过拾荒者、收藏者等论题的文章,拾荒者与收藏者本身是碎片收集人。他们在本雅明这里首次成为社会学领域的专题类型的人物。此外,他的写作具有片段写作风格,包括收集引文等形式,可以说是写作的碎片化形式。他吸取了超现实主义的蒙太奇写作方法,也就是无意识写作。里查德·沃林在《〈拱廊计划〉中的经验与唯物主义》一文中指出:"正是对阿拉贡的《巴黎城里的乡巴佬》的阅读,为本雅明提供了《拱廊计划》的最初灵感。"③本雅明在《拱廊计划》中说:"将蒙太奇原则带入历史。这就是说,从最小的、从时尚的结构元素里面,建构出大结构。确确实实,在小的个别时点的分析中,探索总体事件的结晶。"④这也有写作的碎片化含义。本雅明在书信中将自己写于1928年的《超现实主义》一文视为"拱廊项目的绪论",他的《拱廊计划》采取超现实主义处理日常生活的思路,意欲将零零落落的生活中的随意场景的具体性质确定下来。本雅明、齐美尔被认为将超现实主义的蒙太奇,带入了社会与历史研究领域。

曼海姆认为文化过程中无论发生什么事情,都不会简单消失,而可能以

---

① [英]戴维·弗里斯比:《现代性的碎片》,卢晖临等译,商务印书馆2003年版,第280页。

② [美]理查德·沃林:《〈拱廊计划〉中的经验与唯物主义》一文,见郭军编:《论瓦尔特·本雅明:现代性、寓言和语言的种子》,吉林人民出版社2003年版,第178页。

③ 郭军编:《论瓦尔特·本雅明:现代性、寓言和寓言的种子》,吉林人民出版社2003年版,第170—171页。

④ [德]本雅明:《拱廊计划》,第575页,引自戴维·弗里斯比:《现代性的碎片》,卢晖临等译,商务印书馆2003年版,第288页。

另外的形式进入后来的文化结构中。① 这种转换，就是以残留的、变换形式的存在。电媒瓦解历史后，碎片化意象承担了整体历史瓦解后的历史呈现。这种以残留的、变换形式的存在，是碎片与碎片意象，本雅明的瓦砾则乃其中之一。

齐美尔的碎片化视域建立在对都市新技术与新时尚的心理体验上。20世纪技术带来不断细化的社会分工，行业发达、商品丰富，加上技术对空间实施改变，对时间进行切割，社会体现为碎片化。齐美尔关注现代都市流动的万花筒效应，在《大都市与精神生活》一书中，齐美尔以他的"心理显微术"（psychological microscopy）对都市流动中的偶然"互动"，进行观测，将之称为"飞逝的图画"，也称为"快照"。② 都市中的互动、流逝，生成新的互动与转瞬即逝，构成"偶然生成的碎片"，这些碎片组合成为都市总体。他相信微观与碎片可以通往总体性，在过去的各种总体被瓦解后，这是齐美尔式建构的碎片通往整体的途径。有学者指出，在齐美尔看来："我们都是碎片，不仅是一般人类的碎片，也是我们自身的碎片。"③这就是说，在技术发达的现代社会，人也遭遇了碎片化。

如果说本雅明的碎片主要是物质性的，聚焦都市建筑遗迹等，齐美尔的碎片化带有时间性，聚焦都市流动，那么，亨利·列斐伏尔则从日常生活提出碎片化。日常生活成为独立空间是20世纪的事，它以休闲、消费、娱乐、旅游的兴起为基础。商品化带来消费的扩大，当消费成为现代社会生活主导面的时候，日常生活也成为现代生活的主导面。日常生活本身是碎片化的，列斐伏尔也认为它是非历史化的，是表象化的，也是非等级化的。20世纪日常生活是碎片的聚合，"日常生活——到达了一个整体（生产方式），这个因素给具体地接近一个整体提供了一条途径"④。日常生活在20世纪消费走向主导后，成了一个独立空间，社会的流动性、电媒的信息化社交密度提高，日常生活空间也是一个碎片化的空间。

碎片化也是现代主义文学的特征。首先现代主义文学中意象的碎片化比比皆是。未来主义捕捉新的技术意象——光电、武器等；象征主义有大量物的感知意象，以及各种通感意象，还有空间声音意象，以及神话与典故的

---

① ［德］卡尔·曼海姆：《文化社会学论集》，艾彦等译，辽宁教育出版社2003年版，第235页。
② *Critical Assessments*, *Georg Simmel*, D.Frisby ed., Routledge, 1994, Vol.1, p.331.
③ *Critical Assessments*, *Georg Simmel*, D.Frisby ed., Routledge, 1994, Vol.1, p.331.
④ ［法］亨利·列斐伏尔：《日常生活批判》第三卷，叶齐茂等译，社会科学文献出版社2018年版，第557页。

意象等,所有象征本身都包含意象;超现实主义表现梦境的意象,还有工业成品意象,如缝纫机、伞在手术台上相遇,形成混合意象;表现主义的意象抽象化,如卡夫卡笔下城堡、背上镶嵌烂苹果的甲壳虫,还有《乡村医生》中的两匹白马与黑马,奥尼尔笔下的铁笼里的毛猿。意识流有心绪纠结的焦虑的客观物意象表现,如伍尔夫的《达罗威夫人》中大本钟的敲钟声;福克纳《喧哗与骚动》中忍冬的香味,花香中最悲哀的一种,描述昆丁自杀时的忍冬香味,可以从中提炼花香的意象。日常生活各种碎片化场景,由于是碎片化的,就成为意象化存在。世界成为碎片的图景。新小说派的代表罗伯-格里耶说过,"自从上帝死了后,便是存在本身的碎散、接替与无终止的延伸着",世界"逐渐地失去其普世的凝聚力、失去其总体团结性的迷惘的符号,它们很快就分崩离析为一种越来越细小的基本颗粒的麇集"。① 世界成为巨大的碎片化领地。日常生活的碎片化,在意识流小说中表现最充分。意识流本身就是碎片化的,也是感知方式,也是叙述方式。

伍尔夫在《现代小说》中的这段话,即"把一个普普通通的人物在普普通通的一天中的内心活动考察一下吧。心灵接受了成千上万个印象——琐屑的、奇异的、倏忽即逝的或者用锋利的钢刀深深地铭刻在心头的印象。它们来自四面八方,就像不计其数的原子在不停地簇射;当这些原子坠落下来,构成了星期一或星期二的生活,其侧重点就与以往不同,'重要的瞬间'不在于此而在于彼"。② 从媒介角度看,这也是对电媒语境中的心理感知的描绘。电力电讯带来丰富的视觉印象与超量信息,给人的心理带来难以承载的丰富体验,信息超量导致接受者对信息稀释,这是日常生活感官化的形态,在文学创作上被命名为自由联想或意识流。"生活是……变化多端、不可名状、难以界说的内在精神",③从眼前感官对象跳跃、转换,自由联想,形成过去与现在交错,意念与物质交织,物质性场景与精神性想象相连,凸显为感官碎片、记忆碎片、印象碎片、心理碎片与碎片化叙事的综合。《达洛维太太》中,街道场景碎片有这样的描绘"在人们的目光里,在疾走、源泊和跋涉中,在怒吼声中,马车、汽车、公共汽车、小货车、身负两块晃动的牌子蹒跚前行的广告夫、铜管乐队、转筒风琴,在欢庆声、铃儿叮当声和飞机的奇特呼啸声中都有她之所爱:生活、伦敦、这六月的良辰。"④日常生活的碎片在

① 张唯嘉:《罗伯-格里耶新小说研究》,湖南人民出版社2002年版,第233页。
② 李乃坤编选:《伍尔夫作品精粹》,河北教育出版社1990年版,第338页。
③ 李乃坤编选:《伍尔夫作品精粹》,河北教育出版社1990年版,第338页。
④ [英]弗吉尼亚·伍尔夫:《达洛维太太·到灯塔去·海浪》,谷启楠译,人民文学出版社1997年版,第4页。

都市大街有最集中的体现。列斐伏尔说:"在我们的社会生活中,大街表现了日常生活,因为文摘相对浓缩,所以文摘有意思,大街就像文摘,几乎包括了日常生活的方方面面……"①列斐伏尔认为大街是信息高度浓缩的地方,像文摘一样。

四、都市社会维度与空间化

"现代性"等于大都市。新的电力引发了生产组织方式与社会组织结构的变化,它联通与整合空间,甚至突破了民族国别的边界,资本与商品整合了空间。西方现代大都市的版图在 19 世纪末 20 世纪初的电力时代形成,而现代主义文学也是都市文学。戴维·斯普尔说:"文学现代主义被称为是一门城市的艺术,意味着它是在城市产生,意味着城市是它的栖息地,意味着它大规模地书写城市以及城市作用于人类意识的效应。"②

大都市代表一种新的总体的社会生产实践的出现,它也是技术生产所生产出来的社会空间,列斐伏尔有"都市社会"的提法,说明大都市超越了地方性。20 世纪初形成的托拉斯,代表了全球化市场与全球化空间被生产出来,只是全球化一词及其概括的出现滞后。

大都市意味着地方性的脱域与地域文化的消解。在传统社会,一个地区是负载关系链的综合体,意义在家族的代代繁衍中,在人们的交往中自然生成。地方性具有传统的因袭,它以自然关系为本,包含完整的地域文化与固有意义。习惯、民俗,有其自身的精神特质。地方维系着人们的亲密关系,而稳定的关系本身就包含意义,自足的地方性可以覆盖生活于其中的个体的全部生存意义,因此,它很容易成为人的精神家园。迈克·克朗(Mike Crang)说:"地区为人们提供了一个系物桩,拴住的是这个地区的人与时间连续体之间所共有的经历。随着时间的堆积,空间成了地区,它们有着过去与将来,把人们捆在它的周围。"③地区拥有过去、现在与未来三个维度,形成自洽的意义体。雷尔夫说:"做人就是生活在一个充满许多有意义地方的世界上,做人就是拥有和了解你生活的地方。"④

过去乡村人固守老祖宗留下来的土地与祖业,形成稳定的生活共同体,

---

① [法]亨利·列斐伏尔:《日常生活批判》第二卷,叶齐茂等译,社会科学文献出版社 2018 年版,第 500 页。

② David Spurr, *Joyce and the Scene of Modernity*, University Press of Florida, 2002, p. 28.

③ [英]迈克·克朗:《文化地理学》,杨淑华等译,南京大学出版社 2003 年版,第 131 页。

④ [英]迈克·克朗:《文化地理学》,杨淑华等译,南京大学出版社 2003 年版,第 138 页。

一切稳定可知。而现代大都市急剧扩张，不断接纳外来人，形成混杂而陌生的居住形态。齐美尔是最早研究都市的人，他将涌入城市的形形色色的人，称为都市"外来人"。他说："外来人不是今天来明天去的漫游者，而是今天到来并且明天留下的人，或者可以称为潜在的漫游者，即尽管没有再走，但尚未完全忘却来去的自由。"①外来人的定义，体现了人的自由流动的不定性。由于外来人口庞大，不可能分给他们固定的地方，他们与先来的外来人或本地人关系疏远，也有都市异乡人的提法，他们潜存着继续流动的倾向，外来人是寄居者。大都市中人们的关系是暂时的关系，生产中以赚钱为目的而建立的契约、合同关系难以建构长久意义。因为都是被雇佣的劳动者，生产者与产品分离，劳动成了一种异己的活动。人们将时间纳入挣钱与交换活动，除了挣钱，难以产生其他的意义。都市生活处在惯性之中，人们按照机器与钟表时间生活，单调、刻板与雷同，机械性大于对意义的考量。非工业化的自然形态的社会的劳动与生活处于统一形态，生产者与产品没有发生分离，意义与欢愉同时在劳动生产中生成。小农经济时代的《天仙配》所描绘的"你挑水来我浇园，你纺纱来我织布"的劳动，被点染了"你我好像鸳鸯鸟，比翼双飞在人间"的统一有机生活形态的欢愉。而大都市的雇佣劳动，工作的目的就是金钱与物质，短暂契约型的经济关系，排挤了传统的亲情与地方性的长久意义。

　　都市的地方性意义在其改建扩建中被瓦解，失去历史记忆。大都市不是一次形成的，有历次扩大的基础。现代主义先驱波德莱尔记下了19世纪巴黎的改建扩建。拿破仑三世授意巴黎地区行政长官豪斯曼实施的巴黎改建工程，被诗人感叹为城市历史根基的消逝。它在原有的中世纪老巴黎的中心，爆破建造出包括中心市场、桥梁、下水道、供水设备、大剧院和文化宫以及庞大的公园群的绵延数英里的巨型林荫大道网，使六成巴黎老建筑被摧毁。波德莱尔在《恶之花》的第88首《天鹅》一诗中对此有这样的感叹："新建的卡鲁塞尔，……老巴黎不复存在。"他从都市空间观照了穷人被移走，富人则在游移中占有更多空间的贫富分化新形式。都市改造不仅破坏了记忆，波德莱尔从空间占有反映了当时新的阶级关系，穷人从中心被移走，富人不仅占有更多空间，还移动式占有空间。本雅明对波德莱尔的研究，反映了都市现代化的负面性。都市的历史文化记忆的丧失，如鲁迪·蒂森业所描绘，"豪斯曼（Haussmann）把巴黎改建成林荫大道的巴黎这一举措

---

①　［德］齐美尔：《论个体与社会形式》，引自成伯清：《格奥尔格·齐美尔：论现代性的诊断》，杭州大学出版社1999年版，第132页。

断绝了与古典时期的关系。还有远古的工具,但在被它们敲凿成形的地方已再也唤不起在此之前是些什么回忆"①。

　　大都市不仅因扩建改建而失去记忆,而且 20 世纪技术更新、时尚追逐、商品换代,使一切新的变旧,而变旧就意味着在替代中死亡。技术社会这种商品逻辑,也使记忆无所驻留。有学者将商品称为"我们真正的敌人,也是我们真正的朋友,也是我们的病友","资本主义的病是一种强迫性重复,不断追逐新的东西出来,因为它很快就变成过去了"。② 进步与发展是现代性的本质,不能停下来,它经常制作虚假需求与虚假繁荣,新奇有时是一种幻象。最早揭示追逐新奇幻象的死亡本质的是意大利诗人与学者莱奥帕尔迪,他在《时尚与死神对话》中将时尚表述为"死神夫人! 死神夫人!"并联系到维吉尔在《埃涅阿斯记》中所说的"通往死亡之路是很轻快的",③以此比喻将生活纳入商品生产与消费的轨道,就是走上一条轻快的通往死亡的道路。法国画家屋大维·塔萨埃尔 1850 年创作有一幅包含歌舞杂耍的《天堂与地狱》的画,地狱的折磨也被表现为永远的新奇和永恒的痛苦。④这些预示了现代性的逐新,使人陷入没有驻留之所的永恒之苦,而日日都有商品翻新的大都市正是现代性的缩影。

　　都市是生产空间、消费空间的混合,是资本、技术、艺术运作的地方,但现代主义文学并不表现大都市的生产,而更注意所生产的意象。大都市作为生活空间、生产空间、物质空间、艺术空间的混合,其开放性又使之成为生产混杂身份的地方,它们成为外来人的聚集地,很多新的身份都在都市中产生,也是个体与社会相遇的主要场所。个体进入都市空间,就如同进入了生产线,被技术、物质以及都市节奏所控制。

　　都市是生产大众的地方,那里有各种各样的生活,本雅明看到大都市的"多孔性","都市成为一种自我迷失与解组的地方、毁坏与稍纵即逝的废墟所在与自发性表演的戏剧地点"。⑤ 都市的流动性,商品、时尚、街景等构成都市景观,是一种新的总体生产模式,也使人形成新的体验。

　　现代主义文学呈现都市大众的日常生活。波德莱尔成功地表现了巴黎街头新型群体——大众,因此被称为"大街上的现代主义"。大众是模糊的

---

① 郭军等编:《论瓦尔特·本雅明:现代性、寓言和语言的种子》,吉林人民出版社 2003 年版,第 333 页。

② 石计生:《阅读魅影:寻找后本雅明精神》,南京大学出版社 2008 年版,第 10 页。

③ [德]本雅明:《巴黎,19 世纪的首都》,刘北成译,上海人民出版社 2006 年版,第 14、21 页。

④ [德]本雅明:《巴黎,19 世纪的首都》,刘北成译,上海人民出版社 2006 年版,第 58 页。

⑤ 石计生:《阅读魅影:寻找后本雅明精神》,南京大学出版社 2008 年版,第 6 页。

形象,是出现在人行道、十字路口、咖啡馆等的人群,包括以都市为生的"拾垃圾者""游手好闲者""波希米亚人",还有妓女等特定群体。后者是非主流的边缘人,构成城市的混乱,也构成都市景观的一部分。波德莱尔喜欢表现都市变动不居的人流,没有固定人物与固定形象的场景,没有明确的主人公。波德莱尔对人流的捕捉重在瞬间,致力于描写巴黎都市行人擦肩而过的偶遇瞬间及其体验,作品涉及无名人物,街头人流,新音乐厅外面买不起票的聚集看热闹的人群,乞讨的女孩,妓女等。偶遇有时甚至是瞬间的回头一视,或回眸一笑。如巴黎的妓女,在波德莱尔笔下,就被凸显偶遇色彩。他并不去表现任何与客人的长久关系,只是一次消费。他不长于写长久关系或永恒爱情,而长于写偶遇。他最早宣称现代性的另一半是"偶然性"或"暂时性"。都市空间巨大的流动性,产生很多瞬间,瞬间成为现代主义作家最重视的。都市邂逅的偶然性瞬间,是波德莱尔表现都市碎片化生活的途径。而本雅明热衷解读波德莱尔,与本雅明是最早的摄影者,受电影镜头切换、照相机快门等瞬间启示有关,正是对瞬间的敏锐与兴趣,使他发现并迷恋上波德莱尔研究。

　　大都市是商品聚合地,商品是大都市景观中的重要部分,商品是可感觉而又超感觉的,既是直观的又是符号化产品,它包含某种强权,降服大众归顺于商品拜物教之下。然而,也有一类新形象,那就是本雅明在波德莱尔那里发现的游荡者或闲逛者,他们没有卷入物质化生产,也没有卷入商品购买,而只是商品与都市景观的旁观者。"本雅明所发明的法文字'闲逛者',其实是充满歧义性的城市人的类型,既是成为剧院般都市街头群众一员、居无定所的波希米亚人,也是像旅行作家般的自由轧马路者,或像个业余侦探,更应是个诗人"①。游荡者的旁观者境遇,使之与现代性有所疏离,因而在异化关系之外。波德莱尔将浪荡子、花花公子置于政治转型与叛逆年代背景中,作为脱离了本阶级的人,他们探奇猎异而不动情感,是物质主导世界的旁观者,被认为是颓废时代英雄主义的最后一抹余晖,是没有英雄行为的英雄。这是都市社会新的生产关系与社会关系的折射。波德莱尔将游荡者与恶之美联系在一起,甚至从中捕捉到一种撒旦的现代之美。卡尔则指出:"波德莱尔能够凭直觉感知到孤立、轻蔑、残酷、仇恨——而非社会或群体,这将标志着未来那场运动的特点。他进而看到,这些特性并不是反面

---

　　①　石计生:《阅读魅影:寻找后本雅明精神》,南京大学出版社 2008 年版,第 10 页。

的,而是美的属性。"①

　　表现大都市的现代主义,因其叙述的客观化,表现的景观化,已经没有决然的美丑界分。《象征主义与现代都市社会》一书中,有"患病的城市"一章,其中"疾病的视觉编码"②一节,论述城市疾病如何大规模出现在象征主义绘画中,并将之具体归纳为三种编码:一种是翻转肺结核的编码,将结核病人转化为一种缥缈的艺术类型;第二种编码出自社会风俗,而不是疾病,就是对非法的、染病的性予以呈现;第三种编码则是城市居民的道德堕落。③　丑的领域堂而皇之地进入到艺术的殿堂,与技术的客观化视角,如照相镜头下的一切事物都是平等被摄入的对象有关。而经过镜头化的传输都是美的,就如同经过叙述的东西都是文学性的一样。镜头的客观视线中,无美与丑之分,何况美与丑本是主观喜好与趣味之下的结果。这就能理解为什么妓女、腐尸都在波德莱尔那里成为了文学表现的内容,因为象征被都市密集生产,而丑的东西也可以经过文学艺术中的象征获得艺术的转化与升华。

　　都市的急剧发展,大量的人口需求,造成人口混杂。犯罪高发,也兴起了侦探小说。波德莱尔翻译过爱伦坡的惊悚小说,他关注大量新人口的都市混乱以及表现凶杀的新型侦探小说等大众文学类型。

　　大都市是日常生活最集中而最富于表现力的地方。20世纪日常生活形成了独立空间,而且它被技术殖民,具有新奇的一面,形成了一个重要的知识领域。它的有机丰富性瓦解了因果逻辑性,而具有其自身的肌理。它是非线性的,很多问题在日常生活里隐藏,它具有关联的媒介生态环境,历史理性视角失效,历史模式也失效,批判性思维也边缘化。它是碎片化聚合的整体,是技术渗透的世界,众多整体被瓦解后的非整体化的整体形态,有丰富的内蕴。它是一种非社会理性组织的整体,也是非等级化的整体,是碎片化的,充满意象,富有可感性。它是日常的、重复的,又有"瞬间"照耀,成为亮点,这也成为现代主义作家包含创造与升华的时刻。日常生活有重复的表象生活,也包含经济生活与政治生活等深层的东西,包含资本主义社会的异化。列斐伏尔说:"随着每一种新的通信和信息传递手段的出现,例如,电、电话、广播、电视,人们期待奇迹的发生:日常生活的改观。"④而且,

---

①　[美]弗雷德里克·R.卡尔:《现代与现代主义》,陈永国等译,中国人民大学出版社2004年版,第12页。

②　Sharon L.Hirsh,*Symbolism and Modern Urban Society*,Cambridge University Press,2004,p.120.

③　Sharon L.Hirsh,*Symbolism and Modern Urban Society*,Cambridge University Press,2004,p.121.

④　[法]亨利·列斐伏尔:《日常生活批判》第三卷,叶齐茂等译,社会科学文献出版社2018年版,第658页。

列斐伏尔认识到都市日常生活的技术与消费控制,都市生产的不只是实物的商品,还有对欲望、想象的生产,广告宣传的符号化,形成社会对人操控的"潜意识"。媒介、信息、生命流、无意识构成模糊的日常生活空间也成为现代主义文学的表现对象。

波德莱尔是最先用诗歌表现街头日常生活的诗人。他选取十字路口、咖啡馆、剧场外等这类热闹而富于密集意义的场所来表现大众,而并不形成突出的主人公形象。街头的人流、都市的瞬间与偶然的相遇,是他喜欢捕捉与表现的场景内容。

波德莱尔创造了"游荡者"这样新的人物类型,游荡者是城市及商品的旁观者,诗人通过游荡者的眼光,呈现商品、城市景观及其所寓含的复杂关系。资本主义商品拜物教,使商品成为人的欲望的主导。商品景观是物质积累到一定程度的产物,它包含着权力的象征与景象的诱惑。德波说:"景观并非他物,而是一个由社会经济形成的总体实践。"①波德莱尔是最早感受到现代都市商业景观所具有的复杂关系的人。因为商品作为物像,景观拥有的外观,对人的感官产生作用,与视觉审美相连,因而会成为诗人审美的对象;同时,景观是将流动的人类活动以凝固形象予以呈现,商品及其诱惑包含有社会关系,包含权力与价值,它左右社会的潜意识。这些都在都市诗人波德莱尔的诗歌中,得到了象征性的表达。

常生活既有庸常的一面,也有神奇的一面,而乔伊斯的小说侧重于表现都市日常生活庸常的一面,其所呈现的是现代性所塑造的同质化与标准化的都市日常生活。日常生活理论家列斐伏尔说过,"至于说到'日常性'这个概念,它强调的是日常生活中的同质化、重复性与碎片化的特征"②。《尤利西斯》通过布鲁姆18小时的都柏林的日常生活,呈现了都柏林的现实场景,表现了现代技术社会同质化都市生活的庸常。景观不能成为真正理想性的体验对象。真正的体验是静止的,不会与不可逆时间感交集,而都市正是不可逆时间机器,它的碎片化瓦解历史,都市人也处于受技术操控的受动状态。布鲁姆失去了真正的个人体验与想象,他失去了存在感,不能形成交流,也不被人理解。他没有自己的语言表达、没有概念、没有思想、也没有有效达到自己过去经验的途径,最后借助戴达勒斯这个偶遇的青年,作为自己所谓找回的儿子,建立起与自己儿子夭折的过往历史的联系。而戴达勒斯

---

① ［法］居伊·德波:《景观社会》,张新木译,南京大学出版社2017年版,第6页。

② Henri Lefebvre, *Toward a Leftist Culture: Remark Occasioned by the Centenary of Marx's Death*, Urbana and Chicago: University of Illinois Press, 1988, p. 101.

也是在这个不断复制的都市生活中,通过自我迷失,通过找到布鲁姆作为自己的父亲,以将自己变成另外的样子,来获得对自己的确认,而达到自我实现。这些都体现了现代性塑造了人的受动与麻木,景观生产了复制的无理想化的现代人的生活,甚至想象都被规范了。这是乔伊斯对都市日常生活的深刻体验所形成的对现代社会的批判。

而女作家的都市日常生活表现,与乔伊斯不同。兰德尔(Bryony Randall)专门解读了多位现代主义作家,特别是女作家作品中的日常生活。在其论现代主义与日常生活的著作中,他认为格特鲁德·斯泰因的《我所看到的战争》(Wars I have see)是在吸引人们关注战争期间的日常生活经验。① 而伍尔夫被誉为女权主义宣言的《一间自己的房间》,从日常生活层面看,是"西方社会妇女必须生活在其下的具体的物质状况——她们的日常生活状况"。② 伍尔夫的《雅各的房间》《达罗威夫人》则具有日常生活的内容。伍尔夫在日记中发明了对都市日常生活的新表述,尽管没有引起足够关注,那就是"日常生活的肌质"的提法,她写道:"实际上大多数的生活遗漏了,现在我开始重新思考日常生活的肌质。"③"日常生活的肌质"表达了她对日常生活的丰富体验,作者体验到的伦敦日常生活的丰富性。首先,伍尔夫没有职业,没有工作,她没有卷入现代技术社会的生产流程,保持距离,形成了与社会生活的游离,更像是一个游荡者。她经常是坐公共汽车穿越伦敦购物、逛街,参加各种活动,她注意的是伦敦日常生活的新奇与活力的一面,不同于乔伊斯表现日常生活的庸常的同质性,伍尔夫表现日常生活的异质性空间。其次,她作为一个女性,立足于自己对外在事物的各种感官化体验,因而树木,花草,早上清新的空气,一声巨响,一阵笑声,都可以得到她的细腻的体验。都市物品、街景的丰富,以及她精神病人特有的联想力,使她感觉到绵密的日常生活,而以"肌质"来概括日常生活,这体现出她侧重对日常生活的碎片化体验本身,而且从感官进行体验。梯德威尔(Joanne Campbell Tidwell)在《伍尔夫日记》中指出:"弗吉尼亚的记载是非常细碎与实际的,关于斯蒂芬女儿们在她们的生活中做的一些事情,包括购物来回与社交拜访,就像菲利普·亨斯洛(Phillip Henslow)的日记告诉了我

---

① Bryony Randall, *Modernism*, *Daily Time and Everyday Life*, Cambridge University Press, 2007, p. 5.

② Bryony Randall, *Modernism*, *Daily Time and Everyday Life*, Cambridge University Press, 2007, p. 5.

③ *The Essays of Virginia Woolf*, Vol Ⅱ, 1912–1918, Andrew McNeillie ed., New York: HarCourt Brace Jovanovich, p. 298.

们很多关于伊丽莎白时代剧院的事情,弗吉尼亚的日记则创造了维多利亚后期妇女日常生活的完整画像。"①

《达洛维太太》中,女主人走在街头的感官所及,形成叙述跳跃,有时一句话就是一个跳跃,这是她侧重感官化的表现。都市中丰富的物品目不暇接,形成快速地感官转换,让她体验到日常生活的绵密,也在小说中拓展这种跳跃表达,其小说注重日常生活的"瞬间",偏向新奇,而乔伊斯则侧重于呈现日常生活的庸常。从这里也可以体味到一种说法,就是存在男性的现代主义与女性的现代主义,也就是他们对同一事物的态度与表现存在巨大差异。

意识流小说不是有意去抓捕选择性注意,而是任人物意识处于散漫的日常状态,人物的非理性思绪为外界视觉对象所引导而漂移不定。外界事物进入人物意识的途径有时是以"自由联想"对接经历或记忆,有时眼前对象作为一种诱导或刺激,以片段的形态进入人物意识之中。《达洛维太太》中女主人公克拉丽莎走在路上去买花,感受好天气,有了快乐心情,想到从前的男友,开始观照自己现在的生活;看到手套店,想起舅舅及战争时期的生活;进了花店,她与卖花人之间,形成一种互相感应的话语与笑声磁场;随后通过同时听到一声爆响,精神病人赛普蒂默斯被关联进叙述中来,进而又将他作为类观照而成为达洛维太太的对象化存在。在晚宴上,听到医生迟到是因为处理塞普蒂默斯的自杀,作为议员妻子的达洛维太太在疯子塞普蒂默斯的自杀中感到了自己的自杀倾向,滋生一种恐惧与不安。人物不断在日常外界讯息、物体、存在、对象等进入自己的视觉、听觉时形成各种印象、联想、心理活动,使人物的心理处于变幻不定的流动状态,这样,自由联想就成为心理碎片,也是日常生活碎片的组接形式。

《达洛维太太》中的社会批判通过人物塞普蒂默斯与两位医生的医患关系体现出来。通过塞普蒂默斯的自杀,达洛维太太看到自己生命的可悲,产生人生思考。塞普蒂默斯与达洛维太太被认为是同一个分离的个体,这种分离,使她能从对方的生活中看到自己。这两个人物被认为是伍尔夫自身的对象化。达洛维太太对时间的焦虑,正是伍尔夫自己对时间与生命焦虑的写照。塞普蒂默斯的疯癫,同样是伍尔夫自己疾病的对象化,前者的自杀,也是后者自杀倾向与经验的写照,伍尔夫多次自杀,最后一次自杀则带来她生命的终结。自由联想,使塞普蒂默斯承担了达洛维太太的对象化角

---

① Joanne Campbell Tidwell, *Politics and Aesthetics in the Diary of Virginia Woolf*, Routlege,2008, p. 12.

色;而塞普蒂默斯与达洛维太太两个人物,又是伍尔夫认识自己的途径,从对象身上,伍尔夫体认到自己——充满焦虑,悲观与空洞。艺术的完整性是靠关联实现的。卢卡奇在《审美特性》中指出:"人的整体只有在关联到一定艺术品种的同质媒介中才能实现。"①意识流的自由联想,属于日常生活的联想,其任意性将日常生活扩展与延伸为一个丰富与复杂的场域,"需要/欲望、个人的/公共的、自然的/人工的、严肃的/轻浮的、工作/工作之余、异化/去异化,等等"②。这种关联与交汇,就有可能超越纯粹的私人化,与社会现实相连接,从而实现文学对社会的批判。

如果说乔伊斯偏重于日常生活的庸常,伍尔夫对日常生活的"肌质"体验,则偏重于日常生活中的新奇,同时也通过塞普蒂默斯任霍姆斯与布拉德肖两位医生互相矛盾的任意诊断,甚至都有从病人身上获得利益的意图,建立了深刻的社会批判。而放大性地表现日常生活新奇的是超现实主义。"我将会把这种对于充满于日常生存中的奇迹的感觉保存多久?"这是超现实主义作家阿拉贡的话。③ 本·海默尔在《日常生活与文化理论导论》中指出:"超现实主义千方百计地把大家熟悉的事物(日常)变成陌不相识的东西",并认为"超现实主义为拼贴艺术(或者蒙太奇),为超现实主义关注日常生活提供了一以贯之的方法论。它在把各自毫不相干的元素(伞、缝纫机等)并置在一起时,就产生了把日常去熟悉化的行为"。④ 超现实主义处理日常生活,还以梦境等将日常生活导向了神秘。

列斐伏尔认为都市日常生活、都市社会、空间生产都是意义相近的表达,日常生活就是都市空间,作为都市文学,现代主义表现日常生活,也就是在表现都市本身,无论是都市,还是都市日常生活,20 世纪都有了复杂的形态,因为有技术、媒介、商品、信息的介入。

---

① [匈]卢卡奇:《审美特性》第二部,徐恒醇译,中国社会科学出版社 1991 年版,第 133 页。
② [法]亨利·列斐伏尔:《日常生活批判》第二卷,叶齐茂等译,社会科学文献出版社 2018 年版,第 457 页。
③ Louis Aragon, *Paris Peasant*, trans Simon Watson Taylor, London Picador, 1987, p. 24.
④ [英]本·海默尔:《日常生活与文化理论导论》,王志宏译,商务印书馆 2008 年版,第 78、79—80 页。

第八章　平面化社会文学的几大特征

具有技术组织与系统管理的工业体制社会,其效率目标与时间尺度,导致包括人与世界、人与社会、人与人的关系的全方位变化。这一语境中产生的现代主义文学,得到相应的社会制度、技术与媒介环境的塑造,具有了新的特征。美国的卡津(Alfred Kazin)教授指出:"在一个工业高度发达、强调立竿见影效果、强调快速转换印象的文化中,生活似乎带有强化了恶的色调、强力和速度向前推进。就像在美国氛围和美国乐观主义的影响下所经常出现的那样。在这种文化中,艺术与活力、变化乃至不安都成了同义词。"①现代主义文学也具有这样的特征,它的所谓变化、活力与不安,首先体现为激进的先锋性。

一、现代主义文学的先锋性

20 世纪初是西方先锋艺术勃兴的时期,它源自急剧的社会变革。

社会变革意识是在西方法国大革命以后才确立的。大革命以前,主导西方的世界观是稳定的正常性,就文学而言,17 世纪文学在西方还被看作是模仿前人的技艺,古典主义文学仍处于模仿古代的时期,甚至 18 世纪伏尔泰也想成为悲剧家,写有希腊同名戏剧《俄狄浦斯王》。法国大革命开启了西方变革的世界观,带来社会变革意识,也带来了文学的变革意识。18 世纪启蒙文学转向实践、转向社会写实,正剧、书信体小说、哲理小说等新的文学样式,都是变革意识带来的。19 世纪进入浪漫主义时代,文学不再被视为技艺,而被视为个人天才。19 世纪中后期,现实主义文学强调个性与共性统一,强调塑造社会与阶级典型。

20 世纪初西方进入技术组织的社会,垂直的宝塔社会转换为民主的平面化社会。这个时期出现了一个先锋艺术的高潮。

先锋艺术被视为技术社会的在前行为。"先锋作为一个社会时代的在前行为,是前提性地存在,它必然针对前社会发生的反抗和破坏意识,作为

---

① ［美］阿尔弗雷德·卡津:《西方现代文学背景》,柳鸣九主编:《从现代主义到后现代主义》,中国社会科学出版社 1994 年版,第 436 页。

未来可能存在现象的一个先驱,如果在政治思想上便是一次颠覆性革命,在文化艺术上便会产生一种新的文艺形态,就会贡献文艺的新品种,从而改变文学艺术发展的轨迹。"①早期现代主义兴起了几场先锋派运动,如达达、超现实主义、未来主义、立体主义等,它们构成 20 世纪初的先锋派运动。后来的现代主义流派,虽然不是先锋派,但始终追求标新立异,以此时之新代替过去之新,又用将来之新代替此时之新,与先锋派的一致性在于逐新本质,虽然并不都是先锋派。

据霍普金斯(Dwight Hopkins)追溯,先锋派一词最早是"法国乌托邦社会主义者亨利·德·圣西门于 19 世纪 20 年代首先使用,它最初具有军事含义,后被用来指代一位现代艺术家应该渴求的进步的社会政治立场和审美姿态"。② 他还认为"达达和超现实主义首先是'先锋派'运动"。比如达达的"冒险"与"自杀",定位在"再也不相信什么稳定、持久的东西",意在"引起公众舆论的愤怒,以使大众从麻木不仁的状态下摆脱出来"。③ 它们不介意成为一次性行为。伯纳德·多特说:"每一个先锋派,首先都是一种对大部队的脱离,一种对现行规则和行为的拒绝。"④

艺术家超然于社会标准与意识形态,从"自我",从非理性、潜意识、物自体等新视角,观照人的存在及其与世界关系,带来的不只是文学自身的变革,还涉及价值观转换带来的文化与社会的变革。《多种多样的先锋派》一文指出:"先锋派的实质在于:它从不满足于现行的标准,并且在不断地探索,在先锋派的最著名的声明中,它不仅是反叛,而且是更新。"⑤先锋派的社会意义在于,"先锋派构成了对于资产阶级思维方式和生活方式的反叛,并且找到了新颖、惊人和有趣的表达方式。……它们不仅拒绝资产阶级世界,而且拒绝资产阶级整个宇宙"⑥。可以看出,先锋派具有极端的反叛性。

彼得·比格尔(Peter Burger)是当代先锋派研究领域的权威,在他之前雷纳托·波焦利 1968 年出版过与比格尔的《先锋派理论》同名的著作,其论述也涉及先锋派与现代主义文学的关系,它区分了传统的先锋派与 20 世纪的先锋派。本节重点论述 20 世纪初的现代主义艺术流派,它们纷纷发表爆炸性的文学艺术宣言,以宣示自己为先锋派。莱文森认为存在"宣言现

　① 刘恪:《先锋小说技巧讲堂》,百花文艺出版社 2007 年版。
　② [美]大卫·霍普金斯:《达达和超现实主义》,舒笑梅译,译林出版社 2010 年版,第 2 页。
　③ [法]伊沃纳·杜布莱西斯基:《超现实主义》,老高放译,三联书店 1988 年版,第 20 页。
　④ 黄晋凯主编:《荒诞派戏剧》,中国人民大学出版社 1996 年版,第 121 页。
　⑤ 黄晋凯主编:《荒诞派戏剧》,中国人民大学出版社 1996 年版,第 131 页。
　⑥ 黄晋凯主编:《荒诞派戏剧》,中国人民大学出版社 1996 年版,第 139 页。

代主义"时期,它"繁荣于 1909—1916 年"。① "从马里内蒂(Filippo Tommaso Marinetti)的未来主义宣言的 1909 年起,前卫艺术扩散为宣言现代主义"②。实际上 1909—1916 年应该说是宣言发表的鼎盛的几年,未来主义发表宣言,一直延到 40 年代。莱文森对未来主义的宣言做过详细的概述如下。

继马里内蒂在 1909 年 2 月 20 日法国的《费加罗报》上发表了《未来主义的创立与宣言》,引起全巴黎的轰动之后,未来主义相继在世界各地以各种语言发表或刊印各种宣言,举办演讲、举办画展,兴起自觉的先锋派运动。1909 年的宣言之后,还有 1910 年的《未来主义音乐家宣言》、《未来主义画家宣言》,1911 年的《未来主义剧作家宣言》,1912 年的《消灭格式》、《未来主义文学的技巧宣言》,1913 年的《未来主义雕塑宣言》、《未来主义的政治纲领》,1914 年的《未来主义的战争总论》和《未来主义敢死队宣言》。速度被未来主义确定为新宗教而与基督教抗衡的是 1916 年的《新宗教新道德:速度》、《未来主义电影宣言》,1917 年的《未来主义的舞蹈宣言》,1918 年未来主义党的《宣言》,1919 年的《未来主义的民主》,1920 年的《未来主义美学的首要原则》,30 年代还有《未来主义空中音乐宣言》,1930 年的《未来主义摄影宣言》,1931 的《未来主义空中绘画宣言》,1934 年的《空中建筑宣言》,1938 年的《唯技巧论诗歌宣言》,还有进一步有相对脱离艺术的一些宣言,如《未来主义的植物群宣言》,《未来主义的数学》等。③ 欧洲各国均有回应,如西班牙出现有《未来主义告西班牙书》等。

其中,1909 年的《未来主义的创立与宣言》最具影响,除了具有开创性,还因为这一宣言的每一条都非常激进。列举宣言的以下三条,可窥见一斑。第 4 条赞美技术带来的"速度之美"(4. 我们认为,宏伟的世界获得了一种新的美——速度之美,从而变得丰富多彩,一辆赛车的外壳上装饰着粗大的管子,像恶狠狠地张嘴哈气的蛇……一辆汽车吼叫着,就像踏在机关枪上奔跑,它们比萨色雷斯的胜利女神塑像更美。)现代主义将速度视为新宗教未来主义的新的审美,是将新的技术世界作为动力的,因而才会赞美战争,其实赞美的是现代的技术化的战争。第 9 条提出要歌颂战争(9. 我们要歌颂战争——清洁世界的唯一手段,我们要赞美军国主义、爱国主义、无政府主义者的破坏行为,我们歌颂为之献身的美丽理想,我们称赞一切蔑视妇

---

① Michael H.Levenson, *Modernism*, Yale University Press, 2001, p. 49.

② Michael H.Levenson, *Modernism*, Yale University Press, 2001, p. 49.

③ See Michael H.Levenson, *Modernism*, Yale University Press, 2001.

女的言行。)进而极端地,要用新的机器与技术的美摧毁所有传统的文化,包括文化机构与设施。第 10 条倡导摧毁一切博物馆等文化机构,反对几千年的文化遗产(10. 我们要摧毁一切博物馆、图书馆和科学院,向道德主义、女权主义以及一切卑鄙的机会主义和实用主义的思想开战。)①。宣言宣布未来主义在破坏中的成立:"我们是从意大利向全世界发出这份充满猛烈的、烈火般的震撼力的宣言的,正是通过这项宣言书,我们于今天建立了未来主义。我们要把这个国家以由教授、考古学家、卖弄学问者、厚古薄今者构成的恶臭脓疮组成的臭气熏天的痈疽中解放出来。"②未来主义宣称要极端地摧毁已有文化与传统,建立以技术与速度为基础的新艺术。

达达主义产生于 1916 年,第一次世界大战期间,德国作家雨果·鲍尔与从欧洲各国来到中立国瑞士的苏黎世避难的青年们一起创办了一家俱乐部,核心人物是罗马尼亚人特里斯当·查拉,他发表了《1918 年的达达宣言》。它让后来成为超现实主义领袖的布勒东为之倾倒,1919 年他写信给查拉表示:"您的宣言的确使我欢欣鼓舞,我不知道还能从谁那里可以看到您所表现出来的勇气。如今我的全部注意力都转向您了。"③

达达,这一孩童的无意义的发音,意味着从零开始,艺术可以被重新发明。在查拉眼里"达达没有任何意义","记忆力的消灭:达达;考古学的废除:达达;先知的毁灭:达达;未来的取消:达达;对自发性直接产生出来的每一个神祇的无可争议的绝对信仰;……自由:达达,达达,达达"④。与此同时,一切又都是达达。查拉 1920 年作为留学生来到法国后,布勒东、阿拉贡、苏波等人处于与达达结合而使达达转向了后来的超现实主义。他们以典型的达达的方式,在第十二期《文学》上,发表了 23 篇达达宣言。1924 年超现实主义发表了第一个《超现实主义宣言》,随后又发表了《一九二五年一月二十七日声明》,1929 年发表了《超现实主义第二宣言》。布勒东发表过三篇超现实主义的宣言,都强调艺术的反叛。1920 年 3 月,他朗读弗朗西斯·皮卡比亚(办有《391》)的《食人者宣言》:

---

① [意]马里奥·维尔多内:《理性的疯狂——未来主义》,黄文捷译,四川人民出版社 2000 年版,第 148—149 页。
② [意]马里奥·维尔多内:《理性的疯狂——未来主义》,黄文捷译,四川人民出版社 2000 年版,第 150 页。
③ 老高放:《超现实主义导论》,社会科学文献出版社 1997 年版,第 19 页。
④ 老高放:《超现实主义导论》,社会科学文献出版社 1997 年版,第 11、12 页。

　　……你们这些严肃的人,闻起来比牛粪还糟/至于达达,它闻起来什么都不是,它是虚无,虚无,虚无。他就像你们的希望:虚无/它就像你们的天堂:虚无……/它就像你们的政客:虚无……/它就像你们的艺术家:虚无……/向过时的艺术论挑战。①

　　1936 年,"国际超现实主义展览"在伦敦举行,来自欧洲各国达达的成员汇集,后来形成了几个主要国家的达达派别。1935 年大卫·盖斯科因(David Gascoyne)发表了第一个英国超现实主义宣言和《超现实主义简论》,他宣称:"达达,否定。超现实:否定之否定;一种新的肯定。就是如此。"②霍普金斯指出:"出于政治原因,达达与超现实主义都厌恶民族情感,倾向于认为自己要解决的是普遍的民族主义的情感。"③这与先锋派突破民族局限,追求艺术的普世性是同一立场,虽然它们都具有各自激进的先锋性。德波评价说:"达达主义想以不实现艺术的方式去消灭艺术,而超现实主义则想以不消灭艺术的方式去实现艺术。"④

　　除宣言之外,体现现代主义的先锋性的,还有早期现代主义流派的作家、艺术家的锐利言辞。

　　马里内蒂拒绝历史的言辞颇具爆炸性。未来主义虽然短暂,但它对人文主义与文化传统的破坏与革新影响很大。未来主义研究专家马里奥·维尔多内指出:"德国戏剧导演古斯塔夫·哈尔维说过以下一番话,不是没有道理的。'世界上所有现代艺术都是以未来主义为精神之父的'。"⑤庞德承认,你不能扛着你父亲的尸体到处走——那么,"我们都是未来主义"⑥。漩涡主义受到未来主义的影响,代表人物温德姆·刘易斯赞同未来主义对过去的艺术、对人文主义的拒绝,只强调当前的能量,法国象征主义诗人马拉美留下了很多有冲击力的表达,如"艺术,其神秘只可达于极少数人"。⑦又如"命名对象,就是毁掉诗歌的四分之三的享受"。⑧ 后一句也成了马拉

① ［美］大卫·霍普金斯:《达达和超现实主义》,舒笑梅译,译林出版社 2010 年版,第 16 页。
② Leigh Wilson, *Modernism*, Continuum, 2007, p. 216.
③ ［意］大卫·霍普金斯:《达达和超现实主义》,舒笑梅译,译林出版社 2010 年版,第 26 页。
④ ［法］居伊·德波:《景观社会》,张新木译,南京大学出版社 2017 年版,第 122 页。
⑤ ［意］马里奥·维尔多内:《理性的疯狂——未来主义》,黄文捷译,四川人民出版社 2000 年版,第 136 页。
⑥ Ezra Pound, Vorticism, *Review*, 96(1914):461.
⑦ *Stephane Mallamei, Selected Prose, Poems, Essays and Letters*, Braford Cook ed., Baltimore, MD.: Johns Hopkins University Press, 1956, p. 12.
⑧ Michael Levenson, *Modernism*, Yale University Press, 2001, p. 24.

美的格言。印象主义的代表人物福特,崇拜亨利·詹姆斯拒绝道德与任何目的的立场,只关注技巧。马尔库塞说:"真正的先锋派文学作品交流的是交流的阻绝。随着兰波、达达派和超现实主义的呈现,文学拒斥那种贯穿整个文学史并把艺术语言和普通语言拴在一起的话语结构。"①乔伊斯、艾略特等作家追求猥亵与晦涩的语言,有意阻断文本与读者之间的交流,追求纯艺术,极端地表现出审美个人主义。后来的新小说直接标"新",罗伯-格里耶"视重复前人已发现的东西为最严重的错误"。②

绘画领域的"野兽派"名称也极具爆炸性。马蒂斯认为,"野兽派这个名称适合我们的情感"③。他说:"野兽主义是这样一个词,人们发现它是如此吸引人,而且它变成了许许多多或多或少是聪明人的谈笑对象。这个词出自艺术批评家路易·沃克塞之口,当他进入秋季沙龙的一间展室时,在那一代人的油画作品之中,陈列着雕塑家马尔克以意大利文艺复兴时期风格制作的一尊雕像,他喊道,'看啊,多纳泰罗在一群野兽之中'。"④这说明这个名称的确立也出自偶然性,并没有什么理性基础。马蒂斯为代表的野兽派追求非自然色度的色彩,宣告其与自然世界的分离;毕加索为代表的立体主义,从线条与原始图形,宣告绘画与传统的分离。米勒(Catriona Miller)认为,"立体主义脚踏启动器启动了现代主义"⑤。绘画界的以夸张变形,改变了绘画对自然的模仿。

20 世纪先锋艺术与精英艺术都是对大众文化抵制的产物。20 世纪初书刊印制数量扩大而成本低廉,当时书籍与报纸成为都市居民能够消费得起的文化商品,兴起了大众文化。"第一份大众市场的报纸《每日邮报》(*Daily Mail*),开始出版于 1896 年,价格定在半便士"⑥。第一次世界大战后,公共图书馆增加,大众文化市场扩大,通俗文化与大众艺术使创作可以赚钱,甚至可以赚大钱,从而出现了职业写手,即大众读物制造者,大众读物受到追捧。现代主义作家则以个人化写作力图使文学区分于通俗文学。"现代主义要创造出这样的艺术,它要以新的、陌生的、令人不安的方式贯

① [美]马尔库塞:《单向度的人》,上海译文出版社 2008 年版,第 56 页。
② 张唯嘉:《罗伯-格里耶新小说研究》,湖南人民出版社 2002 年版,第 17 页。
③ [美]杰克·德·弗拉姆:《马蒂斯论艺术》,欧阳英译,山东画报出版社 2004 年版,第 119 页。
④ [美]杰克·德·弗拉姆:《马蒂斯论艺术》,欧阳英译,山东画报出版社 2004 年版,第 92 页。
⑤ Catriona Miller, "Modernism and Modernity", in *The Buoomsbury Guide to Art*, Shearer West ed., London, Bloomsbury, 1996, p. 163.
⑥ Leigh Wilson, *Modernism*, Continuum, 2007, p. 11.

穿世界。实际上,他们是要让他们的作品,深入地重新思考世界是什么以及人类是怎样体验它的"①。精英艺术家以不关心读者接受来抵制大众文化。当有人写信给乔伊斯,要求给出作品的整体纲要时,乔伊斯的回答,后来成为表述作者与读者新关系的代表性言论。他说:"如果我立即给出所有的一切,我将失去我的永恒性。我已经放进了这么多的谜团与难题,它们将使教授们忙上几个世纪来讨论我的意图是什么,那是唯一的保证一个人不朽的方式。"②乔伊斯多次公开说自己的目的就是引起读者的困惑与不解。

现代主义艺术团体多数有自己的前卫性阵地,拥有发行量很小的刊物。如最早传播现代主义艺术精神有 1880 年创刊于美国的 *The Dial*,1918 年从芝加哥迁到纽约,20 世纪 20 年代影响大增。英国的《自我主义者》,前身是 1913 年的《新自由人》(*The New Freemen*)(后改名为 *The New Freewomen*),1914 年改名为《自我主义者》后,庞德将之作为意象派的阵地。他在此主持发表过乔伊斯的《一个青年艺术家的肖像》等。还有美国的《小评论》(*The Little Review*),因发表过乔伊斯的《尤利西斯》以及 T.S.艾略特、刘易斯的作品,而有很高的名望。刘易斯在伦敦创办漩涡主义的刊物《阵风》(*Blast*),在 1914 年与 1915 年出版过两期。值得提出来的还有 30 年代巴黎流行的现代主义的刊物 *Transition*,刊发过卡夫卡、贝克特与海明威等人的作品。伍尔夫与丈夫伦纳德·伍尔夫创办的霍加斯出版社,出版过乔伊斯、艾略特以及弗洛伊德的著作,也出版了伍尔夫自己的实验作品。

先锋派团体产生出了一些新奇形式,如象征主义诗歌排版,超现实主义引入照片的蒙太奇拼贴,杜尚的"现成物"艺术品都极具冲击力。在小说领域,意识流小说创造了"一天小说"(one day novel)的形式,"寻找一种呈现日常生活的文学形式,或将整个'生活'放进一天,《达洛维太太》《幕间》正是伍尔夫试图在她的小说中取得的成就"③。一天是日常生活的形态,但人物的自由联想,使小说形成了日常生活与心理世界的双重时空感。这些创新,体现了现代主义艺术家将外部生活转换为自己个人创新性与前卫性的艺术符号。

现代主义的先锋品质还体现为反文学、反人性、反叙述、反环境等反叛性。

① Leigh Wilson, *Modernism*, Continuum, 2007, p. 8.
② James Joyce, Unpublished Letters, 25 November 1912, quoted by Richard Ellmann, revised edition, Oxford University Press, 1983, p. 521.
③ Machel Bowlby, *Feminist Destinations and Further Essays On Virginia Woolf*, Edinburgh University Press, 1997, p. 117.

　　奥尔特加-加塞特在《艺术的"非人化"》中指出:"现代艺术家不再笨拙地面向实在,而是向与之对立的方向行进。它明目张胆地将实在变形,打碎人的模样,并使之'非人化'。"①在艺术形式上现代主义寻求打破各种理性文学范式,结合现代社会的技术变形,使夸张、怪诞、反讽等具有现代意味。现代主义以日常性与抽象性取代了抒情性。而工业体制社会是一个建构的技术社会,新的与技术相关的表现对象出现,抒情性被大大降低,如未来主义对机器与速度的欢呼;还有《万能机器人》等表现人类技术化未来的作品;以及表现主义戏剧家尤金·奥尼尔的《毛猿》对技术与人本地位冲突的表现,都与技术有着直接的相关性。

　　19世纪巴尔扎克的小说以写城市著称,其小说中的巴黎主要是地貌学的,场景作为人物活动的环境,人物是个性的、特殊的那一个"典型"。巴尔扎克的小说世界,如伊塔洛·卡尔维诺(Italo Calvino)描述的,"在这个大都会里,每个人物似乎都是一张独特的面孔,犹如安格尔的肖像画。无名氏群众的时代仍未开始"②。而现代主义先驱波德莱尔的诗歌与散文作品中的巴黎不是地貌学的,而是大众的巴黎。"波德莱尔既不是描写巴黎人,也不是描写这个城市,正是他这种拒绝,使他根据巴黎的形象来想象巴黎人,相反亦然,他的人群永远是大都会的人群,他的巴黎永远是人口过多的巴黎"③。不像巴尔扎克的拉斯蒂涅、"黑帮头目"伏脱冷等是"典型"形象,波德莱尔笔下的街头景观与街头大众成为作品的主角。

　　现代主义文学艺术中先锋性还体现为回归原始性。艺术界有毕加索的非洲面具。作家康拉德《黑暗的心》就以原始土著女子来排斥现代性;D.H.劳伦斯的作品有着明显的原始主义的倾向;T.S.艾略特则在《荒原》中寻求男性与女性,原始与现代,世俗与宗教等多重建构;W.B.叶芝致力于吟诵一种宁静、永恒的自然或神话的仙境美;意象派的代表诗人庞德则到意大利建筑、普罗旺斯的诗歌、中世纪的经济史甚至中国古代的儒家学说中寻找文化因子来建构文化的整体性;贝克特回到中世纪的神秘剧中寻求表现手法,抵制近代理性原则。

　　现代主义的先锋激进理念,不为大众接受,不只是艺术形式方面。先锋派颠覆道德,甚至颠覆目的理性,体现非理性的艺术诉求。

---

① [法]福柯等:《激进的美学锋芒》,周宪编译,中国人民大学出版社2003年版,第138页。
② [意]伊塔洛·卡尔维诺:《为什么读经典》,黄灿然译,译林出版社2006年版,第177—167页。
③ [意]伊塔洛·卡尔维诺:《为什么读经典》,黄灿然译,译林出版社2006年版,第168页。

二、现代主义文学的消极面相

"消极"一词,在二元对立思路中,因与"积极"构成对立,多少处于低等与贬义的位置上。现代主义文学的消极,主要指向人物的受动,它不是完全与积极相对的概念,而带有技术社会所形成的物质的、生活的自足的个体的日常生活的虚无色彩,以及主体被客体化而具有的受动性,它无疑体现了现代性的强制色彩,寓意性地表达了这个被建构的现代社会人的异化与疏离的情状。

19世纪的文学形象主要是个人奋斗的积极形象,是丰满人性的形象,然而,现代主义文学已经没有了英雄,没有了爱情,人物不属于什么阶级,更不是带领一个阶级前进的英雄,只是普通的个体,甚至是一些不能应付生活的人。他们对社会感到疏离,对人感到陌生,对世界感到困惑,对自己感到无奈。现代主义作品中的人物都是给报刊拉广告的人、流浪汉、采购员、公司职员、旅行推销员、土地测量员等普通的现代职业个体,不代表社会势力,没有鲜明个性,看不出积极的意图,具有迷茫、困惑、冷漠、焦虑、孤独的心态,表达了技术社会的颓废。人物的庸常有如《尤利西斯》中的布鲁姆;对社会的疏离有如《局外人》中的莫尔索;感到生存焦虑与恐惧有如《变形记》中的萨姆莎;荒诞则有如《等待戈多》中的戈戈与狄狄的无目的的等待;悖论情境则体现在《第二十二条军规》中尤索林的感受。

个体社会本身是一种异化,这种异化体现为现代个体充满无休止的欲望,具有舍勒(Max Scheler)所说的"占有性心态"。而占有心态,导致与他人的对立,陷入内心的孤独。现代人孤独地活在自己的内心壁垒深处,与世界形成他异性关系。孤独是现代人的影子,是自由的现代个体的内在性,也是自由的代价。

此外,技术社会以追求效率与物质为目标,大众随波逐流、精神颓废,这是因为物质不能满足人的精神与心灵。社会没有理想,加上工业制度的潜在压迫以及外在的社会变化的压迫,现代人被客体化。繁复的体制与工作程序以及经济垄断与个体之间的巨大不对称性,使个体的消极成为现代技术社会的普遍现象。技术社会具有技术与物品为基础的景观本质,而景观社会则体现了这个社会的无目的性。居伊·德波说,景观"它的手段同时也是它的目的。它是普照于现代被动性帝国的永远不落的太阳。"①可见,

---

① ［法］居伊·德波:《景观社会》,张新木译,南京大学出版社2017年版,第7页。

个体的消极还与社会的景观化秩序的无目的性有关。卡夫卡的《城堡》中凸显个体与制度的巨大鸿沟,城堡成为体制机构的象征,对个体来说深不可测,不可接近,更不可能进入。《局外人》呈现个体对社会制度、社会习俗、社会规则的疏离,对他者的疏离,人的内在性对这些外部事物隔膜与不适,出现了无法理解社会事物的极度的局外人形象。《第二十二条军规》中的社会规则本身充满悖论,让人无所适从,也无法执行,人只能荒诞地苟且着,体现了建构性的技术社会,没有人文根基与社会理想的荒诞感。

电力媒介造成信息的巨量堆积,时尚的更替,使个体的人无以驻足,丧失固定"自我"。电媒还造成交往方式的改变,不见面的远距离交往形成封闭,加深了人与人的隔膜。社会的流动性造成个体与外界的矛盾以及个体自身的不稳定。斯特拉特(Lance Strate)认为,物质与技术环境造就自我这种产品,"自我是一种变形产品,不是一种固定的实体。我们能够与周边的物质建构多种自我,但它们不是相等的价值"①。新的技术环境中的个体,成为多重性的个体,也就是利夫顿(Robert Jay Lifton)所说的"现代自由个体就是一种变化多端的人"。② 特里林在分析现代主义文学时,指出由于自我不与国家、权力保持服从一致,强调自己的个性与独立,这样,自我就是"分裂"的,自我与本身"异化",从自身的"自为"存在到"反是自身的丧失"。③ 以技术与物质为基础的景观社会,是权力的技术实现,它已经与人的内心形成分离。时间已经是景观的时间和与人类自身活动的分离。而且景观的无发展、无理想的复制性,也使个体陷入受动状态。

由于人与人的疏远、隔膜,个体陷入焦虑的心理,不指向外界,处于一种封闭于自我的内在体验状态。这种状态不仅不能建立起交流,而且使人安于孤独,每个人都觉得没有外界因素对心理入侵的孤独成为了安全状态。卡夫卡的《地洞》的主人公不愿见人,内心惧怕交往,惧怕他人。"怕"的体验,在海德格尔,是与存在相关的论题。他说:"怕之何以所怕,乃是害怕着存在者本身,即此在。唯有为存在而存在的存在者能够害怕。"④从这种存在主义观之,卡夫卡笔下人物的怕或惧,没有具体对象,怕的不是具体的人,而是对生存的惧怕。"怕"体现了生存焦虑。

---

① Lance Strate, *Echoes and Reflecton*, Hampton Press, 2006, p. 29.
② [美]罗伯特·杰伊·利夫顿:《变化多端的人》(*Protean Man*),载于《党派评论》(*partisan Review*)1968 年冬季刊,第 13—27 页,引自泽格蒙特·鲍曼:《自由》,杨克等译,吉林人民出版社 2005 年版,第 53 页。
③ [美]莱昂内尔·特里林:《诚与真》,刘佳林译,江苏教育出版社 2006 年版,第 39 页。
④ [德]海德格尔:《存在与时间》修订本,陈嘉映等译,三联书店 2000 年版,第 165 页。

20世纪社会失去了共同信仰,虚无主义盛行,出现了"我们是谁？我们从哪里来？我们到哪里去?"的问题,被艺术家高更所追问,也被 T.S.艾略特、W.B.叶芝、里尔克等象征主义诗人的诗歌所呈现。信仰没有了,一切四散了,传统规范失效,宗教衰落。社会在个体身上不能充分在场,个体空心化,找不到生存意义。现代人丧失精神家园无家可归,体会到了犹太人的无根漂泊。无家国、无族群性的无根性,原本是犹太人的特殊性,却成为现代人的普遍性。卡夫卡将他作为犹太人的个人体验,导入了整个现代世界,塑造了孤单的现代人。德里达说过,"现在,任何人都有可能,或者没人有可能是犹太人"①。这句话的意思是现代社会再区分犹太人已经没有意义,所有人都有无根的漂泊感。

表面上,现代社会有个人自由,实际上所有人都被技术理性所钳制、被大众文化与时尚潮流所引领。社会压迫,只是被技术、时尚等中性的、温和文化中介所遮掩而不易被识破。涂尔干在《社会学方法的准则》中早就指出,这种"强制性是不容易被认识到的"②。因为现代体制的强制性是非直接的,现代人似乎意识不到直接的压迫,感觉到的只是合理化的技术指标的岗位要求,个体找不到可指责与反抗的对象。乔伊斯笔下的布鲁姆,是平均的、庸常的、常态的人。他被描述为性格中和,地位中产,人到中年,阶级中产,趣味中庸,性欲中等,被置于与古希腊智勇双全的大英雄奥德修斯的比照中,这对现代人是一个多大的反讽！然而,这是严密的体制化、物质化社会塑造的庸常大众的一个代表。他在城市的日常生活中转圈,自足地生活,看不出他有什么追求,甚至让人感觉他丧失了任何能动性。现实主义文学中的人物具有阶级身份,而现代主义文学中的人物有的只是职业身份,如卡夫卡笔下的旅行推销员,土地测量员,乔伊斯笔下的广告经销商,《第二十二条军规》中的采购员。他们失去了阶级的依附,被呈现为孤单个体。

他们表现出对"能动的类生活的背离"的异化,这是克里斯蒂娃根据霍顿的异化观所做的阐释。这种异化不同于卢卡奇等马克思主义者所提出的劳动的异化,它体现的"异化实际上是人背离其能动的类生活的过程"。③克里斯蒂娃说:"《局外人》和加缪在书中采用的白描手法,在人道主义传统

---

① ［英］齐格蒙特·鲍曼:《现代性与矛盾性》,邵迎生译,商务印书馆2003年版,第280—281页。
② ［法］涂尔干:《社会学方法的准则》,狄玉明译,商务印书馆2009年版,"序言"第7页。
③ 渠敬东:《缺席与断裂》,上海人民出版社1999年版,第71页。

中引起了令人不安的陌生性。"①莫尔索不可能产生理性的反抗,他被视为是反抗的英雄,但谈不上有反抗行为,他不过是以其另类的心理,以对社会的冷漠,构成与社会的区分所包含的反抗。现代主义文学中基本没有了政治对抗,这种心理体验的疏离,被克里斯蒂娃称为"文化反抗"。这是技术体制的严密与同质化之下的新的反抗形态,心理体验通常与无意识相连,而达不到理性的反抗。据此,我们就能理解加缪笔下的冷漠的局外人莫尔索,贝克特笔下的《等待戈多》中流浪汉的戈戈与狄狄,如何都成为反抗形象了。克里斯蒂娃说:"文化反抗在发展得生机勃勃的社会里的重要性——固然不乏其社会意义,但更重要的是它对于内心生活、心理生活、艺术和文学的意义。"②《局外人》表达了反抗的新模式。在莫尔索被判处决的时候,他希望有很多人来看。克里斯蒂娃认为"……精神分析学通过倾听人类经历,向大家传递了这样一个信息:幸福只存在于反抗中。我们每一个人,只有在挑战那些可以让我们判断自己是否自主和自由的阻碍、禁忌、权威、法律时,才能真正感到快乐。在反抗过程中,会涌现出幸福的内心体验,这证明了反抗是快乐原则的内在组成部分"③。莫尔索对于生命的终结,好像是一件感到快乐的事情,因为它使他回归了内在性,没有屈服于外在压迫,在对抗外在压迫中,他涌现出幸福的体验。这可以说是快乐被视为最高原则的现代个体社会中现代生命哲学的一种隐晦体现。从审美看,消极不是与积极对立的概念,而是一个带有美学特质的审美的概念,成为观照技术社会异化的一个有效视角。

　　从作家看,现代主义作家们没有了直接干预社会的愿望,当然,也可以说审美与写作本身也是一种干预,通过审美改变社会。除萨特的存在主义主张介入社会外,多数流派转向文学艺术形式与审美本身,放弃文学的直接社会功用。现代主义作家不建构社会理想,被认为是逃避对思想的责任。荒诞派戏剧《等待戈多》就是"什么也没有发生"的戏剧。伍尔夫的《墙上的斑点》、卡夫卡的《地洞》,显出小说领域也有"什么也没有发生"的叙述。这些说明现代主义转向内省风格,追求艺术的自律,文学艺术与政治、宗教、社会等的直接联系被降低,思想价值减少了,审美价值加强了。

---

① [法]茱莉亚·克里斯蒂娃:《反抗的意义和非意义》,林晓等译,吉林出版集团 2009 年版,第 26 页。

② [法]茱莉亚·克里斯蒂娃:《反抗的意义和非意义》,林晓等译,吉林出版集团 2009 年版,第 12 页。

③ [法]茱莉亚·克里斯蒂娃:《反抗的意义和非意义》,林晓等译,吉林出版集团 2009 年版,第 12 页。

现代主义摆脱了理性叙事,但其对生活的表现力并没有减弱。例如,卡夫卡本人及其小说人物的"软弱",比传统意义上的软弱具有哲理,它包含的是与他者的关系、对自己处境的反思。人物表现出对自我的自惭形秽,被视为"卑贱"。

"卑贱"用来描述现代主义,不属于高贵与卑贱的范畴。它可以说是针对现代主义的一个概念。詹姆逊的《卡夫卡的辩证法》一文,采用了"卑贱"这一角度,总结卡夫卡的三个主题中的一个是"自惭形秽的内疚感"。①《变形记》中的格里高尔被认为"赋予了自卑、内疚与自惭形秽和其他与作为甲壳虫相关的心理特征"。②

特里林(Lionel Trilling)在《诗与真》中也将"卑贱"结合到现代主义,认为卑贱与分裂意识有关。在黑格尔那里,个体意识与外部社会权力统一和谐,被认为是"高贵意识",而当精神追求"自为存在",解放自身,也就是脱离与外部社会权力的一致时,就必然结束"高贵意识"的关系,而走向与外部权力的"卑贱意识"关系之中。这就道出了追求自由的个体获得自由的同时,也伴生了卑贱。这揭示了托克维尔所说的获得自由的现代人退避到内心的软弱。

克里斯蒂娃在《恐怖的权力:论卑贱》中,界定与阐发的"卑贱"概念如下:"卑贱是个由情感和思想编织而成的螺旋状流苏,我这样称呼它。当我被卑贱侵袭时,确切地说,它还没有可定义的客体。"③卑贱是情感与思想状态,是流动的,因此"卑贱是多边界"。④ 她列举了6位作家作品,即陀思妥耶夫斯基、罗特雷阿蒙、普鲁斯特、阿尔托、卡夫卡、塞利纳,分析它们所体现的不同的卑贱类型。但实际上她接下来只分析了5位作家的卑贱,如她认为,对陀思妥耶夫斯基来说,卑贱就是《群魔》的客体;对普鲁斯特,卑贱是一种自恋癖;而对乔伊斯,是语言揭示了卑贱,与此同时,语言也清除掉卑贱;对阿尔托,则是死亡揭示了卑贱;等等。然而,她恰恰没有分析最具卑贱内涵的卡夫卡。但笔者体会到克里斯蒂娃书中关于卑贱的阐释,非常应合于卡夫卡的主体、超我、压抑、病症、神秘等多种特质。《判决》中的儿子,接

---

① [美]弗·詹姆逊:《论现代主义文学》(《詹姆逊文集》第5卷),王逢振编,中国人民大学出版社2010年版,第145页。
② [美]弗·詹姆逊:《论现代主义文学》(《詹姆逊文集》第5卷),王逢振编,中国人民大学出版社2010年版,第154页。
③ [法]朱莉娅·克里斯蒂娃:《恐怖的权力:论卑贱》,张新木译,三联书店2001年版,第2页。
④ [法]朱莉娅·克里斯蒂娃:《恐怖的权力:论卑贱》,张新木译,三联书店2001年版,第14页。

受父亲的判决,投河自杀,从"卑贱"的视角,可以看到对父子关系更深层的体验与思考。它符合克里斯蒂娃所说的他人(父亲)占据"我"的位置所产生的卑贱。她表述说,一个他人占据我的地方的位置时,我就会产生"卑贱"。父亲之于儿子的"先在"关系、"拥有"关系,容易发生对儿子的位置的侵入。这涉及克里斯蒂娃所说的位置入侵的思考,卡夫卡找不到自己位置,他的所有位置关系中的任何一种,他都感到自己的位置被他人入侵,具有无时不在边缘的卑贱,带有惧怕。卡夫卡对父亲的内在体验可以说是独到的,一个过于强势的父亲,侵占了自己该有的位置。卡夫卡曾经写过三万五千字的著名的《致父亲的信》,表达自己内心对父亲的感受。卑贱的角度,无疑是最能有效揭示他对父亲关系体验的抽象性。父亲这个他人,是在自己之前的,拥有自己的他人。这种审视包含了对威权的顺从、惧怕与爱,敬佩与怯懦的子对父的复杂情感关系,得到哲理性思考,其中先与后的关系,拥有关系,他者关系,都比过去文学将父子关系表现为代沟要复杂与抽象。消极、卑贱,是在卡夫卡文学中表现最充分的。

尼采的论能动与反动的关系的哲学,划定高等和高贵意味着能动的优越性,而低等和卑贱意味着反动力的胜利。卑贱,就像所有现象,表现的是力的关系,卑贱自有其表现力。现代主义经常表现卑贱这种反动力的沉重胜利,一种卑贱的自身的胜利,就像局外人莫尔索的最后快乐的那种胜利。这种快乐,就是尼采所说的"毁灭在其中的快乐"。① 卡夫卡的《判决》中,主人公遵父命自杀,也包含对毁灭的肯定。能动的毁灭是顽强的精灵,力会发生转换,由反动转为了能动。这也充分体现了虚无意志,其力从能动趋向反动,诱导能动力反对自身,但虚无意志也奠定了反动力得以保存实力、获胜和传播的基础。这也是莫尔索在最后死亡时获胜的基础。吉尔·德勒兹(Gilles Deleuze)对尼采的理解是,"事物的本质存在于占有它并在其中表现出来的力"②。酒神有了最高的价值,一切引向狄奥尼索斯,因为本质与力、与(无意识的)意志的密切关系。高贵与卑贱都涉及力。现代主义执着于力的表现,不同于现实主义直接表现能动力与支配力;相反,现代主义从卑贱、虚无等低等的、反动的力来呈现世界,它们作为被支配力获得了胜利。反动力本身也能揭示出新的力,发挥它的能量,成为能动力,凭借虚构的手段获得胜利。这就需要卑贱等话语来表达。如果没有这些,只有能动力,只有决定论,历史过于乏味,艺术过于单调。现代主义表现表现力,表现了新

---

① [德]尼采:《瞧,这个人》,黄敬甫等译,团结出版社2006年版,第81页。

② [法]吉尔·德勒兹:《尼采与哲学》,周颖等译,河南大学出版社2016年版,第164页。

的丰富性与哲理性。

"卑贱"概念,具有揭示低等力的内涵的积极意义。克里斯蒂娃肯定"卑贱的主体是一个卓越的文化生产者",①而"自我卑贱:是第一次对自我进行开诚布公的讨论"②,这道出了现代主义文学所具有的对人类自我与自我处境的深刻反思与解剖。卑贱与力,是理解现代主义消极性的有效途径。

三、现代主义文学的悖论性

悖论是 20 世纪技术社会中的常态。单从时间来看,库恩佐(Margaret Cuonzo)认为,"时间的复杂本质导致了许多哲学上的悖论"③。技术社会悖论存在于方方面面,库恩佐引用维基百科中列举的 200 多个来自各个不同领域的悖论。

技术社会是建构的,缺乏自然基础,它以效率为目标,忽视人性本身,忽视自然关系,缺乏人文根基。

科技理性在 20 世纪走向极端,转化为非理性,出现理性与非理性并存的悖反情形,这是社会的技术本质造成的。之前人类处于自然人伦为基础的阶段,而技术社会是重新组织的人工社会。温纳说:"自然构造是'上帝赐予的',它们自我调节、自我维持。相比之下,人造复杂结构引起了许多实践和认识上的难题。"④这是技术社会自带的,而被现代主义揭示出来的悖论性难题。

《第二十二条军规》已经成为悖论的代名词。现代社会的悖论症结在于,人作为主体的同时,又被客体化,即现代性使人获得了巨大的改变世界的能力的同时,自身也必须遭受本质的改变。现代人对前者是欢呼的,对后者是不适应的。技术的翻新,商品的追新,是现代技术社会的逻辑。庞德高呼的"使之新",体现了现代主义文学的应合于这一本质——一种自反状态——变成新的同时意味着马上变成旧的。前现代社会,自然的关系与传统的完整人性,为人提供了固定自己的依附点。而 20 世纪技术社会,自然与人性的完整被破除,现代人迫使自己不停地追赶外部的变化,找不到立足

---

① [法]朱莉娅·克里斯蒂娃:《恐怖的权力:论卑贱》,张新木译,三联书店 2001 年版,第67 页。

② [法]朱莉娅·克里斯蒂娃:《恐怖的权力:论卑贱》,张新木译,三联书店 2001 年版,第19 页。

③ [美]玛格丽特·库恩佐:《悖论》,余渭深等译,重庆大学出版社 2016 年版,第 1 页。

④ [美]兰登·温纳:《自主性技术》,杨海燕译,北京大学出版社 2014 年版,第 158 页。

点。物质、技术、时尚、市场都不能提供固定自己的支撑点,它们处于不断流变中。这样,现代人努力使自己固定到无法固定的流变之上,徒劳而充满焦虑,被判处了精神漂泊,没有归属感。

现代社会的悖论还表现为,它是进步的,同时又具颓废感。人们更多看到的是进步,而人的心理体验则更多是过时与衰落。本雅明认为,现代性自身始终是过时的衰落,这是现代精神实质。这是因为即使是最新的,马上就成为过时,过时衰落与进步成了孪生兄弟。技术的升级与置换,体现了现代性的本质。进步体现为"新",它不断包括进与现有的不同的东西,只要不同于现在,都可以作为新的,被整合进来,这样现代性就有了悖论性。"新"为标准,也等于没有标准,一切只是相对的。现代社会成为只有效率尺度而没有价值尺度的社会,现代社会的进步,未必是真的进步,而成为在改变之中兜圈子,导致虚无主义流行。这是因为社会没有了目标与方向感,"新"本身不是目标。这样,现代性进步不能停下来,一旦社会快速的发展的景象停止,进步幻象就破灭。现代社会处在这种建构的怪圈之中。

再者,现代社会是最民主的,同时又是最专制的。民主化的技术体制形成了胁迫人就范的机制,只是它具有合理的表象形式。体制病就是不自由状态,只是它不是直接的强制形式。上帝被请出了人的世界,信仰对人的约束破除了,现代个体获得了自由,但独立个体随之产生对自己选择负责的焦虑与压力。技术带来人的自主,同时人又对技术产生依赖,毁掉了人的自主。现代人主体性膨胀,追求征服客体,同时又感到自己被物化,主体性丧失,发出"人之死"的悲叹。现代人追逐速度,又时刻处于被速度甩"出局"的恐惧中。现代社会创造了丰富的物质,但物质又反过来成为人的压迫。现代社会的物质越来越丰富,然而现代人的精神却越来越空洞。现代社会空前繁荣,其景象让人眼花缭乱,同时现代人面对这个一切都可复制的雷同世界又心生厌倦。现代人看似自由地享受物质幸福,却又处在激烈的自由竞争中,如受了诅咒般地经受着不能停歇的西绪福斯命运之苦。现代人借助技术对外部世界的控制不断增长,然而人的空间在技术世界中却受到挤压,社会甚至成了一个技术自主而可能失控的风险社会(乌尔里克·贝克)。极端的政治悖论如弗雷德曼所提到的 20 世纪法西斯与民主并存,"我们既生活在一个种族灭绝的时代中,同时也生活在一个普遍人权的时代中"①。

现代主义文学反映这种悖论情境,就像现代性具有自反性一样,现代主

---

① 　L.M.Friedman, *Horizontal Society*, Yale University Press, 1999, p. vii.

义也是自反的现代主义。

　　现代主义被认为是精英文学,同时也有大量色情描写,乔伊斯的作品中对莫莉的情欲描写;现代主义被认为是国际化的,但一些现代主义作家不能脱离地方性,比如威廉·福克纳作为南方作家具有地方色彩。乔伊斯一方面被说成是世界主义的,同时也被说成是爱尔兰民族的。现代主义被认为是主观的、突出个人审美体验,但同时艾略特又提出"非个人化"客观对应物理论。对突出这种矛盾,T.S.艾略特有这种表述,即一个基本个体主义者的透视已经变成入侵式的反个人主义。①

　　现代主义内部的流派之间、作家之间也存在悖反。作家内部既有法西斯立场的作家,如庞德等;也有加入共产党的超现实主义作家,如阿拉贡。同在未来主义内部,有法西斯倾向的意大利作家,也有俄国马雅可夫斯基这样的共产主义作家。现代主义还存在男性与女性作家之间的悖论。对待民主的态度,多数男性现代主义作家坚持政治上的保守立场,T.S.艾略特与庞德都反对民主,马拉美有过一个说法,让人类变成民主的,艺术家必须仍然是贵族的。波特(Rachel Potter)指出:"在战前,现代主义者倾向于反对平等、合法与权利的自由原则来捍卫艺术。采用法国关于卢梭遗产的争论术语,T.E.休姆、欧文·白璧德、温德姆·刘易斯与T.S.艾略特攻击卢梭的平等与民主的概念,并捍卫新的自主模式。"②而现代主义女作家对现代主义男性所反对的普选制度,她们是欢呼的,伍尔夫参与争取女性选举权的活动,具有激进的政治立场。据此,波特说,如果借用莱文森的"现代主义谱系"的说法,就该有两种"现代主义的谱系",也就是男性谱系与女性谱系。现代主义流派转换,存在作为对立面出现的情况,如温德姆·刘易斯告别罗杰·弗莱领导的印象主义,而加入漩涡派,后又被未来主义所吸取。现代主义内部存在崇尚机器与崇尚梦境的分离,如未来主义与超现实主义。很多流派被认为受到未来主义的影响,而同时多数现代主义者又都质疑未来主义。斯蒂文森(Randall Stevenson)描述了这种质疑的声音,"很多同时代作家,特别是现代主义者,看待新技术、速度与现代生活的街道,比热情更多的是大量的怀疑。特别是在第一次世界大战之后,不是庆祝这种现代经验;相反,现代主义作家们更经常主要关心它对生活的完整性与个体的完

①　M.H.Levenson,*A Genealogy of Modernism:A Study of English Literary Doctrine 1908-1922*,Cambridge University Press,1986,p.211.

②　Rachel Potter,*Modernism and Democracy,Literary Culture 1900-1930*,Oxford University Press,2006,pp.4,7.

整性的威胁"。①

　　此外,前期现代主义与后期现代主义也大不相同。即使同一个作家,前后阶段也表现出不同甚至相反的态度。刘易斯就表现出前后对立。作为早期现代主义者,刘易斯曾与庞德并肩作战,同编漩涡派刊物《疾风》(Blast)。但他在 20 世纪 20 年代后期经常作为前期现代主义的对立面出现。② 其批评著作《无政府主义是不够的》,指向 T.S.艾略特的《标准》(The Criterion)所代表的前期现代主义主导文化,将自己置于对立面的位置。③ 对于前期现代主义作家 T.S.艾略特、庞德的"时间崇拜",刘易斯在 1927 年发表了《时间与西方人》(Time and West Man)对其进行否定。他的《革命的笨蛋》一文,标志着战后的现代主义对战前急先锋的现代主义的否定。

　　安托瓦纳·贡巴尼翁(Antoine Compagon)的《反现代派》一书,还涉及一种复杂情形,该书所指的现代派,泛指现代立场与意识,不是现代主义。现代派早于与大于现代主义。17 世纪的古今之争,发生在古代派与现代派之间,今派常被大家认为是现代派。例如,乔治·索雷尔(Georges Eugène Sorel)在《进步的幻象》中描述古今之争时,多次用到"现代派"一词,他说:"上流人士以仍然构成这类人一切思维之基础的那些理由理所当然地支持现代派。"④18 世纪现代派取得了完全的胜利。所以,现代派一词在 20 世纪现代主义文学被称为现代派文学之前就已被广泛使用。贡巴尼翁在《反现代派》中有涉及悖论性的表述,在"导言:自由的现代派"中,他谈论到波德莱尔时说:"真正的反现代派同时也是现代派,今日和永远的现代派,或是违心的现代派。波德莱尔是其中的典型,他的现代性——他创造了这一概念——与他对现代世界的抵抗是密不可分的。"⑤反现代派,也许因为激进,才同时又是最大的现代派。波德莱尔具有两面性,是政治与文学不同角度的。"波德莱尔的神权政治和天意理论建立在对人民主权和普选的反革

① Randall Stevenson,*Modernist Fiction*,*an Intruduction*,The University Press of Kentucky,1992,p. 14.
② Rod Rosenquist,*Modernism*,*the Market and the Institution of the New*,Cambridge University Press,2009,p. 31.
③ Rod Rosenquist,*Modernism*,*the Market and the Institution of the New*,Cambridge University Press,2009,p. 31.
④ [法]乔治·索雷尔:《进步的幻象》,吕文江译,上海人民出版社 2003 年版,第 77 页。
⑤ [法]安托瓦纳·贡巴尼翁:《反现代派——从约瑟夫·德·迈斯特到罗兰·巴特》,郭宏安译,三联书店 2009 年版,第 2 页。

命的仇恨之上。"①这是因为波德莱尔政治上反对民主政治,反对选举,他认为"只有贵族的政府才是讲理的、稳定的。建立在民主之上的王朝和共和国同样是荒唐的、软弱的"。② 涉及平等,波德莱尔的讥讽不变。③ 然而现代性的最初定义,却是波德莱尔提出的,它对"瞬间美"的确立,他的诗开创了包括丑的审美新时代。T.S.艾略特是最激进的现代主义者,然而在政治与社会观上,是保守的传统主义者,他将自己称为古典主义者。普鲁斯特也质疑艺术的进步,在《追忆逝水年华》中,他通过布勒迈尔侯爵夫人,讽刺艺术中的进步,反对以艺术进步否定昨天的艺术。

　　现代主义的悖论,还表现为同一个对象,在一些人看来是现代派,而在另一些人看来又是反现代派。也有同一对象身上正反两面共存。可以说悖论性在现代主义是显著的,与此同时,还存在一种非对立的悖论情形,也就是库恩佐所提道的,"事物内部不相关联的相悖性正是悖论存在的中心"④。现代主义文学中的碎片化之间,人物的自由联想之间,作品的情节寓言化中,都普遍存在不相关联的悖论情形。

　　从思潮本身来说,现代主义在政治、文化、审美等方面存在悖论性。《现代主义卷宗》一书认为:"现代主义是一种以形式、风格、声音的实验著称的运动,它也关联自主、焦虑,努力呼喊出对大众文化的愤怒(因为它们是精华文化);它们对情欲、色情与力必多思潮等框定现代主义主题与风格的因素的探索;对性能量的公开审察,以及公开将之作为文学主题的'任务'或'反常的'情欲;它们对身份、主体性与心理的探访等等,现代主义是对上述这些领域的探索而著称的运动。作家与艺术家面对挑战资本主义结构,甚至进入到关于资本主义的失败与退化的政治争论的强烈意愿为特征。"⑤现代主义的悖论性是普遍的。它是审美主义的,又是社会形态的;是日常生活的又是梦境的,是色情的,也是政治的。

　　现代主义追求艺术自律,客观上又表现出很大的政治性。库珀指出:

---

① [法]安托瓦纳·贡巴尼翁:《反现代派——从约瑟夫·德·迈斯特到罗兰·巴特》,郭宏安译,三联书店2009年版,第32页。
② [法]波德莱尔:《敞开我的心扉》第1卷,第684页,转引自[法]安托瓦纳·贡巴尼翁:《反现代派——从约瑟夫·德·迈斯特到罗兰·巴特》,郭宏安译,三联书店2009年版,第31页。
③ [法]安托瓦纳·贡巴尼翁:《反现代派——从约瑟夫·德·迈斯特到罗兰·巴特》,郭宏安译,三联书店2009年版,第32页。
④ [美]玛格丽特·库恩佐:《悖论》,余渭深等译,重庆大学出版社2016年版,第5页。
⑤ *Modernism on File: Modern Writers, Artists, and the FBI, 1920–1950*, Claire A. Culleton and Karen Leick eds., Palgrave Macmillan, 2008, p. 5.

"我们需要在这种作为一套对事务的状态相反的、复杂的、很深模糊性的、常常是困惑与对抗的反应的语境中来理解现代主义。为什么存在从各种不同的政治范围所看到的现代主义,有左与右的现代主义,共产主义与保守主义相同。"① 20 世纪法西斯主义与社会主义都体现了政治领域的现代性,且在现代主义作家那里表现出来。罗格·格利芬(Roger Griffin)的《现代主义与法西斯主义》一书,专节论述"法西斯主义作为现代主义的产物"。② 格利芬教授的根本出发点,在于他所说的:"我们概述性的历史阐释的核心在于下述主张,即不仅仅法西斯的意大利与纳粹德国两者是被称之为'法西斯主义'的一般的政治意识形态及其实践的具体体现,而且法西斯主义本身就可以被看作是现代主义的政治的变异体。"③现代主义作为政治变体的提法,使我们能更好地理解意象派诗人庞德、未来主义领袖马里内蒂为何是法西斯主义者,而未来主义的另一代表马雅可夫斯基,为何成为共产主义者。超现实主义的代表人物阿拉贡也加入了共产党,支持苏联社会主义。

现代主义是比单一审美定位复杂得多的文化综合体。审美自律的现代主义,也是殖民与独立的背景中延续的 20 世纪民族-国家国际化政治秩序中的文学,也与两次世界大战相连,审美诉求与民族的帝国情结在一些现代主义作家身上同时体现。布鲁斯伯里集团普世的审美主义,将审美置于国家、民族之上。第一次世界大战中兴起的达达,追求民族、国家纷争之外的文学艺术的超越国界的审美性,作家们频繁地跨国流动,这些有助于一种民族-国家立场之外的视点的形成。T.S.艾略特、亨利·詹姆斯等美国作家长期居住伦敦,格特鲁德·斯泰因、海明威长期居住巴黎;而像乔伊斯有过在本土之外的西欧多个国家流动性居住或短暂逗留的经历。这有助于现代主义作家国际化立场的新潮,与当时的民族主义政治存在冲突,甚至引发政府关注。在欧洲居住时间较长的格特鲁德·斯泰因,为美国联邦调查局所注意,FBI 开设了关于她的卷宗,定位为"激进主义者",并收集斯泰因在访谈时的言论,或她的朋友熟人对她的评价。譬如,一位朋友谈到斯泰因时发表这样的言论:"在欧洲居住了这么多年,她对美国的同情不会太强,否则她不会在国外待这么久";据此,"斯泰因不会热衷于任何政治理论,尽管她知

---

① John Xiros Cooper, *Modernism and the Culture of Market Society*, Cambridge University Press, 2004, p. 51.

② Roger Griffin, *Modernism and Fascism*, Palgrave Macmillan, 2007, p. 6.

③ Roger Griffin, *Modernism and Fascism*, Palgrave Macmillan, 2007, p. 6.

道她是会非常反对罗斯福的"。① 这样的卷宗文字收在联邦调查局所设的斯泰因的卷宗里。至于海明威,"由于他对战争残酷性的描写,让 FBI 想知道他是一个共产主义者还是一个共产主义的同情者","关于海明威在 FBI 的卷宗有 127 页"。② 在 2008 年第三季度的一天,中国的中央电视台播了关于海明威的一条相关新闻,说美国联邦调查局认为海明威是间谍。*Modernism on File* 一书提到"大量的怀疑指向联邦调查局与海明威的自杀有关系"。③ 据称,FBI"在 1919 年第一季度外加半个月的时间内,其下属机构 GID(General Intelligence Division)积累了大约 6 万人,被认为是激进主义的"。④ 可见,法西斯主义、民族主义等 20 世纪的政治思潮与现代主义思潮是同步关联的。在激烈的社会转型中,发生有世界大战的激越的国际政治冲突中,现代主义不可能完全封闭自律。事实上,美国联邦调查局也作为现代主义研究中的专题著作,可以看出现代主义还是政治语境中的文学。

　　近些年现代主义的"文化研究"使政治视角变得热门,出现了"现代主义与殖民主义""现代主义与后殖民主义"这样的研究视域。《现代主义与殖民主义》一书的"导言",提到詹姆逊 1988 年的"现代主义与帝国主义"一文的标题当时具有震撼性,引起人们思考审美自律的现代主义怎么与征服、与帝国的野蛮现实有关。而"今天在一个标题中加入'帝国主义'与'殖民主义'的想法,引不起任何警觉与吃惊了。"⑤这就是说,将政治视角纳入现代主义研究,对现代主义研究曾形成巨大冲击。在文化研究的介入下,现代主义的研究话题广泛到任何论题都不会引起惊奇了。詹姆逊在《现代主义与帝国主义》一书中认为,现代主义是在帝国主义与殖民主义的复杂关系的背景下产生的。当决定因发生改变,即会要求形式、结构和语言方面予以新的改变。⑥ 比如说,有宗主国立场的叙述形式,殖民地立场的叙述形式,这涉及身份的复杂性。拉美的魔幻现实主义不属于西方世界,然而,由

---

① *Modernism on File: Modern Writers, Artists and the FBI 1920-1950*, Claire A.Culleton and Karen Leick eds., Palgrave Macmillan, 2008, p. 3.

② *Modernism on File: Modern Writers, Artists and the FBI, 1920-1950*, Claire A.Culleton and Karen Leick eds., Palgrave Macmillan, 2008, p. 53.

③ *Modernism on File: Modern Writers, Artists and the FBI, 1920-1950*, Claire A.Culleton and Karen Leick eds., Palgrave Macmillan, 2008, p. 57.

④ *Modernism on File: Modern Writers, Artists and the FBI, 1920-1950*, Claire A.Culleton and Karen Leick eds., Palgrave Macmillan, 2008, p. 4.

⑤ *Modernism and Colonialism*, Richard Becam and Michaei Valdez moses eds., Duke University Press, 2007, p. 1.

⑥ [美]弗·詹姆逊:《论现代主义文学》(《詹姆逊文集》第 5 卷),王逢振编,中国人民大学出版社 2010 年版,第 231 页。

于作为殖民地的话语被关联进西方现代主义文学体系,甚至,它又反过来作用并改写了西方叙事。这说明,帝国对殖民地的统治关系中,帝国统治的绝对性与帝国保有殖民体系的开放性之间存在相悖而又互动的关系。

　　建构的技术社会单向追求经济效率异化是社会的本质,悖论性成为它的逻辑之一。现代主义文学艺术为现代社会的悖论性提供了镜像。随着启蒙时期人类主体性的确立,人俨然成为自然与世界的统治者。然而人类征服自然的同时,必须控制自己,这种自我控制,就导致其对立面的出现,即内在化。就如同奥德修斯学会了用计谋对付巨人、海妖、仙女等的同时,必须学会压抑自己的本能欲望,不能放纵自己一样,奥德修斯成了主体性征服与主体性压抑同时出现的象征,这是阿多诺启蒙辩证法所论及的。主体的分裂与背反,外在与内在,正面与负面相伴相生,这种情形出现在现代个体身上。伯曼这样断言,"现代生活就是过一种充满悖论和矛盾的生活";"无怪乎克尔凯郭尔这位伟大的现代主义者同时也是伟大的反现代主义者说,最深刻的现代性必须通过嘲弄来表达自己。嘲弄在过去一百年中激发出了如此多的伟大的艺术作品与思想作品;与此同时它也浸濡到了千百万普通人的生活之中"。①

　　现代主义文学中的反讽,是对付悖论的一种形式。《局外人》以莫尔索被判决死刑结尾,在死刑的执行中,他却感到了满足与幸福,小说最初取名为《幸福的死亡》。莫尔索行刑前既带有恐惧又预示幸福的双重感觉,表现出现代主体的模棱两可的状态,一种悖论性的处境。詹姆逊说:"现代主义是一个特定的历史阶段,它是一个完整的、全面的文化逻辑体系。"②《现代主义卷宗》(Modernism on File)指出现代主义有一个共享的美学体系,那就是逐新,即"当作家与艺术家们试图对工业化、对技术、世界大战、非个性化、异化、机器化、大众文化,对种种心理学理论等引发的变化,建构自己种种新的不同的回应的时候,美国作家艾兹拉·庞德的权威断言'使之新'回响在整个 20 世纪发生的一连串的文学运动中,它们概略地连成一套共享的美学"。③ 现代主义是一种奇异的文化混合体。

　　黑色幽默的代表作《第二十二条军规》揭示现代专业化、管理型社会的

---

①　[美]马歇尔·伯曼:《一切坚固的东西都烟消云散了》,徐大建等译,商务印书馆 2003 年版,"前言"第 13 页。

②　[美]弗·詹姆逊:《晚期资本主义的文化逻辑》,张旭东编,三联书店 1997 年版,第 277 页。

③　*Modernism on File:Modern Writers,Artists,and the FBI,1920-1950*,Claire A.Culleton and Karen Leic k,eds.,Palgrave Macmillan,2008,p. 5.

各系统内部的规条,或同一规章中不同条款之间出现互相抵牾而陷入无所选择的处境。即使条规有悖常理,仍要执行,这是不以自然人性、自然关系为基础的规则管理社会的现实。它的目标与人性背离,规章荒谬到可笑与怪异的程度。现代社会管理强调技术层面的程序,具有分权的民主形式,造成任何个体,任何一个执行的单位,面对背离事实的情形,因只有局部的权力或只有执行权,而无法纠正,只能荒谬地执行,因而,现代社会看似有了分权的民主,实际包含制度的专制。

悖论性反讽是一种审美,但意义远远超越审美之上,负载了现代社会的异化本质。

四、现代主义文学的时间塑形

时间是现代最重要的维度,因为现代性与发展、进步联系在一起,改变了以前的时间向度。哈贝马斯说:"'现代'世界与'古代'世界之间的对立,就在于它是彻底面向未来的。"①中世纪基督教世界的时间是衰落的,古希腊的史诗以英雄的没落同样表现了没落的历史观,而现代社会进步的概念塑造了时间的未来向度。那么,哈贝马斯认为,在现代社会之前,"哲学所需要做的是准确地描述世界的本质,而所谓世界的本质,就是现实自身的普遍的、必然的和永恒的特征"。② 这就意味着现代社会之前,以哲学为主导的文化,关注的是整体的永恒。然而,20 世纪电力技术带来迅猛的发展变化,放大了每一时段内的变迁与发展,因而,当下变得重要了,"'当下'这个瞬间环节之所以重要,因为它使得每一代人都重新开始把握整个历史"③。

20 世纪就是一个重新把握历史的新阶段。时间得到了各种新的塑造,保尔·利科写有《虚构叙述中的时间塑形》的专著,海登·怀特认为,它将时间处理为"内时性""历史性"与"深时性"的结构。④ 时间的塑形,特别在20 世纪现代主义文学中成为前景问题,因为电媒兴起了感知,而时间与空间成为文学中凸显的感知对象。当然,所有这些变化,都来自技术社会对时

---

① ［德］哈贝马斯:《现代性概念》,汪民安等主编:《现代性基本读本》(上),河南大学出版社 2005 年版,第 121 页。

② ［德］哈贝马斯:《现代性概念》,汪民安等主编:《现代性基本读本》(上),河南大学出版社 2005 年版,第 121 页。

③ ［德］哈贝马斯:《现代性概念》,汪民安等主编:《现代性基本读本》(上),河南大学出版社 2005 年版,第 121 页。

④ ［美］海登·怀特:《形式与内容:叙事话语与历史再现》,董立河译,文津出版社 2005 年版,第 71 页。

间的切分。

农业社会时期,时间单位整体化为年、季、月、日等,遵循的是循环的时间。古代有"立杆测影"划分一日的方法,日为自然的计时单位。大约 13 世纪欧洲人发明钟表,时间才成为可见的时间,计量明显改变,有了钟点的细分。而对秒的定义则出现在 19 世纪末,20 世纪中期有了精确的原子钟,秒的基准定义有了第二次改革,秒被确定为时间的基本计量单位。生产管理流行以钟点计时,煤气与电量等也采用计时的方式计量,人也被纳入时间管理。20 世纪技术社会对生产、流通,甚至日常生活都实施时间管理,时间无时无处不出现在现代人的生活中,时间与心理、技术叠加,被强化投射到人的心理之中,这样便兴起了"心理时间",技术社会中时间获得了丰富的塑造。

有学者注意到"时间"在现代社会的作用,相对于前现代社会政治变革的意义。库珀(John Xiros Ooopeer)指出:"钟表对时间所做的,对现代都市空间所做的,是一个历史事件,同样,是如同法国大革命对权力所做的,或如同弗洛伊德的思想对自我的心理组织所做的一样。"①这意指钟表不仅作用于管理,作用于社会组织,还作用于人的意识与心理。

技术文化理论的先驱刘易斯·芒福德(Lewis Mumford)指出:"所以,是钟表而不是蒸汽机,当选为现代工业时代最关键最核心的机器。因为钟表发展中的每一个方面和阶段,都体现了机器进步的事实以及象征意义。即使是如今,也找不到任何一种机器能像钟表那样如此广泛,无所不在。"②

20 世纪"时间意识"所具有的革命性在于,其一,它置换了前现代的时间意识,引发社会意识的改变。现代人力求使自己符合时间丈量的尺度,无须关注人的存在的真理性。20 世纪机器与机械效率尺度主导社会与人,文艺复兴以来的人文主义的价值与信仰的内涵被废弃,因而从时间维度看,现代主义也是反文艺复兴以来的人文主义的。其二,由于时间不单独存在于社会外部,它被强行拉入到竞争形式之中,时间结构被更新,明确指向未来,指向未来的线性时间(up to date),成为现代时间意识。伍尔夫的《达洛维太太》中,克拉丽莎走在伦敦街头,听到大本钟的钟声,开始在内心审视自己,她想到自己 52 岁了,想到青年时期的恋人彼得,充满对时间与生命的焦虑,正是时间意识的反映,也是对时间的心理体验而产生的"心理焦虑"。

---

① John Xiros Cooper, *Modernism and the Culture of Market Society*, Cambridge University Press, 2004, p. 73.

② [美]唐纳德·米勒编:《刘易斯·芒福德读本》,宋俊岭等译,上海三联书店 2016 年版,第 325 页。

人与时间形成密切关系甚至也具有对抗的敌意。

　　"心理时间"引起了20世纪知识领域的普遍关注。海德格尔的《时间概念》《存在与时间》都以时间作为对象。柏格森提出"心理时间"与"物理时间",也提出了"绵延"及与之相对的"瞬间"。心理学家威廉·詹姆斯提出了意识作为"一个河流"的描述,被引入表述意识流文学。赫根哈恩（B. R. Hergenhahn）记载了詹姆斯在1909年对弗洛伊德说的,"心理学的未来属于你的工作",是在"强调无意识的一种心理学"。① 心理学主要关注与研究无意识与时间的联系。如兰德尔（Bryony Randall）所指出的,20世纪初"心理学从哲学与医药行业等领域独立与分化出来,因其潜在的不定性,时间的概念更多地从固定在外部世界,转向在人的心灵范围出现"。② 无意识心理成为20世纪最重要的领域之一,对"心理时间"的凸显发生了重要影响。

　　由于现实视像的丰富性与感知的"瞬间"意义的确立,瞬间作为对立于"绵延"的时间概念,在20世纪得到哲学、心理学、社会学、文学各个领域的共同关注。在哲学领域,海德格尔将"瞬间"与对存在的思考联系,提到"视像的瞬间"（Moment of vision）。在社会学家那里,瞬间成为批评手段或历史建构基础,如本·海墨尔指出:"对于列斐伏尔,'瞬间'是日常生活中的密集经验的例证,它提供了对日常生活的一种内在批评。"③在本雅明,"瞬间"成为历史记录的方式,同时本雅明的"震惊"概念也建立在瞬间上。舒茨也有类似"震惊"的"惊愕体验"的提法,他说:"显然,在我们的日常生活中,那些惊愕的体验总是不断降临到我们的头上,而且,它们本身也总是附着在它们的实在之上。"④齐美尔提到过"瞬间图景"（Moment bilder）。

　　文学艺术批评领域,瓦特·佩特（Walter Pater）最早提到"瞬间",19世纪末出版的《文艺复兴:艺术与诗的研究》⑤一书中,他首次论述文学中的审美"瞬间"。沃尔夫冈·伊塞尔在《瓦特·佩特:审美瞬间》一书中专门论述了佩特的"瞬间"概念。作为唯美主义在英国的代表之一,佩特在论温克尔曼的最后一章中,提到"瞬间"或是"刹那间",并列举罗伯特·勃朗宁的诗歌,说明人物被置于某种情境中,"或者在生活的某一微妙的瞬间,即在人

① B. R. Hergenhahn, *An Introduction to the History of Psychology*, Pacific Gove, CA, Wadsworth, 1992, pp. 453,470.

② Bryony Randall, *Modernism, Daily Time and Everyday Life*, Cambridge University Press, 2007, p. 30.

③ Ben Highmore, *Everyday life and Cultural theory: an Introduction*, London, Routlege, 2002, p. 115.

④ 渠敬东:《缺席与断裂》,上海人民出版社1999年版,第109页。

⑤ Walter Pater: *The Renaisance*, Oxford University Press, 1873, 中文版出版于2000年。

物刹那间变成理想的瞬间来理解它"①。佩特分析了瞬间审美的强度与效果,他也被认为是最早将"瞬间"作为审美概念提出来的人。

20世纪现代主义作家提到瞬间者众多,有乔伊斯的"显灵"(epiphany)、伍尔夫的"存在的瞬间"(Moment of being)、庞德的"魔幻时刻"(Magic Moment)、T.S.艾略特的"转动世界的静止点"(Still point of turning world)以及静止的瞬间(Moment of Stasisi)等等。"瞬间"为现代主义作家们所聚焦,是由于心理与感官的频繁转换引发的。梯德威尔说:"伍尔夫在她的小说中试图记录日常存在的瞬间(the day's moment of being),如她在《达洛维太太》中所做的,而日记则允许她去记录她自己日常生活的瞬间,去表现她的生存的状态。"②波德莱尔的"震惊"也是一个"瞬间"形式。他说:"我把'震撼经验'置于诗句中,让你们经历另一种震撼。"美国加州大学童明教授对此指出,"此震撼非彼震撼,此忧郁非彼忧郁"③,是说前一种震撼是经验,后一种震撼则是审美。瞬间形成经验、审美、心理的联结,作家的理解与运用存在差异。"瞬间"还体现为对现代景观社会于日常生活的超越与升华,这种升华的"瞬间"照亮了没有神圣性的日常生活世界。

"瞬间"之所以在20世纪被凸显,还因为瞬间之于艺术,具有创造性的机缘。特别是它包含了对都市日常生活重复性突破的途径与超常相连。"日常生活固然有其顽固的习惯性、重复性、保守性这些普通日常特征,但同时也具有超常的、惊人的动力论与瞬间式的无限的创造能量。日常生活有着多面性、流动性、含糊性、易变性"。④

"瞬间"与日常生活的联系,被理论大家列斐伏尔所研究。《现代性的平庸与神奇》一书指出,"列斐伏尔在《日常生活批判》第二卷提出了'瞬间'概念,在自传性的著作《总结及其他》中,阐述了'瞬间'。他将'瞬间'解释为'短促而决定性的'感觉,它们在某种程度上似乎是对日常生存中潜伏着的总体性可能性的一种揭露与启示"⑤。列斐伏尔在多处论述过"瞬间",他说:"从某个角度与瞬间来端详一个人,他同时既是最为具体的也是

① [英]瓦特·佩特:《文艺复兴:艺术与诗的研究》,张岩冰译,广西师范大学出版社2000年版,第214页。
② Joanne Campbell Tidwell, *Politics and Aesthetics in the Diary of Virginia Woolf*, Routlege,2008, p.39.
③ 童明:《现代性赋格:19世纪欧洲文学名著启示录》,广西师范大学出版社2008年版,第58—59页。
④ Michael E Gardiner, *Critiques of Everyday Life*, Routledge and New York,2000,p.6.
⑤ 刘怀玉:《现代性的平庸与神奇——列斐伏尔日常生活批判哲学的文本学解读》,中央编译出版社2006年版,第232页。

最为抽象的,他既具有最为动态的历史感,也具有最为稳定性的特征,既最依赖社会,也最具有独立性。"①这说明列斐伏尔看到了平常的日常生活中的神奇,瞬间的日常生活中的整体,偶然的日常生活中的全部。"瞬间"成为一种超越力量,能爆破日常生活的重复与单调,使之呈现出差异与丰富,也进一步成为对理性化、系统化、程序化的现代社会的机械性爆破的突破口。另一位日常生活理论家迈克尔·伽丁纳(Michael E.Gardiner)认识到"瞬间"特有的差异性,他说:"尽管存在系统化的过程与科层制,但在欲望的身体、日常社会性和密集的、非工具化的都市生活空间中,会有差异的'瞬间'幸存下来。"②

在文学艺术中,瞬间能突破线性叙事,开掘出日常生活艺术化提升的通道,表现日常生活的艺术潜质。意识流作家以"瞬间"瓦解了文学的整体历史进程的解释性,以日常生活"瞬间"所具有的偶然性,抵制"解释"的介入,抵御外部意义对文学的附加。帕特里克·加登纳(Patrick Gardner)也曾从时间的前后关系来质疑理性解释,认为原因与结果的解释方式无以应对日常生活中存在的不确定性,因为因果解释立足于对时间的区分,而时间是难以细分的,"因为一旦要询问在原因和结果之间的分界线究竟应当划在什么地方的时候,就会出现困难。根据这种理论,一定有一个原因停止的瞬间,还有一个结果开始的瞬间。但如果时间被看作是一个瞬间的系列,也就显然不可能存在连续的瞬间,因为在这两个瞬间之间总可能插入另一个瞬间,无论这两个瞬间被想象得多么紧密";因而"不存在任何瞬间会立即连续地依赖于另一个瞬间,而这样一个瞬间如被说成是原因的结束和结果的开始,对事件用'原因'和'结果'等词进行考虑,就会出现问题。"③"瞬间"打破了因果逻辑思维,它为现代主义的直觉感知所推崇。

乔伊斯的《尤利西斯》描写性体验——个体的欲望与体验,形成同一个体的体验差异。"瞬间"是日常生活中的惊奇的载体,具有特殊的否定性。对日复一日人流、车流中的都市日常中的差异瞬间的捕捉和表现,是波德莱尔等诗人率先变革文学表达的突破口。本雅明在"论波德莱尔的几个主题"的论文中,将之提炼为"震惊",震惊也可以说是对差异的反应,是瞬间的经验记录。本雅明写道:"在所以使生活成为其生活的经验中,波德莱尔独独挑中了他之被众人推推搡搡当作决定性的、独一无二的经验。"④波德

① Henri Lefebvre:*Critique of Everyday Life*,Volume Ⅰ,Verso,1991,p.72.
② Michael E.Gardiner:*Critiques of Everyday Life*,London & New York:Routledge,2000,p.96.
③ [英]帕特里克·加登纳:《历史解释的性质》,江怡译,文津出版社2005年版,第9页。
④ Walter Benjamin, *Illuminations*,trans by Harry Zohn,London:Fontana,1982,p.154.

莱尔捕捉日常经验,放大并赋予新奇感,甚至以新奇的丑,爆破日常生活的日常性。瞬间的震惊经验成为对都市人流与车流,大量的广告与商品的习以为常的突破力量。日常生活存在复制性与惯性思维,"日常思维的自发性包含两个方面的内涵:一是指日常思维缺乏对事物的深度思考直接承领事物的规定性;二是指日常思维活动缺乏自我意识,往往受本能、习惯和无意识推动"①。而"瞬间"则在日常生活常态中制造惊奇,"瞬间"成为逐新的现代主义作家们的共同追求。

时间的心理体验,与现代性塑造的新时间感有关。技术的高速发展,形成了生活中丰富性以及丰富的偶然性。而"心理时间"比物理时间更有包含性与可塑性,从心理时间体验世界的无序化、碎片化,成为呈现无意识心理的有效途径。"瞬间""绵延"都是与表现心理相关的时间概念。它对应于主体心理体验中的世界,不是现在的已完成的世界,而是处于变化中的,时刻在形成而又在改写的世界。

19世纪现实主义叙述依赖于历史时间,组建起整体性的历史框架。宏大历史叙事中,瞬间与暂时性没有价值。波德莱尔对现代性的界定,即现代性的一半是偶然的、暂时的,另一半是永恒的,对偶然与暂时价值的确认,使"瞬间"与"碎片"获得了表现价值,历史整体时间也被心理时间、心理无意识等所冲击,时间获得了一定的独立观照。

意识流小说中时间被对象化。无意识常以心理时间的形式出现。乔伊斯的《尤利西斯》叙述的是1904年6月6日,后来它被称为布鲁姆日。乔伊斯的《尤利西斯》与伍尔夫的《达洛维太太》,都属于物理时间上的"一天小说"。格特鲁德·斯泰因写过一篇《称它为一天》的文章,指出现代的一天包含多样性而成为复杂的问题。②《尤利西斯》写布鲁姆在街上游荡,没什么大事发生,早餐,都柏林的街道,报社,日常场景,朋友葬礼,医院生育等,都是生活日常。与此同时,人物的自由联想,所见所闻、所思所想,随意随景随情而变,跳跃而绵延,心理时间跨度远远超出一天的范围。

伍尔夫的《墙上的斑点》是"瞬间小说",抓住人物看到墙上斑点的"瞬间",反复设想斑点是什么,来构思不同的线索,是纯意识小说。而《波浪》则是"时间主题或时间主体"的小说,时间成为小说中的主角,以时间分段呈现大自然的节律与群体性的六个人的生命节律。普鲁斯特的《追忆逝水

---

① 王国有:《日常思维与非日常思维》,人民出版社2005年版,第68—69页。

② Bryony Randall, *Modernism*, *Daily Time and Everyday Life*, Cambridge University Press, 2007, p. 2.

年华》则建立在人物回忆基础上,停留在人物的过去的时间中。福克纳的
《喧哗与骚动》,昆丁自杀之前在哈佛砸碎了手表上的玻璃,希望时间停止。
该小说四章的标题,是四天的日期,在跳跃的时间点上建立关联。而伍尔夫
则截取记忆的瞬间、片段,是重新编织时间的高手。当情节被弃置,当事件
中心叙事被弃置,当英雄化的人物被弃置之后,其实,现代主义文学中,出现
的是对时间的各种讲述,表达人物的意识与无意识的交织。

　　记忆作为无意识的一种形式,也与心理时间有密切关系。精神分析解
放了记忆,释放个体的压抑。赫伯特·巴特菲尔德(Herbert Butterfield)指
出:"世界的记忆不是一个明亮的、放光的水晶体,而是大量破碎的碎片,有
些好的能够放出打破黑暗的光。"①记忆在现代主义文学中被兴起,与工业
化社会之前的社会的逝去,留存在人们心头的美好有关。普鲁斯特回忆的
是贵族时代,而福克纳回忆的是南方贵族社会的生活。这些回忆,都是心理
无意识的。此外,第一次世界大战,催生了作家们对战前生活的记忆与对战
争的记忆。柏格森在《物质与记忆》中揭示出回忆是比简单记忆更深刻与
复杂的现象。意识碎片化是非理性叙事,而象征主义也是一种无意识感知,
它们具有一种内在化的弥漫色彩,与现代个体化社会的个人欲望及艺术的
体验心理结构结合在一起,同时与盖布里勒·乔西波茨兹(Gabriel
Josipocici)所说的"现代主义文本的'碎片形式'",一种"碎片与非连续性原
则"②(The principle of fragmentation and discontinuity)的形式对应。记忆、碎
片与文本的联系,S.海斯莱姆(Sara Haslam)具体到几个作家案例,他说:
"康拉德在1897年已开始将处理从'时间的无情洗刷'中经验的'碎片'的
拯救,确立为有创造力的艺术家的任务";而"伍尔夫,也在《奥兰多》中,试
图处理投射到记忆中的成千奇异的、不连接的碎片。"③海斯莱姆的整本书
都以福特为研究对象,分析试图集合来到他心中的碎片,将它们像立体主义
在绘画中所表现的那样表现出来。④

　　新的时间塑形,在于电媒及电力生产的连接,加速了连接,缩短了时间,
扩大了空间感知。20世纪初随着托拉斯的出现,出现了全球社会空间。电
子媒介的空间偏向,塑造了即时的空间建构,使时间被以各种形式压缩,分

①　Herbert Butterfield, *Historical Novel*, Cambridge University Press, 1934, p. 15.
②　Gabriel Josipocici, *The Lessons of Modernism*, London: Macmillan, 1977, p. 124.
③　Sara Haslam, *Fragmenting Modernism: Ford Madox Ford, the Novel and the Great War*, Manchester University Press, 2002, p. 4.
④　Sara Haslam, *Fragmenting Modernism: Ford Madox Ford, the Novel and the Great War*, Manchester University Press, 2002, p. 4.

隔,因而就产生了不同的时间塑形与时间呈现。过去农业社会,生产与生活统一,人们遵从生产的循环时间,是一种真实体验的时间。农业社会依据节气时间劳作,时间不仅缓慢,且周而复始地循环,与生产协同一致。这种静态时间充满想象与内在真实体验。自文艺复兴建立了历史时间,直到19世纪历史时间都处于社会主导,它是一种整体。德波说,"资产阶级的胜利是深度历史时间的胜利"①。20世纪历史被电媒所瓦解,信息的马赛克瓦解历史整体,历史时间也被经济的不可逆时间压迫而隐退,现代性只有当下,没有过去。这种只有现在和未来的不可逆时间是紧张的,而过去循环与历史的时间是静态的、无冲突的。现代主义表现的焦虑,有时间的联系。"一天小说"形式,也是时间性的新形式。20世纪商品与实践带来的景观社会,还出现了一种可消费的时间,那就是德波所说的景观时间。景观时间是不与生活一致的伪循环时间,旅游、看电视等,这些派给生活的可复制的休闲和旅游时间,是景观在自行复制的景观时间,伪循环时间,它是20世纪经济与商品发达后的日常生活独立空间中产生的新的时间形态。它是现实的时间,却同时只能是虚幻地体验的时间。时间的多样塑形被现代主义文学所呈现,这是技术社会所生产出来的。

---

① ［法］居伊·德波:《景观社会》,张新木译,南京大学出版社2017年版,第91页。

第九章　现代主义文学解读案例

上一章概括了现代主义文学特征,其实现代主义的丰富很难用几个特征来总结。现代主义全面突破了传统的文学范型,已经无法遵照传统的文学知识框架进行认知。不仅是传统的文学知识,无法开掘出各类作品的新意与深意,就是以现代主义的一些配套概念,如以意识流对作品进行范式解读,或以荒诞派戏剧对作品进行范式解读,类型化解读也仍然只能停留在定性认知。文本解读,尤其对于创新的、具有创造性的现代主义文学,更是必须有独特的思路,去贴近作品、深入作品。可以说,所有现代主义的作品,都需要以不同的创新概念与路径进行对其创新的揭示。只有真正将每个文本都作为独一无二的对象,并找到新的思路,如伍尔夫所说的"隧道挖掘法",摸索到其独特性,才能揭示出作品的特殊性与创造性,甚至其独一无二性。从现有定性概念入手,依然是类型化的。本章以两部现代主义作品为案例,以非习用认知路径进入解读。本章选取伍尔夫的《到灯塔去》,但并不是对意识流进行一般范式的解读,而以症候性写作,来看这部小说的象征性与作者的幽深的心结与隐蔽的意图,揭示出心理小说借助症候写作而实现融合性、弥散性的美感。尤其作品中的拉姆齐夫人,作为一个女性,是一个有着弥散性光芒、富有感染力的人物,在知识分子丈夫拉姆齐先生的理性之上。在处理父亲、母亲形象时,伍尔夫没有设置男性与女性之间的二元对立,而是在症候中观照、调和与谅解。选取的另一个解读作品是荒诞派戏剧《等待戈多》,解读路径也不是从荒诞派戏剧一般范式进入,更不是从社会等外部解释进入,而是选取《等待戈多》的非表演性、非表现性、非语言化的特性,据此锁定该剧为"贫化艺术",进而分析《等待戈多》作为先锋艺术的艺术建构。从"症候写作"解读伍尔夫的《到灯塔去》,从"贫化艺术"解读贝克特的《等待戈多》,目标在于揭示出追求艺术独创性的现代主义作家们艺术作品的深意。

一、遮蔽自我的"症候"写作:伍尔夫的家传小说《到灯塔去》

《到灯塔去》作为一本家传小说,很容易因传记类小说的私密性与个人性,而遭到被边缘化的命运,然而,《到灯塔去》却具有远远超乎一般传记类小说的地位,这与伍尔夫对新传记的理解及其写作理念等都不无关系。《到灯塔去》体现了意识流小说的症候化写作。伍尔夫故意隐藏,或将一些生活场景与对自己亲人的感情,转换成象征性表达,将生活艺术化,也体现了症候写作倾向。

《到灯塔去》的人物关系简单明了,情节也不复杂。用克里斯蒂娃的术语来说,这些属于双重文本中的"现象文本",即小说的复杂性在于其中还存在另一重文本,即"生成文本"。这就是说,除显性部分外,小说还潜藏着大量的隐义症候。它包括伍尔夫对父母、对婚姻,对男人与女人、女人与女人等关系的维多利亚式与现代式的双重思考;儿时的她对父母的印象、认识,与成年后的她对父母的追忆、理解并置其中;也有作家对外部世界的感知,对时间、人生、生命的思索;还暗藏有将帝国战争与个体生命意义关联,反观国家战争的反生命价值的政治立场等。它设置有意义缝隙,生成文本的隐义特征。

(一)

《到灯塔去》是伍尔夫情感与心灵倾向的综合体,也是伍尔夫艺术理念的综合体,特别是其不同文学形式的混合主张的载体。瞿世镜指出:"她给她的'小说'提出了一些新颖别致的名称:诸如'挽歌''心理学的诗篇''传记''戏剧诗''自传''随笔小说'等等。"[1]这些都体现了伍尔夫对传统小说的突破意识。关于《到灯塔去》,至少有家传小说、心理小说、诗化小说等各种不同的提法。

从传记角度看,伍尔夫是新传记的倡导者之一。20世纪初新传记兴起,斯特雷奇的《维多利亚名流传》是新传记的代表作之一。新传记这个术语据说是伍尔夫发明的,她用这个词来指20世纪初实验派传记作品。[2] 新传记的显著特征是:其一,对抗树碑立传式的偶像传记,斯特雷奇被称作"砸偶像者";[3]其二,新传记采取小说写法,以艺术性对抗编年史;其三,以心灵的塑造对抗实录,聚焦于"心的趣味",认为"未经阐释的真实就像埋在

---

① 瞿世镜:《弗吉尼亚·伍尔夫的小说理论》,见[英]弗吉尼亚·伍尔夫:《论小说与小说家》,瞿世镜译,上海译文出版社2000年版,第366页。

② 赵白生:《传记文学理论》,北京大学出版社2010年版,第201页。

③ 赵白生:《传记文学理论》,北京大学出版社2010年版,第208页。

地下的金子一样没有用处。艺术是一位了不起的阐释者。"①

伍尔夫真正意义上的传记有《罗杰·弗莱传》《奥兰多》《弗拉西》,而《到灯塔去》则被认为是以其父亲母亲为原型的带有家传性质的小说。

从家传角度看,这部小说并不摹写与复制过去已经发生的家庭生活。在写作初期,伍尔夫还说没有头绪,不知怎样写这部小说。1925 年 6 月 20 日的日记写道:"父亲、母亲,还有孩子在花园里,死亡,到灯塔去的航程。我想当我写作后,我会用各种手段使它丰富起来,变得壮实,给它枝干——可根在哪儿呢? 我现在还不清楚。"②菲利浦·勒热纳(Philippe Lejeune)提到过自传的难度:"我清楚地发现,和其他体裁一样,自传也是一个复杂、模糊、不定的集合。"③但她的写作意向受到"自传契约"的约束。"所谓'自传契约',就是作者有言在先的一个声明,作者在声明中确定他的写作构想,与读者订立某些承诺。"④伍尔夫在构思《到灯塔去》时写道:"这部作品将是相当短的,将写出父亲的全部性格;还有母亲的性格;还有圣·伊文斯群岛;还有童年;以及我通常写入书中的一切东西——生与死,等等。但是,中心是父亲的性格。"⑤伍尔夫有精神方面的烦躁症,重则失控而犯精神病。她希望写出父亲的形象,了却心头对父亲的愧疚。事实上,小说的完成,释放了她心头的压抑,对她的病情起到了平缓作用,验证了菲利浦·勒热纳所说的"自传也会带来一种治疗办法。它起到一种平衡作用。"⑥《到灯塔去》发表一年后的 1928 年 11 月 28 日,伍尔夫写道:"我以前常常每天想着他(父亲)和母亲,可是《到灯塔去》把他们从我的脑子里搬开了。如今他偶尔也会浮现在我的思绪里,但与往常不同。(我相信这是真的——我一度曾被他俩紧紧地缠住,心理极不健康。因而把他俩写出来是必然的行为)现在他更经常地以同时代人的身份出现。"⑦《到灯塔去》也可以说是伍尔夫忏悔的一种简化形式,虽不像卢梭的《忏悔录》以真实事件与忏悔为核心,却表达了自己对父亲忤逆的负疚感。勒热纳曾说过,"意识流手法可把忏

①　Lytton Strachey,"A New History of Rome",引自赵白生:《传记文学理论》,北京大学出版社 2010 年版,第 211 页。

②　《伍尔夫日记选》,戴红珍、宋炳辉译,百花文艺出版社 2009 年版,第 66 页。

③　[法]菲利浦·勒热纳:《自传契约》,杨国政译,三联书店 2001 年版,第 295 页。

④　[法]菲利浦·勒热纳:《自传契约》,杨国政译,三联书店 2001 年版,第 295 页。

⑤　A Writer's Diary: Being Extracts From the Diary of Virginia Woolf, Leonard Woolf ed., London: Hogarth Press,1953,p. 76.

⑥　[法]菲利浦·勒热纳:《自传契约》,杨国政译,三联书店 2001 年版,第 58 页。

⑦　《伍尔夫日记选》,戴红珍、宋炳辉译,百花文艺出版社 2009 年版,第 114—115 页。

悔和小说融为一体。"①而《到灯塔去》正是将意识流与忏悔和小说成功地融为一体的典范之作。伍尔夫想通过写父亲,来表白自己的心结。

所谓"症候",是指将心理上最隐秘的部分有意识地通过象征、隐喻,转换符码进行表达,或者予以压缩、删节。"症候"虚构的说法出自阿尔都塞,但这个词可以追溯到弗洛伊德的释梦。它意指作者的主观意图的隐蔽。伍尔夫的《到灯塔去》的症候表达,将家事原型、将自我、将公开化的关系都遮蔽了起来。

首先,家庭内部的关系及其对父母与家人事情的私密与公开的尺度的考量,使这部家传性质的小说具有非写实的基调。1925 年 6 月 27 日的日记中如此记载一个朋友的设问:"可是一个人能说出真实情况吗?……关于他父母的真实情况?"②伍尔夫出于对家事的公开与遮蔽的矛盾,她有使家庭的实际历史情形不裸露于众的意图,她不按时间顺序,也不完全真实描写历史情境。同时出于审美与艺术表达的需要,小说也故意省略,或将事件抽象化,或进行替代、转换与象征。这些使小说具有隐匿的症候特征。

如此这般,她曾担心《到灯塔去》有过分做作的痕迹,而姐姐文尼莎读后,认为拉姆齐夫人十分像母亲。伍尔夫对此觉得自己成功了。

除不愿公开家事外,女性的弱势地位,使伍尔夫不习惯进行公开表达,是《到灯塔去》的写作症候化的又一个原因。她的兄弟被父亲送到剑桥求学,伍尔夫因为是女孩,教育在家庭内完成,她也从来没有一个社会化的职业。她安于生活的边缘化。有人说,"给了她机会进入时尚的社交界,她恨它。……她没有社会成功的渴望,而她的美貌与智识很容易带给她这种成功。"③这种边缘地位使她的作品远离社会主流叙事。她在 1939 年《往事杂记》中写道:"真正的小说家能以某种方式表现这两种存在(物质与精神)。我想奥斯丁、特罗诺普能,或许还有萨克雷、狄更斯和托尔斯泰。我从来不能两方面都做到。"④她认识到自己的社会面有限。

还有,伍尔夫的现代小说理念与意识流的散点表达,也虚化了实事,而使这部作品成为一部诗化小说。隐喻是《到灯塔去》的显要特征,作品中有较多沉默、简略化、加括号的悬置与空白的地方,这些艺术处理构成了诸多

①　[法]菲利浦·勒热纳:《自传契约》,杨国政译,三联书店 2001 年版,第 280 页。

②　*The Diary of Virginia Woolf*, Anne Olivier Bell ed., Voliii.New York:Harcourt Brace, 1983, p.34.

③　*The Letters of Virginia Woolf*, Volume One 1888-1912, edited by Nigel Nicolson and Joanne Trautmann,Harcourt Brace Jovanovich,1975,Introduction xv.

④　《往事杂记》,见伍厚恺:《弗吉尼亚·伍尔夫,存在的瞬间》,四川人民出版社 1999 年版,第 138 页。

的玄机,形成了作者有意识的"症候"表达。

　　具体而言,19世纪西方现实主义文学形成了程式化的故事叙事,强调教化功能,往往以爱情、婚姻、死亡为核心。针对这种目标化叙事模式,伍尔夫说她发现了一种新的小说结构原则,那就是在小说情节中忽略出生、婚姻与死亡等路标,注重心灵的瞬间。现实主义文学以其社会性理念、公共性话语掩盖了真正的个人性。现实主义文学中冲突着的个人,以社会化的个人欲望与社会冲突的模式呈现,如《红与黑》中的于连,《简·爱》中的简·爱,他们是个人处于意识形态化中的公共人,代表与社会冲突的一方,是社会话语形态或范式、类型的承载物或构成物。而伍尔夫的私人化小说,具有比较纯粹的个人性,她说:"我以前的创作从不会像《到灯塔去》那样,走入我的内心深处,再现我过去的模糊记忆。"①她写道:"一部小说是一个印象,不是一场争论。"②她的"自我"是一种本真的"自我",不是追求在社会中发迹的"自我"。尽管伍尔夫经历了第一次世界大战与第二次世界大战等重大的公共事件,但她很少关注公共领域,只是将战争作为背景,甚至如《到灯塔去》中用括号括起来而被悬置。

　　心灵化使伍尔夫很少在小说创作中采取二元对立的价值判断,而是表现出女性作家的感性融合,丑也罢,伤害也罢,都被淡化了,所有对立元素都被心灵融合为一个整体。对于小说的真实性、传记的真实性而言,伍尔夫追求的不是事实的真实,而是事实作用于心灵的真实。她指出,传记里的事实是那些"创造力强的事实,丰润的事实,诱导暗示和生成酝发的事实。"③所谓诱导、暗示和生成酝发,都是指之于人的心灵的作用力。伍尔夫说:"'真实'是什么意思?……真实就是把一天的日子剥去外皮之后剩下的东西,就是往昔的岁月和我们的爱情所留下的东西。"

　　往事经过心灵的过滤呈现为艺术,如她评论奥斯丁时所说的:"人生的经历,如果它是一种严肃的经历,必须把它深深地沉默在记忆中,让时间的流逝来使它净化,然后她才能允许自己把它在小说中表现出来。"④经过心灵净化,伍尔夫的小说实现了美与丑,自私与利他,喜悦与伤感,追忆与失落等各种情绪的互相渗透,以碎片在心灵中积聚而成整体化印象。

---

①　《伍尔夫日记选》,戴红珍、宋炳辉译,百花文艺出版社2009年版,第112页。

②　*The Letters of Virginia Woolf*, Volume five, 1932 - 1935, Edited by Nigel Nicolson and Joanne Trautmann, Harcourt Brace Jovanovich, 1979, p. 91.

③　*Virginal Woolf, The Art of Biography, Atlantic Monthly*, 163 (April 1939), pp. 506 - 601.

④　[英]弗吉尼亚·伍尔夫:《小说与小说家》,瞿世镜译,上海译文出版社2000年版,第26页。

　　伍尔夫1923年8月30日的日记阐释她的"隧洞挖掘法"(The tunneling process),即对心灵深处的挖掘,她写道:"如何从外在表现中向纵深处挖掘,挖掘那幽深的洞穴? 人性、幽默与深刻性,这正是我感兴趣的东西,我想洞穴与洞穴该是相通的,这里包含了一个人物与一个人物之间的关联。"①针对这部小说,西方学者提到了这种流动性:"在被观察的人物与观察的人物之间的奇妙的互动,使我们享受来自视点的移动","而且一个人物的思想常常流进其他人物的思想中,对读者来说,有时很难判断一个人物的思想在哪里结束,而另外的人物的思想从哪里开始。"②现代主义作家的方式被归纳为,"探索一个人物的内心,现代主义作家常常展现出从多个人物的视角叙述同一事件"。③

　　伍尔夫在《狭窄的艺术之桥》一文中说:"我们显然处于这样一个时代:我们并不是被牢牢地固定在我们的立足之处;事物在我们周围运动着;我们本身也在运动着。"④在作品中,伍尔夫采取维多利亚时代与现代两个时间点,构成流动性,既可以看出人物性格的多面性;也呈现出自我的多阶段性。现代社会人性变复杂了,弗洛伊德的本能理论使人性变复杂了,自我也随之变复杂了,电媒生产的是流动的自我,变化不居没有固定的自我内涵。伍尔夫说:"大自然让与人的主要本质迥然相异的本能欲望偷偷地爬了进来,结果我们成了变化多端、色彩斑驳的大杂烩。"⑤随透视角度的变化,带来人物呈变化不居,流动不已、互相矛盾的复杂现象,这使小说从个人化的题材达到非个人化的效果。《狭窄的艺术之桥》宣称,"不使小说受自我束缚而变得狭隘","我们仍渴望某些更加非个人的东西"。⑥ 私人化与非个人化统一在小说中。伍尔夫认为个人化是对作品有损害的,如学者指出,"伍尔夫认为,小说创作应该是一个非个人化的过程,小说应按照她本身的内在逻辑来发展,小说家的主观人格应避免介入,因为作家的自我意识会使小说狭隘

---

① 《伍尔夫日记选》,戴红珍、宋炳辉译,百花文艺出版社2009年版,第50—51页。
② Janet Winston, *Woolf's to The Lighthouse:A Reader's Guide*, Continuum International Publishing Group,2009,p.28.
③ Janet Winston, *Woolf's to The Lighthouse:A Reader's Guide*, Continuum International Publishing Group,2009,p.20.
④ [英]弗吉尼亚·伍尔夫:《小说与小说家》,瞿世镜译,上海译文出版社2000年版,第315页。
⑤ [英]弗吉尼亚·伍尔夫:《小说与小说家》,瞿世镜译,上海译文出版社2000年版,第346页。
⑥ 瞿世镜:《弗吉尼亚·伍尔夫的小说理论》,见[英]弗吉尼亚·伍尔夫:《论小说与小说家》,瞿世镜译,上海译文出版社2000年版,第362页。

化,损害小说艺术"。① 而症候表达,实现了对自我的隐蔽,这种写作同时也是逃避个人化情感叙述的有效方式。

伍尔夫的这部心灵化、精神化与诗化的作品,是"症候"化写作的实践,伦纳德称为"一首全新的心理分析之诗"。② 它不适宜统一的社会批评的外部尺度,相对适宜于新批评派瑞恰兹论艺术与诗的评价尺度。在《想象》一文里谈及艺术的功能时,瑞恰兹认为,人生价值的高低完全由它协调不同质量的冲动的能力而决定。能调和最大量的心神状态,是人生至境,也是艺术或诗的创造境界。伍尔夫的《到灯塔去》正是最大量调和了不同冲动,将对父母的复杂情感,不同阶段的认识与感知,调和在一起。鉴于以上多种因素,深入其显性框架之下的隐性层次的症候性,成为本节阅读《到灯塔去》的出发点与立足点。

(二)

有影响的"症候性阅读"的提法来自阿尔都塞,他提倡运用"症候性阅读"来阅读马克思的文本。阿尔都塞说:"单纯的字面上的阅读在论证中只能看到文本的连续性。只有采用'症候读法'才能使这些空白显示出来,才能从已说出的文字中辨别出沉默的话语,这种沉默的话语,由于实现在词语的话语中,因而使文字叙述出现了空白,也就是说丧失了它的严格性或者说它的表达能力达到了极限。"③

阿尔都塞将症候读法运用到马克思的阅读。而"症候"这个术语是阿尔都塞向拉康借来的,源头又可追溯到弗洛伊德。弗洛伊德在解析梦中的象征时,指出要依据表层的症候来发现深层心理中隐匿的无意识结构。拉康则认为,没有直接显现出来的东西和看得见的东西一样重要,甚至更重要。意识流小说是倡导无意识的,其实是推崇无意识比意识更重要,更需读者参与建构。因此,运用区别于直接性阅读的"症候阅读",将这部作品沉默的地方、藏匿的细节,悬置的部分与空白点等结合到作者的书信、日记、其他作品中的倾向等,进行关联剖析与开掘性阅读,依据空白、无、沉默等读出背后的所有,读出症候的暗示性。

《到灯塔去》中的拉姆齐先生与拉姆齐夫人的原型是伍尔夫的父亲母

---

① 瞿世镜:《弗吉尼亚·伍尔夫的小说理论》,见[英]弗吉尼亚·伍尔夫:《论小说与小说家》,瞿世镜译,上海译文出版社 2000 年版,第 384 页。
② 《伍尔夫日记选》,戴红珍、宋炳辉译,百花文艺出版社 2009 年版,第 83 页。
③ [法]阿尔都塞:《读〈资本论〉》,中央编译出版社 2001 年版,第 94 页;引自张一兵:《问题式、症候阅读与意识形态》,中央编译出版社 2003 年版,第 88 页。

亲,他们是文本的中心。然而伍尔夫的表达又有很大保留,留下很多症候,需要参照作者的日记、书信,家庭成员的关系以及作者的个人经历,才能有效读解出小说中的沉默、括号里的悬置与空白所包含的深意,还原生活的本来情境。

小说共分三部分。第一部分"窗前"的开篇,是拉姆齐夫人坐在窗前为灯塔看守人的孩子编织袜子的画面。窗前编织的形象,既是小说开始时她的坐姿,也是小说最后莉丽绘画中的呈像,还是维多利亚时期妇女作为"家庭天使"的一个定格,闪现着爱的光辉。编织体现了妇女当时局限于家庭劳动的地位,同时也包含对妇女没有"自我",处于利他位置的折射。

拉姆齐夫人允诺6岁的儿子詹姆斯,如果明天天气好,就去灯塔。这一允诺,满足了孩子的心愿,也强化了拉姆齐夫人的爱。然而丈夫拉姆齐先生却粗暴干涉,断言明天天气不可能好,强调事实的重要性,指出妻子以虚假来教导孩子的无益。这引发了6岁儿子詹姆斯的巨大愤慨,以致如果手边有把斧子,他就要砍向父亲。这一儿童心理情绪,集中浓缩了伍尔夫四姊妹小时候对父亲思维的拒斥与对抗,这成为儿女们与她们眼中的"暴君"父亲的尖锐冲突的一个象征。然而,拉姆齐夫人上床前对丈夫的微笑,代表她的意见与丈夫达成一致与和解。对这一微笑的捕捉,值得关注。它微妙地反映了拉姆齐夫人与拉姆齐先生之间的真实关系:那就是妻子会放弃自己的立场,迎合丈夫。这种让步,包含妻子对丈夫权威的崇拜。丈夫是知识精英、社会名流;在拉姆齐夫人这里,他还是她的爱的化身,是她的偶像;她相信丈夫总是对的,是家庭的权威。她的一笑,表明拉姆齐夫人相信丈夫坚持的是事实,明天准会下雨。拉姆齐夫人的让步,标志一种适宜方式的退让。之所以如此,是因为父母双方的观点冲突,是以男人与女人的方式相遇。父亲获胜,在家庭权威层面看是合理的,从事实来看也是有道理的。对拉姆齐夫人来说,她的让步顺理成章,不包含隐忍,因为她崇拜丈夫,她的让步是习惯与常态。这是维多利亚妇女在家庭中的自然选择,那个时代妇女没有自我。她的让步,不会构成自我的不平衡,更不会带来自我内心矛盾,因为在她这里,不需要坚持什么。随即自然发生的微笑与和解,表明女性自觉地维护男性权威。然而父亲的胜利的狞笑,带给未成年孩子的心灵伤害的冲突的恒久,直到十年后启航到灯塔去,才基本达成和解。到灯塔去,整整被延后了十年,耽误了儿童心灵的那种渴望与向往,无法弥补不说,最终却没有了母亲同行,更是一种缺失,母亲已去世了。对于幼儿来说,母亲是情感性的,母亲的人性化教育比父亲生硬的事实教育更适宜。父亲从事科学研究,他的科学态度,事实哲学,逻辑理性,成人价值对幼年子女的想象的渴望与喜悦构成伤害。在他们幼年去圣·埃文斯的旅途中,弗吉尼亚的父亲莱斯利也曾有过生硬与强硬的坚持真理的态度,对未成年儿女情感与生理胁迫的案例是发生过的。母亲去世之后,父亲与文尼莎等几个孩子们之间的冲突升级,构成敌对,这些都被包含进了詹姆斯要砍死父亲的儿童敌视心态之中。

父亲坚持事实的理性逻辑,形成了父亲与年幼子女之间的一堵墙,因为社会真理对成人的有效性,在年幼儿童这里则显得生硬而非人性化,转而构成对儿童的心理伤害。讲究事实哲学与追求科学精神的父亲的对科学与真理的态度,竟使他对孩子们造成的伤害毫无知觉。然而,伍尔夫在44岁时理解、原谅了父亲。伍尔夫早年更多看到维多利亚社会是一个男权中心社会,父亲身上的父权制家长的人格矛盾。英国学者指出:"维多利亚时代的父亲,他拥有不容置疑的权利,毫不迟疑地把事物强加于他的儿女。"①拉姆齐先生对儿子摆出一副讲究事实、追求真理的客观姿态,与他作为一个学者追求真理的态度是一致的。这个形象是伍尔夫对父亲莱斯利作为维多利亚时期的哲学家的写照。莱斯利对知识的追求孜孜不倦,几十年如一日,编辑了26卷的《国家名人传记》。他的科学精神与文化成就着实赢得了妻子的崇敬与爱戴。伍尔夫先以钢琴的键盘音阶的形式,又以英文26个字母的排列形式来比喻拉姆齐先生的追求与成就,这成为了对知识分子抽象追求的形象化艺术描绘。小说描写拉姆齐先生的成就已经达到了Q,在同代人中并不多见的程度,但后面还有R……字母台阶,最高峰有Z。伍尔夫的父亲莱斯利有一种萦绕于心的失败感。这种失败感一方面来自科学攀登的艰辛与知识永无止境使人产生的软弱,另一方面也有学者浮士德的"虽然知道很多,却想知道全部"的内心痛苦。知识分子对永无止境的知识的追求,注定了这种痛苦的永久性。拉姆齐先生的痛苦,正是作为文化名人的父亲莱斯利的内心纠结的写照,他终身为失败感所萦绕,尽管他成就卓著,甚至还获得了女王赐予的爵号。伍尔夫在《到灯塔去》中描绘了父亲的失败感引发的自我哀怜与不断索取同情的倾向,不断要求妻子献上赞美,而妻子则不断献上赞美,这使女性成为了男性权威的辅佐人。乔恩·马库斯(Jone Marcus)在谈到伍尔夫的父母时说:"朱莉亚·斯蒂芬是一个反女权主义者,一个在妇女问题上积极而顽固的保守分子……她乐意接受她女儿后来

---

① John Mepham, *Virginia Woolf*, *A Literary Life*, Macmillan Press, 1991, p.39.

欲作'男性观点'而感到憎恶的东西。"①作为不在知识领域的妻子,以及没有如此成就的家中的客人们,都不能理解拉姆齐先生的痛苦,他们认为拉姆齐先生已经颇有成就,应该自我满足了。然而他却不断地自怨自艾,担忧自己死后能否在学科史中占据一页? 一段? 还是只能占据一个注脚的位置? 这种担忧死后名声的烦恼,是谁也无力清除的,这是折磨他自己,也是他拿来折磨妻子的难题。妻子始终对他的自我悲叹献上赞美与慰藉,安抚他那颗充满失败感的心。拉姆齐先生与拉姆齐夫人的这种关系,正是伍尔夫父母关系的写照。莱斯利是作为传记作家占有一席地位的,莱斯利的失败感或许来自他的初衷未能实现,因为他的追求是在哲学领域,他期待很高的著作《科学与伦理》没有获得大的成功。伍尔夫用字母表来表现他的攀登、他的成就,这是对学究生活本质的极有创意的经典表达。

拉姆齐先生与拉姆齐太太的关系,是作者对自己父母关系的转化与抽象化。伍尔夫的母亲也被人称为"世界上最美丽的圣母同时又是最完美的女人"。② 在父子冲突中,拉姆齐夫人只能是丈夫与子女之间的调停人。然而其基本前提是丈夫的权威不可动摇,同时她对儿女又是关爱的。这就是伍尔夫的母亲——维多利亚家庭里的"天使"的塑形,也是男权中心社会规范培育出来的"最完美的女人"。伍尔夫的母亲是繁重家庭事务管理者,也是经常外出探望伺候病人的仁爱撒播者,服务是她的心愿与天职。

莱斯利在妻子去世后,转向对异父女儿斯蒂娜索要同情和赞美,后者成为母亲的接班人,照料弟妹,伺候父亲。两年后斯蒂娜去世,莱斯利再转向女儿文尼莎和弗吉尼亚,遭到了强悍个性的文尼莎的坚决抵制,弗吉尼亚是文尼莎的同谋。

伍尔夫在 1928 年 11 月 28 日的日记里写道:"今天是父亲的生日。他要在世的话,就 96 岁了……不过幸运的是没有。要是那样,他的生命就会扼杀我的生命。会发生什么事呢? 没有写作、没有作品——不可想象。"③"在斯蒂拉去世和他于 1904 年去世间的七年里,文尼莎和我完全暴露在他那古怪的强烈冲击之下。"④一周花费超过 11 镑,他就会捶账本,大喊"我被

① Jone Marcus, Introduction to *New Feminist Essays on Virginia. Woolf*, The Macmillan Press Ltd. , 1981, p. xix.

② 伍厚恺:《弗吉尼亚·伍尔夫:存在的瞬间》,四川人民出版社 1999 年版,第 14 页。

③ *The Letters of Virginia Woolf*, *1923-1928*, Volume Ⅲ, Nigel Nicolson ed. , Havest Books, 1980, 同时可见《伍尔夫日记选》,戴红珍、宋炳辉译,百花文艺出版社 2005 年版,第 114 页。

④ 伍厚恺:《弗吉尼亚·伍尔夫:存在的瞬间》,四川人民出版社 1999 年版,第 54 页。

毁掉了"。伍尔夫认为父亲的举止是野蛮的。

对拒绝父亲或与父亲的冲突,在父亲去世后,文尼莎仍是坦然的,然而伍尔夫却因此内疚。她感到父亲配得上赞美,她应该献上赞美。她看到姐姐文尼莎在父亲死后的兴高采烈而不能承受,这引发了她的精神病。伍尔夫对父亲的这种矛盾与内疚情感,在小说中设置拉姆齐先生穿一双新皮鞋,他反复给莉丽看,作为一个症候细节,希望莉丽赞美。这正是伍尔夫对曾忤逆父亲、自己与姐姐合谋抵制父亲所形成的内疚的症候化处理。她将这种症结包含到此暗示性细节之中,情感被场景化与艺术化了。这种忤逆的转换,在《到灯塔去》中还有另一处设置,那就是姐弟跟着父亲上船去灯塔时还在默默发誓要"抵抗暴君,宁死不屈",等回来上岸前后他们已达成了心灵的和解。看到父亲回头凝视赫布里兹岛,或许他们感到老人对往昔的惆怅,虽然年轻一代无法理解,小说写道:"他们想要问他:您要些什么?他们想对他说:您不论向我们要什么,我们都愿意把它给您。"这强烈地表达了伍尔夫曾因抵制父亲而积蓄于心的补偿心理。

孩子们眼中的天使母亲,在画家莉丽·布利斯科的眼中,同样具有天使的一面,但同时,作为拉姆齐夫人的密友,莉丽还看到母亲与儿女、妻子与丈夫关系之外的社会关系。拉姆齐夫人在晚宴上,表现出颐指气使的一面。她好为媒人,喜欢诱导她认为相匹配的人结婚,并带有一种让人就范的姿态。她的权威不同于拉姆齐先生权威的生硬,她的权威是甜美的。莉丽作为一个44岁的画家被设置于小说中,作为拉姆齐先生家的宾客之一,实际上,她代表了伍尔夫本人成熟后的视角。在她眼里,精心准备了晚餐后,晚宴上的拉姆齐夫人"就像一位女王,发现她的臣民集合在大厅里,她居高临下地望着他们……"作品中的另一个宾客卡迈尔先生也感到拉姆齐夫人身上有一种管理别人的倾向:她坚信女人必须结婚,无论她在世界上取得什么荣誉或胜利,女人的价值永远在婚姻中,并为周边的人介绍对象、进行操作。

除父亲、母亲两位中心人物外,小说延伸到了家庭的历史。家庭历史体现在小说第二部分的《时光流逝》。第一部分《窗前》与第三部分《到灯塔去》均为这个家庭一天的描写,中间隔了第二部分十年的跨度。这十年占的篇幅极短,被压缩为几百字。是对时间的流逝、生命的变化、生死的变迁的简述。这种压缩与删节,体现了伍尔夫的症候表达,她不愿公开三位亲人的死亡场景,她以缩写进行了遮蔽,其简略却蕴藏无限。首先亲人的死亡对她是一种创伤记忆,然而,伍尔夫的一笔带过,使家庭的历史带有一种空灵,成为一种静态的忆念,增强了情感真实性,形成抽象抒情,释放心灵的重负。

此外,批评家认为,"'时光流逝'部分提供了《到灯塔去》中最为直接的政治图表的线索,聚焦于战争与帝国"。①《雅各的房间》,伍尔夫将哥哥索比塑造为死于战争,因为她有朋友死于第一次世界大战。在《到灯塔去》中,伍尔夫仍然将他定位于死于战争:一个女儿死于难产,一个儿子死于战争。如果联系到伍尔夫的《波浪》,我们可以体会对此中的深意。在《波浪》中,伍尔夫借人物对死亡发出感叹,"……无论是什么职位,无论是如何死亡,都是死亡"。这正是伍尔夫对死亡的理解,对生命的理解,生命只有一次,每个个体生命有它独特的价值。

任何形式的死亡都是摧毁生命,即使是打着国家荣誉的战争旗号。布鲁斯伯里是一个崇尚美而疏远政治的团体,对于世界大战,他们都持有和平主义的反战立场。伍尔夫在《到灯塔去》中将一个儿子的死亡简略化,包含了她对战争的逆历史的态度,对官方宣扬战争的抵抗。"伍尔夫在第二次世界大战迫近的时刻,她认为艺术家的职责仍然是创造艺术。"②可见她没有民族主义的立场。伍尔夫的反战态度,反对国家宣传战争,在《达洛维太太》的塞普蒂默斯身上体现更为鲜明,呈现为战争年代国家荣誉对青年人的误导,致使热情的参战青年赛普蒂默斯精神受到刺激而疯狂。因此,《到灯塔去》对一个儿子在战场上死亡的沉默、简略与悬置,其实包含了伍尔夫立足于个体生命价值对国家战争荣誉的质疑,以及对战争的否定。

死亡于难产的大女儿普鲁的形象,寄托了伍尔夫对姐姐斯蒂娜的怀念。她在婚后第一个夏季里因病死去。生与死永远是伍尔夫心中解不开的结,因为她经历了太多亲人的死亡。伍尔夫在日记里写道:"生命是……最古怪的事情……我还在孩子时代常常有这种感觉。"

三位亲人的死亡被以非个人化的客观的时间视角来简略悬置,在小说中被一笔带过,与伍尔夫对死亡的思考有关。她关注的是死亡发生之后,生活继续着。个体死亡,生命并未结束,还生活在人们的记忆中,活在活着的人们中间。而活着的人心中也有死亡的影子,事物是相互关联,生与死是相互关联的。伍尔夫的《雅各的房间》,写雅各死后,雅各的房间依旧如故。《到灯塔去》中,重点选择死与生的关系,对死亡只简略提到,太太死亡,一个女儿死亡了……一个儿子死亡了,主要部分写仆人们回来打扫房间,生活在继续。

① Janet Winston, *Woolf's to The Lighthouse: A Reader's Guide*, Continuum International Publishing Group, 2009, p. 66.

② Janet Winston, *Woolf's to The Lighthouse: A Reader's Guide*, Continuum International Publishing Group, 2009, p. 68.

　　在家庭关系之外,莉丽与拉姆齐夫人的关系,是伍尔夫对女性关系的一种建构,包含了伍尔夫对男人与女人的婚姻关系之外的同性关系的经历及思考。莉丽是一个叙述中心,通过她的视角看拉姆齐夫妇,从最开始的作画到十年后最后一笔的完成,贯穿小说的开头与结尾。莉丽是一个旁观者,也是一个审视者与评价者。她是44岁的画家,与写作该小说时的伍尔夫年龄等同。其实她就是成年的伍尔夫的替身,代表着现时的伍尔夫对父亲形象与家庭关系的反思与理解。然而,莉丽与拉姆齐夫人的密切关系,还表现了作者与女性朋友同性关系的经历。她在《达洛维太太》中写过克拉丽莎与萨利·赛顿之间这种隐讳的女性间的爱的关系。在《到灯塔去》中,莉丽认为异性之爱并不为女性需要,她认为"再没有比爱情更乏味,更傻气,更不符合人性的了"。她看到拉姆齐夫人新近撮合敏泰的订婚,觉得敏泰"已经暴露在冷酷爱情的利爪之下"而庆幸自己单身。这也体现了伍尔夫的反男性倾向。伍尔夫在1924年11月11日的日记里写道:"假如能和女性友好,那是怎样一种快乐——那种关系同与男人的关系相比是如此隐秘而幽秘,为什么不写它呢? 真实地写。"①伍尔夫本人当时是与维塔(Sackville-West,维塔的全名)关系密切。该小说出版后她就赠给了刚从德黑兰回英国的维塔。维塔收到书后写信给她说,"一切都被你的书弄得模糊不清了……它才是唯一显得真实的东西……亲爱的,它弄得我害怕起你来。害怕你的深邃、优美的天才……因为它,我真的比以前更爱你了,……它使你更珍贵、更迷人"。② 事实上,对《到灯塔去》的同性恋解读也是很多的。"我希望指出在伍尔夫与萨克维尔-韦斯特的恋情与她写作《到灯塔去》的同时的平行关系。她写《到灯塔去》是在与维塔的关系的高度兴奋期间。她发现在维塔的女性美中她自己所缺乏的:有着曲线轮廓的身段,带着无畏与奢华环绕的步态;关于写作技巧的女性指南与会话;充沛的热情与宁静。"③这些正如莉丽看拉姆齐夫人。"艺术家莉丽在拉姆齐夫人身上所看到的,正是伍尔夫在维塔身上看到的",④莉丽拒斥婚姻,也是拒斥男女两性关系。莉丽曾感到男性感情如"火焰中夹杂着某种醇酒的芬芳,使她沉醉……"但又认为它是吞噬个性的"珍宝"。在维多利亚时代婚姻是吞噬女性个性的,因此,爱

---

①　*The Diary of Virginia Woolf*, Voliii. Anne Olivier Bell ed., New York: Harcourt Brace, 1983, p. 69.

②　伍厚恺:《弗吉尼亚·伍尔夫:存在的瞬间》,四川人民出版社1999年版,第280页。

③　Janet Winston, *Woolf's to The Lighthouse: A Reader's Guide*, Continuum International Publishing Group, 2009, p. 17.

④　Janet Winston, *Woolf's to The Lighthouse: A Reader's Guide*, Continuum International Publishing Group, 2009, p. 65.

情是"人类感情中最愚蠢的、最野蛮的"。她立足于现代女性的个性,而反对吞噬女性个性的婚姻。

同时,小说中画家莉丽这个人物的设置,还体现了伍尔夫对唯美主义的追求,一种布鲁斯伯里式的艺术至上,审美至上的旨趣。

伍尔夫不想将家庭生活真相暴露给公众。她曾帮助历史学家 F.W.梅特兰处理父亲的传记中涉及父母间的情书部分,梅特兰与莱斯利有交往,也是伍尔夫喜欢的人。杰克·希尔斯(过世姐姐斯蒂娜的丈夫)担心伍尔夫处理不周,以姐夫和律师的审慎态度给伍尔夫写了信。面对杰克的质疑,伍尔夫表示自己"对于关系到父母微妙和需要保留的地方","比他更在乎一万倍"。① 对父母隐私的在乎自然也会体现在小说《到灯塔去》中,伍尔夫在私密与公开上进行了艺术公开与艺术遮蔽。生活本身是非艺术化的,伍尔夫在小说中采取了场景化等象征处理手段,将生活升华为艺术。她采取设置莉丽这样的家庭之外的人物的方式,通过作品中的人物化视角替代了自我评判。她还有意识地将地点进行改变,避免过于事实化。《到灯塔去》中的灯塔,不在全家旅游的胜地圣·埃文斯海域,而被移植到苏格兰,这也是有意对地点进行错位,也成为了一种对生活进行陌生化的手段。

伍尔夫在《奥兰多》里说过:"一个作家灵魂的每一个秘密,他生命中的每一次体验,他精神的每一种品质,都赫然大写在他的著作里。"②《到灯塔去》正是包含伍尔夫内心秘密与情感的作品。

(三)

《到灯塔去》中的症候,包含作者的生平,生活,态度,立场等的模糊化与寓意性,作品生成出作者的意向所不能掌控的非意向性内容生存。伍尔夫说她并不想让什么直接象征什么,但读者还是创造性地读出灯塔象征拉姆齐夫人感情与爱的光辉。因而小说在非意向性方面生成出巨大空间,使小说升华出强大的公共性,读者能创造性地从拉姆齐先生与拉姆齐夫人身上建构出了男人与女人的范式。赫米恩妮·李在《弗吉尼亚·伍尔夫的小说》中就以男性与女性的对立为契机,归结出了男性与女性的差异品质:

男性	女性
理智	直觉
事实	幻景

① [英]昆丁·贝尔:《伍尔夫传》,萧易译,江苏教育出版社 2005 年版,第 98 页。
② 伍厚恺:《弗吉尼亚·伍尔夫:存在的瞬间》,四川人民出版社 1999 年版,"前言"第 1 页。

白昼	黑夜
清醒	梦幻
言辞	沉默
社交	孤独
钟表时间	意识时间
现实主义	印象主义
晦暗	透明
土地	水域。①

伍尔夫的艺术创作,将其家庭内幕予以艺术化的、有限度的公开;同时,也使个人化艺术转为了集体意识中的艺术,小说也从作者的自主转换而进入到由交流功能主导。

伍尔夫所写的父母形象,蕴含着那代人的理想模式。这在莉丽看到拉姆齐夫妻俩人时的感觉中体现出来。她突然觉得"超越了真实人物的象征性的轮廓",感到"某种使人们成为象征,成为代表的意识,突然降临在他们身上,使他们在暮色中伫立着,观看着,使他们成为婚姻的象征:丈夫和妻子"。这种感情就是她在《现代小说》中论及的"重要的瞬间"。

现代主义小说需要读者参与建构交流,才能完成阅读,正如学者概括的"迄今20世纪后半叶,弗吉尼亚·伍尔夫差不多成了一尊偶像。虽然如此,她的作品却很少有人去读,原因是伍尔夫小说独特的内向式作风,叫大多数期望在阅读中寻到消遣的读者,望而生畏了。"②其实,这正点出了伍尔夫小说中的症候太多,需要相关的材料背景,进行相应的症候性阅读,才可进入其艺术境界之中。

通过从不同时期审视拉姆齐夫妇,作者将对人物的透视并置,而不是以现代立场简单否定维多利亚时期。"不像莉丽与拉姆齐夫人,她们尽管有她们不同的历史优长,共享着共同的尊敬,各自都作出了自己的人生选择,但伍尔夫审视了她的愿望与那些她的长者们对她的期待之间的无法嫁接的鸿沟。"③伍尔夫是将不同并置,并无意于完全从现代的角度否定拉姆齐夫人。一方面表现莉丽对她有迷恋,另一方面也有否定。站在现代的立场是否定的,站在维多利亚时代的立场又是理解的。小说结尾写道:"尽管缺乏信心,莉丽得意于她看到了她的拉姆齐夫人的画——经过十年的中断,继三

---

① Hermione Lee, *The Novels of Virginia Woolf*, London:Routledge,1977,p.5.

② 陆扬等:《伍尔夫是怎样读书写作的》,长江文艺出版社1998年版,第71页。

③ Janet Winston, *Woolf's to the Lighthouse:A Reader's Guide*, Continuum International Publishing Group,2009,p.52.

个人的死亡与第一次世界大战之后——走向了完成。"①这是因为她获得了她关于拉姆齐夫人的"视像"（vision），也就是有了对她的完整的理解，画像才得以最后完成。拉姆齐夫人的形象在画像完成的最后一笔中，也在伍尔夫的理解中得到了升华。

事实上，伍尔夫有着终身没有脱离的维多利亚家庭背景。赫米恩妮·李（Hermione Lee）说："弗吉尼亚·伍尔夫是'现代的'，但她也是晚期维多利亚人，过去的维多利亚家庭充斥着她的小说，框定着她对社会的政治分析，同时也支撑着她的社会交往行为。当然，这一点是一个强有力的成分，在她对自己的界定中。"②斯蒂夫·爱丽丝（Steve Ellis）也写下了《弗吉尼亚·伍尔夫与维多利亚人》的专著，她谈到了该书的立意在于："通观她的一生，伍尔夫一直深深地留意于她所出生的那个时期，无论好坏，本研究使用'后维多利亚人'作为一种新的途径去接近构成她的观点的激进与保守的混合。"③

伍尔夫终身带有维多利亚时代的精英意识，尼科尔森（Nigel Nicolson）说："弗吉尼亚，我宣称，她不是一个势利者。她是一个精英主义者。在讨论她的态度时，从来没有适当地作出这种区分。一个势利者，会使自己依附到对徒有虚名的伟大、对出生、对口音，对获得或继承财富的重要性的夸大；而一个精英主义者，相信一些人是天生的自然的贵族，也即心灵与性情的贵族，这个世界因为他们而成为一个更为美好的地方。"④伍尔夫正是以这种精英主义者的眼光来看其父母的，她无疑认为父亲母亲都是男人与女人的精英。父亲代表才智，母亲代表感性的光辉与牺牲奉献和爱。

西方有学者在谈到拉姆齐先生时指出："男性的才智，是人间的秩序这片干燥的陆地自身赖以建立的理性基础，这种秩序包括一般所称的文化：科学、数学、历史、艺术以及各种社会问题。"⑤拉姆齐先生不能只被简单地看作维多利亚父权的代表，也不能被批判为纯粹大男子的自我中心主义，因为正是拉姆齐先生的才智，建立了文化秩序。拉姆齐先生与夫人的关系，体现的是社会的理性基础与家庭秩序、文化秩序。

①　Janet Winston, *Woolf's to The Lighthouse: A Reader's Guide*, Continuum International Publishing Group, 2009, p. 54.

②　Hermione Lee, *Virginia Woolf*, Chatto & Windus, 1996, p. 55.

③　Steve Ellis, *Virginia Woolf and the Victorians*, Cambridge University Press, 2007, p. 9.

④　*The Letters of Virginia Woolf*, Volume Ⅱ, edited by Nigel Nicolson, 1976, Harcourt Brace Jovanovich, introduction xviii.

⑤　瞿世镜选编：《伍尔夫研究》，上海文艺出版社 1988 年版，第 437 页。

　　尽管人们可以站在现代的角度审视到君王秩序的不合理性,但君王时代的君王秩序自有它的进步、合理以及不可替代的威严,它代表着一种秩序。同样拉姆齐先生的父权,也闪烁着君王般的威严光芒。从原型角度看,它被点染了传统与古代的色彩,永远占据着一席地位,只要秩序成为需要的话。

　　拉姆齐夫人不断向丈夫献上赞美,本身体现了她对这种秩序的维护,是合乎当时的社会理性与秩序的。拉姆齐夫人一生的图景,也被点染上了一种夫贵妻荣的光芒,被点染了秩序与理性光辉。作为人物原型的父亲莱斯利与母亲朱莉亚,曾是家庭秩序的典范性人物,因而分别被人称为"最可爱的人"与"最完美的人"。

　　《到灯塔去》中拉姆齐夫人的形象是充满生机的,熠熠生辉的,她是一个传统社会中爱丈夫、爱孩子、爱邻人的贤惠女性。她相夫教子,操持家务,关爱宾客,家庭晚宴上她像一个女王,她能将男性置于自己爱的羽翼之下。她不只是顺从丈夫,而是崇拜丈夫,敬仰丈夫,丈夫的高兴与满意,就是她最大的愉快。她将相夫教子的家庭生活看作女性的最高价值。她在这个位置上乐此不疲,不仅没有感到压抑,还为之陶醉,甚至产生了完美感,有一种成功的满足。她像一个光辉之神,受到丈夫的依恋、男性的崇拜。在这个基础上,才会有莉丽所感到的她的"颐指气使",她的"爱管理一切人倾向",这正是她自感婚姻生活满足与完美的结果。事实上,在整部小说中,她都是微笑的,不少场景表现了拉姆齐夫妇的亲密和谐,诵读诗歌的场景就是他们诗意生活的写真。因此,她才会撮合敏泰与保罗的婚姻,才会对现代艺术画家莉丽反复地唠叨"结婚吧,结婚吧!"拉姆齐夫人对婚事的劝导、介绍,本身就是这位"圣母"般的主妇,在努力完善年轻的女性的心灵,乐于让自己的心灵之火在她们身上延续放光。敏泰形象也体现了伍尔夫的母亲朱莉亚对大女儿斯蒂娜的成功影响。同父异母的姐姐斯蒂娜在母亲死后,接替母亲,成为朱莉亚的翻版,一个新的"家庭天使"。莱斯利认为应在家庭内给女儿教育,而朱莉亚更保守,她认为"服务,就是妇女最高天性的完全实现"。因此,朱莉亚带过来的女儿斯蒂娜应该是没有接受过什么书本知识教育的,被培养成了完全传统的、复制母亲的"天使"。弗吉尼亚在《往事杂记》中写道:"我母亲对她很严厉。……在我的想象中她是个苍白而沉默的孩子,敏感、谦恭,从不抱怨,崇拜母亲,一心只想怎样才能帮助她,没有任何志向抱负,或者说甚至没有自己的性格。"①像斯蒂娜这样没有自己性格、没有自己

---

　　① 伍厚恺:《弗吉尼亚·伍尔夫:存在的瞬间》,四川人民出版社1999年版,第23页。

的追求的女性,在现代画家莉丽看来是女性的不幸,"根本不具有任何真实的生命"。从传统与现代双重标准看,拉姆齐夫人是幸福的,但也是有缺失的。然而,在与男人的关系中,她呈现的女性温柔、利他、克己与无私,又是不可超越的美德,更不用说拉姆齐夫人的心灵、情感、本能、直觉等女性精神气质的自然天性,放射出灯塔一样的光辉。但同时,也如小说中所写的"无论这盏灯放到哪里,它总会在某个地方产生阴影"。

伍尔夫是生活在维多利亚到现代的一个过渡时期的人物,她年幼时看父母的立场接近小说中的凯姆,也就是凯姆代表了伍尔夫的年少时期,而莉丽代表了伍尔夫成年后的时期。这也可以说是小说包含了伍尔夫本人的自我对话,针对父亲母亲的自我对话,这种对话借人物形象的巧妙设置来完成,不同时期会有不同的自我。伍尔夫将姐姐文尼莎与她少年时期对父亲的忤逆,内置到其他人物身上。与只接受了传统的妇道教育斯蒂娜相比,文尼莎与弗吉尼亚在家庭中接受了书本知识的教育,她们后来生活在布鲁斯伯里男性知识精英圈中,成年后进入了现代社会。文尼莎与弗吉尼亚接受的教育,可以说包括有男性受到的教育。伍尔夫曾说,1912 年人类的一切都变了。相较于姐姐施蒂娜而言,现代社会使她们具有了个性,有了个人意志与追求。因此,当父亲莱斯利在斯蒂娜死后,转向文尼莎索要赞美时,就遭到了文尼莎带领弟妹们的反抗与抵制。她们头脑里的现代个人的概念,取代了传统的家庭责任,不能隐忍父亲对自己索取同情的要求。

这里还有另一个深层原因,那就是父亲莱斯利感情要求的错位。莱斯利是一个学者,一丝不苟追求真理。他在家庭里有着神明的地位,同时又具有乞求哀怜的孩子气。他只有在与妻子的关系中,妻子茱莉亚既能满足他的权威性,同时也能像爱孩子一般庇护她,因为她对丈夫的迁就带有呵护孩子的母性成分。而年幼的女儿们还不能理解父亲的科学追求,不能形成对父亲的崇拜。她们更无法满足父亲的这种错位的孩子般的爱怜情感的需要。事实上,他所形成的情感依赖性,未成年的孩子们无法理解,甚至反感。伍尔夫只有在成年后,也就是小说中 44 岁的莉丽,才能全面地认识与真正同情拉姆齐先生。

作为一个学者,莱斯利具有"想成为天才人物的欲望",然而"对于他实际上并非出类拔萃者的意识","导致极度沮丧",使他"如此孩子气地渴求赞扬奉承,如此心理失衡地郁郁沉湎于自己的失败,去思考失败的程度和失败的理由"。这是伍尔夫在《往事杂记》中对父亲渴求赞扬的解释,认为它来自失败感。

伍尔夫独特地用字母表表达了拉姆齐先生的科学精神与热情所取得的

成就。"他已经达到了 Q。在整个英国,几乎没有人曾经达到过 Q……但是,Q 以后又如何? 在 Q 以后有一连串字母……进军,接下去就向 R 进军",最后要达到 Z。

莉丽觉得"他一心一意只考虑自己的事情,他是个暴君,他不会公正",另一方面又觉得他是"最诚恳、最真挚的人,最好的人"。这是科学家与知识分子的普遍特征,真诚地追求事业,"他全不弄虚作假;他绝不歪曲事实",具有"最重要的品质,是勇气、真实、毅力"。然而正是这种寻求真理,追求终极或绝对的目标的过于远大,注定给他们带来痛苦。他们往往是天真的利己主义者,为自己的目标要全部奉献。科学家或知识分子的追求不是凡夫俗子的追求。

应该说,他是一个名人,一个学者,但不是现实中的人,不是完全的人,更不是幸福的人,还是不能将幸福感带给家人的人。学者拉姆齐先生或父亲莱斯利更多地属于世界,而不是属于一个女人或一个家庭。小说中拉姆齐先生,忽略孩子们的情感需求,科学研究整个儿将他占据了。他是学者,坚持事实与真理,因而才会与儿子詹姆斯的心灵渴求、与孩子的人性需求发生尖锐的冲突。母亲给孩子的柔情与慈爱,是他们可以沐浴到的,而父亲的那些成就,逻辑和抽象,永远解释不了孩子们心灵的渴求。科学追求将科学研究者置于孤立的处境。这种高处不胜寒的孤独感,往往会使人滋生出胆怯与孩子气的一面,所以拉姆齐先生(莱斯利是原型)也就会不断地索要同情与赞美。

莉丽等人对拉姆齐先生的索要同情充满不解与愤慨,认为他是残酷的暴君,他的索要致使拉姆齐夫人枯竭。"她的一切都慷慨大方地贡献给了他,被消耗殆尽"。只有当拉姆齐夫人独处时,她才能"返回了她的自我",这看似是一种现代立场,是对"自我"进行的思考,但其实不在这个层面。她身上可能有的最大"自我"是,她自己感觉"当生命沉淀到心灵深处的瞬间,经验的领域似乎是广袤无垠的。她猜想,对于每个人来说,总是存在着这种无限丰富的内心感觉……我们的幻影,这个你们代理以认识我们的外表,简直是幼稚可笑的。在这外表下,是一片黑暗,它蔓延伸展,深不可测;但是,我们经常升浮到表面,正是通过那外表,你们看到我们"。可见,拉姆齐夫人的"自我",不是现代意义上的"自我个性""自我意志"的自我,而只是立足心灵的感受的女性经验的感觉。拉姆齐夫人立足于心性,陶醉中的感觉,微妙地通达于外部事物所具有的无限丰富性。这种感觉似乎弥漫形成一种磁场,一种波浪,从她这里传导到周围,与周围的人、与大自然形成连接。如同伍尔夫《达洛维太太》开头描写达罗威夫人去买花,一路上她欢快的心情与伦敦街头的自然景象连接,她的感觉溢出来了,连接到街铺的手套店等,又连接到意念中的人物。拉姆齐夫人感觉的荡漾,在她到村里探望病人时会感染到对方,使她成为人群的中心,她也是家庭晚宴中的女王。然而维多利亚时期,"家庭天使"是普遍的,伍尔夫在《一间自己的房间》里写道,"每个房子里都有一个天使"。自我牺牲是维多利亚女性的常态,并不能受到特别崇拜,然而拉姆齐夫人则像女神一样,所有男性都崇拜她。莱斯利对她倾心崇拜,莉丽为她而迷醉,班克斯先生则感叹说,造物用以塑造她的黏土实在是罕见的。伍尔夫在1907—1908年的《回忆录》中写道:"每一种行为的语言……显然渗透了内心贮藏的大量体验。"拉姆齐夫人独特的、丰富的心灵的、经验的感觉,能将这种荡漾的感觉传导给别人,连接到周围,她成为一个撒播感性之爱与感性之美的光辉女神。这种感性的爱与美,在丈夫完全的逻辑与理性的逻辑的对照中,特别是在后者对孩子心灵的伤害中显现出特有的价值与生命力,具有丈夫的理性及科学追求不可替代,甚至不可企及的功效。弗吉尼亚姐妹6岁谈到父母时,文尼莎会毫不思索地说喜欢母亲,而弗吉尼亚则倾向父亲,特别是成熟以后,因为她的文学天赋与父亲有内在相通。1891年弗吉尼亚9岁生日时,父亲评论说:"她当然非常像我。"①

伍尔夫创作出拉姆齐夫人这样的女性形象,与她本人敏锐的通感性有关。在《往事杂记》中,她设想如果她是一个画家的话,她看世界的方式,自然将事物连成一个整体。小时候在圣·埃文斯的花园里,观看着门边花园中的一株花时:"'这是一个整体'……我突然之间仿佛明白了花本身是大地的一部分;有一道圆环包围着这株花,那就是真正的花;既是泥土;也是花。"伍尔夫明白世界存在着一种隐秘的模式,万物之间,人与人之间,人与物之间,生与死之间都是联系在一起的。她听说一个叫瓦尔皮的人自杀了,在圣·埃文斯她散步到苹果树下时,"仿佛觉得这棵苹果树与瓦尔皮自杀的恐怖联系在一起"。这种心灵感觉可以达于无限的连接性,伍尔夫赋予了拉姆齐夫人一种自足的心灵通感性,出自心灵,达于万物。拉姆齐夫人沉醉于自己的感觉中,这是一个特殊的品性与能力,也是女性感知性的凝结与升华。

应该说,正是这种心灵的通感,使恋人、夫妻之间不是通过语言或行为,而是凭直觉在沉默的自我中达到彼此了解。伍尔夫在《岁月》里认为,"对话不是照常规那样用以表现成功的交流。交谈毋宁是表现交流的失败……

---

① 伍厚恺:《弗吉尼亚·伍尔夫:存在的瞬间》,四川人民出版社1999年版,第23页。

说出真实意思几乎是不可能的"。相对而言,感觉、感性的相通才是真正的交流。《到灯塔去》中拉姆齐夫妇擅长彼此"看见"。在后现代视角下,女性比权威的男性有更多的价值、更多的光辉,因为她不是中心化的,单一理性的,而是弥散的感性的。《到灯塔去》正是通过作者本能的这种直觉,来挖掘"棉团后面存在的隐藏的模式。"①

当朋友罗杰·弗莱问伍尔夫灯塔象征什么时,她回答说:"我无意于用它象征什么,一部小说总得有个线索置于书的中间,将设计黏合起来。"②然而后来,读者们都认为拉姆齐夫人的女性的感性光辉是灯塔之光。虽然伍尔夫写作前宣称,小说的中心人物是父亲,她说"主要是父亲",最终她对父亲是崇敬与爱戴的:他有坚韧的毅力,明晰的理性主义精神,鄙夷世俗,反感矫饰。这是出自伍尔夫44岁的理性认识。然而,小说的结果是拉姆齐夫人更吸引读者的眼球,原因或许来自伍尔夫的女性审美,使小说中的女性成为了主体。自然还有女性的精神的弥散性。梯德威尔指出:"她强调男人与女人,主人与仆人,个体与国家之间的关系。……在《到灯塔去》中,伍尔夫质疑个人间的关系到这种程度,一个人能真正知道和理解另一个人吗? 即使战俘与妻子,父母与孩子之间。"③因此,无论小说中的人物,还是小说中的看与被看的人物之间,其实是可以被永远不断解读下去的,这正是伍尔夫症候化写作的魅力所在。小说的艺术真实与人物的性格真实在症候表达中实现了完美的融合。

二、从《等待戈多》看荒诞派戏剧作为一种贫化艺术

荒诞派戏剧,特别利用了戏剧的表演性符号与物质媒介,同时吸取中世纪的哑剧的动作语言,利用场景、灯光等综合性视觉语言,有意规避对话语言的社会理性渗透,形成特有的象征性表达。它整体上有回归中世纪的神秘剧的非理性的倾向。《等待戈多》中的人物大多数时候处于沉默中,没有对话,这对于戏剧本是致命的,而且人物简约,没有什么剧情。然而,它强化了动作与表情等戏剧语言,场景语言,由于它们简略、含糊而不明确,在表意

①　Virginia Woolf, *Moments of Being*, Jeanne Schulkind ed., Harcourt Brace Jovanovich Publishers, 1985, p. 72

②　*The Letters of Virginia Woolf*, Volume Ⅲ, Nigel Nicolson ed., Harcourt Brace Jovanovich, 1978, p. 385.

③　Joanne Campbell Tidwell, *Politics and Aesthetics in The Diary of Virginia Woolf*, Routledge, 2008, p. 93.

方面显现出一定程度上的贫乏。然而,正是在这种语言的"贫乏"与"收缩"中扩大表章,现代的综合手段使之获得了全新的表现力。

荒诞派戏剧不只是反叛传统戏剧,而且还完成了更新。伯纳德·多特说过:"每一个先锋派,首先都是一种对大部队的脱离,一种对现行规则和行为的拒绝。"他指出"所有先锋派的实质在于:它们不满足于现行的标准,并且在不断地探索,在先锋派的最著名的声明中,它不仅是反叛,而是更新"。①

(一)

荒诞派戏剧的创新不只是道具、人物简约化等形式上的,还有语言、戏剧观念上的。如普朗科在《法国先锋派戏剧综论》中所认为的,荒诞派戏剧拒绝的是资产阶级的宇宙,"构成了对于资产阶级思维方式和生活方式的反叛,并且找到新颖、惊人和有趣的表达方式。今日的先锋派拓展了这一反叛,他们不仅拒绝资产阶级世界,而且拒绝资产阶级整个宇宙;他们将种种新的想象力引入戏剧,丰富了戏剧的表现力"。② 荒诞派戏剧采取超然的外在立场来打量人类的存在,审视人类整体,其反叛构成了文化的反叛。尤奈斯库看到了荒诞派戏剧所负载的文化变革意义,他在《论先锋派》中指出:"先锋派就应当是艺术和文化的一种先驱的现象,从这个词的字面上来讲是讲得通的。它应是一种前风格,是先知,两种变化的方向……这种变化终将被接受,并且真正地改变一切。"这正是现代主义对于西方文化的意义,它以文学的变革作为文化与社会变革的内驱力。

荒诞派戏剧由一群剧作家树立起来,然而荒诞派戏剧家并不是同一副面孔,他们各自的表达与风格都存在着差异:"有贝克特戏剧中逐渐非人化;又有尤奈斯库戏剧中的缓慢的人性化;有阿达莫夫词语的枯燥乏味,又有奥蒂贝尔提的词语的熠熠生辉;有贝克特极端的悲观主义,又有谢阿代的柔美的乐观主义;有贝克特或尤奈斯库的情节削减,又有奥蒂贝尔提的情节丰富;有沃蒂埃的个别人物的复杂性,又有谢阿代的众多人物的简明性,有尤奈斯库对陈词滥调的强调,又有热奈的抒情诗体。尽管这些作家之间有深刻的差异,但同时又有一种共同的目的,在精神上把他们结为一体。"③本节选取贝克特的《等待戈多》作为案例,阐释荒诞派戏剧在戏剧上的、文学

---

① 黄晋凯主编:《荒诞派戏剧》,中国人民大学出版社1996年版,第121页。
② 黄晋凯主编:《荒诞派戏剧》,中国人民大学出版社1996年版,第139页。
③ 黄晋凯主编:《荒诞派戏剧》,中国人民大学出版社1996年版,第139页。

观念上的,文化形态上的变革意义,而值得关注的是其激进的先锋变革,包含对近代之前的中世纪艺术的回归。

论及荒诞派戏剧,这类"没有了什么"的语汇描述十分常见,比如戏剧没有开头,没有发展,没有结局,没有事件,(戏剧)没有台词,(演出)没有声音,对白没有意义,动作没有意图,人物没有个性等。荒诞派戏剧似乎成了"缺失的"艺术。更准确地说,它不是缺失的艺术,而是"贫化"的艺术。这种贫化,主要体现为对理性语言的贬低与收紧,对情节、事件、性格冲突等理性戏剧模式的放弃,回归到非语言与非对话性的哑剧的中世纪的神秘戏剧传统中的非理性原型。

贝克特不仅不关注观众趣味,他恰恰要抵制戏剧的大众性,主张艺术应走向内省,认为对于艺术家而言,"唯一可能的精神发展是深度感。艺术的倾向不是扩张,而是收缩"。①

具体而言,"收缩"艺术一方面是指社会观念与艺术观念方面的收缩,具体包括社会背景,意识形态的宏大叙事,复杂的人物关系等戏剧的社会主导方向的全面收紧,背离将戏剧冲突预设在伦理道德和社会政治框架中的现实主义模式;另一方面指戏剧形式方面对接连不断的戏剧悬念与戏剧冲突等戏剧范式的全面收缩。放弃亚里士多德确立的以人物行动引发的冲突,也放弃近代以来的以不同的立场或价值取向引发的冲突为戏剧中心,而将戏剧演变为沉思的艺术,观照人类自身的处境。戏剧由人物之间的显性冲突,变成了人与情境,人类与人类的有限性,人类与时间等不可解决的矛盾之间的冲突的寓意性的呈现,从而强化了象征性,使其具有强烈的抽象性。

荒诞派戏剧的对话收缩到沉默,这对于以激烈冲突性对话为特征的戏剧,无疑是戏剧美学的爆炸。这种极端的立场,体现出荒诞派戏剧意在抵制形而上学等外部理性价值观对艺术的介入,还包括大众传播所形成的庸俗化与复制性的大众艺术。这就是世界被操控,艺术只能以沉默的方式说话,表现出来的一种自我否定的否定美学。

荒诞派戏剧的"贫化"特质,表现为理性语言的贬低,回到中世纪的哑剧,转向沉默。这看似回归原始,其实已经通过象征,寓言式地将哲学包含进戏剧中,实现了传统戏剧与当代艺术的新综合。莎士比亚戏剧中就有诗性与哲理的并存,荒诞派戏剧中,诗性形象成为了哲理载体本身。20世纪形而上学已经终结,不再有最高价值,现代人处于分裂的精神状态。新的感性体验与过去的理性表达语词之间的分裂,新体验与各种已有表达概念的

---

① ［英］马丁·艾斯林:《荒诞派戏剧》,华明译,河北教育出版社2003年版,第15页。

异质性不适宜。就戏剧而言,传统戏剧的情节化模式与现代人心理焦虑的非情节化的跳跃之间出现了分裂,它势必催生新的戏剧形态。这些分裂在理性语词的惯性内涵的定格语词表达的乏力中体现出来,即理性词语概念已有的习惯性内涵或固定表意,凸显为不能表达新的内心直感体验的僵化套语,原有的语词的理性表达范式显得陈旧。荒诞派戏剧无论在语词上,还是戏剧观上,都实现了对理性范式的突破。它以象征为黏合剂、为载体,弥合各种分裂。它以静默、非对话的动作,打破理性对话的局限,以象征将戏剧建构为呈现艺术。

荒诞派戏剧以新的戏剧语言与新的戏剧形式,将工业体制社会的理性牢笼中的孤独个体对他人、对外界的隔膜体验,做了全新表达,撼动了传统戏剧与文学根基。它是一种裂变,带给传统期待视野中的观众以错位的非满足感。然而,荒诞派戏剧成为了最能表征现代主义戏剧的象征性代码与符号:它包含潜意识,这是意识流小说的突出方面;它包含有对人生的观照与对存在的思考,这是存在主义文学的内核;它包含黑色幽默小说的怪诞;也包含有象征主义诗歌的暗示与非直接性隐喻;还包含有新小说的零度写作,因为它选择沉默,而让物及场景表意,接近新小说的让物呈现自身;它的寓言性又接近表现主义,可见,荒诞派戏剧是综合性的。在艺术理念与戏剧形式方面,它吸取了布莱希特戏剧的间离效果,吸取了达达主义、超现实主义的变革因素;同时,吸取了现代电影蒙太奇艺术的组构性与现代绘画的画面感。其有趣的自嘲式表达成为了时代的镜射大厅,映照着时代,映照着现代社会的芸芸众生,反映了无法超越与解脱的人生的终极性悲剧境遇。这种镜射既荒诞逗笑,又严肃认真,它既包含戏谑性喜剧因素,又包含深刻的悲剧内蕴,既是诗性的,又是哲理化的。

古希腊戏剧将美看作最高的境界并予以宗教化的崇拜,排斥感性中消极的体验,表现类乎童心的单纯美,即温克尔曼所说的"高贵的单纯和静默的伟大"。马克思提到希腊艺术反映了希腊人是正常的儿童。在古希腊艺术这个神性辉映的世界里,神是不死的人,而英雄是终有一死的神。他们接受与顺应命运,坦然对待生活中的一切灾难,没有对死亡的恐惧,构成悲剧。古希腊悲剧中的冲突,不是人与人的冲突,而是个人与命运的冲突。

文艺复兴时期莎士比亚戏剧的冲突,为个人的行为引发的人与人、个人与外部社会的冲突。这是近代社会以人的理性作为世界主宰的冲突模式。

17世纪的王权、18世纪资产阶级设想的理性王国,强化出社会理性,文学叙事进一步窄狭化为社会理性目标叙事:文学人物或者合乎王权,或合乎人类社会发展的理性方向,围绕这类观念建立冲突,构成了近代以来的二元叙事模式,符合社会理性的人是正确、高大与美的,否则是反面的。

而荒诞派戏剧既不像古希腊戏剧,人物是行为的发出者,也不像理性时代的文学,人物是事件的承担者,它的人物是整个生活的旁观者。人不是神性辉映下的存在物,不是社会理性秩序或社会某一阶段特定社会冲突的存在物,下降为一种境遇中的存在物,被表现为绵延无限的时间中的有限存在,强调人的"终有一死"。作为主体的人征服世界的理性时代的精神被嘲弄,技术导致虚无主义带来非理性在 20 世纪流行,人与世界的关系显得虚无化。《等待戈多》正是旁观人生的没有意义,在无限时间中,短暂生命的人都是寄居者与流浪汉。从审美形态上,荒诞派戏剧以荒诞对抗理性美,抛弃了理性审美传统,多元感性使"非美"或"丑"进入审美主流。

荒诞派戏剧放弃冲突,也放弃了人物的性格冲突。世界上最丰富的艺术是语言艺术,而戏剧作为对话艺术,因语言表达而具有表现力。然而近代以来形成单一的社会理性,理性反而成为了文学丰富性表现的桎梏。荒诞派戏剧回到静默,或前言不搭后语的方式让语言交流受阻,就是贬低与抑制理性语言,寻求近代理性社会之前艺术的各种哑剧、杂耍等"贫化"表达方式,回归的非理性、非意图性的原型表达。人物动作与姿势的漫画式投射;即使是对话,常常是非交流性的答非所问、胡言乱语,絮絮叨叨,要不干脆是静默。

与此同时,荒诞派戏剧利用现代综合性手段,设置舞台光线、形状等戏剧的背景,将背景凸显为戏剧语言,还有通过人物的动作、场景等实现戏剧语言的丰富。

《等待戈多》通过杂耍式的扔帽子等动作来中断对话,还以离开舞台去小便等中断场景中的交流,语言层面似乎是"蜕化"了,但这并不等于思维上存在弱化。对话的抑制与弱化,强化出动作的表意、场景的表意。因为身体动作与思维具有多重关系。弗洛伊德认为,身体可以体现思维,也可以囚禁思维。相对于理性时代对感性体验的忽略、对身体的囚禁而言,贝克特剧中的身体动作获得的是一种解放意义。弗洛伊德的研究学者,引用贝克特戏剧中的身体运动,解说禁锢与解放的关系:"贝克特的心智游戏"体现出"思维是沉默的,它被囚禁于身体之内,遭受禁锢。一方面,贝克特的思维试图通过减少身体运动来降低对身体的依赖。某种程度上,贝克特的'贫化'艺术是将意识从运动本身所固有的偶然性和小说性虚构的诱惑中解救出来的一种尝试"。[1] 可见,身体语言在《等待戈多》中被推升到极为重要

---

[1]　[美]利奥·博萨尼:《弗洛伊德式的身体——精神分析与艺术》,潘源译,上海三联书店
2009 年版,第 13 页。

的地位。

《等待戈多》中的中世纪民间戏剧中非理性视觉动作因素被广泛采用，这些非语言表达方式，作为贫化艺术的手段，被用来服务于荒诞派戏剧的"不可交流"性。荒诞派戏剧返回语言"贫化"，所建构的非交流性语言与非指涉性表达，有效呈现了 20 世纪工业体制社会中现代人内心的孤独与隔膜。对话语言的蜕化，戏剧冲突的降低，使戏剧将注意力引向了言辞空隙间的想象，这是贝克特的意图。"贝克特的非凡抱负，是制造一种从文化角度而言不切实际的艺术，但这抱负不断被他那自认为是恼人的表达和沟通手段所挫伤。"①

《等待戈多》以原始贫化，走向了象征与寓言，表达了西方世界两次世界大战后的无以言述的情境。理性戏剧集中在对白，对话提升了戏剧的表现力，但理性语言的意识形态化与程式化，伴随社会理性目标的单一化日渐演变成为对文学叙事的单一目标化的禁锢。《等待戈多》通过调动中世纪戏剧的静默，弱化与贬低理性语言，爆破了近代戏剧的理性教化模式。然而它并不是简单回归哑剧、杂耍等表达方式，并不是回到娱乐性目的，戏剧娱乐化正是荒诞派戏剧所反对的。荒诞派戏剧赋予了原始方式以现代意义，用来打破理性时代戏剧的教化性，打破戏剧的娱乐性，而在背景、灯光、造型上融入现代综合性手段，赋予抽象性，形成了新的审美精神与美感品质的戏剧。从审美形态上，以指向感性的审美多元取向，丰富与扩大了单一的理性范围。怪诞、荒诞等引向对存在的思考，化解了近代确立的社会理性美的疆界。

（二）

无论是理性时代戏剧推崇教谕作用，还是之前戏剧强调娱乐作用，都以观众为目的，观众从来是戏剧中隐含的终极目标。最早的戏剧有向观众喊话的特点，而荒诞派戏剧忽略观众，转向沉思，放弃戏剧的表演性。荒诞派戏剧中，即使对话与动作，也不是意在交流。《等待戈多》中人物的奇怪的、看不出意图的动作，不为了说给观众听，或做给观众看，好像是舞台上的人在自我游戏，不取悦观众，观众从舞台与观众二维关系中的重要维度，成为被忽略的对象，舞台仿佛变成了自成体系的封闭的空间，不考虑观众的在场。这比现代主义小说忽略读者更为过激，因为戏剧忽略观众则无疑丧失

---

① ［美］利奥·博萨尼：《弗洛伊德式的身体——精神分析与艺术》，潘源译，上海三联书店2009 年版，第 18—19 页。

了作为舞台艺术,与观众面对面的直接性。观众作为戏剧的直接受众,从来是被纳入到戏剧中考虑的。角色对话之外,还经常出现角色与观众的对话、喊话,还有旁白这样的隐性向观众说话,帮助观众理解的形式。荒诞派戏剧放弃舞台表演的多人物、群体化戏剧特征,将表演性降到了最低点,仅剩下少得不能再少的人物,简单得什么也没有发生的情节,戏剧转向了侧重表达个体对世界的感受与体验,由表现事件转向表现沉思。

传统戏剧,观众从戏剧表演与交流中获得娱乐,而沉思型的荒诞派戏剧,以去交流与去娱乐化而立足于哲理沉思。

从哲学高度审视人生,从艺术层面呈现人生,自古有之。文学艺术表现个体的人,而哲学思考的是整体的人,这也是哲学与文学之分野。而荒诞派戏剧人物,也有普泛的意义,具有对整体人类境遇思考的哲学意味,成为融合文学与哲学的形式,思辨性与审美直观结合。荒诞派戏剧不表现特殊性的个人、阶级代表,而表现抽象的人,工业体制社会的标准化所制造出来的"大众"。在《存在与时间》中,海德格尔以"常人"的概念来描述机械化时代人类的整体存在。海德格尔说:"这样的杂然共在把本已的此在完全消解在'他人'的存在方式中,而各具差别和突出之处的他人更是消失不见了,在这种不触目而又能定局的情况中,常人展开了他的真正独裁。常人怎样享乐,我们就怎样享乐;常人对文学艺术怎样阅读怎样判断,我们就怎样阅读怎样判断……这个常人不是任何确定的人,而一切(却不是作为总和)都是这个常人的指定着日常生活的存在方式。"[1]荒诞派戏剧中的"常人",是对人的生存状态的审美直觉观照。

思考常人的存在的文学,是文学的哲学化,现代主义文学包含哲学,获得了哲理化意味:现实、文学与哲学紧密结合在对存在的思考中。戏剧置换掉了过去的娱乐功能与教谕功能,演变为思想过程。这种改变,如萨特在《什么是文学》中描述为,文学变成了从人的"眼前的直接事实上升到对自身状况进行反思的运动"过程。[2]《等待戈多》的小剧场演出,维持少量的观众,就是意在此。

戏剧从娱乐、从教谕转向沉思,以对人类生存境遇、生存意义的反思、追问为构思,使荒诞派戏剧回到了"人是什么"的哲学问题。因此,哲学成为戏剧的主导精神与构思轴心,戏剧与哲学合流。荒诞派戏剧作为一种哲学化的艺术形式,是现代艺术发展的结果,是现代社会给戏剧的新的定位。可

---

① [德]海德格尔:《存在与时间》修订本,陈嘉映等译,三联书店2000年版,第156页。
② [法]萨特:《萨特文论选》,施康强编译,人民文学出版社1991年版,第146页。

以看到,娱乐功能在当代艺术中被分化、让渡出去,让位给了新兴的搞笑类的影像节目,如影像制品,包括小品等纯粹以搞笑为目的的节目,它们承担了戏剧过去所承担的部分娱乐功能,娱乐在当代获得了纯粹的独立性,因此戏剧娱乐化的时代就一去不复返了。

荒诞派戏剧转向沉思,还立意于对抗理性时代戏剧的程式化套路与说教,教谕的意识形态化。萨特说,任何一种"意识形态在形成过程中便是自由,当它已经形成时便是一种压迫。"①荒诞派戏剧以非理性形式对抗的正是理性时代的意识形态。荒诞派戏剧以人物的境遇取代人物的性格,以非理性的多样性抗拒理性单一。这其中蕴含了现代主义崇尚的艺术自由与反叛,构成新的文学的否定精神。荒诞派戏剧包含的怀疑、批判、拒绝的否定精神、自由精神、批判精神,交织在作家艺术个性中,虽然作品中的人物没有个性,但作家的艺术个性却更强。艺术家的个性带来的审美丰富性,比单一社会理性更具审美价值,尽管有时带有抽象特征。

荒诞派戏剧的冲突被暗示与象征出来,就审美而言,其象征性与寓言性要远远超出传统戏剧的叙述性与故事性。象征不再只是手段与技巧,而真正成为了戏剧中的最本质而又最宽泛的内容,甚至成为了冲突、思想、寓意本身,这是戏剧新的基点,象征被赋予新形式与新内容。正是象征使所有诗歌的、绘画的、哑剧的、歌谣的、中世纪神秘剧的、现代电影蒙太奇的等各类形式所具有的象征因素与手段融汇,成就了荒诞派戏剧作为"贫化"艺术的现代丰富性。

象征使荒诞派戏剧中的人物的境遇、背景、灯光等同时发挥情节作用,它们上升为语言;人物的对话性降低,而姿势和动作语言得到夸张与漫画式的投射。戏剧语言被扩大为包括背景、舞台技巧、道具、光线、形状、运动和姿势等所有过去被视为剧情辅助性存在。荒诞派戏剧的语言变为全方位的、非语言的语言,包括对话语言与非对话语言;它从交流性对话的戏剧,转向非交流性的戏剧,即使对白中也设置了静默、胡言乱语、重复、无意义的声音等语言交流的阻隔。这种变革使对传统戏剧保有期待心理的观众不能适应。荒诞派戏剧处在接近电影的路途中,介乎传统戏剧与电影之间,以象征包含进了绘画、诗歌、音乐和戏剧等多类混合因素,接近于电影的综合性表达。

荒诞派戏剧也吸取了当代综合性电影艺术,它脱离了时间、地点和有名有姓的人物等,放弃了情节性,不表现具体冲突,也不表现人物的心理冲突,

---

① ［法］萨特:《萨特文论选》,施康强编译,人民文学出版社 1991 年版,第 201 页。

而是暗示想象性的冲突,这种冲突是潜在的、隐性的,同时也是普遍的。荒诞派戏剧揭示出人类境遇中潜在的冲突,使之凝固为直观的象征性形象,走向戏剧的意指性,完成一个意指的目标。而这个目标不是社会理性目标,而是一个思想的过程,它将自身封闭起来,通过象征完成。象征的寓意性表达,本身就排斥观众,通过意指性,重构戏剧,构成了与取悦观众剧或教谕观众的戏剧观的决裂。也可以说,象征的诗意从戏剧走向了诗歌,它是隐性的、含糊性的,较少有可交流性。因此,哑谜似的荒诞派戏剧就像诗歌一样,需要去体验,荒诞派戏剧在这种意义上被认为是诗性的艺术,象征艺术。这也是先锋戏剧对艺术自身的否定。

专门研究荒诞派戏剧的马丁·艾斯林(Martin Esslin)指出,贝克特剧作中的“对话一再崩溃,因为其中没有发生思想的真正论辩交锋”,人物之间对话不是以小男孩这个信使的“我不知道,先生”,就是以爱斯特拉冈的“我不是立刻就忘了,就是从来就不记得”[1]来终止谈话,剧中的一切都在被干扰、被打断。语言的中止——抑制表达,对话有的成了喋喋不休的唠叨,承载与强化了无意识。而无意识具有非理性的多义性,因而戏剧具有潜在的可体验性。艾斯林在《荒诞派戏剧》中提到尼克劳斯·盖斯纳曾列出了《等待戈多》中语言解体的10种方式,具体是:从简单的注解和双关语到独白(无法沟通的迹象)、陈词滥调、同义反复、无法找到正确的词语,以及“电报体”(没有语法结构,通过发布命令进行交流,)直至幸运儿的混乱无意义和没有标点符号(譬如问号)的大杂烩;疑问句变成并不真正要求答案的陈述句。[2]据此艾斯林认为“贝克特剧作中的语言服务于表达语言的破碎和解体”,“在一个失去了终极目标的漫无目的的世界上,对话像行动一样,变成了仅仅用来消磨时间的游戏”。[3]贝克特剧中人物的交流语言阻隔,除了表现人与人之间的不可交流外,还构成表意的多重空间。重复于文不对题的对答,表层看来具有闹剧般游戏状态,深层看的话,错位或表达停滞,构成复合语义。如《等待戈多》的第一幕的结尾处,两个流浪汉都说“我们走吧”,但舞台上的他们却不动。艾斯林认为,语言与动作间的错位,形成了复调。他说:“在舞台上,可以把语言看作与行动组成了一种复调关系,这样能揭示出语言后面的事实。”[4]这意味着,人物的口头表达的愿望受到怀疑,存在的直觉与语言表达之间构成新一层的关系,这层直觉靠人物外形及各类动

---

① [英]马丁·艾斯林:《荒诞派戏剧》,华明译,河北教育出版社2003年版,第54页。
② [英]马丁·艾斯林:《荒诞派戏剧》,华明译,河北教育出版社2003年版,第54页。
③ [英]马丁·艾斯林:《荒诞派戏剧》,华明译,河北教育出版社2003年版,第54页。
④ [英]马丁·艾斯林:《荒诞派戏剧》,华明译,河北教育出版社2003年版,第53页。

作呈现。从形象设计上看,舞台上《等待戈多》中的四个主要人物都戴着美国喜剧演员卓别林的那种帽子,喜剧性一目了然。他们滑稽地抛扔的这些帽子,成为玩杂耍般抛耍的道具,以他们严肃等待中的无聊,说明人生是一个无聊的等待过程,人生是没有意义的荒诞。符拉基米尔匆匆到戏台侧面去小便,勒基则不管拿到什么,都扔掉,丢在地上又拾起,再扔到地上。这些与语言无关的动作,戏谑而又严肃地寓指了人生本质上的无意义。

戈戈与狄狄一会儿假装波卓与勒基两个人物,一会儿又用一只脚站立,假装台上那棵树,无所事事地等待他们并不认识,也不能肯定会来的戈多。观众从这种直觉中建构出自己的猜想与想象,从而使观众参与到剧情建构之中。因此,说荒诞派戏剧忽略观众是不全面的,更准确地说,它不迎合观众,却向观众的体验开放。因为象征需要观众去体验与建构,观众不是直接被告知。因此荒诞派戏剧不是不可交流,是不直接进行简单明确的定向性交流,而需要观众的体验与沉思去建构各自的交流。这就形成了"戈多是谁"的不同的解说。有人说戈多(Godot)与上帝(God)发音接近,人们没见过上帝,因此不知道戈多是谁,也不知道他什么时候来。有人认为戈多象征永生,是人类可能获得的一种拯救。还有从人物是流浪汉,而设想戈多可能是一位让流浪汉有活可干的农场主。有人从终极意义上进行解读,认为戈多可能是死亡的象征。当然,戈多也可以说就是不可知。

体验式的意义建构,像一首诗一样,需要整体性,不可局部完成。《等待戈多》中的每一句台词或每一个动作看不出它的独立意义,但总体完成时就能呈现出抽象化的意义。该剧没有局部悬念,唯一能够最大地实现交流的时刻,是全剧整体完成的时刻所获得的体验。

荒诞派戏剧建立在其诗性与哲理性的关系上。尤奈斯库说过,"因为艺术家直接把握现实,所以他是一个真正的哲学家"。① 这是因为创造性想象的自发性本身就是哲学探索和发现的工具。艺术家以虚构来表达真实,因此,强调幻觉的、非理性的因素,就显得比正常理智的社会性存在更真实。荒诞派戏剧的真实与现代主义所追求的真实都是通过哲理表达寓意。"现代艺术一开始就赶走了文学性——淡化性格的描写,削弱了叙事性——隔离与社会的关系,却引入了哲学性、观念性这些离艺术更远的因素;又同时排除了人、日常生活和自然风物。艺术从具象到抽象的进化论促成了抽象艺术及后现代主义各种流派的主导地位。"②

---

① [英]马丁·艾斯林:《荒诞派戏剧》,华明译,河北教育出版社2003年版,第125页。
② 王天兵:《西方现代艺术批判》,中国人民大学出版社2003年版,第6页。

（三）

《等待戈多》的背景是类似乡村路口的旷野，只有一棵普通的没有生气的小树，衬托出舞台的光秃秃。在这片旷野上，两个穿着破旧的流浪汉，弗拉基米尔和爱斯特拉冈，简称戈戈与狄狄，在等待"戈多"的到来。从开幕直到幕终，两人都多次反复说"现在咱们干嘛呢？"等待状况被表现为"没事可干"的无聊。他们一会儿互相咒骂，一会儿又假装十分友好，一会儿以一只脚着地，假装旷野上的那棵树，或者扔帽子，还将鞋子脱下，倒一倒，往里看看，又将鞋子穿上。这种既无事可干，又不能离开的等待，并没有人强迫他们等待，他们也不知道为什么要等待，这似乎是一个被判决的永久状态。他们并不知道戈多是谁，是个怎样的人，也不知道他什么时候，会不会来。他们好像带有希望，又好像完全没有希望，一天又一天，没等来戈多，等到的是黑夜降临。他们不停地讨论自杀，又没采取行动。舞台上这种无休止的重复状态，隐喻了人生的重复，也隐喻了人的处境只是对未来无谓的等待。人生带有希望，却又终有一死，本身又是一种绝望。

戏剧，作为一种集体性艺术种类，集体的意识形态话语或观念获得有效表达与呈现，事件被赋予意义，人们也从事件获得意义，戏剧具有观念载体的功用。然而，荒诞派戏剧通过呈现孤独个体的无意义的生存状态，表现西方现代社会中人的迷惘情绪，是对上帝死了，形而上学终结后个体的状况的反射。强调个人的自由，使每个现代人可以选择自己的价值目标与存在方式，社会丧失了共同性与集体性维度，个体注定处于孤独中。《等待戈多》中的流浪汉，正是丧失精神家园的寓意性形象设置。

荒诞派戏剧寓含了整个人类的生存境遇，即个体人生的不可知性。任何一种社会政治制度都不能使人摆脱生活的痛苦、死亡的宿命，《等待戈多》寓含了人类受难的主题。因为有受难，才会有等待与盼望，才会等待戈多。个人的问题，就是人类共同的问题。我们是谁？在这个世界上干什么？存在主义哲学的自由即虚无，一种虚无主义渗透在荒诞派戏剧中。确定人生意义成为不可能，人已经被判决而荒诞地处于对未来的等待之中。在《等待戈多》中，外部世界被设置为已经死去，荒诞派戏剧成为遗忘所有外部关系，忘掉整个外部世界沉思、自省戏剧，只剩下孤独的个体在沉思、在等待。荒诞派戏剧通过沉思与自省走向哲理性。它的非情节化、非戏剧化、非性格化，具有的是空间的组合、人物的组合，并使其蕴含寓意，因而转向象征性与哲理性。

《等待戈多》的四个主要人物分为两组，一组是在树下等待戈多的两个流浪汉爱斯特拉冈和符拉基米尔(戈戈与狄狄);另一组是波卓与幸运儿。外加一个穿插送信的小孩。戈戈与狄狄是密切的一对人,同为流浪汉,同处等待中,没有什么冲突,也没实质性联系。另一组人物波卓与幸运儿,有着密切的联系,作为驱赶者与被驱赶者,不可分离。波卓用绳子牵着幸运儿,要到集市上去卖掉他,在剧中他们处在从一个地方走到另一个地方的路途中。两组人物间没有发生实际的联系,但作为驱赶与被驱赶者一组,与处在等待中的一组,一起出现在舞台上,形成并置与组合关系。观众会建构两组人物的联系,从他们共同完成了人类情境的想象。驱赶与被驱赶包含的是奴役关系,是人类被限定的现实处境的写照,社会关系由驱赶者与被驱赶者构成。而等待则是人类抱有希望,包含对现实人生超越的愿望,也包含对现实人生的否定。两者互相补充,构成对人类处境的全面象征。四个人物都没有个性表现,都是被动的人物,波卓与勒基的具体身份看不出来。波卓一直用绳子牵着勒基,第一次出场如此,第二次出场也是如此,双方是不自由的关系。第二次出场的变化是波卓瞎了,勒基哑了,暗示奴役与被奴役的不自由的关系的残缺与没有出路。现实中的人也是处于社会奴役中。戈戈与狄狄,更像社会现实的局外人。流浪汉本身是没有进入社会,没有社会身份的人,只是社会的边缘人。在舞台上波卓与勒基两次在他们眼前走过,成为戈戈与狄狄的被看对象。戈戈与狄狄好像在旁观陷入了社会苦役中的人。波卓与勒基陷入其中,也无力反省,而作为旁观者的戈戈与狄狄,则如同局外人而获得了与社会的距离,他们似乎比波卓和勒基更有自由,可以自嘲与嬉戏,可以消极地等待,他们看出没有出路的人类的最好出路是自杀。而波卓与勒基积极地对待人生,背负着人生的沉重,陷入社会奴役中无力自拔。两组人物相比而言,波卓与勒基一组带有悲剧性的沉重与苦难,而戈戈与狄狄一组则带有喜剧性的荒诞。

　　在剧中,戈戈与狄狄在等待未来,他们又认为比等待更好的办法是自杀。他们总结说:"在九十年代,世界还年轻的时候,我们就应该想到——手拉手地从埃菲尔铁塔上跳下去,第一批这么做。"在举止上,他们没事找事地抖抖鞋子,扔扔帽子,或相互逗乐、玩耍,而这些动作不带有目的性。在言谈中,他们套用传统戏剧中的杂耍者和小丑类戏剧角色的语言,具有杂耍者或小丑的功能,作为社会的局外人,他们成为嘲弄者,也是自嘲者。戈戈与狄狄因此而显得高出了波卓与勒基这种深陷现实生活中而不能自省处境的人。所以在剧本中,似乎他们成为主导,而波卓与勒基是次要的。如果从社会形态的范围看,波卓与勒基应成为主导,他们毕竟在做点什么,毕竟愿做点什么,有做事的意图,也有意图下的行动。而戈戈与狄狄是完全消极的、耍把戏的小丑类角色。流浪汉角色的设定,可以让他们任意胡扯,戈戈与狄狄戏仿爱尔兰杂耍喜剧演员的斗嘴,而戏仿本身包含一种间离,实现一种距离化观照,同时戏仿也构成了喜剧性,贝克特本人也是爱尔兰人。贝克特台词戏仿的诗歌化,又增添了抒情性与诗歌的跳跃性,与人物的前言不搭后语、不合逻辑的言说与评论,协同推进诗性意味。

这种意味从戈戈与狄狄的一段杂耍式的对白可以看出来:

> "你是对的,我们永远不会累。"
> "我们不这样想。"
> "我们有借口。"
> "我们没有听见。"
> "我们有自己的理由。"
> "全是死人说的,
> 他们像翅膀一样发出声音。"
> "像树叶。"
> "像沙子。"
> "像树叶。"
> (静场)
> 他们一起说话,
> 每个人都对自己说。
> (静场)
> 他们宁愿耳语。
> 他们发出沙沙的声音。
> 他们在低语。
> 他们发出沙沙的声音。
> (静场)

在对白中,两人为声音像什么争执,是一种斗嘴,同时,对话中不时地冒出哲理深邃的句子,与斗嘴的重复句子杂糅在一起,构成理性与感性的立体性,意识与无意识的缠绕性,从而将存在感性烘托出来,将对存在的探索、拷问与神秘、死亡、受难等关联,实现了思想的丰满,呈现出喜剧性的悲剧感。

在并置与组合关系的基础上,作者预留出不确定性的缝隙,从而强化出人生的不可知,深化了《等待戈多》的悲剧性荒诞。

不仅未来不可知,现实同样不可知。人物身份是不确定的,人物关系是不确定的,人物的命运是不确定的,戈多来了是欣慰还是倒霉,也是不确定的。如此多的不确定性,体现了一种变化的观念。爱斯特拉冈与符拉基米尔,他们互称戈戈、狄狄;然而送信的男孩又叫符拉基米尔为艾伯特先生,当问到爱斯特拉冈的名字时,他毫不犹豫又回答是卡图拉斯——一马戏场的斗嘴演员有叫这个名字。送信的孩子连续两天来送信,但他第二天又坚持说是头一次为戈多当信使。当符拉基米尔在孩子离开时,叮嘱他下次不要说没见过他的时候,孩子不予回答。当波卓与勒基第一次出现时,爱斯特拉冈将波卓认作是戈多,说明他们互不认识,但他们走后,符拉基米尔又说上次见面后他们变了,当他们再次出现时,他们又互相怀疑是否是前一天遇见的人。第二幕波卓与勒基又回来了,爱斯特拉冈与符拉基米尔试图辨认他们,爱斯拉特冈一会儿喊波卓"亚伯",一会儿叫他"该隐",波卓都应答了。如艾斯林所总结的"人物本身仅仅在表面上是人物——他们只是象征符号,镜子里的映像,梦中之梦。"①

波卓与勒基看上去是施虐与受虐的关系,波卓要到集市上去卖掉勒基,他抱怨勒基(幸运儿)给他造成了巨大痛苦,说幸运儿在他面前就等于杀死他,这体现出他们之间又存在一种反向的关系。波卓谈到勒基时说:"注意,我很容易穿他的鞋,而他也很容易穿我的。"好像这又颠覆了他们之间的主宰关系,变成互换的关系了。当然,从勒基大段谈上帝与拯救的台词,以及波卓用绳子牵扯着幸运儿等,他们之间的关系又包含有受难、上帝、拯救的意指。

地点同样不能确定,符拉基米尔问爱斯特拉冈"昨天晚上咱们在哪儿来着?"后者回答说"我怎么知道呢?";而符拉基米尔问"你认出这是哪儿了吗?"爱斯特拉冈干脆说"……有什么可问的……"他们对确切性并不真正在意。他们对等待中的戈多没有基本了解,戈多是施仁慈的,还是惩罚性的? 是好的还是不好的? 他们在等待戈多时,我们隐约感到戈多成为盼望,是好的。然而戈多到来时,却又不是等待者的幸福时刻,戈多显现为需要躲避的对象。这体现在第二幕,当爱斯特拉冈相信戈多正在到来,符拉基米尔说"是戈多! 到底来了,让我们去迎接他"的时候,爱斯特拉冈一边叫"我真倒霉",一边逃窜不已,心想"我完蛋了",满怀期待的等待,变成了逃避灾难的恐惧。

贝克特剧中的任何一个细节,演员的任何一个细节都被高度要求。比如人物既有胡言乱语,又偶尔夹杂终极性意义的话,虽然有斗嘴与杂耍动

---

① [英]马丁·艾斯林:《荒诞派戏剧》,华明译,河北教育出版社 2003 年版,第 142 页。

作,但不时又冒出思想深刻的震撼性句子。如剧中爱斯特拉冈建议把鞋子脱掉,光着脚走路,符拉基米尔则反对,并将赤脚争论引向了基督与救赎。

> 符:可是你不能光着脚走路啊!
> 爱:耶稣基督就是光着脚的。
> 符:耶稣,这和耶稣有什么相干? 你怎么能把自己和耶稣相提并论!
> 爱:我这一辈子都是和他比较。
> 符:不过他待的那个地方气候比较暖和,比较干燥。
> 爱:对,他们也就更快地把他钉上了十字架。

不确定性中有悖论性的矛盾置入,包含有非目标化的多元与多义的并存,扩大了思想的容量。

爱斯特拉冈说:"你干嘛老是用你那该死的时间来折磨我? ……一天,对你还不够吗? 另外一模一样的某一天,他变成了哑巴,某一天我变成了瞎子,某一天我们会变成聋子,某一天我们出生了,某一天我们将死去,同样的一天,同样的一秒,……他们坐在坟墓上生孩子。"符拉基米尔附和说:"坐在坟墓上,而且是难产。掘墓人慢吞吞地在洞里用产钳。"生作为最大的追求,与死作为最大的恐惧被戏谑地并置在一起,人生的意义受到嘲弄,而"坐在坟墓上生孩子",就是将生与死并置一起,而这句"而且还是难产",加深了戏谑性,嘲弄反而加重了人生的悲剧色彩。等待可以转换为是人生的低级盼望,而自杀也可作为人生高级的终极性选择,由此生成出对人生意义的拷问。

矛盾性并置体现在两组人物的对照中。波卓眼睛瞎了,幸运儿哑了。这对悲苦的人,漫无目的地踏上征程的时候,符拉基米尔与爱斯特拉冈这一对流浪汉在继续等待戈多。两组人物之间没有本质区别,无论哪一种选择都通向荒诞。也就是说,怎么做都不可能改变结果。波卓与勒基不停地奔波,尤其是勒基,他不仅要背着波卓的沉重的箱子,而且还要背着波卓用来打他的鞭子;戈戈与狄狄消极地等待。组合的差异,矛盾的缝隙,都是生成意义的地方,意义生成也体现在勒基这个被驱赶与受虐的人却叫幸运儿这样一个外号的细节上。

与上述矛盾的缝隙不同,《等待戈多》中有一类场景,在黏合缝隙,使意义生长为一种整体力量。譬如,场景设置为旷野外的荒凉的大路,人物设置为流浪汉,帽子是美国喜剧演员习惯戴的帽子,衣服鞋子破旧,衬托了灰色世界的荒芜与人生无依的境遇。符拉基米尔与爱斯特拉冈被送信小孩称为艾伯特与卡图拉斯,也就是马戏场小丑的名字时,无疑增添了喜剧功能,为他们胡言乱语拓展了空间。人物场景具有拉伯雷式粗俗喜剧的背景,爱斯特拉冈的裤子掉了,还有一屁股坐到地上等滑稽场面都成为和谐整体中的部分。

生活的非逻辑性,带出了生活的逻辑性本质,从不能应付自己的小丑身上,可以看出人是不能掌握自己处境的。种种悖论中包含有抽象性,而《等待戈多》的悖论性与象征性或沉思性,都融入了抽象,这也体现在《等待戈多》中的"时间"处理。该剧没有具体的时间背景。它将时间的无限与个体生命的有限并置,而且个体生命中大部分时间都还在重复之中。重复性是对时间的处理方式,具有瓦解人生意义的作用。《等待戈多》中出现最多的修辞是重复,有爱达斯特拉冈与符拉基米尔台词的重复;有一天复一天,一日复一日等待的重复;还有第一幕结尾时,戈多被告知不能来,但是他明天一定来的场景的重复。送信的小孩同样告知他们戈多不来了,明天一定会来,只是他俩的反应顺序变了。

时间的流逝与永恒迫使观众面对存在的问题。在日常生活中,我们最容易忘记时间,而《等待戈多》特别呈现给我们的正是"时间"。等待涉及时间,重复涉及时间,剧中"时间"一词或对时间的指涉反复出现。两个流浪汉多次说到时间停止了。波卓在他出现的首场,四次看手表,而结束的那场,他在衣兜与地上到处找手表。可见"时间"被设置为该剧中的核心,它起到了组构剧情的作用。贝克特设置了波卓与勒基的变瞎变哑,显示时间的变化力。时间既作为背景,衬托了人生的艰难,又作为线索,作用于人与世界的变化。就个体而言,人又不能自杀,或不敢自杀,还要在这种无意义中等待,而等待就是体验时间的作用。生存不过成为了一种惯性而已。如剧中符拉基米尔说的,"可以肯定的只是时间漫长……迫使我们以做事来消磨它……初看有理,后来终于变成习惯。"

贝克特曾描述他所选择的新的艺术形式是:"这种对无所表达的表达,对无法表达的表达,对无从表达的表达,对无力表达的表达,对不愿表达的表达,都是为了履行表达义务的表达。"①这无疑是一种难以言说的状态,贫化与收缩正好体现了荒诞派戏剧的这种表达困境。荒诞派戏剧的意义部分在于戏剧领域内部,同时也展示出戏剧之外的文化形态的价值。如欣契利

---

① [英]阿诺德·P.欣契利夫:《荒诞派》,剑平等译,北岳文艺出版社1989年版,第120页。

夫(Arnold P.Hinchliffe)所指出的:"艾斯林在其著作的最后一章中指出的,荒诞派戏剧已经作为戏剧的一部分被予以接受,但它仍以'一种变化无常的先锋派的反抗形式'显示其自身。"①荒诞派戏剧体现的是自由的、个体化的西方世界的人的宿命。它是戏剧变革,审美变革与文化变革。

---

① [英]阿诺德·P.欣契利夫:《荒诞派》,剑平等译,北岳文艺出版社 1989 年版,第 25 页。

第十章　现代主义的审美转向

现代主义形式审美成为公认的现代主义最突出表征。艺术审美又上升为时代特征,因而它是一个超出文学艺术的广泛话题。海德格尔将艺术审美列为现代社会的五大特征之一,库尔珀教授对海德格尔的观点有以下总结:"在《世界图像的时代》这篇文章中,海德格尔列举了现代世界的五个特征:数学化的自然科学、机械技术、偶像的事实、努力构造适用于所有人的普遍文化以及将艺术领域转化为审美领域。"①据此,笔者仔细对比阅读海德格尔的这篇文章,海德格尔的文中是将"艺术转向审美"排在上述五种现象的第三位,不同于库尔珀教授将之排在最后。②

现代主义审美不是纯粹艺术内部的事情,而是 20 世纪审美文化的一部分,电媒是审美勃兴的基础。电媒具有"美"的属性与空间偏向,可感的电媒环境成为了可感的艺术环境。20 世纪审美勃兴是广泛的,审美存在于日常生活领域、商品生产设计与都市景观之中,但核心则在文学艺术领域。

审美不属于认识论范畴,在原来的观念文化的二元框架之内,审美的兴起,导致观念文化及其艺术范型的衰落,因而也产生了艺术终结的提法。阿多诺说:"我们无法确定艺术是否还能存在,抑或是艺术在获得绝对自由后,是否失去了原来存在的前提。"③新审美以无意识与非理性的感知,分离于传统的社会审美与形而上学审美传统,因而,针对现代主义,出现了否定美学、非美学、反美学等一系列提法。

过去文学的认识功能、教育功能、娱乐功能与审美功能并列,而现代主义艺术的审美突破了这样一个知识框架,审美被独立出来,它无关乎认识、教育与娱乐。这带来现代主义文学定位与文学知识范型的根本改变。电媒环境中的审美,广泛联系于日常生活、生产、商品、消费、传播等领域,与电媒环境密切相连,可以说审美无处不在。因此,审美与政治、娱乐、艺术、生活的边界被打破,出现泛审美,审美与经济、技术、政治、生活形态存在复杂的联动。由于现代主义审美相对摆脱了文学的认识功能,而成为纯粹艺术审

---

① [美]大卫·库尔珀:《纯粹现代性批判》,臧佩洪译,商务印书馆 2004 年版,第 190 页。
② [德]海德格尔:《世界图像的时代》一文,见《海德格尔选集》(下),孙周兴选编,上海三联书店 1996 年版,第 885—886 页。
③ [德]阿多诺:《美学理论》,王柯平译,四川人民出版社 2001 年版,第 181 页。

美,因而文学艺术就切断了与社会价值观的联系,摆脱了社会他律,走向自律,以对审美本身的追求为目标,这样,审美的边界扩大了。

20世纪审美既是艺术问题,也是文化问题,还是社会问题,它联系于新型的体制社会、技术社会、商品社会、民主社会的各个维度。审美成为与技术、商品、媒介、消费等有交织的技术社会中交汇的领域,一个重要原因是电媒对美的传播,影响到所有领域,对所有产品与作品都有塑造性。意大利的詹尼·瓦蒂莫在《现代性的终结》中指出审美在现代文明中的核心位置,他说:"也许只有在尼采的著作中,我们才发现了对这种预期事物之功能的真实意义的认识,即审美与现代文明的全球化发展有着千丝万缕的联系。"①

20世纪审美不局限于艺术,但审美之根却在文学艺术中,文学艺术是审美最为集中的领域,最有形式创新性的地方。文学从观念价值的文学转向审美文学,在于与新的社会形态对应。观念社会的文学具有中心化题旨与目标化叙事,围绕社会理性,文学突出其社会的教育功能;而转向审美的现代主义,对应技术的民主社会,注重可交流性,审美转向对体验、视像等的传达,对新奇的制造与对独特的寻求。

一、艺术自律与审美转向

审美转向被表述为艺术自律,它体现了文学与社会的一定程度的分离。确切地说,现代主义文学艺术不是作为社会观念的一部分,也不再直接服务于社会价值观念。它与社会不是被包含的关系,即不包含在社会体制之内,有所分离,但走向艺术自律的现代主义艺术与社会还存在对应关系,这种对应关系,往往被忽视,单纯谈审美形式,就严重窄化了对丰富的现代主义的认识。比如审美文学追求可交流性,就对应于民主社会的形式。现代主义的感官与表象审美则对应于,电子媒介"可视""可听"的直观性也可以说是现代主义对应于20世纪平面技术社会的物质维度。以善为核心的社会美,让位给了电对感官延伸所兴起的直觉美。《现代主义》一书有这样的描述,"现在,人的意识特别是艺术家的意识能够变得更加直觉,更加诗化,艺术现在实现它自身。它可以自由自在地抓住多重性——下落时候的原子——不是在宇宙中而是在它自身内创造有意义的和谐。"②直觉、感官使艺术相对摆脱社会理性。阿多诺《美学理论》认为,现代主义关注文学自身的法

---

① ［意］詹尼·瓦蒂莫:《现代性的终结》,李建盛译,商务印书馆2013年版,第145页。
② *Modernism*,Malcolm Bradbury and James McFarlane eds.,Penguin Books,1978,p.25.

则,寻求自身的合法性,寻求艺术的"内在目的性",也就是"内在功能"。①

　　物、丑、身体,皆可以作为感官对象,以其自身的外形价值与自身的表现力,进入到文学艺术的表现领域中来,这便能理解波德莱尔的《恶之花》与撒旦之美的赞誉了。"浪荡子"也获得称誉,在于也有着对本阶级的背叛,还有接近艺术家的那种感性,无所事事可获得体验审美所需要的闲暇状态,因而,在美的视域中获得了价值。如亚历山大·科耶夫(Alexander Kojeve)所指出的,"美是能产生无痛苦的快乐的对象。无所事事地享受世界,就是'作为艺术家'的生活"。②

　　电力媒介塑造的感官美与形式美,获得了真正的独立,以"善"为优先的道德审美,以"真"为优先的社会历史审美的真善美的一体化模式被瓦解,形式美摆脱了艺术的各种他律。现代主义兴起任意表达的自由实验,也产生了对曾经的严肃艺术与现在的先锋艺术的提问。瓦蒂莫说:"评价艺术作品的一个标准首先和重要的是,艺术作品对自身地位提出问题的能力";而且"在美学爆炸的意义上,这些现象也出现在这些艺术的自我反讽化的形式中"。③ 现代主义各种先锋派本身就是对艺术的诘问。它们抵御商业化与大众传媒主导的泛美学化,抵御过去的观念价值的文学,追求不可被模仿甚至独一无二性,兴起各种怪诞与新奇,呈现为全新的文学。

　　韦尔施(Wolfgang Welsch)在《重构美学》中谈及艺术自律时指出:"自律,这个现代美学的口号,最初意味着将美学从伦理学的束缚中解放出来。"④艺术被视为人类最为超越性的活动。尼采认为生命的最高价值在艺术里,艺术可以抵达真理,而非形而上学。他说:"我们拥有艺术,免得我们被真理所毁灭。"⑤汝信在《美的找寻》中这样概括尼采将美与真、善的极端对立,即"尼采声称,哲学家说'善和美是同一的',这乃是一种可耻的行为,而如果还要加上一句'真、善、美是同一的',那就应对这个哲学家处于鞭责。"⑥

　　过去理性的伦理文学弱化审美;现在感性的文学,则弱化伦理,善在审美中被边缘化。在真善美一体化中,美依附于真与善。亚里士多德在《诗学》中说,诗人"描述可能发生的事""即按照可然律或必然律可能发

---

①　[德]阿多诺:《美学理论》,王柯平译,四川人民出版社1998年版,第265页。
②　[法]亚历山大·科耶夫:《黑格尔导读》,姜志辉译,译林出版社2005年版,第285页。
③　[意]詹尼·瓦蒂莫:《现代性的终结》,李建盛译,商务印书馆2013年版,第145页。
④　[德]沃尔夫冈·韦尔施:《重构美学》,陆扬等译,上海译文出版社2002年版,第79页。
⑤　[德]尼采:《权力意志》,孙周兴译,商务印书馆2007年版,第435页。
⑥　汝信:《美的找寻》,中央编译出版社2008年版,第273页。

生的事"，①这就是说，善的也是真的，善的、真的，也是美的，善是基石。亚里士多德认为除喜剧外，悲剧、史诗都是模仿好人。真善美一体化以善为基础的模式，塑造了形而上学的审美传统。从古希腊一直延续到18世纪康德道德律的先天心理结构，都体现美具有形而上学范型。

启蒙时代兴起现实主义，提高了"真"的地位。狄德罗在《拉摩的侄儿》中写道："'真'是圣父，他产生了'善'，即圣子，由此又出现了'美'，这就是圣灵了。这个自然的王国，也是我所说到的三位一体的王国。"②这体现了真善美的一体化中，对"真"的推崇。艾珉在《狄德罗美学论文选》的"前言"，结合狄德罗《画论》指出："在真或善之上加上某种罕见的、令人注目的情景，真的就变成美的，善的也变成美的了"，"作品的价值主要是由真和善决定的。"③美依然附属于真、善。后来19世纪现实主义发展了文学的求"真"，即提出了符合社会客观现实，符合社会历史必然规律的历史真实的标准。

善与真的基石，确立了崇高美，它在历史进程中，伴随着近代"国家"形态而兴盛。然而，现代主义直觉美与形式美的近前性，突破国家与社会的整体形象，兴起的是背离崇高美的感官表象审美。而感官审美与形式审美的兴起，与电力媒介的出现有关，也与电的生产应用带来丰富的物有关，因为物是由质料与形式构成的，物勃兴了形式，形式丰富了审美，并突破了文学内部的内容与形式范畴中的形式定位。理论家罗杰·弗莱"将形式分析上升到一种美学理论的高度。奠定了现代主义艺术理论的基础"。④ 苏珊·朗格(Susan.K.Langer)在《艺术问题》中肯定"艺术形式是一种比我们迄今所知道的其他符号形式更加复杂的形式"。⑤ 强化艺术形式及其抽象性，而非它的外部关系，使现代主义获得了"形式美学"的称谓。罗杰·弗莱与克莱夫·贝尔等英国的布鲁斯伯里集团的艺术精英，笃信纯形式具有普遍的"形式价值"，贝尔提出了著名的"有意味的形式"；弗莱区分人的"现实生活"与"想象生活"的前提下，认定想象生活包括艺术，是"纯形式的反应"。⑥ 而

① ［古希腊］亚里士多德、贺拉斯：《诗学 诗艺》，罗念生译，人民文学出版社1982年版，第28页。
② ［法］狄德罗：《狄德罗美学论文选》，张冠尧等译，人民文学出版社1984年版，第355页。
③ 艾珉：《狄德罗美学论文选》"前言"，张冠尧等译，人民文学出版社1984年版，第16页。
④ ［英］罗杰·弗莱：《弗莱艺术批评文选》，沈语冰译，凤凰出版传媒集团2017年版，"译者导论"第1页。
⑤ ［美］苏珊·朗格：《艺术问题》，腾守尧译，中国社会科学出版社1983年版，第24页。
⑥ ［英］罗杰·弗莱：《论美学》，蒋孔阳主编：《二十世纪西方美学名著选》(上卷)，复旦大学出版社1987年版，第178页。

现代主义形式审美,承认生活本身的欠缺与不完满,致力于表现人类经验生活形态的形式升华,形式是现代主义审美的核心。

形式,使得艺术的社会性内在化,将分裂的内容、异质的、不和谐的东西予以调和,现代主义呈现混合杂糅的非理想化状态。

这种杂糅,物有重要承担。物是直觉审美的直观对象,其呈像也是形式的,物在现代主义文学中不仅获得了独立的意义,而且获得了重要意义。它表现为现代主义率先兴起了以物为基础的印象主义与造型艺术。物的丰富外形、丰富意象,也成为象征流行的基础。过去的文学是人格化的,物没有独立价值,形式化与审美化的现代主义文学中,物不依附观念价值,这扩大了表现视域。比如未来主义追求对机器与电光电速这些新的技术物的表现,在传统审美看来是巨大叛逆,带有破坏性。"意大利的未来派对速度和力量是如此着迷,以至于他们对创造性破坏和暴力的好战精神的接受,达到了墨索里尼也可以称为他们的英雄的地步。"①超现实主义一个分支的代表乔治·巴塔耶"倡导所谓的'基本的唯物主义',即艺术应该直面人性中最低劣或最兽性的部分"。② 杜尚题名为《泉》的便壶,也体现了艺术与低等生存相连的物的审美呈现。现代主义的审美转型是革命性的。鲍山葵(Bernard Bosanquet)《审美三讲》强调审美表象,"凡是不能呈现为审美表象的东西,对审美态度说来是无用的。"③这应合了电媒的感官环境及对感官美的塑造,物的表象化,削弱了文学的精神性,是促成文学从精神性下降的主要诱因。然而,现代主义与物的丰富的关系,也扩大了文学的表现领域。

直觉审美的短暂性,使审美快感成为首要,改变了过去审美对永恒的倚重。尼采与弗洛伊德确立快乐原则高于现实原则。在尼采强调差异中的快乐的视域中,他的酒神精神使矛盾在更高的快乐中得以解决。尼采在《权力意志》第二部分表达了真正了不起的行动是无意识的观点。弗洛伊德视无意识为本能力量,并挖掘其所具有的驱动力。而现代主义也追求无意识的本能与创造力。快感与审美相连,快感也与感官相连,由此审美也混合了身体、本能、欲望等各种低级官能。如朱利安《美,这奇特的理念》中所说的,"美的问题,从此如同斯芬克斯般,静静地等待着答案。"④现代主义的混合审美,成为一个复杂难解的问题,导致针对现代主义产生了很多不同的概

---

① [美]戴卫·哈维:《后现代的状况》,阎嘉译,商务艺术馆 2003 年版,第 48 页。

② [英]大卫·霍普金斯:《达达和超现实主义》,舒笑梅译,译林出版社 2010 年版,第 20—21 页。

③ [英]鲍山葵:《美学三讲》,周煦良译,上海译文出版社 1983 年版,第 6 页。

④ [法]弗朗索瓦·朱利安:《美,这奇特的理念》,北京大学出版社 2016 年版,第 8 页。

括,有"无意识美学"的提法,指现代主义艺术退避到个人隐蔽幽思,表现无意识混乱心理,这是艺术领域对理性文学的一场革命;也有"非人格化"审美的提法。"艺术的非人性化"出自西班牙哲学家与文艺批评家何塞·奥尔特加-加塞特的《非人性化的艺术》一书。

这些特征都与现代主义审美的感官无意识有关,而感官审美又是电力媒介的感官延伸塑造的。现代主义文学艺术的审美与柏拉图的《大西庇亚篇》中苏格拉底对话所奠定的传统形而上学审美传统分离,呈现一种从崇高向包括性本能的无意识的下降。

二、现代主义审美下降与形式升华

现代主义审美下降的动源在于电媒,它塑造了现代主义感官关联,放大了主体感知。感官比可以是任意的,显示出艺术的主观体验性;感官关联的对象是任意的、偶然的、瞬间的,也是无意识表现领域。感官审美使物的表象获得了胜于理性精神的审美地位。感官兴起感官性也与审美愉悦或审美快感相连。波德莱尔在献给康斯坦丁·居伊的《现代生活的画家》一文中,提出了"现代性是短暂的、易逝的、偶然的,它是艺术的一半,艺术的另一半是永恒和不变的"。① 而短暂的价值,兴起瞬间的意义,塑造了的审美。波德莱尔强调"这种过渡的、短暂的、其变化如此频繁的成分,你们没有权力蔑视和忽略。如果取消它,你们势必跌进一种抽象的、不可确定的美的虚无之中,这种美就像原罪之前的唯一的女人的那种美一样。"②现代主义感官瞬间美、偶然美脱离了真善美统一的形而上学传统。美独立出来,甚至与善形成对立。这种对立至少是时间上的。列·斯托洛维奇在《审美价值论》中提到俄罗斯的一句谚语,即"'美到昨天为止,善迄死方终'。它的含义在于,美不同于善,它是短暂的。'美到昨天为止'——这意味着美只有在能看到它的时候存在,……而善不取决于对它的感性感知的可能性,审美价值与道德价值之间的重要区别之一就在于此。"③感官瞬间不足以承载善,甚至不能承载目的,因而感官审美不能构建社会美。如别尔嘉耶夫所说,"在

---

①　[法]波德莱尔:《1846 年的沙龙——波德莱尔美学论文选》,郭宏安译,广西师范大学出版社 2002 年版,第 424 页。

②　[法]波德莱尔:《1846 年的沙龙——波德莱尔美学论文选》,郭宏安译,广西师范大学出版社 2002 年版,第 424 页。

③　[俄]列·斯托洛维奇:《审美价值论》,中国社会科学出版社 1985 年版,第 94 页。

时间的飞跑中,任何一个瞬间都不能是目的自身。"①善往往在关系中,而相比于善,恶显得更有表现力。对于与善分离,转而追求审美的现代主义文学,丑与恶被纳入艺术中来。根据科耶夫(Alexandre Kojeve)解读黑格尔的著作所归纳的黑格尔对善与恶的几条区分,我们可以获得理解。"善是:1.直接的;2.不变的;3.为所有人共有的。在理性主义中,善(等于理性)也同样如此。"而"恶是特殊,变化,新事物"②。由于善在理性主义中被等同于理性,这就能理解现代主义文学为什么追求美与善的分离,因为它是抵制社会理性的文学。同时它又是追求创造性的文学,恶是变化的、新的、特殊的,应合现代性的求新、求变,也应合于现代主义的"使之新"。恶更显新奇的活力,与力相连,尼采从力的范畴对善恶进行解读。因而现代主义审美是一种不同于形而上学的永恒美、精神美、道德美、社会美、理性美与理想美的新审美,它呈现出粗俗、怪异,充满象征,表现为非精神性的审美下降。

平面技术社会缺乏精神性,一切在社会内部获得满足,日常生活成为最大的表现领域,而日常生活是琐屑的,非精神性的,其复制性、庸常性,充斥着物与物带来的消费对欲望与想象的操控,促使了现代主义审美的下降。现实主义文学只允许日常生活中关联到社会理性的内容进入叙述,而现代主义则反对社会理性,寻求非理性抵制理性,所有现象都可表现。"随着生活世界的分化和非传统化,社会复杂性也在不断加强。生活世界以一种眼花缭乱的方式失去了其一系列的特征,比如亲近感、透明度、可靠性等。"③完整的社会生活与理性的整体方式都被瓦解,电媒也带来生活的碎片化与历史的贬值文学若再塑造高大全的理想人物,已没有了整体社会历史根基。现代主义反观念价值,不以教化民众为目的,兴起可交流形式,包孕意象与抽象化。曼海姆说:"交流的符号的抽象性增加,与文化的民主性之间有着密切的相互联系","民主社会比贵族社会更有可能发现事物之间的'抽象的'关系"④。形式与交流是现代主义艺术抽象化的基础。形式抽象化在某种程度上,就是符号化,因而现代主义的艺术追求与现实主义的逼真背道而驰。符号远离现实,远离真实,是一种表意系统。马尔库塞在《爱欲与文

---

① [俄]H.A.别尔嘉耶夫:《人和机器——技术的社会学和形而上学问题》,《世界哲学》2002年第6期,第52页。

② [法]亚历山大·科耶夫:《黑格尔导读》,姜志辉译,译林出版社2005年版,第143页。

③ [德]哈贝马斯:《现代性的概念》,参见汪民安等主编:《现代性基本读本》(上),河南大学出版社2005年版,第123页。

④ [德]卡尔·曼海姆:《文化社会学论集》,艾彦等译,辽宁教育出版社2003年版,第202、203页。

明》的"1966 年政治序言"中指出："富裕社会自身也在要求人们'追求审美、渴望一致'"；①现代主义在抽象符号的交流中，实现一致，追求审美。而且抽象艺术更直接从具体物象中提炼象征，提炼符号。审美下降到物，也是对 20 世纪西方民主社会、物质社会形态的对应。

　　在生产力低下而物质贫乏的早期社会阶段，物被文学所排斥。传统的观念视"所有与生活的物质必需品相联系的活动，在根本上都是不真实的、低级的、丑陋的"②。而现代主义感官审美包括物，与技术社会提升了物的精致有关。现代主义扩大并下降到物而呈现出全新面貌。霍普金斯说过："1930 年前后超现实主义者当中出现了一次真正地对物的崇拜。"③去掉伦理性善恶与道德参照之后，在感官视域中，美与丑获得了平等性。比如摄影镜头下，一切对象在技术艺术的"万物皆真"中获得平等对待。现代主义转向包括丰富物质形态的日常生活，体现出审美向物质化日常生活的下降。超现实主义、新小说追求平面化，反对二元深度，消除了精神与物质的上下等级。精神的崇高反而被认为是虚幻的，社会理性被认为是专制。观念社会文学按理想表现世界，而技术社会，物质层面的实然的东西或日常形态，平等进入文学中来，成为人们体验的对象，也包括了瞬间的升华。卡尔说："现代艺术家将不知不觉地陷入至少两种相等的压力之间：一方面感到历史已无关宏旨，他所关心的应只是现在；而另一方面，感到他所赞颂的现在不过是昙花一现，甚至在艺术尚未来得及与之对立之时就已经消逝了的一个时刻。"④这样，物就成为艺术家感觉的停泊之所在，物是对艺术家困惑的一种置放。物在文学中的占位，实现了亚里士多德的审美应当由上而下转移或渗透到物质资料王国的预言，这是技术社会发展到大规模实践活动的总体生产方式的结果。

　　现代主义审美最震撼的下降，体现为无意识领域，对于一直为社会理性主导的文学，可谓自由落体式的下降。情与欲出现了颠倒，情更具精神性，精神性爱情成就了但丁与彼特拉克圣洁的爱情诗篇，他们成为柏拉图爱情的范例。19 世纪的长篇小说有大量爱情主题，肉体的本能被排除在爱情理想之外。而现代主义文学中，欲取代了情的地位。别尔嘉耶夫说："旧文化

---

① ［美］马尔库塞：《爱欲与文明》，黄勇等译，上海译文出版社 2012 年版，"1966 年政治序言"第 12 页。
② ［美］马尔库塞：《审美之维》，李小兵译，三联书店 1992 年版，第 5 页。
③ ［英］大卫·霍普金斯：《达达与超现实主义》，舒笑梅译，译林出版社 2010 年版，第 21 页。
④ ［美］弗雷德里克·R.卡尔：《现代与现代主义》，陈永国等译，中国人民大学出版社 2004 年版，第 14 页。

不关心肉体,机器和技术文明首先对心灵有危险。"①这句话可以理解为,旧文化不关心肉体,新技术文化不关心心灵。福斯特写有《机器停止运行了》的经典故事,提到机器"它剥夺了我们的空间感和触摸感;它混淆了所有人际关系,使爱狭隘化,变成一种肉体行为。"②技术世界的直接性,欲的直接性替代了爱的间接性。仔细辨别,归属到现代主义流派名下的作家,确实没有一部像 19 世纪文学那样致力于描写爱情的作品,相反多涉及情欲描写。如艾略特的《荒原》描写现代人的有欲无情的生存现状,有欲望场景。乔伊斯的《尤利西斯》中,莫莉想象与情人的性欲体验,成为经典片段。传统文学中爱情往往成为理想与现实社会秩序之间冲突的场域,19 世纪现实主义文学,爱情构成美好的向往。而 20 世纪,性与爱成为可分开的,现代主义学中理想爱情不复存在,性作为体验,进入文学领域,甚至取代了爱情。他异性的技术社会,人与人的相通难以发生,爱情本身成为一件困难的事情。《局外人》中莫尔索,对爱情缺乏热情,偶有一点儿欲,似有似无,显示出他对爱情的无所谓,不只是没有情,甚至欲也没了,冷漠中爱情完全失去了位置,何谈爱情的超越性。

　　一直为文学艺术所排斥的淫荡,在现代主义文学艺术中也就获得了正当的位置。波德莱尔有 6 首诗,因色情而引来官司。这是道德审美传统使诗人遭遇司法审判。劳伦斯与乔伊斯作品都有色情描写,但这些不属于通俗文化层面,因为它们已被艺术形式升华。《尤利西斯》的结尾莫莉想象中的情欲体验的意识流内心独白,依靠意识流的形式获得了超越,"现代主义才成功地调和了审美与色情"。③ 色情与艺术在感官与感官化艺术中合流,与艺术形式转化有关。劳伦斯的《查泰莱夫人的情人》对康妮与梅勒斯的性爱场面进行了象征形式处理,用大海、波浪来描绘人物的性体验,性场景以意象脱离了肉体,在象征中获得审美升华。作为一个有阶级意识作家,劳伦斯甚至完全淡化梅勒斯的园丁身份,以及他与康妮在阶级与情趣方面的差异,将他艺术化为男性力量的象征,作为肉体之力与美的代表,并预示他们未来性爱的美好前景,甚至赋予性爱审美以救赎地位,视两性的和谐性爱关系为现代机械化社会缺乏生命机能的补偿与拯救。性作为表现身体的部

---

① [俄]H.A.别尔嘉耶夫:《人和机器——技术的社会学和形而上学问题》,《世界哲学》2002 年第 6 期,第 51 页。

② E.M.Foster, *The Machine Stop*, in *Of Man and Machines*, ed.Athur O, Lewis, Jr.New York: E.P. Dutton, 1963, p. 266.

③ Allison Pease, *Modernism, Mass Culture, and the Aesthetics Obscenity*, Cambridge University Press, 2002, p. xv.

分,而身体也是20世纪复杂的问题,它也是"现代主义者将身体合法化为审美消费与生产的一个部分"。①

无意识与性获得了被表现的合法性。尼采强调艺术与社会对立,他说:"如果只有守规则的、可尊敬的、行为规矩的灵魂才允许表现自己,那么艺术就被限制在太狭小的范围内了。在造型艺术中,如在音乐与诗歌中一样,除了美的灵魂的艺术以外,还有丑的灵魂的艺术;而艺术的最强有力的效果,撕裂灵魂,飞沙走石,使野兽人化等等,恐怕正是由那种艺术最好地创造出来的。"②丑是不是有丑的灵魂的艺术呢? 尼采的表述很激进。现代主义形式主义理论家罗杰·弗莱的观点更容易为人接受,他说,那就是"坦率承认丑也是审美的一部分";"丑不会因其本身而为人们所承认,但可以因其允许情感以如此强烈而又令人愉快的方式加以表达,以至于我们会毫不犹豫地承认内在于丑陋形象中的痛苦。"③这与现代主义艺术的目的有关,它不是教化民众,不是承载社会观念,不是服务于社会,而以激发个体的情感与表现艺术自身的新奇为目标。对于制造新奇而言,被理性压抑的肉体,也成为现代主义的一个新的表现领域。现代主义表现性本能,无意识作为遭到严密的理性社会压抑的解放领域出现,具有积极意义。在马尔库塞看来,"压抑是一种历史现象"。④ 据此,他认为弗洛伊德的心理学问题,也就是政治问题。"在现时代,心理学概念成了政治概念,以至私人的、个体的精神成了一定程度上心甘情愿的容器,里面藏了为社会所欲求、对社会所必要的志向、感情、满足和内驱力。"⑤马尔库塞分析了性的无意识被纳入现代社会系统,他说:"现实原则的势力范围扩大到了爱欲。把性系统地引进商业、政治和宣传等领域就是一个最有说服力的例证。就性欲获得某种确定的票房价值或者名望的象征或按游戏规则进行的消遣的象征而言,它本身已经变成了巩固社会的工具。"⑥欲望问题成为了20世纪受关注的领域,与经济、政治都具联系。弗洛伊德从文明压抑本能,阐释"性"的正面解放意义。

① Allison Pease, *Modernism, Mass Culture, and the Aesthetics of Obscenity*, Cambridge University Press,2002,p. xiv.
② [德]尼采:《人性的,太人性的》(上卷),魏育青等译,华东师范大学出版社2008年版,第152页。
③ [英]罗杰·弗莱:《弗莱艺术批评文选》,沈语冰译,江苏美术出版社2017年版,第80页。
④ [美]马尔库塞:《爱欲与文明》,黄勇等译,上海译文出版社2012年版,第8页。
⑤ [美]马尔库塞:《爱欲与文明》,黄勇等译,上海译文出版社2012年版,"1961年标准版序言"第2页。
⑥ [美]马尔库塞:《爱欲与文明》,黄勇等译,上海译文出版社2012年版,"1961年标准版序言"第3页。

性解放一词,是对道德压抑的反对,是人性的解放。马尔库塞指出现代社会"人类欲望的范围以及满足欲望的手段都得到了无限的扩大,……从此以后,无论是人的欲望,还是人对现实的改变,都不再是自己的了,因为它们现在被人所处的那个社会组织起来了。"①个体的潜意识在组织化的社会中,折射社会生活场域。就如同从《尤利西斯》中莫莉的肉欲想象体验的内心独白中大量的"yes",能够阐释与揭示出建立在殖民地女性身体上的政治意义。

性成为了一个复杂承载的交合地带,它从过去延续家庭功能的合理性中摆脱出来,也从原罪中摆脱出来,但它又交集着商品化,也承载有个人享乐主义,还有身体快感等。现代主义审美包括身体、欲望、无意识。

总体上,文学审美下降到物,下降到无意识,丰富了文学的表现范围与表现力。物的意象、物的召唤性、物的施动性,呈现出物与人、物与世界的新关系。审美下降,也兴起了新的审美形式,也可以说,文学中审美下降与形式升华是同步的。现代主义的感官化、直观化、无意识,看似简单、低等,其实造就了远比以前复杂与成熟的文学。

现代主义审美下降同时又有形式的升华,通往真理才能实现艺术化。

首先是对象领域本身被提升。例如,文学向物质的下降,按亚里士多德的观点,代表艺术的发展。马尔库塞提到,亚里士多德思想中包含有真善美"应当'由上及下'地渗透和转移到生活所必需的物质资料王国"这样的理念,②也就是亚里士多德预示到了艺术未来需要下降到物质王国。这是一个非常值得注意的思想,过去的文学作为观念文化,注重精神性,而现代主义开始实现了向物质王国的下降。独立的物纳入文学,标志文学从观念文化,向包含物质在内的审美文化、技术文化的转向。马尔库塞认为,是因为前现代社会物质的困乏,文学才确立在精神理想的位置上。他分析了以前文学的理想品质,是由于多数人在现实生活中只能像奴隶那样劳作,即使资本主义早期,依然处于阶级贫困的现状,文学艺术与物分离而建构高尚的理想境界。"真、善、美的世界,事实上只是一个'理想'的世界,过去它处于生活的实际条件之外,因为它脱离了人的实践存在形式。"③可以看出,物质遭到排斥的原因,在于文学是理想世界,过去"与生活的物质必需品相联系的

---

① [美]马尔库塞:《爱欲与文明》,黄勇等译,上海译文出版社 2012 年版,"1961 年标准版序言"第 6 页。
② [美]马尔库塞:《审美之维》,李小兵译,三联书店 1992 年版,第 4 页。
③ [美]马尔库塞:《审美之维》,李小兵译,三联书店 1992 年版,第 3 页。

活动,在根本上都是不真实的、低级的、丑陋的。"①传统文学艺术有主题或题材范围,保证它的高雅性与精神品质。而 20 世纪现代主义文学有了物质维度,一切都平等进入文学。这本身是艺术的提升。

其次是通过艺术形式获得提升。淫荡、色情、丑等对象领域,因艺术形式而获得审美升华。这是因为形式的游戏性质,而游戏是艺术与审美的本质。正如《启蒙辩证法》所说的,"科学正成为数学家们长久以来引以为荣的游戏"②,艺术形式成为现代主义艺术家们的游戏。亨利·詹姆斯在《小说的艺术》中倡导艺术的目的在于"创造生活的幻觉"。回忆具有幻象感,也具无意识性,它成为在感官与幻觉性调和下的现代主义翻新的艺术途径。德勒兹在《普鲁斯特与符号》中就普鲁斯特作品分析了"自觉记忆"与"不自觉记忆"。③ 马尔库塞在谈到弗洛伊德的精神分析中的记忆问题时,指出记忆的"倒退具有一种进步的功能,重新发现的过去提供了一种现在正受到禁忌的批评标准。而且记忆的恢复还伴随着幻想的认识内容的恢复。"④记忆或回忆是现代主义的一种主导形式,在无意识中获得一种距离的审视的升华。

现代主义的语言无意识,表意混乱含混,同时又在语言褶皱中显示美的质感与意象,获得质感审美。首先,文学转向了形式本体、语言本体,语言不完全意在表现事物,它也表现自身的表现力,思想家认识到语言还是一种救赎的形式。本雅明在 1916 年的一封信里写道:"我们处在暗夜之中","我曾经试图用言辞和它搏斗"。⑤ 语言具有揭示世界的能力,不需来自世界的实践的确认。现代主义文学是最语言本体的文学之一,它追求语言的创造性,凸显语言作为文学介质的表现力。

形式与整体时间结合,在现代主义文学中构建出天启的一面,天启体现了现代主义内在乌托邦精神。《现代文学杂志》主编莫莱斯·比伯在《什么是现代派》一文中指出,现代派包含两个极端和一条中间路线。一个极端是意在重建宗教信仰的现代文学,另一个极端是为个人主义、无政府主义的

---

① [美]马尔库塞:《审美之维》,李小兵译,三联书店 1992 年版,第 6 页。
② [德]马克斯·霍克海姆、西奥多·阿多诺:《启蒙辩证法》,渠敬东等译,上海人民出版社 2006 年版,第 13 页。
③ [法]吉尔·德勒兹:《普鲁斯特与符号》,姜宇辉译,上海译文出版社 2008 年版,第 53—66 页。
④ [美]马尔库塞:《爱欲与文明》,黄勇等译,上海译文出版社 2012 年版,第 10 页。
⑤ 秦露:《文学形式与历史救赎:论本雅明〈德国哀悼剧起源〉》,华夏出版社 2006 年版,"绪论"第 21 页。

文化进行辩解的现代文学,而中间路线则摇摆于信仰和困惑、确信和怀疑之间。① 宗教信仰的现代主义,不是以宗教为直接目的,而是现代主义对宗教精神的复归。传统美学如同形而上学,包含有人类有限性的宿命以及我们所必须屈从的东西,信念的限制在其中发挥作用。现代主义有时将艺术经验自动设置进这些框架,更多的时候以时间的恒在来呈现宗教的恒在意象。这是现代主义与传统联系的途径。T.S.艾略特被认为是新托马斯主义者,他的诗歌对时间的处理,始终包含对彼岸的向往。《四个四重奏》处理时间的句子中,包含了时间、拯救,具有上帝的影子。第一部分《烧毁的诺顿》,诗人写道:"时间现在和时间过去/也许都存在于时间将来/而时间将来包容于时间过去/如果时间都永远是现在/所有的时间都不能够得到拯救。"第二部分《东库克》开头的句子:"在我的开始是我的结束",而最后一句将本重奏开头的这个句子前后颠倒为"在我的结束是我的开始。"在第三部分《干赛尔维其斯》,则有"在寂静的浓雾的压抑下/钟声响起/记着不是我们的时间。"而第四部分《小吉丁》,则写有"在地点和时间上/现在,在英格兰",这里是"无始无终的时间的交叉点"。艾略特在时间中领略内在的精神意义与永恒的信仰。"我们和正在死去的人一起死去;看他们逝去,我们随他们而去/我们和已死了的一起诞生,看他们归来,他们随身携带我们。"艾略特诗歌中的时间,指向了上帝的永恒。他将文化建立在对基督教的信仰上,这并不等于他的文学是基督教文学,而是他代表了现代主义文学具有渴望超越现实的天启维度。

　　詹姆逊说过,"我们通常习惯从内容方面来思考现实主义,而从形式方面来思考现代主义"。② 比格尔也作过这种对比,他说:"艺术作品的内容,它的'陈述',与形式方面相比不断地退缩,而后者被定义为狭义的审美。"③其言下之意是,现代主义内容陈述不重要,而形式重要。现代主义的形式被等同内容。鲍山葵(B.Bosanquet)指出:"在原则上,形式与实质是一个东西,就像身体和灵魂一样。"④形式甚至被强化到艺术本体的地位,审美形式成为了现代主义否定现实、否定社会、否定形而上学、否定大众文化,否定艺术自身传统的否定美学的内核。阿多诺所说的"艺术乃是社会的社会

---

① 伍蠡甫选编:《西方现代文论选》,上海译文出版社1983年版,第366页。
② [美]弗·詹明信:《晚期资本主义文化逻辑》,张旭东编,三联书店1997年版,第277—278页。
③ [德]彼得·比格尔:《先锋派理论》,高建平译,商务印书馆2002年版,第84页。
④ [英]鲍山葵:《美学三讲》,周煦良译,上海译文出版社1983年版,第9页。

对立面"。① 然而,现代主义并不直接进行政治反抗,它立足形式变革的艺术审美,最终达到艺术否定机械化与标准化的总体社会,审美反抗由此通向政治反抗。

理论家们论述过形式所具有的升华性与否定性。阿多诺说:"艺术作品只有通过具体的否定才会是真理性的",②他相信,"真正的形式在下述意义上与批判汇聚在一起,那就是无论艺术作品在任何地方发动自我批评,都是通过形式进行的。艺术作品中的某些东西抵制残留的凸显部分,那种东西就是实际的形式动因。"③他认为,"形式是改变经验存在的法则,因此,形式代表自由,而经验生活则代表压抑。"④这一观点也说明形式提升了艺术的审美。马尔库塞的《审美之维》对形式也有相同的看法,"在审美形式中,内容(质料)被组合、整形、调整,以致获得了一种条件,在这个条件下,'材料'或质料的那些直接的、未被把握的力量,可以被把握住,被'秩序化'。形式就是否定,就是对无序、狂乱、苦难的把握,即使形式表现着无序、狂乱、苦难,它也是对这些东西的一种把握。艺术的这个胜利,是由于它把内容交付于审美秩序。而审美秩序就其本身的要求看是自律的。艺术作品建立了自己本身的界限和目的,它的意味就在于它把各个组成成分按其自身的法则联系在一起,这些法则构成悲剧、小说、奏鸣曲和绘画的'形式'……因而,内容被形式所改造,从而获得了超越其内容组成成分的一种意义。这个超越的秩序,就是作为艺术真理的美的显现。"⑤形式变革带来文学整体的变革,这是现代主义变革的特征。例如,意识流就是进步的形式,它突破了文学的叙述范式,打破了僵化的理性语言,用碎片性更新了人们的经验感知,激发了一种革命能量与激情。

艺术形式被认为包含有真理,是艺术升华的本质所在。阿多诺说:"艺术作品的真理性内容,作为对作品之存在的否定,是通过作品本身得以传达的,作品从不以任何其他方式来传达其真理性内容。"⑥他认为不同时期艺术有不同幻象,现实主义的幻象是同一性的,现代主义艺术的幻象是否定性的。传统意义上的乌托邦,是在外部的某一个地方,而现代艺术的乌托邦表现为内在精神性,形式成为了超越与升华的载体。

---

① ［德］阿多诺:《美学理论》,王柯平译,四川人民出版社 2001 年版,第 13 页。
② ［德］阿多诺:《美学理论》,王柯平译,四川人民出版社 2001 年版,第 226 页。
③ ［德］阿多诺:《美学理论》,王柯平译,四川人民出版社 2001 年版,第 251 页。
④ ［德］阿多诺:《美学理论》,王柯平译,四川人民出版社 2001 年版,第 235 页。
⑤ ［美］马尔库塞:《审美之维》,李小兵译,三联书店 1992 年版,第 124 页。
⑥ ［德］阿多诺:《美学理论》,王柯平译,四川人民出版社 2001 年版,第 232 页。

三、现代主义的几个重要审美范式

现代主义文学的象征与反讽非常普遍。象征的兴起与电媒的关联性质与视像性质的塑造有关;而反讽与制度及共形成的各种分裂的影响有关。反目标化叙事,反机制论的立场,兴起了反讽,对应现代性的悖论。

技术社会精密的技术模仿,逼迫艺术摆脱了高度描摹走向变形、抽象的道路。现代主义作家追求语言的新奇,以游戏的态度,拆解文法与语言,以创造性取代了文学的模仿性,而艺术语言脱离常规性,进入成熟境地,被视为颓废。由于现代主义艺术家抵制技术社会艺术的可复制性,追求独特性与创新性,兴起了怪诞。而受照相机快门与电影镜头等的启示,也产生了新的审美范式——震惊。下面笔者对现代主义文学的四种主要审美范式进行阐释。

(一) 颓　　废

颓废一词古代就存在,但各个历史时期的内涵有别,现代主义时期含义被刷新。古希腊时期,颓废与性爱与性别有关,比如,水仙自恋就被认为是颓废;古希腊时期颓废与自恋,易性的性别意义上的颓废,在西方学者卡米拉·帕格利亚(Camille Paglia)题名颇似通俗著作的学术专著《性面具——艺术与颓废:从奈费尔提蒂到艾米莉·狄金森》中被沿用,它据此研究西方文学中的人物身上的两性的渗透与越界的颓废。性爱颓废指向性别越界,如自恋、雌雄同体、易性、同性恋以及男性女性化与女性男性化的混合情态,性别的僭越被视为颓废美。

在基督教中,颓废指向时间上的衰败,包含衰朽意象,基督教的末世论,是世界走向衰朽的时间观与历史观。其实古希腊的荷马史诗也表现英雄末路,悲剧观同样将人生视为衰败过程。法国宗教史家亨利-夏尔·皮埃什说:"我们觉察到希腊人的时间感的内核:时间被当成一个'衰退过程'来经验——持续进步的概念闻所未闻。"①文艺复兴时期,塞万提斯的《堂吉诃德》中主人公堂吉诃德否定当时的黑铁时代,追念之前的黄金时代,也体现了颓废的衰落历史意识,没落的历史观,就有颓废意象存在。

而浪漫主义时期,颓废表达一种普遍的厌倦情绪,颓废等于厌倦感、文

---

① [美]马泰·卡林内斯库:《现代性的五副面孔》,顾爱彬等译,商务印书馆 2002 年版,第162 页。

学以此表现贵族青年生不逢时的忧郁与颓废。

在涉及进步观念的现代政治领域，颓废则指向阶级没落。卢卡奇有历史进步中没落阶级的衰败与颓废的提法，一个阶级的兴起总是与另一个阶级的没落联系在一起。他认为没落阶级的颓废代表 19 世纪是贵族阶级，而 20 世纪则是资产阶级。

颓废也被联系于科学与工业技术的发展。马克思在《在〈人民报〉创刊纪念会上的演说》一文中指出："一方面产生了以往人类历史上任何一个时代都无法想象的工业和科学的力量，而另一方面却显露出衰颓的征象，这种衰颓远远超过了罗马帝国末期那一切载诸史册的可怕情景。"①现代主义诗人波德莱尔认为进步是"一种很时髦的错误，我躲避它犹如躲避地狱"；并指出"这种自命不凡标志着一种已经很明显的颓废"。② 波德莱尔还说："进步（假设有进步）把快乐变得多么美妙，就把痛苦变得多么完善。"③技术进步与精神颓废连体，颓废成为现代性的伴生现象。

尼采认为现代性是一种高级颓废状态，曾被推崇的高尚的价值理念被现代社会强化的技术所夷平，技术的快速发展，包含颓废的征兆。现代主义者感到进步与颓废是一体双面，产生出一个悖论式的结论：进步即颓废，颓废即进步。

著名的心理医生马克斯·诺岛的《蜕变》（也译成《堕落》与《我们的文明的传统谎言》）指责 19 世纪末的象征主义文学为堕落，批评现代艺术家是文化堕落——颓废之根。这类与文学艺术相关的批评中，颓废依然有衰败的含义。

19 世纪的唯美主义与象征主义将颓废锁定为审美，使得颓废一词不再有衰败的含义，颓废成为艺术家们追求的一种艺术情状，指挣脱社会理性后艺术的个人化、感官化、语词的新奇表达。那么，审美上的颓废成为了艺术成熟的标志。帕格利亚对此有过这样的说法，"法国和英国的颓废派之父是泰奥菲尔·戈蒂叶。他最初以画家的身份开始其职业生涯，创造了唯美主义这一对美的新异教式崇拜。"④颓废后来因象征主义而著名，一度成为

① 《马克思恩格斯全集》第 12 卷，人民出版社 1984 年版，第 3 页。
② ［法］波德莱尔：《波德莱尔美学论文选》，郭宏安译，广西师范大学出版社 2002 年版，第 319 页。
③ ［法］波德莱尔：《波德莱尔美学论文选》，郭宏安译，广西师范大学出版社 2002 年版，第 173 页。
④ ［美］卡米拉·帕格利亚：《性面具——艺术与颓废：从奈费尔提蒂到艾米莉·狄金森》（下卷），王玫等译，内蒙古大学出版社 2003 年版，第 436 页。

法国一批象征主义诗人与艺术家的自我封号,他们的刊物以"颓废"命名,自称颓废派,以"颓废者"自居,并围绕《颓废者》杂志阵地,倡导颓废审美主义,自觉地在创作中追求颓废。颓废成为法国的象征主义的时尚,象征主义诗人也被称为颓废派。

社会主义国家曾将现代主义称之颓废派文学,则不是审美意义上的,而是政治意识形态上的批评。普列汉诺夫依据政治标准,在《艺术与社会生活》一文中,认为颓废是西方作家的一种反动选择,它不立意于表现代表人类进步方向的阶级,不表现人的自觉的合乎历史方向的精神层面与历史进程,进而号召社会主义现实主义要同颓废主义做不懈的斗争。卢卡奇将颓废与阶级衰落联系在一起,视颓废为资产阶级艺术家自鸣得意、自我陶醉的情调,是阶级衰落的表现。他说:"恰恰在尼采活动的时代,阶级衰落,即颓废倾向达到这样一种程度,以致他们的主观估价在资产阶级内部也经历了一个相当重大的变化。很久以来,只有进步的对立批评才揭露和严厉谴责了颓废的症状。反之,资产阶级知识界的大多数人迷恋于在一个完美的世界中生活的幻想,保卫他们所假想的'健康状态'和他们的意识形态的进步性。但是,这种颓废观点,这种颓废意识越来越成为这些知识分子自我认识的中心。"①相比卢卡奇,也有奥地利的批评家恩斯特·菲舍尔等西方马克思主义者,对现代主义持中性甚至略带肯定的立场,将颓废视为与注重内容的现实主义艺术相对的"形式主义",看到颓废的正面意义。

20世纪在西方世界颓废一词含义主要是审美的。那班甸(Suzanne Nalbantian)将19世纪末的颓废派运动,追溯到19世纪现实主义与自然主义的作品中的非道德化的颓废征兆,指出:"颓废的内涵似乎最充分地体现在一些杰出的小说家的主要作品中,像陀思妥耶夫斯基、亨利·詹姆斯、埃米尔·左拉、托马斯·哈代、约瑟夫·康拉德,而这些名字通常与颓废是没有联系的。在一个富于变化的过渡时期,道德的混乱具体体现在这些作家的代表性小说中主人公反常、矛盾和困惑的心理和行为上。"②不过这些作家只具有过渡性,象征主义才真正迎来了艺术的颓废。

最早将颓废视为成熟风格的泰奥菲勒·戈蒂叶,他在1868年为波德莱尔写的一篇"序言"中提到"被不恰当地称为颓废的风格,无非是艺术达到了极端成熟的地步"。这一界定获得了象征主义艺术家们的呼应,他们对

① [匈]卢卡奇:《理性的毁灭》,王玖兴等译,山东人民出版社1997年版,第247页。
② Suzanne Nalbantian, *Seeds of Decadence in late Nineteenth Century Novel*, London: Macmillan, 1983, p.1.

独立审美表现出自觉,对现实进行逃避。自我被压缩到封闭的体系中,自我完全脱离人类关系与集体价值,表现出个体感官异常发达,陶醉于情感与美的小天地的倾向,不论在对应的性爱体系,艺术体系,还是文学的语言领域。因此西方学者指出,"颓废者最根本、最突出的特征就是逃避现实。"①极端封闭的个人对感官美的追求与陶醉,很容易发生在性爱领域。帕格利亚的《性面具——艺术与颓废:从奈费尔提蒂到艾米莉·狄金森》探讨自恋、雌雄同体与易性中的颓废美。古希腊自恋的美少年纳西索斯、雌雄同体的雅典娜,一直到 20 世纪西方文学中性爱描写中的易性、自恋、同性恋等,都被该书一一梳理,得出"颓废是一种病态的西方目光,它是潜伏在一切艺术中的窥淫癖的激化表现"②的结论。同性恋者王尔德被作为颓废派的代表,他的《道林·格雷画像》被认为"最充分地表现了颓废派的色欲原则:将人物转化为艺术品。王尔德揭示出美少年与其画像之间的奇异共生现象,也就是说,一位富有魅力的双性人与其画像之间的共生现象"。③

颓废在审美领域,也指艺术越界。波德莱尔指出颓废特有的艺术品质在于,打破不同艺术间边界的系统化努力。"今天,每一种艺术都表现出侵犯邻居艺术的欲望,画家把音乐的声音引入绘画,雕塑家把色彩引入雕塑,文学家把造型手段引入文学,而我们今天要谈的一些艺术家则把某种百科全书式的哲学,引入造型艺术本身,所有这一切难道不是出于一种颓废时期的必然吗?"④波德莱尔指出这是时代特征,"这是对我们的世纪的精神状态的一种诊断,即各门艺术如果不是渴望着彼此替代的话,至少也是渴望着彼此借用新的力量。"⑤艺术的越界与渗透,生成出一种新的混合的艺术情调,被视为颓废。维尔多内谈到未来主义的越界倾向,"未来主义文学,受未来主义影响的文学,或与未来主义并驾齐驱的文学,有一个同样值得注意的特征,那就是追求形象化的渴望,它所力主的视觉动势,它对电影化的倾向。"⑥他明确指出:"运动和剪接都已成为 20 世纪初几乎所有先锋派艺术

①　Ian Fletcher, *Decadence and the*1890*s*, London: Edward Arnold, 1979, p. 28.

②　[美]卡米拉·帕格利亚:《性面具——艺术与颓废:从奈费尔提蒂到艾米莉·狄金森》(下卷),王玫等译,内蒙古大学出版社 2003 年版,第 448 页。

③　[美]卡米拉·帕格利亚:《性面具——艺术与颓废:从奈费尔提蒂到艾米莉·狄金森》(下卷),王玫等译,内蒙古大学出版社 2003 年版,第 552—553 页。

④　[法]波德莱尔:《波德莱尔美学论文选》,郭宏安译,广西师范大学出版社 2002 年版,第 336 页。

⑤　[法]波德莱尔:《波德莱尔美学论文选》,郭宏安译,广西师范大学出版社 2002 年版,第 458 页。

⑥　[意]马里奥·维尔多内:《未来主义》,黄文捷译,四川人民出版社 2000 年版,第 69 页。

流派的真正动力。"①电影化倾向,表现为对速度、变化、感官印象的迷恋,体现为他们对电影的主要表现手段——剪辑的喜好。马里内蒂甚至组织了一部"十人长篇小说"——《沙皇未死》,十章由十个不同的作家撰写,体现文学的组接,是对电影剪辑的模仿。《未来主义》一书还描绘了未来主义其他艺术间的越界,体现为"绘画的吼叫","开放性的雕塑"等是这类标题。未来主义绘画宣言中称:未来主义绘画是声音、噪音和气味的绘画。② 文学艺术门类越界包孕各种艺术的审美混合,被视为艺术的颓废。

颓废在审美视域的另一种视角指向语言。

保罗·布尔热将颓废落实在语言。他说:"一条规则既支配着另一个机体的发展,也支配着它的颓废,这个机体就是语言。颓废风格是这样一种风格,在其中书的统一性瓦解,以为书页的独立腾出空间,书页瓦解,以为句子的独立腾出空间,句子瓦解,以为词语的独立腾出空间。"③现代主义对连贯的语言瓦解,使文学走出了整体性,碎片中意象与意义都更丰富。句子的瓦解,为语词的自由组构提供了可能,促成了现代主义语言上达到艺术的成熟。诗歌乃语言中的语言,象征主义在语言领域兴起了颓废。

尼采也表达过颓废与语言的联系。他提到颓废与语词之间的关系,"每一种文学颓废的标志是什么? 生活不再作为整体而存在。词语变成主宰并从句子中跳脱而出,句子伸展到书页之外并模糊了书页的意义,书页以牺牲作品整体为代价获得了生命——整体不再是整体。但这是对每一种颓废风格的明喻:每一次,原子的混乱,意志的瓦解……"④象征主义通过语言的颓废,实现了审美。它们分割语言,加强语言的视觉性等感性特征,使语言富于新的质感。《性面具——艺术与颓废:从奈费尔提蒂到艾米莉·狄金森》一书,对颓废派之源头人物戈蒂叶的语言进行了分析,指出其小说的视觉性形象,开创了感性控制模式。帕格利亚说:"名词及其形容词大量涌现,仿佛庆典上纷繁的用语,它们抽取了文学的活力。戈蒂叶的小说里甚少动词";而"这种风格就是语言服务于意象的异教艺术观"。⑤ 如果说颓废

①　[意]马里奥·维尔多内:《未来主义》,黄文捷译,四川人民出版社 2000 年版,第 63 页。

②　[意]马里奥·维尔多内:《未来主义》,黄文捷译,四川人民出版社 2000 年版,第 70—71 页。

③　[美]马泰·卡林内斯库:《现代性的五副面孔》,顾爱彬等译,商务印书馆 2002 年版,第 182 页。

④　[美]马泰·卡林内斯库:《现代性的五副面孔》,顾爱彬等译,商务印书馆 2002 年版,第 202 页。

⑤　[美]卡米拉·帕格利亚:《性面具——艺术与颓废:从奈费尔提蒂到艾米莉·狄金森》(下卷),王玫等译,内蒙古大学出版社 2003 年版,第 448、450 页。

是从传统的严谨语言裂变、瓦解出来的,颓废就不是法国象征主义文学独有的审美,而在注重语词艺术的现代主义中带有普遍性。

《颓废者》的创办人安纳多尔·巴许,认为颓废并不与没落关联,而颓废者恰恰是先锋派。他盛赞象征主义诗人对颓废的追求,认为是人性向各种理想的延伸。他在《颓废者和象征主义者》一文中写道:"颓废者代表一批对自然主义非常反感的年轻作家,他们寻求艺术的革新。他们以敏感而响亮的诗歌来取代帕尔纳斯派呆板单调的诗律。在这种诗中,人们感到有生命的颤动掠过。为表现感觉和意念,他们扫除了旧文学中的一切空话。他们的著作都是精华,他们接受了文明的一切进步。"①

魏尔伦在给《颓废者》的一封信中写道:"颓废主义是一个天才的词,是一个将在文学史上长存的有趣发现;这种不规范的措辞是一种非凡的标志。它简短、方便、唾手可得,而且恰好排除了贬损性的颓废概念;它听起来寓于文学性却不迂腐,它灵活而且有所突破。"②

颓废也被与人物心理退避关联。里奇(George Ross Ridge)说:"对颓废者来说,世界过于沉重,无法满足他的种种期待。生活让他厌倦,把他压垮。自然具有消极而非积极的价值,现实满足不了他的愿望,于是他避开现实,遁入自我,在自我的世界里创造一个自己感到满意的空间。"③这种提法与浪漫主义人物的厌倦感的颓废含义有一致性。颓废是在对现实的逃避中建构自己的自我陶醉,自恋是颓废的一种。而从艺术领域看,艺术自律也可以说是文化的自恋。在这个意义上,追求自律的现代主义也可整体被看作颓废艺术。在反叛与创新的意义上,颓废者们"可能是坚持自己信奉的人生观而不惜一切的英雄"。④ 艺术中的颓废,就否定现实、追求审美而言,不是消极的,其积极的意义在于抵制政治等对文学艺术的辖制,摆脱认识论对审美趣味的左右,使艺术走向成熟。

颓废的兴起与技术社会的个人主义与自由主义有关,个体化成就了颓废,艺术越界与语言裂变都是个人风格确立的衍生物。无论哪种审美方面的颓废,都体现了艺术摆脱社会整体性,从社会政治一体化的整体中走出

① 黄晋凯等主编:《象征主义、意象派》,中国人民大学出版社 1989 年版,"序言"第 6 页。
② [美]马泰·卡林内斯库:《现代性的五副面孔》,顾爱彬等译,商务印书馆 2002 年版,第 189 页。
③ George Ross Ridge, *The Hero in French Decadent Literature*, University of Georgia Press, 1961, p. 83.
④ George Ross Ridge, *The Hero in French Decadent Literature*, University of Georgia Press, 1961, p. 47.

来,使艺术成为个性化艺术。颓废转向内心,转向语言,不再诉求于文学之外的观念,对立于虚假而自命不凡的人本主义,对正统的文学价值观形成瓦解。颓废集中体现为对语言分裂、碎片化的自由创造,所生成的氛围漫出语言本身,有一种美的感觉。颓废审美创造出种种新的可能性,解放了文学艺术,扩大了美的范围,也扩大了文学内部与外部的新型关系。

《现代性的五副面孔》引述了保罗·布尔热将社会分为"有机的社会"和"颓废中的社会"两种形态,认为现代社会是颓废社会,其表征是高度的个人主义,无政府状态与松散的社会结构。他说:"一旦在已取得的富足和遗传的影响下个人生活变得不切实际的重要,社会机体就变得颓废。"①而且认为,个人主义与无政府主义对社会形态不见得完全正面,但对艺术却肯定是有益的,这是因为个性的充分发展,有利于催生个性化艺术。"颓废中的社会"依个人主义而拒斥大一统标准的暴政,使无拘无束的个人美学风格成为可能,艺术得以摆脱政治以及社会观念的束缚。帕格利亚也指出过颓废是反道德的,她说:"颓废派对局部的重视与其对道德内涵的摒弃息息相关,因为伦理不正是反映个人对整体社会的屈服吗?"②颓废的叛逆特质与个人风格,使它成为了反叛的、创新的、审美的现代主义的审美核心之一。

(二) 反　讽

库恩佐指出:"从宏观上讲,悖论可以出自任何难题,诸如反向思维。"③现代性的自反性,在20世纪兴起了反讽作为流行的审美范式。

反讽应合于现代社会的没有目的性。克尔凯郭尔说:"反讽是没有目的的,它的目的就在自身之中。这是一种形而上学的目的。这个目的不是别的,乃是反讽自身。"④反讽是没有目的的,它的目的是它自身,具有游戏性。从整体看,现代主义反讽有游戏性,又在反讽中超越历史现实,但同时又构成批判的手段。"由于它超出了既有现实,人们大概会想,它一定会有更好的东西来取代既存的现实。可事实并非如此。通过使历史事实漂浮起来,反讽成功地超越了历史现实,在这个过程中,反讽本身也漂浮了起来。

① [美]马泰·卡林内斯库:《现代性的五副面孔》,顾爱彬等译,商务印书馆2002年版,第182页。
② [美]卡米拉·帕格利亚:《性面具——艺术与颓废:从奈费尔提蒂到艾米莉·狄金森》(下卷),王玫等译,内蒙古大学出版社2003年版,第448页。
③ [美]玛格丽特·库恩佐:《悖论》,余渭深等译,重庆大学出版社2016年版,第2页。
④ [丹麦]克尔凯郭尔:《论反讽概念》,汤晨溪译,中国社会科学出版社2005年版,第220页。

它的现实不过只是可能性而已。"①现代主义文学中的反讽对过去的价值观与当下现实与历史都形成嘲弄。

在 20 世纪,反讽不表现理想性,而具有抽象性否定。"反讽是对现代性的必要的抵御","现代诗人必须是反讽的"②。反讽成为现代主义最重要的流行形式,它最适宜表达现代性的悖论情形,成为现代社会最有效的表现方式。西方学者说:"如同在波德莱尔的诗歌中表现的,商业社会的日常生活被迫展现的是它的比较黑暗的、夜间活动的一面。"③非精神化、非道德化的商业社会与象牙塔里的精神性艺术存在冲突,而反讽就是将悖论的对立面并置到一起,调和冲突。

20 世纪的反讽是一种深刻的怀疑主义,具有解构的功能,它能否定、动摇习俗与固态意义,因而适宜 20 世纪文学文化对传统文化的反叛。同时高级与低级对立层次混合,将被分裂为高级与低级的物质与精神有效调和在一起,实现审美的多义性与含混性,是 20 世纪审美下降空间中的一种形式的升华。

反讽在古希腊被视为一种修辞。苏格拉底作为反讽的开创者,语言风格以反讽著称,他的反讽"是习惯性与延展性的,他倾向于频繁地使用反讽并作为一种讨论的模式"。④ 后来亚里士多德、西塞罗等都参照苏格拉底定下的反讽基调,反讽流行于辩论与讨论以及演说之中。反讽最早的定义,被认为来自古罗马的西塞罗与演说家昆体良(Marcus Fabius Quintilianus),即昆体良的"所说与所意指的相反"成为反讽的有影响的界定。⑤ 可见,早期的反讽以相反为立意,流行于讨论、辩论与演说等口头表达。文艺复兴时期反讽被列为寓言式表达,形成叙事模式。在莎士比亚的戏剧中就有相反性语词组接的"矛盾修饰法"。浪漫主义时期,伴随象征,反讽也被提高到文学构成方式的地位,歌德、席勒、谢林与弗雷德希·施莱格尔都有论及反讽的文字,反讽成为理论性问题。19 世纪随着长篇小说的兴盛,卢卡奇将小说视为反讽本身的等价物,长篇小说都视为反讽风格。到 20 世纪现代主义文学,反讽进一步丰富与流行,涵盖面更加广泛。

罗杰·福勒(Roger Fowler)在其批评术语辞典中指出,最早的反讽是言

① [丹麦]克尔凯郭尔:《论反讽概念》,汤晨溪译,中国社会科学出版社 2005 年版,第 242 页。
② Peter Nicholls, *Modernisms: A Literary Guide*, palgrave Macmillan, 2009, p. 5.
③ Peter Nicholls, *Modernisms: A Literary Guide*, palgrave Macmillan, 2009, p. 9.
④ Claire Colebrook, *Irony*, Routledge, 2004, p. 8.
⑤ *The Institutio Oratoria of Quintilian*, trans. H.E.Butler, Cambridge Mass, p. 401.

语的反讽,他说:"反讽是一种讲话方式,用来传达与公认的或表面的意思相异——常常相反的意思。"①如前所述,希腊罗马时期反讽,基本都是口头界面上的言语反讽,流行于演说。而文学中的反讽最早流行于戏剧中,以主人公自我贬损形成情境反讽,构成西方的讽刺戏剧。卢卡奇谈到19世纪的小说是反讽的等价物,他的反讽指的是小说形式,内涵已经超出传统的"相反性"立意,接近于矛盾、含混等现代意义。因为现代长篇小说是一种复杂的文学样式,包含各种矛盾性,不同于早期的言语反讽,也不同于喜剧人物自我贬损的情境反讽,而是社会语境反讽。但卢卡奇的提法,只是泛指性的,并非谈反讽范式本身。新批评建构了既包含有相反性意义上言语反讽,也包含有矛盾、含混的语义反讽,将反讽、悖论与含混作为诗歌话语的标志。特里林说:"从词源学来看,反讽与面具的观念直接相关,它来自希腊文,表示掩盖着。反讽的意思很多,最简单的用法是言此而意彼,不是为了欺骗,也不全是为了嘲笑,而是为了在说话者和谈话对象之间、说话者和所谈论的对象之间造成一种疏离。"②20世纪社会是异化社会,反讽的覆盖面超越之前的任何阶段。

反讽有歧义性叙事的意思,对应于游移性与矛盾性,在浪漫主义时期开始出现这种认知。

施莱格尔将反讽界定为"永久性的旁白"。而旁白在剧中往往指真实场景的暂时悬置,旁白是无本义的、无根的,这说出了反讽的含混来自它的无根性。保罗·德曼总结说,"永久性旁白"是个"极其似非而是的"矛盾修饰法③,因为它悬置,而没有悬置任何可确定之物,因而是一种疯狂,就像没有本义作为基础的喻义一样,"永久性旁白"缺乏理性。缺乏理性也就缺乏确定性,说它疯狂,它又是一种清醒的疯狂。20世纪的反讽,以隐喻建构各种关系,充满怀疑,又包含辩证,但又不止于辩证,包括模棱两可,包含多义。真理无法通过简单的语言解码来把握,就反讽性陈述来说,现代反讽成为了J.希利斯·米勒(J.Hillis Miller)所说的:"反讽性语言不仅受制于一个双重的逻各斯(说一事却意指另一事),而且受制于无限多重的逻各斯。"④简单地从正反面难以理解反讽。它对现代社会的悖论性,对无意识的混合心理,具有独到表现力。德曼指出:"一切真正反讽所必然同时产生的反讽的平

①　[英]罗杰·福勒编:《现代西方文学批评术语辞典》,周永明等译,春风文艺出版社1988年版,第62页。
②　[美]莱昂内尔·特里林:《诚与真》,刘佳林译,江苏教育出版社2006年版,第118页。
③　Paul de Man, *Allegories of Reading*, New Haven: Yale University Press, 1979, pp.300—301.
④　[美]J.希利斯·米勒:《解读叙事》,申丹译,北京大学出版社2002年版,第29页。

方,或者'反讽的反讽',远远不是回归世界,而是通过说明虚构世界和真实世界仍然不可能妥协,来断定并维护它的虚构性质。"①这种虚构性,应合于20世纪对历史的讽喻与对真理的怀疑。德曼在《解构之图》中说:"反讽在证明我们不可能以历史方式行事的过程中,变得愈来愈具有自我意识。"②"似乎只有在描绘一种言非所言的语言方式时,人们才能确切地言所欲言。"③艺术家们对语言采取一种力求包容含混、悖论,充满语义生成的方式,也在追求语言自身的表现力。

　　20世纪历史领域对反讽提出了新的审视。《后现代历史叙事学》的作者海登·怀特说:"简言之,反讽是语言策略,它把怀疑主义当作一种解释策略,把讽刺当作一种情节编排模式,把不可知论或犬儒主义当作一种道德姿态。"④反讽所具有的内在破坏因素,既指向管理社会的规约,也指向传统观念社会的形而上学观念。

　　尼采的怀疑主义哲学,认为"真理本身"不再可能。传统的人本主义、社会理想都成为现代反讽的对象。反讽以虚构性、破坏性、非理性的疯狂,撕裂了几千年人类所建构的形而上学的体系。反讽指向对真实的依附,对真理的依附,或对形而上学观念的依附,对任何终极的标准或终极的目标依附的目标化叙事,现代主义藐视一切社会理念与社会规则,语言成为文学的本体,反讽位居中心。

　　反讽经常发生在两个不同的知识界面之间,也就是克尔凯郭尔所说的"境界"之间。克尔凯郭尔提出"有三种生存境界:美学的、伦理的和宗教的。有两种边界地带是与之相应的:反讽是美学和伦理之间的边界地带;幽默是伦理和宗教之间的边界地带";而"在我们的时代,一切都被混淆在一起。人们用伦理的方法回答美学的东西,用知识的方法回答信仰,等等"。⑤

　　反讽契合平面化社会反历史化、反本质论的倾向,以及无理想性、目标性的社会境遇。20世纪不同专业领域以及现实层面的规约非常多,经常发生管理规则冲撞的悖论性可笑情境。规约悖论的典型是《第二十二条军规》,黑色幽默极尽反讽,是对工业体制社会的规则、机构与管理体系进行嘲笑!

---

① 〔美〕保罗·德曼:《解构之图》,李自修等译,中国社会科学出版社1998年版,第38页。
② 〔美〕保罗·德曼:《解构之图》,李自修等译,中国社会科学出版社1998年版,第30页。
③ 〔美〕保罗·德曼:《解构之图》,李自修等译,中国社会科学出版社1998年版,第30页。
④ 〔美〕海登·怀特:《后现代历史叙事学》,陈永国等译,中国社会科学出版社2003年版,第98页。
⑤ 〔德〕阿多诺:《克尔凯郭尔:审美对象的建构》,李理译,人民出版社2008年版,第109页。

现代主义审美自律就是与社会分离,而反讽既能制造距离,也能表达否定。反讽的抽象性,改写了现实主义描绘的朝向目标的"趋近式"表达,而呈现为有距离的"背离式"或悖论式表达,抽象性的反讽形式,完成了现代主义审美对丑、对物质、对无意识等下降后的精神升华。

传统叙事的"趋近"表达,主要用描绘手法即对社会进行"真实"的描摹。现实主义提出的"典型环境中的典型人物"等理论,强调文学高于生活,主要来源生活,文学表达要"趋近"生活,描绘它的精要与真实、本质与未来。恩格斯称赞巴尔扎克"用编年史的方式几乎逐年地把上升的资产阶级在 1816 年至 1848 年这一时期对贵族社会日甚一日的冲击描写出来。"①现实主义文学对社会本质、意识形态与历史进程等宏大话语的"趋近"表达,文学的目的在于认识与再现。

然而,反讽对立于描绘,它不是"趋近"表达,而是"背离"式表达。从修辞领域来看,形容、比喻、拟人、象征等都是注重两个事物之间的联系,是趋近表达的修辞方式。现实主义是目标化叙事,具有趋近表达模式——描绘,几千年的传统文学都将自己或与理性、或与上帝或真理或社会历史等宏大力量进行挂靠,导致文学叙述经常被演变为一种求证。文学依附于哲学、历史等学科并被排在哲学、历史学之后,成为一种附庸。现实主义文学成为社会历史的附属物,巴尔扎克要做法国社会的书记,他志在记录那一段历史。现实主义文学多少包含对社会现象或社会主导观念的复制,演化出庸俗社会学批评模式。反讽则是反趋近的"背离"表达,它游移于事物的客观性之外,建立在事物外部之间偶然任意的组合,生成歧义的、无法控制的间离因素,融嘲弄、戏谑、反间与讽刺于一体。它是无根的、游移的、偶然的,可以是相反的、不相兼容的语汇的临时组合,也可以是缺乏联系的两个事物的拼接,还可以是风马牛不相及的现象的嫁接。20 世纪米兰·昆德拉的《生命不能承受之轻》中的"臭大粪"与斯大林的儿子的反讽连接,嘲弄了政治,也反讽了历史。反讽没有趋近目标,不是趋近表达,它是非目标化、无理想性的。它立意于嘲弄所有目标,在轻松中,现代主义建构了文学的反讽创新性。反讽的偶然性与社会偶然性与语言的偶然性,交织出新奇的、意想不到的反讽意义空间。新奇成为非目标化的现代反讽的追求,乔伊斯的《尤利西斯》对莫莉的肉欲的无意识心理的呈现,竟与遥远的中国早晨的场景联系起来,其反讽的新奇出人意料。

描绘是"趋近"式的、肯定的,反讽是"背离"式的、否定与间离性的。

---

① 《马克思恩格斯选集》第 4 卷,人民出版社 1972 年版,第 462—463 页。

"趋近"式的描绘追求逼真,而"背离"式的反讽追求出彩。罗蒂指出:"文化史的目的论——即认为文化的终极目标在于真理的发现或人类的解放"①,而"反讽主义者的一般任务,其实就是柯尔律治给伟大的、有原创性的诗人的建议:创造自己的品位(taste),让大家来裁判。不过,反讽主义者心目中的裁判就是他自己。"②反讽致力于创造,在偶然性中尽情嬉戏。罗蒂说:"因为真正的创新毕竟可以发生在一个由盲目的、偶然的、机械的力量所构成的世界之中。"③而反讽寻求与已有表达范式疏离,对习为常见的事情或情态重新设计,一种即兴创新,具有反叛的爆发力。它反对任何观念主宰,反对顶礼膜拜,酷爱解构,具有叛逆的、爱嘲笑的性质。它追逐新奇,蔑视规则,与普遍主义水火不容,体现了现代主义追求"使事物焕然一新"的本质。现代主义的反讽在黑色幽默中有了几分悲剧感,现代人的生存处境在轻松的反讽中,让人感到沉重。

（三）怪　　诞

　　怪诞源自夸大的变形。现代主义感官审美兴起,感官比是任意的,容易主观夸张,生成变形与怪诞。怪诞符合现代主义对新奇的追求。相对于变形,怪诞具有丑的倾向。传统审美追求和谐,对称,而现代主义希望打破和谐。定形是固态的,变形是反常态的,它对怪诞形成了开放性,成为现代主义逐新手段之一。怪诞作为现代主义的审美形式,承载现代人对世界荒诞感的表达。

　　菲利普·汤姆森(Philip Thomson)说:"怪诞并不是20世纪所独有的一种现象,更不是现代文明所独有的。怪诞作为西方的一种艺术手法,至少在罗马文化的基督教兴起初期就已经存在了。在这个阶段,人们在一幅画里把人、动物、植物各种成分精巧地交织、融汇在一起,逐渐发展成一种综合性的绘画风格。"④这种风格被认为是丑的。

　　16世纪的法国,怪诞从绘画延伸到文学等领域。拉伯雷的《巨人传》有大量的怪诞,它不只被运用到人物的言谈举止上,还运用到人的身体器官上,形成粗俗性怪诞,有奇幻色彩。

　　在18世纪的西方,怪诞增加了夸张可笑的成分。如阿瑟·克莱波罗(Arthur Clayborough)在其专著《英国文学中的怪诞》中所描绘的,"它不过是

---

①　[英]理查德·罗蒂:《偶然·反讽与团结》,徐文瑞译,商务印书馆2004年版,第29页。

②　[英]理查德·罗蒂:《偶然·反讽与团结》,徐文瑞译,商务印书馆2004年版,第139页。

③　[英]理查德·罗蒂:《偶然·反讽与团结》,徐文瑞译,商务印书馆2004年版,第29页。

④　[英]菲利普·汤姆森:《论怪诞》,孙乃修译,昆仑出版社1992年版,第16页。

'可笑的、歪曲的、反常的'以及'荒谬物,对自然的歪曲'的代名词而已。"①

　　19世纪初浪漫主义突破古典主义的范式,追求大胆离奇的想象,怪诞被正面地看待。作家赋予怪诞严肃性,滑稽性有所降低。维克多·雨果、弗里德里希·施莱格尔都认识到,怪诞除了有离奇古怪或一味滑稽之外,还有其他成分。雨果的美丑对照理论,体现美的无限多样化。他的《巴黎圣母院》有离奇、怪诞的色彩。波德莱尔说,有一种成分,"就像我们在维克多·雨果的《巴黎圣母院》中所看到的那样,但那的确是个例外,那是得力于作者的丰富而广阔的才能;我指的是笑和怪诞感。"②雨果对怪诞的塑造,成为浪漫主义时期的代表,也一直成为后世的关注。浪漫主义对美的理解超出了传统的范畴。雨果说,丑就在美的身旁,对美的表达已经将丑关联进来,可以说与后来波德莱尔的"恶之花"中的美丑混合只有一步之遥。波德莱尔说:"一些奇谈怪论溜进了文学批评。一片来自日内瓦、波士顿或地狱的浓重的乌云遮断了美学太阳的美丽光线。那个真善美不可分离的著名理论不过是现代哲学胡说的臆想罢了。"③对混合的强调,其实开始使美从真、善、美的一体中分离出来,美获得了独立,才引发出美丑相连的关系,它本身体现了对美的扩大的倾向。波德莱尔称赞雨果是以诗来表达生命神秘的最有天赋的人,是一个没有边界的天才!他说:"极端、无限,这是维克多·雨果的天然领域,他在其中活动如鱼得水。他在描绘包围着人类的一切可惊可怖之事时所一贯展示的天才的确是神奇的。"④雨果借助想象力,赋予怪诞一种诗意。这种畸形与优美的混合,不能不给美的领域带来一种刺人的、不和谐的色调,带给读者接受作品时的一种混合体验。波德莱尔指出,这些丑与不对称因素又伤害了诗的某些东西,"在恶习的种种表现中,首先使一个趣味高尚的人感到愤怒的,是它的畸形和不成比例。恶习有损于正义和真实,激起智力和道德心的愤慨;但是作为对和谐的凌辱,作为一种不协调,它更伤害了某些诗的精神。"⑤怪诞在文学中融合又背离。雨果使怪诞从边缘移至文学艺术的中心。英国文学批评家约翰·罗斯金(John Ruskin)强

---

①　Arthur Clayborough, *The Grotesque in English Literature*, Oxford, 1965, p. 8.

②　[法]波德莱尔:《波德莱尔美学论文选》,郭宏安译,广西师范大学出版社2002年版,第63页。

③　[法]波德莱尔:《波德莱尔美学论文选》,郭宏安译,广西师范大学出版社2002年版,第64—65页。

④　[法]波德莱尔:《波德莱尔美学论文选》,郭宏安译,广西师范大学出版社2002年版,第89页。

⑤　[法]波德莱尔:《波德莱尔美学论文选》,郭宏安译,广西师范大学出版社2002年版,第181页。

调真正具有灵魂洞察力的崇高人物,一旦掌握了某种类型的怪诞,就能将其变成伟大的东西。雨果就是这样的范例。浪漫主义时期怪诞与伟大联系了起来。

《莫班小姐》的出版,则是追求纯美的开始,诗被看作心灵的迷醉,独立于外部现实,文学的审美性被强调。

20 世纪成为了怪诞盛行的世纪,怪诞造就了卡夫卡这样的伟大作家,也有贝克特的《等待戈多》这样怪诞意味的杰作。沃尔夫冈·凯泽尔(Wolfgang Kayser)的理论专著《艺术与文学中的怪诞》的问世,使怪诞成为美学分析和文艺批评关注的核心概念。批评界不再贬义地看怪诞,而将怪诞确立为一种自相矛盾的对立面的激烈冲突的范型。怪诞的矛盾冲突的方式,对表现悖论的现代社会、对表现现代人的消极心态,对表现机械化的非人性世界,都成为生动有效的形式。

关于怪诞有各种定义,菲利普·汤姆森的定义是:"怪诞乃是作品和效应中的对立因素之间不可调解的冲突。"①沃尔夫冈·凯泽尔的定义是:"怪诞乃是疏离的或异化的世界的表现方式,也就是说,以另一种眼光来审视我们所熟悉的世界,一下子使人们对这个世界产生一种陌生感。"②凯泽尔第一次将怪诞确定为"一种涵盖广泛的结构原则",这意味着它有着自己独特的模式与基本结构,且具有很大的破坏性,对均衡感、适度感、庄重感与肃穆及崇高等的破坏,因而构成为一种瓦解性变革力量。

浪漫主义作家雨果笔下的怪诞,以不对称、畸形突破了古典主义的典雅准则,但其怪诞还是锁定在常规认识范围。而现代主义的怪诞突破了常态,其变形与常态生活决裂,它通过变形、夸张等手段破坏事物常态面貌,呈现反常的、怪诞的、丑的面目。梵高的自画像以几何机械构图来表达惊惧,抽象艺术表达普遍意义,让人过目不忘。尤奈斯库的荒诞派戏剧《犀牛》中人变成犀牛;卡夫卡的《变形记》中的人变成了甲壳虫,这些怪诞成为成功的范例。

现代主义怪诞具有抽象性,人也被抽象为一种情状。理查德·墨菲针对现代艺术中的怪诞指出:"怪诞文本的动力常常依赖一个核心矛盾,……怪诞变成了理性主义系统一种侵入和破坏的要素,刺激和不可解决的解释学之源。原因是,由于怪诞恰恰铭刻在一种异化和反理性主义的要素的文本结构中,故它必然阻碍尝试把理性主义解决办法和意义强加给怪诞";

---

① 　[英]菲利普·汤姆森:《论怪诞》,孙乃修译,昆仑出版社 1992 年版,第 37 页。
② 　[英]菲利普·汤姆森:《论怪诞》,孙乃修译,昆仑出版社 1992 年版,第 25 页。

"怪诞典型的削弱了理性思想和话语主导模式"。① 这显示怪诞迎合了现代主义的反理想性与表现异化。除了《变形记》之外,绘画艺术领域梵高的《星空》将常态自然景象做主观夸张的怪异呈现,毕加索的自画像,显示为像猿或猴子的人脸,头略带葫芦型,脸还不规则,一边横向凹进,一边横向鼓出,带几何线条。眼睛一只是横向三角形,一只是方形,鼻子是硕大的纵向圆锥体,而嘴是水平直线,呈紧闭状态,线条的质感如岩层。除五官外,眼袋、毛发、褶皱等细部也呈几何图案。眼袋的褶皱如刀割的线条,头发是线条直立的规则条纹,无形状地布于秃顶的一小块上,这小块带有边线。胡子拉拉杂杂,呈网状线条。眉毛则是不对称地一边有,一边无。面部表情生硬、冷酷,尤其睁大的眼睛,右眼瞳孔放大,流出了血,表现出惊怖,左眼瞳孔小。这种怪诞表现了极端的惊惧、苦闷与痛苦,成为发生两次世界大战的20世纪西方世界的象征表达。怪诞的寓言性,既可以消解意义又可建构意义。现代主义的怪诞带有一点恐怖,形成张力,导致人的理想一极而与非人化现实一极的奇特调和。以前,怪诞只是作为滑稽中的一种,被视为不和谐的原则。而在工业体制这一非自然社会形态中,建构的体制社会,背离人性与自然,怪诞成为被普遍接受的面貌。20世纪现代人丧失了生存意义,产生对世界荒诞的体验。现代主义文学艺术中的怪诞,获得内在表现力。

怪诞具有抽象性,具有现代艺术的自由品质,能对社会形成嘲弄与反思。怪诞表现出破坏的快感,成为激进的现代主义的利器。汤姆森认为反讽与怪诞之间的区别是"反讽主要是理智性的,而怪诞则主要是激情的"。② 这就是说,反讽具有较强的针对性,而怪诞则完全可以没有针对性,它以离奇的夸张、变形,使熟悉的、信赖的东西忽然变得陌生而令人不安。怪诞既制造焦虑,又因怪诞伴有戏谑与滑稽的成分,而消除焦虑。它既制造心理紧张,又释放紧张心理。卡夫卡的《变形记》对人变虫后的虫体的描绘,《第二十二条军规》中对尸体的细致描绘,都体现了这种矛盾的怪诞风格。

怪诞与20世纪现代社会的荒诞感有着联系。萨特在《〈局外人〉的解释》一文中曾阐释过荒诞的含义:"根本的荒谬证实了一道裂痕——人类对统一的渴求和意识与自然之间的断裂;人类对永生的渴求与生存有限性之间的绝缘,是人生对其构成本体的'忧虑'和奋斗的徒劳之间的破裂。偶然、死亡、生命和真理之难以证明的多元,以及现实的无法理解——这些都

---

① [英]理查德·墨菲:《先锋派散论:现代主义、表现主义和后现代主义问题》,朱进东译,南京大学出版社2007年版,第166页。

② [英]菲利普·汤姆森:《论怪诞》,孙乃修译,昆仑出版社1992年版,第66页。

是荒谬的极端。"①物质化、机械化与组织化的现代社会,是异化的社会,世界具有荒诞感。存在本身的荒诞,世界之荒诞,在现代主义文学艺术中被表现为严肃的怪诞,以洞穿现代人的异化处境。

在这个不可理喻的技术统治的世界里,人本身成为怪诞的存在。人性的疏离、自然的疏离、传统的疏离,劳动的异化,人的存在已经变成卑微的、工具化的,在对机械性的挣扎中,铭刻了非人的特质。理性与非理性的界限没有了,非英雄也成为了英雄,病态与丑都成了美。消极的、被动的举动,在这个荒诞的世界里,成为了最后的英雄行为。本雅明概括为"现代主义应整个地置于一个标题之下,这个标题便是——自杀。"②荒诞的现实是怪诞勃兴的土壤。

波德莱尔指出:"从艺术的观点看,滑稽是一种模仿,而怪诞则是一种创造。滑稽是一种混有某种创造能力的模仿,即混有一种艺术的理想性";"总是占上风并且是滑稽中的笑的自然原因的人类骄傲,就变成了怪诞中的笑的自然原因,而怪诞是一种混有某种模仿自然中先存成分的能力的创造。我的意思是,在这种情况下,笑是优越感的表现,但不是人对人,而是人对自然。"③怪诞的笑中包含有滑稽,也包含有想象力与创造力。怪诞包含有某种深刻的、公理的、原始的东西,它具有超越性,超越滑稽,通向真理。

"美总是古怪的。我不是说它之古怪是自愿的、冷漠的、如果这样的话,它就将是一个脱离生活轨道的怪物;我是说,它总是包含着一点儿古怪,天真的、无意的、不自觉的古怪,正是这种古怪使它成为美。"④现代美包含了怪诞,怪诞带给人们震惊、释然与发笑之后,最后生出一种复杂的感受,这是现代主义的怪诞的复合作用之所在。

（四）震　惊

"震惊"是产生于技术时代的一种全新的审美范式。

震惊是本雅明论波德莱尔的街头大众经验时提出的概念,这与本雅明

① ［法］萨特:《处境》第一集,Situations V1,Paris,Gallimard,1973,p.93。引自张容:《荒诞、怪异、离奇》,社会科学文献出版社1995年版,第30页。
② ［德］本雅明:《发达资本主义时代的抒情诗人》,张旭东等译,三联书店2007年版,第94页。
③ ［法］波德莱尔:《波德莱尔美学论文选》,郭宏安译,广西师范大学出版社2002年版,第276—277页。
④ ［法］波德莱尔:《波德莱尔美学论文选》,郭宏安译,广西师范大学出版社2002年版,第317页。

作为一位摄影批评家从摄影技术获得启示有关。照相机的快门成相"瞬间",受到本雅明的提炼,他说:"照相机赋予瞬间一种追忆的震惊。"①

波德莱尔最先认识到现代审美分离于传统审美,他说:"伟大的传统业已消失,而新的传统尚未形成";"在寻找哪些东西可以成为现代生活的史诗方面以及举例证明我们的时代在崇高主题的丰富方面并不逊于古代之前,人们可以肯定,既然各个时代、各个民族都有各自的美,我们也不可避免地有我们的美。"②波德莱尔要区分传统美与现时代美。"震惊"是他对机器与都市的现实审美体验。

本雅明从波德莱尔诗歌中总结出"震惊"美学,他说:"波德莱尔把震惊经验放在了他艺术作品的中心"。③ 他的震惊经验一是来自机器体验,二是来自大都市经验。大街上的人群、丰富的商品与城市景观,成为了视觉对象,都市本质上成为被看的文化。本雅明说:"当波德莱尔谈到'大城市的宗教般的陶醉'状态时,商品可能就是这种状态的莫可名状的主体。"④商品反客为主,波德莱尔认为只有闲逛者或游手好闲者,才是城市景观的真正有距离观看的人,才能看清楚大城市不被遮掩的图景。"似乎只有游荡者才想用借来的、虚构的、陌生的人的孤独来填满那种'每个人在自己的私利中无动于衷的孤独'给他造成的空虚。"⑤波德莱尔通过游荡者、拾垃圾者等少数没有卷入商品世界的人,抓住他们对都市的本质体验,与那些迷醉于商品与都市利益的麻木人群对照,呈现对现代都市物化的强烈震惊!

波德莱尔的"震惊"与都市大众联系在一起。本雅明说:"大众如此地成为波德莱尔的一部分,以致在他的作品中很少能够找到对它的描绘",但他的作品中大众又无处不在,"大众是一幅不安的面纱,波德莱尔透过它认识了巴黎。大众的出现决定了《恶之花》中最为著名的一部分作品"。⑥ 在十四行诗《致一位交臂而过的妇女》中,大众与震惊是一种隐性的关系。大

---

① [德]本雅明:《发达资本主义时代的抒情诗人》,张旭东等译,三联书店1992年版,第146页。
② [法]波德莱尔:《波德莱尔美学论文选》,郭宏安译,广西师范大学出版社2002年版,第263—264页。
③ [德]本雅明:《发达资本主义时代的抒情诗人》,张旭东等译,三联书店1992年版,第133页。
④ [德]本雅明:《发达资本主义时代的抒情诗人》,张旭东等译,三联书店2007年版,第74页。
⑤ [德]本雅明:《发达资本主义时代的抒情诗人》,张旭东等译,三联书店2007年版,第76页。
⑥ [德]本雅明:《发达资本主义时代的抒情诗人》,张旭东等译,三联书店2007年版,第142—144页。

街上走过一位身着重孝、严峻哀愁的妇女,如同电光一闪,用"你"的一瞥,使"我"如获重生。诗的结尾是:"去了,远了,太迟了! 也许永远不可能! 因为今后的我们,都彼此行踪不明,尽管你已经知道我曾经对你钟情!"诗歌表明,街道大众中产生的一瞥,是第一瞥,也是最后一瞥,成为诗人体验中的永远的告别。这是一种短暂、瞬间的爱情体验,只会出现在现代社会。

　　大街上的人流车流川流不息,诗人在都市车流中的经验,是对被抛入这种漩涡中的恐惧、挣扎与逃避。本雅明指出:"在所有使生活成其为生活的经验中,波德莱尔独独挑中了他被众人推推搡搡当作决定性的、独一无二的经验。"①波德莱尔描写道:"我急冲冲地穿过林荫大道,纵身跳过泥泞,要在这一团混乱的车流中避开从四面八方奔腾而来的死神。"车流的速度给夹杂在其中的人带来惊恐,也是一种震惊。街道上迎面走来的陌生人,人群中的人与人冲撞的面对面的震惊,这些都是波德莱尔捕捉到的,本雅明从中提炼出来的。

　　波德莱尔的都市经验感受——"震惊"与机器体验的关联,如本雅明所说:"过往者在大众中的震惊与工人在机器旁的经验是一致的"。② 而大众的震惊与碰撞等的躲避相关,伴生焦虑。"车水马龙中来回穿梭,涉及处于一系列震惊与碰撞中的个体。在险象环生的十字路口,焦虑的驱动力就像蓄电池中的能量从他身上穿过,并迅速地继续传递下去。"③这种焦虑,社会学家齐美尔也有说明,他认为人与人"心理距离"的缺乏,表现为广场综合症及超级敏感的极端形式。他在《大城市和精神生活》中说,内心屏障是"一个现代生活形式不可缺少的屏障。因为没有这种心理距离,摩肩接踵的挤迫和都市交通中的杂乱无章简直就无法忍受";"都市人格类型的心理基础是神经质生活的增加,它产生于外在和内在的刺激中快速而连续的变化。"④震惊伴随焦虑,也是技术社会人的焦虑感的另一重观照。

　　"震惊"与技术启示有关。作为最早的摄影批评家,本雅明对摄影、电影等现代技术文化产品有着高度敏感性,他在书中的"论波德莱尔诗歌中的几个主题"这个部分,将震惊与拍快照的按钮的瞬间震动,与十字街头人在人流中的震动与碰撞,还与广告与电影将震惊的形式感知,确立为一个审

---

①　Walter Benjamin, *Illuminations*, trans. Harry Zohn, London: Fontana, p. 154.

②　[德]本雅明:《发达资本主义时代的抒情诗人》,张旭东等译,三联书店1992年版,第148页。

③　Walter Benjamin, *Illuminations*, trans. Harry Zohn, London: Fontana, p. 132.

④　[英]戴维·弗里斯比:《现代性的碎片》,卢临晖等译,商务印书馆2003年版,第96—97页。

美范型。电影的迎面扑来画面造成观众心理的紧张与震惊,本雅明说:"在一部电影里,震惊作为感知形式已被确立为一种正式原则。"①这里震惊涉及人的心里。"实际上,当一个人看着这些不断变化的影视形象时,他的联想立即被打断了。这就构成电影的震惊效果,如同任何震惊效果一样,这需要有高度的镇静来防卫。"②这种需要镇静来防卫的震惊,是消极的、恐怖的,然而它并不停留于心理。

安德鲁·本雅明(Andrew Benjamin)说:"波德莱尔的诗歌的重要性在于,它允许经验给体验一个框架。在本雅明看来,波德莱尔的互相争斗的大众'是经历过的某种东西(体验)的本性,波德莱尔赋予它经验的重量'。波德莱尔把体验转变成了经验。也许这是本雅明的最后定论。"③哈特曼说:"本雅明所表明的不是震惊(震动)与一组特殊的社会经济条件相联系的方式,而是在多方面的表现形式中的震惊本身。文化的奥秘就在于这些对于被假定是确定的震惊经验的表现,是如何多变、复杂和显而易见的无限。"④这些评论则扩大了震惊的意义。

从审美来看,本雅明认为震惊经验是波德莱尔诗歌的根基。过去的诗歌有历史感,或强烈的观念意识,或强烈的自我抒情,但波德莱尔的抒情诗呈现印象,印象正是震惊所活跃的领域。弗洛伊德在《超越快乐原则》中,认为震惊与意识是互相对立的,意识可防范震惊,而震惊又使意识碎片化。回忆就是一种使震惊变得可以接受意识的途径,波德莱尔将震惊与回忆具体与柏格森提出的"非意愿记忆"结合,从而实现"震惊的体验作为潜意识内容,通过'非意愿记忆'被赋予一种诗的结构"⑤这样的审美转换。

波德莱尔具有一种特殊的甚至是病态的敏感,这种敏感导致他运用"通感"来呈现他新奇的震惊体验。他将感应原理引进到诗歌创作,各类事物打通边界,不同寻常的"应和"呈现出新奇与震惊。越界带来语词的裂隙的填补,一些学者注意到波德莱尔这些词语裂隙与波德莱尔的震惊经验之

---

① [德]本雅明:《发达资本主义时代的抒情诗人》,张旭东等译,三联书店1992年版,第146页。

② Walter Benjamin, *Illuminations*, trans. Harry Zohn, London: Fontana, 240. 中文见郭军编:《论瓦尔特·本雅明》,第406页。

③ Andrew Benjamin, "Traditions and Experience: Walter Benjamin's 'On Some Motifs in Baudelaire'", in *The Problems of Modernity: Adorno and Benjamin*, Andrew Benjamin ed., London and New York: Routledge, p. 133.

④ [美]杰弗里·哈特曼:《荒野的批评》,张德兴译,天津人民出版社2008年版,第78页。

⑤ 张旭东:《中译本序》,第21页,本雅明:《发达资本主义时代的抒情诗人》,三联书店1992年版。

间的关系。他通过语言将震惊放到了其诗歌中。

如果说怪诞传达的震惊是心理的震惊,而波德莱尔的都市日常生活震惊经验,体验性震惊多于心理震惊。前者立足于想象,后者立足于生活,两者的审美,带有创造性。现代主义的震惊与怪诞,诞生了波德莱尔的"恶之花"与"恶之美"的现代审美。波德莱尔在为《恶之花》草拟的"序言"中表示,应该分裂传统的真善美,他说:"什么叫诗? 什么是诗的目的? 就是把善与美区别开来,发掘恶中之美","我觉得,从恶中提取美,对我乃是愉快的事情,而且工作越困难,越是愉快。"还说:"我发现了美,我自己对美的定义,这是一种颇热烈的忧伤,又有些模模糊糊,可任人臆测……神秘、悔恨,也是美的特点……忧郁乃是美的出色伴侣,我很难想象有什么美的典型没有不幸相伴随……男性美的最完美的典型,类似弥尔顿所描绘的撒旦。"①通过将美与真、与善分离,使美获得了一种独立解放,也获得了扩展。生活中的缺陷与病态成为波德莱尔诗歌中最大的美。《恶之花》的第一部被命名为"忧郁与理想",关于巴黎的散文诗则取名为《巴黎的忧郁》。忧郁就是一种病态,却是波德莱尔现代美的基调。消极情感与意象越多,忧郁的色彩越浓。他在诗歌中赞美痛苦,"我知道,痛苦是唯一的高贵之宝,现世和地狱决不能加以侵蚀";还有"我的青春只是黑暗的暴风雨";"美啊,你那地狱的神圣的眼光";"美啊,你踏着死尸前进,对死者嘲讽"②。特别是对爱情表达所设置的想象,有令人震惊的腐尸。"我冲向前进攻,我爬上去袭击,就像一群蛆虫围住一个尸体,哦,无情残酷的野兽! 我爱你,即使这样冷冰冰,却显得越发美丽!"③波德莱尔获得了"恶魔诗人"的称号。现代的审美,不仅忧郁、缺陷成为美,怪诞与震惊成为美,丑也成为美。

震惊体现了现代主义文学的表象性与感官特质,怪诞、反讽也能形成震惊,强化出现代主义反美学特质。震惊是通过诗人的体验,实现了机器体验、都市大众体验在发达资本主义社会中与抒情诗的结合所形成的一种审美范式。这种审美是瞬间性的。工业体制化的管理社会,不是观念社会,凸显了时间细分后短暂时间的价值。马克思的《1861—1863 年经济学手稿》共二十三本笔记,其中,第 V 本部分,第 XIX 本全部,与第 XX 本的部分,被合编在一起,题为《机器。自然力和科学的应用》,分析了机器与劳动时间的关系:"使用机器的目的,一般说来,是减低商品的价值,从而降低商品的

---

① ［法］波德莱尔:《恶之花》《巴黎的忧郁》,钱春绮译,人民文学出版社 1994 年版,"译本序"第 8 页。

② ［法］波德莱尔:《恶之花》《巴黎的忧郁》,钱春绮译,人民文学出版社 1994 年版,第 56 页。

③ ［法］波德莱尔:《恶之花》《巴黎的忧郁》,钱春绮译,人民文学出版社 1994 年版,第 61 页。

价格,使商品变便宜,也就是缩短一个商品必要的劳动时间。"①马克思随后提到"必需的劳动时间","劳动时间的有酬部分","工作日的无酬部分","剩余劳动时间","总的劳动时间","延长劳动时间","社会必要劳动时间","劳动小时","平均劳动小时","更短的时间"等各种时间概念。可以看出,他从经济角度也注意到有"更短的时间"在现代社会获得的生产价值。在文学领域,"心理瞬间"与"存在瞬间"在现代主义文学中获得了突出的艺术价值。震惊与瞬间关联,也使"瞬间"获得了审美价值。过去短暂性在永恒性价值下没有意义,而技术社会,短暂性时间成为现代性的一种属性。震惊伴随着焦虑,也是现代生活中的时间体验生成的经验。

上述四个审美范式都是现代主义的主导审美范型。现代主义的抽象化审美能融汇各种矛盾的甚至互不相干的现象或对象,形成复杂表意,上述审美范式为现代主义提供了表意的丰富性与审美的创造性。

---

① [德]马克思:《机器。自然力和科学的应用》,中国科学院自然科学史研究所编,人民出版社 1978 年版,第 1 页。

第十一章　现代主义的叙述转向

叙述成为 20 世纪最重要的话题之一,是因为人们认识到了叙述与形式、叙述与语言之间的复杂关系。解构主义者注意到,真理可被"再现"的话,"真理"的再现则成了一个与语言叙述相关涉的问题,所以,叙述涉及语言与真理的关系问题。利奥塔(Jean Francois Lyotard)认为,按照科学的标准,大部分叙事不过是寓言。而现代主义文学叙述成为文学研究中的最重要的领域,是因为其叙述形式上升为了文学本体问题。传统文学关注"说了什么",而现代主义文学更关注"怎么说的",形式与内容具有了等同性。

故事本身是一种古老的存在,然而,现代主义不再重视故事与情节,而转向重视语言与叙述,它的叙述从理性语言转变成非理性语言的颠覆性改变,也构成了 20 世纪叙事危机。

安伯特·艾柯说:"美学价值并不是同整个历史局势、同时代经济结构绝对没有关系的东西。"①20 世纪西方进入技术社会,技术无意识,社会管理凸显时间的无意识,物质消费使日常生活形成独立空间的日常生活无意识,强化了社会的非理性,电媒对感官的塑造,强化了神话思维,因而,社会理性在 20 世纪衰落,文学也不再围绕单一社会理性建构中心化叙事,无意识的碎片化叙事兴起,形成叙述的全面转向。

现代主义叙述还受电影与摄影等技术的启示,凸显客观叙述,作品也被看作脱离作者的客观文本。过去的作家—作品,文学—政治,文学—社会的知识范式,被拓宽为作家—文本,文学—权力,文学—文化的开放的范式。文本概念取代作品概念,不仅作品获得脱离作者的客观性,还使文学与非文学的边界消失。权力替代政治,是因为技术统治不是政治的统治形式,权力超出了政治权力的范围;而文化也大于社会的边界。阿根廷布宜诺斯艾利斯大学的学者石保罗(Pablo Ariel Blitstein),进一步提出以"书写"的概念代替"文学"。他说:"之所以不说'文学',而说'书写',不说'政治'而说'权力',是因为我想将'政治与文学的关系'这一问题置于更大的框架中。"②

---

① ［意］安伯特·艾柯:《开放的作品》,刘儒庭译,新星出版社 2005 年版,"第一版序"第 13 页。

② ［阿］石保罗:《东海西海 心理攸同》,《中国社会科学报》2011 年 8 月 18 日。

可见现代主义文学的认知的扩大,与叙述在这样一个扩大的坐标中有关,它不再像过去的文学执着于反映社会,而更注重追求交流性与不可交流性,追逐新奇与创造。过去内容-形式的主导范畴被打破,叙述位于兼内容与形式的位置上,形成广泛的连接与开放。

伍尔夫在《贝奈特先生与布朗太太》一文中,批评自然主义作家们(即写实主义者)的叙述背离生活而成为了套路,阿诺德·贝内特(Arnld Bennet)则撰文《小说衰退了吗?》予以反驳。伍尔夫继而又写了《现代小说》,将当时英国文坛三位显赫的作家贝内特、高尔斯华绥、威尔斯都视为远离生活本身而追求物质主义的叙述,认为乔伊斯,艾略特等代表了文学的方向。其实,所谓物质主义叙述,指的是他们遵循传统的内容与形式分离的叙述范式。伍尔夫与贝克特的论战,其实是现代主义作家与现实主义作家在叙事上发生了重大分歧,不可调和而成为现代主义与现实主义分野的标志。

一、关联叙事模式兴起

现代主义所产生的平面化技术社会,缺乏理想性与超越性,是缺乏深度的社会,二元深度的叙述与知识范型变得不适宜。现实主义代表阶级社会与观念化时期的文学,偏向文学反映社会的文学的认识功能,而且承载有整体化社会理想性。前现代社会,生产力水平低下,物质生活不能满足理想,从而形成文学建构现实之外的理想的范型,文学具有纯粹的精神性,简陋、粗俗的物质被排斥在文学之外。马尔库塞说:"就古代经济中生产力低下的发展来看,哲学中从没有出现这样的情况,即认为物质实践可以达到这样的程度,以致它本身就包含着实现幸福的时间与空间。"①而 20 世纪技术社会,丰富物质,人们能在物质实践中获得幸福的满足,这就排挤了观念、精神与理想的位置,人在物质现实层面就可找到即时满足,使过去文学描绘的理想愿景,哲学所许诺的未来幸福,宗教所描画的来世幸福,一同失去了吸引力。现代主义文学失去了未来的理想性,从精神化的文学转向审美的文学,叙述也跟着发生了改变。

现代主义叙事以艺术审美压倒了文学中的社会观念,个人化风格压倒了叙述的社会化模式。我们可以轻而易举地罗列现代主义与现实主义叙述的诸多不同,比如完整的结局与开放式结尾,情节性与反情节性,线性叙述

---

① ［美］马尔库塞:《审美之维》,李小兵译,三联书店 1992 年版,第 8 页。

与非线性叙述等。问题在于它们为什么出现尖锐对立？或许正是现代主义个人化叙事的过于五花八门，造成了对叙述处于尖锐对立问题的掩盖。

现代主义的叙事是新社会语境塑造的。技术社会的物质性，使现代主义文学的表现对象从人扩大到物，从精神下降到无意识，艺术的目标不是服务于社会，而是建立可交流性与审美体验。技术社会的碎片化，兴起了碎片化的叙事。而这个历史时期的电媒环境的空间偏向，建构了任意联系，因而现代主义总体上形成了空间关联叙事。

现代主义叙述具有开放性，与它对多视角叙述的承认有关，即承认认识总是受到一个人的视角局限，因而主动形成视角转换，作者甚至隐身，让不同人物轮番从自己的视角叙述，作者、叙述者失去权威，带来文本的无穷开放性。

此外，现代主义恢复了神话叙述。口头媒介时代，口头叙述的感官性突出，理性中心叙事尚未形成。而印刷时代开启后，理性被印刷媒介确立，19世纪社会历史总体化的社会理性在现实主义文学达到顶峰，神话完全没有了位置。卢卡奇在《讲述抑或描述?》、《现实主义问题》和《弗朗茨·卡夫卡或托马斯·曼》三篇论文中，陈述了现实主义模式。而其《批判现实主义的当代重要意义》等论文，则进一步强调崇尚社会理性的现实主义的优越而认为现代主义是错误的，其文学标准定位于文学的社会认识价值与社会历史目标化。20世纪现代主义文学回归神话方法，强调脱离对象物的虚构，转向无意识叙述。这与电媒强化感官，形成时空的空间偏向影响有关。

时空穿越的空间叙事的碎片化形态，带来意义的非连续性，叙述的非整体化，突破内容与形式的二元知识范型，转向形式本体。如比格尔指出："从19世纪中叶起，即在资产阶级政治统治得到巩固以后，……艺术结构的形式-内容辩证法的重心转向了形式"，"形式实际上占据了统治地位"。① 形式被乔伊斯列为现代主义四个特征的首位："（一）尊重文学作品的构成形式，因此'一首诗的本质应该不在含义，而在构成'成了现代派的名言。（二）坚持超乎一切之上，不承担任何义务。（三）不再像以前那样，为了信仰或与神沟通而运用神话，而是当作艺术手段，使虚构发展为任意为之、遗弃武断，以增强文艺对观众、读者的控制。（四）犹如印象派所坚持的，观察者比观察对象更重要，文学作品须通往大千世界中的唯我的世界。"② 现代主义文学造就了包括象征叙事，感官叙事、反讽叙事、无意识的

① ［德］彼得·比格尔：《先锋派理论》，高建平译，商务印书馆2002年版，第84—85页。
② 伍蠡甫选编：《西方现代文论选》，上海译文出版社1983年版，第366页。

心理叙事等新叙事,叙述也不重在围绕对象目标,有时叙述形成语言的自我指涉,强调语言自身的语言本体与形式本体。

电媒的空间偏向塑造了现代主义的关联叙事模式,包括象征主义的物象关联,意识流的心理关联,神话与物象的时空关联,以及蒙太奇的剪辑的跳跃式关联等。这些关联是反自然时间、历史时间,也是反社会主题中心的。现代主义存在多种关联类型。

二、叙事的几种关联形式

现代主义碎片化叙述,是关联叙述形态,它同构于电媒马赛克的拼贴形式。面对电媒带来的巨大信息量,人们的感官只能形成稀释,形成叙事的频繁跳跃与转换,并伴随自由联想。这种新型的无规则叙事的代表就是意识流叙事,它使归纳叙述规则的传统经典叙事学被反衬为一具僵尸。

大都市熙熙攘攘的街道、赏心悦目的商品、丰富的物质、都市景观化的外部印象,都构成感官对象,引发心理联想,意识流建立了感官关联与心理关联的叙事。电媒的即时性,连接时空,改写了线性的时间叙事,文学叙述从时间叙述转向空间叙述,文学从社会反映论权威,回归神话虚构权威,回归神话的语词权威,体现为语词的向心性,即以文学的语言自我指涉为审美目标,而不是以外部的社会历史作为文学的权威。如果说现代主义叙述存在范型,那就是基于上述因素形成有以下几种主要范式。

(一)象征、隐喻、意象的关联叙事

电媒环境的感官化兴起了现代主义文学的感官表象的直觉关联,它在文学中表现为语言的内部指涉,叙述的整体象征,前者主要体现在象征主义诗歌中,后者更多体现在卡夫卡的《城堡》等表现主义的寓言小说中。象征主义诗歌语言的有机整体性被新批评称为语言内部的"有机形式主义"。象征、隐喻、意象有自身的价值,也建立了叙述的关联模式。

文学是语词秩序,现代主义语词的向心性胜于表现外部事物的离心性,诗歌语言的语词性处于优先位置。象征主义诗歌表现出语言自身指涉,构成新的语言审美体验,以语词自身的表现力,脱离了文学的社会整体意义为重的倾向。象征主义注重语词的拆分、重组与并置,语法结构被拆解,而这种语言的破碎与信息的增扩是成正比的。象征主义的象征、隐喻,是多义象征,不同于传统象征的单一对应关系,它是个人体验外部世界所形成的象征,象征溢出语词而形成丰富意象,扩大了语言意象的丰富性,语言秩序、语

词惯例在碎片化中获得新的表现力。一种新奇的语言质感本身就是艺术审美。语言成为变形的游戏,现代主义作家都在制造"反语言"。西方学者针对乔伊斯巧用语言的叙述说道:"在《芬尼根苏醒》中每一个词戏剧性地用作这种方式,不是遵循一条意义的道路,而是带着我们走上一个无论哪方面看都是绕道的,有着从上面与下面的闯入。乔伊斯使用双关语作为通过语言悖论的丰富的方式,悖论性的情形可以通过语言反映出来。"①乔伊斯的双关语将语词从惯例语境中解放出来,将语词从历史语境中脱离出来,制造语言的共时性,这是对非历史化叙述语言的抽象处理。

现代主义回归神话的片段化叙述。在 N.弗莱看来,神话是文学的原型形式。弗莱提到寓言具有纯文学性,从此可以理解卡夫卡的小说为什么被称为寓言小说。T. S.艾略特的"感觉的非连续性"(dissociation of sensibility),是对碎片化叙事的一种理论提炼。约翰·费克特(John Fekete)称这个提法"似乎已成为现代理论星丛中的一个固定星座"。②"感觉的非连续性"也可以说是神话的非连续叙述形式的现代翻版。神话语言除了片段化的非连续性,还有隐喻本质。现代主义建立的是隐喻叙事。

现代主义象征、隐喻、意象的关联,注重具象化与抽象化结合,注重意义的弥散,不同于传统的象征、隐喻一般有固定配搭或范式。现代主义的象征体现出象征的游移,立足于追求新奇。

艾柯指出,"感知的规律不是纯自然的事实,而是在一定的文化模式中形成的"。③现代主义感知的文化模式,来自电子媒介的空间联结模式的塑造,是电媒生产出来的。就像无意识关联的大规模兴起,与技术社会的技术无意识语境有关一样。现代主义的个体审美感知恢复了感官的地位,感官审美体现为对事物表象的视觉、听觉、触觉与味觉的关联。普鲁斯特对曾体验过的马德莱娜糕点的回味,将瞬间味觉体验与记忆绵延融合,使瞬间凝结,这一味觉感开启记忆闸门。象征主义诗人兰波将诗歌建立在直觉上,他被称为"通灵人"。他的《灵光集》的题名,表明人的心灵、身体能感应真理。波德莱尔建立了通感论。后期象征主义诗人 T.S.艾略特,则十分注意将声音变成视觉形象,如《荒原》中"雷霆的话",就是声音的

---

① *The Interior Landscape*:*The Literary Criticism of Marshall Mcluhan 1943 – 1962*, selected, compiled, and edited by Eugene McNamara, New York, Toronto: McGraw Hill Book Company, 1969, p.45.

② John Fekete, *The Critical Twilight*:*Explorations in the Ideology of Anglo-American Literay Theory From Eliot to Mcluhan*, Routledge & Kegan Paul, 1977, p. 19.

③ [意]安伯特·艾柯:《开放的作品》,刘儒庭译,新星出版社 2005 年版,第 99 页。

形象化。

虽然弗莱认为,"不存在个人的象征主义:个人象征主义这个词没有意义",但他同时承认,"每个诗人都拥有自己的意象结构"。① 弗莱是说个人无法形成整个的象征系统,但个人化的象征是存在的。创意性的个性化联想式隐喻,在象征主义诗歌中非常普遍,使其对外部事物的变形合法化,这接近艾布拉姆斯《镜与灯》中专门论述的"联想吸引力的法则"。② 象征主义高度表现了联想性隐喻的吸引力,突破了常规想象与象征范式,以至常有读者怀疑兰波的诗是否出现了排版印刷倒置的错误。

印象主义也为文学艺术与外部世界的感知关系确立了新的范式,印象主义同样带有强烈的感官印象,因而"印象主义不仅否定常人所看到的自然中的一切,而且否定现实主义。它孕育了主观性与自我。"③印象主义绘画中光线与色彩上升为重要形式,它们夸大到了脱离现实逼真性的程度。福特是文学印象主义的代表,在对康拉德的回忆文章中,他提到他与康拉德接受了"印象主义",是因为他们明白生活不能叙述,而是在头脑中制造印象。

并置也是现代主义的一种空间关联形式,建立起事物之间的连接。并置概念是约瑟夫·弗兰克在现代主义空间小说叙事的研究中提出的概念。有西方学者说:"约瑟夫·弗兰克提出了一个重要的创作批评概念——并置。它是指文学中并列地置放那些游离于叙述过程之外的各种意象和暗示、象征和联系,使它们在文本中取得连续的前后参照,从而结成一个整体。并置,有物理空间形式的并置,心理空间并置,神话空间并置,还有语词并置,此外主题重复、章节交替、多重叙事与悖论式反讽,都是不同的并置形式。语词并置就是词的组合,就是'对意象和短语的空间编织'。"④就小说中的并置来说,乔伊斯的《芬尼根苏醒》中的双关语,大量的拟声表达同一空间内同时发生的声音,不存在声音的先后关系,就已经是并置形式。《尤利西斯》有古代空间与现实空间的并置,被称为神话结构。福克纳的《喧哗与骚动》有四个人物的叙述并置的橘瓣式结构,围绕着中心人物凯蒂。物理空间与记忆空间并置,则有艾略特的《荒原》。传统象征的 A 象征 B 的方

---

① [加]诺斯洛普·弗莱:《批评之路》,王逢振译,北京大学出版社 1997 年版,第 8 页。

② [美]M.H.艾布拉姆斯:《镜与灯》,袁洪军等译,中国社会科学出版社 1991 年版,第254 页。

③ Ford, "Joseph Conrad", in *Critical Writtings*, p. 72.

④ [美]约瑟夫·弗兰克:《现代小说的空间形式》,秦林芳编译,北京大学出版社 1991 年版,"译者序",第Ⅲ页。

式,在现代主义则可能是两个象征体空间的并置关联,不是指涉关系,而是相似性感知,依靠读者想象、体验,实现意义建构。如麦克卢汉所说:"许多现代读者抱怨象征艺术的非逻辑秩序,它值得强调的事实是知识与视野的秩序,并不是理性连续体的秩序,而是相似的感知。"①还有一类象征是,现代主义隐喻模式的转义风格,即通过象征体关联的转义,建立与外部的关系、与社会的联系。比如,福克纳的小说中有大量的《圣经》神话,形成南方传统文化空间与资本主义侵入的现代空间的并置。魔幻现实主义代表作《百年孤独》,运用了本土印第安人的神话,作为现实停滞的映衬空间,也是一种空间并置。

在现代主义诗歌中也有大量神话题材,包含隐喻与意象。里尔克具有神话色彩的《献给奥尔甫斯的十四行诗》,叶芝的诗歌不仅有大量的爱尔兰神话,还有《丽达与天鹅》的古希腊的神话。《天青石》一诗写到中国的古老意象。T.S.艾略特的《荒原》有印度佛教等世界不同时期的神话与宗教片段,成为嵌入诗中的大量典故及意象。

芒福德(Lewis Mumford)指出,"早期人类制造了丰富与精彩的象征结构",②而"……发生在18世纪,它通过由狄德罗(Denis Diderot)领导的天真的理性主义与哲学的实践热情,引发了一种文化改变","18世纪由对语词的兴趣转向了对事物与实践的兴趣,使价值事务转向事实事务。"③也就是18世纪文学转向社会理性,语词象征性减弱,而20世纪之交,现代主义复兴了象征。首先,象征作为一种媒介形式,它为电媒环境所复兴。其次,工业化世界创造新的象征与意象,分离于生活,也分离于自然,具有抽象性,如超现实主义的梦境化就是如此。现代主义打破语言常规,创造象征,制造语言的反环境,引起对语言的新奇体验。意象派诗歌中大量意象、典故的使用,都是增殖意义的隐喻形式。象征主义诗歌的排版也在寻求新奇,出现了宝塔形、波浪、下倾等,还有一页仅有一个字的排版,意在让语词与版面的空白形成构图,成为一种表意。马拉美同一首诗中有四种铅字体混杂,追求衬托语词自身形态的表现力。而诗歌中的沉默、空白、空缺是对偶然性成型与呈像。《骰子的一掷》就是立意于偶然,以反连贯性凸显语言自身。马拉美诗歌的并置艺术,乔伊斯小说的并置艺术,都接受了报纸版式启示,"印刷

①　*The Interior Landscape*: *The Literary Criticism of Marshall Mcluhan 1943 – 1962*, selected, compiled, and edited by Eugene McNamara, New York Toronto: McGraw Hill Book Company, 1969, p. 132.

②　Lewis Mumford, *Art and Technics*, Columbia University Press, 2000, p. 40.

③　Lewis Mumford, *Art and Technics*, Columbia University Press, 2000, p. 22.

环境、图片技术吸引了坡与波德莱尔,兰波与马拉美也将他们很大部分的审美建立在其基础上。"①乔伊斯《尤利西斯》的主人公布鲁姆是给报纸拉广告的,小说的第七章涉及报社中心、报刊栏目等。麦克卢汉认为,马拉美对现代报纸的审美分析,被引导到(并置)这个概念。② 排版也成为象征的一种。

现代主义的象征、隐喻包含个人精神性的投射,体现为非传统的表现方式,所具有的是非生活、非现实、非社会的幻想效果。卡斯米尔·埃德施米特说:"表现主义艺术家的整个用武之地就在幻象之中,他并不看,他观察;他不描写,他经历;他不再现,他塑造;他不拾起,他探寻。于是不再有工厂、房舍、疾病、妓女、呻吟和饥饿这一连串的事实,有的只是它们的幻象。"③埃德施米特是表现主义的代表之一,他发表于 1918 年的《创作中的表现主义》,可以看作是表现主义的宣言。它倡导表达主观精神,而主观精神被认为等于幻象,而幻象被表现主义视为文学最本质的、最打动人的、最引人深思的内核,因为幻象是一种抽象建构。

(二)"自由联想"——无意识心理关联叙述

意识流是现代主义文学中表现心理无意识的流派,它的自由联想建构了关联叙述。

无意识成为了技术社会艺术的主流与技术社会凸显非理性有关。技术是无意识的;技术凸显速度,速度是无意识的;速度凸显时间,时间是无意识的。20 世纪技术社会扩大了消费,而消费形成日常生活空间的独立,而日常生活也具有无意识的属性。弗洛伊德无意识心理学理论,尼采的非理性哲学、现代主义文学艺术,都是技术社会本身催生的,是这个历史语境的产物。将现代主义文学中的无意识,说成弗洛伊德心理学单一影响形成的,有其片面性,它们基本是同时产生的。文学艺术创作在柏拉图那里,就有了接近无意识的迷狂说;而 19 世纪末尼采提出阿波罗精神与狄奥尼索斯精神两种美学概念,并强调狄奥尼索斯精神的醉与理性的对抗 20 世纪被广泛接

---

① *The Interior Landscape*:*The Literary Criticism of Marshall Mcluhan 1943－1962*,selected,compiled,and edited by Eugene McNamara,New York,Toronto:McGraw Hil Book Company,1969,p. 6.

② *The Interior Landscape*:*The Literary Criticism of Marshall Mcluhan 1943－1962*,selected,compiled,and edited by Eugene McNamara,New York,Toronto:McGraw Hil Book Company,1969,p. 158.

③ 伍蠡甫选编:《现代西方文论选》,上海译文出版社 1983 年版,第 152 页。

受。说现代主义是受弗洛伊德心理学的影响,很难在具体作家身上找到实在证据。即使对于乔伊斯这位被称为文学领域的弗洛伊德的作家,也找不到他接受了弗洛伊德影响的具体文字,只是根据乔伊斯在弗洛伊德思想流行的年间,在底里雅斯特住了 6 年,这里当时是属于奥匈帝国,凭此推测乔伊斯受到德语世界的弗洛伊德的学说影响。在杰克·斯佩克特的《艺术与精神分析》中可读到竭尽全力才得到的不过是这种推测而已①。特别乔伊斯本人并不承认接受过影响。日常生活空间独立,还有巨量信息,休闲的增多,电媒感知的影响兴起了现代主义的无意识感知。由于无意识是未被意识形态浸染的地带,现代主义文学家们转向它。"至今唯一尚未被理智化所触及的事情,即非理性的畛域,现在也被放入意识的领地,经受它的严格检视。"②文学表现无意识,与心理学的无意识,都是电媒技术环境的产物。

　　无意识心理承载的是偶然性、意念性、瞬间性,形成叙事的不连贯与碎片化,体现为心理联想的关联模式。利科(Paul Ricoeur)指出:"如今听说唯独没有情节、人物和可识别之时间结构的小说,比 19 世纪的传统小说更真正忠实于零碎的和不连贯的经验。为零碎的和不连贯的辩护的理由,与过去为自然主义文学辩护的理由就没有什么不同了。只不过逼真性的论据移了位:从前是社会的复杂性要求抛弃古典的范例;如今是现实被推定为支离破碎性要求抛弃一切范例。"③叙述碎片化形成混乱状况,是个体的精神遭遇"万千印象,像原子一样簇射"(伍尔夫语)的写照。视线任意移动,感官对象变换,思绪漫游所形成的自由联想导致没有理性逻辑的关联,情节在心理化的文学中衰落下去。利科还说:"现在,引起兴趣的是不健全的人格,意识、潜意识和无意识等各个层面,未表达的欲望的蠢动,情感的初生和渐趋消失性。这时,情节概念看来彻底受损。"④与利科的不健全人格的心理损坏情节的视角不同,戴维·洛奇在《现代主义小说的语言:隐喻与转喻》中侧重现代叙事的开放性对情节的损害,他指出现代主义"关注意识,也关注潜意识与无意识对人心理的作用,因此,在传统诗学中对叙述艺术是必要的外部'客观'事件在范围与规模上都缩小了,或是有选择地或非直接地呈现,目的是让位给内省、分析、反映与幻想。因此,通常地,一部现代小说没

---

① [美]杰克·斯佩克特:《艺术与精神分析》,高建平译,文化艺术出版社 1990 年版。
② [德]马克斯·韦伯:《学术与政治》,冯克利译,三联书店 2010 年版,第 33 页。
③ [法]保尔·利科:《虚构叙事中的时间塑形》卷二,王文融译,三联书店 2003 年版,第14 页。
④ [法]保尔·利科:《虚构叙事中的时间塑形》卷二,王文融译,三联书店 2003 年版,第6—7 页。

有真正的'开头',因为它将我们投进一个经验之流中,在其中我们能逐渐通过一个推论与联系的过程来熟悉;它的结尾通常也是'开放的'或模棱两可的,留给读者对人物最终命运的犹疑。"①

无意识的时序错乱、颠倒,使时间成为了前景表现领域。伍尔夫的《达洛维太太》中,伦敦大本钟的反复鸣现,女主人公对自己的年龄焦虑。普鲁斯特的失去的时间与寻找时间。福克纳小说中时间被斩首,成为人物心理中停滞的时间。现代主义文学越是表现时间本身,就越具审美性。

18世纪启蒙的理想王国,出自知识分子的建构。哲理小说、对话体小说,市民剧或正剧等新文体主导的启蒙文学,服务于社会启蒙目标。启蒙文学与批判现实主义文学都具有理性文学本质。20世纪进入技术社会,文学从社会分离出来,转向无意识,转向人物内心。阿历克山大(Marguerite Alexander)在论及20世纪30年代的创作时说,这个时期发生了"向一种平淡的,常常是一种新闻写作模式的广泛转换,体现为个体的内心生活优先于世界上的事件",②而个体的内心生活指的是无意识的内心世界。现代主义转向无意识心理,是对文学的巨大解放,也重建了文学与社会的关系。

阶级冲突的显性话题在现代主义文学中消失,或转化为心理踪迹,因为社会压迫已经不是明确的阶级压迫。即便像《局外人》中存在着法庭审判与被审判的双方,即使《第二十二条军规》中也存在被作为死者除名的医生与作为执行者的军官双方,即使卡夫卡的《变形记》中存在变成虫的推销员与公司秘书上门追问的冲突性场景,以及《达洛维太太》中有精神病人塞普蒂默斯与医生之间的紧张场面,但作品都没有正面描绘直接的冲突,而是选择从弱势的一方的心理,去感受强势的一方隐含的压制。这种隐性的压制,是当事人所能体味到的。然而它又是一种体制的强权,比人对人的个人压迫更不可抗拒。孤独的个体面对高度组织化的体制社会,反抗只能成为一种内心的软弱感的体验,或内心的荒诞感的体验。加缪笔下的局外人感到整个存在充满荒诞,为什么母亲去世一定要哭?为什么一定要那样才属正常?面对世界,他唯有冷漠,成为了"反荒诞的英雄"。如果对照19世纪现实主义作家司汤达笔下平民出身的于连,他面对"绝不是出自他同一阶级的审判"在法庭上的慷慨陈词,相对于连鲜明的"平民反抗意志",局外人的反抗还算不算一种反抗?显然已经不是传统的反抗,这种心理体验被克里

---

① *Modernism*, Malcolm Bradbury and James McFarlane eds., Penguin Books Ltd., 1976, p. 48.
② Marguerite Alexander, *Flights From Realism: Themes and Strategies in Postmodernist*, London: Edward Arnold, 1990, p. 30.

斯蒂娃称为文化反抗也就是一种内在的心理状态而已,甚至体现出虚无性。克里斯蒂娃在《反抗的未来》中写道:"以虚无主义的态度中止回溯性追问……,并因此从根本上背叛了反抗的本义。"①高度组织的工业体制社会的同质化,体制内部不存在辩证反抗的空间。技术社会对人的管理,来自体制、规约,它们是公开的,形成对人的规约,这种机构对个人的不对等,使个人反抗完全找不到对象,也产生不出直接激越的反抗行动。《第二十二条军规》貌似提供了自由选择,实质上提供的是军规似的陷阱。面对机构与制度,还有法律程序的繁复,人物无以反抗,几乎都选择了对现实的被动承受。卡夫卡的《城堡》中的土地测量员 K 要进城堡,只能围着城堡转,到死也未能进去。《第二十二条军规》中的死亡记录错误,名单上如此,谁也无权来更改,也无人负更改的责任。现代主义文学中人物的受动性与人物的非理性心理,使他们无法组织起理性的意图,更无法施行理性的反抗。个体从社会撤退到自己的内心,反抗成为心理的体验,甚至是无意识的,与技术社会生产人的受动性有关。现代主义的反抗,常常也就被象征化与抽象化。小说中的人物的背景与身份也简略化,主人公有时以一个字母称谓,意在表明它是一个符号,可以代表任何人,是抽象的。

　　还有,无意识没有对立面,抽象化也没有对立面,这也是表现无意识、寻求艺术抽象性的现代主义文学中不存在反抗主题的深层原因。没有对立面的无意识心理,谈不上反抗,反抗必须是理性的。无意识心理不能组织为理性意图,只是梦境一般的混乱而已。无意识小说与传统的反抗主题的文学分割开来,意识流小说中塞普蒂默斯,班吉这样精神不健全的人的非理性欲求成为了理性强权下的牺牲。卡夫卡的《判决》《审判》《诉讼》中,不谙社会理性的主人公们,受到理性世界的诉讼与审判。加缪的《局外人》中的莫尔索,遭到社会理性秩序的无情判决。社会理性秩序下的非理性个体,微不足道,要不就范于理性秩序,要不遭遇理性强权的判决。当然,完全非理性的痴呆之人,还有变为甲壳虫的人,不值得理性社会去判决,他们只能自绝于社会。卡夫卡的《变形记》中的格利高里·萨姆莎,最后他消灭自己的决心比谁都大,绝食饿死;福克纳笔下的班吉,显然连自杀意识也没有。现代主义表现了理性对非理性的压制与镇压,是严密的理性社会对个体生命意志的貌似合理的对待,实质上是压制与围剿。非理性心理的内在性、无序性与自发性,不能使人物构成公然对抗的一方,不能成为强大的社会理性的对

---

①　[法]茱莉娅·克里斯蒂娃:《反抗的未来》,黄晞耘译,广西师范大学出版社 2007 年版,第8页。

手,因而他们的心理,不能支撑起对立冲突的叙述。后者始终在失败者的位置上,结局一开始就定了,而且永远不会改变。《达洛维太太》通过精神病人塞普蒂默斯,让人看到理性秩序社会中的形形色色的人及他们组建的理性社会,读者因他而跳出惯常的理性思路来审视习以为常的世界。权威的医生们以对精神病人实行所谓"平稳",来实现秩序的掌控,他们是现代技术社会专家治国的统治者,作为理性力量迫使非理性对象就范,如果不就范,他们的背后还有警察呢! 可见边缘人是多么无力,而精神病人的非理性心理包含对理性社会的巨大控诉! 精神病人视角所形成的注定是碎片化叙事。

　　梦境、性欲也是无意识的领地,也是现代主义创新的领地。卡尔说:"如果每一场运动、分离和与其相对应的宣言都力求新奇,那么,这种新奇就其绝大部分来说都与一种更自由、更邪恶的性生活有关,依此推衍,便又与多多少少带有淫亵性质的无意识表露有关。"①乔伊斯的《尤利西斯》表现了莫莉的肉欲的想象性梦幻体验,是无意识的。而超现实主义文学追求描写情欲的丑闻,写性欲中寻找快感的情色文学,其追求词语表达的过程被预设为梦境的过程。梦境不存在真实的矛盾,这与弗洛伊德从原始语言中发现无意识不存在矛盾的说法是相通的。克里斯蒂娃指出,弗洛伊德从原始语言中发现无意识不存在矛盾,"梦的状态和原始语言的共同点就是:矛盾并不发挥作用。"②超现实主义不以对立的眼光看待事物,布勒东说:"存在着某个精神平面,在这个平面上,生和死、精神和幻想、过去和未来、能言传的和不能言传的、高和低,都不能当作对立面看待"。③ 其缘由在于梦境与无意识都不存在二元对立。因此描写梦境化的情欲与写无意识心理一样,必然放弃表现冲突的场面,放弃围绕冲突的作品建构的理性思路。不表现矛盾的情欲、梦境等,也就没有了反抗。梦境本身也是一种关联叙述。

　　除此之外,还有都市日常生活的无意识,对其叙述同样是碎片化的。

　　此处重点论述一个被忽略的无意识领域,那就是语言反射无意识。

　　语言之所以是反射无意识的基地,是因为无意识只能依靠"字词表象"

---

① [美]弗雷德里克·R.卡尔:《现代与现代主义》,陈永国等译,中国人民大学出版社2004年版,第171页。

② [法]茱莉亚·克里斯蒂娃:《反抗的意义和非意义》,林晓等译,吉林出版集团2009年版,第57页。

③ 伍蠡甫选编:《现代西方文论选》,上海译文出版社1983年版,第172—173页。

得以呈现。"经验在文学中被象征性地寄居于语言。"①现代主义作家致力于语言的象征性,不借助社会话语体系或已有的知识系统或文学模式进行表达。卡尔指出:"早在19世纪80年代就已经发现的这个秘密是,语言与无意识之间的毋庸置疑的链环,即语词、记忆力和感觉之间的一种关联。"②弗洛伊德认为无意识中的前意识部分靠近意识,依靠记忆的踪迹,可以通过语言中介,将其表现出来。他给语言定位在中介的位置。《超越快乐原则》《意识与潜意识》《自我与本我》等多篇文章中,都提到了意识、前意识与潜意识(无意识)之间的关系。他在《超越快乐原则》中说:"自我的很大一部分本身当然是潜意识的;只有一小部分被'前意识'这个术语所包含。"而在《意识与潜意识》中则指出:"我们发现我们有两种潜意识,一种是潜伏的但能成为有意识的,另一种是被压抑的,其本身干脆说,是不能成为有意识的。"③而"前意识可能比潜意识更接近意识。"④而在《自我与本我》中,这个问题则进一步被表述为,"潜意识观念和前意识观念(思想)之间的真正差别就在于此,即前者是在未被认识的材料中产生出来的,而后者(前意识)则另外和字词表象联系着。这是为这两种系统,即前意识和潜意识系统,而不是为它们和意识系统,找到一个区分标记的第一次尝试。"⑤语词表达属于前意识,而且位于意识与无意识(潜意识)之间,作为前意识中的字词表象,与无意识相连,因刺激能够将无意识中被遗忘的东西连带出来,因而又与意识相连。弗洛伊德看到,"这些字词表象就是记忆的痕迹(residues presentation):它们一度曾经是知觉,像一切记忆痕迹一样,它们可以再次成为意识的。"⑥将字词表象与记忆痕迹等同起来,并能将其激活成为意识。如弗洛伊德所说的"意识是心理结构的外表"⑦,那么,前意识表现为字词表象,即表现为记忆痕迹,就如同象征连接了具象与抽象一样,记忆也连接了无意识与意识。从此我们可以理解为什么记忆在现代主义时期兴盛起来。柏格森提出了"纯"记忆的理论,普鲁斯特创作了回忆巨作《追忆逝水年

① Wallace A.Bacon, Robert S.Breen, *Literature as Experience*, Toronto, London: McGraw-Hill Book Company, ING.1959, p. 103.

② [美]弗雷德里克·R.卡尔:《现代与现代主义》,陈永国等译,中国人民大学出版社2004年版,第180页。

③ [奥]弗洛伊德:《自我与本我》,车文博主编:《弗洛伊德文集》(第6卷),长春出版社2004年版,第15页。

④ [奥]弗洛伊德:《自我与本我》,车文博主编,长春出版社2004年版,第118页。

⑤ [奥]弗洛伊德:《自我与本我》,车文博主编,长春出版社2004年版,第123页。

⑥ [奥]弗洛伊德:《自我与本我》,车文博主编,长春出版社2004年版,第123页。

⑦ [奥]弗洛伊德:《自我与本我》,车文博主编,长春出版社2004年版,第122页。

华》,伍尔夫也声称自己的小说是建立在回忆基石之上。现代主义中回忆的凸显,是因为无意识心理与记忆踪迹相连,记忆属于前意识,与无意识相邻,能激活无意识的一些内容。现代主义必然推崇记忆;现代主义也必然注重语词形式,记忆等同字词表象,记忆与字词是本能与情欲等这些无意识(潜意识)可获及表现的通道,两者都可激活本能、欲望、症候、创伤的表达。弗洛伊德让心理病人倾诉,也是将无意识中的压抑通过与之相连的记忆与语词表达出来。弗洛伊德所说的字词表象,属于前意识,不完全是理性语言。所以,现代主义表现无意识,使用的语言必然是断断续续的,不能充分负载完整理性。克里斯蒂娃针对弗洛伊德的联想方式,指出,"叙述从感觉和记忆痕迹中吸取素材并将两者转移成为自我投注的叙述符号。"①一方面"联想式叙述能够反映出无意识的创伤内容,使其明晰化",②也就是能表达欲望、本能等无意识领域,无意识只能够通过字词表象式与自由联想叙述才能读懂;另一方面,字词表象构成"言语联想",使语言自身获得呈现,实现事物再现与语词再现的分割。语言的破碎、零乱、重复、叠加或临时组合,都体现无意识的语词表现力。诗人兰波的《灵光集》的语言颇能体味其无意识特征,顿挫、奇特,一闪即逝,才叫灵光。而兰波本人则认为,创作一首诗,本身就是一次疯狂。而黑色幽默代表作《第二十二条军规》中,当飞行员受伤昏迷,处于意识与无意识之间的痛苦,被他发出的那些感叹词,或仅仅是发声的重复变化的不连贯表意,又有强烈表意欲望所呈现,痛苦绝望中的无意识的求生情状,最生动地表现了表象语词负载着受伤、失血濒临昏迷的人的无意识与意识的交集地带。

(三) 蒙太奇关联叙述

　　蒙太奇叙述具有电影镜头与照相机镜头叙述的客观性。苏珊·桑塔格(Susan Sontag)评价摄影时所说的:"摄影为世界设立了一种长期的看客关系,它拉平了所有事件的意义。"③因而"没有哪一刻比另一刻更为重要,没有哪一个人比另一个人更为重要。"④摄影被认为确立的是"万物皆真"的艺术理念。现代主义文学打破题材上的等级,将被理性文学驱逐的疯癫、梦

---

① [法]茱莉亚·克里斯蒂娃:《反抗的意义和非意义》,林晓等译,吉林出版集团 2009 年版,第 87 页。
② [法]茱莉亚·克里斯蒂娃:《反抗的意义和非意义》,林晓等译,吉林出版集团 2009 年版,第 55—56 页。
③ [美]苏珊·桑塔格:《论摄影》,艾红华等译,湖南美术出版社 1999 年版,第 21 页。
④ [美]苏珊·桑塔格:《论摄影》,艾红华等译,湖南美术出版社 1999 年版,第 41 页。

幻、物、无意识等,纳入文学表现领域,甚至被视为比理性更重要。题材决定论、典型化等文学话语失效。

蒙太奇是一种技术手段,靠镜头摄入生活场景,再通过剪辑组构故事。这种镜头方式,使一切物象获得了平等性,物也获得了与人的平等。蒙太奇叙事,还原了世界原本的直观性。现代都市建筑与人流、物流的景观,为镜头移动式叙述提供了契机。现代主义文学中最具镜头感的客观叙述是新小说,它倡导物的独立性。叙述的镜头感在杜拉斯小说中,已经接近电影剧本的分镜头。杜拉斯新小说具有电影镜头的摄入感、推拉感等表现力。

蒙太奇是一种空间叙事,最接近日常生活空间。当然镜头对准什么场景是主观的,剪辑也是主观的,但镜头摄入本身是客观的。镜头的直观呈现,与现代主义感官呈现的直观性有相似性。蒙太奇叙述受电影的影响,镜头的翻转、切换、剪辑,实现的时间塑造与空间的对接,启示文学制造自己的新叙述。

电影是新兴的技术形态,也是艺术形式。蒙太奇不是自然时间顺序的叙事,是场景摄入后的组接叙事,叙述的建构性强。西方学者认为,电影蒙太奇影响了现代主义所有文学流派。意识流小说叙述的视点转换,场景跳跃,心理空间切换,最贴近电影画面的切换。

蒙太奇叙事与意识流相比,突出客观化,意识流主观联想突出。伍尔夫的《墙上的斑点》,完全是"我"的思绪自由滑动,随着对墙上斑点的设想不同,联想变线,人物意识中的所有跳出来的场面都没有任何铺垫,几种设想的场面之间也没有过渡,既没有跳跃转换的预设,也没有由之而形成的可期待性,读者也没有可依的情节线索。小说没有背景,没有人物关系的交代,也没有人物背景的暗示,看不到社会环境,读者也没有可依的社会背景,现实就被压缩为对一个斑点的联想。小说提供的是人物对墙上的一个斑点的联想的几次变线出征。依据每次设想,人物意念随之延伸建构一个相应的故事性想象,作品建立在人物的心理联想之上。它成为了意识流实验小说的名篇。蒙太奇关联,是一种跳跃式关联,没有严格的逻辑,相当于计算机的任意链接,客观性大于主观印象。

德国的比格尔认为蒙太奇这个概念在电影领域并没有理论贡献,却对现代主义文学叙述发生了重要影响。他说:"在先锋派理论的框架之中,电影所赋予这个概念的意义并不重要,因为在电影中,它仅仅是媒介的一个组成部分。"①然而,他认为蒙太奇这个概念给文学叙述带来了改变。那么,具

① [德]彼得·比格尔:《先锋派理论》,高建平译,商务印书馆2002年版,第155页。

体改变有哪些呢？

　　首先，蒙太奇破坏了情节的连续性，前一个事件不再引导或逻辑地预示后续事件，抵制了叙事中的因果关系的理性逻辑，是一种无序关联，部分不再是整体的不可缺少的因素，每个部分可以完全独立，部分从超常的整体中被"解放"出来。在意识流小说中，即使一些段落被切割，对叙事也并无大的影响，甚至每个物象也可以有脱离情节的独立性。文本只提供碎片，需要读者自己建构，这种非完美形式，是情节同一化与反同一化冲突的保留形式，是对各种偶然性的承认。从审美来看，未完成、不完整比对现实的整体的模仿更具艺术的生机与活力。在新小说中，蒙太奇的"瞬间跳跃""时空穿越"式关联，还表现出沉默、休止、空缺。罗伯-格里耶说："我们的世界归根结底只是一个光滑的平面。"①表现平面，就以停顿、缝隙的不流畅叙述等来体现变化、体验感受、承载信息、生成意义，形成多重叙述与迂回叙事。它既展现又加以掩藏，揭示生活的日常性与陌生性。

　　从空间看，镜头所对的空间，可以是物象空间、人的活动空间、流动空间、景观空间等，镜头延伸叙述，可呈现为人的心理空间，特别是无意识心理空间。蒙太奇关联叙述，具有透视性，在镜头客观化基础上，包含了人的主观精神，表现主观与客观的相遇，而不是像现实主义聚焦于社会理性。

　　弗雷德里克·R.卡尔指出："现代叙事的形成在其方式上与语言试验、心理探索、无调音乐、立体主义或抽象绘画一样都是革命性的。"②现实主义的历史叙述曾取代了传奇与罗曼司，而现代主义的非理性叙事取代了现实主义历史叙事，这是平面化技术社会的塑造、电力媒介的技术感知塑造与电影语言塑造的结果。蒙太奇叙事打破了单一线性叙事，揭示的意义转化为丛生。

　　关联叙述的流行，除了电媒塑造，技术的塑造之外，还与资本主义发展到工业主义阶段的空间生产的日趋扩大有关系，是各种合力的结果。

---

① ［法］罗伯-格里耶：《自然、人道主义、悲剧》，伍蠡甫选编：《现代西方文论选》，上海译文出版社 1983 年版，第 335 页。
② ［美］弗雷德里克·R.卡尔：《现代与现代主义：艺术家的主权 1885—1925》，陈永国等译，人民大学出版社 2004 年版，第 422 页。

第十二章　现代主义关联叙事的后果

现代主义对文学的革命性,体现在它变革了文学几千年的理念与形式,颠覆了理性文学的目标化与中心论叙事传统。文学的人道主义传统,文学的教化功能,文学的真实观等都被改写,文学在一定程度上转向语言本体。不仅如此,还形成文学与其他学科的交织状态。

一、文学核心观念的改变

文学的四个核心观念发生改变。

(一)文学的人道主义理想被颠覆

作为工业化、技术化社会的产物,现代主义是技术社会反人性的折射。技术社会的观念价值失去了中心位置,人文主义与人道主义文学遭遇专业化而衰落,这从技术社会结构看,具有不可逆性。

20世纪前期,西方学者欧文·白璧德提出了"新人文主义",立足于全面的人,协调人与外部世界的关系,试图以之应对技术化社会,显然,它并未进入20世纪主流文学——现代主义。白璧德在《什么是人文主义》中,追溯了人文主义的源起以及与后来的人道主义的区分,强调文艺复兴时期的人文主义,立足于人性与神性的对抗,与古代人文主义或基督教人文主义有所区分。"这是一个伟大的扩张时期,是对个人主义的第一次促进。在所有此类时期中,最重要的是知识的扩张,以及伴随而来的同情心的扩张,这种同情心应该是人文主义所排斥的。那个时代的人,有着如爱默生所称的对知识的饿狗般的胃口。"[①]文艺复兴时期的人文主义,一方面包含知识追求,体现为对理性的肯定;另一方面它与宗教传统还存在有联系。白璧德提到古代人文主义的贵族气质以及与基督教的兄弟情谊等对人文主义的影响。美国的约翰·卡洛尔(John Carol)教授明确指出文艺复兴人文主义具有贵族传统与天主教传统,认为人文主义缺乏从自身生长的坚实根基,它具有依附性,也表现出可塑性。卡洛尔教授指出:"人文主义很大程度上援引

---

① 三联书店编辑部编:《人文主义——全盘反思》,三联书店2006年版,第8页。

了天主教的世界观。除去主要的神学区别,它的关于道德、理性和自由意志的学说与罗马天主教极为接近——两者均为理性主义的文化。"①卡洛尔考察莎士比亚的《尤里乌斯·凯撒》和《哈姆莱特》,认为它们都体现出强烈的人文主义思想,但都遵从的是贵族的荣誉观念。如前一部剧开场后就有凯歇斯表白:"荣誉正是我谈话的主题",应合了主祷文"愿人都尊你的名为圣",主人公勃鲁托斯取代了基督,为了正义而受难,也与贵族的荣誉观相连。而《哈姆莱特》的结尾,哈姆莱特临终前恳求好友霍拉旭,要将他的故事传播,本身具有荣誉的宗教的故事框架。在卡洛尔看来,早期的人文主义不能自身生根,人文主义寄生于基督教人文主义与贵族人文主义,即"一种形式是基督教人文主义,它一直依附在天主教的脐带上。另一种是贵族人文主义,事实上勃鲁托斯就是一个例子,他的荣誉准则即从贵族那里传承而来,这位君子的典范混合了人文主义的概念和贵族的内核"。② 人文主义贵族意识在哈姆莱特身上也有鲜明的体现。在《墓地》一场,面对掘墓的小丑哈姆莱特对霍拉旭说:"我觉得这三年来,人人都越变越精明,庄稼汉的脚趾头已经挨近朝廷贵人的脚后跟,可以磨破那上面的冻疮了。"③这表明人文主义者限于少数人,哈姆莱特对平民的蔑视,与等级特权联系在一起,他的感觉是高高在世俗大众之上的。卡洛尔还认为 17 世纪的人文主义寄生于清教形式。勤勉的中产阶级精神与清教精神结合,理想的人文主义转化到了实践的个人主义,包括重视家庭、诚实、正派、勤勉、尽责以及重视教育与文化等人文主义内涵,将天启和职业联系在一起,重视道德的介入。18世纪人文主义理性进一步扩张,演变成片面强调培根所倡导的知识理性,一切与宗教相关的东西被视为迷信,过强的理性逻辑使人文主义被哲学化。如《现代主义、叙述与人文主义》一书指出,"从哲学来看,人文主义是生长于理性、逻辑、认识,反射笛卡尔传统的现代主体话语,它与康德的责任、职责、尊敬、自我统治、行为的道德相结合,在这个传统中,一个理性的存在,也是一个道德的存在"。④ 可以看出,科学似乎处于人文的对立面,而实际上它最初是与人文主义连体的,人文主义崇尚科学知识理性的培根传统,就建立了科学与人文主义的最早的联系。19 世纪人文主义被科学主义取代,在

---

① [美]约翰·卡洛尔:《西方文化的衰落:人文主义复探》,叶安宁译,新星出版社 2007 年版,第 84 页。

② [美]约翰·卡洛尔:《西方文化的衰落:人文主义复探》,叶安宁译,新星出版社 2007 年版,第 142 页。

③ [英]莎士比亚:《莎士比亚全集》9,朱生豪译,人民文学出版社 1992 年版,第 124 页。

④ Paul Sheehan, *Modernism, Narrative and Humanism*, Cambridge University Press, 2002, p. 6.

文学领域人文主义也被人道主义所取代。其表现为白璧德说的，"一个总的说来对人类富有同情心，对未来的进步具有信心，而情愿为进步这种伟大事业做贡献的人，不应被称作人文主义者，而应当是人道主义者。……人道主义几乎把重点放在学识的宽广和同情心的博大上。"①而"相对于人道主义而言，人文主义者感兴趣的是个体的完善，而非使人类全体都得到提高这样的空想"。②白璧德强调，人文主义"如帕斯卡尔所说，是人协调他自身相反美德的能力，以及占有这些美德之间所有空间的能力"。③

从托尔斯泰对莎士比亚的否定，也可看出，人文主义与人道主义在广博性上的区别。人文主义还是限于少数人内部，具有"自身完善"的指向；而人道主义则有如托尔斯泰身上体现出的那种广博的"同情"。人文主义还是贵族们的个人修养，人道主义则具有博爱的性质。19世纪是人道主义广为流行的世纪，现实主义中广博的人道主义取代了人文主义。人道主义的协调功效，通过理查德·M.甘博的《国际主义的"致命缺陷"：白璧德论人道主义》一文中的这几句话可以窥见，他说："一方面，理性主义的人道主义希望通过修补制度来改变世界。另一方面，情感的人道主义则希望通过传播友爱精神改变世界。在它们之间，功利主义和感伤的人道主义联合组成了现代的'普罗米修斯式的个人主义'。"④

19世纪毕竟是一个整体化的社会，强调对社会的改造，精神性占有较大的权重，人道主义仍是一种有效的协调因素，情感的人道主义在19世纪的文学中生气灌注，形成了充溢人道主义的繁盛的现实主义文学。它致力于书写代表历史发展方向的大写的人、理想的人，他们被视为引导社会进步与代表历史未来方向的英雄，也是真理的化身。如：罗曼·罗兰笔下的约翰·克里斯多夫就是一个代表。

20世纪技术社会，人文主义与人道主义一起被减弱。爱默生在其诗句中提到"分别有两种法则"，我们无法调和"人的法则"与"事物的法则"。⑤无论人文主义还是人道主义，都属于"人的法则"，立足从"人的法则"协调"事物的法则"，人类的人文知识体系普遍是建构两者之间的联系与平衡。自启蒙时代确立科学的至高无上地位以来，知识主要以科学技术知识为主，"人的法则"与"事物的法则"开始有所分离。爱默生说的事物在马鞍之

---

① 三联书店编辑部编：《人文主义——全盘反思》，三联书店2006年版，第4页。
② 三联书店编辑部编：《人文主义——全盘反思》，三联书店2006年版，第5页。
③ 三联书店编辑部编：《人文主义——全盘反思》，三联书店2006年版，第13页。
④ 三联书店编辑部编：《人文主义——全盘反思》，三联书店2006年版，第55页。
⑤ 三联书店编辑部编：《人文主义——全盘反思》，三联书店2006年版，第16页。

上——驾驭人类,就是表现事物的根基法则在抛弃"人的法则"。20世纪技术社会,"人的法则"明显贬值,只剩下对"事物的法则"的关注,而作为"人的法则"的人文主义与人道主义一起遭遇贬值。在白璧德另外一篇论文《两种类型的人道主义者》中,我们可以找到"人的法则"被排挤的原因,是出自"人的法则"中两个方面的单向扩大,排斥与其他方面的协调与联系而造成的。其一是科学知识的推崇,始自培根;其二是对人的自由的强调与放大,始自"自由的奠基人"卢梭。20世纪既是科学的世纪,也是自由的时代。由于科学与自由这两点的极度的放大,追求科学知识的培根主义与追求绝对自由与个性的卢梭主义,都忽略了全面性的人文法则。培根的科学主义与卢梭的自由主义联手,"人的法则"就着实所剩无几了。

20世纪前期,白璧德抨击泛情的人道主义与科学的人道主义,强调节制情感,恢复人文秩序,关注人的潜能,建立全面的人的价值,被称为新人文主义。然而,技术社会中人文主义没有被复活,单向的科学人文主义形成了对个人人文主义的背离,也引发了白璧德对始自培根的科学人文主义的清算。最早提到人文主义价值塌陷的两位思想先驱是克尔凯郭尔和尼采,尼采喊出:真理本身是一个幻象。在现代主义文学中,出现了对物重视的未来主义与新小说。新小说强调人已经不是世界的中心,人道主义视野遭到明确与根本的否定。罗伯-格里耶说:"我们首先必须拒绝比喻的语言与传统的人道主义,同时还要拒绝悲剧观念和任何一切使人相信物与人具有一种内在的至高无上的本性的观念,总之,就是要拒绝一切关于先验秩序的观念。"①

20世纪技术社会,"事物的法则"成为唯一的标准,效率成为了唯一目标,时间成为了效率社会的尺度,人自身也成为被时间丈量的对象,不再是世界的尺度与社会的中心。尼采说,上帝死了,整体信仰坍塌了,甚至连任何整体观念化社会信仰的位置都不复存在。观念理想在文学中遭到瓦解,而人文主义与人道主义作为带有理想性的观念,首当其冲受到冲击。西方学者甚至指出:"与文艺复兴的对抗,是现代主义的一个本质",体现为"现代主义,在它的最初状态,是直接反对历史连续性的价值观念的。"②当然,也包括与人文主义的对抗。

20世纪进入科学技术主导的社会,人文主义与人道主义遭遇危机。前

---

① ［法］罗伯-格里耶:《自然、人道主义、悲剧》,伍蠡甫选编:《现代西方文论选》,上海译文出版社1983年版,第336页。

② Ricardo J. Quinones, *Mapping Literary Modernism*, *Time and Development*, Princeton University Press, 1985, pp. 6, 23.

现代的观念社会，追求发展出有教养的人格，人文主义作为人格理想，超越职业或专业之上。贵族社会是最注重教养的观念社会形态之一，那个时期的贵族不存在专业职位，他们追求修养，主要是文化修养与人格修养，包含趣味修养。而职位在前现代社会不过只有手艺行业的意味，被教养为前提的人文主义者所看低。因而人文主义体现了古典时代的精神价值。现代工业体制化社会，专业化成为社会的组织形式，个人修养的价值变得不重要，而技能的价值提升，职业理想与专业理想，取代了古典时期的人格修养与人文修养的人文理想。现代人在专业上立身，而人文修养已经不能进入到科技社会的专业化的考核指标之中。韦伯 20 世纪早期发表的《以学术为业》一文，阐释人文学科被纳入专业化的量化管理之中。数据量化，发表以数量论。而过去的饱读诗书，陶冶性情等人文修养的广泛性的古典价值，因为不可量化而成为无效。人文主义遭遇专业社会，现代职业化与专业化，瓦解了人文修养等古典价值，这是人文主义必然失落的原因之一。专业化不仅导致人文学科与艺术的专业化，甚至也使得作为信仰的宗教、政治等被专业化而成为少数人的专业内部的事情，社会成为丧失整体精神理想。现代主义文学艺术也就形成了应合技术社会的艺术专业化而带来的艺术内部的审美诉求，审美追求取代了文学的人文主义或人道主义的目标，后者作为观念形态，正是现代主义所反叛的。现代主义转向感官美与形式美，它们完全与人文主义和人道主义无关。

在 20 世纪的思想领域，"人"的观念成为人道主义与反人道主义的一个论争焦点。马克思的阶级的"人"的观念，在 20 世纪受到作为结构主义马克思主义的代表阿尔都塞的重新结构，后者强调个人不是社会过程的基本要素，而只是它的"承担者"或"效应"，真正的主体不是人，而是位置与功能的规定及分配。因此，人不是作为主体而存在。阿尔都塞区分"科学化的马克思主义"与"意识形态的马克思主义"，强调"科学化的马克思主义"是需要珍视的，而"人道主义马克思主义"则属于"意识形态的马克思主义"，必须被否定。他说"人道主义仅仅是个意识形态的概念"，①既然人道主义被划归为意识形态，反意识形态的现代主义文学就必然反人道主义，现代主义中的人道主义必然衰落。

海德格尔也从存在主义对人道主义提出质疑。他认为，人本主义对人的本质的最高规定，是借助"动物"和"自然"来定义的，这种人性论是形而上学的、虚妄的。"人们在原则上总是想着生物的人……这样的假定就是

---

① ［法］阿尔都塞：《保卫马克思》，顾良译，商务印书馆 2006 年版，第 217 页。

形而上学的。"①因为对人的本质的定义,包括人道主义,不过是参照动物与自然的一种假设而已。后现代理论家们提出进一步质疑的有拉康,他指出,在"人与自然的统一"或"总体性"的框架来探讨人的主体,仍没突破老框框,他认为所谓主体和历史进程都是无意义的问题。

反意识形态与反形而上学都是现代主义的旗帜,艺术家们抛弃人道主义,以变形怪诞等方式扭曲人的形象,揭示人被物化,表现工业体制社会的非人境遇与社会的异化,当然本质上也包含对人的关切,但不是一种人道主义的关切,而是一种对存在的观照。现代主义文学人物的非英雄化、庸常化甚至虫化等,体现的就是反人道主义的潮流。因为人已沦为技术社会的对象,现代人被当作弃物出局的恐惧与悲观主义心态,与现代社会中人的非人的物化处境有直接关系。

平面化技术社会消解了精神性,文学艺术消解了二元深度模式,超现实主义的"自动写作",意在抵制社会的理性观念。布勒东描述"自动写作"为"一种纯然精神的自动作用,人们靠它打算用词语或在写作中或以任何其他的方式表达思想的真实活动:受思想支配,没有由理性实施的任何控制,没有任何美学上或道德上的考虑。"②超现实主义探索与理性逻辑迥然不同的无意识,人的思维活动不是由具体到抽象,再由抽象回到具体,而是意识与无意识的交流、对照与感知。布勒东的《超现实主义宣言》体现了这种宗旨,"超现实主义,阳性名词,一种纯粹的心理自动状态,人们试图借助它,或口头、或笔头,或者用其他任何方式,表达思想的真实活动情况。它是不受任何理性制约、也不考虑任何美学或道德成见的思想记录。"③

新小说反对外部意识形态观念对文学的干预,罗伯-格里耶提出了与"人本主义"对抗的"物本主义"。新小说流派不是以人为文学的视角,它彻底排斥人道主义。有学者指出:"'物本主义'这一表述,是极其鲜明确定的;它反对以人为中心的人本主义,倡导以物为中心的新小说准则,主张把人从文学中赶走,把作者从作品中赶走,用写物来代替写人,以建构一种完全的客观文学。"④新小说将物的地位抬高,将世界视为平面、现象,与现象学具有渊源关系。罗伯-格里耶受胡塞尔现象学的直接影响,胡塞尔反对

---

① [德]海德格尔:《海德格尔选集》(上),孙周兴选编,上海三联书店1996年版,第367—368页。

② 老高放:《超现实主义导论》,社会科学文献出版社1997年版,第76页。

③ [法]乔治·塞巴格:《超现实主义》,杨玉平译,天津人民出版社2008年版,"引言"第3页。

④ 张唯嘉:《罗伯-格里耶新小说研究》,湖南人民出版社2002年版,第330页。

本质与现象二元对立,强调现象构成我们"源初的生活世界",视现象为出发点,倡导回到"现象"本身。这一原则被运用到小说创作,物成为独立的,不是人眼中的物。在海德格尔那里,人与物,人与世界是相遇的关系,人为物所召唤。而格里耶反对物与人的联系,他批评萨特《恶心》中的物我同心的描写。小说主人公洛根丁由于自己的失意,而感到周围一切存在物的恶心,这种负载人的感情的物的呈现,是罗伯-格里耶不能接受的,他说:"要描写物件,我们就必须毅然决然地站在物之外,站在它的对立面。我们既不能把它们变成自己的,也不能把某种品质加诸它们。"①有人描述说:"罗伯-格里耶使情节的概念解体,并从其中排除主人公的神圣形象,使人物具有词源意义:一个面具(人),而不是一个真正的个体,他用面具来代替人物的作用。"②因而他作品中的人物,不具有完整背景与形象,通常只是用字母命名,如《嫉妒》中的 A,《去年在马里安巴》中的 A 和 X,《不死的女人》中的L、N 和 M 等。

罗伯-格里耶直观物,以视觉中的物,即世界表象否定深度人性本质,以偶然取代必然。他说:"现实将不再不停地位于他处,而就在此处和现在,毫无任何的暧昧。世界不再在一个隐藏的意义中找到它的证明,不管它是什么样的意义,世界的存在将只体现在它具体的、坚实的、物质的在场中;在我们所见的一切(我们凭借我们的感官所发现的一切)之外,从此再也没有任何东西。"③罗兰·巴特在读了罗伯-格里耶 20 世纪 50 年代创作的《橡皮》《嫉妒》后评价他"将小说确立在表面上",主要指格里耶写作的电影镜头视角,像摄像头那样将空间中的物尽收描绘中,目的在于寻求文学的客观性,排除先在与外在的意义。新小说力图确立物的世界作为比人的世界更大的世界,它是一个不受人统治的独立世界,人与物非统治关系,也非同一关系,这就是格里耶所说的物我既不同心,也不同源。他的小说不再有人与物的情景交流,如他的那句名言所概括的:"物就是物,而人不过是人"。物与物象在客观化写作中,在象征文学中,在个人主观审美体验中,都获得了重要地位。技术社会是一个物越来越重要,人相对不重要的社会,现代主义对此有各种塑造,在这一点上,新小说是非常突出的。

---

① [法]罗伯-格里耶:《自然、人道主义、悲剧》一文,见伍蠡甫选编:《现代西方文论选》,上海译文出版社 1083 年版,第 334 页。
② [法]罗歇-米歇尔·阿勒芒:《阿兰·罗伯-格里耶》,苏文平等译,上海人民出版社 2004 年版,第 4 页。
③ [法]罗伯-格里耶:《为了一种新小说》,余中先译,湖南美术出版社 2001 年版,第 106 页。

（二）审美取代了教化性

现代主义审美原则、想象原则高于现实原则。而想象与审美都不属于认识论的范畴,这使文学认识作用降低,文学与社会的联系不只是不如以前紧密,甚至以审美与形式分离于社会。这样,近代以来的现实主义理性文学所倡导的教化性,为现代主义文学的审美性与创造性所排斥。

马修·阿诺德的《文化与无政府主义》将文化当作信仰,即"文化的信仰"。他的"文化之信仰,是让天道和神的意旨,通行天下"文化的核心是"完美",将文化定位在达到心灵的完善,这种"完美",在其《文化和它的敌人》中也有一系列的表达,那就是"内在的宁静和内向的满足""充分的人性完美""精神完美""道德完美""充分完美",以及"充分的和谐和人性的完美"。人类精神的理想在于不断地扩充自身,扩展能力,增长智慧,使自己变得更美好。这就是文化的真正价值。文化被定位在超然于现实与功利之上,它是去功利的,指向修养与意趣,这也是过去文学人文主义的内核。

阿诺德对文化的定位,正是针对工业革命以来技术社会的发展,使自由与法制确立的同时遗失了"人的问题"的现状。当时英国流行"机器"与"技术"崇拜、实用崇拜与金钱崇拜,对机械的工具性的信仰延伸到整个社会的精神,甚至延伸到制度层面,引发了阿诺德批评上流社会物质主义化、中产阶级的庸俗化、底层社会处境的凶残化等。他试图以文化的"甜美与美好",作为理想与信仰,来对抗技术化与物质化的现实。

人文主义文学观的代表人物,还有利维斯与威廉斯,也包括弗莱,只是他们的侧重点不同。利维斯强调文学是文化中的精英,将文学视为智者的心智活动,强调文学人文主义传统,突出文学的教育功能。利维斯将文化的核心定位在文学,在《大多数人的文明与少数人的文化》中,他认为文化是莎士比亚这样精英作家的伟大经典作品,所以,文化掌握在少数人手中,芸芸众生靠他们引领。利维斯偏向精英作品中的道德价值与丰沛人性,目标也是在文学的教育性。而弗莱偏向文学的想象,他以神话想象作家威廉·布莱克为范型,以《圣经》的想象为范型,布莱克诗歌中的耶路撒冷,圣经中的伊甸园,都是理想化的乌托邦。他的文学想象与人文理想的结合在于文学包含乌托邦理想,乌托邦又被看作社会变革力量。弗莱强调大学教育的乌托邦性,大学被列为乌托邦的中心,教育也包含理想化。他的文学作为文化的想象的核心,依然在于引导大众。

这种文学文化观,宗旨就是以理想性教化与引导大众,基本排除了物质、技术。特别是利维斯,以精英文学代指文化,将大众文化切割,只保留精英文学;将技术文化切割出去,只保留想象文学。利维斯信心满满,要保持文学的道德影响,来作为技术的大众社会的净化剂。但事实上,精英文学未能抵制住不断扩大的技术文化、大众文化与新型影像文化的冲击。精英文学作为少数派,不仅没有维持高高在上的普照众生的地位,反而多少有些失去了光晕。

利维斯倡导精英文学文化的教化性,当时已经引发与同时关注到科技文化的 C.P.斯诺的论争。斯诺的《两种文化》的演讲,强调科技文化与文学文化的并存,他说:"我相信西方社会整个知识分子的生活是不断增加两级的分离。"①这两级就是科学文化的一极和文学文化作为一极。他甚至强调"科学文化真正是一种文化,不仅在一个知识分子,而且在一种人类学意义上的","两种文化已经危险地在 60 年前就分离了"。② 而利维斯的观点,只单一地强调以莎士比亚等为精英的文学文化。

过去的文学确实立足于教化作用,阿诺德与利维斯的说法是可以接受的。文学毕竟表现出了很强的引导大众或服务政治的倾向。不论是 17 世纪古典主义为封建王权服务,还是 18 世纪启蒙文学对启蒙教育性的强调,以及 19 世纪现实主义对人道主义与社会历史理性的倡导,文学的教育功能与引导功能是突出的,而且文学系的大学建制,本身也是定位在人文教育的。

然而,20 世纪的现代主义文学转向形式审美,抵制形而上学、抵制意识形态,走向艺术自律,迫使教化功能退出文学,让艺术作为艺术存在。这一转向的基础,在于 20 世纪技术主导与技术组织社会,而技术无关乎道德与思想。文学追求艺术化,得力于技术环境,具体是电媒环境自带艺术化,这导致技术感知与艺术感知的勃兴。

现代主义视文学的形而上学本质为虚幻,与 20 世纪反认识论、反对本质论的哲学理路相通。20 世纪哲学领域流行虚无主义,渗透到文学之中,使文学艺术摆脱与社会历史整体的联系。"虚无主义是一种日益取得支配地位的真理,那就是:存在者的一切以往的目标都已经失效了"。③ 一切建构起来的价值都遭遇贬值,历史与现实都失去了价值与意义。"在这个最糟糕的世界中,生命是不值得经受和肯定的。"④简略地说,突然意识到历史是被意识形态化的,自己承受的是欺骗,那么,清醒过来的人们,在目的论丧

---

① C.P.Snow, *The Two Cultures*, *And A Second Book*, Cambridge At the University Press, 1964, p. 9.

② C.P.Snow, *The Two Cultures*, *And A Second Book*, Cambridge At the University Press, 1964, p. 17.

③ [德]海德格尔:《尼采》(下),孙周兴译,商务印书馆 2003 年版,第 672 页。

④ [德]海德格尔:《尼采》(下),孙周兴译,商务印书馆 2003 年版,第 728 页。

失的境地中,自然走向悲观主义与虚无主义。虚无主义客观上具有积极意义特别是针对虚假形而上学而言。现代主义对艺术独立价值的自觉意识,使它不以教化民众、认识社会历史规律为目的,而扩大到呈现人与世界的关系。作品出现反英雄化与非英雄化的人物,通过他们传达出对这个异化世界的批判。

电媒的技术性、物质性、感官性,塑造了文学的新审美。媒介艺术产品在某种程度上可替代文学作品,它代表一种视觉文化,冲击了观念化的文学,而引起感官审美文学的兴起,感官审美文学中观念价值衰落,教化性则被排挤。

首先,新媒介艺术与现代主义文学艺术虽然是不同类型的媒介文本,但分别包含媒介制作者—文本—受众与作者—文本—读者的相似的交流结构。它们同为交流活动,表征活动与介入社会现实的方式与途径,也同为审美艺术,而文学反而接受了综合的电影艺术的影响。

其次,电媒艺术不侧重观念,而侧重直观形象、形式等,造成技术审美勃兴,压缩了观念价值的空间。审美追求愉悦与快感,体现了弗洛伊德的快乐原则高于社会原则。电媒的自动化与智能化,提供了无限的想象力。电媒重组环境,可以任意组构,环境自身被艺术化,想象逐渐脱离了理想性,也脱离了道德或旨趣,带有技术塑造的痕迹,艺术可以直接在各种拼贴、并置中生成想象,打破了固定的社会理想引导想象范式。物质文化在审美中影响扩大。

如果说亚里士多德的文学作为公共领域,强调文学的社会价值,侧重文学语言的集体性,能生成真理。那么电媒艺术作为集体景观,同样具有集体性与公共性,具有通过参与电媒事件中的个人体验融合而产生公共性,这对艺术真理问题带来了一种扩大化理解。而艺术媒介景观,是对语言的集体性与传统的连续性的扩大,扩大为公共领域的场景与事件,其公共性包含的真理,同样源自集体性,但不再是社会共同理想与共同的乌托邦。

电媒具有空间偏向,不同于印刷媒介的时间偏向,因而印刷时代权威的文学及其观念,必然在电媒环境中衰退。相反,强大的电媒介对环境、对感知、对艺术的塑造力非常大,兴起了感观审美。因此,利维斯期待的精英文学引导大众文化的局面并没有出现,电媒文化反过来对文学形成了塑造。

电媒的感官延伸,重塑了文学的审美形态。现代主义文学受到媒介的塑造远远大于受观念的塑造,利维斯倡导的道德观念等对文学的影响力急剧下降。电媒追求制作的完美与亮丽,电媒环境,在麦克卢汉看来,已经成为人工环境与艺术环境,艺术感知得到强化,审美被凸显,已经无处不在,而观念与观念价值的文学则在这样的环境中,失去了过去的影响力。

过去文学寓教于乐,教是首要的,转向审美的现代主义,美与乐是首要的,教的成分被降低。如果说,审美中仍然有教,那已经变成反思与唤醒等新形式,而不是道德教化。文学的教化性已经被审美愉悦与审美新奇的追求所取代。

最后,电子媒介的卷入性、流动性,打破了主题分类与领域分类的老的知识范型。艺术门类的界阶与媒介景观所混合,音乐媒介景观包含声音,也包括场景的视像,还包括文学的叙事,这种混合正是鲍勃·迪伦获诺贝尔文学奖的前提。这种越界与混合,是电媒所塑造的,也使文学带有了新的混合审美,艺术家将对新的审美的追求,视为己任,而不同于过去文学以教育、引领大众为自己的使命了。一切传媒化,打破了精英文学与大众文化的边界,电子传媒的直观性,使娱乐性大于教化性。而这个环境中的审美文学,中和了这些特性,体现为对审美愉悦与快感的追求。

(三) 文学的真实观被改写

现代主义追求个人化直觉艺术,一方面回归久违了的神话思维与中世纪的象征艺术,另一方面创造激越的先锋艺术,传统的社会历史真实的文学真实观随之衰落。

现实主义文学所确立的现实真实、社会真实与历史真实,来自于历史主义的方法。历史的方法兴起于 18 世纪,就是对总体的强调,形成社会历史整体。弗里德里希·A.哈耶克(Friedrich August von Hayek)在《科学反革命》中指出:"伟大的《百科全书》,是把新的科学加以统一和通俗化的一次重要尝试,而达朗贝为这本巨著所写的'序言',力求追溯各门科学的兴起、进步和亲缘关系,不仅可以视为本书的导论,而且是整个时代的序言。"①18世纪相信一切都可以归到社会普遍原则下。这样,法国 18 世纪的思想家,"谁也不怀疑用抽象理论方法研究社会现象的合理性"。② 18 世纪将自然科学探讨已知或未知的规律,转而应用到社会科学研究的苗头,进一步被孔德的实证主义推演,他要找出文明进步中像万有引力一样必然而不可避免的必然规律,强化出社会历史的必然规律论。而其方法论上的"知识的每个分支必然经历三种不同的理论状态:神学或幻觉状态;形而上学或抽象状

---

① [英]弗里德里希·A.哈耶克:《科学反革命》,冯克利译,译林出版社 2012 年版,第 108 页。
② [英]弗里德里希·A.哈耶克:《科学反革命》,冯克利译,译林出版社 2012 年版,第 110 页。

态;科学或实证状态"的三段论,则确立了一种线性发展论。① 孔德的人类
文明变化的必然规律,到马克思则发展出了科学的唯物主义历史观。18 世
纪寻找规律的自然科学理论研究方法与社会科学的理论研究方法被同一
化,"历史方法"科学化在 19 世纪形成。社会科学研究对自然科学研究的
模仿,产生出了"历史主义是唯科学主义的一种形式"。② 哈耶克指出科学
在社会科学研究中生成出的"历史主义"方法,从整体上把握社会现象,"唯
科学主义立场所向往的这种对人类事务的远距离的完整视野,如今经常被
称为'宏观视野'。"③历史决定论的宏观视野在 19 世纪中后期,成为社会的
主导观念,影响到文学领域。19 世纪形成了历史进步与阶级论的社会历史
整体的文学的社会历史真实观,现实主义是应合于这种真实观的话语图式。

　　整体历史叙事是文艺复兴时期开始确立的。埃里奇·奥尔巴赫(Erich
Auerbach)指出:"人文主义因其试图复兴古代的生活与表达形式,创造了一
个前所未有的极具深度的历史观点;人文主义者从历史的深度之中观看古
代,而且在此背景之中,观看介于中间的黑暗时代……"④历史意识与历史
化叙述在文艺复兴时期与人文主义一同兴起,到 19 世纪现实主义文学形成
历史的整体化叙事模式。而到 20 世纪碎片化社会,它失去了影响力,原因
在于技术社会技术的不断更新瓦解单一的线性历史观。弗莱(Northrop
Frye)在论《汤因比与斯宾格勒》一文中,说到技术与生产工具对历史的改
变,他说:"新的生产工具能够改变一个社会的整体性质;而由工业革命所
带来的可以任意地生产出新的生产工具的技术则改变了历史的整体性。"⑤
而技术的非线性状况,技术的各种不期后果,与线性目标的历史观是存在冲
突的。

　　20 世纪哲学、社会科学、文学艺术领域都出现了反对历史决定论的声
音。作为著名科学哲学家的卡尔·波普尔的《历史决定论的贫困》与哈耶
克的《科学反革命:理性滥用之研究》是科学领域与社会学领域反思 19 世
纪的科学理性思维的力作。波普尔的《历史决定论的贫困》提出"历史决定
论的论证混淆了终点与目的"的观点。⑥ 他认为历史决定论不能成立,未来

---

①　[英]弗里德里希·A.哈耶克:《科学反革命》,冯克利译,译林出版社 2012 年版,第 152 页。
②　[英]弗里德里希·A.哈耶克:《科学反革命》,冯克利译,译林出版社 2012 年版,第 62 页。
③　[英]弗里德里希·A.哈耶克:《科学反革命》,冯克利译,译林出版社 2012 年版,第 57 页。
④　Erich Auerbach, *Mimesis*, *The Representation of Reality in Western Literature*, trans, Willard Trask, Gardon City, N.Y.: Doubleday Anchor, 1957, p. 282.
⑤　*Northrop Frye on Modern Culture*, Jan Gorak ed., University of Toronto Press, 2003, p. 207.
⑥　[英]卡尔·波普尔:《历史决定论的贫困》,杜汝楫等译,上海人民出版社 2009 年版,"译者的话"第 3 页。

靠科学技术的发展变化而决定,而科学技术的发展不可预测,历史走向也不可预测。哈耶克本人在书的注释中归纳了来自现代实证主义的诸多的观点,得出结论是,现代实证主义者自己也认为,这是一种形而上学虚构。①这指的是历史决定论是一种虚构。新观点认为历史真实不过是权力话语加工过的、被叙述的、当权者或话语主导者们删改过的,因而无所谓真实的历史,只有叙述的历史、主观的历史。

20世纪虚无主义的历史观成为哲学主流,出现对历史真实的否定。现代主义追求心理真实,追求不确定,本身具有怀疑精神。"我们在波德莱尔对那个已经变得抽象的世界作出的反应之中,在其依然非常一般的寓言式的方式里注意到这一点。现代艺术同真实性这一行话相对立。"②现代主义背离文学的社会真实与历史真实,而转向了马尔库塞所说的形式化,即"一件艺术作品真实与否,不看它的内容,也不看它的'纯'形式,而要看内容是否变成了形式"。③

现代主义文学对真实观形成了很大的开放性,它对可能的真实形成开放。在相对论以及海森堡的"测不准定律"的影响下,文学界也普遍相信不确定性。比如新小说确立了"不确定现实观"。现代主义文学的真实得到各种不同的表现。未来主义要烧掉所有博物馆,抵制历史;意识流强调心理真实与主观真实;超现实主义认为梦幻与无意识是超现实的本质的真实;新小说认为现象即真实,不存在所谓现象之下的本质。在魔幻现实主义文学中,真实不是历史,也不等于现实。马尔克斯的《百年孤独》被认为是与哥伦比亚官方历史相异的历史版本。官方版本的历史"抹去了对3000罢工工人的大屠杀。'官方版本……最终被接受:没有人死去,满意的工人们已经回家了'(马尔克斯)。……而真实的'不现实性'能够通过魔幻现实主义(以及其他因'文学性'而可能的'幻想'形式)被看见。"④魔幻现实主义对历史的幻想处理,让读者反而看到的是不同于教科书的真实,它们往往"破坏'现实主义地'书写'失败者的历史'的影响,……";"接近了'真实的'非现实背后'不真实的'现实"。⑤ 也就是说,魔幻现实主义反对以现实的名

① ［英］弗里德里希·A.哈耶克:《科学反革命》,冯克利译,译林出版社2012年版,第117页。
② ［德］阿多诺:《美学理论》,王柯平译,四川人民出版社2001年版,第39页。
③ ［美］马尔库塞等:《现代美学析疑》,文化艺术出版社1987年版,第8页。
④ ［英］彼得·威德森:《现代西方文学观念简史》,钱竞等译,北京大学出版社2006年版,第176—177页。
⑤ ［英］彼得·威德森:《现代西方文学观念简史》,钱竞等译,北京大学出版社2006年版,第177—178页。

义所建构的意识形态权力叙述,它采取魔幻的形式,叙述真实的现实,是官方宣传机器所宣传的真实的对立面。

现代主义无论哪个流派,都寻求确立自身对艺术理解的独立性。19世纪宏大历史叙述中,个人是不可见的,除了与历史共性结合在一起的个人,即典型。现代主义文学强调个体,不是与整体性联系中的个体,而是突破了历史整体性的孤独的个体。即使是作为存在主义的萨特这样介入社会、介入现实的作家,他也坚持个体性。现代主义的真实观,一方面立足于个体心理,推崇心理真实,另一方面立足艺术自身。现代艺术大师梵高对他追求的"真实"做过这样的表述:"我不想使画中的人物真实。真正的艺术家画物体不是根据物体的实况,用毫无生气的分析的方法去画,而是根据自己的感受来画的","我崇拜米开朗琪罗的人物形象,尽管他们的腿太长,臀部太大。……我竭力想做的是去创造这样的不真实、偏离现实,对现实的修正或调整,这是'不真实'——假如你愿意这样认为——但它比死板的事实更加真实。"①梵高的言论代表了现代艺术的真实观。同样,马蒂斯多次表达了"精确不是真实"的观点。② 在他们看来,对现实的变形,更接近艺术真实,艺术家的变形或"艺术家的幻象"更接近完全的真实,如同超现实主义认为"超现实"才是更真实的现实一样。可见,20世纪现代主义文学艺术热衷于艺术自身的真实,或者说艺术的真谛。"可理解性"也成为了一种真实,或者说,真实性是一种实在性与可能性的结合。

现实主义文学的社会历史真实观为什么快速衰落,如罗兰·巴特所指出的,历史话语本质上是意识形态,而现代主义追求审美,抵制意识形态,也就抵制了宏大的历史话语与政治话语。19世纪文学中的历史被现代主义视为意识形态的虚假真实,这是因为意识形态已经控制了作家对"现实"的选择,也控制了对"现实"的确认与生产。换句话说,正是意识形态先行生产了宏大的整体性的"历史",然后将"现实"作为"历史"的一部分进行规定,所以,这种语境中的"历史"便与"意识形态"画上了等号。

现代主义的真实观具有开放性的根源在于技术社会快速变化,带来对瞬间性与偶然价值的确定,人们对不确定性的信奉远远高于必然性,因此,偶然性、瞬间性与不确定性成为现代主义文学的特征。柳鸣九先生就法国的现实主义作家巴尔扎克到现代主义新小说的演变,发表过这样的论述,即

---

① [美]约翰·拉塞尔:《现代艺术的意义》,常宁生等译,中国人民大学出版社2005年版,第26页。

② [美]杰克·德·弗拉姆:《马蒂斯论艺术》,欧阳英译,山东画报出版社2004年版,第48页。

"从巴尔扎克到'新小说'派,小说艺术发生了深刻的变化,巴尔扎克笔下有真实,'新小说'派笔下也有真实,两种真实是有差异的。巴尔扎克的时代是稳定的,刚建立的新秩序是受欢迎的,当时的社会现实是一个完整体,因此,巴尔扎克表现了它的整体性。但20世纪不同了,它是不稳定的,是浮动的,令人捉摸不定,它有很多含义都难以捉摸,因此,要描写这样一个现实,就不能再用巴尔扎克的那种方法,而要从各个角度去写,要用辩证的方法去写,把现实的飘浮性、不可捉摸性表现出来。"①

我们可对巴尔扎克与新小说做个具体对照。巴尔扎克是19世纪追求历史叙事的代表,他推崇历史的整体性与连续性,带有实证主义的叙述范式,意味着作家写作之前,现实世界便已经存在与完成,文学只不过是用语言来描写、反映这个历史体系而已,因而巴尔扎克本人表示要当法国社会的书记。新小说认为历史的连续性、一致性与编年顺序等都是违反真实的,写作之前并没有一个先存的世界,世界在写作中诞生。这便颠覆了文学的反映论模式。罗伯-格里耶的新小说叙述是直陈式现在时,而不是历史过去时,他倡导用新的视觉艺术即摄影与电影的表现瞬间的方式写作,展现不连贯瞬间所构成的现实,以电影叙述方式区分于历史叙事的方式。"新小说再也不是连续时间的小说,而正相反,是瞬间的小说,脆弱而没有锚地。"②在新小说作家看来,"空缺"更有表现力,因为"空缺"意味着破碎与流动,是不确定的现实生活的特征。罗伯-格里耶认为周围的世界归根结底只是一个光滑的平面,平面即事物的本质的真实,平面即事物的独立性,平面就是深度。他指出:"我房间里的家具,我听到的话语,我爱的女人,这个女人的手势动作等等,这些同样都是物(对象)。"③他反对将先验秩序推崇为意义,反对观念对文学的介入,认为意识形态的介入恰恰是文学真正的异化,倡导新小说成为一种排斥意义的小说。

（四）文学转向语言本体

语言是文学的载体,现代主义作家重视的是语言,将对语言的塑造视为文学的本体,视语言为一种建构,而反对视语言为工具。他们致力于建构语

① 柳鸣九:《"于格诺采地"上的"加尔文"——在午夜出版社访罗伯-格里耶》,《文艺研究》1982年第4期。

② [法]罗伯-格里耶:《科兰特的最后日子》,陈侗等编:《罗伯-格里耶作品选集》第三卷,杜莉译,湖南美术出版社1998年版,第618页。

③ 伍蠡甫、胡经之主编:《西方文艺理论名著选编》(下卷),北京大学出版社1985年版,第260页。

言的个人风格,将理性语言转变为视觉语言与听觉语言,使语言自身表现出丰富性与感染力。

20世纪电媒延伸了感官,也兴起了具有感官特质的语言。象征主义追求语言的自我指涉,特别重视语词本身的美感,而不只是将之视为表达手段。无意识语言是现代主义文学新的表现领域,成为艺术家们争相塑造新文学的领地。他们甚至怀疑理性语言,认为理性化的社会化语言,不过是一套意识形态雷同话语而已,予以抵制,追求艺术创新的语言。

大卫·哈维(David Harvey)在谈到波德莱尔的短暂与永恒两个方面时,提到现代主义的语言转向。他说:"如何'表达'这一切混乱之中的永恒不变呢? 由于自然主义和现实主义被证明了不合适,所以艺术家、建筑师和作家必须找到表达它的某种特殊方式。因此,现代主义从一开始就专注于语言方面和表达方式方面的创新。"①更新语言一直被诗人视为己任,雪莱早在19世纪初就指出,诗人的出现是为了挽救日趋贫乏和堕落的语言,他说:"诗人的最高使命是有一种使陈腐的语言更新的责任。"②当语言平庸化,尤其是意识形态的统合使语言变得空洞与枯燥时,诗人必须站出来,将模式化语言再一次隐喻化,赋予诗性,创造新的词与物的关系。19世纪末象征主义率先突破语言的理性僵化,它以感性与直观的象征,建构起诗与世界的交响乐般的多声部的应和关系。意识流小说也打破常规语言的理性逻辑,将语言进行新的、不合语法的组合,生动地表达梦魇、压抑等非理性的情绪化的心境。有西方学者指出,"20世纪一些最伟大的小说家——乔伊斯、海明威、劳伦斯、福克纳——最初是诗人;至于其他人——詹姆斯、康拉德、伍尔夫、普鲁斯特——人们则感到,尽管他们本人不写诗,但他们无疑将一种诗歌感觉带入了小说。"③荒诞派戏剧中的很多动作语言,也是无意识表达;黑色幽默的悖论式表达,表现世界的矛盾与荒谬。各个流派都表现出了在语言上的创新。

迈克尔·贝尔在《现代主义形而上学》一文中指出:"本世纪1913年前后发生了著名的语言学'变化',语言不是在描述或反映世界,而被认为是在塑造世界。"④语言被现代主义赋予了感官性与媒介性的审美介质。集体

---

① [英]大卫·哈维:《现代性与现代主义》,见汪民安等主编:《现代性基本读本》(下),河南大学出版社2005年版,第873页。

② *Shelley's Literary and philosophical Criticism*,John Shawcross ed.,London:Henry Frowde,1909,p.123.

③ 柳鸣九主编:《从现代主义到后现代主义》,中国社会科学出版社1994年版,第431页。

④ [美]迈克尔·莱文森:《现代主义》,田智译,辽宁教育出版社2002年版,第20页。

语言在艺术中的碎片化,被包含进真理的踪迹。过去的纪念碑式的真理,被化解于语词破碎中,以微弱形式存在,形而上学的整体性被剥离,因而更接近于真理,具有艺术对真理的持存。海德格尔认为,艺术的持存体现为记忆,是一种剩余物,真理存在只能以回忆的形式发生,它始终不可能成为在场。这与麦克卢汉的旧媒介在新媒介中变成了艺术的看法,有相通之处。这也是艺术中真理的发生方式。艺术家们注意到语言内部存在有无意识与梦的因素,因而兴起了再造语言的内在需要,他们发展出适合于特定艺术样式的语言。诗人认为"只有获得了这种语言时,他才能成为一名先锋派"。① 媒介学专家克里斯琴·尼斯特洛姆(Christine Nystrom)在《符号、思想和现实:沃尔夫与朗格对媒介环境学的贡献》一文中,指出语言学家沃尔夫认识到"语言表征系统和社会、环境、技术条件的相互作用是极其复杂的"。② 康拉德说:"我努力要完成的任务就是借助文字的力量使你听到,使你感觉到——而最重要的是使你看到。"(《"白水仙"号上的黑鬼》序言)语言的视觉、听觉感官性塑造本身,完全不同于语言去反映一个社会内容。兰波迷醉于创造语言。艺术家们都努力走出日常语言,创造背离现实语言的所谓"第二语言"。③ 新语言被发明出来,建构出了现代主义整体创造性。弗雷德里克·R.卡尔说:"语言是反射无意识,探讨性本能的非理性,强调直觉生活,攻击理性,反映女性'灵魂',弹劾传统、习俗和历史本身这一切努力的基石。"④而语言折射了对过去社会关系与社会秩序的颠覆,罗兰·巴特说:"我们已经看到现代诗歌过去一直在破坏言语活动的各种关系。"⑤

　　现代主义还从经验中提炼语词,又力图通过语词以改变经验。新小说强调文学产生自语言的"同义反复"。罗伯-格里耶认为,必须摆脱语言的"功利性原则",即作家往往会按照意识形态思维使用语词。理性文学的语言被演变成了传达社会、政治、伦理、道德等的工具,形成了僵化的叙述套路。为此,他倡导将世界看成是符号的世界,语言是其中的符号,只是一种物。他写道:"布斯凯的世界——我们的世界——是一个符号的世界。在

---

①　[美]弗雷德里克·R.卡尔:《现代与现代主义,艺术家的主权 1885—1925》,陈永国等译,中国人民大学出版社 2004 年版,第 132 页。

②　[美]克里斯琴·尼斯特洛姆:《符号、思想和现实:沃尔夫与朗格对媒介环境学的贡献》,林文刚编:《媒介环境学》,何道宽译,北京大学出版社 2007 年版,第 223 页。

③　[美]弗雷德里克·R.卡尔:《现代与现代主义,艺术家的主权 1885—1925》,陈永国等译,中国人民大学出版社 2004 年版,第 131 页。

④　[美]弗雷德里克·R.卡尔:《现代与现代主义,艺术家的主权 1885—1925》,陈永国等译,中国人民大学出版社 2004 年版,第 131 页。

⑤　[法]罗兰·巴特:《罗兰·巴特随笔选》,郑法清等译,百花文艺出版社 2005 年版,第 17 页。

那里，一切都是符号，不是某种其他东西的符号，某种更为完美的我们触及不到的东西的符号，而是自我本身的符号，是那种亟待被揭示意义的现实的符号。"①格里耶立意于"物"的相对独立的世界，推崇语言作为物的符号性，相信物自会言说它自身、言说物的世界。新小说将语言视为符号。

　　罗兰·巴特曾将古典的叙述话语比喻为代数关系，认为这种语言如同一个方程里的数，严格地由它和其他数的关系来决定，是严格遵守文法的语言。而现代主义追求语言的新奇，突破了文法的严格范式，以句法不连贯，单个语汇在一定情况下独立于言辞向前运动，以唤起外在于自身的现实。他清醒地认识到，"在古典主义言语活动中，正是各种关系在支配语词，然后又立即把它带向一种总是被设想的意义；在现代诗歌中，各种关系只不过是语词的扩张。词语是'住所'，它像一种起因被置于功能的韵律之中，这些功能叫得出却看不见。"②

　　现代主义先驱作家都进行了语言方面的探索。伍尔夫在《贝内特先生与勃朗太太》③一文中认为，乔伊斯语言的猥亵与艾略特语言的晦涩都是故意谋划的，他们力图从根本上摧毁文学世界的规范根基：文法被他们破坏了，句法烟消云散了。他们不同程度地将传统意义上的"写作"弄得面目全非。伍尔夫将现代主义先驱作家蓄意策划新语言对抗程式化表达、突围传统理性语言所进行的艰难战斗，比喻为一个人在忍无可忍之中，为了呼吸而打破窗子。她写道："当这样多的力气都花费在寻找说出真理的方式时，真理本身到达我们身边时必定是憔悴、疲惫而混乱不堪的。尤利西斯、维多利亚女王、普鲁弗洛克先生（几个现代派作品中的人物）——这只是举勃朗太太最近使之闻名的几个名字而已——在得到拯救时已经有些面色苍白头发蓬乱了。"④伍尔夫的所谓寻找说出真理的方法，指的便是寻找新的语言。艾伦·怀特的《晦涩的用途：早期现代主义小说》⑤一书对交流的晦涩有专论，强调作家们意在制造意义的多义性。克里斯蒂娃分析罗兰·巴特时也说过，在"'理所当然'的意义下打开了意义多重性的深渊，让我们听到了思

---

① ［法］罗伯-格里耶：《梦想者若埃·布斯凯》，见《为了一种新小说》，余中先译，湖南美术出版社 2001 年版，第 176 页。

② ［法］罗兰·巴特：《罗兰·巴特随笔选》，郑法清等译，百花文艺出版社 2005 年版，第 15 页。

③ ［英］弗吉尼亚·伍尔夫：《贝内特先生与勃朗太太》，收入李乃坤选编：《伍尔夫作品精粹》，河北教育出版社 1990 年版。

④ ［英］弗吉尼亚·伍尔夫：《贝内特先生与勃朗太太》，见李乃坤编选：《伍尔夫作品精粹》，河北教育出版社 1990 年版，第 360 页。

⑤ Allon White, *The Uses of Obscurity: The Fiction of Early Modernism*, Routledge & Kegan Paul, 1981.

考意义的多个主体性的复调。意义的多重性既是好事也是坏事：好事是因为它是超意义、超含义和多个含义的；坏事是因为它意味着对自我存在或含义存在的确定性的破碎。巴特认为现代性的发展导致了这样一个结果：意义生成变得晦涩。"①如果说伍尔夫和怀特看到了早期现代主义作家的晦涩风格，肯定其突破陈旧语言范式的意义，那么克里斯蒂娃及其所论及的巴特，则更广泛地将晦涩联系到现代性。

现代主义的隐喻不完全等同于语言学中的隐喻，后者建立在明确的喻体关系上，前者更多表现为写作的症候，或者说一种症候写作。读者需要深入了解背景与作者意图，才能明白隐喻的存在以及隐喻的所指。"在20世纪，语言自身变成了一种颇具渗透性的隐喻。"②作者意图变成了语言症候，在文本中被压缩，使隐喻与象征、意象与表意联系在一起，作家热衷于在文本中设置玄机，建构意义的可不断阐释性。乔伊斯就说过，他有意在小说中设置玄机，希望以后的教授忙着解开他的文本中的谜团，以此建立不朽。乔伊斯被认为"脚踩不同语言观的分水岭"，"这或许会改变读者，让他们不致有过于简单的诠释"。③ 以《尤利西斯》而论，权威研究著作指出："它的语言的自我意识表现出了划时代的模糊。"④T.S.艾略特、艾兹拉·庞德、伍尔夫与普鲁斯特等都从各自的角度认识到语言在其历史的、创造性的以及无意识维度上所具有的复杂性。"一方面他们看到了文明依赖于语词，保持语词的精确，是诗人与批评家的功能；另一方面，像在传统意义上一样，他们又认识到其中适度的无意识与含蓄的维度。"⑤艺术品成为了被压缩的语言，阅读成为了一个解压缩的过程。

现代主义的无意识的语言使语言陷入非历时之中，处于历时与共时之间，没有了描述历史或描述当代事件的能力。或者说，这种反历史叙述，将历史转化为了自我的意识与无意识，也转化为了各种语言形式。然而，语言本是叙述性的，只要有叙述，就有历时性。因此，以无意识建立起来的现代主义叙述，便陷入了叙事的危机。从语言上看，无意识建构语言的非历时

---

① ［法］茱莉娅·克里斯蒂娃：《反抗的意义和非意义》，林晓等译，吉林出版集团2009年版，第265页。

② *The Cambridge Companion to Modernism*, Michael Levenson ed., University of Virginia, 1999, p. 18.

③ ［美］迈克尔·莱文森：《现代主义》，田智译，辽宁教育出版社2002年版，第21页。

④ *The Cambridge Companion to Modernism*, Michael Levenson ed., University of Virginia, 1999, p. 16.

⑤ *The Cambridge Companion to Modernism*, Michael Levenson ed., University of Virginia, 1999, p. 18.

性,使历史被压缩或被瓦解了。语言成为了一种审美介质,同时也成为了审美形象。现代主义很多表征都是语言——无意识的语言所引发的。现代主义是语言作为新文学本体的新文学。

现代主义文学语言与20世纪哲学、语言学对语言本质探索具有某种一致。20世纪结构主义语言学兴起了语言学领域的革命众所皆知。结构主义语言学产生自索绪尔,他认为语言是一个独立于人的系统,突破了将语言限定为表达工具。

尼采洞悉语言的不透明特质,戳破世界上万事万物都可以在语言中找到恰当语词来表达这一历史幻象。词与世间万物一样也是物,它们将永远既揭示又遮蔽它们所指代的事物。福柯认为,原来认为只要能够找到“词的正确秩序”“词的秩序”就可以准确无误地表达“事物的秩序”,只是一种幻想。据此福柯否认任何人文科学具有“现实主义”本质,特别是与“再现”“发展”“进步”的联系。这对现实主义叙述给予了重创。虚无主义是非历史主义思潮,历史和自我表现都被转化为诸多各异的语言。

柏格森在《精神能力》《道德与宗教的两个来源》中这样表达新语言观,即“要提取灵魂的本质——这是诗人和小说家的任务——就有发明一种新语言的必要。作家必须表明词语怎样才能摆脱它们的传统作用”。① 柏格森对无意识语言——直觉的探讨,对现代主义文学发生了显著影响。

海德格尔将语言视为召唤结构,他强调将说话与语言区分开来,“如果我们一味地把注意力集中在人说话上面,如果我们仅仅把人说话当作人类内心的表达,如果我们把如此这般表象的说话视为语言本身,那么,语言之本质就始终只能显现为人的表达活动”。② 他针对“人说话”的传统提法,提出了“语言说话”的观点。他说:“语言说话。语言之说令区—分到来。区—分使世界与物归隐于它们的亲密性之纯一性中。”③“语言说话”的提法,突破了人作为主体,语言作为工具的定位,使语言获得了独立性,甚至高于人的说话。“语言说话”使过去被忽略的语言与物、与世界的关系被凸显出来,而人说语言只是“语言说话”中的一部分。独立的语言与外界形成的关系,包括了语言与物、与世界,当然也包括与人的关系。人说话,在海德格尔看来,不是语言在表达人,而是相反,是人在使自己符合语言。他说:“人

---

① ［美］弗雷德里克·R.卡尔:《现代与现代主义,艺术家的主权1885—1925》,陈永国等译,中国人民大学出版社2004年版,第133页。

② ［德］海德格尔:《在通向语言的途中》,孙周兴译,商务印书馆2004年版,第25页。

③ ［德］海德格尔:《在通向语言的途中》,孙周兴译,商务印书馆2004年版,第27页。

说话,是因为人应合于语言。"①而人应和语言,才能达到物,才能理解世界的真谛,这是就论及世界本质的意义上而言的。"语言说话",扩展出语言与物的关系,它包含语言召唤物,而语言召唤物,又建立起人与物、人与世界的联系,而且这种联系不是人征服、统治物的关系,中间有了语言的中介。可见,人不是世界的中心,物也不是世界的中心,而语言成为了世界的中心。人与物的联系,如果不通过语言的中介来召唤的话,只会停留于一种简单、直接的实用关系。因为有语言为人召唤物,物才能非常丰富地向世界呈现、向人呈现。语言成为世界的中心,这是从语言看人与物关系的新视角,也帮助我们理解追求语言表现力的现代主义诗歌。海德格尔在分析格奥尔格·特拉克尔《冬夜》一诗时,认为第一节诗"召唤物进入其物化之中,令物到来。这一令召唤物,唤来物,邀请物,同时向着物唤去,把物托付给它们由之而得以显现的世界。"②"语言说话"包含对物的邀请,以及物显现的世界的自动呈现。"物化之际,物才是物。物化之际,物才实现世界。"③海德格尔指出被语言召唤来的物,在语言中成为实现世界的途径;物在语言中,也成为人的关涉。他说:"命名着的召唤令物进入这种到达。这种令乃是邀请。它邀请物,使物之为物与人相关涉。"④物会在召唤中自行显现,物还会显现给人,最终与人相关联。在名为《物》的演讲中,他提示:"物之为物何时以及如何到来? 物之为物并非通过人的所作所为而到来。不过,若没有终有一死的人的留神关注,物之为物也不会到来。达到这种关注的第一步,乃是一个返回步伐,即从一味表象性的,亦即说明性的思想返回来,回到思想之思。"⑤物或存在者之意义,不可能依靠人的主观努力来完成,而是经过人的关注来达到,而这种关注打破了反映论,是一种留心和映射。

　　20世纪语言被视为独立符号系统,居于世界中心、居于人与物之间的这种新语言观,改变了语言作为内容载体的工具论语言观,它显示在先锋的现代主义文学叙述中。

二、现代主义与人类学等学科的交织

　　现代主义文学建立的各种关联叙述,属于一种关联思维。象征的勃兴

①　[德]海德格尔:《在通向语言的途中》,孙周兴译,商务印书馆2004年版,第27页。
②　[德]海格尔:《在通向语言的途中》,孙周兴译,商务印书馆2004年版,第14页。
③　[德]海德格尔:《在通向语言的途中》,孙周兴译,商务印书馆2004年版,第14页。
④　[德]海德格尔:《在通向语言的途中》,孙周兴译,商务印书馆2004年版,第13页。
⑤　[德]海德格尔:《海德格尔选集》(下卷),孙周兴选编,上海三联书店1996年版,第1183页。

为电力媒介所兴起,而电媒也被麦克卢汉认为具有神话属性。任意关联本身是带有象征性的神话思维。电力媒介与神话一样,可以使人在现实、虚拟、现实与想象界穿梭形成时空穿越。

现代主义叙述与审美转向与整个 20 世纪的思潮形成交织。除了前述的哲学、心理学之外,还需特别提到科学与人类学的新背景。

首先相对论、测不准定律以及哲学上的透视主义,都反对单一视角,崇尚多视角。现代主义叙述,让不同的人出来围绕同一个对象叙述,体现了视角的开放性。叙述的心理化与碎片化也形成开放性。这意味着承认艺术并没有固定的意义,读者在碎片化中可以自己建构意义。这种对意义的新认识,在意大利的批评家艾柯所说的只存在可阐释的意义中体现出来。艾柯分析了瓦莱里说的"原文的意义并不存在",认为艺术品是一种装置,任何人都可以随心所欲地使用它,包括它的作者。一个作品还像一座城市一样,一个人可以多次进入游览,独自找到自己的道路。① 文学作品需要读者建构意义,形成了作品表意的开放性。

现代主义关联叙述体现了神话思维,各种连接是空间建构。神话语言是片段化的,而现代主义无意识语言不是逻辑语言,接近神话的片段语言。神话具有象征、隐喻的语言属性,而现代主义兴起了象征与隐喻。艾略特、庞德、叶芝等的作品中都存在神话意象。神话原型批评家弗莱指出:"从头到尾《福音书》都用不连续的关怀散文写成。不连续性的效果就是要表明陈述是关于存在的,它们必须一次次被吸收到意识中去,而不是通过论点互相联系在一起。"②T.S.艾略特的"非连续性",也包含有神话的片段性。弗莱说:"神话的创造性又具有一种被列维-斯特劳斯称为'利用手头的零星碎片制成物品'的性质。"③"非连续性"与零星碎片涉及跳跃性叙事。这种叙述具有特有的语词强力,有如《圣经》中的"要有光,就有光"的祈使句。在现代主义文学叙述中,也出现了一些替代形式,体现了弗莱《批评之路》中所说的:"格言、寓言和后来谜语的发展,更具有纯文学的潜力。"④卡夫卡的寓言小说体现了神话的寓言性。乔伊斯、福克纳则在作品中设置了神话结构。叶芝、加缪选取选神话题材。总体上,现代主义有回归神话阶段的口语媒介特征的趋向,体现了复归神话的关联叙述。

---

① [意]安伯特·艾柯:《开放的作品》,刘儒庭译,新星出版社 2005 年版,第 11 页。
② [加]诺斯洛普·弗莱:《批评之路》,王逢振译,北京大学出版社 1997 年版,第 23 页。
③ [加]诺斯洛普·弗莱:《伟大的代码》,郝振益等译,北京大学出版社 1997 年版,"导论"第 12—13 页。
④ [加]诺斯洛普·弗莱:《批评之路》,王逢振译,北京大学出版社 1997 年版,第 23 页。

现代主义的神话复归,协同于 20 世纪的神话复兴,有人类学的影响。莱文森编的《现代主义》的首篇论文《现代主义形而上学》,专门将"人类学与'原始'"作为论现代主义的一节,指出:"现代主义的神话创作具有普遍性,在这一点上似乎得到了弗雷泽的生殖仪式、弗洛伊德的精神结构和列维-布吕尔的原始主义思想的支持。"①

人类学家弗雷泽的《金枝》对现代主义的神话方法产生了很大影响。弗雷泽继承了泰勒的比较方法,将自己的文化比较方法上升为理论。他既有建立数据追求科学的一面,又有重视想象的艺术的一面,被认为经历了"从数据收集的形式到艺术,又从理论家再到数据收集者以捍卫他的理论衰落的转换与摇摆"。② 弗雷泽的人类学的这两个维度,使"弗雷泽要同时在两个领域做到杰出:理论家、控制者与作者的地位,同时又有谦虚与材料收集者的名气"。③ 相比之下,在对神话的比较,将本土习惯切除,使神话在原型意义上具有了反历史的意义方面,他受到了现代主义作家的欢迎。而这种脱离语境的神话方法,也使弗雷泽遭致人类学学者批评,认为他"是一个艺术家而不是人类学家"。④ 文学批评家们则将弗雷泽的《金枝》纳入经典之中。西方评论认为艾略特的《荒原》使用了弗雷泽《金枝》中的各类被弗雷泽审美视像化的神话,如"雷霆的话",就是声音视像化的一个成功的案例。弗雷泽的比较法的修辞效果,也显在艾略特《荒原》中"死者葬仪"等章节的神秘性色彩,艾略特的诗歌参用了弗雷泽的《金枝》。特别是《荒原》语言的感官听觉化,被学者视为是将《金枝》作为一个声音与资料来源的仓库。现代主义专家莱文森指出,人类学的意义在于这一学科"提供了最广阔的视域"与比较方法。⑤ 乔伊斯接受了弗雷泽的"神话的方法",在作品中设置神话比较,而《芬尼根苏醒》也被认为包含循环的时间。

人类学家斯蒂芬·泰勒在谈民族志(文化人类学的别称)思维时,将其称为超级模式。它"既不是寻求普遍性的知识的一部分,也不是人类压迫/解放的工具,更不仅仅是与科学和政治话语模式相等同的另一种话语模式,而是一种超级话语,面对它,其他一切话语都被相对化了,并且,它们要在这一超级话语中发现它们意义的正当性。民族志能够处于上位是其'不

---

① ［美］迈克尔·莱文森编:《现代主义》,田智译,辽宁教育出版社 2002 年版,第 28 页。

② Marc Manganaro, *Myth , Rhetoric , and the Voice of Authority* , Yale University Press,1992, p. 37.

③ Marc Manganaro, *Myth , Rhetoric , and the Voice of Authority* , Yale University Press,1992, p. 33.

④ Marc Manganaro, *Myth , Rhetoric , and the Voice of Authority* , Yale University Press,1992, p. 38.

⑤ Michael H.Levenson, *A Genealogy of Modernism : A Study of English Literary Doctrine 1908 - 1922* ,Cambridge University Press,1984, p. 196.

完美性'的结果,它既不以科学话语的方式来自我完善,也不以政治话语的方式来总体化;它既不被一种对其自身规则的反思性关注所限定;也不被这些规则的表述手段所限定。既不被形式也不被与一个外部客体的关系所限定;它既不产生形式与表演的理念化,也不产生虚构的现实或现实的虚构化。它的超越性不是一种元语言——因更完美的形式而优越的语言——的超越。于是,超越,既不通过理论,也不通过实践也不通过它们的综合;它不描写知识也不生产行动。它是通过唤起(evoking)那些不能以话语的方式来认识或完美地表现出来的东西的超越,尽管所有的人似乎都以话语的方式来认识它,似乎都完美地表现它。"①而民族志在很多欧洲国家,都是文化人类学的代指,因此,民族志的思维,就是人类学的思维,也是神话思维。它超越科学话语、政治话语与各种规则和方法,是一种自由的"唤起"。而20世纪现代主义回复到了近代以前的象征叙事,即神话思维。现代主义艺术思维也是神话思维。有人说现代主义反传统,反的主要是近代以来的传统,并不反古代的传统。神话思维本质就是一种关联思维,它超越了反映、再现模式,以呈像来"唤起"。泰勒说:"唤起既不是表现,也不是再现。它不表现也不再现客体,然而它通过不在场让人得到了那些可以被构想但却不能被表现的东西。从而它超越了真实并免于被评判。它克服了可感之物与可构想之物的分离、形式与内容的分离、自我和他者的分离,以及语言与世界的分离。"②回归神话的现代主义文学艺术,意在唤起,因而如果说它与哲学、心理学的关系是具有一致性,那么,与人类学的关系,这个时期的更显得浑然一体了。

现代主义文学回归神话语言。文化符号哲学家恩斯特·卡西尔(Ernst Cassier)认为词汇中存在大量的象征与隐喻,他强调语言中存在神话因素。象征、隐喻使表象、直感被突出出来,强化了现代主义文学回归感官性与神话语言。神话想象脱离地域而无穷遥远,形成穿越,像卡夫卡的寓言小说、超现实主义都脱离地域;神话想象引起共鸣,既激发幻想又收敛幻想,达到一种天生的平衡,超现实主义也将想象的最高境界视为幻象;神话想象不仅有视觉形象,也带有口头文学的视觉、听觉、触觉的全面感官的真切质感,象

---

① [美]斯蒂芬·泰勒:《后现代民族志:从关于神秘事物的记录到神秘的记录》,见詹姆斯·克利福德等编:《写文化——民族志的诗学与政治学》,高丙中等译,商务印书馆2008年版,第163—164页。

② [美]斯蒂芬·泰勒:《后现代民族志:从关于神秘事物的记录到神秘的记录》,见詹姆斯·克利福德等编:《写文化——民族志的诗学与政治学》,高丙中等译,商务印书馆2008年版,第164页。

征主义以及其他一些流派的文学都有感官语言;隐喻语言中的神话想象如同一个发光体,辐射到周围,将周遭的存在关联凸显出来,而意识流小说则以心理时空穿越的神话性,建立无穷的关联与辐射域。现代主义的隐喻具有意象因子,附加在原有的意象之上,包含抒情与省略,形成混合,传达一种记忆,形成恒久性;同时它又开放而使新的感觉与思想入场,传达出多重体验。现代主义的神话式隐喻或意象暗含历史,同时又虚化历史,产生抵制社会理性叙事的效果,超越了社会决定论思维的意义生成模式,具有弥散与丛生的意义。

历史与文化学领域的维柯、斯宾格勒、汤因比的历史循环观,也影响了现代主义文学中的神话时间表达。乔伊斯的《尤利西斯》利用古代神话时空体与现代都柏林的现代时空体的并置,表达人的内涵衰败的图景。《芬尼根的苏醒》则有维科的原始思维以及循环时间观的影响与呈现。哈特曼注意到现代主义文学与人类学思维、原始思维学说之间的关系,他说:"没有维科,乔伊斯的后期著作是难以想象的。没有剑桥人类学家们(弗雷泽、哈里森、默里等人),20 世纪的现代主义文学同样也是难以被考虑的。"①维科在《新科学》中指出,隐喻是人类早期的神话思维。弗莱认为文学思维就是神话思维。T.S.艾略特的诗歌中、庞德的诗歌中、乔伊斯的小说中、叶芝的诗歌中,都存在古代神话的意象,也存在基督教《圣经》中的四个层次的宇宙论空间以及揭示世界起源的火、土、木、水四种元素,加强了诗歌的神话的想象力。迈克尔·贝尔在《现代主义形而上学》一文中指出:"由于神话关心的价值在某种程度上是超越历史的,因此神话也可以反映另一种情况,即尼采所说的'超越历史'精神。"②贝尔所说的是无论现实,还是一定阶段的历史,都存在局限。19 世纪的哲学,将物质与精神、客体与主体、一般与特殊、理论与实践等都同一到历史必然性上,以同一性思维统一世界。

现代主义的神话思维,还与 20 世纪知识领域对知识的反思有关。整个近代以来的知识体系是建立在理性认知的基础上的。"西方理性主义传统的知识立场,由于把知识看作是确证的真信念,因此,真的信念要成为知识,关键在于确证。……这一知识论传统采取的是'实在论'立场,强调知识的内容是客观的,是对外在实在的正确反映,确证本质上总是与真理目标相联

---

① 　[美]杰弗里·哈特曼:《荒野中的批评》,张德兴译,天津人民出版社 2008 年版,第 38 页。
② 　参见[美]迈克尔·莱文森编:《现代主义》,田智译,辽宁教育出版社 2002 年版,第 18—19 页。

系,即尽可能多地获得真理,尽可能多地避免谬误。"①知识体系与真理挂
钩,现实具有固有本质,这导向本质规律,即认识是寻找与反映客观规律。
西方一直存在"形而上学追求本源性、先在性的思维方式,并把这种本原的
先在性看成是纯粹的、规范的、决定性的东西。无论从柏拉图到卢梭,还是
从笛卡尔到黑格尔都是这样,表现为善优先于恶,肯定优先于否定,本质优
先于偶然,简单优先于复杂"。② 这种认识论是西方的知识体系。19 世纪
科学主义,强化了这种知识体系,文学也被纳入到这种认识的知识体系。20
世纪理查德·罗蒂(Richard Rorty)指出:"把知识看作精确表象,认为只能
合乎理性地获得表象确定性的任何理论,将使怀疑论的产生不可避免。"③
现代知识体系在 20 世纪遭遇了怀疑,科学创造出一大堆彼此不相干领域的
秩序,也生产出越来越多的非理性。实用主义、语言论批判、社会语境说等
对这种知识论体系进行发难,将认识论知识论转换为解释学——一种启发
对话的知识。而现代主义也是对认识论知识论主导下的反映社会的现实主
义的发难。知识是多样的,文学作为一个特殊的知识领域,过去被生硬地纳
入认识论范围。现代主义回归神话隐喻,反抗理性知识对文学的统辖,强调
偶然性、隐喻性,强调多样性,将孤立的个人体验置于先于理性、先于传统、
先于文化的绝对优先位置,还原人的感官的丰富与全面,以此对抗理性的知
识体系给人造成的情感与感性的贬黜。隐喻、象征,其感官性,过去被认为
是认识的初级阶段,然而 20 世纪新的艺术感性论认为,缄默知识比显性知
识更为根本。理性知识、科学知识的不可一世,遭遇到了人类学、心理学、与
各个知识领域的反思,也遭遇到现代主义的激烈反抗,现代主义改写了文学
艺术,也改写了过去的理性认知的单一性,形成各学科新视野的交织。

---

① 顾正林:《从个体知识到社会知识——罗蒂的知识论研究》,上海人民出版社 2010 年版,第
14 页。
② 顾正林:《从个体知识到社会知识——罗蒂的知识论研究》,上海人民出版社 2010 年版,第
47 页。
③ [美]理查德·罗蒂:《哲学和自然之镜》,李幼蒸译,上海三联出版社 1987 年版,第 96 页。

后　记

在现代学术体系中，研究是以学科为单位而展开的。每门学科的确立，通常意味着研究视角与研究视域的选定和限定。比如历史学遵循时间，地理学遵循空间，文化研究时空并举，哲学关注人类状况与一些永恒问题，而新兴的社会学则具有探寻现代社会结构的视域。20世纪以来，社会急剧变革与飞速发展，而学科建制作为往昔的产物，其自有的局限已无法处理新的复杂的社会现象与文化现象。现代世界与之前的时代已经大相径庭。

现代主义这样极其复杂的文学艺术思潮，完全突破了亚里士多德所确立的文学知识范型，限于文学知识或者传统的文史哲的人文知识路径，已经难以对现代主义形成全面有效的认知。对现代主义现有"审美现代性"的定位，而"审美现代性"包括现代主义与现代性话语两个部分，立足于文学学科自身的知识，现代主义文学研究势必抛离"审美现代性"中的现代性话语，所呈现的基本是内容与形式的描述，外加文学的社会批判功用。

只有拓展现代主义与其语境的外部联系，将之提升到新文化视域，将研究路径从文史哲、心理学、人类学，扩大到社会学、媒介学、技术论、政治学、美学与知识社会学等，导向跨学科研究，才能真正挖掘其新的艺术形式与审美形态的根基，深入阐释它的各种形态及其与社会表征的对应关系。

面对复杂的文化现象，任何单一学科都不足以承担全面阐释的任务，学科化与专业化已经明显表现出眼界范围的有限。本书力求对现代主义复杂新奇的现象进行突破性的跨学科整合研究，实现语境化与概念化的结合，触碰现代主义的理论体系问题。

由于跨学科整合需要极为广泛的知识，所以，这是一项艰巨的任务；又由于整合不等于部分之和，往往需要发现与创见，因而它也是一项极具创新的工作。本书写作与完善的时间跨度长达10多年。自2002年出版《伍尔夫传》与2003年发表《现实主义与现代主义：两种语境的整体性》论文之后，我心里一直萦绕着现代主义与现实主义为什么在所有方面都截然相反的问题。后来开始定位在文化现代主义来写作本专著。2011年在美国弗达姆大学媒介研究系访学，促使我对现代主义研究思路向媒介学靠近。2013年申报国家社科基金后期项目，获得立项。同年到加拿大阿尔伯塔大学英语系访学，进一步收集资料与深入研究。2015年到奥地利克拉根福大学媒介研究所做博后,将视野扩大到了知识社会学等领域。后期项目基本是已经完成的,但立项之后又进行了 4 年的完善。2017 年 7 月上报结项,2018 年 8 月才通过结项,等候的这一年依然在进行提升。8 月突然得到人民出版社的获选出版的通知,高兴之外,又着手认真修改。校对过程中依然在反复修改。现已在《外国文学》、《文艺理论研究》等权威核心刊物发表 8 篇阶段性成果,并被《中国社会科学文摘》、《社会科学文摘》、人大复印资料《文艺理论》等所转载,产生了较好的社会影响。

记得读本科的时候,曾簇林老师将她与她那一辈学者讨论的如何做学术的心得传给我们。我上大学才 17 岁,当时还懵里懵懂,但我一直记得她说的那辈学者所总结出的一句话,就是一生写好一本书。我花十几年时间潜心写这本书,前辈的这句话是起了作用的。

本书的“文化”视角经历了几次拓宽。感谢 Lance Strate 教授,我是在他的课上获得将现代主义与媒介结合的灵感的。2011 年冬,他开着一辆很老旧的车,带我们参加了很多纽约当地的活动。记得有一天傍晚,他要带我们去看犹太人的演出,当时我们还采取门上留条的比较原始的联络方式。那天我不知是看错还是记错了时间,埋头在图书馆学习。等我刚从图书馆走出来,就迎面碰见 Lance 和来自中国社会科学院的金惠敏教授,他们来找我,当时已过了约定的出发时间。我怀着错乱不安的心情跟着他们走在校园暮色中的情景,很是难忘! 2011 年纽约的冬季,很是难忘!

2015 年,我到奥地利克拉根夫大学媒介研究所做博士后,Rainer Winter 教授知道我研究麦克卢汉,在我到达之前就给我的办公室贴上了大幅的麦克卢汉画像。感谢 Rainer Winter 教授带给我的提升与视域的拓展,后来我又回去过两次,参加国际学术会议。

还要特别感谢人民出版社的编辑老师冯瑶,她在书稿中给予很多细致的提示,使我进一步完善了语言与文本。

作为一个教书、读书、写书的人,我最大的愿望就是表达好我所要表达的,追求一种新见,带动对一个大的问题域,甚或一种新的文化现象,甚或一个新的时代的理解,希望它不止于有助理解学术问题,还有助于理解我们这个时代与生存境遇。

易晓明

2018 年 10 月 26 日 23 点 32 分于北京·吉晟别墅

责任编辑：冯　瑶
封面设计：毛　淳　徐　晖

图书在版编目(CIP)数据

文化现代主义：平面化技术社会与新文学形态/易晓明 著. —北京：
　人民出版社,2020.9
（国家社科基金后期资助项目）
ISBN 978－7－01－021535－8

Ⅰ.①文…　Ⅱ.①易…　Ⅲ.①现代主义-文学研究　Ⅳ.①I109.9

中国版本图书馆 CIP 数据核字(2020)第 251978 号

文化现代主义
WENHUA XIANDAI ZHUYI
——平面化技术社会与新文学形态

易晓明　著

人民出版社 出版发行
（100706　北京市东城区隆福寺街 99 号）

北京汇林印务有限公司印刷　新华书店经销

2020 年 9 月第 1 版　2020 年 9 月北京第 1 次印刷
开本:710 毫米×1000 毫米 1/16　印张:21
字数:393 千字

ISBN 978－7－01－021535－8　定价:78.00 元

邮购地址 100706　北京市东城区隆福寺街 99 号
人民东方图书销售中心　电话　(010)65250042　65289539